安徽古籍叢書

黃山書社

朱書全集

上

〔清〕朱　書／撰
戴廷杰　蔡昌榮　石鐘揚／校點

圖書在版編目(CIP)數據

朱書全集/(清)朱書撰;(法)戴廷杰 蔡昌榮 石鐘揚校點
—合肥:黄山書社,2021.12
(安徽古籍叢書第二十九輯/安徽古籍叢書編審委員會編纂)
ISBN 978-7-5461-4846-5
Ⅰ.①朱… Ⅱ.①戴… ②蔡… ③石… Ⅲ.①中國文學—古典文學—作品綜合集—清代 Ⅳ.①I214.92

中國版本圖書館 CIP 數據核字(2021)第 178129 號

安徽省古籍整理出版辦公室資助項目

出品人 賈興權
選題策劃 彭君華
責任編輯 束 莉
裝幀設計 李 軍
出版發行 時代出版傳媒股份有限公司(http://www.press-mart.com)
黄山書社(https://www.hspress.cn)
地址郵編 安徽省合肥市蜀山區翡翠路 1118 號出版傳媒廣場 7 層 230071
印 刷 合肥華苑印刷包裝有限公司
版 次 2021 年 12 月第 1 版
印 次 2021 年 12 月第 1 次印刷
開 本 880×1230 1/32
字 數 580 千
印 張 32.5
書 號 ISBN 978-7-5461-4846-5
定 價 198.00 圓(全二册)

服務熱綫 0551-63533706
銷售熱綫 0551-63533761
官方直營書店(http://hsssbook.taobao.com)

安徽古籍叢書編印緣起

我國歷史悠久，典籍豐富。我省地處南北之交，學術尤擅其盛。數千年來，哲學、史學、文學、藝術、語言、科技，作者輩出，著述如林，或自名一家，或蔚然成派，多爲中華民族文化之菁華，有裨於社會主義文化之建設。允宜及時整理，以廣流傳。

粤自明清，以至近世，南北郡邑已有涇川叢書、龍眠叢書、貴池先哲遺書、南陵先哲遺書諸刻。一九三一年，復有安徽叢書之編刊，所收皆皖人著作，分期影印。出至第六期，以抗戰軍興而中止。盛業未竟，論者惜之。

今者，中央倡導整理古籍，我省領導對此尤爲關心。省古籍整理出版規劃委員會幾經商討，決定編纂安徽古籍叢書。編纂宗旨是在歷史唯物主義指導下，批判繼承，古爲今用，弘揚民族優秀傳統文化，爲建設中國特色社會主義服務。最其體例，約有數端：

一、所收皆爲歷代皖人著作，時間一般以辛亥革命之前爲限，内容以文、史、哲爲主，分類成輯。尤其注意稿本、稀見本之搜輯與傳布。

二、整理方式包括輯、校、標點和注釋、今譯。校勘，力求採用善本爲底本，校以他書，或加補輯、編次。標點，採用新式標點。注釋，務求精確，但不作煩瑣考證。整理中，儘量吸收國内外研究的新成果。

三、先秦、兩漢著作及語言、文字之類，皆用繁體字，其餘則酌用簡體字。版皆竪排，以期一律。

四、凡熱心於本叢書編印及捐貲助刊者，得於書内題名。

安徽古籍叢書編審委員會

許振軒先生題簽

《朱氏家譜》朱書畫像

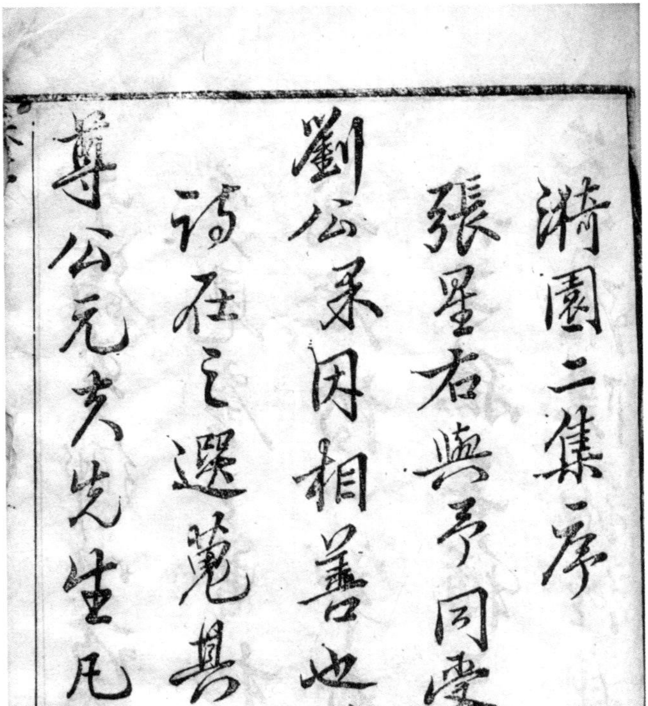
漪園二集序
張星右與予同受知於諸城
劉公承因相善也後予有仙回
詩在三選篋其
尊公元夫先生凡若干首具

朱書手迹《漪園二集序》

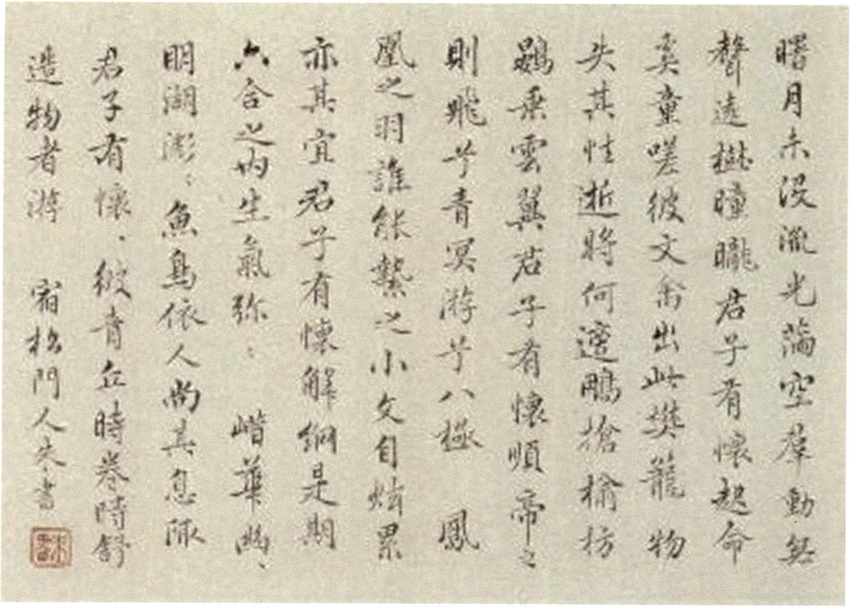

朱書手迹《題放鵬圖》

朱書全集目次

卷三 序

卷四 記

卷五　論

卷六　傳

卷七　書後

卷八　雜著

卷九　雜著

杜谿文稿外集

卷一　賦頌

卷二　書

卷三 序

卷四 記

杜谿詩稿

卷一

卷二

卷三

杜谿詩稿外編

卷一

卷二

游歷記存

杜谿時文集

卷一　上論

卷二　下論

卷三　大學

卷四　中庸

卷七　補編

評點東萊博議

卷一

卷二

卷三

卷四

附録

整理説明

一

朱書全集是清初皖江地區詩文名家朱書存世詩文的整理本。

朱書（一六五四—一七〇七），清初江南宿松（今安徽省宿松縣）人，出生於潛山縣敢山沖。原名世文，一名興元，後改名書，字字緑，一字紫麓，號恬齋。其故里有大、小杜谿（一作豆谿）蜿蜒而過，朱書深愛斯土斯谿，遂以『杜谿』爲别號，世人稱之爲杜谿先生。

朱書一生大致可以分三個階段：早年鄉居；中年讀書太學並壯游各地；晚年得中兩榜，寓居京師。

朱書的父親朱光陛生活在明清易鼎之際，他雖無功名，卻有遺民之志，這深深影響了少年時期的朱書。『稍長，教以古今世變、忠孝諸大節，博習詩、古文辭。顧屏干禄之學，不使進凡書。』（先考仲藻府君事略）這也是他寫作古文的起點。朱書成年之後，亦效其父授徒鄉野，不樂仕進，對明史尤其是晚明史鑽味頗深。與之交游者，有同縣石頌功、傅巖、傅有執、胡鳴鳳、王式昭、石質等人。其中，石頌功與他尤爲投契：『字緑英分過人，每執筆爲時藝及詩賦、古文詞，不移晷刻。書院初建，來者近百人，余樂於

數晨夕者，字緑外不多見也。』（人之安宅也附石頌功評語）

康熙二十五年（一六八六）十二月，朱書拔貢入都，赴太學讀書，同貢者有桐城戴名世。二人相識于康熙二十三年（一六八四），此番京城重聚，更是日相切磋，以深入的理論思辨和豐富的寫作實踐，爲包括桐城在内的皖江文學之發展提供垂範。正如民國宿松縣志所言：『杜谿古文，與桐城並爲開山之祖。』此外，他們還對晚明史表現出共同的興趣，在詩文中書寫遺民心曲。

朱書一生喜游歷，入都次年便開始雲游天下，直到康熙三十九年（一七〇〇），歷時十餘年，天下疆域凡十五區，自云『足迹所到已三之二』（游歷記自序）。游歷還爲朱書搭建了廣泛的人際交往平臺：入秦得交梁份、吴雯、李顒、張翬、王源、昝茹芝；駐皖得交查慎行、楊賓、費密、汪撰；游閩得交梅文鼎、查嗣瑮及許遇、張巖等閩中名士；寓居金陵，則與方仲舒、方苞、龔纓、朱文鑣、張符驤等人來往密切。

多年的游歷，豐富了朱書的人生體驗，也推動其文學創作和史學研究臻於博雅之境。正如其友人張符驤所言：

會字緑杜谿文鈔成，予讀之而嘆曰：『是得於江山之助者多矣。』震川自恨足迹不偏天下，不得奇功偉烈書之。而昔人稱太史公周覽名山大川，故其文疏蕩有奇氣。字緑有太史公之奇，而無震川之恨，其必傳於後何疑也？……字緑既博通掌故，又繼之以周游，故其爲癸壬録，具見朱氏治忽之迹；而出其緒餘匯爲斯鈔，亦皆根極體要，綽有發明。（張符驤朱字緑集序）

到游歷結束時，朱書『所著書已數十萬言』（方苞朱杜谿稿序），可謂碩果累累。此外，游歷還改變了他對清政府的態度。康熙四十年（一七〇一），朱書接受摯友方苞的建議，北上參加順天鄉試。這次入京，其『聲譽一日赫然公卿間』（方苞朱字緑墓表）。曾經，京師談古文則推戴名世，談時文則推劉巖，此時則『二君若爲小屈焉』（同上）。詩壇大家王士禛，亦推朱書爲名士。康熙四十一年（一七〇二），朱書中舉，次年又登進士，改翰林院庶吉士，應詔入武英殿，參與淵鑑類函、佩文韻府等大型類書的編纂。康熙四十六年（一七〇七），朱書積勞成疾，客死於京師寓邸，享年五十四歲。三年後，戴名世南山集案發，事涉朱書，因其已身故，未予追究，但文名卻因此湮没無聞。

二

朱書一生著述甚豐。據初步統計，有杜谿文稿、杜谿詩稿、朱杜谿稿（時文）、游歷記、癸壬録、閩游詩、評點東萊博義、松鱗堂偶集、古南嶽考、恬齋日記、恬齋紀聞、恬齋漫記、寒潭瑣録、謀野録、餬飥集等十餘種。鄉邦文獻的纂集，朱書也有倡議、踐行之功。他編輯了宿松歷史上第一部詩歌總集仙田詩在，參與了康熙二十四年（一六八五）宿松縣志的校閲，並首修了宿松楊西坂朱氏家譜。此外，他還有匯編皖江文獻和撰寫皖江者舊傳的計劃。但是，由於受戴名世『南山集案』和乾隆朝禁書令的影響，其著作或遭禁燬，或被子孫焚蕩，到嘉慶年間已難得一見。時人章煒即稱：『杜谿雖以古文名，然世鮮傳本，初未之見也。』（朱字緑先生古文鈔序）

本次整理，共匯集朱書存世著述七種三十四卷，附録四種。具體情況如下：

一、杜谿文稿九卷 是集爲朱書古文合集。初刻於康熙三十九年（一七〇〇）金陵德聚、四德堂，收文六十篇，卷首有戴名世序；翌年又增刻一次，收文七十三篇，編次也略有不同。初刻本藏於北京大學圖書館，增刻本藏於上海圖書館。道光三十年（一八五〇），石廣均在朱書族孫朱麟、桐城方東樹道光十一年（一八三一）輯本的基礎上，進一步輯佚、校訂而成朱杜谿先生集。共十卷：賦一卷九篇，詩三卷一百七十一首，古文六卷四十八篇，末附朱書康熙壬午鄉墨二三場之論、表、判、策。卷首依次冠石廣均、方東樹、戴名世三序。另有附録兩卷：一卷録戴名世贈序、方苞墓表、省邑志列傳及崇祀鄉賢録；一卷録朱曙白崖文稿一卷九篇。該本校刻精良，今國家圖書館、安徽圖書館諸館有藏。本次整理，即以上海圖書館所藏康熙德聚、四德堂本爲底本，校之以石廣均道光清貽館本。

二、杜谿文稿外集八卷 除康熙本、道光本外，朱書的古文還經歷了多次重編、重刻，其中較爲重要的版本有：

乾隆元年（一七三六）梨雲閣刻本，朱書長子朱曉輯。四卷三十篇，依次爲序、記、書、傳。附朱書次子朱曙白柴古文稿（又名白崖文稿、白砦文稿）。該書被收入四庫禁燬書叢刊（集部第一三〇册），流傳較廣。

嘉慶二十三年（一八一八）朱字緑先生古文鈔，蘄州陳詩編，廬江章煒刻。三卷四十篇，上海圖書館有藏。

光緒二十年（一八九四）朱杜谿先生集，黄修礽刻於廣東書局，蔭六山莊藏板。凡七卷，國家圖書館、安徽圖書館諸館皆有藏。是本以道光本爲祖本，文目大體相同，略有增删。卷首冠黄修礽、石廣均、戴名世、方東樹四序。

民國朱杜谿集，由朱書族裔朱哲人鈔録於一九三八年，又稱周民書屋鈔本，今宿松朱氏族人收藏。凡十卷，附録二卷，卷首依次冠戴名世、方東樹、石廣均三序。是本亦以道光本爲祖本，又補充了不少詩文。

杜谿文稿外集匯集了包括道光本在内五種版本的新出古文，並廣泛查閲時人文集、地方志，進行了通盤輯佚，釐爲七卷。其中古文辭六卷，參照正集目次，按賦頌、書、序、記、傳志、雜著的順序成編，共五十九篇。卷七爲制科，録朱書府試頌箴、壬午鄉試對策共十二篇。文獻出處，均以校記形式進行了説明。

三、杜谿詩稿三卷　現存朱書最早的詩集爲雍正杜谿詩稿，由朱書長子朱曉刊刻行世，凡三卷，今爲孤本，藏國家圖書館。卷一至卷二，始於康熙三十二年（一六九三）遠游秦中，終於康熙四十五年（一七〇六）修書内廷，計一百〇八首；卷三原分詩賦，先録直武英殿紀事詩三十一首，次載華山賦、高臺望月賦二賦。二賦亦見于道光本朱杜谿先生集，文體亦屬古文辭，故仍置於文集，而以杜谿詩稿爲校本。本次整理即以雍正本爲底本，校之以道光清貽館本（卷二至卷四）和宿松文徵所録相關詩歌。

四、杜谿詩稿外集二卷　除雍正本詩稿外，朱書還有不少詩歌見於各書。如道光清貽館本朱杜谿先生集卷二，收望潛山天柱峯等十四首，爲朱書早年之作；民國周民書屋鈔本、宿松縣志、宿松文徵、朱氏家譜等書，也各存佚詩多篇。本次詩歌外集之輯，即將其釐爲二卷，凡三十二首。卷一録道光清貽館本、宿松縣志、宿松文徵見載而雍正本所無之詩二十一首，大抵爲其早年之作，惜次序凌亂，年月難詳；卷二録清代别集、總集、家譜、書畫中所獲佚詩，始於康熙三十二年，止於康熙四十六年，以作年爲序，凡十一首。整理時，凡見於諸書者，擇其善者爲底本，校以他書。

五、游歷記存一卷　游歷記是朱書的地理類著作。其自序云：『於是仿桑欽、酈道元以道里爲經，以見聞爲注，作游歷記若干卷，曰兩畿、曰燕秦、曰燕梁、曰秦楚、曰閩豫章入燕、曰閩浙入揚州、曰江行。』由此推測，是書原有七卷，然今僅存燕秦之道一卷。朱書自序末署『庚辰清明日書』，則是書當梓行於康熙三十九年或康熙四十年。該本今藏國家圖書館，無扉無序，係海内孤本，尤爲珍貴。道光年間，汪桂月在民間訪得燕秦之道一卷，道光二十九年（一八四九）由培根堂刊刻行世，改題游歷記存，以明其非完本。今有二部存世：一藏中央民族大學圖書館，一藏南開大學圖書館。卷首依次冠汪桂月序和朱書自序。光緒二十年（一八九四），黄修礽刊刻朱書古文時，同時刊刻了游歷記存，以道光培根堂本爲祖本，即蔭六山莊本。光緒三十四年（一九〇八），新昌胡思敬編輯問影樓輿地叢書，朱書游歷記存被列爲第七種。是本鉛印於京師，以蔭六山莊本爲祖本，惟卷首删汪桂月序文，卷末增胡思敬跋文一篇。本次整理，以康熙原刻爲底本，以光緒蔭六山莊本爲校本，並將書中引用的古籍與原書進行了校對。

六、杜谿時文集七卷　朱書時文的整理、刊刻在康熙年間就進行過數次：康熙四十一年（一七〇二）朱書中舉之前，即選刻五十篇；次年登進士後，又命其子朱曉、朱曙重加編校，增至一百三十五篇，鏤版於蘇州；康熙六十年（一七二一），朱曉、朱曙又重刊一次。以上三刻今皆不存。道光年間，朱書族孫朱瑚等輯得朱書時文一百四十篇，重刻於清貽館。是本今存兩部：一藏南開大學圖書館，一藏安徽圖書館，題爲『朱杜谿稿』。卷首依次冠李振裕、方苞、王政敏、劉巖四序，次張坦厄言一篇，末綴朱曉、朱曙跋文。本次整理，以道光家刻本爲底本。該本目録以上論、下論、大學、中庸、上孟、下孟、補編七截，今推其意，以截爲卷，定爲七卷。底本行間原有密圈，因不便於今版，故未録，行間評語及篇末總評皆予以保存。另外，整理者又從墨卷商、歸雅集、國朝文鈔、大題文選、小品二集等書中輯得評語近三十則，皆隨文增補。

七、評點東萊博議四卷　東萊左氏博議，南宋吕祖謙著，共八十六則，爲諸生課試之作也。朱書曾對該書進行評點，並私示諸弟子。康熙四十年，包含朱書評點的東萊博議由蘇州寶翰樓鏤刻行世，凡四卷，今有孤本藏於國家圖書館，因多種原因，未能一睹其面，深以爲憾。本次整理，以道光間朱書族孫朱瑚等重鐫本（種義堂藏板）爲底本，將吕祖謙原文與朱書評點相配合，題爲評點東萊博議。又據一九一三年鑄記書局重刊本補録朱書父子所撰序文和跋文。

八、附録四種　一是傳記部分，包括地方志、家譜和友人所撰傳記、墓表等資料，共九篇。二是各版本序跋，爲朱書詩文集各修訂版本的序跋匯總。三是朱書撰述，戴廷杰撰，對其著述情況進行了全面介紹。四是朱氏詩文，對其父朱光陛、長子朱曉、次子朱曙、曾孫朱之鳳的著作進行輯存。

三

整理者對朱書詩文的關注始於二十世紀九十年代，蔡昌榮、石鐘揚校點的簡體暨排本朱書集，已於一九九四年列入安徽古籍叢書，由黄山書社出版。限於當時的文獻條件，輯録範圍、底本選擇均有不盡如人意之處。經過近三十年的留心搜輯，本次整理，不僅篇幅從三十五萬字增加到了近六十萬，且底本、校本也實現了明顯優化。這些進展的取得，離不開海内外師友的熱忱幫助：張國剛、戴建國、孫志方、潘宏、吴可文、吴東保、劉歷周、張志方諸君熱心惠賜所得佚文；寧國中學江偉老師，對部分新收佚文進行了録入與校點，篇幅約三萬字，並對編校工作提出了很多有益的建議；安徽省古籍整理出版辦公室彭君華主任、責任編輯束莉女士也爲本書的編校、出版付出了持久的努力：在此統致謝忱。是集雖稱全集，但清代文獻汪洋博觀，遺珠之憾在所難免，敬請讀者諸君不吝教正。

整理者

二〇二一年十月

朱書全集之一

杜谿文稿

杜谿稿序〔一〕

戴名世

杜谿稿者，余友朱君字緑所爲古文也。字緑家宿松之杜谿，因以爲號。其稿凡數十萬言，囑余敘之，且曰：『吾之文章，非吾子莫之傳焉。』嗟乎，余之自廢棄也甚矣！流離奔走，枯槁憔悴之餘，舊學盡失；而字緑之才氣横絶一世，其奇偉博辨之作視余不啻倍蓰過之。余嘗以謂，文章者非一家之私事。余雖有志於文章，而家貧多事，不能著書，今得字緑巋然傑起，即余亦可以輟筆；而字緑猶愛慕余文特甚，且以傳其文見屬，此以知字緑之虚懷樂善，而其文且日進而莫可涯涘也。余荒陋無能爲役，然字緑之請不可以辭，則仍舉往日之所以語字緑者言之而已矣。

余嘗與字緑言曰：『世有一世之人，有百世之人。』所謂『百世之人』者，生於百世之後，而置身在百世之前。唐虞之揖讓於廷，而君咨臣儆，吾目見其事而耳聞其聲也。南巢、牧野之戰，吾親在師中，而面領其誓誥也。吾又登孔子之堂，乘其耳提而面命，而與七十子上下其論也。吾又入左氏、太史公之室，見其州次部居，發凡起例，含毫而屬思也。以至後世戰爭之禍，賢君相之經營，與夫亂賊小人之情狀，無不歷歷乎在吾之目。是則吾生於今，而不啻生於古，自堯舜至今凡三千餘年，而吾之身已三千餘年而存矣；而吾所著之書傳於後世，而後世之人讀吾之書，如吾之謦欬乎其側，是則吾之身且與天地無終極而存也：此之謂百世之人也。若夫一世之人，則止識目前之事，而通一時之變，雖其至久遠不過百年，以天地之無終窮者視之，須臾而已；乃若生於一時，而一時之事猶懵不能知，則莊周氏之所謂朝菌也、蟪蛄也。『朝菌不知晦朔，蟪蛄不知春秋』，吾安得百世之人而與言百世之事哉！既以語字绿，輒自顧而歎；而字绿聞之，未嘗不奮袂而起舞也。

余與字绿年相若，余之學古文也先於字绿，而字绿之爲古文也，余實勸之。乃余與字绿東西奔走不能合併者凡七年，至是遇於金陵，而字绿之志益高，讀書益勤，而文章日益工。嗟乎！以余之幽憂多疾，精力漸衰，迴首曩日著書之志，已自廢棄。所謂『百世之人』屬之字绿，而余之與朝菌、蟪蛄相去幾何！此所爲敘杜谿稿，不禁輟筆而三歎也。余將歸隱故山，與杜谿相距二百里而遥，尚欲網羅散佚，一酬曩昔之志，苟有撰者，必是正於字绿而後存。則余之文且賴字绿而傳也，而余又安能傳字绿之文哉！

金陵龔君孝水、朱君履安方校讎字绿文字，聞余言而善之，皆曰：『戴子之言是也。』遂書之。時庚辰十月，桐城[redacted]撰。

朱字緑集序〔二〕

張符驤

憶予初識字緑時，字緑投予小孤山記一首，予自是不能忘字緑，聞字緑客走燕、齊、秦、閩，甚思之。今年，字緑忽垂書商壬癸録事，知字緑近在舊京，乃渡江訪之。會字緑杜谿文鈔成，予讀而嘆曰：『是得於江山之助者多矣。』震川自恨足迹不徧天下，不得奇功偉略書之。而昔人稱太史公周覽名山大川，故其文疏蕩有奇氣。字緑有太史公之奇，而無震川之恨，其必傳於後何疑也？凡理詳於簡册，而事日新於見聞。自有明中葉以來，一切阨塞、戰屯、興革、刑賞之大，與夫稗官野叟之信而有徵，皆非親歷不能悉。字緑既博通掌故，又繼之以周游，故其爲壬癸録，具見朱氏治忽之迹；而出其緒餘彙爲斯鈔，亦皆根極體要，綽有發明。字緑之用心可謂勤，而其言可謂肆矣。予自擬瓣香震川，上溯史公，然不能不以震川之恨爲恨。獨字緑之學與游俱進，吾烏能測其所至哉？

今天下古文道廢，屈指近年成名諸巨子，少有厭人意者，而字緑之光芒與田有之疏散，皆得古人之趣，海内能文之士未之或先也。予去年爲田有評憂患集，今又序杜谿文鈔，猥承兩賢知定之托。昌黎固曰：『名列三王之次，有榮耀焉。』而字緑猶以鋟木之遽不得予之決擇爲疑，予何以進字緑哉！亦使天下後世知字緑以如是之文而虛中集益、不遺狂直如此。天下大矣，字緑足迹亦半天下，顧無足與於知定者哉！

蔡龍文評　外間以良御與朱戴爲江左三大作手，讀良御序二家文，所謂屋裏人説屋裏話也。

張謙宜評　桐城君文清而薄，字緑有奇傑之概，海房又次之。

校記

〔一〕輯自道光本朱杜谿先生集卷首，署名「宋潛虛」，即戴名世陷文字獄後，學界對他的避諱别稱。可知康熙本末尾塗抹五字，當爲「戴名世田有」，即戴名世的名、字。

〔二〕輯自張符驤依歸草卷十，康熙重刻本。

杜谿文稿卷一

書

與萬季野書

先生抱道浙東，不求聞達，當軸鉅公以明史屈致京師，有明二百七十餘年君臣政事，無不待先生以傳。書得仰承大教，幸甚，幸甚！

竊聞之：君子不阿所好。若私其鄉里而欲文飾其不足，傳之人引以爲重，惑已。然鄉有名賢，而後世無聞焉，則君子恥之。

前在都門，書曾詢敝邑金中丞忠士得立傳否，即不得專傳，或立合傳否，聞皆未可得。頃在徐宫坊果亭先生席上，復親色笑，兼俯賜明問，云：『錦衣衛指揮金星耀止殺一疏，爲崇禎朝奏議第一，遍搜館中典籍及江南通志，皆未得其人，以爲惋歎。』承盛意篤切，不同泛常，闡發幽隱如先生者，真可謂仁人君子之用心矣！

夫星耀非他，即敝邑中丞子，以中丞撫榆林有功得任者也。敝邑人物寥寥，自漢迄明，止有陳武及子表修三人得入吴志，餘皆淪没不可考。金中丞立功榆林，書讀其旭山集及杜將軍破賊歌，每想見發蹤指示，意必有超出尋常者。惜當時幕府賓僚未能悉記其事，以遺後人。中丞又以勞卒於官，遺文散失盡矣；即有存者，子孫今貧弱，無由自致史館。非先生旁求博采，數十百年後將問金中丞名氏且茫然耳，又烏知其子爲環衛偉丈夫哉！書在秦中，亟欲考其三邊政績，延安府志及延綏鎮志皆略有紀載，不能詳，又俱稱休寧人。中丞雖系出徽州，父坤著籍敝邑，中丞由敝邑縣學生起家，丘墓在邑境内，合歸敝邑。然使止移其籍貫，不没其事功，則休寧猶之宿松，固亦不必私之也。近世錢宗伯列朝詩集，凡吴下僅能詩之人皆得與。又黄蘂洲明儒學案，餘姚幽晦之儒無不登載。此無他，同鄉里親切，既易知，亦不忍棄也。敝邑不幸，不惟貴顯者少，而承學之家又寡著作才，無以稱表章先賢之意，宜乎有功烈於天下而不傳者衆也。金中丞父子，今得先生訪求遺逸，倘獲附入列傳之末，與陳武父子先後比烈，則匪但金氏受先生不朽之賜而已。

敝邑明初武勳及人材辟召者無論，其以進士入仕者四人，惟侍御楊春芳出處在中葉。至金中丞時，南北亦多故矣，然猶全盛也。最後則兵備張鳳翥守承天，城陷，力圖恢復不遂，死。副使田有年，分憲兩浙，國變不仕。此四君子者，張兵備無後，餘俱不能自達。要以先生蒐訪之心，固未有已也。倘有一事一言之可取者，尚祈俯垂收録，以慰幽隱焉。書於四家雖同里居，然素無親好，所以曉曉者，惟仰體盛德，冀闡潛徽。至四家事實，容搜録奉到，以備觀覽。

幸賜鑑照，不宣。

與吴天章書

昨歲偕處關中，益親大教，俾淺見加拓，何幸如之！每對知交，輒言入秦得梁質人論古文，又得吴天章論詩，可謂兩快。然質人之詩，足下稱長；足下古文，質人稱長：長者稱其長，知二君子兼得之矣。質人曰字緑詩長，足下曰古文長：稱長者非所長，又知書兼未得之矣。每自念爲學日淺，未能造其閫域，安敢侈口談此道哉！顧以平昔之所聞，求之古人簡策，不揣所見之鄙，敢盡於知己，幸有以教之。

書向覽湛園文集，其論詩也，以爲詩最忌盡，盡則俚。私竊以爲湛園古文長於詩，恐其言未盡是也。蓋詩之至者，自然不盡，而强爲不盡，未足以言詩。天下之物，其情其形不一而足，或渾然中涵，或釐然畢備，長短、屈伸、顯晦之狀萬有不齊，此造物自然之極致也。故有不盡者，即有盡者。水流不涌則積者滯，風不震蕩則不足以鼓舞萬物。廣陵八月之濤，楚之雄風，可以愈疾而稱快。好惡之性，天之命也。好不極其好，惡不極其惡，古人以爲自悖其情。今必曰好之矣，無顯然好也；惡之矣，無顯然惡也。含糊卷臠，故爲不盡，是猶喜者禁其笑，疾病者禁其呼痛也。夫不喜而笑，無病而呼痛，固非人情；喜禁其笑，疾病禁其呼痛，則鬱結幽轖，轉成狂痼而已矣。且三百篇有正有變，亦因乎其時耳。處文、武、成、康之時，而呼天告哀，癙憂泣血，則狂矣；處夷、厲、幽、平之時，而燕笑譽處，茀禄爾康，則奸矣。繁霜、小旻之詩人，豈必遜賢於鹿鳴、魚罶？夫固各有當也。足下之詩無所不有，要以冥索神詣，得其懸解而止，宜乎獨擅風雅之長。顧右李左杜，黜韓進柳，大致同乎湛園。湛園古文長於詩，足下於詩微矣。書言云爾，亦適成其爲書之見也已。

與梁質人書

書昨駁封建論，以『王者興，不當復徇郡縣』，深闢柳宗元、蘇軾之謬，此是古非今，宜爲世俗所怪。吾兄乃云：『此經世實學，不徒文字之工。』得毋言之過當邪？生平讀書了無所用，聊以發抒胸次，未暇求工，又何足以經世也？

來教云：『宋南渡與晉同，懷、愍、徽、欽等耳，不得謂晉愈於宋。』書昨論因統言古今大勢，不能條晰，宜吾兄以此相難也。所謂晉愈於宋者，實有徵驗。書試詳之，吾兄亦必見其然。何也？東晉、南宋形迹略同，事勢大異。同者，郡縣之害。異者，晉微存封建之意，故中國正朔猶存；宋則全廢，故浸淫至於德祐而淪胥殆盡也。

晉懲魏拘縶藩王之過，乃重任同姓，皆畀以都督、刺史，得辟吏典兵，專制生殺，與古國君之權無異，而無胙土分茅之名，但惜其規制未備、法守非人耳。武帝裁削，郡縣之兵不能制盜賊，所謂近於封建者去其一。惠帝不慧，牝后司晨，弒母后，虐大臣，遂有『八王』之事，所謂近於封建者去其二。宜其年祚短淺，亂亡相繼，不逮漢唐遠甚。此何曾所謂及身而止，無經國遠猷者也。其時，劉、石、苻、姚諸人久居内地，襲冠帶、談古今，雖亦外敵，實同草野之雄，非如宋之金元起自漠北也。然惠帝西遷後，懷帝以豫章王入繼統，愍帝以秦王起長安，雖卒敗滅，其能勉强興復，則分藩之明效也。二帝敗於饑饉，不能自存，而諸刺史扞禦之功，非宋以後郡縣吏所能及。元帝起江左，由朝廷任以陝東之重，使同宋以後藩王，則元帝縱欲興復，而素未能與吏民相洽，何以信人心而係天下之望乎！且張軌、李矩、劉琨、祖逖、郭默、邵續、段匹磾、段遼、段龕、慕容廆、仇池、楊氏、王浚之屬猶能戰守一州，遵奉正朔，大河以北未至全淪異域，豈非刺史之制猶有封建微意，故能如是哉！使元帝立而不誤用王敦，明帝托孤而不誤委庾亮，國無内禍，振轡中原，豪傑應之，則漢之竇融、唐之李郭雖未必遽有其人，而張、李、劉、祖之徒必不至陷没，慕容、諸段亦必不遽改前轍，光復舊物，是未可知也。書以晉與漢唐並稱，豈無説哉！

若宋則不然。欽之承徽，非起自藩國也。汴京不守，河北州縣稽顙懾服，無能守一邑、據一州以議其後者。張孝純輩竭力抗守，卒不旋踵而亡。康王南渡，宗、韓、吴、岳抗守殘破，屢挫敵鋒，而稱臣奉表，以存一綫。此則晉人所不爲也，宋安得比晉哉？蓋宋之人才遠勝於晉，乃屈辱以圖存；晉之德澤遠不如宋，乃衰弱而難滅。此無他，全用郡縣與略用封建，其得失之數相反也。使宋有晉之刺史，則齊、魯、秦、晉、周、魏間，豈無張、李、劉、祖之才以牽制敵人？即不然，亦能自守其疆土，而謂甘心委服，爲敵驅使，必不然已！且康王南渡，亦以趙氏諸宗，惟王建牙開閫略同琅玡，不至如後世純用郡縣之子孫，平居不見吏民、臨事不知兵將者也。明季唐王興兵勤王，乃錮於高牆，其他則束手受縛於闖獻，不封建之過亦已明矣。吾兄乃以爲强詞奪理，何邪？夫晉與宋南渡同，而稱臣息兵，與河朔諸州奉王命者不同；晉與宋亡國同，而颶風覆舟，與宋、齊、梁、陳相繼爲南朝者不同。此亦古今得失之大較矣，豈得謂之强詞哉！若夫廢興存亡不係乎郡縣、封建，則吾兄固已悉之，不必復置論也。

荅王崑繩書

前作尊大人哀詞奉寄，未知達否？頃於張聲百處得所寄濯足圖説、拙詩敘各一篇，又得一書，辨别陽明『無善無惡』之説，懇懇以古人相期，規吾過而進之善，非吾子不聞此言。然必曰萬無以爲罪，是猶以世俗遇我，非古人往復之義也。魏冰叔先生自謂生平好談兵，然使爲百夫長，必不能辨萑苻之盜。書之於學，亦猶是也。辨『無善無惡』者，當有明之世，若唐伯元之疏、羅文莊之書、困知之記、學蔀之編，備矣。書不能望其事業、文章萬一，徒執其不待辨之謬以非議之，此其過誠大。然以書爲尊程朱而痛詆陸王，則非也。

用兵者必正部曲、行伍、營陳，則節制之師有恃而不敗。而豪傑非常之將，往往不依古法，出奇野戰，以成大功。聖人之學，節制之師也；異乎聖人之學，則不依古法而出奇野戰者之師也。聖人豈不能出奇野戰以成大功哉？不以儌幸苟得令也。孔子、孟子之説，未聞以虚無爲本體者。自釋氏竄入，壹以虚無爲宗，泡影萬物，務求直提本性。而所謂本性者，不過知覺運動之靈者而已。吾儒所謂『天命流行』『物與無妄』之原，皆以爲本體之障礙，必力掃而空之，而後可以證其宗。嗚呼！此聖學所以榛蕪，世受異氣沴戾之患而未有已也。

書嘗謂近世浙江有異人三：劉伯温、于忠肅、王陽明，皆振古魁奇磊落之士。而陽明之失，失在講學。誠有如胡端敏之言者，由陽明之道，率天下之人盡爲王汝止、王龍溪、顔山農、羅近溪、趙大洲、何心隱、李卓吾之徒，棄禮法，任放誕，詐諼縱衡，肆無忌憚，如飲狂泉而不可救。古未有在位而講學者，凡講學於居官之日，皆竊所不取。陽明則又竊釋氏之唾餘，滋吾道之蟊賊。説者以爲中原陸沈實清談之禍，雖爲過甚，而揆其流弊，不得謂非有由也。不能自力於倫物、利害、生死之交，則尊陸王即賊陸王，尊程朱即賊程朱。是言也，敢不拜命？顧謂詆陽明之人多不才，此不足長陽明之氣，亦不足爲程朱病，大抵貴自省耳。

且『無善無惡』與『無聲無臭』亦有辨。『無善無惡』謂心無定體，『決諸東方則東流，決諸西方則西流』也。『無聲無臭』謂化無形迹，『所過者化，所存者神』也。人心、道心與生俱來，不云『無善無惡』與生俱來也。至物至事不可訓格物，爲善去惡又惡可以訓格物也？吾子之言曰：孟子没後千數百年，全體大用、才堪王佐者，諸葛忠武及陽明兩人而已。不識子之推之者，功業邪？學術邪？如以功業而已，孔子不能墮三都，是陽明賢於孔子也。然漢唐以來，立奇功、建大業者不乏人也。如以學術，則忠武不聞講學，何相擬之不倫邪？今爲陽明之説者，類皆仿佛，本一家，無怪吾子卓然不惑於異方之教。所言云爾，復何望哉！書何知有程朱？又何知有陸王？但知有『人之生也直』及人『無有不善』之説，自覺性無善、無不善爲不相似耳。子嘗曰：『爲將者慎勿慕不依古法之名，而失節制之律。』書未能將兵，固執兵以自衛耳。若以詆『無善無惡』爲過，是執兵自衛者復爲襢裼暴虎所笑也〔一〕。得過之多，不亦宜乎！

附　王源與朱字緑書〔二〕

秦游得與吾子訂交，幸甚！源所重在品之真，肝腸潔白，才華其餘耳，況吾子才華又迥出時輩者哉！顧訂交，友矣。友也者，取其益也。益之象曰：『君子以見善則遷，有過則改。』故勸善而規過，友之道也。源不才，敢以無益之友辱吾子，竊願有所規勸焉，而吾子試擇之。

昨見吾子與李中孚先生書，力詆姚江『無善無惡』之非。此從來闢姚江者之口實，不自吾子始，而吾子之文特辯，而吾子之人非流俗等，故不得不與子白之。

今天下之尊程朱、詆姚江，侈然一代大儒自命，而不僞者幾人哉？行符其言者，真也；言不顧行者，僞也。真，則言或有偏，不失爲君子；僞，則其言愈正，愈成其爲小人。

有人於此，朝乞食墦間，暮殺越人於貨，而掇拾程朱緒論，狺狺焉詈陽明於五達之衢，遂自以爲程朱也。則吾子許之乎？彼朱陸各行其是，以脩身而明聖人之道，狂爾狷爾，皆真儒也。論其所見之偏，不能無過不及，而論其得則皆聖人之一體，烏得是此非彼，立門户於其間，若水火之不可以並立者？且夫對君父而無慚，置其身於貨利之場、死生禍福之際而不亂，其内行質之幽獨而不愧，播其文章議論於天下，而人人信其無欺。則其立説，程朱可也，陸王可也，不必程朱，不必陸王，而自言其所行亦可也。否則，尊程朱即程朱之賊，尊陸王即陸王之賊，僞耳！況大言欺世，而非之不勝舉，刺之不勝刺者哉！嘗聞一理學者力詆陽明，而遷官稍不滿其欲，流涕於朝不能止。一識者譏之曰：『不知陽明謫龍場時，有此淚否？』其人漸沮無以荅〔三〕。又一理學者，見其師之子之妻之美，悦焉。久之，其夫死，約以爲妻，未小祥而納之。而其言曰：『明季流賊之禍，皆陽明所釀。』嗚呼！若輩之行如此類者，豈堪多述？夫太公佐武王伐紂，伯夷不食周粟餓死，兩人之行相反矣，而俱不失爲聖人。假令盜蹠附伯夷以爲名，尊伯夷以爲聖，代伯夷詆太公，而自以爲夷之徒，則夷之目其將瞑於地下乎？故今之詆姚江者，無損於姚江毛髮；而程朱之見推，實程朱萬世之大厄爾。

君子之辨理也，苟反之吾心而不得其安，驗之於事於物，未見其確然不可易，折中於孔子之言而不合，雖顔孟之言，吾不敢以爲然也，況下焉者乎？苟安矣、確矣，與孔子之言合矣，雖愚夫愚婦之言，吾奉之不異於聖人，況上焉者乎？子以無善無惡爲虛耶？無聲無臭虛也哉！太極未判，何陰何陽？知識未開，何善何惡？非不善也，無善之可名也。孔子曰：『繼之者善，成之者性。』曰『繼』曰『成』，非後起之名之一證歟？且子亦知愛親敬長之道乎？愛敬，善矣。顧愛知於孩提，敬知於長襁褓耶，孰爲愛、孰爲敬乎？蓋嘗觀諸名物，有不俟對待而自名者，有必對待而名始立者，無陰何名爲陽？無惡何名爲善？有小人，而後別之爲君子；有西，而後別之爲東；有夜，而後別之爲晝。故一有善之名，即不能無惡。如愛敬，不學而知能，而貪焉、嫉焉、争焉，又豈學而知、學而能者哉？顧未有知也，渾渾爾；知識一開，即與形色而俱見：故曰『有善有惡意之動』也。

吾子則曰：『性之善猶水之下。』子輿氏之言也，可曰『無上無下水之體，有上有下水之動』乎？噫！子亦知水火之體何如者？火蘊於木石之中，陰陽噓吸涵濡而成水，必形而附於物，而後炎上，而後就下。當其未形與初形之濡濡者且上烝，星星者且下射，亦何上何下之有？即曰『無上無下水之體』，胡不可也！但謂『有上有下水之動』則不可。然物有可喻者，有不可以相喻者，必舉不可喻者以相喻，則杞柳何不可以喻性？長馬之長，何不可以喻長人之長？而犬之性猶牛之性，牛之性猶人之性矣。夫所貴乎學者，當出吾心之真是真非，以考三王、俟百世，不宜持拘迂之見，守異同之成説，膠錮束縛，老死章句之中，而不能以自拔也。

性善發於孟子，蓋舉四端之固有於我者，以明道之出乎性，而救人心之陷溺。至於口體耳目之欲，則曰：『君子不謂性。』夫不謂之性，已不得不先謂之性矣。曰：乃若其情則可以爲善，而不善之情則置而不論矣。況天下確有性惡如越椒、楊食我之徒者，則有善無惡實不可以概天下之人之性。故當日不但告子諸人紛紛之辯不容已，即門弟子亦不能深服而不疑。使孔子出，而譬之曰：『性相近也，習相遠也，唯上知與下愚不移。』則性之説定，而紛紛者不辯而自息矣。故韓子『三品』之説本之孔子，確乎不可易。必曰孟子是而韓子非，源不敢以爲然。

嗚乎！先儒謂氣質之性非義理之性，所從來矣。夫義理之性天命之，不知氣質之性誰命之？將天之外別有物焉命之乎？抑無所稟受而漫然自有之乎？如謂別有物焉，物則何名？如謂自有之也，則義理亦吾自有之耳。奚獨專其命於天爲？帝舜曰：『人心惟危，道心惟微。惟精惟一，允執厥中。』人心、道心與生俱來，純乎道心者，上智也；純乎人心者，下愚也。近者雜焉，雖多寡不齊，而道心自能知其人心之惡，故良知獨歸於道心。然則以知善知惡爲良知，爲善去惡爲格物，蓋謂知其惡而閒之以存其善，知其善而擴充之以造其極，即精一執中之義爾，亦奚背於聖人？而以不合於即物窮理，遂可目爲異端邪説也乎？吾且不必與子言理，姑與子論文：曰致知、曰誠意之數者，兩言耳。論其理，萬千言不能盡；就文義釋之，兩言盡矣，無庸加之辭而後解也。若云格至也，至物可以爲文乎？物非事也，即以爲猶事也，而至事又可以爲文乎？必加之辭曰：窮至事物之理，欲其極處無不到，而後可以爲文。嘻！亦勞矣。殷盤、周誥未若是也。即謂古文或有之，而大學之文原非殷盤、周誥之體，夫豈説之所可通者哉！總之，心之體、意之動與良知者，皆舉其自然者以示人，而功則歸於爲善去惡。此姚江實體諸躬、深造自得而垂諸訓，豈教天下任其自然猖狂以自恣者！蓋無善無惡，太極也，非無極也。言理，至太極至矣，又於太極之上加之無極，此正二氏求勝於吾儒以立説，而淪於虚寂之蔽。學者不知辨無極之失，而沾沾以無善無惡爲非，豈不悖哉！

中孚先生之書，源未之見，不知其言果當與否，第就吾子之言，而呈其區區之見如此。夫今之詆陽明者，行僞而品陋，識暗而言欺，天下從而和之者，趨時耳，干利耳。舉世若狂，以詆姚江爲風氣，亦何足與深辨？顧聰明才辨如吾子，亦不免爲風氣所移，是何可不一進其狂愚，使早知抉擇也乎？源嘗以爲孟子殁後千數百年，全體大用、才堪王佐之儒惟諸葛忠武、王文成兩人而已。漢唐之儒，章句訓詁。宋儒見聖人之體而不能全其用，知經不知權，爲治世之良臣有餘，戡天下大亂不足，爲奸雄竊笑久矣。求其德行中正純粹無疵累，而因時制宜，仁至義盡不失之迂，陽施陰設不流於詐，極天下之權奇奸暴不足當其鋒，而禮樂教化可直追乎三代，則忠武而外，舍文成可再得乎？使以孝宗求治之君，得文成爲之輔，則三代何難復！不幸遇而不遇，以震世勛名未嘗盡其用之一二，此有志世道之君子所爲欷歔扼腕於天之未欲平治天下也！乃當日之排而謗之者忌其功耳，一二正人君子學術不與同耳，不知今之肆無忌憚、不遺餘力横詈之者，何以至此極也！吾子誠有志於聖賢之學，但當從事家庭朋友之間，砥名節，力行無僞，而讀書講學從其性之所近，即不尊陸王而尊程朱，豈曰非賢！若與世波靡，亦翹焉以闢陽明爲能事，竊恐言不顧行，作僞心勞，終不免小人之歸耳！伏望平心察理，絶去依傍雷同之説，求其至當而歸於爲己，庶不負訂交之意云爾。

源頓首謹白。

告同郡徵纂皖江文獻書

朱書等白：吾安慶，古皖國也。其嶽曰霍山，其瀆曰大江，其川曰尋潛，其浸曰雷塘，其鎮曰大龍，靈秀所鍾，扶輿鬱積，神明之奥區，人物之淵藪也。

然元以後至今，皖人非古皖人也，强半徙自江西，其徙自他省會者錯焉，土著亡慮才十一二耳，而皖人則亦惟元以後至今爲甚盛。三百年來，忠孝、事業、文學、諷議之迹，顯聞天下，不一其人。大者登列史册，小者繫名志乘，猶多自爲纂録，各成一家。幸生其間，食舊德，服先疇，謹守高曾規矩，即足以成其能而弗畔於道。孰謂吾皖無人哉！夫漢以來千餘年矣，今名史凡二十一部，若漢文翁、朱邑，吴陳武、陳修，東晉何氏，宋龍眠三李之倫，都可指數。至經盛於漢，詩盛於唐，文盛於宋，吾皖必多其人，而傳者寥寥，何也？毋亦後之人不能表而出之，或至存者日亡，亡者日盡也。周禮春官：既設大史，又有小史，掌邦國之志；既設内史，又有外史，掌四方之志。先王欲求盡乎天下之隱，固若此其急也。今有明一代之史將已告成，當事者雖極意蒐羅，而先賢子孫多貧弱不能自致，則闕遺者多。至於志乘所載，尤難盡允。明一統志命於英宗，成於大學士李文達諸公，歸熙甫猶譏其失。一統志且如此，況其他乎？今江南通志，安慶人物明以來不過數十百人。府志十八卷，人物僅兩卷，明以來凡五六百餘人，人各數語，不但不足概其一生，而卓然可傳後世者或復不備。書不敏，竊不勝悼懼，恐先賢淪棄不得以聞也。夫漢、唐、宋千餘年，皖人不多著見，而一盛於元以後至今，可謂難矣。乃卓然可傳者又漸不傳，豈不惜哉！書在都門，從史館諸公問吾邑金中丞忠士傳，猶未之見，於是粲欷嘆息，以爲才業如金公，非有曲加蒐訪者，且難自見於後世，益信世之可傳而不傳者衆也。

鄉讀襄陽耆舊傳及益州先賢傳，竊欲放其義類，自成一書。後聞郡人方達卿先生手輯邇訓，益心慕之，然方求衣食不遑。比返里中，竊不自量，思畢其志。敢告六邑同志之士，共爲攬綴，或行狀、事略、傳記、譜牒、碑銘之文，乞賜郵寄。其有先賢奏疏、文集，並望借覽鈔録，納還原本，不敢敝汙，同襄盛舉，以垂不朽。幸甚！幸甚！孔子曰：『君子之學也，博其服也。』鄉夫冠履鞶帶猶不敢忘，厚之至也。先賢嘉言懿行，其爲服也多矣，而敢忘焉！伏惟鑑漢、唐、宋皖人之寡傳，樂元明至今之獨盛，依小史、外史之義，以成先賢耆舊之紀載，而不爲史志之所遺略，則六邑君子必有毅然任之者。書得從其後以觀成焉，不亦美乎！元以前皖人入史志者不復具，惟蒐明至今止。凡顯仕、隱晦、獨行概爲立傳，有著作可傳者別爲一書，名曰皖江文獻。凡文稿、書籍見寄郡城，可付程叔才師恭及程佐衡邦宰家，便無浮沉遺失之患。

上劉京兆書

書少讀書學藝，不願求仕。又竊自度其才，雖生於古，其時足以建赫赫之功，猶或不能善事貴人左右，以牢固其可以得爲之勢，況今與古異矣！野拙所宜，惟有閟藏深山，與雉兔鹿豕偃游草豐林蔚間，自樂其天年；求古人遺編銷鑠歲月，間以所得發抒，求見後世，是所願也。豈敢以忘勢下接，望之當代名卿大夫？

比者居都門，首尾六七年，先書來者有矣，卿大夫轟然聞其名焉；後書來者有矣，卿大夫轟然聞其名焉。書也足不出乎寓館，名不徹乎一榻之外，舉京師之大，書無所過從也，人亦無得而知焉。書之野拙可知矣。閣下獨枉辱市門，屢進而教之，且使之謁見不必以其時，食飲不必待其招，廣介於當路之門，恤其患而力振其愚。嗚乎！閣下何爲於書乎若此極也！

夫京尹之尊，在外僚百執事上，固有求而不得見者矣，有求而僅得見者矣。以書之不才，無左右之援、無親故之知、無投刺求進之路，而閣下乃於書若此！書嚮者讀書，見古之君子尊顯在上，與貧賤之士相游處，竊妄以爲世無其人久矣。即今有之，必士求焉而得之者也；不惟求焉而已，必求之之術善，然且幾幾乎不得而後得之者也。不然，轟然於名卿大夫，何由至哉！乃今思閣下之於書，則天下固自有忘勢如古君子者，而後知嚮者之惑也。

閣下於南昌劉生廷獻壁間見書所作古詩，愛之，遂不憚折節如是。劉生人品、學問皆遠勝流輩，閣下既禮致之於家。書不逮遠甚，書之詩本不足陳於大君子，而閣下知遇之過，則始願所不及也。謹録舊詩及雜文凡數十篇獻之左右，伏惟終進而教之。書再拜。

校記

〔一〕襢裼暴虎　道光清貽館本朱杜谿先生集下有『者』字。

〔二〕諸本未録，今從居業堂文集補輯，道光刻本。

〔三〕漸　當作『慚』。

杜谿文稿卷二

序

秦游詩序

古帝王都，惟關中歷數世。治莫盛於周，漢唐次之，秦隋不足數也。天下封域之稱，皆沿戰國。關中，古雍梁地，周、漢、唐所都，而秦獨擅名。余嘗以六國皆可仍故名，惟秦毒天下已甚，有識者稱關中宜不及秦，不以掩周及漢唐也。孔子删詩，黜楚而存邶、鄘、魏之名，或黜或存，其意一而已矣。

吾友張子聲百，燕人也，英年以妙才領袖當世，游關中，所作詩極工且多。友人爲裒集鋟板行世，統名曰秦游，從世所稱也。一時先生長者樂其詩，亟稱道不置口，故聲百詩傳天下自秦游詩始。聲百之識足以洞古今之變，流覽關中，大而一代之興亡，細而昆蟲之變化，感慨淋漓，皆著於詩。而其大旨又托於秦以絶秦，此作者之微意也。

古今暴戾之甚、敗亡之速者必曰秦隋，然秦以後所爲治天下一切之具，無一不以秦爲師。其於三代聖人之法毫毛之尚存，去之惟恐不盡，是何其惡三代之聖人而愛秦之甚也？隋煬之惡甚於始皇，然其口分、世業以治民，府制以治兵，勳階爵以治官，此數者皆稍稍合於三代，煬猶率循而不敢變，唐且以之致治。使其處秦政時，則三代聖人之法必猶有幸而存也。後世惡秦名而陰用其法，幾何不胥古今而爲秦之天下，則雖謂之愛秦而惡三代之聖人也，夫誰曰不然？世之言詩者，自三百篇而外，盛宗三唐，進溯其上，則及西京而極。余讀史記，秦梁父、琅玡臺、之罘、碣石門、會稽諸石刻，類皆古詩之流。而碣石門、會稽兩篇，三句一韻，音節尤古。竊謂秦詩遠勝漢唐，乃世人於程邈爰歷之隸、李斯之文與篆，皆知好而傳之，而言詩獨不及秦，豈惡秦之意專寓於詩邪？

聲百詩仍秦名，而温厚和平，有豳岐雅頌之音，其慷慨論列見於言者，多黜秦之意，所謂托於秦以絶秦者也。世方惡秦名，而陰用秦法。聲百抗懷周及漢唐之治，黜秦實甚，而其詩則顯仍秦名，秦其詩者，正不欲秦天下也。孔子删詩存秦風，其意微矣，詩之工否，抑又非所論也。

西陲三書序

秦僻居西土，廣輪甲天下。天下之邊鎮九而秦有其四，故全秦安危，天下係焉。史載：洪武初，李文忠、鄧愈諸將渡臚朐，掃斡難，馳崑崙之西，於是立瓜沙、青海七衛以爲外藩；寘河州都司以收朵甘、烏思藏，設金牌以行茶馬法；守東勝，牧馬察罕腦兒以控制朔漠：爲邊陲計何其深也！及其後，合中國之力，西罷於哈密之廢興，北不能搜復河套，彝人交訌，關中大擾，兵民失業，迄無寧居。固不待綏寇之噉哱，已知國威之不振矣。夫安攘之計不講於西秦，則禍流於天下，建瓴之勢，自古爲然也。

言邊事者，代不乏人。余讀南豐曾子固元豐類藁，載其先諫議公致堯有西陲要紀十卷行世，惜其書不傳。吾友梁君質人份亦南豐人也，以文章名於時，顧爲人魁奇，好奇計，多立義聲。居山，率鄉人十數禦千餘賊，賊不敢犯。身臨行陣，自詡爲知兵。性又畏流俗人知，乃衣短後衣、策匹馬游，幾徧天下。念秦爲周、漢、唐都，王者宅中，必當復營豐鎬。因西首秦關，周覽久之，三歷塞垣，由西安而東北至於榆林，北至於寧夏，西北至於西寧、河州；又西北至於涼、甘肅，登嘉峪望合黎之山，西絶嘉陵，南浮漢；又南至於興安，東升太華三峯；又東出潼關、函谷以歸。迴旋萬里，窮西秦之疆境，所至記其道里、山川、阸塞、城堡、兵衛之形，蕃部、彝族之衆，法制、戰守、饋饟、屯牧、風俗之宜，著西陲亥步二卷、圖説四卷、今略八卷，傳之其人，以俟來兹。噫！梁君之爲秦謀以及天下者，可謂至矣。

夫秦據天下之首，河環東北，山塞西南，重險之固，號稱天府，而屢憂不固，震及疆埸者，何哉？其患不在無險，患在有險而無備也。王者苟能奮揚威武，則當收燉煌，守河外三城，復故疆土；不則閉關謝西域，毋疲中以事外。此二者，百世不易之道也。若明之季，既不能張撻伐之威，又不能畫疆自守，矜受貢虛名，邊備漸弛，使三百年之金甌始壞於西陲之彝，終淪於西陲之寇；外攘失策，内乃不安，故至此極也。使得梁君書，戰有以戰，守有以守，以此謀秦，吾知犬戎不足以禍周，匈奴不足以困漢，突厥、吐蕃、回紇之屬不足以病唐，彼西夏之微，又豈能僭稱大號，與宋相終始哉！曾諫議之書，不知於梁君三書何如也？當過南豐而問之。

戴子憂患集序

五嶽之氣，皆能出雲雨、産金玉，而其靈者常鬱結盤魄而發爲偉人，或以德業，或以文章，卓卓自垂於天地而與爲不朽。然其靈亦不能並時而鍾，如寒暑之遞運而以時至，往往積千百年一見。蓋造物之力亦有所惜，未能數數然也。鄒魯之間，闕里在焉。此天地之神靈爲之發育，非止由於泰岱也，而一時從游之徒亦多東國之産〔一〕，則嶽神蓋已有所屬矣。嵩高以生甫申，誦於詩，楊震、郭子儀諸公多在華山下。惟恒霍之靈，自古至今未有所洩，而霍更甚。

霍山者，今安慶天柱山，古南嶽也。安慶朱邑、陳武、何點三數君子略著史册，其以德業、文章見者寥寥。明興以來，直亮之士稍稍出焉，而以配靈霍山猶未之有也。說者以爲隋唐而後，南嶽之祀移於湘南，霍山不列五嶽之數，其靈或有所窮。然予嘗游岱山之下〔二〕，西登華山矣，其爲山也：秩祀雖領於祠官，而開鑿斲削多改其故，童孺、女婦踐而越焉，日觀之宫至肖一婦人以爲神，有司榷金錢，網其利〔三〕。而霍山獨皭然太清之表，石巖、泉瀑間，上之爲黄帝、虞舜之所祭告，下亦不失爲漢武之所封，後世淫瀆之物不得而汙之。則霍山之神必能守古制以自樂，而無羨於彼之燔牲瘞玉，相詫以三公之號爲榮於天下也。

予與戴君田有名世皆生霍山之麓，東西相距皆二百里而遥；皆迂拙無用於時〔四〕，而自力於古文，以取正於天下而待於後世，則皆有其志。顧予力薄才弱，爲之而無成。田有年未壯時出語輒工，至今垂二三十年，稍稍收輯之，得若干篇，名之曰憂患集〔五〕，而命予爲之序。

夫岱之靈發於聖門，嵩之靈發於甫申，華之靈發於楊震、郭子儀之屬；而霍卒無所洩，在人方以秩祀之不至而疑霍山之窮，在霍山正以不辱於世之三公而有以自樂。而予與田有乃適生其間，予不足道也，田有亦不知果能當霍山之靈與否？然而其文之足以不朽，則予固知其與霍山同永無疑也。五嶽與霍或領於祠官，或不領於祠官，譬則一挂仕版而受職於時〔六〕，一不臣不友而抱奇以志於古。然則，今五嶽所鍾必多功名之士，而沉冥著書者固於霍山爲宜也歟？〔七〕誠如是也，田有宜樂，而其集顧曰『憂患』，何也？曰此作易之説，蓋吾夫子之志也。

燕京雜詩序

自黄帝邑於涿鹿之阿，而燕之建都於是乎始。唐、虞、夏、商，厥典曠絶。周召公封燕數世，名缺於史記。至戰國時，武王所封諸侯惟燕及楚在，若齊、韓、趙、魏皆篡國，秦後封，楚亦子爵，本蠻彝，不同燕，燕孤懸邊塞，偪近追貊，乃能九世侯、八世公、十世王，與周同祀八百，豈不盛哉！顧自堯甲辰迄今己卯，凡四千五十六年，由周而下，惟秦、漢、西晉、隋、唐天寶以前、元至元至今七八百年，侯尉歸一，餘數千餘年皆不能相通也。則合楚、越、嶺表、滇、黔、秦、齊之人，而舉得至於燕以觀都邑之壯麗如今日者，能無概於中與！

海寧查君德尹與其兄夏重久游燕，博學善詩，有名京師間。夏重詩最多，向嘗使予序之。今與德尹同游閩中，讀其近作甚喜，亟和灘行十首。德尹不以予之不知詩而棄予也，又示以燕京雜詩一帙，亦使予爲序。予讀德尹之詩，自燕昭王至於明季，搜其遺事，託之七言截句，多古宫詞餘韻，流連往復，咨嗟唱嘆，如成連海上之音，有足移我情者。昔魏楊衍伽藍記載琳宫梵宇之陳迹，而旁引人與地與事，以補正史之缺；宋孟元老夢華録憶崇寧、宣和徽歌選舞諸事，以致其悽惋之意，然皆未能發爲吟詠，使人循誦不忘也。德尹之詩蓋兼二子之美，而又能被之歌喉絃索間。夫予與德尹相聚於閩中，閩中距燕京遠矣。日者度嶺而東，蠖屈小舟盈丈中，兩山逼溪，蔽天日。溪中亂石盤踞，牙張吻豁，虎攫象鬭。方震心蕩魄於驚瀧峽束之餘，而忽於德尹詩中見燕京焉。舉凡郭隗、樂毅、鄒、劇、荆、高之雄桀，劉虞、田疇、王浚之悲憤，慕容及安、史、李、朱、劉、張二十八人之割據，以至遼、金、元置都建國，暨夫明二祖列宗諸朝，其間宫室之興廢、制度之沿革、風俗之奢儉、山川草木之遷改變異，莫不仿佛遇之於詩。予向在燕京，擬仿楊廉夫、李西涯樂府體，記其瑣細，今得德尹之詩，真可以不作也。

蹇齋金石刻考略序

蹇齋金石刻考略若干卷，吾友閩中林同人侗所集録也。尊甫立軒先生今八十矣，自元旦至歲除，手未嘗釋卷，禮俗士概屏不得見，惟以讀書爲樂。家有故業，遭亂淪失，止餘小軒容膝。旁構爲樓，樹蕉竹、花果、藤蔓之屬於檐隙，焚香拭几，環壁皆圖書，終日與同人及其仲子吉人佶俛仰其間，泊如也。

初，先生以明經爲令，牧於秦趙及蜀，皆有惠政。同人從宦游，所至搜輯古金石書，已成帙。及先生解組歸，同人多交四方士，屬轉相購求，於夏得岣嶁碑，於商得比干墓銅盤銘，於周得壇山石刻、石鼓文、鼎銘、孔子題吴季子墓碑，於秦得嶧山碑，至漢則得刻本十九，魏吴各一，晉六，梁一，北魏三，北齊一，北周二，隋十六，而唐最多，唐以後無取焉，以其近且不勝收也。於是分漢魏碑刻爲一部，唐昭陵陪葬碑十六爲一部，吉人又合夏至唐共爲總録一部；考定史乘之同異，並訂正歐陽氏、趙明誠、楊用修、都玄敬、王元美、趙子函諸家之得失，沿波討源，由端竟委，卓然成書，嘉惠來學，好古者能無樂於斯與！

同人之得是也，凡遠游必攜良工、楮墨以從，親爲摹搨。其披榛縋險，蓋有田夫牧豎所不能至之境而奮往不顧者。及歸篋笥，即手爲裝潢，護以名木，又若寶玉不足爲貴、軒冕不足爲榮，而惟此之珍惜焉。世之人逐逐焉，各徇其所求，未有不以爲迂者矣。而立軒先生非讀書不樂，日顧之而色喜。則同人之所以娱親者，在是也。既與吉人以古文辭名天下，加善書焉，其所得不更多與？然則，同人即欲以彼易此，其可得與？

予向在許州，見關壯繆廟中插刀石，屬北齊天保三年所製，大佛蓮座有記，猶可搨。又金陵靈谷寺鐘曰『周辟邪鐘』，文作𠮷辟邪鐘。皆古篆隸可愛。天下遺文棄置於荒寂中者不少，安得同人數十輩悉收之成書，雖金爛石泐，而斯文仍在穹壤間也！

附　來齋金石刻考略序〔八〕

來齋金石刻考略若干卷，吾友閩中林于野侗所集録也。尊甫立軒先生今八十矣，自元旦至歲除，手未嘗釋卷，禮俗士概屏不得見，惟以讀書爲樂。家有故業，遭亂淪失，止餘小軒容膝。傍構爲樓，樹蕉竹、花果、藤蔓之屬於檐隙，焚香拭几，環壁皆圖書，終日與于野及其仲子鹿原佶俛仰其間，洎如也。

初，先生以明經爲令於秦，爲牧於魏與蜀，皆有惠政。于野從宦游，所至搜輯古金石書，已成帙。及先生解組歸，于野多交四方士，屬轉相購求，所得日益廣，於夏得岣嶁碑，於商得比干墓銅盤銘，於周得壇山石刻、石鼓文、鼎銘、孔子題吴季子墓碑，於秦得嶧山碑，至漢則得刻本十九，魏吴各一，晉六，梁一，北魏三，北齊一，周二，隋十六，而唐最多，唐以後無取焉，以其近且不勝收也。於是分漢魏碑刻爲一部，唐昭陵陪葬十六碑爲一部，鹿原又合夏至唐共爲總録一部；考定史乘之同異，兼正歐陽永叔、趙明誠、楊用修、都玄敬、王元美、趙子函諸家之得失，沿波討原，由端竟緒，卓然成書，以示來學，好古無樂於斯歟！

于野之得是書也，凡遠游必攜良工、楮墨以從，親爲摹搨。其披榛縋險，蓋有田夫牧豎所不能至而奮往不顧者。及歸篋笥，即手爲裝潢，護以名木，又若寶玉不足爲貴、軒冕不足爲榮，而惟此之珍惜焉。世之人逐逐焉，各徇其所求，未有不以爲迂者矣。而立軒先生非讀書不樂，日顧之而色喜，則于野之所以娱親者在是也。且與鹿原以古文辭名天下，而書法尤擅一時，其所得不更多與？況諸子繼起，所以振興家學者未有已也。然則，以彼易此，于野不願也。

予向在許州，見關忠義廟中插刀石，屬北齊天保三年所製，大佛蓮座有記，猶可拓。又金陵靈谷寺鐘銘曰『周辟邪鐘』，文作周辟邪鐘，皆古篆隸可愛。天下遺文棄置於荒寂中者不少，安得于野輩悉及之成書，雖金朽石泐，而斯文仍在穹壤間也！

宿松朱書題。

茨村新樂府序

宿松朱書讀茨村新樂府而嘆也，曰：嗟乎！明之亡也固若斯之易乎？得天下有二道：曰英明，曰寬厚；失天下亦有二道：曰剛愎，曰愚柔。崇禎英明，而弘光亦不失爲寬厚，宜可以守天下而無失，而究與剛愎、愚柔同盡，悲夫！

衛靈公無道，以圉、賈、鮀三人而不喪。今即使堯舜在上，而所用者温體仁、馬士英，亦必不能治，況其他乎！齊桓公用管仲而霸，用豎刁、易牙、開方而幾於亡。唐明皇用姚崇、宋璟而天下平，用李林甫、楊國忠而顛覆其社稷。然則用得其人，剛愎即爲英明，愚柔即爲寬厚；用失其人，英明即爲剛愎，寬厚即爲愚柔：天下事在君上，亦在臣工耳。若夫欲用而無其人，與雖有其人而不能盡其用，以至於非所當用而用之不疑，此又有天焉，非人之所能爲也。

新樂府六十篇，首信王至而終之以鍾山樹，至於三罪輔，則尤致嘆息痛恨於其人。晚明十餘年，廢興成敗蓋班班焉，而哀思反復，有過於麥秀漸漸、禾黍離離之音；長歌之悲，勝於痛哭，豈但白頭宫人説開元、天寶遺事而已乎！唐人樂府沿習舊題，惟杜甫獨創新格，若石壕吏、無家别、悲陳陶、塞蘆子、哀江頭，皆以樂府寫時事，説者謂渾雄沈鬱，較李白擬樂府諸作更勝。嗣是作者寥寥。明初，楊維楨頗稱傑出，而其後茶陵李東陽振其墜緒而益推大之，然氣象萎薾，去少陵野老之遺蓋已遠矣。今得先生是篇，與之上下。少陵以詩爲史，先生以史爲詩，直可並席不讓。書嘗謂有明之盛遠駕唐宋，然唐自天寶始亂，宋自靖康始削，猶延祀百有餘年，明則全盛之天下不十餘年而澌滅，殊不可曉。讀先生之詩而知客魏煽禍以後，女謁宦寺、藩鎮權臣，凡唐宋之禍階兼輳並集。嗚乎！此其所以忽焉而亡也與！向使錢龍錫、成基命、何如寵終在閣，孫承宗終在關，范景文、李邦華終秉樞，盧象昇終辦賊，則崇禎之英明，可以無爲而自治；顧與弘光同其亡，豈不哀哉！

書既傷前世敗亡之速，而又喜先生之詩之能存其真也。於是手鈔全卷，藏於行笥，因爲之序而歸之。

劉大山時文序

江浦劉君大山巖時文稿，吉水李公暨德州孫翰編序而板行於世，蓋大山初舉京兆之歲也。於是，天下皆知有大山。今年，大山以不見知被放，初至皖江，與予集十許日，閒登大觀之亭，亰讓泉，北眺潛柱〔九〕，南俯江流。時暑氣方酷，一日，忽大雨從西來，雷電交作，檐溜如瀑布倒瀉，聲蓬蓬，勢若卷江河注東海。雨既歇，天益高，山益翠，江色益淨，而予與大山據几論文益樂甚。夫余交大山久矣！憶初讀大山歷試文時，已心知有大山。越數年，同貢成均，初見大山於都門。嗣是，心未嘗閒，然相見恒少。迄大山獲舉，則往往窮山荒涯，無孺童耆碩皆手大山稿一帙，而予不見大山又數年矣。還念初讀大山文時垂及二十年，中間相見不過三四數耳，而今乃十許日集於此。

大山曰：『予將取原稿增删自刻之，非敢冀人知也，存故我而已。子其何以教我？』予謂：『時文本非所以用世，而非藉時文，則所以用於世者無由見。然英雄潦倒其中，亦何憊也！天下之所以治安而不失其道者，必賴奇特磊落之人，内有以自淑其心性，而外講於先王禮樂制度、師田學校、水利農桑、得失廢興之故，用以佐佑天子而仁壽吾民。然其人無由自見也，朝廷止循科舉成法，取之以八股之時文。夫時文，未嘗不足以得人也，譬之火焉，壅之覆之，而其光焰之外見，必有不能掩者，深識之士一見而決之。然而人之取人也，有明有不明；人之求取於人也，有工有不工。由是時文之是非與取之之意，太半不相直。』

予初讀大山文，謂當即大見知於世，而忽已二十年，於此能無感與？世之求大山者，未嘗不急欲知大山，及其校試大山之文，則又不能知，是以五試於鄉而始舉，再試於禮部而再蹶。夫以人人共知大山之時文，而仍不能知大山，況其進於時文者，又烏乎知之？宜乎不克自見者衆也。雖然，大山初以古法爲時文，轟然衆目笑之，今則人各手大山稿一帙。方其不知大山也，同鄉里不免於姍笑；及其盡知大山也，窮山荒涯皆自以爲如見其人。知不知何足爲大山重輕？即大山之可知者亦何止於是！而予切切然言之者，期天下願知大山之人務得其光焰之不可掩，則其奇特磊落者必有見焉。毋患大山之難知也，大山之稿具在，其審所以知之也夫。

梁質人詩序

蘇子瞻有言：『杜子美以詩名天下，而無韻之言幾不可讀；曾子固以文名天下，而有韻之言幾不可讀。』予讀子固全集，其有韻之言，蹊徑險仄，古奥奇崛，雖不如子美，然非流輩所能擬作，顧爲文所揜耳。

歲癸酉，予與梁子質人同游秦，相得甚善。梁子南豐人也，其文章根柢理極，而雄渾之氣時時踔厲溢於言表。蓋梁子少學於易堂，而子固之遺澤又涵濡而浸灌之，是薪火之傳有在，其文之工也固宜。然頗不喜作詩，見諸同事弄聲韻，僅從旁點竄數字而去，未嘗肯於唱酬中争長。予嘗從容言及，則曰：『詩不足以傳世，何爲自苦作此？且南豐先賢不能詩，予亦何能？』久之，出其篋中一帙，則游秦、粤、楚、燕詩，且曰：『予作詩紀歲時、志交游、記載涉歷，事與時會，聊復爲此，無解於南豐之詩，不以示人也。子爲點定藏弆之。』予覽之卒業，掩卷高誦，暢懷不自禁也。梁子詩鑱刻峻削、嚴整峭拔，時如孤隺唳天、秋風蕭颯，此豈世俗所能掇拾邪！

何喬新稱子固之詩，其言曰：『一掃西昆陋，力追騷雅遺。雄拔追李杜，奇澀薄宗師。』金陵與六一嗟賞無異辭。然則子固固有詩，不得以有韻之言爲之惜也。夫詩之能否不足以輕重子固，而子固之詩予竊以爲不可没。若因子瞻語而廢子固之詩，未見其能平也。李杜詩重於後世，而當時且有輕之者。故杜嘗見意於戲題絶句，而韓子以爲蚍蜉之撼大樹也。謂南豐無詩，得無類是？梁子之才，既工於無韻之言，肯抑心屈志於詩，則當世必有金陵、六一之賞取，而後必見信於異世之何喬新矣。

心聲編序

古聖人之學不傳於後者多矣，而卜與樂尤甚焉。三代之君卿大夫及士庶人，凡厥有事，無大小，必始於卜而終於樂。如卜日、卜牲、卜士，以至於鐘鼓送尸，然後成其爲祀事；卜帥、卜乘、卜戰以至於大愷以旋，然後成其爲戎事；推之日用之務、瑣屑之數，莫不皆然。秦漢而降，諸侯力政，典籍放失，雖大易以卜筮之書未罹焚燬，而卜人、筮人之官不設，無復精其業者。至於新聲代變，類皆去雅就鄭，郊廟樂章徒存故事，燕飲牙署、鼓吹鐃遂多軍中馬上之音，説者以爲其效足以召兵。宋元諸儒學爲聖人者，大率貴理賤藝，末其於聲音〔一〇〕，謂爲瞽師樂工之事，非所當用心，天地之元音不可以復識矣。

吴興唐壁垣先生堯辰，予友查德尹嗣瑮外舅也，覃心苦思，專攻音、聲、韻之理，積數十年作心聲博約編一書。予受讀之，大約以切字之母謂之聲，以韻書所分謂之音，而以今優人歌曲之聲尾或直收或轉收者謂之韻。凡字各分三節，計百六十聲、百二十八音、二十四韻，以括西竺十四音、三十六母、四十二字母，與夫漢儒之七十五音、宋儒之百五十二音、百一十二聲及泰西之二十聲父、五十音母，而嚴核之，期於不複不漏。又就韻書梁五十餘篇、唐三十篇、金元十九篇、明二十二篇。若字書爾雅、説文而下，音韻外又析點畫、訓詁二者，以稽其撰集之家，如周孔西河、叔孫梁、郭劉樊輩，至百二十八氏，而精求其理，其用心勤而取資富，幾欲囊括八極、苞舉百代。至撰録文辭典奥雅馴，雖古人不能加也。德尹因屬予爲敘。

予幼無明師，學焉未闖其藩，何足以序心聲之書？書曰：『詩言志，歌永言，聲依永，律和聲。』朱子以爲詩之作本言志而已：『方其詩也，未有歌也；及其歌也，未有樂也；以聲依永，以律和聲。』由此言之，後之人誠得樂之原，未有聲律是求而不求之於志者。是樂雖不傳，而心無不同也。心聲之編，不足以窺古聖人之緒也與！揚雄作太玄擬易，識者每譏其僭，顧不若焦氏易林猶稍有益於卜。唐先生此書，未嘗擬樂記爲之，而有益於樂，非易林所能比，其奇殆幾於太玄。

德尹言其著是書也，雖食或屢輟焉。又聞異時有司將以博學宏詞舉，力辭得免，視揚雄出處何如也！然則唐先生學於聖人深矣，徒聲音乎哉！

入閩記序

江都文學汪君漢倬，好學問人也。徂歲之暮，從維揚泝江過吾皖郡，又泝江至於彭蠡之口，泛湖至於新建之吴城，又泝贛江抵南昌北門，又沿流至於鄔子，又泝弋陽江至於鉛山，又度嶺下、建安、延平之津至於水口，又揚帆以達於閩，迤邐三千餘里。大江風濤，震蕩不可行。或風浪平，幸從官舫後，篷窗修潔，盈丈間稍容肘膝，然坐多雜客，甚歡。及更小舠傴仄，摇簸欲嘔，且入也如墜，又恐穿陷，出也如躍，又輒覆首，蓋終日坐列穽中也。嶺外兩山接天，舟出山陿。山上或不甚有石，石亂嵯嵯布溪中，石盡或爲激湍漩盤、深淵洑流。舟方曲折與石相避就，忽砉然下没如泅，入其首水底，頃之乃出，類破碎。衣被潑浪，盡濡如浣。若嶺道之險，則猿懸鼠挂，緣壁穿縫，深昧似非人境。故三千里計無日無地不危慄戰悚，暢覽游目所得無幾耳。汪君獨橐筆硯，所至疏記數紙，蠅頭細書累數寸。或呼之飯，不應，輒高哦狂叫，如得異物。客頗笑之，甚至挼手譏議，不顧也。及行李既釋，即次別齋，撿所得，竟成一書。凡山川人俗、城郭村集、橋梁水石、竹樹田桑經見聞，無不備具。又多考定史乘，辨別同異，附以五七言古今體有韻之文。予見而詫之，曰：『子之所得多矣！』

因仿陸游入蜀記，名曰入閩記。夫人苟無心學問，即几凈窗明，簾閣爇爐香，或長臥永晝；其素號勤力者，舟車委頓，談笑且不暇也。況手揮口陳，目營心運，收險要恢奇棼亂之觀於胸中，而次第傳示，歷歷在前者乎！得是書也，雖未嘗學問如予，亦知好之矣。

石氏世譜序

吾邑禹江書院山長石雲亭先生頌功嘗有言曰：『生不能顯親揚名，無爲貴人子矣。』既久，無所遇，乃退修其家譜。自周大夫石碏至今凡七十餘世，每五世一圖，爲七卷，附藝文二卷，丘隴圖考一卷，共十卷。既屬予填諱，又使爲之序。

夫五代後，姓氏之學難矣。鄭樵通志謂：隋唐而上，官有簿狀，家有譜系，選舉視簿狀，婚姻視譜系。歷代並有圖譜局，置郎、令、史掌之。此近古之制，所以使貴有常尊，賤有等威者也。五代之亂，其學不傳。厥後異方種族皆從華姓，而姓氏混淆，遂不可稽考，時代升降，與爲顯晦焉。孝子順孫，蓋有求其本原支派而不能者。石氏之譜，乃得溯自周大夫以來，嗚乎盛哉！

夫秦漢迄唐邈矣，予於宋考其詳：開國功臣守信孫曰中吉，任饒州左史，因留饒州樂平之金山鄉。五世爲評事逢時，贅静里，有池種白菱，一夕而紫，遂名菱田。又五世都統轄興宗，宋淳祐中移太湖之棠梨坂，尋遷宿松，爲宿松始祖。孫良，以功仕明，爲武節將軍，子世襲。凡太湖、黄梅、潛山、桐城諸石，皆出菱田。至明初，則分亳州、平山、東昌、弘農。至明中葉，又分山海，俱宋都統轄、明武節將軍裔也。

雲亭博學有史才，異時邑令君聘修宿松縣志，凡邑之賢士君子，表章不遺餘力。而祖功宗德皆備書於册，石氏之賢不至湮没，蓋始於此。

初，元至正辛卯，武節將軍遺正言、啓明等回菱田，參考族譜。明天順丁丑五世孫淳，弘治乙丑七世孫琦珮，萬曆戊寅九世孫安遠、令廪皆踵修之，是止因舊而已。惟戊寅迄今越百一十四年，舊帙零亂遺缺。以歲之不易，吾鄉人治粥餰之不暇，呼之修譜，其誰應？雲亭家徒壁耳，以一手足之力，勢處至弱而事舉至重，未有不難之者，卒奏功不朽。譜載邑志十餘人、府志八人、通志四人，皆雲亭修邑志時發其端。故雲亭尊祖敬宗不止一譜，而譜尤要也。人子顯揚之道，文章爲大，富貴次之。富貴赫奕一時而已，簡策貫於金石，與山水並高且長焉。則祖宗賴有傳人，又豈鮮哉！有王者起，甄别族類，立九品，置中正，以備選舉，以講婚姻，則石氏譜具在，執此以往可也！

附　石氏族譜序[一一]

吾邑禹江書院山長石雲亭先生抱顯揚之志，久不得遂，因退修其家譜。自周大夫石碏至今凡七十餘世，每五世一圖，爲七卷，附藝文二卷、丘隴圖考一卷，共十卷。既屬余填諱，又使爲之敘。

夫五代後，姓氏之學難矣。鄭樵通志謂：隋唐而上，官有簿狀，家有譜系，選舉視簿狀，婚姻視譜系。歷代並有圖譜局，置郎、令、史掌之。此近古之制，所以使貴有常尊、賤有等威者也。五代之亂，其學不傳。厥後遐方種族皆從古姓，而姓氏混淆，遂不可稽考，時代升降與爲顯晦焉，孝子順孫蓋有求其本源支派而不能者矣。且譜系之難，匪自今也。其學莫盛於唐，而國姓無定論。林寶作元和姓譜，而自姓不知所由來，豈但籍談以不識別其先，貽笑當時云爾哉！

石氏之譜，由周以來，綱舉目張，絲繩不紊。予考其詳，宋開國功臣守信孫曰中吉，任饒州左史，因留饒州樂平之金山鄉。越五世，爲評事名逢時者，贅靜里，有池種白菱，一夕而紫，遂名其地曰菱田。又五世至興宗，宋淳祐中移太湖縣棠梨之坂，尋還宿松，爲宿松始祖，以功爲都總轄。孫良仕明，以功爲武節將軍，予世襲。凡太湖、黄梅、灊山、桐城諸石，皆出菱田。至明初，則分爲亳州、平山、東昌、弘農。至明中葉，又分山海，俱宋都總轄、明武節將軍裔也。予走四方，與諸石處，往往稱菱田及棠梨遺事。蓋石氏之盛，今可謂祥之長發者矣。

雲亭博學有史才，異時邑令朱君聘修宿松縣志，凡邑之賢士君子，無不表章於世，而祖功宗德皆得備書於册。韓子謂：『莫爲之後，雖盛不傳。』石氏之傳，蓋始於此矣。

初，元至正辛卯，武節將軍遣正言、啓明等回菱田，參考族譜。天順丁丑五世孫淳踵修之，弘治乙丑七世孫拵、佩又踵修之，萬曆戊寅九世孫安遠令廩又踵修之。越百一十四年，舊牒零亂，幾至缺遺。雲亭以徒壁之家，憑一手足之力，獨肩厥任，聿觀厥成，勢處至弱而事舉至重，卒奏功於千萬年不朽。若雲亭者，其難又何如也！譜所載邑志十餘人、府志八人、通志四人，要皆雲亭向者纂修發其端。是故雲亭尊祖敬宗不但一譜，而譜尤其要焉者也。人子顯揚之道，文章爲大，富貴次之。富貴赫奕，不過動一時聽睹而已；簡策之傳，貫於金石，與山水並高且長焉。則祖宗賴有傳人，又豈鮮哉！聖天子雅化作人，甄别族類，立九品，置中正，州大中正主簿、郡中正功曹各有簿狀，以備選舉，以講婚姻，則石氏譜具在，執此以往可也！

楊耕夫詩序

詩之亡久矣，漢魏以後之詩，非詩也，詞章已耳。唐宋有作不可廢者數家，則非徒以其詩也，以其能各自成其説而不相襲。各自成其説而不相襲，即不爲詩，必可傳也，乃其意則猶有當於詩焉，何也？風不襲雅，雅不襲頌，各有體也。變風不襲正風，變雅不襲正雅，各有音也。豈惟是而已！南不襲豳，召不襲周，推之邶、鄘、衛、王、鄭、唐、齊、秦、陳、鄶、曹，各不相襲焉；小雅不襲大雅，推之周公、召公、吉甫、家父、寺人、孟子各不相襲焉；周頌不襲商頌，推之閟宮、駉、駜各不相襲焉：各有人、各有地、各有時也。

而今之人則曰：『吾漢魏爾，吾三唐爾。』不惟不漢魏、不三唐也，即漢魏矣、三唐矣，彼已漢魏、三唐，又何俟我？今之天地不可謂非古之天地也，日月星辰不聞借光於古，山川草木不聞借氣於古也。用今之光，不聞有損於日月星辰；用今之氣，不聞有損於山川草木也。而今之人則曰：『吾漢魏、三唐，唐以後若服物、職官、地里舉不可見於詩。』然則唐人即不用漢以後事，漢人即不用周以後事而後可邪？漢用漢事，唐用唐事，即詩法所禁邪？

詩無正變，惟其意耳！陟岵、北山、蓼莪，即生民所以尊祖，思文所以配天也。柏舟、緑衣、谷風，即關雎所以齊家，鵲巢所以正邦也。正月、小旻、雨無正、民勞、板蕩，即天保所以戩穀，卷阿所以矢音也。而今之人則曰：『變風變雅，斷宜放絶。』然則詩三百篇可廢者何止太半，夫子録之，智固不若今人乎？

凡今之人，豈惟亡詩，並詞章亡之，有襲而已。其體一體也，其音一音也，其人一人，其地一地，其時一時也。使有知樂如季子者，將烏乎辨之？彼數家者，既不相襲，意又庶幾焉，故可傳也。而今之人則曰：『吾讀其詩，不知其出於今人也，此其所以可傳也。』唯吾亦曰：『吾讀其詩，不知其出於今人也，此其所以可廢也。』吾持此論詩，而可者少矣。楊子畊夫獨聞而韙之曰：『此吾詩意也！子其以子之論詩者爲吾序。』乃以此序楊子詩，蓋楊子詩各自成其説而不相襲，而其意誠有當於詩者也。

癸壬録自序

起萬曆元年癸酉，歷九十年，訖於壬寅，合諸野史稗官之説，删其蕪複，正其同異，爲癸壬録若干卷。先癸於壬者，循兩端之序也。上而朝廷之爵賞予奪、巡幸播遷，下而朋黨之角争盛衰、往來報復，内而宫闈宦豎之顯晦，外而督撫勳鎮之戰守，以至忠臣之捐軀、湛族義士之窮餓遠遁，莫不見於是編。於乎！漸有由滋，勢有由極，亂有由兆，禍有由致，豈偶然也哉！是故明祀絶於壬寅，而其端伏於癸酉，何也？神宗即位之初，張居正秉政十年，帝一以委之。内安外攘，擴地奏功無虚日，雖數百年長治可也，何爲不旋踵而潰亂相繼，以至於亡哉？然惟其委政於居正，而居正之禍已伏。居正之禍伏，而國家之亡即與之俱伏矣。蓋居正既得重禍，自是百官以能與閣臣異同爲風節，而閣臣漸且無權，言路漸且日横。黨禍作，而争門户者不急國家之急，止急其黨。是其黨者，雖跖蹻奉之登天，死猶有餘美焉；非其黨者，雖管葛擠之入淵，死猶有餘疾焉。收羅黨人，智於朝廷之求策；力防異黨之攻己而思去之，勇於將帥之除盗寇。卒至卑者泥首事仇，高者殞身膏斧。國與家俱盡，而向所争爲黨者亦已煙消影滅而不知何有，徒委君父於草莽而不能顧。夫孰非内外相抗以爲風節者之實始基之也？豈不哀哉！

北都淪喪之後，一建南都，再建閩海，三建肇慶。由是遷武岡，遷南寧，遷安隆，遷雲南，寄命緬甸以終焉。方其始也，地大於昭烈、宋端，親近於晉元，統正於李昇、劉崇，而所仗以立國者則昏貪之馬士英，海賊之鄭芝龍，叛降之劉承胤、陳邦傳，流賊之孫可望，人主既無股肱心膂之託，而清流又或從而激之，夫安得而不敗！於乎！國家養士三百年矣，而崎嶇蠻鄉禆海、蛇虺蛟鼉之域，死而後已；傳數世不變，不出於劇盗之身，即出於劇盗之子若孫：今而後讀書講學之人，其無輕斥盗賊哉！要其禍自萬曆初基之，而萬曆末即受之。

所以基禍者不一端，而黨爲大。故曰明祀絶於壬寅，而其端伏於癸酉。

嗚呼！癸於水涓流也，壬則江海也。涓流之不塞，遂至稽天浴日而莫知其所底，則惟有載胥及溺而已耳！雖有舵工篙師、長年三老，其何能救！況以素未操舟者，徒手與共驚濤駭浪中，欲無亡，得乎？日入於酉而晝以昏，日生於寅而夜以旦，乃竟爲虞淵之沉，而不復見柎桑之出也，哀哉！其爲癸壬也，陰加於陽，夜不復晝，所謂北羅酆者也，天殆顛倒而不能自主也。

夫書家世力農，三百年無一人通籍於朝，未覩金匱石室之藏，徒以中年好游，因合聞見爲此書，挂漏誠所不免，至是非得失，或因仍舊説，或考證情事。友人梅文鼎嘗言：『一家之人，一日之内彼此猶不能知，況天下至大、數十年至遠，安能盡謂有當其實！』論而定之，以俟君子焉。

游歷記自序

予生平好游，今天下疆域凡十五區，予足迹所到已三之二。於是仿桑欽、酈道元以道里爲經，以見聞爲注，作游歷記若干卷，曰兩畿、曰燕秦、曰燕梁、曰秦楚、曰閩豫章入燕、曰閩浙入揚州、曰江行。凡游，必橐筆研楮墨，命一童子負之以隨，所至見奇石、山水、碑碣，即下馬記録。或大雪摩挲，手爲之僵；或暴赤日中，汗淋漓如雨下，不少輟。人往往環聚而笑，甚或爲犬所狂齧，不顧也。又喜登陟，遇懸壁峭崖，必上其巔，亦可謂有游癖矣。

少侍先大人〔一二〕，聞崇禎之季，流賊蹸藉中原，行數十里皆不能達，伏莽草，竊乘時起，一出門即恐犯不測。賊至，竄草中，聲息惟恐聞，兒啼則閉其口，輒至死，猶不免俘掠。地蕪，連數千里無人煙，人聚山砦以守。山東、河南北多響馬賊，行者聞箭如鴟叫，急下馬立，俟盜至，罄所有奉之，乃去。又歲大饑，孤客行道中，童孺女婦能取之以爲糧。蓋游之難如此。今幸天下無事，予又迂拙，無所求於天下，天縱之使游，是亦前古後今快意之一時也。

夫天下治日常少，亂日常多。桑欽、道元值世亂，南北割據，所著書多其未親歷之境，後人每不得其處。即我生之後，滇黔尚用兵，海上連歲設戍，倚檐而立，今皆漸次底平。子塞北笳吹，逾於南海。所在候人設食，惟恐客不適其館。嶺越之表，具酥酪以餉北客。子身獨宿，不挾舂糧，而逍遥乎數千里之外，曾無所恐。他日者安知不覽予之書，羨予涉歷之遠，而浩然以歎也邪！

雖然，予年三十四出游，今經十餘年，亦且老矣！宿松北有白牙之山，雷水所出也。史閣部忠清公嘗擊賊山下，百姓奮殺劇賊號闖塌天者，至今祠公山上。其山饒水泉，四面斗絶，止一徑可升。時居民守砦者，無不遭賊屠掠，而此山獨完。顧予猶未到。遠涉四海之内，而近失之州里之間，亦可笑也。擬借僧舍，傍史公祠構茅屋一間以居，籜冠野服，不復入城市。有暇即取是編觀之，如歷舊境焉。則予之自快其意者，亦可以終焉於斯而弗游矣。

庚辰清明日書。〔一三〕

愛日吟存草序

門人張垣隨其尊公魯庵先生宦游於秦，而皖而閩，凡七八年。暇日作詩，以娱其親，裒而存之，都爲一集，因請言於予。予雖間頗作詩，然非所好，久未有以應也。其請益堅。予告之曰：

汝作詩而以『愛日』名其篇，此真詩意也。詩三百篇言事親之道者曾不數四，陟岵、北山，人子之所自作。一則行役而瞻望其親，以爲嗟予子予季之當慎也；一則盡瘁事國而朝夕從事，以爲憂我父母，怨未老方將之獨賢也。此二詩者，詞雖不同，大抵皆以不能事親爲恨，而憂思反復，托之長歌，以自鳴其意者也。若夫其親得仕於朝，而爲之子者，舉凡晨昏冬夏，得循夫定省温凊之節，此蓋天倫之至樂，而古今人之所不可必得者。使詩人處此，其歡愉和平見之詠嘆，當更足以動神人之聽，聚天地之豫，而詩顧無有。且古之人各仕於其國，越境而游，勢有所不可。至於秦、皖、閩中，限隔山河江海之介，三百篇之詩人蓋未嘗盡至焉；即後世能詩之士若李、杜、韓、孟諸公，亦多足迹所不及；他縱身歷其地，而又未能從其親以游，是汝之得於天者，固於古人爲已厚也。古人不得事其親則游於外，而心恒以爲憂。汝得事其親則游於外，即不殊趨於庭，而境恒處其樂。是汝之所爲愛日者，固宜不能已於詩也。

吾聞古人子之爲士者，朝而受業，晝而講貫，夕而習復，夜而計過，無憾而後即安。及其與親同仕也，昧爽而朝，慈以旨甘；日出而退，各從其事，日入而夕，慈以旨甘。然則自學而仕，一日間所以事吾親者，蓋無一刻之間焉。孝子不憂天下之不悦，而以不能得其親爲終身之憂。事親之行庸而道極大，其盡之有甚難者。是則不得事親者固爲可憂，而得事親者亦當求其所爲可樂也。今汝年少才美，其詩清麗和雅，固異於陟岵、北山之不得事親者其音悲怨，而吾猶以作詩乃娱親之細事耳。小宛之詩曰：『我日斯邁，而月斯征。夙興夜寐，無忝爾所生。』果其無忝爾所生也？是其所以爲詩人矣乎！否則，作詩滿車，於夫子『邇之事父』之義終無當也，不作可也。

垣曰：『唯，謹受教。』退而書之，以爲其詩序。

周易彖義序

吾友龔孝水纓學易十數年，自漢田何以降，及晉王弼，宋程、朱數十餘家之説，無不覃精研窮，凡寢食其中者久矣。已而灑然也，曰：孔子謂觀於彖辭則思過半，彖傳外其無易乎？夫六經惟易爲聖人所自作，而又合數聖人、歷數千年之久，乃始成書。是故有伏羲之易，有文王之易，有周公之易，迨斷之以孔子，則三聖之易統於一聖。凡生孔子之後者，一當以孔子之易爲宗。孔子之易何也？史記稱孔子晚而喜易，序彖、繫、象、説卦、文言凡六事。正義則曰：『夫子作十翼，謂上彖、下彖、上象、下象、上繫、下繫、文言、説卦、序卦、雜卦也。』

然則孔子之易凡十，而孝水專歸其義於彖傳，無乃偏與？蓋舉乎彖傳之義，而十者無不備矣。孝水之言曰：易之爲道也，必有不易之體而後能神變。易之用是故以爲不可爲典要，惟變所適也。而即繼之曰：初率其辭而揆其方，既有典常，儒者不察夫典常之所在，而止泥乎典要之不可拘。於是易之各爻，是非吉凶竟無一定之極，遂至爻與爻不相通，彖與爻辭不相附，求其説而不得。即曰：此所謂不可爲典要者，易也。不但他儒之説不純乎孔子也，即程朱亦嘗十二三焉。竊以爲惟變所適云者，不過謂此爻雖吉，而當之非其人則變而爲凶，其爻之本吉自在也；此爻雖是，而值之違其時則變而爲非，其爻之本是自在也。且六爻初辭必不同二，二辭必不同三，推之四、五、六，莫不皆然。是其確然不易，各有一定之極，若六爻有一爻牴牾游移，即非是卦之義。故論易必先得其本，爻辭真是非吉凶必不可易之理，而後可待其變。否則，徒以易爲變動不居，而反失其本位之正，豈聖人之所謂典常哉？今夫易之爲書，文王作彖，孔子作彖傳以發之，惟大象與本卦各爻間多不合，至六爻之比附於彖，則六十四篇中無一異也。或彖辭不備則爻辭補之，斷無與彖相反者，即辭似相反而理實相成。然則彖外無易，豈不然哉？予故深闢拘泥不可爲典要之非，而務共求既有典常之實。以六爻歸彖，以彖該十翼，以孔子斷羲、文、周公，則雖不敢自謂有當於經，庶乎較諸儒之説背孔子而馳者爲不侔也。

孝水之言如此。予觀古儒生之傳經，人各異師，師各異説，然習他經者或引經斷獄，或緣附古義，爲朝廷定制度、興禮樂。而易家若張禹，則身爲天子師傅，内附王氏；京房則知道不能信道，小忠未爲大忠；王弼又入於清談，卒禍其國。然則治易之學，顧於人才之得失、國家之治亂，其效反不足與諸經等邪？顧孔子以爲無大過者，何也？夫臣忠子孝，此一定之極，所謂典常也；而遠近慕怨，各隨其時，則惟變所適也。不講於典常，而止遷移以順變，又何惑乎揚雄之仕莽，以爲箕子之明夷？而凡改父之道者，皆得托於禹而以爲幹父之蠱也。然則，孝水所謂得其不易之體，而後能神其變易之用，此正孔子之所謂時中也與！

方母吴太君壽序 代

詩所述多婦人女子之事。方治化之盛，不但后、夫人治葛、澣衣、采卷耳、求蘋藻以奉公宫，即民間之采芣苢、伐條枚者，咸和樂而不怨。及世亂民散，不但小人之室家不績其麻而婆娑於市，即仕於朝，且不免室人交徧讁而摧焉。於乎！婦德雖微，係於世道矣。雖然，亦有不因世變而遷者，或嫺教母家，或稟刑君子。否則，性情賢淑，無論舉世何如，而自不爲流俗所動。殆女也而士行者也，若吴太君，殆其人焉。

太君莆田吴素求先生之子，桐城逸巢方翁之配，而太學君舟、解元君苞之母也。閩中自諸大儒以理學遺澤於其鄉，至今閨門之肅，較他省會有加焉。春秋佳日無游女，廣市僻巷不復美淑姬晤言之陋，佛宇雖盛，環佩聲絶響。而莆則尤異，雖販夫傭保，亦使女師教其女子通經明大義，蓋儒先之澤，千數百年而不變也。素求占籍順天，爲御史曹公秋岳選拔士，以貢授光州牧，遷紹興丞，清執忤上官，罷去，僑居六合。方氏故江上大族，世以科名、功業、文學聞天下。逸巢才美而識曠，獨以變亂之後，□然於當世之榮，不肯求試有司，落落少有合者。素求游金陵，見其文於族祖盦山先生所，悦甚，以爲近於古之作者，介盦山招之於家，以太君妻之。已而居棠村十四年，後還金陵，居故誠意伯舊宅。逸巢雅量高致，不問生産，亂後憂患多端，家日以落，並日而食，僮婢賃僕俱乏。太君親執勞役，有甚於提甕挽鹿車者，與逸巢賦詩爲樂，怡如也。生六子女，皆自乳之成人。今二子者，出則受書逸巢，入則聆訓太君，未嘗有他師。其於儒先之説獨邃入其奥，博學善文，不止屈其曹輩。

太君既食貧，歷艱苦，又雅不喜其子求仕宦。或遠游致甘脆，亦所不樂聞。有勸之駕者，曰：『何不以力田讀書，爲吾子勖也？』頃，仲子領解，竟未嘗色喜，衡門之詩自樂，而無求於人。即饑餓迫促，猶觀望泉源，誦泌以忘其困。乃獨沾沾齊姜、宋子，以爲娶妻者無擇於是，何其有齊宋者之見也？嘗觀女子生長富貴，相蕩以侈，相重以戾。設或爲貧家婦，則舉不足得其一當，將無復濩刈、絺綌、蘋蘩之事，且交謫交摧或日聞焉，烏在其能樂也？此衡門詩人所以滋不願也歟！太君母家州牧、郡丞，儼然古諸侯之亞也，即不及齊，亦何讓於宋！所以左右逸巢者，雖葛覃、卷耳、采蘋、采蘩，其遭遇不同，然風未遠也。吾私輒自喜閩中教澤之遺於此不墜，而江漢之善俗將於太君乎開之，彼古所稱女士者非歟！

今某月之吉，其六　之辰，凡知逸巢及與二子交者欲得一言以爲壽，謂予閩人也，走以爲請。予辭不獲，乃述其概如此。謂太君有關一代治化之盛，非但區區祝嘏之末已也！

雙硯齋詩序

介長洲、崑山間有真義村，元金粟道人顧仲瑛居之，號玉山佳處。張翥、柯九思、楊維楨、李孝光諸詩人皆館其家。迄明中葉，顧氏衰，魏氏盛，恭簡莊渠先生，嘉靖八年，以大司成告歸講學，四方學者多從之游。從子濬甫復於故宅南築堂，曰真義。歸熙甫爲之記，謂其後必昌。至今幾二百年，魏氏又衰。真義瀕江湖，非有奇峯邃壑足稱名勝，徒以仲瑛與諸詩人主客唱和，又莊渠之學足以倡明胡敬齋之緒，且得熙甫文發其本末。故園林池館廢興雖不常，而真義之名初不以是重輕也。

友人徐子大臨今居於此。大臨家素貧，以其居庳小，命曰雙硯，讀書吟嘯其中。間鼓棹巴城傀儡、鰻鱺諸湖，一二朋好分題受策，中流容與，蓋不知身爲今人，而與古名流豪傑旦暮未有間也。頃客燕臺，予得讀其考定諸經敘及雙硯齋古今體詩二卷、七言截句宮詞一卷，雖未足以盡大臨，然知大臨所得深矣。詩於六藝，兼禮樂射御之事，古者列爲一經，不以煩重纖屑而厭之薄之，此聖人之道之所以大而精也。夫子雅言詩，至性與天道，則子貢猶不得聞。其自言也，亦曰『五十始知天命』，雖以學不講爲憂，然其所講之學可知也。後之講學者略詩書而言性命，是教者聖於夫子而學者賢於子貢矣，夫豈其然？明李獻吉爲一代詩人，莊渠述其自悔之言曰：『昔吾汩於詞章，使早見二十年，詎若是夫！』獻吉剛毅之氣足以光日星、撼河嶽，此豈汩於詞章者？乃自以爲汩焉，固當有進爾。然有明一代，講學之士其用於世何如也？豈所學非所用與？自學者以靜中養出端倪爲宗，莊渠又謂培養天根切忌漏洩。迨其後漸流爲荒經之弊，匪但漢唐以來諸詩人鄙爲詞章之陋也，蓋有舉六經而不信者矣，不亦過哉！

大臨之詩，取法杜韓，亦時參以宋人聲調，雷硠電激、觳錯綺紛，諸美晬然，無所不有。吾見世之作者，此當踔出其上矣。著述多予所未見，即考定諸經，詳覈精密，詞旨上下劉向、南豐間，熙甫諸經說不能勝也。顧仲瑛詩與張、柯、楊、李諸人齊名。大臨生其時，應不多讓，則雙䙺數椽，較碧梧、翠竹、蓬萊、百花之坊館無以異也！況大臨留心經學若此，聖人之道必有賴焉。韓子云『餘事作詩人』，又豈區區云爾哉！然則，真義之盛，今又待吾大臨矣。

校　記

〔一〕徒　戴名世南山全集秀野軒重鐫本作『士』。

〔二〕嘗　南山全集無。

〔三〕 網　南山全集作『罔』。

〔四〕 皆　南山全集作『俱』。

〔五〕 憂患集　南山全集作『南山集』。

〔六〕 於　南山全集作『乎』。

〔七〕 南山全集於此句後作：『今其集名曰「南山」者，何也？志歸隱之地也。田有自是殆不欲復出矣。康熙丙戌春三月，宿松字緑朱書撰。』

〔八〕 輯自林佀來齋金石刻考略卷首，四庫全書本。此篇與康熙本杜谿文稿蹇齋金石刻考略序同源而異流，文字差別較大，故附録於此。

〔九〕 潛柱　清貽館本作『潛嶽』。

〔一〇〕 末　原作『未』，據清貽館本改。

〔一一〕 輯自宿松石氏族譜，一九四四年六順堂刊本。此篇與康熙本杜谿文稿石氏世譜序文字差別較大，故附録於此。

〔一二〕 少侍　清貽館本作『少時侍』。

〔一三〕 宿松文徵本句作：『宿松朱書字緑序，康熙庚辰清明日。』

杜谿文稿卷三

序

送江楚濤序

江君楚濤之湘，泗州人也，年未四十，敕斷家事付其子，自游四方求友。予遇於江寧，甚歡也。泗州與盱眙夾淮而居，相距五里許。盱眙有山不甚高，横亘東西，米芾書『第一山』在焉。予素慕其勝，欲一往游，不果。楚濤爲人，好學問、貴品行，聞脩德立事之人，喜舞踊躍，恨不旦夕見；避聲勢，惟恐浼，敝衣旅食，獨往來數百里外，常以爲樂。予雖未能深測其中，然心異之，以爲泗上猶有人。顧楚濤自謂里中兒不足與語，出求之天下。

嗚乎！天下亦烏在與泗相遠哉？魏太武之南侵也，沈璞、臧質抗盱眙以挫其鋒。宋魏勝起宿遷，一軍自雄，屹立北門。及明太祖以熙陵在泗，置衛，設兵吏防守，較兩宋倍嚴。靖難事起，鳳陽、淮安各宿重兵，燕師顧問道由泗州渡淮，經天長直至江上，遂入金川門。

是時也，使有璞質據盱眙，若魏勝起宿遷，則蘇常批其前，淮鳳犄其後，燕王危矣。單師徑入，罔抗顔行，泗誠無人哉！秦時，韓信、張良、蕭何之倫敖游淮泗，晦迹刀筆椎釣間，使非有沛公者起，則里中少年且以胯下辱之，烏知其爲當世之豪傑也！然則有其人而世不能用，亦往往覿面不相識，豈泗上果無人也歟！乃見用於世者，或辱甚於胯下亦所能忍，似其人多於韓信。而其凌人也，即不啻輒□胯下加之，又似皆里中少年，天下所在皆是。誠不識此等果何如人也？

邇來泗城淪水中，予聞神禹鎖支祈在今龜山下。天地之氣，苟不能發爲偉人，則神怪之屬無所畏憚役服而肆爲之虐，故水、火、風、霾皆能殺人而争其處焉。泗州城中魚鱉之游，逍遥市井，氣之鍾於天地者息焉不屬。楚濤之舍泗而游四方也，宜哉！於其去江寧也，書爲之序。

送李生歸里序

人不長於言而能得志行道於今之世者，蓋已鮮矣。言如是焉，不必能如是也；人聞其言，信其如是者多矣。是故人之賢愚、術之工拙，吾知之矣。人賢而言愚、術工而言拙，必累其人以及其術；不然，則其賢且工必無間於天下。牛而麟鳴，自忘其牛，而麟之者衆矣；鷄而鳳鳴，自忘其鷄，而鳳之者衆矣。噫！誰復知世之麟、鳳鳴者之非麟、鳳也？

吾邑之李生者，善醫，慕京師之大而欲其道行也，欣然至，不幾日，手愈數人。道已行矣，問之，則吶吶然不出口。既而不得志，其道不能行，悵然以歸。李生其不長於醫者乎？抑不長於言者乎？醫而能言也，不幾日而殺數人，人必曰：『是適得乎死者數也，如是之醫而豈殺人？』醫而能言也，不幾日而殺數人，人必曰：『是適得乎活者數也，如是之醫而豈能活人？』李生長於活人而不長於言，是終日活人且不能與日殺數人者同利也，李生亦歸而已矣。雖然，李生歸，而吾鄉黨能長於言者少也，是歸亦終不能言。何以異焉？終不能言而無以自異。李生歸矣，其可輕出吾鄉乎哉？然則，吾之窮而無所試也宜矣，吾有從李生歸而已矣。

送梅勿庵游武夷序

宣城梅勿庵先生文鼎，性好山水，多藏書，於書無不讀，而特好曆算之學，曰此儒者事也。著撰甚富，論曆算者凡七十五種。自以隸首、羲和復起，可質之無疑也。今安溪李大中丞刻其曆學疑問於大名，弟李安卿刻方程論於泉，而籌算書則蔡璣先先刻於白門〔一〕，然於勿庵書未十一也。

六藝，數居其一，而數莫難於曆。曆自黃帝訖秦凡六改，漢五改，魏訖隋十三改，唐訖周十六改，宋十八改，金元三改。明因元曆，更授時名大統，而法不變；又兼設回回科，步交食淩犯進呈，與大統參用，並三百年無改。是時，明算科久廢，學士大夫視爲末藝，罕通其說。而曆亦實無大差，未乖施用也。其間建議，如元統之改憲，但有其名。他若童軒、俞正己、周濂、鄭善夫、樂護、華湘、周相諸人皆未得肯綮。惟鄭世子載堉、邢雲路並著書明授時法，唐順之、周述學、陳壤、袁黃會通回曆，皆未獲盡行其說。至崇禎間，徐光啓、李天經奉詔開局，譯治西洋法，亦未及頒用。於是曆學有中西兩家，未有以折其衷也。

吾江南上游文獻，蓋推桐城方氏、宣城梅氏。方氏則前學士曼公以智及子位伯中通深明曆算，顧心折勿庵。曼公爲僧青原，嘗遣侍者致書索觀勿庵象數書。位伯著數度衍，自謂集中西大成。其子公執、正珠以曆律聞於天子，賜召見，數度衍遂獲進呈。然位伯書成時，嘗自粵東寄書千餘言，請勿庵爲序，且遣公執屬勿庵重晤就正。而位伯遽歿，勿庵言及，未嘗不喟然也。

崇禎末，宣城沈耕巖壽民、麻孟璿三衡與曼公諸君子集金陵爲『小東林』，意氣傾一時。而勿庵尊人傘瞿處士顧獨不欲以聲譽相援附，惟攻經史學。嘗作周易麟解，以春秋二百四十年行事與易象、爻相比附，發明聖人用世微旨。國變後，棄諸生服，間治天文兵法，講求實用。勿庵方受經爲童子，聞處士與客縱談，輒伏聽謹識之，輒成帙。夜侍仰觀，輒知其次舍運旋大意。嘗問以尚書蔡注『璿璣玉衡』之製，輒荅如響。竹冠道士倪觀湖正雅，前代遺民也，工書法、善詩文，與弟樂翁躬耕湖濱，黄冠野服，飄然若仙，尤邃於地形天象〔二〕。勿庵師事之。受麻孟璿曆法書一帙，不數日悉通曉，爲之注釋訂補，成曆學駢枝四卷。竹冠見之大驚，以爲非意所及也。勿庵則以爲曆學當不止是，乃陳廿一史所載七十餘家曆，率其二弟文鼐、文鼏次第講究，而深考其立法之源與沿革之故。嘗言漢曆莫善於劉洪之乾象，隋莫善於劉焯，唐莫善於大衍，五代莫善於王朴，宋莫善於紀元、統天，而至元授時測算加密。要以天道幽遠，積候乃見，故曆以屢改乃益精。而自羲和以來，共治一事，不過以終古聖人未竟之緒而已。然是時，西曆初行，言古曆者多疑西法。勿庵則謂曆以後起爲精〔三〕，西法在大統、回回二曆後，既未習其説，何以懸斷其非？乃多方購致西曆書，讀之，嘆曰：『徐文定公真解人哉！然要亦吾聖人舊耳。吾疇人失之，而彼土得之，數傳以後忘其所自，易其名以相夸。今觀其言，北極下一年爲一晝夜，其説具周髀算經，而地正員不方，則自大戴禮已言之，非彼人創立也。其所擅長者，五星緯度、三角八線、簡平象限之測，高庳視行、小輪加減之用，皆足以佐古法。大段巧密，若精而求之，則其自相矛盾者，彼書中多不免，不但分宫置閏，顯違古義也。夫曆求合天而已，苟其步算有裨，中西何擇？不則，雖古人之法又屢改焉，況西術乎？或泥古而黜西，或尊西而偏護，皆私也。是惟以天爲憑，以理爲斷，而無以成心與焉而已。』於是合古曆、西曆，參以諸家之議，爲古今曆法通考，以補馬氏文獻通考之缺，以詳律曆考之所未備。寧都魏叔子禧、成都費此度密皆嘗爲作序。

勿庵好苦思，雖布算無差，必進而求其所以然，或忘寢食累日夕。及其既得，則如江河之決，洋溢四達而無所不到。嘗從老友劉景威汝鳳處得所鈔曆書，語及書肆中測量殘本，皆以意作爲圖，補其未備，及得全書，皆不出所謂云云也，而未嘗以此自多。殘篇斷章，所在手鈔，一字異同，必兩存待考。尤好問，凡精算之士，若舊臺官子弟及西域官生，不惜造訪。人有問，亦好告以所得，故皆樂以藏書相質，而所聞益廣。

會修明史，同里施愚山侍講以書問勿庵，因爲曆志贅言寄之。史局亦亟欲得勿庵。又數年，始至京師，局中皆大喜，以曆志屬詳定。勿庵曰：『大統即授時也，説者知尊授時而隨聲詆大統，何邪？且授時既有元志矣，今惟是三應改用之率，盈縮遲疾立成之數，實步算要領，而黄赤道弧矢割圓之術、七政平立定三差之原，尤作者精意所存，元史皆缺載，亟宜補輯。』乃出所藏通軌曆草，詳爲詮次，而大統始爲完書。史局服其精核。又言回回曆明既兼用，宜備載本術。至唐順之、周述學之語則分别附載，直書姓名，無亂原文，始合體例。

又鄭世子載堉黄鐘曆法業經進呈，奉旨褒嘉。而陳壤亦上書言改曆，今世所傳袁黄曆法新書即其本也，準以前代庚午元諸曆，兩者並得附載，識者韙之。又以算數儀器，曆所必需，故於中西算學多所撰定，而古今儀象皆精考其制。嘗詣觀象臺，觀新制六儀及元簡儀，皆如素所習。或損益舊法，手製測器，雖西人無以過。其於中西之法既心無適莫，一時言曆者衷焉。輦下巨公人人欲一見勿庵，或遣子弟從學。勿庵書説稍流傳禁中，臺官甚畏忌之，而勿庵雅不欲以其學與人競。會天子欲講明徑一、圍三、徽率、古率之同異，於是公執應召進書，而勿庵則以事出都久矣。又二年，和碩裕親王迎致府中，有加禮，稱先生，不名。月餘，辭歸宣城。然勿庵好學益不倦，冀得後起之彦付託此學，皇皇行天下，期一遇不可得，今且老矣。往者嘗欲授余里差測景法，今同在閩一年，益得其書觀之，顧性不耐算，又方撰癸壬録，未能卒學也。

客有言武夷山多隱者，年六十以上得終老焉，供億悉具。且有洞藏古今書，海内著作家多置副本其中，後有取，輒可得弗失。勿庵嘆曰：『吾書縱不能傳之其人，獨不可藏之名山乎？』今且束裝北歸，道武夷，將遂規畫爲棲隱計，擬至家一了祠墓諸事，即攜所著書入武夷，不復出。余謂先生宜用康節法，以春秋出游、冬夏讀書，則杖屨所至即爲武夷，豈必斤斤九曲之勝？抑余更有説：『方崇禎末，天下多故，江上諸君子文社聿興，網羅奇士，幾於美盡東南，豈知猶有屏處暗修、不可得而親疏如傘瞿處士其人者？要所守同歸於正。而先生紹明庭聞，繼千古之絶學，與曼公父子相望於一江之隔，豈非三百年文治遺澤，而吾江國之多才也哉？易曰：「匪我求童蒙，童蒙求我。」先生其毋以失傳爲慮，天留先生以明此學，其無有聞而興起者乎？且先生有弟同志，而子若孫皆能讀先生之書，得其門户。又親見先生之孳孳問學，先生其遂以授之，如宋康節之於伯温。邇者曼公之於位伯、公執，則所謂傳之其人者不出户庭得之，又何介介焉？由前之言，則先生所在即武夷；由後之言，則先生且將偕其兄弟子孫，游處於先生之武夷，一門師友講習以終其天年，以上慰傘瞿處士之心，不亦可乎？』勿庵聞之，默不應，良久，竟去不顧。

劉元叔詩序

天地之氣有時而移。古者文章之盛，開於成紀，備於豐鎬，自孔孟出，則移於鄒魯。孔子之時，詩書所紀，楚無稱焉。江西亦楚地，自澹臺滅明行其教，遂移易其風氣，今南昌以澹臺名門，志所宗也。漢唐以來，以文行著者不多見，惟徐穉、陶潛表表流俗。而穉不以文章傳，潛則世共傳其詩。至宋而黄庭堅爲江西詩派，廬陵、南豐、臨川以文爲後世宗。周子宦南安，二程從之學，節義文章相望不絶，説者以江西爲今之鄒魯，則移於東者，又移於南矣。

劉子元叔，南昌人也。余在金臺時，求友天下士，士皆溺於干禄，其文則苟焉以圖科目，詩則苟焉以供酬應，而心苟焉以求偷合。疑天地之氣至今無所鍾，既乃得交元叔。元叔和平樂易無町畦，恂恂然，雖老兵下隸與處，亦各得其意以去，未嘗有所拒絶。而進退衷於禮，辭受以義，不義則避之若猛獸毒螫，雖萬鍾千駟之多，出於卿相，冒不恭之罪，毅然不苟受，以行其志。倫義所關，則如美色甘食，必得以爲快。人有所急，就而與之謀，每以其策之用否決成敗。余性耿介，意所不合不能與之過從，獨與元叔一日不見則如有所失。元叔亦謂惟予可語，人或以相笑，不問也。

夫天之生人多限於一偏，故才足以肆應，或甘棄於苟賤不廉之地而不知愧否，則峻隘迫迮自潔而物不能近。若江西士風，則又皆狷介硜執，澹臺之遺教至今有不可得而移者。元叔體方而用員，左右合規矩，殆有進焉。然則，江西之風氣或於元叔而再移，以盡變爲鄒魯亦未可知也。

甲戌夏，元叔屬余序其詩。夫江西以詩傳者衆矣，元叔之詩又有進於江西派者，此其詩必傳。然元叔之傳，當不止詩也。今夫物必有其質而後有其文，是故有宓羲而後有卦畫，有文、武、周公而後有象、象、誓、誥、南、雅之篇，有孔孟而後有六經，人之爲人所以質其文者也。得元叔而吾道之維繫必有賴焉，詩云乎哉！故吾敘其詩，置其詩不論，而稱道其人如此，以觀天地之氣之所鍾。元叔勉之，天下當不以予言爲妄也。

送茹紫庭之官景東序

茹司馬紫庭佐衡州，以内艱歸，與予遇皖城，相得定交，時己卯之冬也。後二年，紫庭起景東，萬里之行，不可無一言以爲别。予好訪數十年前兵間軼事，恨不得一往滇南，而紫庭乃有是行也。

自古國家官人之法，中外必因其才能，處之得宜則澤及天下，不則無所施其用。黄霸治外郡而有餘，入爲三公而不足，蓋才有短長，非可强也。紫庭之才，中外皆其選矣。雲南去京師萬里，景東去雲南會城又千里。其人多夷猓，其地接交南諸國之界，無州邑之稟承，無寮寀之分任。其前代所爲君長者皆世職，名爲守而聽命於佐。佐之者綰符握綬，號令行郡境，無敢外；視中土貳守徒主畫諾者不同，雖佐郡，實守也。然所施不出荒服之一郡，亦何足以煩紫庭？乃紫庭且毅然行矣。

紫庭志大而學博，爲人嚴毅多智勇，能任大事，好賢如不及，凡諸侯所不能致者多集於其門。至臨民馭衆，則赫然而威，嘗使人不敢仰視，數十年海内屈指豪傑必首及之。初令岐山，秦之隱君子李二曲、李雪木、王無異及吴中顧亭林、張白雲、晉陽傅朱衣諸先生皆與數晨夕，或書問，往復甚善。其政多異績。及佐衡州，時楚南二十八州邑亂民環城噭讙，辱其刺史、令，而茶陵尤甚，人所不敢攝之篆，巍然通守所不能入之城。紫庭從容談笑，不動聲色，縛其首惡，歸之司敗。是以茹司馬名至今震動湖湘間。

夫純鈎、湛盧，以之起土播穀，則不如一鉏之利，而剸兕象、斷蛟犀則游刃焉。今天下無事，中土大郡，五穀之田疇也；邊荒遠徼，兕象蛟犀之藪澤也。紫庭行矣！處中土，治大郡，小施其耰鉏，既已嘉穀殖而稂莠除；今則純鈎、湛盧之所待試，安在不更出尋常倍蓰耶！昔孔明南征，道在服其心，班仲升亦以宕佚簡易爲遠人所戴。然則懾之以威，尤必綏之以德，文武張弛、機牙變動而不一其方，柔遠之道也。紫庭貳守之秩將滿，不久當遷，行入中朝，以副天下望。古之君子所過，必有愛於其人，使不能忘，而勳垂之久遠。紫庭豈徒積日待遷而已耶！

余至不才，方將歸白牙之山以老，西南軼事，尚望於政事之暇，爲我蒐而示之。

虚牝集序

横肱而據，几不盈丈，然非數仞之堂，則有不安其居者矣；舒體而偃，牀不及十步，然非列屋而處，則有不適其寢者矣。是故，萬物不皆益我而不容已於我，則猶之乎其益我也。實者吾托焉，虛者吾游焉，有者形也，當其無而形之用出矣。夏則需葛，無益者裘也；冬則需裘，無益者葛也：時至則相反矣。山農則需魚，無益者木也；澤農則需木，無益者魚也：地在則相反矣。吾烏知益者之非無益也？吾烏知無益者之非益也？昔者盜發於韓魏，凡士紳之藏金銀者皆搒掠割炙以死，而富大夫之子有匿坑窖以免者。此時金銀之無益，顧不如坑窖之益大也。金壇王君雲衢汝驤，湛深聖人之道，工爲經義，嘔心劌腎，或數日始成一篇，必求得聖賢立言之意，而變化於古先民之尺度，以大暢其獨得而後止。久而以爲無益也，曰：『嗟乎！韓子所云「可憐無益費精神，有如黃金擲虛牝」，其予之謂乎！』因名其集曰虛牝。予考韓子之爲是言也，蓋以崔斯立者，恃其捷敏易於語言，奮高浪駕天之勢而不復辨擇，於是蛟、螭、螻、蚓錯出並見，此其無益也，雜故也。雲衢有可以捷敏之才，而心苦思覃，擇精語詳，豈猶夫韓子所云！

嗚呼！數十年以來，儒賤而優倡輿臺之徒無不席大寵、乘高軒以耀於市，而烹剥其民以自肥，老生宿師多窮餓，無以活父母妻子，則無益之甚，孰有甚於吾道哉！然而，吾儒之能自守者，固不屑求用於今之世，即吾道之不用，其爲韓魏人之坑窖不啻也。有時挾一切可恃之具不足以自庇，則必有依於吾道，而後免寇盜之鋒刃如富公子者矣。吾方恐擲黃金於虛牝之不多，而又憐耶？語曰：不遇風雨，不知大廈之爲帡幪也。聖人之道，從其外而觀之，數仞之堂，列屋而處，似乎廣大而無用；入乎其中，則居者安而寢者適。經義即有時而廢，經則猶是也，精神不於是乎用，而又將焉用？雖然，科舉之途立天下，止知階是以干禄，而能得聖人之心、行聖人之道者誰歟？雖謂雲衢之虛牝爲無益可也。物莫不貴牡而賤牝，而老子玄牝特貴焉。説者謂老氏出沙漠，以其知雄守雌之術化服異方之人。則豈吾之賤者乃彼之貴者與？是説也，吾又無以測之矣。

校記

〔一〕於　原無，據清貽館本補。
〔二〕天象　原作『天家』，據清貽館本改。
〔三〕爲　原無，據清貽館本補。

杜谿文稿卷四

記

小孤山記

乙亥秋七月之望，予將赴皖，阻風，泊舟北岸小孤廟前，閱石雲亭所修小孤山志，因入廟問嘉靖敕建舊迹。僧曰：『在今廟西半里，制度弘鉅如王居。明季亂燬，御碑尚仆草中。亂後，邑令君改建今廟。』予出觀牆甎，皆嘉靖舊制，每片有監造官姓名及年月。顧廟制陿隘，不稱神居。

小孤山在今廟西南大江中，相距不里許。北風急，不敢涉江，甚惋歎。僧曰：『此有老長年，六十許矣。彼云何，乃決去就耳。』已而，老長年者來。就問之，曰：『可。』於是喜甚，操小舟，受五人，暨舟人而九。坐予舟中，戒勿動。時水尚漲，舟從洲上過。入江望山下，如銀屑噴空。頃入急溜，戒勿直視，恐目眩。已而顛簸大浪中，舟忽仰忽俯，幾豎，但不側耳。江中急流盤舞，如龍象倒疊潑白沫，時時撲舟頭上，亦不入舟。已而過溜，水稍平。泝江上，忽得順流，揚帆一瞬，即抵山麓。急落帆，維舟於山西北之隙。江自西南來，遇山擘之，分爲兩，激怒吼哮。山首西南向，略一北轉爲稜，故水北瀉。而山下則爲急湍所不及，反受回流焉。回流自東北里許來，即泝江上，忽得順流揚帆者也。至山下稜北轉處，無所復往。去舟北尺有咫，遭北瀉急湍，鬭爲盤渦，旋轉匉訇，雷轟谷呀。老長年曰：『舟誤入之，必撤席或數尺木擲渦中。渦得席木，即塹平，可出。』或曰『海眼』也。海潮止此不復上，故曰『尋陽江上不通潮』也。

維舟處，就山磊石，鑿級高數十尺，南升入洞門，上爲壯繆侯祠。又西折，升石級，南行復東，上有祠三區，疊爲樓，前虚後實，冠山首之腰，迎江西南向。坐樓中，江聲風聲，静如深山。開户見江滚滚下。出樓南爲海門，鐵柱在焉，宋海門第一關也。從上樓降，仍入中樓，北出，東南升石罅，罅僅容人。中復北折，上凡數百級，下臨大江，失半足即墮不測，而行者須旋轉如走螺中。又路磴摩胸，故稱奇險。頃略扞以女牆，少救震眩，然下仍須蹈空行，不無危也。罅盡又東，升無級，坎山爲徑。坎盡，徑幾十許尺始至巔，爲小亭。亭内石上刻文，曰：『獨立物表。』東出亭後，有崖中斷，如虯龍開口，向天仰嘯，須懸度，未能往也。山巔望江南羣山北來，及江斬然而止，似爲江所割截然者。彭澤城在西南山阿中，人煙市井，歷然可見。北則蒼然遠山皆在百里外。山斷處，北壁上鸕鷀哺轂石隙，狎不畏人。已而循舊道降，僧延啜茗樓上，老長年者艤舟西北隙間待。乃降登舟，傍溜逆回，流盪出山東北，仍揚帆還。是游也，喜得老長年之力。事不謀於老成而妄廢者，可勝道邪！

小孤山勢孤而形偶，東西兩峯本聯末斷，四面皆懸峭，惟西北一道可升。東峯純石，不生草木，僅灌木一叢，如龍垂髯。西峯土附石上，草木蒙茸，雖無巨幹，而鬱茂可觀。全山大體如掌，側出水中，東、南、北皆方而西員。東西長可半里，南北勢短，不及東西三之一。向來山道難行，比年好事者皆礲石級，較易登焉。從北遠望爲玉圭，東西遠望爲甎，三棱側爲筆尖，横爲蓮瓣。南岸近於北三之一，水激悍，上下多由山北。

志稱小孤舊連北岸，明憲廟甲辰六月，始徙江心。然水經注謂廬山下有孤石，介立水中，周回一里，竦立百丈，似指小孤。歐陽公歸田録亦稱小孤山在水中，嶷然獨立，似屹於江心舊矣。志地諸家，宿松、彭澤每兩載之。虞伯生小孤山記云：『山上亭，宋厲文翁所築也，日就傾圮，至牧羊亭上，語彭澤令葺之，守者執非彭澤境不得修。及至安慶，語通判李維肅，即曰：「此吾土也，爲子新之。」更題曰「一柱」。』又東坡題李思訓長江絶島圖詩希聲注云：『同安志：小孤山在宿松縣東南一百二十里，與江州彭澤鄰界。』是古屬宿松，不屬彭澤也。山上廟皆邇年所構，而虞記云然，豈舊有亭或中毀與？且謂亭上牧羊，則又真連北岸，志所云不誣也。永叔深譏轉『孤』爲『姑』，謂廟像婦人爲俚俗之訛。然天姥峯、玉女盆、碧霞宫亦何損高大？但志以女郎爲福建林氏，然則林氏未生以前，山果誰主之與？聞海上所稱天妃，極靈怪，事固有不可知耳。夫小孤，卷石也。天下名山水視此渺矣，乃赫赫著名，有明天子崇祀如五嶽，豈非特立不倚爲足貴哉！

余既破風浪，登絶頂還，喜得其真，乃爲之記。同游者：内弟汪應元，族孫庠生效賢、及鎬，從人陳川、金富、高琴。

楊安城居東記

歲壬寅，山陰前諸生楊安城先生，以其友長興錢允武獄中通書屬營救得罪，流寧古塔。時允武與魏雪竇陰連海上張司馬蒼水，爲怨家孔元昭所告繫獄故也。先生居寧古塔三十年，大變其俗。歲辛未冬十二月，先生卒戍所，寧古塔之俗又變。寧古，漢言『六』。塔，漢言『个』。相傳古六人居此，故名，非真有塔也。地爲金源上京會寧府，近冷山，五國城在今都城東北二千八百七十八里，史稱其俗善變。土人初以魚皮爲衣，守土滿洲將士率朴魯淳悶。是時屯兵未久，漢人以罪至者僅四三人，孤無以自立，依將士家，每奴隸使之。其守土將權重，可專殺人，所屬無與抗。至於流人，蔑如也。先生至，則嫚駡其守土將士，將士語言不通，然奇先生狀貌，皆畏敬之。先生獨不肯依將士家，曰自立易耳。乃入山斫木爲屋，覆以木皮，磊石附土爲炕，煴火坐臥。使奴爲農，食不繼，則以所攜布帛絲絮，從將士家易之。有軍人以稗子穀其地穀凡十種，稗子第一。三石五斗易白布疋縫衣，元旦服之，人皆羨慕，漸以魚皮爲恥。於是盡出布帛絲絮，得菽粟，足食數歲。

先生乃教諸漢人爲賈。既而漢人日益至，賈日益多，先生曰：『是不可以久。』又教之學。寧古塔無書籍，先生有五經、史記、漢書、李太白全集、昭明文選、歷代古文選，於是盡出書誘人講讀，且開示禮義、崇飭退讓，人益悅服。寧古塔守將，將軍最尊，副都統次之，所謂權可專殺、人莫與抗者，皆敬事先生，有事輒就問。先生亦常至其家飲酒，彼齒少幼，即弟畜之。寧古塔賈之家三十有六，多漢人。滿洲官兵貧，衣食皆貰之熟賈，俟月餉到乃償直，故賈常操其緩急，不敢慢。又年長而賢，則爲將軍等夷交如先生者，其不敢慢尤甚。於是人皆謂寧古塔賤少貴老、賤滿貴漢，則以先生而變也。先生與滿漢人飲，曰：『今某家食且乏，又某無衣，吾當出布若粟幾何，公等差次各出以濟，何如？』則咸曰：『諾。』諸滿漢人争先助，莫敢後，後則以爲恥，曰：『不可以見楊馬法矣。』『馬法』者，長老最尊之稱，寧古塔人無尊卑皆以稱先生者也。數十年，寧古塔人皆無凍餓，婚喪皆得卒事，夜户皆無關，惟大門設木柵或横木爲限，防牛馬逸而已。凡食用之物，索於所有之家，無不與直。銀一兩以上始售，價不及一兩，受之止稱謝。若有而匿不予人或予而不盡，則衆共鄙之。漢人有自寧古塔以輕罪得贖歸者，輒曰：『吾不願歸，願老於彼耳。』人或笑其陋，及至寧古塔，則信其言不謬。蓋先生之所變化者深矣。

先生取贖官奴婢不可勝數，蘇州書賈朱方初，蕭山同難李兼汝，黔國公沐忠顯同祖幼弟忠楨，金華朱大典孫婦劉振英，河南李天然及其弟諸生希聲、希聲婦葉，湖廣衛守備王某之類。或養之終身，或撫之若己出。孔元昭以私怨數興大獄殺人，流寧古塔者百計，允武、雪竇既論死。後元昭爲僧，亦流寧古塔，衆欲斃之。將軍以語先生，且曰：『此馬法仇，不可赦。』先生曰：『我命則然，元昭何罪？且元昭由我而死，不若由我而生。法止於流，而今殺之，是又枉法也。不可。』將軍歎服，乃止。其不記人過如此。

先生性卞急，或面叱人，及其人有急，必委曲濟之，故人憚其嚴而服其德焉。先生既卒，滿漢人皆哭失聲。靈輀西入關，見者輒下馬叩頭痛哭，送者至空其國。自是寧古塔諸漢人庸下無以異於衆，不一年，俗遂變，蓋不如先生在時矣。

初，先生遣戍，子賓、寶皆幼。歲壬戌，寶覲省還，呼冤刑部、通政司，撾登聞鼓，皆不達。又八年，天子南巡，賓、寶三叩行在，願身率妻子代父戍，不允。沿途呼號，走數百里，衛士鞭棰雨下，出，强辭與抗，幾斃，終不省。及訃至，法仍不得還葬。家隨戍者，法應留。

賓號泣跪兵部、刑部門，凡四百五十有五日，哀動行路，當事者憐之。卒之明年，求比例，遂得請。又明年，乃還葬蘇州。

先生名春華，出塞更名越，字友聲，居越之安城，卒年七十。

游馮公園亭記〔一〕

予客燕臺宣武門，友人指天主堂語予曰：『此首善書院，鄒南皋元標與馮少墟從吾在憲府同講學故址也。』予聞而悲之。

癸酉，客關中，聞關中書院復葺，欲一往，不果。明年三月，友人撫寧張聲百招桐城方葆羽及予游西郊園亭，觀玉蘭花。聯轡出西門里許，得一園，廣不半畝，衺如之，無水石竹木，荒草不除，屋一區，無廊檻。屋前臺高可十尺，臺上有亭，望終南在檻外，慈恩、薦福兩寺塔參差出左掖，平疇菜畦麥田，黄碧錯如錦。園中海棠、雜花數本，惟玉蘭於衆木中稍短小，高與臺等，此外蕭然無有也。招園丁問主人爲誰，曰：『明尚書馮公。』問尚書名，不知也。葆羽曰：『予高祖魯岳公爲御史時，與少墟馮公同在首善書院。相傳少墟三原人，此豈其别業邪？』少選，童子出揖客，進反有禮。問之，爲尚書宗人。問尚書名，亦不知也，設酒果餉客。已，徘徊久之。

歸途過關中書院，覽其記略，悵然太息：『學之講也，有如是夫！』葆羽益徬徨言曰：『大父密之公語予云：「天啓四年，撤首善書院，毁先師主，同時毁關中書院，曳主城隅。越二十年而國亡。」今關中書院猶如是，可感也！』予曰：『君子之講學，非得已也。古之設教者皆不得位，聖賢得位，設學校止耳，故有學校，無書院。孔子以學不講爲憂，堯以不得舜，舜以不得禹、皋陶爲己憂，得位不得位故也。憲府總天下紀綱，熹宗之際，紀綱何如，而汲汲講學，何也？熊經略廷弼之死，南皋、少墟皆與定其獄。爲天下得人者，當如是乎？張江陵嚴禁書院，卓有所見。夫講學之名立，則附會者多。苟不得附，則忌之者衆。内不必皆君子，外不能使人安於爲小人，則門户分。門户分，則其争也急於疆場，重於國是，争者未息喙而國已亡矣。』悲夫！在位講學，不可謂非賢者之過也。

按長安志，少墟實邑人，園亭屬公無疑。聲百曰：『公以大司空家居，遺園僻陋若此，此其一草一木，殆鄭玄之書帶、許衡之廟柏也夫！』

樗園記

河中吴徵君，善詩，好内典神仙之説，人鮮知之者。一旦以博學宏詞徵，當世不能用，自號玉溪生。玉溪者，河中之永樂有玉澗水，唐詩人李義山曾自號玉溪生。徵君仍之，慕義山也。其所居小軒曰金鵝館，其詩集曰蓮洋集。李白詩『鍊金鵝蕊』，蓋金鼎之説也。蓮花洋在普陀山下，名山記：『華岳山下有蓮洋村。』徵君樂之，故號其詩也。館在園中，名其園曰樗，又自號樗園子。予在燕臺過昝子抱雪寓中，遇徵君。昝子曰：『此河中吴君天章也。』予固心知之久，相見益歡。未幾，余入秦，道河中，過徵君。延予別業，在城東南隅，可數畝，環以短垣，菜麥滿畦，如從老圃者游，即樗園也。

河中當山川北戒之會，魁奇秀拔，靈氣繚繞，左中條，右太華，黄河如綫出兩山罅中，古聖賢豪傑多産其中，非偶然也。而園擅河中之勝，園西有軒，即金鵝之館。徵君笑曰：『以爲館則隘矣，以鍊金鵝則綽然也。』予曰：『園頗寬而館僻在一隅，何邪？』徵君曰：『園輒生樗，樗性芟而愈繁，予不忍殘之，故避其根株而作館室。且予之無用於世也久矣，既不能脱離塵垢，逍遥於無何有之鄉、廣莫之野，猶幸從容一室，翱翔冠佩以諷詠詩書，間耡瓜種藥爲場圃事，是非所謂以無用終其天年者邪！園以樗名，明爲樗所有，而予館蔭於其餘也。』

予曰：『莊生之學以未始有始爲宗，後之言仙佛者繆悠荒忽，皆本之以達其支裔，世或擬之黄帝、老子之倫。其言神人也，乘雲氣、御飛龍，神凝而物不疵厲，比物連類，終之以大樗。然則大樗者，神人之比也。汾水之陽，藐姑射之山，天乎人邪！徵君家其間，好其道，必有以深造其閫域，予又烏足以知之？天壤間萬物各有所適，爲人用者雖貴亦賤，苟能知無用之用，則不必鍊金鼎、讀竺乾書而仙佛存焉矣。亦安往非無何有之鄉、廣莫之野哉！』徽君相視而笑，乃屬余爲記於金鵝館中。

來和亭記

予生江上，聞明祖建都鳳陽，未及成而廢，屢欲一往觀覽形勝。適鳳陽族兄鑑薛同貢都門，語予曰：『吾家以明季寇躪鳳陽，遷臨淮，大人構亭城南小雲母山。山下即藍采和鍊真處，故名亭曰來和，來采和也。吾弟盍一來登焉！』予曰：『諾。』別垂十年，東謁曲阜，西歷晉秦，逾洛及汴，放乎宋亳，顧未得登所謂來和亭者。今歸經臨淮，亟造鑑薛家。鑑薛亟出見，亟問來和亭，乃偕予城南，拾級登山造其巔。坐亭上，軒窗洞開，東北蒼茫無際，西望鳳陽故城，半在山上，鐘鼓樓亭，矗然特起。西南獨山一峯，若去而復留然者。

予謂鑑薛曰：『大淮山川之勝，盡歸此亭矣。』鑑薛曰：『臨淮向極繁盛，鳳陽殘破，邑獨免。南都建國時，淮帥劉良佐利其有，攻城逾四旬，不能下。既而淮大溢，城破東南，居民、文廟、祠宇蕩爲波濤，又繼以火，遂衰落。此殆仙家所謂劫運使然也。吾亭劫灰之餘耳。』予曰：『鳳陽建都，宜優於汴洛。』鑑薛曰：『無險。』予曰：『否。五帝及夏商都皆無險，且自古未聞天子有據畿内以守者。漢馮敬建策，謂關中險，可都。然漢世僅二百年，並未嘗扼關拒守。新莽、晉愍、苻秦、隋氏不旋踵而滅，唐天寶後，潼關六扇若平地焉。燕自黄帝都涿鹿，今保定新城、定興間，曾無門户之限。而天下至險莫如居庸，乃金元之興皆由居庸以入。明甲申，寇自西來，亦不渡孟津而犯居庸。及都城已陷，保定堅不可下。今臨淮抗拒良佐，此即鳳陽之保定也；江淮天塹，此即鳳陽之居庸也。且險在人不在地，況鳳陽險於汴洛多矣，豈曰不險？』鑑薛笑曰：『誠都是，則吾家可不還，安得與吾弟登此亭邪？』

乃步亭下，西入采和宫觀，訪莊子故居。復上亭飲，盡醉。笑語鑑薛曰：『莊子之論神人也，入火不爇，入水不濡，使由其道，臨淮至今繁盛可也。予歸途過彭城，尋項王建都故迹不可得。獨上雲龍山，登放雀亭，讀蘇子記，謂衛懿公好雀亡其國，而劉伶乃至以酒爲名，是隱居之樂，雖南面王不易。予登此亭，亦謂秦皇、漢武求神仙爲後人所姍笑，采和之徒卒以沖舉聲聞到今，則鳳陽、大都不與易此亭片壤也。況放雀一亭，巋然於彭城故都煙消之後，則此亭又孰知其所終乎！』鑑薛曰：『善，大人適還鳳陽，吾弟書之亭中，俟歸覽之。』於是乎記。

皖江游覽記

安慶爲城，控江倚霍，實東南戰守之要區也。樅陽門外迎江寺塔、正觀門外大觀亭，蓋擅兩勝焉。塔建於隆慶庚午，郡守王宗徐與郡紳於惟一、吴宗周共成者也。高二十四丈，凡七級，皆白石巨甃。登塔望之：西則城市鱗次，如現蜃樓；北則大龍盤鬱，石湖間之；東則黄湓諸山出没江外；南則長江如帶。對岸黄畦碧野，時露湖光村煙，帆葉往來履舄之下，所謂蓬蓬勃勃如入青冥者，庶幾近之。大觀亭在余忠宣墓西北。忠宣廟門，前對長江，後有特岡蜿蜒而來，昂首西向，沿江市廛如砌；而右腋間明湖一片，則公盡節之清水池也。亭建於前巡撫徐中丞國相〔二〕，其碑倪翰林燦所書也，今漸毀廢矣。登亭望之，山光江影較迎江塔尤勝。蓋塔以人爲之，層累增高，在上有臨深之懼，又止見一面而已。亭則天成危阜，措足坦然，而四面洞開，大龍、百子俱在襟袖。予登此兩處皆屬少時，今重尋舊游，殆覺耳目一新也。同游者：友人程叔才，佐衡兄弟，及叔才子衡三、露涵、雨來。

皖舊治在今潛山，皖水入江爲皖口，今山口鎮也。宋寧宗時始升爲府，遷今治。及元兵南下，范文虎遽以城降，未嘗守也。嗣是，守而死者余忠宣闕也，守而完者楊鋭諸人也。左良玉之反，城中守兵内應，巡撫張亮、知府傅夢弼皆脱去，後皆起兵，不屈死。叔才、佐衡坐亭中談往事，因曰：『范文虎能守而不守者也，余忠宣不能守而死守者也，楊鋭等幾不能守而卒完守者也，張亮、傅夢弼雖不守而同歸於死，亦不失爲自守者也。』予曰：『余忠宣之死，烈矣！夫人臣事君，莫難于死，而孔子顧等之匹夫匹婦之小諒，何哉？由余事秦，金日磾事漢，君子蓋有取焉。使由余終爲戎死，金日磾終爲休屠王死，縱賢，亦止召忽輩耳！太祖使危素看余闕廟，此不知於孔子之義何如？然元既主天下，與戎、休屠異焉，貴仕者皆宜爲之死。況闕世唐兀氏，入中原，占籍廬州，受元恩厚矣，累官大中丞，任封疆之托，其死也固宜。若范文虎，祖、父累世臣宋三百餘年，元兵未至，遽遠迎於江州。執孔子之義者，於忠宣必不僅以匹夫匹婦之小諒概之，而於文虎輩，縱有九合諸侯不以兵車之烈，終不得謂之仁也。然則，守死者固自有其道，而死不死猶未足全執以定人也與！』

叔才、佐衡與諸子皆各賦詩，而予爲之記。

泊湖口新設營汛記

泊湖，古雷池，孟宗爲雷池監是也。水有兩源：北源出宿松縣之嚴恭山，東流合太湖縣諸水，又東合荆橋水，入於泊湖。南源出湖廣之蘄州，合廣濟、黄梅兩縣諸水，東北流合宿松縣龍湖、太白湖，又東合鈎餌河，又東匯爲大官湖，又東逕倉步，東爲長河，又東出李黄、青口，入於泊湖。北源雷水，南源即尋水。宿松，古尋陽境地。北源才及南源十一二，入泊湖西北，南源入泊湖東南。湖延袤數十里，横亘其中而總束於散水口，曲折東流，徑望江之吉水溝，至花陽鎮入江〔三〕。

舟泝流而上者，自江達散水口，過泊湖，欲之宿松、蘄州、廣濟、黄梅，則乘東北風挂帆而南；欲之太湖及嚴恭山下諸村落，則乘東南風挂帆而北。其沿流而下者，各從其方來，皆分聚於散水口。舟下多載米、穀、魚、薪炭、竹木、棉絮之屬，上則鹽、布、幣而外，輕舟挾貲爲多。而散水口東北至於吉水溝，南至於李黄、青〔四〕，東南至於彭澤江北之洲及蘄州之軍屯，西至於鳳皇溝。類皆小汊支港，水漲則彌漫無際，水落則蘆葦薉密。又兩岸皆數里無人居，舟行葦中甚僻。其地錯處湖廣、江西、江南之介，户籍無所稽察，易於逋逃。其往來舟多，鄉民遠客無以自衛，故宵人爲暴者常窟穴其中。近日失盜，令甲譴嚴，有司大率諱盜，而盜益無忌。

康熙三十五年，撫寧張公爲江南上游按察使，獨心知其狀，於是乃思久計，曰：『永靖此一方民，非立營汛不可。』爲言於督、撫兩院，兩院皆韙公言。於是檄安慶丞，並移副將，遣潛山營游擊偕往視地勢。還以報：李黄、青口屬宿松，在泊湖南。散水口屬望江，在泊湖北。地皆卑，惟冬露洲可居。可覆土加築兩口，各爲臺，址高五尺許，方廣十餘筵，各構瓦房五間、敵樓一座，懸鳴金樓上。兵各十二人，不增設，皆移之潛山營來戍，各設船於河干，張緑旂。議既定，有司言費所出。公曰：『吾捐俸給之，不足，則府以下捐成之。』自下始於康熙三十六年春二月，成於是年冬十二月。舟自上來者，李黄、青之兵送之出；自下來者，散水口之兵送之入。於是，宵小遁藏，行李安吉，舟人歌呼，早暮便擇，無悚無惑，散聚是適，皆曰：『是我公之德也。』先是，士民走請於公，願每舟上下予汛兵食米升。公曰：『兵已食餉，其勿予。』又兵以不善操舟辭，請别募工。公曰：『凡江汛皆無募工，若欲募工，其自以餘餉募之。』以故汛兵至今不得苛索行舟。

羣暴者既伏一年所，不能忍。三十七年春，爲兩舟，載二十餘人。一舟先過散水口，汛兵提所載束葦重，斷束，得兵器數事，其舟中人即跳而走。兵張兩翼追之，一人落水死，一人逸，餘皆被禽，尋逸者亦爲他村民所禽。後一舟聞之，奔還。有司鞫禽者，皆遠縣人，自承將入大官湖以逞。有司念謀未成，薄懲之，放還。然羣暴者雖放，皆震慴欲死，不敢復過散水口矣。大官湖人聞之，曰：『張公使我得無暴。』

公之下車也未幾，有裁冗兵之議。時公謁制府在金陵，而皖撫去未受代，皖城兵洶洶，偶語竟日夜。公懸慮之，白制府，即日馳還皖。至則兵環輿訴狀，公開諭之多方，盡歡然散去。卒力持略裁一二老弱，餘如故。皖人謂是役微公至必變，諸營兵亦曰：『張公活我。』

公素得兵心，故移戍荒湖濱，咸樂爲公往無怨。

公善政不勝書，而泊湖營汛之設，則予往來實身受其庇，故知之詳。在公之善政，此爲甚微；而有德於宿松、太湖、望江暨蘄州、黄梅、廣濟六屬之民以至四方之客，此爲甚大。因懼後之人不知創建之始而忽忘之也，於是私爲之記。

青雨山房記

友人張子逸峯家於天津，其尊人今閩中方伯公，向嘗以假日奉親家居，構園亭於所居之北偏，有所謂遂閒堂者。其回廊曲檻、臺閣樓榭、水石竹樹之觀，皆别具丘壑，入其中，不啻在深山中游也。逸峯性和厚温純，常有以自樂，好學，工文章，重氣義，天下士多歸之。方伯公宦秦中，秉憲江介，晉閩藩。逸峯受命爲家督，乃以是堂爲賓友游息之所，而别構書屋於堂之南榮。其地不及堂什一二，楹庭修潔，階砌完好，簾静户幽，風雨咸適。置書數千卷，坐卧其中，載寢載興，披吟不輟，顔曰青雨山房，而屬予記。

夫學者必有高山倚拔之氣、深淵渟畜之量、百卉榮發滋長之機，而後可以奮震涵濡、理順心適而不累於物。是故古之人多樂名山大川、茂樹深篁，下及奇花怪草，構屋其間，以爲讀書養氣之助。而逸峯舉無取焉。逸峯嘗選傔從，戒行李，登日觀之峯，還拜闕里；南浮江淮，觴客於西子湖中；西度太行，入潼關，上華山之雲臺，過蒼龍嶺；今又發皖口、越彭蠡而東踰嶺，下漳灘，以至於閩。凡史遷之所未歷、謝康樂之所未通，以及李杜諸人之所未至，無不游。其所爲峭崖削壁以及松、檜、楷、豫章、荔枝、橘、柚、蘭、梅、榔，並海外聞見未經之物無不覽，而猶以爲未也。築環堵，構數楹，泊然若無有焉。逸峯殆有所樂於心而不必假諸物者與？唐人詩曰：『微雨夜來過，不知春草生。』又曰：『岱宗夫如何？齊魯青未了。』語曰：『泰山之雲觸石膚寸，不崇朝而雨天下。』吾無以知逸峯也，爲記青雨山房以俟之。

石林記〔五〕

閩在萬山中，漢淮南王安謂地圖相去不過寸數而間乃獨數千百里，良非虛語。至福州則豁然天開，廣輪可五六十里，平壤坦涂，風氣和會，四山雖高，環向相揖讓不敢逼，造物若特闢此以爲東南都會然者。故入閩恒苦山，入會城，乃以無山爲快。然城中實有九山，語曰：『三山隱，三山現，三山不可見。』隱且不可見，則未成乎其爲山也。其現者：北曰屏山，一曰越王；東南曰于山，一曰九仙；西南曰閩山，一曰烏石。是三山皆據城址，形如鼎足，其名特著，而烏石尤爲第一。宋程師孟建亭其上〔六〕，南豐曾鞏爲記，謂登覽之勝可比道家蓬萊、方丈、瀛洲，遂名道山之亭。而朱晦翁以時遨游，刻名石上。厥後，學道之士世相接武，道山之稱乃正。山勢衡逾里許，高如之，縱不過衡十之三。南麓之東，神光寺在焉。西有鄰霄之臺，介神光、鄰霄間。而繚以周垣，北極山嶺，南放於平麓，是爲石林。石林中皆石，石之族凡五：劈者，離者，埋者，懸者，裂者。劈者匠削，離者人置，埋者欲突，懸者欲墜，裂者欲坼。石中多徑，徑之族八：平者，曲者，斜者，陡者，梯者，橋者，竇者，峽者。平者雁序，曲者虵行，斜者魚貫，陡者蟻附，梯者猿挂，橋者蝸游，竇者燕蟄，峽者蟹側。石戴土爲屋，屋之族四：曰祠，曰軒，曰亭，曰臺。祠之取其寬以舒，軒之取其幽以敞，亭之取其高以曠，臺之取其峻以平。環屋皆嘉植，其族曰荔、曰榕、曰梅、曰松、曰桂、曰蘭、曰竹。荔有王有妃，榕有獨有偶，梅有素有丹，松有檜有杉，桂有秋有四時，蘭有木有卉，竹有絲有刺。若桃杏佛桑、郁李蕉藥、山丹刺桐、名果奇葩、畦蔬圃瓜之屬，不能盡名也。

吾友許不棄遇世居之。余客閩，會不棄奉内諱歸里，暇日輒相過從。南拜其先大夫平遠先生祠，觴於祠西真意軒，聽竹杪飛泉聲，對落珠巖，弄雨後輕雲，使沾衣袖。緣磴陂陀，西踏高松之末，臨呑江石，讀石刻四十字。上最高亭，側身出靈巖竇中，摩挲宋陳述古及元明諸石刻。東登清泠臺，繞獨樹，扳榕髯，跂行上霹靂巖，讀宋潘正夫記。梯巖上俯視，城中如錯繡。下石梯入雲巢洞，穿梅路，繞竹路，汲半泉於山半，彈琴其上。每往輒竟日以歸。方夫登高峯、據危石，左挹鼓山，右抱岊江，二水環空，平田漾緑，暮潮送帆，晴嵐擁樹，極目天界，俯瞰市門，嗒然喪吾，真有如昔人所謂蓬萊、方丈、瀛洲者，而後益信道山之足樂也。

閩中諸山，其高大恢怪，視道山不啻萬倍，而道山獨名到今，固以城中無山易於見奇，然而有人在焉，非以山傳也。許氏自平遠先生在先朝以名進士督學浙中，甌香先生幼及倪文正之門，名動天下，以世變不仕。不棄承兩世遺緒，命其子伯調鼎輩修而復之，四世以來焕然如舊，且奉先人祠於兹山以成先志。嗚虖，有道山可無石林哉！

怡山擘荔枝記

予入閩中，得飽噉荔枝，自張明詹巖始。凡入閩者，無賢者不交明詹。明詹賢，工詩，且愛客。家多藏書，喜借客鈔，借輒飲以酒。其堂西有小軒，曰水流雲在者，尊甫大韶先生讀書處也。廣不盈數丈，而堂奥凡四五區，顯晦相得，牀几整飭，書如未觸手。宇下隙地，結構丘壑，水石、花樹、蘿薜縈之。朱司業彝尊贈詩云：『三伏尚能留客坐，一瓻爲勸借書還。』足與其人其地相稱也。予方編癸壬録，常常往其家借書，輒得飲。

七月初吉，偕梅勿庵詣明詹，爲出荔枝千顆共噉之，未厭，明詹曰：『盍就西禪寺樹下噉之？』西禪寺者，怡山長慶寺也。於是步出西門外四里許，至寺。寺門東向而北踞，禪棲廣靚，松栝蔚然，環寺多荔枝。凡荔樹經冬不凋，其實兩年一熟。是年熟者止山門内數株耳，經風之後存者無多。然朱實垂垂，間出緑樹之杪，朝曦相耀，火齊歷然可愛也。入寺後少憩，乃坐山門大嚼之，雖甘酸間作，而瓊液天漿，自非凡品，三噉各百許顆〔七〕。明詹具午餐甚設，有琴客爲鼓一操，塵襟頓清。勿庵曰：『予頃見高雲客荔枝紀事云：歲辛未，莆田董令召種樹人于楓亭塗泥，荔挺如臂如肱者百幹。候根生，斷植木桶，輦貽婦翁石將軍。將軍置驛進於都門，得實七顆。明年復進百本，得實百顆有奇。貢法之善，古所未有。然京師之大，而止得百餘顆，則名公鉅卿望大官而覬一二之賜不可得也。吾輩今日之享乃過於公卿，樂何如邪！』明詹曰：『吾鄉陳紫巖謂荔關氣運。異時，下遷海之令，諸鄉之山童焉，名園屯駐甲士，荔樹爲薪，幾無存者。近，海界盡復，荔枝亦歲熟，非偶然也。』又曰：『蜀都賦云：「旁挺龍目，側生荔枝。」故荔枝久著於蜀，相傳王審知始移植。今閩荔遠勝蜀產，蓋天地文明之氣日移而南，閩中衣冠文物多從王氏南遷，遂盛於昔。荔枝之勝，亦猶是也！』予曰：『明季數十年來，大難發於西北，而終於東南，故今天下握虎符號將軍者非秦人即閩人也。天有所興，必有所廢。獨念荔枝一無知植物耳，特鍾正氣於南方，移之他處，寧枯槁而死，不肯受其培灌或出材美以媚於世，君子哉！閩人之賢若謝翱、鄭思肖之屬□□倫與！』明詹曰：『荔枝雖不爲出山之舉，而腊之爲脯，則芳香達於雁門、馬邑之外，豈生閩而域於閩者哉！』勿庵相視而笑，舉酒大釂。既別，明詹復作擘荔圖貽予，貌予與明詹，並貌許不棄於右方。不棄時奉内諱，實未與也。

游瀨鄉記〔八〕

古苦縣瀨鄉在今河南歸德府鹿邑縣境，太清故宫在焉，祠老子也，老子實生於此云。予讀史，見唐玄宗、宋真宗時祀老子極侈，祥雲、甘露降太清宫者時見書，甚且得天書頒示中外，恢奇怪迂，不可究詰。恨未能一至瀨鄉，覽其宫闕廟祀之勝。

乙亥八月初吉，之關中，道誤出亳州，西四十里有村，村東南穹碑高十許尺。亟下馬視其額，曰『大宋重修太清宫之碑』，文磨滅不可識。問村人，即苦縣瀨鄉也。碑北二百餘步有老子廟，甚庳隘。廟前碑碣四五，金明昌間亳州州正胡筠記猶完好。謂老子生殷武丁二年，後與秦獻公論周秦分合，曰太史儋。儋即老子也，子孫數世官於朝。餘碑刻唐追尊帝號制詔、歷代御製老子贊，又刻道德經於石。予觀望久之，度舊制弘鉅，占地數百畝，爲前後兩宫，今皆禾黍矣。

嘗考太清宫之祀，始盛於唐，再盛於宋，金元仍之，代有增飾，蓋千年矣。小明王韓林兒撤毁荒廢，迄今不復。夫譜學莫盛於唐，而國姓無定論。玄宗祖老子，能免遥遥華胄之譏邪？趙氏興睢汳間，去老子居甚近，其崇祀固宜，然真宗所爲則已誣矣。二君者，好恢奇怪迂，故其類應焉，豈老子真見靈異哉！何昔甚顯赫，而久寂然於今也！傳曰：妖由人興。傅土刻木肖人形，跪拜日禱之，久則能禍福其民，以自饗其祭。有卓然不惑者，毁去之，蔑如也。如此者衆矣。南史載：西楚霸王靈異可駭畏，唐狄仁傑檄而毁其廟，卒無他，非邪？山東濟南府西南七十餘里，有山曰五峯，巖幽木森，鄉人奔走相望，曰老子生處也。彼非老子生處而祀之勤，此老子生處而一敗不復振，其興其廢殆有時與？抑凡事固樂其假，不必問其真，老子之靈亦姑移於彼與？明太祖嚴厲威刑，以懲不恪，及讀道德經『民不畏死，奈何以死懼之』，惝然而止，盡除五刑以外法。嗚乎！仁者贈人以言，雖人與骨俱朽，而天下尚受其賜，宜其廟祀之崇也。

予無意中得至瀨鄉，甚喜，又感太清宫荒廢，益信瀆祀無益。故記之以告世之人，祀而無祈可也。

寶相寺記

出宿松縣東門十有五里，曰白馬河。河干有寺，不知所始。府、縣志皆稱三祖燦建。

其像設居門者，相傳唐人所爲，因名曰寶相。

先是，寺有田數十畝，寺僧率頑惰不事事，田屋廢頽，鞠爲茂草。鄉人聞僧浄輪賢，方自力作，創居藏經庵，因禮請來主是寺。浄輪辭不獲，既至，慨然曰：『吾力能興復之。』方是時，寺荒落甚矣。前以土棲門，後屋一區，上漏下溼，狐狸嘷於佛座，鳩雉鳴於鐘磬。人驟聞浄輪言，笑不信者半。不數年成堂，堂中增新大像三、小像五。不數年成門，門中像復其舊。不數年成室，室中賓客之位、倉庾庖湢、經籍之廚無不具。於是，所謂寶相寺者煥然改觀。父老相與咨嗟太息曰：『吾及見此寺，未嘗有此也。』

浄輪請予爲之記，予不多浄輪之能興復是寺，而獨喜其所以興復之力皆出於力田，而不以乞化布施煩吾里人也。

宿松田瘠而賦重，安慶屬縣六，宿松次五，其廣輪不及懷寧、桐城遠甚。懷寧、桐城田皆三千餘頃，宿松田則至四千四百餘頃。志稱：明令屠叔芳虛增畝額，求媚上官，後不良於死，宿松之民至今蒙害未已也。他邑田皆恒産，宿松田懼爲累，民所以貧困而不可救。田既爲累，故逃亡恒多，力田者恒少，農事不修，率以惰廢爲常。夫有田而不力，即歲賜其復無益也，況重賦乎！宜乎宿松之貧且困也。詩曰：『三之日于耜，四之日舉趾。』此西北高寒氣候不同耳，若東南則未有逮春始耕者也。宿松濱湖，冬逐魚蛤之利，棄田不治，始春而耕矣。詩曰：『載芟載柞，其耕澤澤。』必芟柞其草木以罨藏之，而發其土膏，未有徒耕者也。宿松舉耜覆土猶或不全，蓋無不徒耕者矣。詩曰：『千耦其耘，徂隰徂畛。』蓋始則周行畛隰，足治草之萌牙，使不得生也。又曰：『其鎛斯趙，以薅荼蓼。』蓋繼則操持利器，手薙草之蕪薉，使助榮滋也。宿松則有植而不芸，芸而不復至田者矣。田且如此，其他一切溝洫、蠶桑、畜牧之法，皆置不講。然則，民之貧且困也，惰廢之害未已也，不盡屠令加畝之罪也。

淨輪初至寶相寺，稍因其寺之舊田而力治之，蓄其餘而漸買其附近之田。燔燒其草木而覆以土，漬以盥浴食飲之水以爲之糞，鋤併其田之奇零以拓大其畛域，平治其崩陁、磽确之餘以就其耕，負沙雜土，築隄防以瀦其潦水，蓋無寒暑、燥溼、雪霜而不履於田也。故收田之入治五材、鳩五工，不十餘年而事集。然則宿松之田何嘗爲累哉！雖以屠令增畝之重，而淨輪力而治之猶足賴，如此又何患乎貧困之不可救哉！

予考天下稅糧，莫重於蘇州、松江，然其田畝直十金以上，宿松則畝不過五六銖而已。甚或棄之聽人耕，又甚則出錢以資受者，求脱田而去，則甚矣宿松之貧且困也！先王之法，有力田之科。惜也淨輪逃於佛，倘非然者，舉之爲吾邑農師，庶穨俗其可救乎？曾子固謂：『佛氏之徒不撫耞耒，累百十鈞奇，飛貨以病民。』若淨輪者，寧有是哉！其所收徒多寠人、棄子，撫於乳幼之初，而時養其父母。其鄰人貧者，常需其餘以濟。浄輪其賢矣哉！抑非但農師已也。予故因其請而推論之，爲邑人勸，毋徒以增畝罪屠令也。

浄輪字月聲，邑中劉氏子。幼陷於流賊，逃於佛，得歸老焉。持戒律甚嚴，通内典法。邑士君子如石九敘公頌功、胡漢聲鳴鳳皆與游。〔九〕

校記

〔一〕清貽館本題爲游馮公少墟園亭記。
〔二〕徐中丞　清貽館本作『徐公』。
〔三〕花陽　清貽館本作『華陽』。今宿松有華陽河，望江有華陽鎮。
〔四〕青　下當脱『口』字。宿松文徵『青』作『青口』，李黄、青口皆泊湖水名。下同。
〔五〕清貽館本題爲游閩中許氏石林記。
〔六〕程　當作『陳』。
〔七〕三　下當有『人』字。
〔八〕清貽館本題爲游苦縣瀨鄉記。
〔九〕清貽館本文後有石廣均按語：『該文賀藕耕選皇朝經世文，誤列吕星垣名。吕星垣，江蘇武進人，不當作是文。』

杜谿文稿卷五

論

封建郡縣利害論上

柳宗元封建論，蘇軾以爲聖人復起亦不可易。是皆有見於封建之弊，不見郡縣之禍者也。封建、郡縣皆不能無失，而封建之禍常輕，郡縣之禍常重。專主郡縣而廢封建，非不易之論也。

蓋封建久，有併吞之諸侯；郡縣久，禍常發於匹夫與境外之强敵。諸侯平時驕侈不可制，朝廷急之，則連衡而相抗。禍小則爲漢七國，甚即爲晉八王，又甚且爲明成祖，皆相殘於骨肉間，所謂憂在蕭牆之内也。若禍起匹夫與境外之强敵，則秦勝、廣、劉、項，漢黄巾，晉劉石，唐黄巢與宋靖康、德祐之慘，其爲外侮，亦已甚矣。且夫七國雖亂，不可擠朱虚、齊王之功；晉惠、賈后之庸且惡，雖無宗族，亦失其國；成祖雖已過當，然終不失有明之祀。是封建或至尾大不掉，亡其國家，而中國屠滅終不至大甚也。郡縣利固矣，然其大壞，無屏翰藩垣之固，以天下之大、億兆之衆，欲留遺育而不可得。而勝廣之殘、項羽之暴、黄巾之虐，死亡不可勝計。淵、聰、石勒坑屠不下數百萬，黄巢殺人幾千萬。元祖欲盡殺漢人以便牧馬，雖耶律楚材諫止，然猶殺人盈鉅萬〔一〕。明季李自成、張獻忠所過屠戮無遺，河、洛、楚、蜀至今爲墟。嗚乎！殺人之多即盈野盈城，豈至是哉！

國之所以存亡，亦不在封建、郡縣，然創制規模不可不審。後世謀國者莫不以郡縣爲宜，不知天下大利大害，三代聖人固已籌之熟矣。侯、甸、綏、要、荒五等之制，爲子孫帝王計，正爲天下計也。宗元之言曰：『湯資諸侯以黜夏，武資諸侯以勝殷，迫於勢不得已而不廢。』夫湯之興也，如火烈烈，十一征而無敵於天下。武之興也，我武惟揚，滅國者五十，不但心非利天下，不欲以術籠致諸侯，即其兵力，已無藉天下之助矣。日月出而羣陰伏，使湯武牽制於諸侯，因循遷就而不能自主，是赧、獻、僖、昭之君也，何以爲湯武？光武興，而竇融不必終有河西；唐祖興，而羅藝不必終有幽朔；宋祖興，而李煜不必終有江南，錢俶不必終有吴越，而況於湯武乎！彼謂欲廢封建而不能者，以後世謀人國之心而疑古之大聖人也，惑之甚者矣！蘇軾謂三代不能廢無罪諸侯，其説近是。然三代豈但不廢無罪而已，又從而建置之。夏商不可考，周諸侯見春秋者皆所自建，不但武王封兄弟之國十五、姬姓之國四十爲可據也。

二子者以爲君臣父子相賊虐由於封建，而不審於宗嗣之覆、生民屠噬之酷由於郡縣。然則如之何而可？曰：蘇轍之論唐制，庶幾不易之論乎！

封建郡縣利害論下

或曰：子論封建、郡縣而歸於蘇轍之言唐制，唐中葉以後藩鎮之禍可無論與？曰：比者顧炎武之論詳矣。其言以爲，弱唐者諸侯也。唐既弱矣，而久不亡者，諸侯維之也。又曰：世言唐亡於藩鎮，而不知其不遂并於吐蕃、回紇，滅於黄巢者，未必非藩鎮之力。又曰：不獨唐也，契丹入大梁而不能有者，亦以諸侯之勢重也。此言可謂不易之論。且宋懲方鎮，以杯酒釋兵。而靖康之初，李綱建議，謂唐之藩鎮拱衛京師，雖屢有變，卒賴其力；今莫若以太原、真定、中山、河間建爲藩鎮，擇帥付之，許以世襲，收租賦以養將士，習戰陣以資聲援，金人何能深入？宰執不可，其議遂寢。及南渡後，范宗尹言：『太祖收藩鎮之權，天下無事百五十年，可謂良法。然國家多難，四方帥守單寡，束手環視，此法之弊。今當稍復藩鎮，裂河南、江北數十州之地，付以兵權，俾蕃王室，較之棄地外敵，豈不相遠？』然則去藩鎮者宋也，而思復藩鎮者即宋也。今徒見其害而不見其利，豈不悮乎！

或曰：宋用范宗尹之言，李成、薛慶、孔彦舟、翟興、劉位、李彦光、郭仲威皆受列鎮。金既南遷，亦用王擴言封滄海、河間、恒山、高陽、易水、晉陽、平陽、上黨、東莒爲九公，然卒非潰敗走死，即北面降敵。明既南渡，左良玉鎮楚，黄得功、高傑、劉良佐、劉澤清鎮淮泗，何嘗不法封建？乃平時則瘈犬狂噬，敵來即鼠首奔竄，甚且舉兵犯闕，國由以亡，其利害不可覩乎！

曰：宋金及明，封建雖同而其道未盡，且有天焉，非列鎮之失也。宋設諸鎮，無總率統屬，且不遣援、不通餉，故無以自存。金各路帥府力侔勢均，亦無統屬，自平陽城破，廢罷行省，信臣不相往來，以至於敗。然建炎之初，金人深入江南而不敢守者，乃懼諸鎮扼其歸也。金上黨提孤軍闢府，馬武以七州北捍者十二年，恒山中叛復歸，終始十八年。説者以爲金後亡，其力居多。明則敵未入關，本宜裂地分鎮山東、河北，不當列藩鎮淮泗。其狂恣也，由於馬士英之縱之。然使高傑不見害於許定國，左良玉不受激於王之明，南北分持，猶未可知。迨至魯王起浙東，區區數郡，抗守者一年，亦以無所統屬而敗。此則封建之大效也。向使李成梁之季，不以養軍之費入事中朝，則遼東可以不失；使孫承宗督滿桂、趙率，教祖大壽、馬世龍諸帥列鎮渝關，終世不改，且不以中樞言路撓之，則畿輔可以不危。

封建之法，有衆建必有連率，未有專聽各國自爲存亡而不問者。得大臣之才且賢者，駕馭而統率之，即羣盜、土豪、潰將，何不可用？且吾所謂封建，不過陰用其實，而不必顯用其名。宋祖謂鹵寇内入，非世襲不克守。世襲則其子孫久遠，家物勢必愛吝，分外爲防。設或泮涣，自可理討。縱其反噬，一帥禦之足矣。況朝廷恩信不爽，何自而他！故建隆之初，府州之折氏、靈夏之李氏、關南之李漢超、西山之郭進、易州之賀惟忠、隰州之李謙溥、慶州之姚全斌，皆以本州守塞，兵與財得自主之，數十年不變，而邊鄙無事；略如戰國之世，燕、趙、秦三國皆被邊，而匈奴終未嘗深入，亦初不借兵餉於他國也。後世謂天子之兵，諸侯不得而有之，州郡列城不能制十人之盜。萬曆三大征，至徵調徧天下，僅而勝之。及遼東難作，合十五區，至西南荒徼土司之兵無不發，而召募紛然；内帑、冏寺、司農之金錢無不盡，而捐助紛然，乃臨邊帶甲之士止備一走，遼事無成而川貴告變，勤王方退而流寇蔓延。此無他，遠行既人情所不願，而客兵又不悉其地利之宜；久戍既已思歸，而援調不能戰之人又行齎居送而不足用，宜其兵日煩、餉日增而天下日壞，終不若以本州之人守本州之爲得也。夫存封建之意於郡縣之中，則取一方之兵與財，可以扞邊衛内而有餘；盡用郡縣而不復留封建之意，則合天下之兵與財歸之天子，以應驟起之外敵與草野之一夫而不足，其利害必有能辨之者。柳宗元、蘇軾而在，宜自改其説矣。

論國君死社稷

或曰：國君死社稷，禮與？朱書曰：禮也。國君以社稷爲官者也，國君不死社稷，卿大夫不死官，亂也。曰：太王何以遷？書曰：太王，興王也。去邠而遷岐，亦猶太祖去濠而遷滁，又去滁而遷和、遷金陵也。不然，則奔遷而死，何如攖城而死？故曰：太王興王也，不可以爲常也。死社稷，禮也。

曰：國君古諸侯耳，然猶有寓公之禮，天子天下爲家，遷不亦可乎？

書曰：天子遷都，當在平時，不在臨敵。臨敵而遷，是以宗廟社稷予賊也。平王以豐鎬予秦，猶然天子勳胄也。蘇氏且以爲失策之甚，況舉以予賊乎？天子之建都也，宗廟陵寢咸在，臨敵而遷，必至發掘焚毁，不可一矣。賊在肘腋，追躡及之，必遭繫辱，不可二矣。京營家屬皆在都城，中途必多逃散，不可三矣。我既能來，敵亦能至，退尺失尺，退寸失寸，必至無可遷而後已，不可四矣。故曰：莫如死社稷。諸侯寓公，太王遷邠，古誠有之，不可以爲常也。且庸主皆能遷，賢主乃能死。遷者出萬死或倖有一生，死者不求生亦多不至於死。故國之存亡在人，不在遷不遷，而禮以守死爲正，不論亡不亡也。

曰：崇禎時，議者謂東漢、南唐以及金源以遷而亡，唐以遷而存，西晉、北宋又以不遷而亡，未可執一論也。子獨守死社稷之説以爲禮，何也？

書曰：烈皇之死，不可非也。當時之失在用人，不在不遷。倘遷而所用非人，即長江半壁，豈真不能飛渡？縱李賊貰命，不足自存也。晉之興在王謝，唐之興在李郭，宋之興在宗、韓、吴、岳，非僅遷之力也。肅宗靈武，事出再造，明皇則已終於蜀，奉天之幸，去死無幾，僖昭則迄無寧居，是唐之遷者可鑑也。晉愍帝西遷長安亦亡。宋真宗親駕澶淵，南北之盟始定。欽宗初年，從李綱不遷，不至於亡；後之亡也，棄李綱，徇和議，非不遷之罪。則晉宋之遷不遷，又可鑑也。即以明論，景泰不遷而存，弘光、隆武、永曆皆奔遷而亡。崇禎時，京師戒嚴者四，不遷亦不亡，惟流賊一至而潰。豈得曰王欽若、白時中輩賢於萊公、隴西，徐珵優於于忠肅乎？賊三攻汴城，圍之，凡九月不下，以有周王及諸臣也。賊攻鄖陽，凡二年半不下，以有高斗樞也。京城堅於汴梁、鄖陽，京師之天子尊於周王，其吏士將卒多於高斗樞諸臣。賊懸軍深入，秦晉雖陷，京營衆尚如林，山海有强藩之鎮，三輔有督撫之衛，山左、畿南有全盛之形，江介有鳳督之守，陪京有樞部勳衛，操江之卒，勤王環集，疑沮猶多，乃十三日至昌平，十九日即陷京師，此天命，非人所能料也！若必以不遷爲罪，將使後世君臣一聞兵警，即以奔竄爲上策。雖有寇準、李綱、于謙，何能效其忠邪！安宗之奔黄得功軍也，得功泣曰：『陛下死守金陵，臣等入衛猶可爲也。棄之至此，天下豈復有城如金陵可守者？』嗚乎！謀國者慎毋徒泣黄得功爲也。

論陷賊官以六等定罪

唐肅宗至德二載，收兩京，迎上皇，還都大赦，制陷賊官以六等定罪，斬達奚珣等十八人，陳希烈等七人賜自盡。明崇禎十七年，南都定議，從逆官亦以六等定罪，後止周鍾、武愫、光時亨棄市，與周鑣、雷縯祚同日死。

朱書曰：甚哉！持法之不可以不平也。聖人之道，固以授命之節勵天下之人臣，而亦不輕責人以死。何則？使賊至而相率投繯入井無一人生者，將社稷遂不亡也？賊遂不敢肆然以復逞也？如是而不死，殺之可也。苟非然者，死者已矣，而未死者又執而繩之，曰：爾胡不死？吾必致爾死，以明吾法。彼或欲有所爲以成其不死之志，及志不遂，自拔來歸，而又殺之，使進不得取忠義之名，退不得爲全軀之計，有相率爲吾敵而已。縱賊已盡滅，而南越、北塞何往不可以得志？寧甘就吾死哉！弘光之時，去至德遠矣。至德已收兩京，從賊者無所復之而爲我得，其法之行猶未爲大不平也。然安慶緒保鄴，羣臣在鄴者聞赦希烈等，皆自悼恨失身賊庭，及聞希烈等誅乃止，帝聞悔之。向非李峴之争，或從崔器、吕諲之説，盡殺陷賊官，則其悔有不可勝言者。若夫明之南都，非既陷而克復之也。其南歸諸臣，無論汙僞命與未汙僞命，自武愫而外，皆非獲自賊中者也。偷安於賊所未至之一息，而取崎嶇自拔來歸之人次第而罪之，彼卒從賊與離賊而之敵國者，則終莫得而問也，又烏在其爲國法乎？

方其時，光時亨屢求死不得，實未受命賊庭。所傳勸進表亦非鍾作。至傅鼎銓、張家玉，後皆起義殉國，九死不回，光照天地。方以智效智行朝，爲僧變服。其在北都者，魏學濂、吴爾壎召孫奇逢兵以待，舉事未成而死，而諸人當時多罣吏議。其定爰書者，解學龍輩號正人，不盡馬阮之爲之也。觀張怡所著白雲述及諸家南歸自記，凡自賊中來者，辛苦甚矣。南都顧欲申從逆之法，事未能行而徒揚其聲於外，以堅離叛之志，而涣歸正之心。諸臣之謀國，不亦左乎！是故北都之陷，宋企郊、牛金星等十人可磔，若得而即戮於市，不待議也。餘則縱欲罪之，亦必俟北都既復，否則擒之賊中而後可也。至南都之陷，馬阮之誤國固當殺，而其不降猶可原。據法定罪，武臣則□□□劉良佐輩，文臣則□□□□□輩首先北降；而士英間關浙閩，大鋮棄家南赴，至錢唐已渡，猶以通閩之牘被戮，則論者尤當觀其志而哀之，不可與□□□□□輩同罪也。

宋李綱入朝，以十事説高宗，而僭逆僞命居其二，帝持此不下，綱争之力，遂正張邦昌及王時雍、徐秉喆、吴幵、莫儔、李擢、孫覿等罪。彼邦昌以人臣而居天子之位，諸臣竟受僞命，其事勢與唐明不同，故綱言自不可少，然議者猶以呂好問被廢爲可惜也。後有不幸而處此者，固當大奬死者，以作臣節，亦毋遽概罪生者，以益敵黨。先王固有殲厥渠魁、脅從罔治之訓，未嘗執從逆者盡誅之。司馬氏守崔呂之議，以爲肅宗不必悔者，不可訓也。

漢文帝論

三代以來，世與北方爲敵國，歷觀漢唐及宋，未有不以和議致治者也。漢兄弟之、壻之，唐高祖君之，太宗以後壻之，宋兄弟之，南渡以後君之、伯之、叔之。至於有明之世，乃禁不許爲臣。夫漢、唐、宋之治盛矣，顧其所以待北方者如此，而不失爲漢、唐、宋，明不許爲臣，遂欲比於宋高宗之臣之者而不得，夫亦可以決天下之大計矣。

漢武之賢不及漢文，世所共知也。乃漢武之世，威加漠北，竟空王庭。漢文則數報璽書，至稱二國和親，兩主歡説。埒中外爲二國，等天子屬部爲兩主，其屈辱幾爲後世所不能受，而漢文安爲之。惡在漢武不及漢文也邪？迨觀漢文之言有曰：『天不頗覆，地不偏載，使兩國之民若一家，下及魚鱉，上及飛鳥，跂行喙息之類，莫不就安利而辟危苦。』大哉言乎！非聖人惡能及此乎！其愛物也無不仁，其自處也無不智，此漢文之所以獨尊於千古也歟！

宋人世與北和，及元世祖先行聘問之禮，不報而拘其使，國遂以亡。後之人即甚咎賈似道之失策，而又深恨宋高宗之議和，遂以和爲諱，夫亦見其惑也。且夫高宗之和，非古今之所有也：不圖自立而汲汲求讎敵之見哀，遂棄三鎮、割河北，罪賢相、殺名將，稱臣奉幣而後已，此其和豈足以爲訓？後之所以議和者，萬萬遠過高宗，而顧引爲戒。即元世祖之責宋者，不過使命往來、賀問歲幣之數，和事大可行。賈似道方謀攘鄂州之功，恐發其隱，非有抗中國而自尊之意，固不足深論。至於明季，乃禁不許爲臣，而其國亦亡。議國是者，自以爲非似道比而效同焉，烏得爲仁且智哉？方俺荅之請封貢也，廷臣沸然。高拱曰：『敵往累歲内犯，豈皆封貢致之？縱使渝盟，不過如往歲之入犯而已，然少亦當息禍三五年，數年後乃如往年耳。今且得乘間修備，使伸縮在我，奈何舍此不計？』自拱議成，始許北方爲臣，邊境不聳者數十年。嗚呼！若高拱者，制敵應變，可以爲天子大臣矣！

夫苟可以安中外之人，即與屬部並爲兩主，而無損於漢之高大。否則，窮兵黷武，即佩漢印綬者三十餘國，而無救於漢之滅亡。故侈稱奪河南地而築朔方，使數患邊境，又不若詔吏遺秫蘖、金帛、絲絮佗物歲有數，使天下大安之爲得也。然則即能掃穴犁庭，猶且薄漢武不爲，而願同漢文之覆載。況既不能以漢武事其君，而反至淪其國於德祐、炎興而不可挽，動曰天子至尊，中國至大，竟以孟子、樂天之説爲罪，卒且身與國俱滅，縱高談何益哉！

春秋論

春秋何以託托始於周平王也？所以著秦之將代周也。秦是時微矣，其霸自穆公，則襄王時也。其受諸國賂自厲、共公，則元王時也。其發憤修政，天子致賀、致伯、賜黼黻之服，因蠶食六國，自孝公以下，則安王、顯王後事也。孔子卒於敬王四十一年，元王未立，距赧王頓首猶二百餘年，安知秦之代周而託始平王也？

曰：秦之列爲侯自平始，是以知其將代周也。武王不大封公侯乎？不代周平始侯秦，即代周，何也？曰：夏商以來，獯鬻、昆夷、獫狁、犬戎之屬已日强盛。周之有天下也，三面以封諸侯，一面鄰戎狄，天子自備邊以繫諸侯之重，所以制西北之彝而聯屬諸夏也。故東北燕捍之，北晉捍之，而王都關中。蓋是時塞外强寇獨在西北，聖人憂之。西北畿服之外不以封，意深遠矣。今儼然使秦薦處后稷、公劉、文、武之故都，而天子遜讓，去之東鄙，自處於河上之一郡，即欲秦不代周，得乎？千金之家，捐祖宗世業畀其悍僕，而自竄於荒陋之村莊，勢必盡取主人之所有而後已。平之意蓋謂使我守邊，不若使秦爲我守；使秦附庸而所守止於汧渭，不若使秦全有關隴，而所守且數千餘里之邊也。秦於是託名備邊，潛修戰具，自君大夫至於婦人女子，莫不講於殺人之術，而勢遂莫敵。平徒以捍禦之小功，委之宗廟社稷，冀稍偷安一時，而周之不振已決矣。且天子祭天地，諸侯祭封内山川，禮也。武王所封五等之國數百，雖歷世久遠，不盡乃心王室，而變禮易樂帝制自爲者，未有也。秦襄何人？初列爲侯，驁然遽立西畤，祠白帝，起自戎翟之長，甫離畜牧，受王封，非有周公之親、成王之賜，遂敢干天子事天之大禮而代之祭，雖不名郊，而赫然帝也，豈人臣所得而祠諸？襄死文立，復作鄜畤，人臣無將，將則必誅，踞文武之境土，僭祀天之大祭。秦之爲秦，縱使一二世而滅，不必有穆之霸。厲共之受賂，孝以下之蠶食六國，其爲代周者自在也。而況乎其日以浸强，迄孔子之世而漸莫之制。是故録秦誓於周書之末，孰謂孔子而不知其代周也？

曰：天下者，天下之天下，周秦何間焉？周後自亡爾，秦非猶夫後世之篡之者也。聖人絶秦，何也？曰：秦之見擯中國久矣。魯仲連，齊下士耳，猶寧死不帝秦，況於聖人！彝夏皆古神明之裔，聖人亦非有私德於此而私憾於彼也，顧截然不相假者，匪直爲衣冠文物已也，聖人所重者，民命而已。今夫人何惡於虎狼，而必欲食其肉而寢處其皮？食人故也。孔子之時，秦雖未能蠶食山東，而聖人已知其虎狼而不可近矣。迨至晉戰石門，斬首六萬；魏戰元里，斬首七千；韓趙戰，斬首八萬。章擊楚亦如之，拔宜陽斬六萬，擊楚三萬；白起伊闕斬二十四萬，擊趙三萬，擊魏斬十五萬，長平殺四十五萬；桓齮平陽斬十萬。此皆略見史册，已數百萬，其未及書者，不知其幾千萬也！生民屠噬之酷，於是乎始，古未有也。況蠻戎之習，必使彝倫攸斁，貴貪猾而賤道德，秦異日之事可見已，聖人安得而不絶秦？

曰：春秋莫强於楚，何不疑楚之將代周也？曰：楚之僭王，蓋自共和間。彼之自王，猶冒頓與漢文並稱兩主，尉佗自帝於其國中，究於漢無損也。竊名號於江漢之區，而未嘗加一矢於鎬洛。及其後，責貢而即供，降鄭而不受，滅陳而復封，甚且問九鼎矣，折以片言即帖耳以去，彼猶知禮之不可犯也，豈有踞王都而行帝制，若此其亡等之甚者！且孔子時，楚漸向衰，又何慮也？凡荒遠之邦、後起之雄，較先起者，其禍必更烈。楚惟稱王之久，志得意滿，以爲吾能與晉争霸足矣，志不在代周也。且偃然役屬嬴氏，以爲將鞭棰使之，不知滅楚以代周者即嬴氏也。秦有風有誓，而楚無之。孔子知秦之代周，豈不知秦之滅楚？

然則春秋不始於平之元而始於四十九，何也？曰：魯史也，從魯侯之元。何不始於惠而始於隱？曰：秦襄之死，猶望文之能改爾，至作鄜畤、祠陳寶，世濟襄惡，則秦之代周決矣！是以始隱也。故曰：春秋微而顯。

四皓論

漢高帝欲易太子，立戚姬子如意。大臣叔孫通等力争不聽，吕后使吕澤劫留侯。留侯畫計，致四皓與太子游，太子得無廢，立爲惠帝。帝仁柔不能君，以淫樂不聽政早死，吕氏幾代漢有天下。

朱書曰：嗟乎！四皓守常而不知變，未足與於天下之大計者也。吕后恐失勢，不得不劫留侯。留侯迫於吕后，不得不招四皓，彼四皓亦何求而出，而詭辭以定人家國耶？從來高隱之人，固有藏器待時如所謂天民者，然亦或不能具經理天下之才與識，但欲獨善以成其名。是故，巢由自知不能爲堯舜，隨光自知不能爲湯武，逃而去之，以立節於世。君子不許其設施，而未始不重其守，若隱不成隱、仕不成仕，誘於利而售以欺，則古之逸民未之有也。

四皓避秦亂，行歌采芝，終始自全可矣。何爲庭折萬乘之主，關心主器之危？雖當世震動，後人稱説，其迹甚偉，然屈於吕澤，主於其家，阿吕后而成其計，且金玉璧帛之餌、卑辭安車之釣，早爲留侯窺見其心之必動，不能不牽率以俱來。嗚呼，是豈真游乎塵垢之外者哉！其爲太子謀，則大言以恐高帝曰：『天下莫不延頸欲爲太子死者。』高帝信之，亦遂以爲羽翼已成，難於動摇。夫呂氏爲亂之日，王諸呂者有之矣，爲太子死者誰歟？幸而禄産輩皆庸人，釋兵就死。萬一不幸易姓革命，高帝問四皓爲太子死者於地下，其何辭以對？四皓可謂負高帝矣！

高帝之明，能決吴王濞之反於數十年之後，其於惠帝也，必灼知其非負荷宗廟之器，即無諸呂，天下亦危。故力欲易之，非僅區區溺於私愛也。觀其言曰：『如意類我，太子不類我。』意可知矣。朝臣堅謂嫡長不可易而不見聽，四皓獨一云天下歸心太子而立從焉。雄桀如高帝，豈四老人所能刦而制？蓋曰：『等吾之子，既可付天下，何私一戚姬！』此固高帝意也。如意而立，帝必托孤絳灌等，潛抑呂氏之族而銷其亂萌，異日斷斷無復諸呂之禍。試觀樊噲於帝，以布衣昆弟之舊，鴻門之厄，實賴其奮死不顧，乃以呂嬃之夫之故，一旦嚴命誅之於軍而毫不爲惜，況其他乎？如意而立，高帝必不使呂姓一人據要位也。惟惠帝不廢，帝以爲太子親呂后子，后又老矣，計其死當在惠帝之手。后雖悍，必不忍奪之其子以與姪，有如蘇軾所云，故止誅噲，猶冀與呂氏之族相安於無事。而孰知呂氏之族，即立惠帝而不能相安。則四皓之詭辭以曲成乎太子，其爲有經理天下之識乎？無其識而强出，而謀人家國，其於隱與仕之間何居也？蘇軾之言曰：『如意爲天子，惠帝爲臣，絳灌之徒圜視而起，如意安得而有之？』此甚非也。彼絳灌之徒，其呂后之私臣與，抑劉氏之臣也？如意者，其吾君之仇與，抑吾君之子也？既奉君命爲太子而君我，我圜視而起，我亂賊耶？絳灌夫豈至此！即羣臣不附如意，欲樹功太子耳，叔孫通所事且十主，如意而立，首附者必通也。況惠帝不能君而能臣，其性仁愛善讓，如意而立，必不至率徒黨争天下。四皓但欲矜一時之功，致使他日瀕於危亡，幾不可救。世猶推尊四皓爲功高，豈不過歟？

然則立嫡非歟？曰：立嫡，禮之常也。嫡不賢而衆子賢，則廢嫡而立衆子，亦禮之變也。堯舜可以廢朱均而與舜禹，況等吾子歟！是故唐祖立秦王，則建成、元吉不死於蹀血禁門之難；明祖立燕王，則建文不死於宫殿之焚。凡此，皆迂儒守經之過也。

校記

〔一〕人盈鉅　原脱，據清貽館本補。

杜谿文稿卷六

傳

吕沃洲家傳〔一〕

沃洲公姓吕氏，名光洵，字信卿，浙江新昌人。父世良，母章氏。明武宗正德三年戊辰七月七夕，其家有鏡忽光焰，衆怪之，已而生公。公少穎異，八歲能屬對，十八入縣學，廿四登嘉靖辛卯鄉薦，明年成進士。授崇安令，補溧陽，召爲御史，巡按蘇松，改京營，進卿，貳尹應天府，總督糧儲，歷南北侍郎、兵部尚書，巡撫雲南，改南工部尚書。尋致仕，卒於家，年七十三。

公爲御史時，北敵吉囊據河套，勢漸盛，漸有紀律部署，進先精鋭，退先老弱，爲邊患。公奉命甘肅，修長城，還，數言邊事，皆切中時弊。

明邊事任督撫，後九卿大臣恥外補，漸失人，邊將多債帥。沿邊郡縣險遠儉嗇，率除舉人、監生。其人多衰老庸劣，即才亦不遷，遷亦僅府倅、州牧，故邊吏益壞。邊初制，軍馬四十餘萬，後憂兵寡，而乏餉尤甚。公上言：北寇長技獨在弓馬，平壙馳驟，其鋒誠不可當。若據險設伏，又或霖雨泥淖，弓弱馬罷，相機要擊，縱無大功，可免深入。顧邊民斂畜閉堡，堅守待救，官軍既不奮擊，又不據險張疑，坐視荼毒。即或守或戰，撫鎮坐令副參，副參坐令偏裨，偏裨坐令部曲，不復親巡邊塞。玩愒成風，何以禦暴？今宜首重督撫，不拘京官、方面，擇其才賢尤著者，使充邊任。次選將帥：必其人才智英敏、公勤愛士，參考得實，然後推用。至罪、廢、幽、囚，尤宜分別。果才，則許以功自贖。一絶濫推請託之弊，而罷其庸輭。次重民牧：元軏刺定州、种世衡知武功，寇不敢犯。宜許調見任，衰弱之人別用，不論舉人、進士，必年壯才敏，使爲邊吏。果得其人，由令而守而監司，或竟爲督撫，秩增而地不改，則益習事。次團結士兵：沿邊分布官兵尚三萬七千有奇，敵雖動號十萬，實數不過相當。如慮兵少，宜令直隸、山、陝、邊邑量編民壯，如唐府兵。蠲其雜徭，使備器械，結保伍，官時教閲，非有警不得差遣，則隱然保障。次裕財用：凡水利、屯田、鹽課廢壞者，督令修復，而罷其不急，以賢督撫臨才將良吏率習邊之衆，而餉饋可繼，則邊防立矣。且爲之明賞罰，核功罪，敕厲文武，躬親巡歷，嚴斥堠，議戰守，如是而邊防可固。公論事識慮深遠，由是大爲朝廷所重，歇歷中外，所至有聲。

後雲南多事，共推公巡撫。時土官馬苴、李應朝據昆陽、三泊、易門等州縣以叛。既至，擒斬之。反賊貴州水西宣慰安國亨犯雲南，昆陽盜李向陽、方廷美，尋甸盜虧遮、者索等皆擁衆，或數千，或數萬，震動六詔。公皆以次克之，賜璽書褒美。

居三年，鳳繼祖以武定府叛。武定距省二百里而近，西盡元謀，跨金沙江與會里、姜科界；東出尋甸，跨普渡河與東川、烏撒、烏蒙界，延袤二千餘里。明初以鳳氏爲土知府，佐以流官同知。自鳳英造釁，鳳朝文構扇犴夷，大肆狂悖。朝廷命兵部尚書伍文定帥師克之。及是，鳳思堯童幼，其母鳳索林畜異姓子，是爲繼祖，謀襲世爵，戕殺本支。先經征剿，竄四川降。今復據府，結姚安、易門爲援。會里、科州皆其黨與，凡四十八寨，聚衆數十萬，戕害王官。公奏出師，得請，許兼制川貴巡撫以下。方禡纛，久雨忽霽，五色雲見。於是分富民、羅次、尋甸、瀾滄四軍以進，移檄川貴會勦。僉事張澤等失利，被執，死之。乃分尋甸軍守普渡河，防其東軼。公自督衆戰於武定。繼祖敗遁，西渡江入蜀。衆謂隔省可謝責，且林箐蔽天，不可蹤迹，請罷兵。公不聽，造舟直趨姜堡，招鄉導圖寫地形，焚其林砦。公戒嚴曰：『賊巢不遠，大軍勢逼，夜必犯營。』是夜，果有三千餘賊來犯大軍，擒斬百餘，大呼追逐，墮崖澗死者無數，乘勝追至會里砦。公曰：『山險防伏。』入葛可山，伏果出。又大破之，擣蒲桃村，焚斬營箐一十三處。於是，元江兵截其前，蒗蕖、北勝兵邀其後，合左右擊，賊遂大敗。繼祖走匿青鷄羅山，賊黨斬繼祖降。武定平，嘉靖四十五年十月也。七月出師，凡四閱月云。改設流官，興學校，庶務一新，荒徼蠻壘悉入版圖矣〔二〕。奏上，陞賞從征文武有差，封其三世，廕一子入監。

先是，黔國公沐朝弼縱莊户及省城六衛外衛禦所軍，多生事害民，買閒占役，由是所在盜起。公奏聽有司治其獄訟、税糧，不得勢庇，民始安之。兵權舊歸沐氏，雲南有變，撫巡艱於調兵。公奏得贊理軍務，始給旗牌。故沐氏權分，而所向用命，始有成功。南人紀功勒石點蒼山上。

公性極孝睦，與湛甘泉、鄒東廓、唐荆川、王龍溪、錢緒山講性命之學，敦實行，不獵浮言，表章薛文清、吴康齋、陳公甫、魏莊渠尤力。濟鄉里饑，言於大吏。城新昌，洪水海寇，邑恃無恐。校刻周程遺書、石子重中庸輯略、黄宣獻公度尚書説；著詩易疏解二十卷，纂評史記三十卷、元史正編八十卷、皆山堂稿十卷、續集十卷。年六十，疏三上乞休，得請，後屢薦不起。六十四始生一子應鼎。弟休寧諭光演，生鳴太、應岳。應岳曾孫鐄及應鼎玄孫履仁與予善，得詳次其事。

朱書曰：公宰崇安，有女以病祟訟，公牒城隍，病良已，曰：『祟言謹避吕公正。』

人公其神矣哉！讀公防邊諸疏，瞭如指掌。世多稱其平武定功，以公之才，此區區何足云。不盡於大而試於小，可慨也夫！按江南，奏興水利五事，旱災奏免蘇、松、常、鎮税糧六十餘萬。尹應天，奏免大户轉輸，其澤渥焉。公豈但才勝，其德量遠矣。

龍眠愚者方公家傳 入癸壬録

龍眠愚者方公，字密之，諱以智，安慶府桐城縣人。五世祖法，由舉人仕四川斷事，死靖難之禍。曾祖學漸，有學行，稱明善先生。祖大鎮，由進士推官入爲御史，仕至大理寺少卿。父孔炤，由進士、知州入爲職方，忤逆璫魏忠賢，削奪。崇禎初，復起職方，巡撫湖廣，勦張獻忠，八戰八克，忤督師被逮。賜環召對，以都御史總理山東、河北屯田，國變不出。公其長子也，幼穎敏絶人，比冠益博。嘗謂天下將亂，士君子當習勞苦，故雖身爲貴公子，每徒步百里外。年二十，與松江陳公子龍投契，一時海内清流以名節相礪。移家南都，顧交者益衆。崇禎己卯舉於鄉，庚辰中魏藻德榜進士。時都御史公被逮，公甫登第，即伏闕抗疏，請以身代。省侍西庫，膝行流涕兩年。烈皇一日語侍臣曰：『某翰林父被逮論死，猶薰香盛服，入侍講筵，全無憂戚，豈得爲人？』或對以『侍從之禮宜爾』。帝曰：『其父有罪，即宜辭講，辭講不得，即宜辭官。今方孔炤逮獄，其子流涕膝行兩年。求忠臣必於孝子之門，非其人邪？』嘆息久之，乃得釋。執政重公才，創例題授翰林簡討。未及上，會冬告邊警，賊又入潼關，乃發憤請纓誓死。輔臣范公景文薦之。甲申春，烈皇召對至夜分。時賊出榆林，京師禁旅，惟勇衛營可用，餘則幼官承襲，兵多虛籍，或市井無賴充編伍數而已。公陳所急，當於河北、山東倡義兵自保，而選京營出屯，賊必從宣雲入，宜嚴爲之備。又當立河北、荆襄、淮北、河南四藩，一切便宜，不置監軍。措餉則十庫改折，招商海運，此可數月而效者也。

方是時，官制積重，以翰林、吏部、科、道爲四衙門，得與者謂之清望，資敘優異。而輕賤外吏，雖督撫不肯爲。兵吏大政皆在督撫，督撫無人，事益壞。公故又痛言四衙門太重之弊。帝問：『四衙門爲何？』及對，乃歎息。明日，諭撤巡方，用公言也。

公稔知禁旅窳壞，勳戚無可仗，慮京城不如景泰時可守。時魏藻德列相位，公與同門，與之書曰：『小臣忽承召對，激切失次，復蒙天語優容，令其補本。夫非常之策，非小臣所敢言，而又不能忍，故引漢唐之議微開其端，惟閣下從旁詳陳，請聖斷焉。竊觀東漢、南唐以及金源以遷而亡，唐以遷而存，西晉、北宋又以不遷而亡，未可執一論也。漢周馥睹羣賊孔熾、洛陽孤危，乃建策都壽春。宋靖康時，胡舜陟奏乞遷都，而孫覿申之，張叔夜亦請駐蹕襄陽，可以紓難而復振。若親征、監國、諸王都統之議，皆爲社稷計，非屬駭聞。唐太宗征高麗，宋真宗幸澶淵，房玄齡、王旦直請太子監國，亦無所諱。天寶之亂，房琯請以諸王分領都統節度，禄山見分鎮詔，拊膺歎曰：「吾不得天下矣。」此忠策之深者也。東宫臨留都，二王分鎮，總憲大臣，已有此議，至萬全也。閣下援古直告，決此大機，社稷幸甚！』時進編修，充定王講官。未幾，賊果由宣雲入居庸，圍京城。帝數召對大臣，以遷都爲言，言官彈之。數日城陷，三月十九日也。

既而，烈皇梓宫移東華門，公往伏地哭，爲賊所得。賊采年少有才名者，迫受僞職。公不應，反接考掠之，即大罵，夾兩髁，骨見，氣絶，蘇。有洛陽勞生在賊中，念公忠節，陰護持，得不死。適賊將礫張公家玉，特釋之，遂稍寬各被刑者。公因間謀脱走，夜醉守者，得踰垣出。旦至崇文門，會大風揚沙，不能直視，出不見一人。既回望門中，弓刀森如也。潛竄轉徙，五月至金陵。安宗立，鳳督馬士英挾四鎮勢入相。公上疏言賊狀，不達，去之雲間。八月，阮大鋮柄用，都御史公密令遠游避禍。因南至五羊，變姓名吴石公。黨人誣公從逆，必欲殺公，公已遠去。長子中德撾登聞鼓上疏，少子中履甫七歲，代父詣獄。久之，煅鍊不成，乃止。乙酉閏五月，紹宗改福州爲天興，大臣多薦公。復起館職，未赴。丙戌秋九月，至肇慶，聞汀州變，與兩廣總督丁魁楚、廣西巡撫瞿式耜等同心擁戴。冬十月，永明王監國，加右春坊右中允。丁亥，永曆改元，從幸梧州，陞詹事府少詹事，充經筵講官。北兵破肇慶，入梧州，遂逼桂林，從幸全州，公不及追扈。旋召枚卜，特拜東閣大學士。武岡守將劉承胤迎扈，帝幸武岡。北來大帥孔有德、尚可喜、耿仲明聚兵進湖南，督師何騰蛟兵潰長沙，永衡相繼失守。公以家有老親，斷無作岐華間韋貽範之理，孑然入沅州之天雷苗。八月，承胤以武岡降，沅州亦失。公轉黎平之赤溪土司。戊子春，出洞口。九月，載家入桂林之靈田。皆徒步跋涉，著史吟於山間。行在聞其至，命加都御史公、兵部尚書，總督蘄、黃、安、廬軍務，恢勦河南、山東，專使來召。己丑春，移樂平府之平西山。八月，遣行人龔之鳳敦趣公入直。稱疾，力辭。自此凡五六召，皆辭不赴。庚寅冬，粵西陷，公遂爲僧於昭平之仙回山。

公爲簡討兩年，召對晚，不及用。南游六年，前後召使相屬，以親在桐不敢出。然每召必以手疏入告，上言軍國大計，未嘗一日以局外廢籌畫也。尋爲梟騎所執，見馬帥蛟麟。公趺坐曰：『十召不出，不忠；家有老親不能養，不孝：分當死。』蛟麟反復脅降，環白刃戮人於前。公笑曰：『死耳，足懼人邪！』蛟麟心服，棲公梧州雲蓋寺。尋又請公以書招降陳邦傳。公曰：『我豈招人降者？』蛟麟曰：『以有今日，故不殺，殺何難！』公厲聲曰：『頭可斷，書不可得！』一軍動容。癸巳新正，歸省親白鹿山，爲當事所知，迫促奏用，公以死拒之。乃閉關高座寺，號無可道人，又號龍眠愚者，名曰弘智。乙未，奔父喪，廬墓合山三年，住廩山青原。辛亥，粤難作，株連及公。公自出求死所，既至萬安，病革。長子中德先至粤。次子中通在桐，聞難，自羈郡城尊經閣中。僅少子中履、長孫正瑞侍。沐浴問夜，中履對『風雨大至』，遂瞑，十月初七日也。年六十有一。

公於書無不讀，古今制度、禮樂、曆數，下至醫卜、風角、六壬細技皆精。書畫流傳人間，皆可寶。所著有周易圖象幾表、通雅諸書凡數百卷。公爲人平恕，飲人以和，人有一長即稱不容口。没之日，聞者皆流涕。

朱書曰：仁和陸培稱公優於天官、易數，精射覆。公弟直之，尤能奇中。客匿錢一，命筮之，直之曰：『金體四文，既員且方。流布天下，錢文爲光。』竟中錢。周在浚曰：『直之力矯健，能騰身屋上，履如平地。』夫直之如此，即公可知，顧不獲用，何哉？直之名其義，詳在錢澄之墓表中。

龔隱君傳

龔隱君諱魁，字君錫。其先大興著族，後遷進賢。父能宇，諱一熊，有子四人，隱君其長也。隱君爲人沈雄豪爽，雅負經濟才，其仁慈忠孝則天性實然。七歲通孝經，尋盡通經史大義。其爲文豪放，恥爲經生學，能詩，近江西詩派。先達多奇之。方弱冠時，里中父老計事不集，輒曰：『須瓦溪龔守一來耳。』比至，果一二語決。守一者，隱君行次也。

初，隱君父嘗客京師，知天下將亂，感慨激昂，有救時之志。甲申，京師陷於賊，乃疾走金陵，欲有所爲。未遂，遘暴疾終。當是時，大江南北盜蝟結，水陸皆梗不可行。隱君得訃痛哭，亟奔喪，冒險踉蹌，竟得達。隱君計曰：『亂道且梗，然客土未可葬吾親。』乃西走南陵、貴池萬山中，浮彭蠡，扶柩抵瓦溪，葬先隴上。人見弱書生舁櫬櫃從干戈中來，咸咋舌，驚爲神助。於是皆孝隱君，隱君益哀痛不自勝，知者咸推爲至性。

會鼎革後，江西數多變。丁亥，大水没廬舍，民無所棲息，或踞屋極、緣樹杪上，皆不得食。隱君以小舟載粥糜分餉之，所全活甚衆。是時，米石直白金十餘兩云。明年，金聲桓兵起。隱君方客金陵，聞難奔赴，道聞母預避匿，方慶幸。比至，妻樊氏及一子皆死，叔弟瑜、幼女弟皆没軍中。隱君則徒步走千里許，追及訪得之。索百金賂，倉卒匱乏〔三〕，卒如其數，贖以歸。隱君喪妻、子，散失家財盡，獨身處流離急難中〔四〕，養母氏、弟、妹，惟意所欲，未嘗有所缺乏，而隱君亦已勞矣。亂定，隱君曰：『嗟乎！吾父北游京師，南客舊都，欲有所爲者，何也？齎志以殁，吾烏能復求富貴於斯世哉！』

隱君既絶意仕進，乃治家人生産，善心計事，皆如意指，貲日厚，悉復舊業，有加於昔。乃延師教叔弟瑜、季弟璉，擇名門授之室。瑜又兩喪妻，婚喪皆爲之成禮。瑜即隱君走軍中贖歸者也。諸弟既壯，倦於學，數資之游京師。仲弟元，性尤豪宕，輦二千金出狎一姬，傾貲納之。已而大困，隱君爲益置資裝，送之歸里。或以爲言，曰：『吾弟非庸人，此不足病也。』諸弟又皆倦游，隱君取田宅分爲四，不以己所殖自私也。諸弟又貧，即又數資之。或負逋，即又代償之。羣從兄弟、疏族及姻黨、鄰人，待以舉火者甚衆。人以是咸服隱君，隱君無德色也。諸弟既廢學，尤屬意於羣從弟。凡可成其美者，必竭力爲之。從弟衡才而不售，會軍興，捐百金得爲弟子員。隱君爲衡捐百金，甲子舉於鄉。時隱君食指益繁，家中落。諸子皆長，猶急於成人如此。方殖生産時，用隱君貲走四方者甚衆。歸呈計簿，都不覆視。或折其子母，不愠。甚至有以不謹，耗困不得歸，則陰使人資之，且養其孥。

嘗入市，見執鞭鞭人，人莫敢忤，苦實甚，蓋負印子錢也。印子錢者，從遼東入關人債，息重而償迫，數破人家。隱君立出橐金償之，顧不識負印子錢爲誰也。家多券紙，嘗裒數百悉焚之。諸子以其間多展轉稱息者，請識姓名。隱君曰：『券已焚矣，識姓名何爲？』其隱德多類此。

年來僦屋金陵，築圃移家家之，曰：『此吾先人魂氣所依，吾不可忘也，吾老於此矣！』生平特嗜酒，或縱飲連十日夕未嘗寐。方劇飲，或不快，輒走隙地嘔宿酒，已復就席雄飲。客或不勝酒，送主人入中堂，輒就中堂復劇飲。客趨出就榻，復尾客至榻前，又劇飲。如是者數四。醉輒矯舞，唱『大江東去』，聲震杯盎皆響。變聲一曲，淒酸悲壯，聽者多至泣下。蓋其慷慨不平之志氣，自哭臨其親，積數十年不一日釋，人不得而闚之也。卒年七十二。

隱君元配樊氏，遇兵亂不屈，斷一臂，躍井中死。繼娶吴氏，賢敏克助其家。比生二子矣，請隱君更納姬。於是，自生四子，今存三子，所納姬生五子，皆偉丈夫，知繼隱君志。隱君命長子綸率衆子守瓦溪丘墓。仲子纓、第七子宗璋皆校官弟子。第三子鐸，登順天癸酉鄉薦，明年會試擬元，置第六人，改庶吉士。又明年季夏，隱君卒。

朱書曰：江右龔氏，蓋劉都督綎之本族也。李自成寇南陽時，内鄉令龔新以守城死，閩粤立國，有進士龔芬死節贛州，何忠義之屢著邪！予游都門，交庶常君甚篤，得悉隱君軼事。庶常又言吴太君之賢：庶母免身，輒手粥餰以餉，不假女婢；愛諸子甚出腹子。嗚乎！隱君之賢如是，宜乎内助之有人也。物不能兩大，劉大刀武功既衰落，隱君八丈夫子，固宜振之以文哉！

傅處士傳

傅處士必顯，字文若，宿松長安湖人。父傅翁，諱尚義，字質所，有才幹，爲鄉里所倚重。母凌氏，年十四生處士，復連生四子一女。

長安湖東十里，瀕河，爲黄梅、廣濟、宿松三縣水口，曰下倉步，宿松官糧儲積處也。歲十月，有司率邑之人納糧於倉。十一月，安慶衛屯軍來兑。有司鳩小船剥運百餘里，出望江之花陽鎮〔五〕，入大江，漕船受之以去。方官糧在倉未兑，有司擇邑之才賢總董其事，皆曰莫如傅翁。翁在倉，諸務畢治。亡何，流寇毒宿松，焚刼倉糧。衆奔散，呼傅翁去。翁曰：『吾受重托，義不可去。』率鄉人救糧，與賊抗，敗，揮衆去，曰：『吾不可去，當與糧俱焚。』竟死之。弟尚信奔救兄，亦死。比翁及弟死，處士從母避舟中，聞倉有死者，曰：『必父也。』急登步，尋得兩尸，次第負歸。方是時，處士年十六，弟妹皆幼，母方盛年，内外無可依任。歲則大饑，人相食，夫婦父子不相保。或爲母謀：『事急矣，毋徒相視死爲也。宜莫若從有力者去，此纍纍乳幼或有生理，改節而存夫子之孤，亦逝者之所許也。』母聞言大哭，自起剺面，血被體，投柱求死，曰：『天乎！吾從夫子地下，他何計乎？』處士輒起抱母，跪曰：『兒在，母勿憂。母立節，兒立事，斷不令弟妹失所，以累吾親。』母喜曰：

『吾兒固自不凡，必成吾志矣。』衆以此奇處士。

有司召處士，至則迫督償處士父董視而爲流寇焚掠所失倉糧。處士抗言：『父以董視故殉糧，及叔皆死，謂幸得比死事例褒恤。即不可得，奈何責殉糧者償賊所焚掠，爲賊報仇？』有司怒曰：『軍餉急於星火，三日吾於爾乎取之。』予杖，且繫處士。處士曰：『償不敢辭，顧一身耳。繫，誰辦償者？願釋繫從事。』有司猶不許，久乃繫其逆旅主人以俟之。處士略償十之一二，顧不能辦。會史公可法以兵備巡視寇焚掠狀來縣，處士走史公所，請借兵，上報國恩，下爲父復仇。史公壯之，召見，則孱孺子也。問知其情，意哀憐之，下縣得不復償。然以處士幼，竟亦不予兵，罷去。

處士爲人警敏多機略，性孝友，好以厚道待物。經歷多難，出其智，小自生殖，家倍豐。四弟以次娶婦，女弟嫁有加禮。母心樂之，嘗從容語所親曰：『初遭家難時，吾輒求死，所以不死者，以諸孤不忍棄也。時之不淑，雖壯夫不能自活。大郎年十六，顧能排大難，衣食四弟一妹，甘旨不缺。憶抱我不使投柱時，衆雖奇大郎，或竊疑姑謾語慰我。今果能如是，吾死瞑目矣。』聞者皆然其言。母既早寡，處士每日夕侍寢帷，稱道鄉里見聞事以爲笑樂，或至夜分忘倦。雖久離家，始歸，未嘗輒先入内見妻子。自母始寡至老，凡四十年，事之如一日。人稱母節子孝，必曰傅家。母將終，求遺命。母曰：『爾在，吾何憂！願爾子事爾，一如爾事我，足矣！』

處士居鄉多大節，直亮仁厚，人不敢干以私。有不平者，多方平之，以德化其鄉。環所居數十里，比年不復有訟於官者，邑長以下及學博皆式其閭。嘗有怨家連訟，屈處士，比入郡門，其人忽爲邏卒縛去。明日，守庭訊處士，使眎其人，曰：『此訟爾者，今盜稱同黨，信乎？』處士曰：『横則有之，盜則未也。某雖私怨，不敢害公義。』因出狀力任之，遂得釋。其人乃誓世與處士交好，曰：『吾小人也，君實活我。』嘗入城，見逋糧械繫者，適未持一錢，輒脱衣質錢償之。其他周人之急，不可勝數。以故生殖雖豐，都隨手散去。

處士生子二：曰巖、曰有執，皆通才，有聲縣學。處士卒年七十。又數年，歲庚午，有執亦卒。巖字雨蒼，有執字約中，詩文皆有逸氣。巖豪邁高爽，有執静深雍容，類有道者。人皆曰：『節孝之家，其後必昌。』巖、有執先後入縣學，就試，使者必高等，方大期之，雖邑之賢士君子，皆讓巖、有執。處士元配，余族姑。余年二十時，拜牀下，處士及姑治具，留與巖、有執處。或五六日，夜角藝飲酒，二老人樂甚，竟夜不寐。處士談古今賢否，時事興廢，如流水不復止竭。每出一語和緩，比物連類，使人神解。方是時，余及巖、有執皆未入學校，意氣方盛，視天下事無足爲。與游若胡鳴鳳、王式昭、曹錫光、王式金輩，皆一時之傑。約曰：『毋虧倫，毋行不義，毋作諸不肖。』歲之五月五日，則以次集於一人之家，考德糾過，雖風雨無阻也，處士實主其事。處士既没，有執年甫四十，死。又九年，歲戊寅，巖年五十一，亦死。鳴鳳又死。欲求向者之聚，胡可得也！巖無子，有執子士弘，能繼父志，今方有文名。

朱書曰：凌節母以壯强之時，遭逢患難，挈孺稚苦節，聿興其家。族姑爲予言，其面上痕如兩蜥蜴，蓋剺面時所壞也。處士雖賢，微節母，能有立哉！余同時孝友君子若胡君鳴鳳，獨任父債，而以先世田産推之諸弟。處士於萬無可爲時力善，爲更難。雨蒼、約中乃才而早殁，悲夫！

金中丞傳 入癸壬録

金中丞忠士，字元卿，一字葵之，號麗陽，安慶府宿松縣人。其先世居休寧，父坤，肄業宿松，著籍入縣學。忠士爲人沈毅忠孝，廉敏剛斷，岸然有不屑一切之概。

年十六，試童子第一，又二十年，登萬曆十九年辛卯鄉薦。明年，成進士，授江西樂平令。樂平故巖邑，十年中三以民變罷邑令，已缺官二年，不敢補。忠士毅然之官，拊循有方，德威並著。治務整大綱，不尚繁瑣，士庶興行，人人咸知自愛。建麗陽書院，以造就人才，一時儒雅蔚興。修舉廢墜，建置橋梁。比七年，勤据操行如一日。樂平人至今祀之學宫。

二十七年，以治行第一内召。久之，拜監察御史。時朝廷恭默，國事多隳壞。廷臣既不得接見，章奏又概寢閣不下，經筵儲教久廢。礦税各璫恣貪噬爲暴，直臣纍囚，内閣臺省多曠闕不補。忠士皆極論之，直聲震天下。奉命巡按貴州、浙江、河南三省。

其按貴州時，楊應龍雖平，其餘黨復相繼爲亂。於是，寨苗四訌，東賊阿倫、西賊阿皆等不下十萬。會巡撫郭子章合疏，奉特命一切征剿事宜許便宜從事。三十二年冬十一月，調募精兵一萬二千，四路並進。明年春正月，生擒渠賊，斬降略盡。由是定水西、討路苗、降思南，奏凱，論功加級，賜白金、文綺。

按浙江，疏請岳飛謚號武穆爲忠武，如理宗詔書。徽州民吴良輔、方坤成詐稱徽州、寧國兩府有税契銀十五萬兩，以惑武弁袁順時，使奏之。又惑太監邢隆，請帶良輔、坤成，賜敕書、關防徵之。忠士聞之愕然，曰：『如是，則兩郡無民矣。』連疏争之，且云：『税契之設，祖制原爲杜民後争。十年税契每兩三釐，非利之也。萬曆二十六年，户部措餉，題欲每兩三分，大違祖制。況又敕内監增弁棍以司其事，則横噬之禍將何所不至乎？兩府之田止有此數，民間買賣歲亦無幾，顧稱税銀一十五萬，此其詐可立辨也。今萬不得已，每兩一分歸之有司，庶稍足取盈，而民得免糜爛之禍。』疏上，又移書閣臣沈一貫。一貫亦是忠士言，事遂得寢。

按河南，潞王驕横不法，撾殺撫臣。忠士奏之，王因表罪自謝。還朝，遷掌河南道兼山東、陝西監察御史。復上疏，略曰：『自礦税盛行，貂璫播惡，人害所積，天變隨之。臣所見東南則湘、江、荆、揚、吴、越、徐、沛間苦水，西北則山東西、河南北苦旱。三十六年，一晝夜水突涌數十丈，夫婦男女挽抱浮沉。連旱十二三年，草根樹皮都盡，賣子賣妻，甚且父子互食，父老皆云此災二百年未有也。夫合東南西北，則盡乎地矣；合東南西北之民，則盡乎人矣。天災告警，莫測其禍，洶洶之勢，所在思亂。萬一草澤中有揭竿而起者，臣忍言哉！』疏上，不報。

未幾，以劾潞王忤太后，中旨左遷布政司右參政，分守福寧。聞命恬然，無介於辭色。單車抵閩，若竟忘其爲臺長者。釐奸剔弊，孜孜拊循其民，耡去其蠹，執法不撓。所部福州、興化、泉州三大郡幾割閩之半，鯨鯢豺狼聞其至皆斂迹，疆圉晏然。歲大沴，千里陸沉。忠士豫發帑買粟他路，立平糶法，盡境無莩者。嘗攝藩司篆，出納斤斤，一錢無所私。下僚有夤緣請托，一切謝絶，藩政肅然。税監高寀激民變，既奉命撤還，猶遲留不肯去。忠士自視釐歸，立促遣之。

四十三年，陞按察司副使，備兵榆林。時監司多缺，主爵啓事，十不一報，惟忠士獨得請。又以邊事，急促就道，尋晉右布政使。會奏請太后，覽其名驚曰：『彈吾兒潞王金忠士尚在乎？』聞者皆爲咋舌。榆林地當河套之衝，成化以後，全套委爲敵巢，屢患秦境。隆慶初，北敵俺荅款塞，封王修貢，俺荅兄吉囊據套，號襖兒都司，亦請封效順。吉囊死，其子吉能輩叛服不時。邊吏自曾銑被權相嚴嵩陷死，不敢復言戰。敵既受封貢，益玩弛無備，惟恐以啓釁被議，故敵益驕無厭。又西海卜失兔大横，時乘間盜邊。及忠士在榆林，遂力破積習，謂以戰爲和，和乃固。會吉能索金幣，大譁，忠士指授方略，斬馘無算。天子重其才，詔爲右僉都御史，巡撫延綏。時值孤山殞將後，西事漸急，忠士奏行籌邊七議，轉弱爲强，壁壘一新。又奏邊將失守之律重，邊將之權反爲鹵操，若曰我一犯搶，爾罪立至，故邊將往往啗鹵以重利，使之或東或西，而不出於所轄之地，常嫁禍於鄰者〔六〕，願寬其文法，以責成之。先是，邊境撫臣位尊自大，又多恇怯，每聞警，不敢出軍門一步，惟坐命提鎮，提鎮又坐命參游。上下相蒙，苟免塞責。忠士既平貴州苗賊，益習兵，且智勇夙具，故臨邊咸得其要領。於是親履行陣，與舊將官秉忠、新將杜文煥前後數十戰，馘斬二千餘級，殺傷無算，收降三千餘名口。卜失兔等大舉入塞，復大破之，威名大震。於是西路火卜等來乞降，鑽刀説誓。東路吉能等懼，乃托火卜乞款。先是，闔套四十四枝，共遣二百餘人來要封王、金印、龍虎將軍及多陞台吉等十事。忠士不許，僅許市賞，召四十四人通漢語者至階下，曉諭數四，歸語吉能，果悔罪獻罰九九者九，鑽刀説誓。罰九九者，彝人重罰也。其法自罰一至罰九，積至九九，則所有全罰，比於籍没矣。鑽刀者，重誓，不敢復渝者也。於是，邊人恭順，遂紓天子西顧憂。長塞千里，民得屯牧矣。其所置亭障、斥堠，皆有法度可守，全秦倚以爲重焉。天子嘉其功，再賜白金、文綺，贈三世如其官。

已而，以老病乞骸骨，切旨勉留。居二年，病甚，猶彊爲善後策。四十六年，卒於官，年六十有三。上聞之震悼，敕輿櫬歸，所至道祭，駐宿、入城諭祭葬，贈兵部右侍郎。泰昌初，追敘邊功，廕子錦衣衛指揮僉事。天啓初，再追敘，加廕襲指揮同知。

忠士忠孝性成，具文武才，歷官三十餘年，治兵南北，皆有勞績，惜未竟其用。在西臺，骨骾敢言，不畏强禦。論承天備監杜茂、通政李某、兵部尚書田樂等，胥小爲之側目。與人藹如，然不可干以私。章疏悉手裁，不假賓客。年十三，始自休寧隨父來宿松。母出白金三兩，命曰：『汝幼，可賃肩輿以行。』忠士卒徒步，曰：『父步，兒敢輿乎？』既至，封白金還母。母喜曰：『吾兒孝且儉，吾無憂矣。』就學，每深夜寢，蚤起，鄰人不見其面。初，塾師章翁夢人朱衣隺繡、乘八人輿拜門下，明日忠士執贄，大器重之。既入縣學，娶張氏，依内家以居。生子星耀。已而妻没，父繼之，母又繼之。休寧、宿松皆無家，艱苦萬狀，棲福昌寺僧舍中，無過問者。邑人楊侍御妻翟夫人語其子曰：『吾觀金某非常人也，讀書日聞其聲，終歲無見其面者。比失偶八年矣，不肯續娶。今鄰女夏氏，美且賢，曷勸駕焉？』乃講於夏氏，遂娶之。歲大祲，夏氏自啖麥飦，時時以肉餉前子星耀，曰：『兒讀書薄口味，恐傷神也。』疫作，徐某夢金甲神抵其門，揮從者去，曰：『此積善家，勿犯。』忠士所至，則疫者相告，鬼語避金公。既獲舉，户里例派贈金四百兩，忠士揭通衢辭不受。貧而能介，其天性然也。所著有旭山集、歷任奏議、西征記，參訂孔廟禮樂考。子星耀、星輝、星煥。

星耀者，忠士長子也，字廣暲。弱冠補邑庠，入成均，廕錦衣衛同知，避魏璫，乞假歸。崇禎時，數興大獄，中外諸臣多以罪見誅，愈無人可用。星耀上疏曰：『臣按陰符經曰：「天發殺機，移星易宿；地發殺機，龍蛇起陸；人發殺機，天地反覆。」危哉！殺機不可發也。臣伏覩皇上御極以來，每按大小臣工罪狀，不問輕重當否，意多過求，此非殺機乎？年來不憂亢旱，即患淫雨，天地生物之心已失其常。而錢糧正額之外又多加派，四方之財竭矣，四方之民窮矣。流賊蠭起，在在肆毒，日月迭蝕，雷霆冰雹，地震陵崩，變異交作，天地反覆之機見其端矣。皇上可盡委之百官，而不必分其咎乎？書曰：「一人有慶，兆民賴之。」又曰：「萬方有罪，罪在朕躬。」皇天后土，鑑在聖慈，而轉移之則所全者多。又傳稱明王賞諫臣書曰：「臣下不匡，其刑墨。」是三代有道之主賞諫而刑不諫。今敢諫之臣，動遭嚴譴，以塞敢言之路。三代之主豈若是乎？臣冒死披瀝，伏乞皇上采擇。臣死且不朽。』疏上，旬日不下，僚友畏禍，迹不到門。已而命頒布直省，見者感泣。星耀遂家居不起，事關一邑利害者，不憚勞怨，必力任之。初，宿松漕糧兑於郡城，民多不便。星耀力請倉兑，至今利之。

朱書曰：有明三百年，言官受禍最酷。所謂詔獄、廷杖、遣戍，殆無虚日。近古以來，未之有也。然國之敗亡，言者實與有責焉。自兩黨角立之後，内閣、六部不能自主一事，聽之言官，言官又自相潰訌。其後孫傳庭寧出關以死，不肯復對獄吏。陳永福輩甘棄守汴之功，投身逆闖。不亦悲乎！金中丞疏曰：『本朝言路，宣廟、孝廟以優容而通，正統、正德以激切而塞。世廟或予杖，或躐躋，故言者雖得禍而言路恒開。』誠確論也。崇禎朝黄道周抗忠佞之辨，姜埰蒙二十四氣之酷，於言者殆岌岌焉。錦衣之疏，幾於敵以下所不能堪，而批鱗之後，不但譴責不加，且以風示天下。然則言者自負國家耳，國家何嘗負言者哉！

昝僅齋先生傳

僅齋先生諱弘祖，字寅谷，姓昝氏。其先自陝西三原縣徙宣城。明初，又徙懷寧之荻坂，遂爲懷寧人。有諱學易者，萬曆癸酉舉人，任江西金谿知縣。金谿生誠中及文中，俱諸生。文中，先生父也。

先生少負異才，爲進士之業甚工。貴池吴應箕見先生文，嘗嘆絶。年十八，補諸生，校試輒高等，入南闈，輒不見録，以孝友廉智爲鄉黨推服。年七十八，無疾卒。卒之日，聞者無老稚咸悲傷奔弔。邑大夫親至其家致奠，誄焉，曰：『皖之望也，名可得而聞，人不可得而見。』

先生生四歲，母卒。繼母嘗毒撻之，父知之怒，則跽請曰：『母撻兒，教兒也。』時先生才六歲，舉家聞是言，皆泣下。父乃命就傅別業，每定省，必見繼母，伺喜慍，求得其歡。年二十，父卒，毁瘠逾禮，事繼母益謹。母或私餉遺其母家，臧獲以告，則抶而訶之，令無敢復言，母乃益安。弟張祖，庶出也，父卒時年十四。多疾羸憊，又嗜酒。先生手劑湯藥，共寢處，垂涕切責。張祖感悔，戒飲酒，奮學，疾良已。爲名諸生，年七十，嚴事先生若師。世父誠中一子振南，餼學官，早卒，以張祖嗣。遺産薄甚，先生以己産裒之，使均同母。女兄適管氏，勤操作，致豐裕，爲夫置側室，生子濬。女兄晚年依先生居，臨卒，以篋中貲累千金密畀先生。先生悉緘篋置靈座，俟女兄子壻來，悉付之。

崇禎十七年夏，安宗立，阮司馬驟起用事。其母，先生姑也。以姑命召致先生，欲假督餉池太，官以同知，顯貴之以慰其母。辭曰：『親知邀光寵衆矣，留賓筵中一布衣，高歌謔浪，不所得更多乎？』阮不能强，遂歸里。一日，有客踵門，奉千金爲壽，曰：『司馬意也。』先生笑而卻之。南都既墮，附司馬起者竄伏無所，先生皭然不爲彈射所及。其生平大節類如此。

先生自幼與流俗異趨舍，言論丰采照映四坐，單辭啓口，咸肅拱以聽。或面諍人過，人亦不怨。中歲宅毁於兵，移居桐城之梅渚，遠近多從之學。五十後，又居於龍山之杏花村，頗耽釋藏，名其齋曰『僅』，而銘之曰：『飽吾嬉焉爾，臥吾寧焉爾，醉吾陶陶焉爾。』故學者皆稱僅齋先生。至七十，看花數里外，不倚杖。終日危坐讀書，對客無倦色。如是者又八年而卒，蓋庚午之冬也。於是，大雪數尺，擁被起曰：『吾生也大雪，今去亦大雪。吾行光潔中，至樂也。』遂屬纊。北平王源白雪圖記，即其事也。

娶阮氏，浙江巡撫諱鶚曾孫女也。乙酉四月七日，叛卒屠安慶，露刃挾夫人行，不從，身被數十創，絶而蘇，里人稱曰『生烈』。子男二：長候選知縣霨林，初名茹芝，字元彦。

次丙子順天舉人茹穎，字仲緒。

朱書曰：予交元彦昆仲，見其友愛真近，今人所難，郡之人翕然稱之無二辭。元彦入陝西，大鳩其宗，祭告其遠祖墓，若僾乎其有見者。既而得宣城梅定九文鼎所撰僅齋先生傳，乃知其家教然也。嗚呼，賢哉！

胡中書傳

胡正言，字曰從，休寧人，從親居上元，遂占籍焉。少穎悟，博學能文，從李登游，精究六書。崇禎元年，以國子學生肄業南禮部，奉委纂輯詔制全書，較刊欽頒小學表忠記諸書，歷蒙獎拔。咨選史館，以親老未赴。

正言爲人孝友忠愛，負奇氣俶儻，好留心天下大計。十七年三月，賊陷北都，圖籍、寶玉盡淪失，尚寶司所掌六璽盡歸賊。五月，安宗正位南都，須璽書，急無有。時兵部侍郎呂大器署禮部事，知正言素精篆法，特薦之。午夜遣官大内，考古督工，範金成璽，首『廣運之寶』。繼奉詔購採大玉，開局雕琢盤龍玉璽，鐫『皇帝之寶』。正言心念古太學生往往忘軀效忠，於是齋戒致誠，撰大寶箴一疏，借寶以獻。其略曰：『祖宗大寶自天啓中爲宦豎所弄，寶墜於地。雖繼以明聖，有堯禹之憂勤，而獨力無輔，僅能援既墜之寶至於十七載，而終於不能久留，以有今日。則今日當如何痛心疾首，祈天永命，用光復此寶？易曰：「開國承家，小人勿用。」詩曰：「天難諶斯，命不易哉！」守寶之道，在是而已。』疏上留中，命收新寶，特授正言武英殿中書舍人，以示恩獎。正言曰：『昔南宋陳亮上書言事，朝廷不能用，量與一官，亮不受。吾雖才不逮亮，所冀者行吾言耳，豈以博官乎？』久之，國事日壞，正言絶口不談世務。後嘗獨處一小樓，足不履地者三十餘年。年九十一，無疾，沐浴整冠而逝。

甲寅冬十月也，方馬阮之當國也，附聲應響者走勢要如騖，雖東林耆宿，望重東南數十年，猶不惜反顔覥面，攻其同類以求得官，曾不知半壁江南，僅燕雀之處堂，而不足恃也。及長江飛渡，泥首輸誠，争先恐後，大率皆屬此輩。孰知不可得而進退，猶有如正言者乎？

正言好羅近溪之學，作四書正、説貫。嘉善錢士升、建德孔貞運兩相國爲之序。又嘗屬所善友作小像，孔貞運、孫必顯、徐石麒、劉光震諸君子皆爲之題跋。若宋珏、薛岡、林古度、陳師泰、杜濬、王潢、顧夢游皆至交。其所居鷄籠山南麓，種竹十箇，號十竹主人。所摹金石古文篆帖繪譜行世，不下數百卷。事親喪祭禮備，處兄弟無間言，待人真誠，表裏如一，有先達之遺焉。子其毅，高才工詩，隱居窮約，不赴試，以布衣老。

朱書曰：太祖以傳國璽淪沙漠，歲用兵率不得，歷年三百，未嘗以白板天子遜治漢唐也。熹宗以璽出受賀，國隨以亡。豈非在德不在璽與！甲申後，國都三易，往往以金代玉。紹宗六璽，鄭芝龍出橐金成之。野史顧謂郊天之日，尚寶失馬，墜損一角。夫金豈遽闕壞？殆以璽占興廢者妄也。永曆帝入緬，緬人以璽與萬曆間不合，稍稍疑之。已而，從官廩禄不繼，苦訴於帝，帝擲皇帝之寶於地。諸臣馬吉翔輩竟鑿而分之，國統亦尋絶。然則璽之存否果足係國家興廢與？夫所寶惟賢若胡中書者，雖其奇未盡見於用，而大寶一箴，真可寶也。安宗官其身而棄其言，即所寶者馬士英諸人也，縱百和氏璽何益哉！

方烈婦傳

方烈婦姓毛氏，遂安人，會侯先生際可女，適翰林方象瑛仲子引禊。先生宰浚儀，引禊來就婚，時患泄洩，婚五日，移外館，尋卒。孟自投二丈樓下求死，不死，吞金環三，不死。越十二年，葬引禊，立嗣，乃絶粒十九日而死。孟爲人知書史大義，節烈其天性，無所爲而爲之，以至於死。士大夫聞而哀思之。

初，引禩疾革，泣語孟曰：『吾敢以五日，誤爾終身？』孟曰：『君先行，誓不相負也。』引禩死，孟死志決然，恐傷其父母也，强爲好容。一夕登樓，命小婢執燈以待，忽潛投高樓下，肢體顧無損，嘔血數升，眸子黑白混者數日。恚不食，已乃念夫柩未歸葬，進食如初。後扶喪旋里，依祖姑余太孺人，長齋奉佛，足不踰閫外，事上接下無間。

先是，引禩父宦於燕，久之不得葬。後舅歸自燕，急以葬地請。得地大喜，礱石墓碑躬自經理，刻期竣事。且自營生壙於右，人疑其故。然止言生壙，且立繼嗣，日乞早娶婦相依，似非旦夕引決者。及治壙畢，忽不食，置利剪於側，曰：『有阻我者，即刺喉畢命。』祖姑委曲以勸。對曰：『吾年十七墜樓不死，吞金耳環、指環不死，隱忍十年，期得同穴乃死耳。豈至此猶負約地下乎？』初，孟之吞金也無知者，至是自言，人始駭之。又曰：『人言此舉宜俟舅與父母百年後，夫爲人子婦，惟願尊人壽考，預望其棄世以成吾志，其容誅乎！若苦守終老，亦無負所天，然向止許夫從死，未約守志，今夫已歸土，則時當死。婦人出嫁從夫，同穴爲正，則又當死。舅有伯叔，父母有兩兄，吾直閒人耳，則又可以死。願勿復言。』

尋拜舅及母并祖姑，召嗣子纘武，屬以讀書與嗣父生忌，預備衣衾悉用布素，嗣産、粧奩分析，井井不亂。又語兄曰：『止完吾分内事，老父慎勿聽人過詡，消我冥福。』

初，孟之墜樓也，士大夫多爲詩，成帙，陳撿討維崧爲之敘。先生嘗以語孟，孟略不一視。及是，或告以殉夫例不得旌，不若守節而旌可致也。孟微哂曰：『吾豈爲旌計乎！』絶粒後，家人倉皇悲慟，孟無慘容，亦無激烈語，灑然如平時。臨死，尚神情朗爽，視聽不衰。死前數日臨牏，若下肉塊者三，傾廁中。明年，糞人得耳環、指環三。耳環曲處不能如鈎，指環則如半規。蓋當時强嚙以吞，齒痕歷歷可數也。

婦人殉夫而死，或一時激烈之爲，及求死不得，歷時久遠，則迫切之情亦有時而解。且内無不諒人之憂，外無强暴迫脅之患，又爲之藏夫子之體魄，爲之後以續其宗祧，此即優游以老，雖死者復生，其何愧哉！乃許夫一言，九死未悔，經十二年之後，甘餓連旬以踐其約。雖處可以死、可以無死之時，不免爲賢知之過，然從來節烈，未有如毛孟之堅定者也。於是邑人哭之，建祠文廟之右。宦浙者皆旌其祠焉。

朱書曰：邇來婦人節烈死者，予所見多有之。友人戴君田有作傳凡十數，閩中高君雲客爲福州烈婦表，自丙戌至今，盈寸焉。而海内以奇男子特聞蓋寥寥也，豈天地之氣今乃多歸婦人耶？方烈婦慷慨從容，明決剛果，雖死不死矣。婦人殉夫，義也。然亦或溺於情，婚五日而已溺於情乎哉？夫利害交争而道義衰絀，或者凜然懼惡聲之可畏，而奮以忠孝自居，則名之所維不小也！故曰三代以下，惟恐不好名，然且有甘遺臭其如飴者！孟則曰『止完分内事耳』，『毋聽人過詡』，又曰『吾豈爲旌計』。嗚呼！古來光烈照天地者，其人當赴死時，寧計及於此耶！

朱明經傳

舊京有君子曰朱公一先生，故錦衣武略將軍之裔孫也。將軍名龍武，先世居河南，洪武初從太祖渡江，以軍功起家，子孫世指揮使。及舊京改，江南諸世家失故守，先生乃力學，以能文章自見於時。先生爲人謹厚廉退，立然諾，好濟人急，而不自以爲德，鄉黨間稱長者。事親尤孝謹。弱冠補弟子員，由明經考授州同知。未仕遘親病，以勞瘁亦致病。親卒，未幾亦以毁卒，得年五十有七。

先生家故饒，以慷慨行義遂中落。朋友緩急叩門，無不應者，或相背負，至欺謾先生，先生若無聞也。故吏部侍郎王錫衮宦南都時，嘗買園廬，直千金。侍郎既抗節死滇中，其子咨馮貧困，思鬻舊産自活，崎嶇來舊京，而故千金産已爲有力者所得，拒咨馮不見。咨馮大困，既不得産，且無資不能歸。先生聞其死難王侍郎子也，招之，予貸三百金予咨馮。咨馮拜，先生亦拜。咨馮泣曰：『非先生，王咨馮死於此矣。使先侍郎不絶其孤，先生之賜也！』方是時，先生家已貧，三百金者子母展轉，未幾，竟自鬻其田園以償，子孫幾無以治飦粥，舊京人至今多迂之。自俗之益偷也，大官貴人縵纓佩弓刀插箭、短衣窄袖束帶韡而門者十數輩，則遠近奔走，到門投謁，受呵噱惟謹，匍伏階下，得一見，出輒揚揚詡親知曰：『某貴人厚善我。』至前人故族時移勢去，踞其家，敓其貲，恨不擠其子孫谿壑而下之石。凡此者所在多有之。此忠義之子孫所以不能振起於後，而亂賊之黨遂接迹於天下也。其亦有聞先生之風而興者乎！

先生既貧，所以事兩親者無不備。父病，至割臂肉以進。父卒，痛不欲生。及母卒，先生病甚，送柩出葬，不飲食者數日矣。或曰：『毁不滅性，古之制也。盍肩輿策蹇，庶少緩吾死，以慰吾親？』先生艴然曰：『吾依吾親止此頃刻耳，尚忍離左右乎！』踉蹌徒跣，哭泣悲哀，至於嘔血。又二年，病益劇，遂至於死。方其親之卒也，喪葬之事，皆獨任之，不以累諸弟。有女弟嫁而寡貧，無以爲生，先生供用不乏，其志得無奪。凡成人之善而振其窮，不可枚舉，初未嘗以貧富或有間也。先生既殁，有言於先生之子文鏕者，以不識其先家爲詢。蓋其人既出而父死，先生爲之舉葬。其人歸，所親以告，而文鏕不知也。隱德多此類。

先生元配孫氏亦孝謹，御家嚴，處事尤有識。初，先生有女，亦嫁而寡，有寠人棄子，女之舅收之，欲立爲後。女以語母，母曰：『若舅收則收之耳，立爲後則若勿主之。若今年方十九，計此兒成人，若尚壯。出入幃闥間，終外人，不便也。』女從之，時或以母爲過計。後棄子成人，果不才，乃服母先見焉。

先生殁十餘年，桐城戴名世既述其略，以傳於世。文鑣又以屬其宗人宿松朱書。書次其事如此。先生名位，字公一，今爲江寧上元人。

朱書曰：太祖初定天下，精選海内豪賢以重京師。於是設錦衣等上十二衛以衛宫禁，設留守等四十八衛以衛京城，殆欲與公、侯、伯三等之爵延世無窮也。計是時，非才略過人，豈能與其列哉！十數傳後，子孫繩厥祖武者寥寥，而檮杌饕餮之屬多出於世族，變亂之際，殊可哀也！先生世將家子，而折節讀書，一卷遺經，其東門之瓜乎！數十年來，世變爲已極矣。予不及見先生，見先生之子，猶落落無時態。非先生立志較然、教思深遠，能若是與？抑前代所以扶持而浸潤者，猶有存於環衛中者與？是以述先生之遺行，而不禁三歎也。

校記

〔一〕清貽館本題爲明工部尚書呂沃洲公傳。

〔二〕版　原作『叛』，據梨雲閣本改。

〔三〕倉卒　原脱，據清貽館本、梨雲閣本補。

〔四〕獨身處　原缺，據清貽館本、梨雲閣本補。

〔五〕花陽　清貽館本、梨雲閣本均作『華陽』，當爲望江縣華陽鎮。

〔六〕者　宿松文徵作『郡』。

杜谿文稿卷七

書後

記闕里志後

余覽闕里志詳矣，又於兗州府志中得闕里志三卷，是明相國于公慎行及今郡守張公鵬翮所修也，其言簡而立義精。吾所取而最大者三焉：一則明聖人之有親而不可没也，一則明聖人之有君而出而歸皆未嘗忘也，一則明聖人之有身而未嘗苟焉以自辱也。

檀弓稱：孔子少孤，不知父墓。及母卒，殯於五父之衢，問於郰曼父之母，然後得合葬於防。孔子先反，雨甚，門人後至，曰：『防墓崩。』孔子不應。三告，則曰：『古不修墓。』張公辨之曰：『聖人奉親無不慎，況送死大事乎？豈有既長而墓不知，母終而衢是殯，甫葬而墓即崩之理邪！』予考：孔子三歲孤，二十四歲母没。謂父墓之不知，是二十四歲以前皆不登丘墓也。又衢殯其母，是不如杞梁之妻室廬其夫也。不修墓者，墓自不崩耳；崩而不修，是不有其墓也。是故，得張公之言，而孔子始不没其親。孔子凡兩去魯，皆十餘年而歸。前則昭公二十四年，年三十四歲適周，因以適齊，至昭公三十二年，年四十二歲，自齊反魯。後則定公十二年，年五十四歲去魯，至哀公十一年，年六十八歲，自衛反魯。夫後之去而歸也，以女樂及魯人迎也，人皆知之矣。前之去而歸也，于公曰：『其去也，昭公出，季氏攝也。反也，定公立，國有君也。一去一就，大義炳焉。』是故，得于公之言，而益知聖人之不忘其君。

于公又曰：『史記世家：孔子適齊，爲高昭子家臣，以通乎景公。此殆妄也。景公適魯就見夫子，及夫子至齊，分庭讓登，其禮亦隆矣。何待臣國卿以自通乎？夫不仕三家而仕於他國之卿，其非聖人所爲明矣。』是故，得于公之言，而益知聖人之不辱其身。聖人不没其親，世猶有親死不葬者。聖人不忘其君，世猶有忘君事仇者。聖人不辱其身，世猶有卑汙苟賤者。是烏可以不辨？

抑吾尤有疑者，自檀弓有子思『先君子喪，出母』之言，故世謂孔氏三代皆出其妻。夫懷寧方都秦嘗辨之。予考：孔子十九娶亓官氏，二十生伯魚，二十四同居顏母之喪。夫人無失德可知矣，至今崇祀赫然也。孔子出而非亓官夫人也，伯魚何得而喪之？孔子出而亓官夫人也，母出而廟絶，後世又何得而祀之？于張二公皆不及此，何也？孔子之生，公羊氏云：『魯襄公二十一年冬十有一月庚子，孔子生。』穀梁年與日同，而係於冬十月，則差一月矣。史記又云『生於襄公二十二年』，則更差一歲。其卒也，左氏云：『魯哀公十六年夏四月己丑，孔丘卒。』是年壬戌之歲，四月戊申朔，有乙丑無己丑。己丑在五月十二日，則亦差一月矣。宋濂謂生之日，胡舜陟、孔宗翰、羅泌主馬遷，遷蓋誤以周正十一月屬之明年也。洪興祖主穀梁，謂周家改月，十月二十一日庚子即夏之八月二十一日。按：二十一年十一月無庚子，二十二年十一月亦無庚子，惟二十一年十月庚辰朔，二十一日庚子，故斷從穀梁無疑，卒固宜遵左氏。『己』者，『乙』之訛也，在四月十八日，謂當夏正二月十八日，亦非也。生卒大故也，故附記焉。

記闕里志後二

志於孔子既没，大書：魏安釐王以孔子八世孫斌爲相，封魯國文信君。即接書曰：秦始皇元年，召孔子九世孫鮒封魯國文通君，拜爲少傅。夫安釐中主，雖未必知用夫子之道，亦不敢毁滅之。其用斌也，或以孔子，或不以孔子，未可知。若始皇之於鮒也，特召之，而又特封之，而又特拜之，使非以孔子故，何爲拳拳於鮒？是即謂尊孔子自始皇始可也。史没其事不書，天下後世皆曰：毁滅孔子之道者，秦始皇一人而已。是何也？蓋其暴之所積深矣，居下流則惡歸。始皇者，下流之極也。天下不見其善，止見其惡。

焚坑之禍作，扶蘇謂諸生皆誦法孔子，重法繩之，恐天下不安。原扶蘇之意，必以孔子爲上所敬信之人，故引而譬之，冀得一悟耳。若始皇素侮孔子，扶蘇又何事故觸忌諱以相激邪？且即此一言，亦可知秦俗之相崇乎孔子也爲已久矣。商鞅行新法，有言便者，有言不便者，商君皆殺之。秦政所坑之儒，亦必此類，未必真能誦法孔子。若真能誦法孔子，當有孔鮒之榮矣，豈遽坑哉！不然，書既焚矣，何以孔子删述之言至今皆在也？戰國游說之士，不敬無等，驕蹇悖慢，四分五裂，時恐其挾仇生敵，及天下混一，豈能容之？漢、唐、宋黨錮、清流、僞學之禁，其於真能誦法孔子者且不滅焚坑，然朝廷尊孔子自若也。安在焚坑之爲毀滅孔子邪？

甚者，祖庭廣記至謂：『始皇發孔子墓，見遺記而止。』以能族人之始皇苟憾孔子，即屠岸賈討趙盾，何所不至，顧封其孫矣發其墓？此附會緯讖之言，不足辨也。又按：史世家：『子思生白，白生求，求生箕，箕生穿，穿生子慎，爲魏相。』子慎爲孔子七世孫，不名斌。子慎生鮒，爲陳涉博士，死於陳下，不曰仕秦。還去孔子未遠，而志則其家所世守，乃刺謬若此，又何怪世之修家譜者，往往與正史乖異邪？

記顔曾孟三氏志後

七十子聞道於夫子者，闕里志備書之矣。而顔、曾、孟又各有專志，所以别於諸弟子也。陋巷志顔，宗聖志曾，三遷志孟。三者於闕里如雲亭、徠甫之配岱宗，非可略也。

三氏之道一也，而其顯以重於世則顔最先，孟次之，惟曾最後。顔之賢過於曾孟，不幸早世，鮮所發明。夫子删訂以垂世者，易、詩、書、春秋，要皆因昔人纂述稍稍詮次之，其自言惟論語、戴記、孝經爲詳。而孝經爲曾子作，論語成於曾子門人，戴記、學庸二篇又曾子以授子思者，故明道之功曾爲大。聖人既没，異端大起。孟子奮然陳堯、舜、文、武、周公以及孔子之統，拔天下之民於禽獸相食之中，俾聖道炳焉而不墜，七篇之書可覆也，是則衛道之功孟爲首。故曰：三氏之於道，一也。

顔子娶宋戴氏，生歆，歷七世至岵，皆爲魯下大夫。岵生卸，爲秦大夫。十一世異，爲漢惠帝大夫。獻帝時，二十四世孫斐，尹京兆。斐弟盛，仕魏文帝，歷青徐二州刺史，關内侯。廢帝封二十五世孫欽葛繹縣子。晉武帝封二十七世孫含西平縣侯。含子孫世仕江南。元魏孝文帝拜顔子後二人爲官。周齊之世，之儀、之推顯於江北。唐顔氏最盛，明皇始詔顔氏子孫並免賦役。後周太祖特授四十六世孫涉曲阜縣主簿。宋真宗以四十八世孫端爲郊社齋郎，高宗以顏氏子孫四人爲郎，光宗詔子孫並免賦役。元太宗詔顏氏八户先賢之後，並復其家；成宗除其賦役不屬州縣，泰定始賜祭田三十頃。明太祖時，五十七世孫池，以三氏教授主奉祀事；英宗詔免徭役；景帝幸太學，取其子孫陪位，賜宴禮部及賜冠帶、襲衣，又以六十世孫議世襲翰林院五經博士，復前祭田三十頃，增二十頃，設守廟户四、佃户十。自是以爲常，至於今不變。顏氏顯以重於世如此。

孟子娶田氏，生睪，學於公孫丑，著書論詩，自是不可詳考。宋景祐四年，孔道輔守兖州，始訪孟子墓，得於鄒縣東北三十里四基山之陽，建廟祀之。薦其後名寧者於朝，授鄒縣主簿。元世祖詔求孟子子孫，並復其家，官其胄子。泰定五年，賜祭田視顏氏。明太祖以五十四世孫思諒奉祀，世復其家。景帝予世襲，復祭田及增賜亦如顏氏。憲宗賜灑埽二十五户，遂以爲常，至於今不變。孟氏顯以重於世如此。

曾子子元、華、申，孫西，其後不能盡知。元始建書院於嘉祥縣南武山之陽。明憲宗初，山東守臣上言：南武山西南元寨山東麓，有漁者陷入地穴，得懸棺，前有石碣，鐫『曾參之墓』。墓在嘉祥始此。世宗時以詞臣顧鼎臣請，訪曾子後，得五十九世孫質粹於江西永豐縣。其譜牒謂：自子元而下，十五世孫據避新莽之亂，南遷永豐。質粹奉詔，崎嶇還魯，始授諸生，奉祀。越數年，視顏孟世襲。神宗給祭田三十頃，又以三氏學爲孔、顏、曾、孟四氏學。尋給廟户、佃户，並免族人差徭一如顔孟，遂以爲常，至於今不變。曾氏顯以重於世如此。

顔子配享也，自漢高帝始也。以孔子爲先聖，顔子爲先師，自晉武帝始也。坐其像於殿，贈太子少師、太子太師、兖公，則唐高宗、睿宗、明皇也。像設九章九斿，則金世宗也。止稱復聖，去像存主，則明世宗也。曾子加贈加封郕伯，始於唐，而封公配享始於宋。孟子與子思皆於宋封公侯，而孟子配享於神宗，子思配享於度宗。宋初配享，東顔西孟，後遷孟於東，而西列王安石。南渡黜安石，遂虚其右。元增曾思於右。至洪武時，始正其位：第一班左顔右曾，第二班左思右孟，又以十哲列於後。因顔已在四配中，遂益以有若，祭以春、秋之上丁日。以孔子丁巳日葬，故用丁也。其祀典先後顯以重於世又如此。

蓋孟子没而知孟子者，漢止揚雄，唐止韓愈。明初劉三吾節去七篇中八十五條，後賴連江孫芝奏復。曾子、子思學庸附戴記。及宋之盛，曾、思、孟之書始列論語，爲四子焉。曾孟丘墓，三千餘年幾不可尋，歷宋明而復出。道以時顯晦，家亦因爲盛衰，天也，非人也！顔子無書可傳，孟子尚有逸篇，如伍被所引，皆不見今本。曾子孝經、大學外有書十一篇，曰曾子，范浚本僅十篇。班生志儒家書，有曾子十八篇，浚以爲脱亡於晉魏間，然習其義者鮮矣。嘉祥非曾子所居，武城或頗疑之，然墓在則可無論也。七十子中，德行推閔冉，聞道推端木，此三氏之亞也，皆未聞延世之賞。明烈皇季年，以衍聖公孔胤植言，命仲由六十一孫于陛世襲翰博〔一〕，並祭田六十餘頃、廟户三十，一如四氏。是何衛道之功止推仲氏與？今周公且得録其裔，甲子，以周公裔孫東野沛然世襲博士。則閔、冉、端木之家，尚其有待而興邪！

書潛書後

有作潛書者，其論朱子曰：『孟子能王齊、撻秦楚，故能盡性。朱子不能興宋撻金元，斯爲不能盡性。』

朱書曰：此其説非也。朱子之可議者，在有其君而不能盡得君之道，至金元之撻不撻，非可驟責之朱子；即責之，而朱子亦不受也。朱子立朝才四十六日，值寧宗之昏庸、韓侂胄之奸惡，與孔子不容於魯、孟子不容於齊何以異？若罪其不能撻金元，是淳于髡所謂魯之削由於子思諸人也，豈通論哉！即孟子王齊、撻秦楚，未見之行事，以責朱子者責之，可乎？且朱子時，元未聞於中國，安得而撻之？

朱子孝宗朝屢召不起，後爲崇政殿説書，陛對者三，上封事者一，皆痛詆大臣近習。故孝宗之眷雖厚，而嫉者愈深。光宗朝，歷官在外。寧宗初在潛邸，聞其名，每恨不得爲本宫講官。及即位，即首以講官名，未幾，被論而去。黄艾從容言其罷太驟，帝曰：『始除熹經筵耳，今乃事事欲與聞。』是論之雖由小人，而去之則出自帝心也。竊疑朱子以疏遠之迹，始至朝廷，即痛詆大臣、近習，恐非所宜。孔子仕魯，未聞遽斥三家於其君。況孝宗可與有爲，其時大臣雖無大賢，而虞允文、陳俊卿之徒皆有宿望，其近習縱有一二小人，比魯之三家遠矣。朱子始則屢召不至，既至而歷詆大臣、近習，不亦過與！賈誼初未嘗詆大臣，而絳灌之屬猶忌之，使不得位。説者以爲非文帝不能用誼，而誼不能用文帝也。朱子之於孝宗殆不能無憾，至光寧，又無論已。書故不敢傅會朱子，而亦不敢以潛書之説爲然。

書代農堂藏帖後

右農部陳君十餘年作吏時，裒集交游手札裝潢之者，凡若干部。

初，農部將以博學宏詞徵，辭不就，就安邑丞。歷十一年，諸大臣以爲能，達之天子，遷深澤令。又五年，天子以爲能，内召，使屬大司農，主其政。甲戌冬，予入都，得晤農部，因出此見示，予甚樂之。昔黄古齋記深鄙世之榮古陋今者，巧取豪奪乎人之缺壺破釜、枯竹敗絮，而以博古自命。今之人，見古人墨迹或拓本，不惜重購寶貴之，此與缺壺破釜、枯竹敗絮類耳。彼蓋曰吾慕其人，夫其人何與於我哉？其精神即默相感召，孰若吾平生歡，貽書致戒，一開卷如見面焉，校之楮墨朽腴，其所得何如也？顧多委鼠鱓口腹，不則付之水火。是雖常情，使以古帖示之，必不然矣。則亦黄溍所謂榮古陋今者也。

史稱陳遵善書，與人尺牘皆藏弆以爲榮。農部之爲此，不但已也，篤故舊、集益、不没衆善，蓋三美焉。予讀農部虞州集，雖悠悠道途、行旅倥偬，必訪問所過城邑、碑版、山川、阨塞之屬，以求見古人之迹，校正史志疏謬。其意豈但不陋今而已，殆於古有深焉者矣。初未燕晉道間，予往反見旅壁詩光怪奪目，書法妙天下，竊識所署姓名，輒抄録藏弆之。初未知其人，河中吴徵君見之曰：『東海君子，今農部六謙先生也。』且曰：『農部蒐輯今人之文，自國初以來，作者咸在，曰今文海。以子之文，必有取也。』因介予以文見農部，乃所謂今文海者，猶未得見也。農部藏諸君子帖，予藏農部詩，意則同矣。雖然，予私農部，予隘矣。

書南渡録後

朱書曰：予讀南渡録，南都有舍福立潞之議，或以語李給事清。給事曰：『若然，禍未艾也。神宗德澤，猶在人心。今舍其孫而外求君，將焉置此？且宜立者不立，又誰不可立者？左良玉擁楚，鄭芝龍擁益，以令諸侯，其誰禁之？是動天下兵也。』給事持議有識，大都類此。雖然，給事之説是已，竊以爲未盡其變也。立君之道，時平以序，世亂以才。晉之不亡也以琅玡，宋之不亡也以康，皆開閫建牙、素與軍民相見，故天下繫心焉。紈袴之子，未可以爲將相，藩王之胄，豈遂皆可以爲天子哉！

方北都之陷，烈皇既殉國，太子、二王又陷賊。方是時，凡是高帝之子孫，孰不可復高帝之疆域？乃諸王之賢惟周最著，而唐次之。周既殞逝，唐固在中都也。唐之能君者有五，早已見於天下矣：博識多聞，屢屈廷議，典學一也；自捐私財，營築城郭，不吝二也；深憤國難，争先敵愾，忠君三也；强敵壓郊，冒死不顧，英武四也；多歷患難，動心忍性，能辛苦五也。且獄中有天子氣見於河淮。以德若彼，以兆若此，倘卓然特識之臣推而奉之，縱不能光復舊物，祀夏配天，而半壁江南何渠不守！惜南都諸臣既不能行度外之事，而知之者止一路振飛，又不能效馬士英之謀，徒循常序，擁一愚柔之安宗，遂致一葦飛渡，宗社爲墟。豈非知常而不知變之過哉？況神宗臨御雖久，而福、恭王之貪愚早絶望於天下，若謂舍神宗之孫而别求君則無以置之，而天下各奉其所愛，何以異日閩中之舉亦復帖然，永明之藩封亦復自若，雖浙東水火，要亦二三奸人播弄其間，究未嘗並帝。至靖江之變，旋就殄滅，無能爲也。故曰：舍福而立唐便。

然則，闖之立唐也，何以敗與？曰：南都之勢與闖不同，非可同日語也。使唐起南都，則何騰蛟在楚能制良玉，王燮、路振飛在淮能扼北門，史可法必不出鎮，能正揆席。其心重者東林、復社，則阮大鋮必不能復起，王坤諸奄人必不能復横。縱有劉宗周之激，必有以平之；縱有王之明之間，必不至株求黨與。頒詔之後，人樂有君，共相擁戴，異議消而主德著；萬萬不至如闖之權歸鄭氏，撤關不守，立致覆亡，使家與國俱盡也。此給事之説所以未盡其變也。

書假山堂記

君子死有餘美，小人死有餘疾。然溢乎其本量，蓋亦有之矣。夫庇人之惡而掩人之善，固悖理而傷道。若善善惡惡而溢乎其本量，又豈所爲無毁無譽之直道哉！甚矣，人之惡夫賈似道也，其所居曰賈山，遂易『賈』爲『假』，寧『假』而不欲近似道之姓。吾友楊大聲，又推其意以爲記。

吾觀似道貪庸狡賊，適以亡宋，罪不容誅，宜乎死而疾之若此也。然竊嘗讀續綱目及元史而疑之。忽必烈之寇鄂州也，綱目言：似道奉命往援，止駐兵漢陽，後又移兵黄州，未嘗入鄂。元史則曰：世祖見賈似道栅鄂州一夕而成，甚服其才。又世祖每優禮士人，諸將不悦。世祖曰：『賈制置一書生，守鄂州，汝輩十萬不能克，有愧士人多矣。』及趙璧報宋京之使曰：『賈制置何不出見？』是明謂似道在鄂州。顧綱目云然，何耶？豈敵國軍中不知主將所在耶？忽必烈善行軍，明偵探，恐不至疏謬若此。抑綱目沿宋史，而宋史成於國亡之後，得之風聞耶？綱目又云：『似道遣宋京如蒙古軍，稱臣納幣，忽必烈不許。再往，乃許。』元史止言趙璧登城見宋京，京言願割江爲界，歲奉銀絹兩疋各二十萬。璧不可。適望見世祖旗動，乃曰：『俟他日議之。』遂去。並無稱臣之説也。倘求稱臣，後日元興大師，何不執以爲辭，止云拘我信使耶？凡此皆不能無疑者。似道之罪固無可疑，第恐有溢乎本量者，則似道轉不服。呂東萊所謂甚人之罪者，輕人之罪者也，故不可不辨。嗚呼！國家不幸當敵國之憑陵，忠臣而見冤，邪臣而被褒，不知其幾矣！區區似道，又何足言哉！

校　記

〔一〕六十一　下當脱『世』字。

杜谿文稿卷八

雜　著

古南嶽辨

五嶽惟岱宗見於尚書，餘四嶽無主名。爾雅：『岱、霍、恒、華、嵩爲五嶽。』郭璞注：『霍在廬江西，一曰衡，是即灊之天柱山也。』他書稱：黄帝封禪灊之天柱山，爲南嶽。禹貢導江亦曰：『至於衡山。』今大江經灊山天柱山之麓，距湘南衡山不啻千里。江賦又云：『衡霍磊落以作鎮。』皆明其去江甚近。漢書謂衡山爲南嶽，而當時封號衡山者實國於今廬州灊、霍地，則霍山一曰衡，此明驗也。

武帝巡南郡，至江陵而東，登禮灊之天柱山，號曰南嶽。浮江自尋陽出樅陽、過彭蠡，禮其名山川。使漢武無所本，必不以天柱號南嶽。或云：湘南衡山遠不能至，姑以天柱代。此求其説不得，又從而爲之辭也。夫既遠過彭蠡，又何難上九疑？且過彭蠡而禮名山川，安知湘南衡山不在其内耶？水經明言五嶽亦曰『霍山，爲南嶽，在廬江灊縣西南』，古灊縣，天柱陰。故嶽在縣西南也。希水注又引地理志云：『灊縣有祠南嶽廟。』則南嶽在灊久設祠廟，不但漢武一祭而已。至衡山則止云『在長沙湘南縣南』，不曰南嶽。爾雅書最古，水經出漢人，去古未遠，其前後符合既如是。軒轅、漢武相距數千年，又歷崇祀焉，南嶽爲灊之天柱山審矣。四嶽皆近帝都，南嶽不應獨遠。若謂舜崩蒼梧爲巡行南嶽之證，則會稽禹穴又何説也？況孟子有卒於鳴條之説，蒼梧不可謂東夷，又從來所疑者邪。皮日休賦力主南嶽在灊，其説得之。衡山志辨之多方，此欲私名山於楚南，而不考於古者也。詳別具古南嶽考。

送客詞

戊辰歲，予客歷下，自夏及秋，送而去者凡四人。前二人，貴者姻戚也，所以去不能知。後二人：一新進士，年甚少；一候缺老廣文，皆貴者門生也。進士爲過客，貴者一見，榻於家，贄雖豐，不受。飲食饋遺雖猶乎衆，而縱其出入不復禁，又多方謀於屬吏。故其去也，得意以去。予送之，色甚喜。廣文則貴者招之來，贄雖不厚，皆受之。飲食饋遺雖猶乎衆，而責之者甚備，有勞焉，又禁其出入，嘖嘖有煩言，終不爲設一謀。其去也，不得意以去。予送之，色甚戚。嗚乎！同一門生，何其異邪？進士邪？廣文邪？少邪？老邪？不期喜而喜至，不期戚而戚至，贄亦不足以爲禮邪？勞亦不足以爲功邪？有學無學，有才無才，亦不足以爲能不能邪？

或曰：『嘻！甚矣。若是其炎且涼也。』或曰：『嘻！吾見其類矣。炎者多矣，皆進士類也。進士又有進而炎之者矣。涼者多矣，皆廣文類也，廣文又有退而涼之者矣。』或曰：『嘻！此其恒爾。』或曰：『嘻！此不但世之人而已，惟父母、兄弟、妻子亦然。不但父母、兄弟、妻子而已，惟我之於我亦然。父母、兄弟、妻子亦然者，蘇秦是也。我之於我亦然者，楚人是也。楚人有游遠方者，不得意，徒步負擔歸，足疲痛，坐塗杖足數之曰：『奴脚，有馬有車，脚不能乘，且驅而痛，以苦我乎？』既而果富貴，命二女子爲脚奴。痛摩之，癢搔之，垢濯之，暑扇，寒皮鑪其下，輿馬之供不與焉。是故，猶是我之足也，窮則奔走不已，又杖擊之；貴則輿馬不足，又給其使令而勤其役。故曰：蘇秦受炎涼於父母、妻子、兄弟，又何問乎人？楚人自爲炎涼，又何問乎父母、妻子、兄弟？

雖然，是非君子，乃爲送客之詞。詞曰：送客樂兮炎可灼，送客悲兮涼侵衣。我心有火兮，乃以見人之炎；不然，世自焰焰，我心兮自恬。我心有冰兮，乃以見人之涼；不然，世自漠漠，我心兮何傷！

皖寨紀事

朱書曰：安慶古皖國，數被兵之區也。世遠不具論，宋元之季，紅巾斬刈，境蕩爲墟。邇來流氛播虐，國運斷絶，尋干戈者凡十數年。獻賊五營，先後屠剪割剥，孑遺盡矣。復且匿處深山大澤間，奉故國疏屬，怒其螳臂以抗不可嚮邇之焰，坐使同燼，不亦悲乎！亡滅之會，小人機銛，計圖飽壑，君子義激，志在捐軀，本末不同，要未可盡非也。

宋端宗景炎二年，淮人張德興起兵殺太湖丞王德顒，據司空山，劉源起兵野人原，楚人傅高應之，復黃州、壽昌軍，殺元將宣慰使鄭鼎於樊口。既而兵敗，張德興、傅高死之。今司空山多稱張安撫遺迹焉。

安慶陽瀆而陰嶽，左吴而右楚。境東南濱江湖，多蒲葦；西北皆大山，綿亘不絶，毗連河南、湖廣之界。其峻者或插天漢，其出入之徑則逼隘僅可錯趾，左右懸崖如谷無底，其巔乃衍平，饒水泉林木，可居不一而足。潛山、舒城、英山、霍山、桐城、太湖、宿松皆有之。而蘄黄間名寨四十八，由此上接德安、汝寧，名寨四百八十九，西越武勝關，達南陽，以抵於熊耳、藍田，即隴蜀之首，連山沓嶂未有間也。初，流賊毒中原，安慶撫臣史可法檄山中之豪各築寨自守，資以火器、財賄，數能搤賊有功。及大清兵定南方，諸寨多爲明守，不肯下。安慶所屬，始於荆王朱常㳇，訖於石城王朱統錡，蓋六七年而後平焉。

乙酉夏四月〔一〕，左夢庚兵寇安慶，内兵應之，城潰。夢庚東下，及靖南侯黄得功戰於板子磯，敗還安慶。六月，大清兵自湖廣至安慶，夢庚降，使巡撫李猶龍、知府楊起鳳等守之。冬十二月，蘄州人朱常㳇踞太湖司空山寨，稱荆王，襲破太湖縣，知縣饒崇秩遁免。常㳇所部有余垣者，以私屬三百人出降，誘執常㳇。丙戌秋，常㳇舊部李時嘉等復掠太湖，總兵黄鼎平之。是年，揚州人趙正據宿松洿池，稱明帥，屢挫大兵。巡撫李棲鳳遣兵備夏繼虞，總兵卜從善、黄鼎，副將梁大用合兵剿之。戊子春正月，江西總兵金聲桓復降於明，九江以東望風趨附。二月初九日，有傅聘者，同數騎至宿松縣，收籍取印，知縣孟瑄遁免。聘等執丞暹大魁去。曹祖參者，稱明都院，以百騎送令丞至。

張都督者，擁衆從洿池入，遇安廬道兵於殷葛山，殺之。三月，范大、范二起桐城白雲寨。夏四月，陳麟等謀起兵太湖，知縣李世洽計擒斬之。冬十月，潛山余公亮聚衆千人，據英寞寨，監生胡經文起兵據横山寨。胡經文者，屢有異志，事覺亡命，游各山寨間，交其豪。

安慶既北屬大清，各寨已撤，惟英山張福寰自明末據三尖寨，與潛山、太湖、桐城、霍山諸寨相通。至是擁衆如故，遥奉明制。范大、范二、余公亮等皆倚之而起。經文尤善福寰，因據横山以應公亮。十二月二十三日，公亮以數百人掠縣市，敗縣將李之培。自是，天堂、埭口二十餘寨俱相繼立矣。

方是時，明永曆帝建號二年，廣東、江西附屬，湖南、廣西、貴州、四川、雲南皆奉明朔。而江淮間民不習新政，有司或多操切之，則益走險不復顧。會有朱統錡者，自稱江西寧王之裔，或號朱九風子。大清兵破南昌，崎嶇渡江，聞英山三尖寨張福寰名，間至其寨，授徒自給。福寰知其宗支也，善護之。經文既立横山寨，諸寨相繼蠭起，妄謂大事可就，乃迎統錡入潛山。己丑春二月初四日，奉統錡居飛旗寨，爲石城王，以永曆年號造作符印。各寨謁見，以次拜官，自郡縣、監司、撫按、科道、部院、總鎮之屬咸備。他寨有未謁者，以兵降之，諸寨皆附。傅夢弼者，貴州選貢，初授泗州教諭，獻御寇策有功，陞鳳陽同知，遷安慶知府。左夢庚破安慶，出走潛山。七月，踞皖潤寨，受部院職。故潛山典史傅謙之、故鄱陽起義從淮王生員桂蟾、故公安貢士號義堂和尚者，各授職居皖潤，爲飛旗外護。於是，統錡撫有二十四寨。因聯絡蘄黄四十八寨，文職周損、曹胤昌、王熺、胡玉良等，武職陳如密、李有實、常近樓、侯雲山、劉奉宇、陳元、蕭新宇等千五百人來謁，皆授職有差，分兵置各寨。周損，麻城人，崇禎己卯經魁，癸未進士，任饒州推官，行取御史。大清兵入江西，損走福建，授兵部尚書。尋兵入福建，損走歸，同其侄周羽儀，己未進士周振子也，各率湖廣潰卒三百人、馬數十疋。陳鬍子者，寧國人。初與二范同據白雲巖，後帶鳥鎗百人與損合軍，同授部院職。時胡經文在從龍寨，同往計事，遣游擊胡勝進據西關寨，爲飛旗聲援。惟崑崙寨長、生員陳文露不附。文露於崇禎庚辰巡撫徐世蔭委爲寨長，屢有禦寇功。及歸大清，統錡招之，不從。以衆攻之，不克。

夏四月，操江都御史李日芃遣兵備道石鎮國、副將梁大用、總兵卜從善等合兵攻破梅家寨，殺其監軍葛修懋、游擊夏勝重等二十餘人，白雲寨降。進攻英窠寨，圍之。自四月初十日至六月十六日，歷六旬有奇，以計誘和。寨破，獲其總兵孔文燦、游擊王長惟。余公亮奔城牆寨，後遣生員徐樂韶等招降之。秋八月二十一日，梁大用進克皖潤寨，傅夢弼同衆從後關遁入馬園。冬十一月，李日芃遣諸將由水吼嶺進兵，以武生余必壽等爲鄉導，旬日招降一十八寨。惟飛旗以統錡在內，不降。兵進湯池衙前，攻圍之。初十日，縱火箭仰射，寨中大亂〔二〕。梁大用攀蘿負戟先登，諸將繼之，擒其監軍王坤基、總兵儲伯仁、石際可、旗鼓汪托。統錡從後關遁馬園。次日，進兵追至霍山界寶纛河，執傅夢弼、桂蟾、義堂、唐明勝等十餘人。西關寨猶守不下。二十五日，石鎮國用生員金承闇、徐樂韶計降之，而統錡猶遁匿英山。日芃初得胡經文、胡玉良，欲用之，故下之獄。庚寅春正月，授以密計。初十日，經文於英山羊角河誘統錡來馬園，執之，諸寨悉平。經文者，迎統錡飛旗寨稱王者也。張福寰獨守山寨十餘年，糧盡，大清兵招之，僞降，將有所圖，事露被殺。

朱書曰：李操撫之平諸寨，具有方略，非苟而已也。初遣參將汪義、游擊袁誠六人至潛山，各賜銀椀，而刻其文曰『莫殺百姓』。尋遣中軍孔國元，守備趙鉞、孫之秀，生員林風集等各持檄，約曰：『降者不死，且耕吾田而復其租。』是以降人踵相接也。又賜降者銀牌、緞袍、靴帽，生員銀或十金、五金不等，互相夸耀，故不血刃而下者寨相繼也。及諸寨既降，又以餘衆不離巢穴，恐復煽聚，乃委推官黃敬璣給賑銀二千兩、牛五十四頭、田票三百五十，安置外鄉耕種。又遣縣丞常一敬入山伐所餘竹木，抵兩年租，以信持檄之約。又思離民懷歸而山田就蕪，辛卯之冬，仍諭還山復業。遣梁大用及知縣鄭遹玄夷阻隘焉。迹其先後所以區畫寨事者，不誠井井哉！一代之興，必有傑出之人爲之平其亂略，而使之相安，豈曰兵力强盛、莫與之校而已哉！

記家譜

吾家自鄱陽奉詔遷宿松，洪武二年事也。始遷祖曰相三公，或曰貴一公。今族祭博士䓻，其葬處也。方言林曰䓻。或曰：相三公葬他處，此古善業織者，不知族衆何緣祭爲始祖墓，其來久矣。相傳相三公贅曹氏，生興二公，冒曹姓。既如是，則相三公没，應葬曹氏山。今曹祖墳皆在楊西坂興二公墓西百許步外，而無相三公墓，顧在博士䓻，相距十里。興二公居楊西坂，有田四百餘畝。生五子：玉瑄、玉璟、玉玘、玉珉、玉琳，五分楊西坂之田，以至於今。公卒，葬屋後大塘䓻，北向。玉瑄公仍父居，生四子：洪、濟、澄、深。公卒，從父葬。

洪公始遷杜谿張家莊，今大屋也，有田二百餘畝。卒，葬張家園，西向。生子友椿、友松。椿公居父居，松公他徙，後子孫稍稍還居大屋東偏。及中慶二公而盛，多買椿公子孫田，然椿公子孫仍居大屋正中，不相假也。椿公卒，從父葬。生四子：文錦、文鏴、文鎧、文鑚，四分大屋以居。錦公得上重，鏴公得西偏之上角，鎧公得西偏之下角，鑚公得下重，以至於今。上重及西偏上下角皆廢，止下重尚屬洪公舊構也。

錦公生五子：倫、儼、倣、侶、伍。倫公遷劉莊，曰上屋。儼公遷陳莊，曰下屋。今倫公子孫極多，儼公次之。鏴公，予高祖也，生曾祖近松公，諱佐，與錦公子倣、侶、伍，鎧公子儉，鑚公子偉同居大屋。

佐公生祖考肖松公，諱朝宦。公有兄三人，朝珍、朝裕、朝順，皆有子、孫，而無曾孫。

近松公葬前山，向西北。肖松公葬張福上，向西。張福上者，大屋東大塘之南路上山也。蓋其地古有張福者治之，故名張福上也。肖松公生考仲藻公，諱光陛。公有兄二人，光殿、光道，皆有子無孫。

仲藻公遷徙太湖、潛山，授徒自給，無定居。卒，葬鬖山之獅峯後，曰竹葉宊，向北。獅峯者，鬖山西之鋭而秀之一峯也，俗曰獅毛尖。妣尹，葬周家揹，向南，一曰周廟揹，又曰周民，一在沙灣之北。考生予兄世忠、世質及予世文今名書。

予遷居宋莊，曰梨樹塢。今楊西坂五房之子孫多不能有其田，轉屬外姓。予痛之，將盡贖之作祠堂，移居於彼，未知天肯相成否也？與二公居楊西坂，歷瑄公凡二世，而洪公南遷杜谿。洪公居杜谿，歷椿公及高、曾、祖、考凡六世，而予東遷梨樹塢。然予將還居楊西坂，則遷不遷猶未可知。

歲己巳，予修家譜，自相三公始，至是歲，凡三百二十一年，世系略具。丙子三月，復記於郡城按察署中，清明前一日也。

先考仲藻府君事略

書始祖相三公奉詔自鄱陽瓦屑壩來宿松楊西坂，贅於曹氏。歷五世而有諱文鍚者，書高祖也。曾祖諱佐，字近松。祖諱朝宦，字肖松。高祖同産四人，行次二。曾祖無兄弟。祖同産四人，行次四。祖爲人黝而長，好急人急，每代負逋爲累。卒年七十餘，葬張福上。初，清丈田地者侵祖墓域，夜夢黑長人杖擊之，曰：『奈何侵我！』叩頭謝罪，良久乃解。故或語祖爲神。考爲三府君，有世父、仲父，府君其季也。諱光陛，一諱德，字仲藻。家族自遷宿松以來，讀書爲士者雖衆，然皆他支屬。祖以上皆力農持門户，未嘗業讀書爲士。

府君爲人巨鼻厚脣，白齒紅輔，長面高頰，美髮少髭。性厚重潔清，動必以禮，無惰容及遽言厲色。幼好讀書，喜精細。常曰：『讀書不求甚解者，不可穿鑿附會爾。苟其不解，則如勿讀。』比婚尹宅，外祖抒白先生有名縣學，無子，親教府君。然外祖性敏，府君鈍，嘗不如外祖意，則恚不教，顧心重府君，曰：『柴愚參魯，其此子也邪！』久之，歸從他師學。值明季亂，稍就試有司，輒止不試。

流賊屠掠大江以北，歲大祲疫，諸事農者略以筋力延朝夕。府君既讀書，不能作苦，瀕於死數矣，然府君卒不廢書。江南既定，邑人數奉閩粤命，致大師。府君乃跳身授徒太湖、灊山山中。以丙戌歲出，間歸，不恒居，凡出二十八年始歸，歸即世業蕩然矣。府君不以爲意，曰：『吾子孫能讀書，即世業也！』書兩兄皆生亂離中，府君自課之，讀書皆通大義。書五歲，即抱膝上口授四書，夜圍鑪，輒以筯畫灰作字，使識形聲。稍長，教以古今世後，粗能經藝，時文皆十有五後變、忠孝諸大節，博習詩、古文辭。顧屏干禄之學，不使進凡書，竊爲之者也。病篤時，母哀泣，猶慰之曰：『幼兒能讀書，吾願足矣！勿悲也。』府君遭變後，氈巾深衣，歷十餘年一易，胸中嘗有以自樂。雖貧困患難死生之交，初無介於顏色。與人無城府，客來，雖四簋不具，必雅談歡洽，至丙夜不倦。弟子市筆，筆工多予筆十，遣追還之，曰：『竭筆工力，日但可得筆十耳。我無直，得彼一日工，不益富；彼無直，失一日工，即有一日饑者矣。古人一介不取，非潔己而已，正以爲人，是即任天下之事也。』

府君年二十二娶，三十有五生伯兄世忠，四十生仲兄世質，至生書，即已四十有七矣。命名世文，後自名書，志府君志也。府君三十有九出外，六十有六歸里。歸二年，卒於杜谿凌塘北莊，葬鑿山獅毛尖之陰。

妣尹孺人生少府君七歲。外祖既無子，特珍愛孺人。年十有五，外祖没，無期功之親，遂來歸焉。雖幼，能躬習勞苦不怨。是時，祖母已謝世，僮婢或逃或死，無存者。府君讀書爲士，不能效筋力，即授徒遠方。祖考生三姑，小姑未嫁，孺人得與偕。府君外出，則兩人篝燈紡績，率至夜分。世父、仲父持家早，各有私贏，遂異爨去。府君讀書，既重費師友供，又無力自給，食用常乏，又須供具祖考膳，孺人悉艱苦濟事。世父出私槖别購田若干畝，盡以祖遺田屋歸併，畀府君取值。既而，别購田遭旱，復還索所歸併已取值之田。府君予之，孺人欣然也。從府君潛太，抱仲兄徒步走二三百里。太湖思常河水暴漲，幾漂去。孺人爲人謹嚴，亦頗機警。府君數遇難處事，藉其智以濟。府君生萬曆三十六年八月十一日申時，至乙卯十二月二十日戌時卒。卒後十三年，孺人日哀泣如初喪，遂致疾不起。後凡歲餘，昏瞶不省事，惟哭泣而已。卒年七十有四，葬周家凿之陽。邑志載府君入文學列傳，孺人入慈孝列傳，蓋其略也。

成都費氏密題年譜曰：『吾住皖月許，宿松朱書字緑亦來。其人長大壯夫，談議開通，猶有中原文獻之舊焉。篋内藏父仲藻先生年譜，取觀之，益嘆前輩遺風至今日而幾絶矣。仲藻授徒，因亂遂去宿松，客潛山，之太湖，來請授經者非一家，故弟子甚衆。仲藻性格方嚴，學業端正，雖隱遁鄉塾，無所表見，而鄉里稱篤厚長者，必以仲藻爲不可及。今字緑又將修先世遺訓，以聚族講求，他日獨行傳，仲藻必載名郡邑，亦當附字緑所述家誡於後。』

亡妻沈長君事略

長君姓沈氏，名桂，字芸閣，宿松九成阪人，距予家杜谿五十里。父處士一宋，字權度。母氏尹，吴媪所出也，與吾母同族。處士有學識，家素封，中落。歲戊申，盡室徙潛山之下新田，依羅翁。羅翁者，吴媪所再醮者也。時處士年三十三，止生長君一子女，顧愛之甚。甫七齡，諸大家多求婚，擯不許，人多怪之。

先是天下亂，宿松民頑不習新政，顧奉閩廣命，數被兵，邑人多轉徙。老父挈家走潛山。歲甲午，予生潛山之敢山沖。久之，遷上新田，距處士流寓十許里。初，吴媪字尹，有子曰賜，於吾母爲族子。賜從母嫁羅翁，客中少親戚，余家與賜往來密。予因賜詣羅翁家，得見處士。處士獨善予，使人來言。老父喜，遂命委禽。時予年十五耳。明年，處士病，還歸九成阪。又明年，予歸里，存問處士。處士病，病且甚，執予手曰：『吾生無一可者，止此女。女得子爲壻，吾死且不恨。子才必達，予即死，幸念予無後，來省予墓。』因大慟，灑涕別。又明年，處士竟死。處士家中落，遷播久，以病歸，病且三年，家業盡。予家遠在潛山，長君之母無以自存，乃適汪君。時長君少，依母氏爲命。又二年，老父移歸杜谿。居無幾，滇黔變起，江以南烽火徹天。汪君以世亂，家有待字女，重爲累，乃速予親迎。是時，長君年才十三。

長君歸，年雖幼，勤恪特甚。寢必深夜，起必先衆人，躬操作以爲常。予家自潛山還，既困，長君倉卒來歸，荆布且不具。借人四壁，無他物，又無僮婢賃僕。予伯兄病，行聽事中，不能達階。仲兄常負米百里外。予授徒嚴恭山下，距家七十里，數月乃一歸。故諸役皆集於長君，晨汲夜舂不得息。老母憐其幼，常往助佐，輒不聽。甚或足脛瘡水溼䩫襪，猶執勞不少釋。又水旱，無蓋藏，蔬鹽終歲乏，未嘗一有尤怨色。歸一年，老父即世，遭喪無以成服，衆相視泣。長君出布，人各五尺許，裹頭上，不知所自。視之，則裂幅衾而浣濯之者。其處變濟困，類多如此。

長君勤紡績，家衆皆衣其布，且間鬻其餘以佐費。余館穀益多，乃買梨樹塢田二畝，有屋四間，移居之。己未，予乃家居教子姪，始與長君聚。凡十年，未嘗遠離。予有聲黌序，拔入成均。兩兄各爲娶嫂，買田三頃有奇。二族子相依，皆爲娶婦，得婢僕數人。此十數年中，長君志願少酬時也，而敝衣糲食如其初。或終月不得肉，然飲饌禮儀未嘗缺於老親賓友間。予雖遠客，不廢也。比年予入燕，卒事官學。游齊、魯、晉、秦，十載中家食少，長君心苦之。丁卯，老母病，不省事，廁牏皆長君手掖之。衾褶穢，他人不肯近，皆手浣之。如是者一年。老母既喪，予自燕奔歸，詢所附身者，長君皆已備，未嘗有缺。予號痛，長君輒引罪，未嘗責予忘歸也。邑令君以下來展祭，長君含哀治具，未嘗少失禮。老父、老母大事，皆長君身當之，情文無不盡。

所生男女七，今存二男一女。子女衣履皆手製，兩嫂皆有女教，且愛之如己出。又性孝睦，其母倚之過於子。爲外弟娶婦，凡親戚無依者養之於家。予從兄贊，老無子，來依予，所以養之者甚備。兄病且死，嘆曰：『予得沈新婦，雖子媳何以加！死無恨，恨無以報沈新婦耳。』予於族中行最尊，雖客於外，有争競聞於長君，必多方平之乃已。予遠出，歲時伏臘，兒女歡噱，長君輒擁被，淚溼枕席。辛未，予行補官學教習，例三年授邑令。臨行，長君輒泣不能語。予戲之曰：『予行，汝當封，何泣爲？』曰：『封來恐不及待矣。』予疑語不祥。越四年，予授職歸，長君竟卒。卒後四旬有六日，予始聞凶問。又一旬，始得拊其柩。哀哉！

長君依其父九年，依母四年，歸於予二十年。逮事吾父一年，母十五年。生於康熙元年八月望後七日壬戌申時，卒於三十四年正月望前一日丙子未時，年三十四。長君患疹疾甚，竟日頻呼予，若見予者。子曉曙，女貢，與長君同時患疹。曙幾殆，旋愈，乃成服。予嘗以四世單弱爲慮，長君頃拓西偏，爲屋數椽，語其弟：『當爲汝姊壻納小婦於此。』未遂，卒。長君略知書史，未嘗爲詩。予歸，其弟出詩一卷，則皆憶予作也。及卒，惟屬曰：『子女有父在，無慮也。吾母老矣，其若之何？語吾君子，當以爲累。』嗚呼！長君遂竟死也邪？

校記

〔一〕乙酉　清貽館本前多『順治』二字。

〔二〕大　原作『火』，據清貽館本改。

杜谿文稿卷九

雜著

記徐司馬三征事

蜀北鄰秦，東鄰楚，稍東而南而西鄰夷。夷最巨者冉駹、白馬之種，蟠據雪嶺、洮河間，皆氐類也，比松潘而耕牧。明初設松潘衛鎮之，是曰松潘夷。夜郎、邛都、葉榆之種魋結繡脚，隨畜遷徙無常處，地方可數千里，南距滇，西距吐番。明初設建昌、越嶲五衛鎮之，而屬行都司，是曰建越夷，其種族樊夥。苞邛、西犍北界烏蒙而抵馬湖，爲賦乃、黄郎、雷坡、牛吔等部。而賦乃爲大，屬邛部。自馬湖設郡，其地邇，因曰馬夷。此三夷者，各自雄長。

漢建元間，唐蒙、司馬相如始建通道議成，轉饟耗費亡功。武帝因公孫弘還對，遂罷之，獨置南夷、夜郎兩縣一都尉。其後竭天下力，挾平南越之威，僅乃通之。置越嶲、沈黎、汶山、武都四郡。唐、五代、宋，西夷多没於吐蕃，南夷後割於蒙詔。元明始復漢土，而乍臣乍叛。至隆慶、萬曆間，三夷鼎沸，邊婁失亡。萬曆十三年乙酉之歲，命宣城徐公案西南邊事，不二年，皆削平之云。

松潘衛設洪武十一年，御史大夫丁玉所建也。衛故有二路：東由江油抵龍州，西由灌口、威茂抵疊溪，山澗盤錯，列羌砦四十有八。當事者羈縻之。歲元旦，發度支一行賞，羌日飽且逞。萬曆初，北鹵俺荅子賓兔建寺五王城，距松潘千餘里。羌有白利者，誘賓兔躪作兒革，作兒革慴伏。而羌中國師喇麻黠健饒貲産，連於賓兔，勾引部落雜沓松城外以干計，勢益張。諸族牛腦、羊腦、灣仲、占柯等咸附焉。鋸木刻合大小姓，詛石歃盟，團結於黄沙壩。時出掠鹵殺人，至邀奪總帥車旗，殺千夫長、百夫長各一人。十三年，楊柳番市太平堡牛肉，食而斃，詭云堡人酖之，嘯聚諸番。六月，攻普安堡，騺埽水崖，掠石門坎，闌入金瓶堡，要增歲幣，格殺百户陳克勤。巡撫御史雒遵以聞，屬大將李應祥以兵三千人趣茂州，與副使劉禹謨、黄焯計，攻其瑕，遂克楊柳、蟶蜎諸寨。

會雒遵以事免官，徐公由京兆尹代爲巡撫都御史。十月至蜀，馳檄撫諭，三反不聽。窺蒲江關，斷埽水崖、黄王坎道，築牆五哨溝，以絶東西聲援，屢挫我師。十一月丁巳，擁衆五千人，突犯平夷堡，我軍戰卻。掠人刳其腸，繞二牛角上，急驅牛奔，腸寸斷。公亟召三司入計事，曰：『今弱形見矣，不大創之不可。』疏請討於朝。得請，乃徵播州、酉陽、平羌乘大茶、馬湖諸土兵，檄右布政使朱孟震主軍，興參議王鳳竹監諸軍，副使謝詔覈功罪。參將朱兵未集，遂先發。十四年正月既望，擁萬衆圍蒲江關，架七稍砲，環擊城，城幾陷。參將朱文達出與殊死戰，殺數十人，始解圍去。已諸路兵皆至，公視師永康，召諸將語曰：『賊豢於我久，今鑿凶門，鬬穴中，惟捷而勇者勝。』又曰：『河東西吾力未能畢舉。西阻澗，東連吾堡，其并力擊東勿失。』又曰：『賊敗必求降，我衆陷賊者多，無殺降，無轢俘。』乃檄游擊周于德以播州兵七千人營鑼鍋嶺，游擊邊之垣以酉陽兵五千人營橋壩腦，參將郭成以敘馬兵七千人直抵黄沙，參將朱文達以平茶兵四千五百有奇營茨溝，而統於李應祥。二月庚寅，應祥誓師鎮平，分道並進。三月丙申，國師喇麻率灣仲、占柯等犯歸化。周于德伏擊於鐵爐溝，一戰禽喇麻、灣仲。守備曹希彬、牙將劉繼祖禽占柯、綽兒柘等，軍威大振。戊申，周于德兵破丟骨人荒阿牛、阿用卜、洞玉琢等砦。壬子，朱文達兵由間道襲克阿孝，禽其帥。是日，郭成、邊之垣各出兵拔龍溪、鹿卜。乙卯，周于德兵圍没舌砦。没舌斗絶，賊距險自固，我兵燔之，賊盡死。丙辰、丁巳，諸將兵合攻蜈蚣、茹兒、東路溝，盡克之。邊之垣於茹兒獲其祖輪髑髏。初，嘉靖中，輪以松衛指揮守北定關，遇害。茹兒人鏤其首爲飲器，至是歸骨焉。四月戊辰，破惡鬧、窑溝，明日破石柱。餘賊奔雪嶺，復聚茨崖。會諸路追兵至，賊悉委牛馬輜重啗我，我兵斬關入，賊竄死崖下。

河東平，公乃趣諸將戰河西。羌思荅地等恃河水漲駛，畫江而陳待我。公與李應祥策曰：『彼恃河不設備，我出不意夜截江擊之，必不支。我既西，粟谷必懈，回戈東指，亦必下。』應祥曰：『諾。』期四月辛卯濟師。如期，鷄三號，悉引兵乘筏渡河，薄賊所，賊駭竄克思荅地。分擊西坡、西革歪地、乾溝、樹底、雙橋、挖撒等砦，悉拔之。收兵會食，大雨連雨數日，江水漲，筏蕩，非早發即不克濟矣。粟谷以兵既西，備果懈。五月壬寅夜半，郭成兵襲破其上、下、中三砦，斬首數十級。餘奔遁，兵追至白草乃還。甲辰，克牛尾。牛尾最狡，酋合兒結善占卜，堅栅自雄。李應祥兵分三路：邊之垣遮後，朱文達左拒，參將劉用光右拒，宣慰楊應龍以所部精兵從中擊之。賊據栅，礧石下如奔馬。諸軍奮死登，縱火焚栅，斬合兒結父子。賊潰，追及之。己酉，戰於松坪。庚戌，戰於黑松林。壬子，戰於黑水河，賊大敗，半赴河死。已，得所積稞食軍，軍留十日，燒其砦，餘稞以歸。

時東、西河俱下，殘羌竄巖谷中，依偏頭結賽。通譯者詣軍門，降，請罷兵。監軍使廉得羌中，以埋奴爲大誓，令埋奴乃受降。羌無敢逆命，先後埋者凡二十三人。牛尾又出丁平羌所予銀鏁質於官，以示款誠。丁平羌者，國初御史大夫玉，挂『平羌將軍』印者也。且指廟子溝所詛結盟石碎河中。郭成率衆營壘於黄沙，名平番焉。

六月乙亥，公下令班師，疏諸將功次於朝，晉兵部右侍郎，廕一子入監，諸文武陞賞有差。

公既平三城亂，還成都，乃建南羽書日二三至。衆議曰：『羌與鹵鄰，國之尾也。蠻左滇右蜀，而據其中，腹也。顧尾而不顧腹，非計，討之便。』公與巡按、御史議，與衆同，乃上疏曰：『臣秉節鉞，填兹西土，越西人不靖，非獨三城也。瀘河之南、邛海之東，諸夷猓、蕃部雜居，地寬物衆，藏奸長孽。建有叛夷，曰安守，曰五咱、太咱者，俱土官瞿紹良部酋，日謀喋血牝主，因而煽虐逞狂。越有邛都部落曰黑骨夷者，始以酋長構争，尋而流毒境土，甚者刃王官、據篆符，其不奉天子法度非一日矣。念建越倒懸，拯之宜急。惟是瀘江瘴深，少俟霜高氣肅，藉陛下威靈，遣將翦綏之。惟陛下爲一方久遠計。』制下兵部，議可。於是，以順慶守周光鎬遷兵備副使，監征南軍事，以參政周嘉謨督餉，以參議李士達紀功，以參將朱文達、游擊邊之垣爲副將，以坐營田中科，守備王之翰、滕光國爲裨將，仍統之都督李應祥。徵天全、刺馬諸土兵，募雄邊子弟益之，共萬八千有奇。而以行都司宰調元、通判丘一奇專出納糗糒。

冬十月，周光鎬自順慶入建昌，布文告，宣威德，首廉指揮徐孝忠寘之理，以絶夷内援。十二月辛酉，李應祥至建昌。次日，斬牲祀禡，議分擊河西、桐槽，姑置黑夷不問。乃以朱文達領兵七千有奇，滕光國、田中科翼之，攻河西五咱。以邊之垣領兵六千有奇，王之翰翼之，攻桐槽、王大咱。以都司段文炳巡警越嶲，且護糧餉。李應祥自統材官吴文傑兵二千居中。約丙寅抵賊巢，以甲子夜半發越嶲，直走三百里。朱文達兵夜抵禮州所。所百户張勣者，陰結五咱。我兵猝至，勣不知也。昧爽，陳兵於河，賊半渡迎擊。朱文達居中，滕光國右，田中科左，李應祥殿後，材官周以德兵衝，矢砲盡發，賊潰。我兵鼓噪渡河，直搗賊巢。破其栅，據險而壁焉。是日斬鹵二百五十有奇，走水死者無算。邊之垣、王之翰兵攻桐槽，斬鹵亦如之。

丁卯，朱文達兵攻樟木箐；戊辰，攻磨旗山，連破之。邊之垣、王之翰兵攻甘縣，破之。大咱亡匿山谷中。壬申，五咱賊列千騎磨旗山。我兵分四道出，張左右翼合擊，敗之。賊退保旄牛山。山故漢延寧間張喬破越嶲夷地也。十六日丙子，朱文達兵大破之。夜半，賊西遁，與安守合。守故瞿紹良族子，嘗爲巡捕長，遂部勒諸夷，誘漢罪人亡命爲之藪，以巴中猾陳光華者爲謀主，刻篆符自佩，出入僭制，乃與五咱保聚西溪、沙户馬阻險三大栅，深塹斷棧。

於是，都督李應祥調邊之垣、王之翰兵來會。丁亥，應祥移河西。是日，所調鹽井、刺馬兵三千至。兵獰猙跳踉，盡裸軀，類非人形，夜壁河西，與都督營相望。乃部署諸將，約齎深入〔一〕。十五年，歲在丁亥，正月庚寅朔，會有詗賊謀劫營者。三日壬辰暮，大風，應祥忽拔營而徙。二鼓，賊果來襲，遇刺馬兵衝殺，大敗之。執二生口，言五咱、安守謀將以火攻總帥營，不虞當刺馬兵。應祥顧而笑，諸將始知彼夕之徙，故令刺馬兵用其鋭也。賊遂退保沙户馬。諸路兵進攻急，賊不能守，衆潰。我兵追及魚水、安介，斬級百餘。應祥壁邛海上〔二〕，諸將日有斬獲。五咱走抵魯罵。魯罵者，故五咱父逆止廝役也，其子擢拍力可敵數十人，故五咱依之。逆止死，時時能下巫言禍福，教五咱戰法，且云歲在戌亥，不利土人。崔繼賢者謹祀之，陰與張勣厚，自蔽於五咱。至是逮勣與繼賢，責以詗五咱。

是時，公移鎮臨邛，檄責諸軍五旬何無一級，且戒軍中先建後越，毋逸賊。已而，采議者言膩乃即黑骨夷種，而黨逆有黄羊一路，又即安守族屬，恐賊急遁膩乃，且防膩乃出與賊合。於是徵兵三千，以都司李獻忠、守備劉繼祖、指揮尹從壽領之馬湖，戒令守而勿戰。

三月庚寅，李應祥與周光鎬、李士達議：南夷以安守爲望，此時非先致安守不可得五咱，然安守不可猝縛，計誘之。乃佯出循河西，示若專西圖五咱，無東意者。是夕，詗安守果集大斧、火炬數百，宜爲備。乃以田中科領兵六百，軍於麥達，去安守故砦三十里。安守果率衆潛歸。庚子夜，周光鎬與李應祥屏左右，呼材官高逢勝入，飲以三巨卮，屬精兵三百銜枚間道，雨夜伏麥達營。又檄諸屯田吏士伏營左右爲援。壬寅，安守來襲營，諸伏兵齊發，格殺賊五十餘人。奇兵劉懷者手斬安守，高逢勝禽陳光華，盡殪其衆。田中科獻安守甲，虎韔金芾，飾以雙龍，刀刻五星文焉。

安守既死，西南邛苲、苴蘭、靡莫諸長皆震恐。於是，高山四堡、大小七枝諸西番爭乞降，各埋二奴於道，合掌頂佛經誓，如西羌故事。

是時，王之翰於越嶲之大孤山伏兵掩黑骨酋長，生得阿弓凹溪咱等七大酋。越三日，庚申，邊之垣禽五咱於昌州。

初，軍圍五咱急，伏匿不出。李應祥計非指揮王言吉不能致，乃授言吉計，屬邊之垣伏兵以援。是夜，之垣遂禽五咱等七酋。安四兒自知罪浮五咱，聚黨數百，勒馬控弦，據虛郎箐以待。周光鎬與李應祥乃召瞿紹良，佯責之曰：『若自治羯奴，無久煩官兵爲也。』四月辛酉，撤各路兵，以有事於邛夷。建昌人亟言安四兒猶在，不可釋之去。諸來謁言者，周光鎬、李應祥皆謝不見。癸亥，軍悉北發，一夕盡還。甲子昧爽，抵安四兒砦，四兒走，躡之西番擒之。是日，悉擒其妻子，並其弟破波、把事張煒，盡殺之。煒故陰賊，挾安四兒以亂土官中蒨，每殺人莫敢問。至是，正其罪。

庚午，李應祥之冕山。是日，逮千長趙應宣，與王大咱通者。大咱走匿普雄酋姑咱所。丙子，朱文達、王之翰軍於普雄之五里箐，邊之垣軍於桐槽之哩波囉。王之翰進逼王大咱峒穴，禽之，矢創發，斃於途。是日，朱文達兵攻南箐黑骨巢，邊之垣兵攻桐槽鐵橋村，盡破之，共斬鹵三百有奇，黑骨無得脱者。黑骨故邛都所部，乃唐兩林蠻，史所稱邛都最大者，以有君長也。今邛都領印與百夫長等。故土官嶺柏妾沙氏淫於族人阿祭，負印歸之，孽子應昇争不獲。祭死，其子鳳起勢益强，而應昇日酗酒，爲廣洪番所刺。至是，議者欲征鳳起及賦乃，然道遠不得要領。公遣華陽令劉寅檄王之翰，諭鳳起。鳳起恐，納印，釋之。而屬之翰將兵二千破廣洪番，誅刺殺應昇者。

事已，公下令解甲，而前所遣防賦乃三將違節制入賦乃，竟營於涼山。賦乃酋撒假故凶狡，歲帥衆出没滎丁、賴因間，剔孕烹嬰，填肉盈坑，侵越地二百里，與中鎮白禄枯須爲死黨。黄郎附夷安興、楊九乍爲姻婭，至是興、九乍詭向順，賺官兵深入，道撒假詐降。李獻忠闇悞，遽許之，盟而撤營。前驅二千餘出山口，賊忽大噪，持輜重後隊卒棄甲走。李獻忠及劉繼祖、尹從壽皆死焉。

公聞之，手疏請討。制曰：『可。』遂命游擊周于德、守備滕光國出中鎮，副使武尚耕監之；參將郭成、朱文達，都司萬鏊出馬湖，副使李士達監之；游擊邊之垣、行都司宰調元出建越防賊逸，副使周光鎬監之；參政周嘉謨督餉；右布政使彭富、參政張孫繩後先紀功；而大將李應祥居馬營中權，四面都護。徵土、漢兵四萬有奇，以冬十月出師。公移鎮嘉州。武尚耕曰：『中鎮白禄枯須實翼撒假。枯須自涼山之逆歸而死，白禄刃諸將，而匿其蓋輿於家，此於法無赦。其上下六落熟夷元未助凶，請廣招徠之。』李士達曰：『膩乃、黄郎並討，彼必並力抗師。且糧從舟輸，而黄郎居江岸，亡若姑撫黄郎便。』皆從之。

十一月戊申，中路周于德兵先入，賊悉衆保官廖河。庚戌，周于德遣天全兵擊之，而令西陽兵擊茜鷄坪。賊阻河拒敵，滕光國兵衝之。西陽兵潛亂上流，出賊後撓之。賊潰走泠溪河。

十二月甲子，李應祥督馬路兵進攻穵黑，禽其酋。丙寅，中路兵悉抵枯樹坪，留滕光國守官寥，以遏暖反。己巳，克馬蝗山。山迫阨，賊壘石如壁，我兵仰攻，不克。周于德遣西陽兵攻山前牽賊，而自將標兵宵渡火燒崖，繞出山背，夾攻之。賊不能支，棄山遁大鷹崖、殺馬溪。溪險惡，賊巢絕壁下，瞰深淵，死據以老我師，士攀藤策杖不得入。

癸酉，馬路兵克白穵天星囤。先是，遣士舍文安民，諭黄郎安興，待以不誅意。興疑信半，潛約雷坡出西球，突衝我師，至是，始寢其謀。撒假、楊九乍集賊萬餘，團四山，分枝接戰，矢石如雨下，我兵冒險攻之。播州兵先登，各路兵箭銃齊擊，賊奔遁。除夕甲申，武尚耕趣中路兵，乘賊懈渡殺馬溪，營於木瓜，與賊持。

十六年，歲在戊子，正月己丑，撒假糾衆由大南門、大木瓜兩路突襲馬營。播州帥楊應龍率衆大呼衝之，奪其械仗，始退。壬申，中路兵攻木瓜，斬白禄。禄屢敗恚憤，至是糾賊千餘，從大赤口出木瓜，躍馬督戰甚鋭，酉陽兵伏弩矢射殺之。諸將並誅其黨，斬獲無算。初，撒假倚禄，禄據殺馬，謂天險足恃，故專拒我馬湖路之師。及聞中鎮路兵越殺馬斬禄，撒假氣奪。

壬寅，馬湖路朱文達、萬鏊兵破小木瓜。二月己未，中路兵發木瓜，進次出水坪。明日，渡利濟山，士穿雪蟻附，達山椒而營。辛酉，萬鏊兵破大木瓜，中路兵破大赤口，獲夷書、夷器及涼山營將衣蓋。癸亥，中路兵焚西姑擺、凶瓜等巢，馬路兵擣大、小木瓜等巢。

是時，公自嘉移鎮敘州，趣諸將擊賊。籌水陸運道，革抉吺芮無不具庀。巡按何御史巡渝州，趣川東粟千艘至，軍中益踊躍。甲子，建昌路宰調元、王之垣兵破賊於梅古河。乙丑，朱文達兵入涼山，擣撒假巢。撒假僭號西國平天王，堂皇踰制，窖苦莜圓根不訾，谷量馬牛。至是，我兵資其糧，亡慮飛輓矣。庚午，建路兵破賊於普沱河。辛未，中路兵焚大赤口窠。癸酉，破虎背崖。乙亥，馬路郭成兵分三道，直抵膩乃，賊男女突逸，悉禽之。丙子，朱文達、萬鏊合兵攻魚塘口，斬白魁。魁故殺李獻忠者。丁丑，建路王之翰破賊於凹曲脚河。戊寅，馬路郭成兵大破賊於葫蘆山。三月，馬路諸將合兵。己丑，攻涼溝，戰於萬鄉谷，獲撒假弟白魯阿什咱。庚寅，破拖海河。甲午，凶瓜賈書等乞降。是時，撒假竄沙馬。

辛丑，馬路兵破小涼山。庚戌，萬鏊兵破老鼠囤，禽撒假妻男女。田中科兵破虎頭囤，禽阿咱。咱，故殺尹從壽者。四月甲寅，朱文達兵破鷹嘴崖。辛酉，郭成兵破七洞關。撒假日窮蹙，齎乾餱，合心腹四十人伏三寶山石壁中。山駊騀盤紆，令二小夷潛深箐，伺官兵至，輒口吹爲號。郭成計縛二小夷，外息隔絶，架雲梯眺之。賊所恃惟弩矢，至是矢盡。郭成連梯逼之，四十人多射死。遂斬撒假，醢之。撒假自其父普伯約號鱷普王，鴟張南荒，撒假又甚焉。己卯，破乞黑，禽西姑擺。壬子，移師攻黄郎，破祛裡密，俘安興母楊氏，興遁。五月乙酉，破海腦。辛卯，破那古，俘興妻沙氏。辛丑，萬鏊兵攻石坡羅陂囤，破之，俘安興。興故土知府子，貌雄桀，力敵百夫，常言馬湖我故宅，我必復之。及撒假誅，興與安晁據祛裡密拒官兵。先是，興戲擘竹刀，傷左足，不能跋，至是就禽。惟楊九乍未獲，其妻馬氏乞降。諸降者歃血、鑽牛革、埋奴爲誓，如松潘建嶲故事。

戊寅，公下令班師，上疏曰：『上下川南叛猓，在建昌則有木托、安守、樟木箐、五咀咱之害，在冕山則有桐槽王大咱之害，在越嶲則有邛部黑骨夷之害，在峨嵋則有膩中、瓜夷之害，在馬湖則有膩中、涼山、赤口與黄雷等之害，往往各負虎嵎，陰相構結，而膩乃尤梟。前者人非其任，以致喪師失利。今仗天威，燔剿殆盡。臣末轍雖安，前軸已折。臣罰不可逃，而諸臣勤亦不可泯，俱有大司馬法在。』朝廷晉公二品服俸，諸將陞賚有差。

提學御史郭子章作三征記以紀之，謂松潘、建越暨膩乃而三也。松潘事始丙戌春二月，竣於夏六月。擒羌帥三十餘人，俘馘壯鹵一千七十餘人，焚碉房一千六百有奇，奪獲戰馬、犏牛、羊、器仗無算，歲省浮費若干金。建越事始丙戌冬十一月，竣於丁亥六月。誅叛夷四種，奪邛都印一，上幕府功次二千有奇，生縛大酋十、馘大酋七、馘諸部長五十有奇，奪鏃、鋋、弓刀、甲楯千，奪犛牛筰馬牲畜、焚呰栅碉房無算，降者三千七百有奇。膩乃事始丁亥冬十一月，竣於戊子夏五月。俘斬夷酋二十八人、夷黨四千七百四級，討歸地六百七十餘里，納降五千二百三十八人。

當事之初，一時狃習故常，謂稍從姑息，即用武不足煩大旅。公決策濟師，部分甫定，而參將朱文達以論劾去，二兵使以大察去，公察其可任，特留之，卒賴成功。又疏言蜀民勞止，邑梗楠而州輓輸，二猶弗寬，憂不在羌。詔如公請。木停三之一，予租十之三，故蜀忘兵事。

川南既平，請就馬湖府，專設安邊同知一人、守備一人，築二城二堡，列兵三營戍之。於新鄉鎮築安邊城，駐同知。進五十里築城，駐守備。又五十里爲施家寨，又北爲水池，各築一堡屯兵，築亭障者八，爲善後計。

西羌自丁玉建置後，宣廟時一創於陳懷、蔣貴。世廟初，又創於何卿。史稱羌戎百五十四種，散處三河，據西南夷上游，高帝封國師大法王、招討萬户府、朵甘列恩麻以下凡三十三國，二百年無反者。嘉隆間，夜郎都蠻君長以部落叛，入寇敘南、高珙、筠戎，始用撫臣議，出偏師討，略地四百里，置建武城。其次，即鎮西、傀廈、洗馬沽等酋入犯建昌，再議勒兵，朱提徼外，禽取首惡。然後，苴蘭、靡莫、党項、哀牢諸部懾服。近復西南騷動，公三駕而功成，蓋亦偉矣！天子念公勞，予告歸。累遷南刑部尚書。

公名元太，號華陽，宣城人，由進士起家。其撫蜀也，松潘事比楊南澗〔三〕，建南、馬湖事比程新安、潘婺源。然蜀人猶謂彼三公累月各一征，公一時三征，未之有比也。

王中齋哀辭

歲癸酉冬十月，予友順天王源父，前錦衣衛指揮僉事中齋先生，以老病死天津。嗚呼！先生其可哀也已。制科重，黨人盛，兵制刓弊，國有不亡者乎！先生慮禍變甚切，慨然欲論列不得，世武臣故也。甲申之難，錦衣屬千人，死者高文彩、李若璉、王百户三人耳，餘皆受刑戮，甚至以賂賊免。先生求死不得，變服潛往來盧龍、上谷間，後益南游，隱江淮上。先生心事甚苦，人不得而知也。烈皇殉國，實録無徵。亡國失身之臣肆爲邪説，寵田妃、用宦官、惜費好自用之誣蝟毛起。先生憤甚，如煩冤鬱結，以環衛聞見之真，作崇禎遺録，□□□□□□筆墨豈初志哉！年且八十，源迎養始北返。又止天津，□□□□過京闕，雖西山丘隴，竟不省。而齎志以没，不甚可哀也哉！予故爲辭以哀之。辭曰：

嗟帝閽之不可叫兮，虎豹攫吞。平賊猶易兮，平中朝之黨難。九閶岌岌其傾倒兮，白日無光而晝昏。竄草間而逐頹陽兮，夫孰知夸父之何憐！彼蛣蟯之惡潔兮，乃含血而射天。録見聞而藏之兮，與西臺痛哭以並傳。夫惟熱血之不死兮，將附箕尾而臨析津。烏虖此志之悲兮，金石朽泐而不刊。

校　記

〔一〕齎　清貽館本作『齊』。

〔二〕祥　原作『科』，據前文『應祥顧而笑』及清貽館本改。

〔三〕松潘　原作『松茂』，據文意及清貽館本改。

朱書全集之二

杜谿文稿外集

杜谿文稿外集卷一

賦頌

華山賦

癸酉之冬，朱子西征，出中條之陽，過桃林而瞻太華。於是登灝靈，對僊掌，覩鞏辟，披坱莽〔一〕，敻然遠觀，邈然遐想，乃長喟而浩嘆曰：甚哉！造物之奇，不可名象也〔二〕。天地爲鑪，化工爲匠，煅鍊六氣，作爲萬狀〔三〕。在天則五星緯之，而寒暑之運行焉；在地則五嶽鎮之，而方隅之重憑焉。然而九皇以雍州積高神明之隩，特目之曰神皋〔四〕。故五時有立〔五〕，上帝以郊〔六〕，秦肇規制，漢祀繹騷，迄千百年猶合食夫華實之毛也。自關以西，名山七而華爲之宗。蓋金星之精，飛瀑則爲縞練，岝崿則爲芙蓉。故岱衡不足以比其瑰詭〔七〕，而況乎恒霍之與高嵩！吾聞山海經云〔八〕：『太華之山，高五千仞，廣十里。』〔九〕特言其削成而四方〔一〇〕，以位正乎七宫者耳〔一一〕。其餘環拱衛立如附庸者〔一二〕，莫非華山也，豈徒仰乎三峯也哉？

以其山而言之：盤紆岪鬱，嵂崒嵯峨。低雷首之崛起，俯太白之陂陁。吴嶽卑伏而莫抗，熊耳弭戢而難過〔一三〕。嶓冢效其指臂，九嵕構其檐阿。祁連峛崺而襟帶，鳥鼠嵒礐而駢羅。〔一四〕桐柏屼嵂而東逝，峨岷崱屴而西遮。朱圉嶢嶭而遠引，惇物崒隗而紛挐。凡西極之巖岫，又孰得以相加？

以其水而言之：縷析條分，絲聯繩貫。屈折聽其指揮，往復從之聚散。涇渭瀺灂而横奔，漄灞淫鬻而不斷。北則尾掉夫大河，南則腋挾夫江漢。彼漆沮之與伊洛，又豈敢縱其汗漫？

其據地也：撑拄碧穹〔一五〕，填定厚坤。陰負晉阪，陽抱荆岷。東控函夏，西扼蜀秦。汴洛綴其支麓，豐鎬組其根原。龍興虎視，豕突狼奔。蓋自隆周而迄宋，莫不依左右以圖存。彼其屹然而獨立，實符乎居中制外之尊。是以王氣膠轕而内固，峻勢戍削而外盤。迥出青天五雲之上，高入白虎七宿之間。邈無得而舉似，咸指而名之曰司寇之冠。

其景象則四時互異，變幻離奇：雨霽而翠雲作靄，雪積而白玉表姿〔一六〕；月明則衆壑泚泚，雲暗則百怪彨彨〔一七〕；神鐙起而大樹偏布〔一八〕，仙御降而金羽葳蕤，斯又妙算不得而揣測，巧曆不得而勾稽者也。

其土則丹黄赭堊〔一九〕，壚埏墳埴〔二〇〕；苞孽瑶環，孕吐金碧；〔二一〕凝結龍脂，可塗可飾；磨劍鍔而光鮮，更茂先之特識。〔二二〕

其石則玄玉赤刀，珠貝交纏；昆吾瑊玏，鏐鐵琳瑁；雙懸日月，赤白兩輪。其草則羽化之蓮、益壽之蒲，細辛蒙茸、蒼术扶蘇，黄精青羅，交映環柎。其木則鎮嶽之松、碧露之柏，無憂之珍樹、瓊瑶之嘉植〔二三〕，合抱干霄，礧砢多節。凡禽不得而巢，衆獸不得而穴。其號爲將軍者，奡兀竦特〔二四〕，不可計以尋尺。

其洞則總僊之府、極真之天，中具造化，里記三千。草木風雲、日月星辰，赫赫炎炎、綿綿芊芊。紫林芳花、玉髓金津，備列方志，匪可言傳。而又有昭陽、正陽之别館，女生、毛女之列廛〔二五〕。其最奇者，天井在焉〔二六〕，鳥道絶通，人迹茫然。石僊峨峨而竦立，奔瀑縷縷而高懸〔二七〕。綦爲天府，莫之比肩。

其池則列宿參差，八卦紛錯；瀲瀲洗頭之盆〔二八〕，灝漾車箱之濼。玉女祠則醴齊可饗，張超谷則瓊漿可酌。〔二九〕菖蒲九節而偏反，蓮花十丈而綽約。黑龍噴沫而蚴蟉，蘆花蘸水而飄落。

其門則峻爲通天，扃爲箭筈〔三〇〕，峯接瓮肚，森然排突。蓋自雲臺而達於關也，壑谷偪仄，僅容旋足；大石獨立，中空若髑〔三一〕。入關而趨，黑虎彳亍；水深路絶，蓦澗得出。載涉重關，履險瑟縮〔三二〕，陰風勁悍，悵焉四矚。婆羅既歷，而乃抵於青柯之麓矣。

其爲險也：則有千尺之幢〔三三〕，百尺之峽。由竇以升，凌虚而躡〔三四〕，仙砭横渡，石筍倒插〔三五〕。蒼龍搦嶺以遥峙，躍馬跨石而若壓〔三六〕，皆足以摇心撼膽，震魂蕩魄。而所謂可望不可即者〔三七〕，則又有博奕之臺、避静之室，全真之巖、舍身之石〔三八〕，天帝之博臺高聳，老君之古洞悄寂。此蓋仙靈所窟宅、神怪之都居，而非凡夫之所能登歷。〔三九〕

至其爲形也：削爲四壁，岐爲三峯。三峯内析，五峯巃嵸。玉女中處，明星陪從〔四〇〕。松檜蕭森，丹鑪空濛。〔四一〕時縹緲而競秀，亦糺軋而争雄。樵香爐於博山，實形象之與同。〔四二〕以四峯而言之：則南高北下，東偶西奇。或善讓而不列於三公之數，或善隱而自蔽於二子之隈；或高掌承露於霄漢之上，或遠蹠寄迹於煙石之陲。

其北峯也：雲臺著號，仙境表坊，巨石嵌空，幽壑邃藏〔四三〕，峯頂衍平，倚雲彷徉。俯而視之，嵒嵒矗矗，不知凡幾。而南望三峯，猶迴焉碧落之中央也。

其西峯也：石樓高撐，蓮蕊錯開。神龜出而圓荷動影，水簾卷而瀑布聞雷。乃有鎮嶽之宫、斧劈之崖，偃臥一人，具夫官骸，石痕奄然，良亦異哉！

其東峯也：貞白風聞，上玄殿設。〔四四〕石壘下通夫黄河，峯際俯視夫赤日。而所謂贔屭之僊掌，則神異而不可殫述。伊昔巨靈，啓兹西華，奠九州、安萬化，斡厚土、存中夏。等開辟而一致，實揮霍而無所憑藉。此固造化之靈奇，夫何世俗之相詫？

其南峯也：處乎絶域，踞乎層霄。呼吸之間，帝座匪遥。影高落雁，石奇摘星。〔四五〕東峯左抱，西峯右横。皆甫當其腰膝之間，而況夫蠟燭之與白雲！彼羅列者，孰非兒孫？半夜日出，星辰翻紛，顆顆明珠，如碗如盆。忽然扶桑火車上掀，彩色殊狀，赤金紛綸；下視人世，猶黖黯如黄昏。如是者六刻許，乃得乘曦遠眺，浄無纖塵。於斯時也，東海、滄、渤，几席同列〔四六〕；河、渭、漆、沮，小如毛髮；周、秦、楚、趙，丸泥在握。而吾生覆載，真如一粟矣。遠山迢遞，來自西南。及其近也，韶潤妍纖，瞎就蒼壁，狎處空巖，名花美女，粲然與商周彝鼎相參。華貴如此，寠人暴富，其何以堪？是蓋三峯之勝概，而削成之大凡矣。

嘗聞華陰紀於禹貢，山鎮載於周禮〔四七〕。其曰陰晉也：蔭三晉之西境。其曰寧秦也：靖三秦之東鄙。粤自軒轅游焉以會衆神〔四八〕，虞舜柴焉以隆禋祀。漢武構學仙之殿，唐玄有碑銘之紀。御道逶迤，綽楔竦峙。蓋代歷三千，一禱三祠，舊草胥未之有改也。〔四九〕且夫封禪者七十二君，搜金簡而探瑶册。而方嶽之分踞，太華最難攀陟，然且躝踣風雲，碑版赫奕，蓋以展祀事而獻精誠，即以荅神示之護翊。〔五〇〕想其千乘萬騎，蠖略蕤綏〔五一〕，拭翠鳳之駕，開日月之旗；風馭冉以縱嵕，雲螭纚而蹥遲〔五二〕，焜煌熻赫，胥瞻望於白帝之扊扅，是固天子之盛節，而治世之隆儀。

若夫封號之崇，代極鴻鉅。唐哉皇哉，啓自三五。配天傳於春秋，三公比於上古。有宋祥符，大號肇舉；爰有金天順，聖之稱冕十二旒而服衮黼。兹或僭差而偏頗，歷三百年而釐正於洪武。作廟有俶，在潼之陽。閟宫穹闕，廣殿脩廊；窅窅燿燿，奕奕堂堂。蓋昔者段煨莅土，載營堂闕；樊毅攝祠，外亭是拓。歷有增飾，丹碧黝堊，焕乎宸居，莫之與較。

夫其出雲雨而澤寰區，宜乎極尊崇而無中輟。

則有棲寂之士、服氣之流，或逍遥羽化之長，或窈窕阿房之幽；或乘青麟〔五三〕，或駟蒼虬；或囊露於嶺表，或置觀於峯頭。〔五四〕孝龍煮石以餉客，伯遼曳杖而孤游〔五五〕。駕衛叔卿之白鹿，迓柱下史之青牛。魯女生以術麻爲服餌，修羊公臥石榻而夷猶。〔五六〕五龍降裴君之室，三鳥引道廣之騶。幢節圍博戲之石，蒹葭變貨客之籌。蜕骨賸希夷之鑿穴，礩壁漲焦氏之仙油。又有毛女玉姜，貴主金仙，餐松茹芝，與元氣而周旋。其壺公、王暉、初成、子先之輩〔五七〕，莫不漱道德之芳潤，忘關尹之蹄筌；追太上之祕奧，含造化之真源。豈徒眗王清於北斗，招子登於昆侖；訊子晉於嵩高，揖虞譚於帝閽；拍洪崖而從陵陽，伍伯僑而侶偓佺；熊經鳥伸，聊以引年而已哉！宜其高人恣乎幽討，游士覽乎層巔。左思賦神鉦之迢遞，張説摹崖谷之巑岏；揚雄陟之以眺夫八荒，杜老尋之而見有一門〔五八〕，退之傳書而永訣，李白搔首而問天。古既有之，今則信然。是以維嶽降神，代生豪賢：關西夫子之懿德，盈川縣令之鉅篇；嚴季鷹豪爽而挺出，楊文簡清儉而可傳。蓋未能枚舉而指數，要莫不軼後而轅前。又若開皇奮迹，實産其間；租庸府兵之制，遺美至今而未湮。即華邑一隅之地而如此，而況乎鍾其靈、毓其秀者布濩乎南北兩戒之山川？

吾聞：道涣而爲氣，氣運而爲精；精變而爲神，神化而爲靈。自天地定位，山澤通氣，而華山之峻極，司秋肅之號令，實坐執乎天刑〔五九〕。其行配金，其辰值酉，其神司太乙，其宿麗長庚；其威峻以厲，其氣嚴以凝。〔六〇〕蓋凡物之未過者，不阻其長養；物之太盛者，必伏其裁成。匪曰摧其華，節之則復生；匪曰傷其英，歛之則復榮。是以少陰用事，萬物生華，此華山之所以得名也。而世之儒者乃曰：『華山華，故華之。』得毋遺實而求形也耶！

系曰：華山高兮崝崝休休，灝金天兮漭嶔崟。安得五松脂兮爲餱糧，吸沆瀣兮披雲裳。從羣仙兮陶吾情，與元氣兮相死生。

康熙三十二年冬十二月之吉。

朱子字緑，英才天授。因事入關，登太華巔，揮毫作賦，捷不易稿。囊括摹擬，若雲霞蒸蔚、風濤澎湃，不可端倪。其山靈相借乎！勒石布流，可作臥游圖觀。

桐城方葆羽氏識。〔六一〕

高臺望月賦 應皇四子教，限百字以内。

登春臺，披霽月，合光景，一燕越。碧空皎兮如拭，清輝漾兮徐發，人倚琉璃屏，天開廣寒闕。爾乃飲沆瀣，凌超忽，藥可搗，桂可伐。吾欲探玉宇而問瓊樓，倏不知其已躡天根而穿月窟。

鑿山古洞賦

環山皆洞也〔六二〕，故以鑿名。其翹出者凡三十有奇，十里而遥，幽窅迥不可測。余因校修邑志〔六三〕，賦以紀之。曰：

仰高山之嵂崒，驚石麓之嵌空〔六四〕；納乾坤爲窟穴，吐日月於鴻濛；劈閣道以鬼斧，琢危磴以神工；蓄奇觀於天外，韜别域於寰中。爾乃塢成百一，峯來十六。塢塢霞聯，峯峯霧屬；蹴九子於東偏，掉雙峯於西麓；負龍宫以穿雲，抱虎石而吼旭；伊嵐氣之在腰，惟溪聲之環足〔六五〕。

於是搜奇幽壑，探異層巒〔六六〕。花分邃谷，蒲結青潭。〔六七〕傴僂入户，磬折開關。山膚則有罅崿崿，水腹潺潺；地傳聲而滿耳，天懸照而窺顔；色映人而生緑，氣觸石而成斑。笛有乳丹珠，架嵌碧榻；枰留王子之𣈶，篆焚梵宫之鴨；疑鷄犬之時聞，恍桑麻之可插；遥韻以凌風〔六八〕，煙無蹤而出峽。亦有涓涓之潤〔六九〕，淼淼之河；游魚鼓鬣，靈黿泛波。聞棲鶻，暗覿神鼉；心摇魄戰，目擊胸摩。混茫兮若鴻荒之未闢，仿佛兮有仙籟之時過。且復瑶草滿牀，寶樹爲幌，閃爍其光，噌吰其響，戛鐘磬於簨簴，拔珊瑚於鐵網。天府蓄兮豐饒〔七〇〕，海藏輸兮淵廣。倏而徑窮水角，路上雲頭，暗中搜索，静裏推求，疑布武之無地，羌返顧而將休。忽隙光其若綫，引奇境以相投。時有異獸盤空，珍禽踞石。或獅子之昂頭，或鳳雛之展翼，或抱子而欲眠，或哺鷇而呼食。莫不鬬巧呈能，誇才市力。靈囿蓄而未能，良工圖而不及。若乃菴近資福，路出泗源；折嶺梅以寄客，翦尺韭以留賢。斯亦曠懷之所寓，而非俗士之可傳也。

想夫洞鑿天開，林邱境别，伊何地而無之，實兹山之獨絶。望衡巖於漢南，瞻副嶽於江北，奚不亞洞天於道書，名福地於仙闕。然而林屋洞古，仇池石奇，幽人所托，志士不棲。懷山凝而嶽峙，抱海闊而天舒。鬼神莫測其域，蜃貝莫比其儲。環禮樂以爲洞府，聚仁義以爲都居。信卷舒之在我，任意致之所如。

春江賦

宿處中江之北，彭蠡倒瀉，雷澤平吞，山國澤國，兼而有之，皆江之潤也。小孤屹立，實以海門作我江關，砥柱之功非尠。時值春暮，江花欲發，爰賦之曰：

方春和之晴煦，恣游目於江干。偕天光爲上下，盼雲影而盤桓。伊源頭之活水，爲浮天之怒湍。發浴沂之逸興，羌惝怳而多端。

爾其起自岷山，險於瞿塘；吞吐雲夢，旋繞高唐；乘以七澤，束以三湘；敲雙鐘之白月，落五老之青霜。惟海門之一柱，乃屹立於中央；撑乾坤之崖壁，摩日月之光芒。是以建國分符，淮北之滸；皖伯肇封，錫兹土宇。爰及炎劉，松兹託處。環桑落以爲洲，瀕楓岸而爲渚。迺延衺於東南，故冠吳而吞楚。

於是春來水面，晝在晴空；江天初曉，山雨時濛。迴陽烏於彭蠡，飛畫鷁於吳淞；戲落花而魚出，鼓煖浪而蛟通。李藟英而岸白，桃粲蕊而波紅。況乃汀蘭獻青，岸沚散馥；榜送光迎，橈開香逐。想楓落而不冷，憶蓉開而可掬。借落霞之斷紅，襯長汀之空緑。覺和氣之迎人，美芳華之燦目。佇風來而成文，看雲起而若屋。斯春光之明媚，宜渡江之新曲。何當放眼漣漪，寄賞原泉；盈川悟化，道岸登先。若大川之學海，擬神瀆之通天。石相撓而不濁，蠡欲測而彌淵。蓄貝闕以爲富，抱驪珠而自眠。春常盈於天地，江乃翦於簡篇。湧文瀾而不息，奠海柱而無偏。坐春風以成賦，愧潘江之獨傳。

北峽關賦

北峽關，江淮天險也。桐接其陽，舒伏其陰，危巒萬疊，屈於羊腸，扼其吭而關焉。過而賦之曰：

惟天設險，南北攸分。自彼霍嶽，羣山若奔。蔽江淮而爲屏翰，障吴楚而極嶔崟。翼我南邦，屹立乎桐山之後；實惟北峽，雄峙乎舒國之陰。夫其懸崖崩、斷嶺塌，怪石横、危峯雜，斜者如窺，攲者如壓；或端正而坐息，或踔厲而怒發，或穢面而蕪生，或童顔而若刮。蓋此蟠幽邃而聳重霄，只可潛神蛟而棲俊鶻。於是巨靈持斤，五丁執斧，劈兹一線，僅通數武。面危壁而懸征，踏石磴而欲俯；徑疑險而翻平，任一伸而一僂。林深似漆，腥聞饑虎之風；泉繫如鐘，響傳渴龍之雨。

爾乃攝衣而下，途以石支，山窮路轉，水抱溪迴，古木可憩，行蹤轉疲。繫僧舍於山腰，木魚時扣；綴茅房於石角，鼠婦潛馳。時則出谷口，踏梅心，山避人而漸遠，地辟畝而加深。回首重關，恍飛來於天上；極目四野，杳不睹夫幽林。乃知造化之奇、天地之異。忽平如砥，忽高難企。真操縱之自如，豈勉强之可致？深山大谷，孕萬有而不居其功；峻嶺崇山，毓百靈而不見其費。是故，凡途有級，式先以登，涉遠者無改其步，升高者必極其程。惟其惡汙，下樂高明，嶽立而止，山起而行。持鎖鑰於北門，則用德以爲險；奠盛朝於磐石，斯設柝而不驚。

平田泛舟賦

石牌抵皖，舊有舟道。自雷公橋望之，皆平疇也。雨溢水暴，人家落落，在水中央。舟子駕禾杪，取捷徑焉，田行數十里，因賦之曰：

伊平疇之千畝，忽招涉以逶遲。鼓蘭槳於覛土，響欸乃於耕犁。曠四望而無際，迴百里而皆池。羌洪波之浴日，豈細流之成溪？

爾其南發司空，北源霍嶽，皖水爲經，熙流爲絡，延袤五都，奔騰萬壑。鳳凰飛兮若驚，蟠龍起兮思躍；紛飛燕而羽翔，頻舞羊而足躩。於是盆傾白帝，瓠決黃河；鶺失其垤，雉離於羅；浮茅舍如敗葉，亘綠野而橫波。本稼穡之腴壤，胡桂櫂之高歌！

爾乃大阪平流，輕舟遠渡，黑壤無分，白水如泝。緊徂隰而阻畛，翻舞鵠而舞鷺；變農語爲漁歌，改蠶道爲蛟路。懷鱸鮈兮何人，徒鼓枻兮延佇。夫大道之渺、聖緒之幽，卷之欲密，放之欲周。其密也，如淵泉之歸一掬；其周也，如巨海之環九州。然而，藏懼其寂，發懼其浮，蘊釀於中，宜有本而不息；時出於外，無泛溢而難收。是以君子取戒於溝澮，而有悟於川流。

瑞穀賦

宿治北四十里〔七一〕，名仙田。漢時，邑大夫張侯有善政，離離嘉穀應焉。不植而粟，歲有其秋。邑乘具圖於前，蓋以寄甘棠之餘思，抑亦勸松土之後起也。賦之曰：

惟舒州之徽壤，實嘉穀之挺生。感神君而發秀，依衆母而含英。藏造化而擢穎，浥雨露而抽莖。爾其水接白巖，路分赤土，輶軒時過，行人可數。眄白蓮兮雙峯，距香楓兮數武；卷麥浪而成濤，刺秧鍼而在手。忽覩此之穰穰，驚禾易之長畝。苞含天地，根植德仁，方社無力，先啬非神。種詎藉於農圃，成無待於耕耘。嗟旱澇其弗恐，斥蝨螣而不驚。蓋天質之自然，非人事之所憑。

至若資生萬物，扶助陰陽，粢盛享帝，玉食惟王。投醪鼓巇，燕衎承筐，庚不呼而亂靖，府既修而化彰。濟民瘼於四國，廣皇仁於八方，斯作甘之利溥，貽邦家而有光。又若洗腆承歡，色養志喜，隱相視聽，時御甘旨。厭以酒漿，娱以菽水，鳩我九宗，陳彼八簋。式乾餱而無愆，酌大斗而介祉，鄉登姻睦之書，里陳仁厚之史。羌時和而年豐，迺風淳而俗美，益復育以化雨，鼓以惠風，潤以甘露，覆以豐隆，濬洙泗以相漑，役有邰而爲農，犁莘野之道義，耕南陽之卧龍，庶托根之匪淺，可預卜乎屢豐。

若夫芝蘭幽谷，孤芳自賞；松柏高柯，歲寒無枉；發幽人之遐思，寄高士之逸想。然而，餐芝茹蘭，不可以終年；嚼柏咀松，止可以自爽。孰利物而咸周？惟嘉谷之能養。超瓊瑶而爲質，儗珠貝而莫髣。願上登於天儲，拯阻饑於草莽。

西嶽大松賦〔七二〕

猗太華之聳削，寔白帝之神都；扼大河而如線，鎖豐鎬而縈紆；萃靈氣之勃窣，滋萬類之敷腴。維大松之俶詭，挺勁骨於山隅；羌結根於無地，何受質之多殊！爾其含育元氣，苞孕天根；鐵幹峻茂，玉髓芳淳；翠髯颯纚，蒼鱗皸皴；含星漏月，凝霜披雲；疑根柢之化石，豈枝葉之爲薪！欲同千歲於東海，不受封爵於西秦；寔偃蹇而自得，乃謬號以將軍。緊合抱而莫比，真磊砢而輪囷；笑山樗之擁腫，陋若木之繁紛；指扶桑爲僚友，結鬱璘爲弟昆。無藉乎河海之潤，無待乎肥沃之津；無畏乎斧斤之厄，無暱乎鹿豕之羣；無憂乎旱乾之枯，無喜乎雨露之均。不階乎尺土而自立，不合乎衆木而成陰；伊兩間之清淑，寔噏聚於山岑；故標奇於仙植，非凡物之敢侵。

想夫羣仙之長、羽化之士、叔卿之倫、希夷之子、毛女魯姬、金仙貴主，每流憩於山椒，或徘徊於樹底；鳳羽紛其翩翾，隺蓋擁而徙倚；莫不聞風響而賞心，瞻勁節而心喜。又若夢游之帝、禋祀之朝，燔柴上升，玉簡式昭；俯森森之遮映，仰謖謖之空翏；忽白鶴之來雙，或蒼虬之逍遥；不啻睹櫺格而神往，望偃蓋而心摇。爰有百丈之幹、五粒之脂，入地千年，去人三尸。鄭遨棄家而相就，隱之煑藥而相攜；凡食之而羽化，豈曠絶而無稽！是知人在物而獨靈，物獨殊而不朽。由生材之不同，亦得地而能久。金有時而銷鑠，石有時而擊剖。唯此樹之長存，與太華而同壽。

東巡頌

敬惟皇帝，至德合天，天眷厥德，祚以太平萬世無疆之休：越裳委贄，肅慎來王，瓜沙歸圖，鐵勒入版。於是嘉祥被、顯瑞登，三皇可四，五帝可六也！惟東南國，託壤江海，田賦疆域、水利漕儲惟煩，華蟲藻火、織文機絲麻枲惟棘，賢人君子惟衆，禮樂文章惟嫺，徵收供億禦備惟困，厥壤惟瘠，厥民耕鑿貿遷惟良，帝永念哉！

康熙二十三年，爰舉巡狩禮。歲八月東巡狩，出自燕雲，至於金陵，扈從簡約攸徂，室家胥慶，迺燔沈祭告，東諸侯朝於帝所，咸受厥職，唯謹大哉！下缺〔七三〕敢不對揚天子之丕顯休命。帝曰：『俞！錫爾龍卷，爾華於躬，民其仰。錫爾御書，爾警於目，民其庇。』東諸侯受命，敢不拜嘉？惟時觀者環道，頌聲洋洋。旋蹕京都，念巡幸所經，賜今年田租什之三，復其積欠，天下加爵晉秩。萬民歡忻，洽於草野。草莽臣書作頌，曰：

猗歟皇圖，參天漸海。貢獒通道，獻雉耀采。萬國來同，被我皇風。皇自敬德，日躋時雍。邈矣夐古，代有巡覲。云云亭亭，史紀其盛。粵稽皇虞，輯瑞朝嶽。姬宗受圖，明堂斯作。皇曰『都哉』，懷茲民艱。深居閶闔，加意元元。眷彼東土，江淮交會。幅員寥廓，疇熙若載。田賦既煩，杼柚其棘。或有遺賢，光韜彩匿。供億孔疲，地瘠人醇。伊誰作牧，用康我民。乃咨太常，□□□□□□□□雲驤。乃咨太僕，御我六龍。執轡如組，龢鸞玲瓏。乃咨元戎，屬車並啓。箕張翼舒，風行雲駛。乃咨牧守，各安爾職。來惟省方，勿有禍適。

維秋之仲，盛德在金。涼颸拂轡，玉露披襟。遵彼大道，經歷齊魯。舳艫凌江，建康之滸。羣侯肆覲，天顔有喜。煌煌絲綸，聖謨伊邇。撫茲百姓，曷紓其忱。潔己奉法，各凛官箴。念此南邦，既淳且貧。惟日孳孳，字我農人。安悆樂康，天子萬壽。仁風翔洽，溫綸和厚。載錫之服，俾莊以臨；載錫之書，俾警厥心。天子遄歸，恐勤我師，祀陵祀明太祖陵。禮聖，道與時宜。竹被嘉名，舟志儆戒，天藻輝煌，溢於百代。東國言旋，彌念黔首，賜復蠲租，洋溢九有。我皇之德，涵乾育坤，金鏡永握，玉輅時巡。君臨萬國，萬有千歲，億兆烝民，沾被無外。

擬漢神魚舞河頌〔七四〕

漢宣神爵詔稱：『東祭大河，天氣清静，神魚舞河。』夫魚而神也耶？偶然爾。擬頌以志規焉。

炎漢七葉，至治遐被。天子祀汾陰、郊秦畤，碧鷄金馬，大彰神道之符；石立柳生，早著中興之瑞。於是皇風漸海，帝德動天。甘露醴泉之出，黄龍神雀之傳，固已頌溢中外，聲被管弦。德何徹而不浹，道何幽而不宣？斯時也，榮光浮，青雲塞，水洋洋，流活活，微波不揚，漣漪若接。紛游鱗其駢集，唼藻唼花；緊鱻族而濯錦，掉頭鼓鬣。則有奔騰，水而騰驤於牣，秉風踴氣，如嚮斯應。豈大鯤之圖南，非涸鮒之尚困。奮鱗軒翥，擬登渡而躍舟；帶浪飛騰，若揮絃而出聽，直令觀者心怡而聞者志慶。

夫王者有孚，爰及豚魚；帝治咸若，魚鱉自如。然而申鯤鮞之禁，戒斷罟之餘。濫淵是警，竭澤可虞。止以供擊，鮮充庖廚。從未有魚之神也，非魴非鯉，羌出没而難知；魚之舞也，軒乎䕢乎，每若合而若離。斯蓋盛世之嘉兆，而聖應之精微。苟非珥筆以揚厲，又何以顯彼蒼之祚漢而若兹？乃賡載歌曰：

天子有道，養人及物，麟游鳳儀，耿耿睦睦。天子有道，萬類樂胥，山輸其固，水效其濡。天眷天子，錫厥神寶。河龍洛龜，果不足道。錫之伊何，厥類惟魚。養成鱗甲，於以攸居。魚之潛兮，倡蛟友虬；魚之躍兮，海市蜃樓。天子萬年，純休作貢。室家溱溱，稽首獻頌。

校記

〔一〕坱莽　雍正杜谿詩稿本作『混漭』。
〔二〕象　杜谿詩稿本作『狀』。
〔三〕萬狀　杜谿詩稿本作『萬象』。
〔四〕『以雍』云云　杜谿詩稿本作『目雍積高爲神明之隩，曰神皋』。
〔五〕有立　杜谿詩稿本作『之立』。
〔六〕杜谿詩稿本無此句。
〔七〕故　原無，據杜谿詩稿本補。
〔八〕山海經云　杜谿詩稿本無。

〔九〕杜谿詩稿本本句作：『太華之山，削成而四方，其高五千仞，其廣十里。』

〔一〇〕而四方　杜谿詩稿本作『者耳』。

〔一一〕杜谿詩稿本無此句。

〔一二〕如附庸者　杜谿詩稿本無。

〔一三〕難過　杜谿詩稿本作『誰過』。

〔一四〕以上兩句，杜谿詩稿本置於下『峨岷崱屴而西遮』句後。

〔一五〕碧穹　杜谿詩稿本作『穹碧』。

〔一六〕作靄　杜谿詩稿本作『乍染』。　表姿　杜谿詩稿本作『紛披』。

〔一七〕衆壑沘沘　杜谿詩稿本作『萬花初笑』。　百怪彨彨　杜谿詩稿本作『百怪呈奇』。

〔一八〕大　杜谿詩稿本作『火』。

〔一九〕黄　杜谿詩稿本作『青』。

〔二〇〕壚埏墳埴　杜谿詩稿本作『墳埴壚埏』。

〔二一〕杜谿詩稿本以上兩句位置互换。

〔二二〕『可塗』三句　杜谿詩稿本作『照爛魚鱗；乍試劍光，氣沖斗間』。

〔二三〕『珍』『嘉』　杜谿詩稿本無。

〔二四〕竦特　杜谿詩稿本作『特立』。

〔二五〕女生　杜谿詩稿本作『王刁』。

〔二六〕天井　杜谿詩稿本作『水簾』。

〔二七〕奔瀑　杜谿詩稿本作『水流』。

〔二八〕潋澈　杜谿詩稿本作『狼藉』。

〔二九〕杜谿詩稿本本句作：『醴齊饗玉女之祠，瓊漿流張超之谷。』

〔三〇〕筈　杜谿詩稿本作『括』。以下二句，杜谿詩稿本無。

〔三一〕空　杜谿詩稿本作『穹』。

〔三二〕瑟縮　杜谿詩稿本作『踽踏』。

〔三三〕幢　杜谿詩稿本作『磴』。

〔三四〕杜谿詩稿本本句作『躡朽而越』。

〔三五〕杜谿詩稿本本句作『耳垣仰屬』。

〔三六〕『遥峙』『若壓』　杜谿詩稿本作『騎升』『蹀躞』。

〔三七〕謂　杜谿詩稿本作『爲』。

〔三八〕『博弈之臺』『避静之室』　原無，據杜谿詩稿本補。

〔三九〕杜谿詩稿本本句作：『此蓋神怪之都居，而非凡夫之所能及之。』

〔四〇〕明星　杜谿詩稿本作『博臺』。

〔四一〕二句原無，據杜谿詩稿本補。

〔四二〕杜谿詩稿本無此二句。

〔四三〕幽壑　杜谿詩稿本作『巖壑』。

〔四四〕杜谿詩稿本本句作『殿設上玄，風聞貞白』。

〔四五〕杜谿詩稿本本句作『峯巉落雁，石可摘星』。

〔四六〕杜谿詩稿本本句作『眇在几席』。

〔四七〕杜谿詩稿本本句作『西嶽載於大禮』。

〔四八〕粤　杜谿詩稿本作『蓋』。

〔四九〕杜谿詩稿本本句作：『代歷三千，舊章未改；一禱三祠，有舉而無廢者也。』

〔五〇〕『且夫』至『護翊』句　杜谿詩稿本作：『蓋封禪者七十二君，而太華最爲難上。不過蹶踣，碑版祠廟而已。』

〔五一〕蕤緌　杜谿詩稿本作『佁儗』。

〔五二〕躨遲　杜谿詩稿本作『遲虵』。

〔五三〕乘青麟　杜谿詩稿本作『騎白鹿』。

〔五四〕以上二句，杜谿詩稿本無。

〔五五〕孤游　杜谿詩稿本作『吹簫』。

〔五六〕『駕衛』至『夷猶』　杜谿詩稿本作：『公超入市而驢蹇，初平叱石而羊留。圖南山枕而偃仰，修羊石榻而夷猶。』

〔五七〕杜谿詩稿本本句作：『壺公、子微、王暉、懷謙，巖静休糧，雲叟探玄。』

〔五八〕以上四句，杜谿詩稿本無。

〔五九〕實　杜谿詩稿本作『而』。

〔六〇〕『其行』至『以凝』　杜谿詩稿本作：『其氣肅，其威振，其辰值酉，其行配金。』

〔六一〕本識語原無，據杜谿詩稿本補。

〔六二〕環　原無，據康熙宿松縣志補。

〔六三〕校修　康熙宿松縣志作『分校續修』。

〔六四〕嵌　康熙宿松縣志作『鑿』。

〔六五〕嵐氣　康熙宿松縣志作『黄澗』。　溪聲　康熙宿松縣志作『白河』。

〔六六〕層巒　康熙宿松縣志作『深巖』。

〔六七〕二句原無，據康熙宿松縣志補。

〔六八〕凌　康熙宿松縣志作『臨』。

〔六九〕潤　康熙宿松縣志作『滴』。

〔七〇〕蓄　康熙宿松縣志作『留』。

〔七一〕宿　宿松文徵作『宿松』。

〔七二〕諸本未收，據乾隆壬午鶴樹軒藏板重刻本華嶽志補輯。

〔七三〕宿松文徵云『缺七十四字』。

〔七四〕諸本所録同題文章，實爲朱書友人石頌功之作。此篇輯自李振裕羣雅集卷四，康熙二十二年刻本。

杜谿文稿外集卷二

書

與李中孚先生書〔一〕

書年十八九時，聞關西李夫子振興絶學，天下宗之。時雖無所知識，然每覽明儒論學諸説，篤好於心，欲别白疑似，以爲信從。每恨去先生遠，莫能至，積誠蓋二十餘年矣。今來西安，亟欲一叩先生門。顧聞先生閉户謝賓客，鐫諭最嚴，造次不敢來謁。近得讀二曲全集，真耳提面命。又長公伯敏與書皆選拔貢，成均同舍，宜執子姪禮，則先生當不概置謝絶中也。書又以事宿留青門，未能適願。頃得先生寄主人書，垂訊及賤名，且謬許大雅之目。小子何知，乃獲見稱先生長者至於如此，且愧且懼。每恨荀卿與孟子同時，曾不一遇。書於先生近在咫尺，縱謁見有待，豈可懷疑不問？

書少讀『無善無惡心之體，有善有惡意之動』二語，竊疑商書之『恒性』、周詩之『秉彝』，孔子、孟子論性皆不相合。今得先生學髓一圖發明之〔二〕，始獲昭揭。書本後學小生，無師友之教，何敢妄置一喙！然疑不能釋，譬猶扣槃捫燭者有求於日，其形可笑，其誠可原也。竊以無極而太極，無善而至善存焉，若剗除至善，而但曰『無善無惡』，則止言『無極』可耳。且善與惡非對待之數也。善自徹乎始終，故曰：『繼之善，成之性。』若意一動而即善惡並峙於其中，則宜曰『繼之者善與惡』矣，何以止言『善』耶？是故意苟無動，動而出於自然之本；心則未有不善者，其不幸而惡也，所謂氣拘物蔽之累耳，故曰『故者以利爲本』。今曰『有善有惡意之動』，是善亦利、惡亦利乎？鏡本明也，暗則塵蔽之也。曰無明無暗鏡之體，有明有暗鏡之動，其可乎？水本下也，逆行則激之也。曰無下無逆水之體，有下有逆水之動，其可乎？且既無善無惡矣，又安得知善知惡之良知哉？學髓之圖，以善惡兩岐峙於渾淪一圈之下。朱子性善圖説曰：發而中節，無往不善。惡不可謂從善中直下來？只是不能善，則偏於一邊爲惡。學髓圖善惡兩岐，是善亦偏於一邊矣。〔三〕渾淪一圈即所謂『心之體』也，善惡兩岐即所謂『意之動』也。從其體，止無極而無太極；從其動，善與惡若天地手足不能相無，似非恒性秉夷、率性謂道、人性皆善之義。此書所疑而不能釋者也。

或謂易有太極，是生兩儀，學髓一圖蓋本乎此。書又疑之。善惡猶之陰陽，此大易立象云耳。若其本然，陽固善也，陰亦善也。若非本然，過中、失正、剛柔皆惡，陰不善也，陽亦不善也，惟善爲本然。故元亨與利貞同一天道，仁禮與義知同一人道，善徹始終如此，安得與惡爲對比於兩儀哉！

書之無識，以爲渾淪一圈無解於性無善無不善也〔四〕，以爲善惡兩岐無解於有性善有性不善、性可以爲善可以爲不善也，發其蒙而啓其惑，亟有望焉。至有意爲善，即已非善，此陸子之説。書聞之，孟子曰：有有意而不至者矣，未有無意而至者也。人心陷溺之時，正祈困衡勉强，力於爲善。所謂不誠無物，安得以無意處之也？無意爲忠，即無忠；無意爲孝，即無孝。即如襄城之役，先生精意感動鬼神，此豈優焉游焉無所事事乎！但至誠之念，不自知出於仁孝極致耳！人情荒惰，復以淡漠自然之説導之，其何以濟？先生之學，主於反躬實踐、悔過自新。書爲此言，似乎好騰口説，而不力於反身之訓。然行千里者必問道所經，告之者亦不厭其瀆。不然，迷途而趨，未見其能至也。然則，書固亟有待於迷途之示，而先生之告亦或不以爲瀆而厭之矣。

附　復書

承手翰，匪但悉謙沖之度，兼稔姿稟之諒直，夙昔問學之精勤，閲未終幅，欣慰無既，亟呼門人、子弟讀之，亦無不交口歎賞。甚矣！門下之善學也。陳公甫先生曰：『疑者進道之階，大疑則大進，小疑則小進。』古聖賢望道未見之心、欲從末由之意，亦只是善用其疑，故卒造絶詣耳。門下善疑善問如是，由此推而廣之，勉勉不已，德業之進也可量哉！小兒前者歸，稱述丰標，極爲聲百得友喜；兹悉心曲，更爲吾道得人慶矣。健羡之私，胡可喻也！承問云云，門下不鄙不佞，藹然以骨肉道誼相視，不佞忍自外耶！用竭固陋，以應嘉命，惟高明自取酌而教示之。

門下來書累幅，大意則謂人性至善徹乎終始，不佞學髓之圖，最上渾淪一圈，同陽明「無善無惡」之旨，不免流於「性無善無不善」之説，而異乎周子「無極而太極」之義；圈下善惡對峙，同陽明「有善有惡意之動」，不免流於「有性善有性不善、性可以爲善可以爲不善」之説，而異乎「秉夷恒性」「率性謂道」「人性皆善」之旨；其「有意爲善，雖善亦私」之疑，則總之與此疑異條而同本也。蓋其根起於疑陽明之言類告子之説，故因而疑不佞之圖同陽明之旨。然則，門下之疑不佞學髓非苟然也，疑陽明也。不佞又何必一一爲鄙圖分疏乎！亦爲釋陽明之疑而已。陽明之是非明，即不佞之圖説明也。

門下謂「無善而至善存」是也，而疑陽明劉卻「至善」二字，獨不思心之本體本至善乎？即至善乎？以「體」字當「至善」二字，費解。〔五〕孟子道「性善」，而「魚我所欲」章則指爲「本心」。本心是不受呼蹴，非無善無惡。心體即本心也，本心者，道心之謂也，道心即善性也，但異其名稱耳。此卻是。周子謂『無極而太極』，陽明謂『無善無惡心之體』，其言異，其旨一也。何以同。『無極而太極』之説無可疑，則『無善無惡心之體』亦猶是矣。知乎陽明之旨同乎周子，則知夫『無善無惡』之旨異乎告子矣！何以異。且性，至善也。而明道則曰：『人生而静，以上不容説，纔説性，便已不是性也。』夫説性便不是性，則人爲之善惡不可爲心體明矣。程子意謂人生而静，以上不容説，故生之謂性。其説非是。只宜以孟子『性善』言性耳。善亦屬人爲，全無天命矣！人爲之善惡不可爲心體，則無善無惡即至善之心體，何必更增『至善』字於句内，而後知其爲至善乎！而學髓渾淪一圈，又何殊於太極圖之渾淪一圈乎？

門下謂『善徹終始』是也，獨不思感於物、動於意而遂有善、不善乎？謂『善與惡非對峙』是也，獨不思氣拘物蔽，而意之動遂有善有惡乎？然而，善亦氣拘物蔽而後有之矣，且學髓圖説似善與惡在性中，爲兩物相對，各自出來，無氣拘物蔽一轉。有善無不善者，性也。拘於氣、蔽於物而不能無不善者，情也。情本乎性，性無不善，故善與惡不可對也。情不能不拘於氣而蔽於習，故性雖善，而情不能無善不善也。意者，情之動也，猶之人性皆善，則宜皆爲君子，而世卒不能無小人者，則氣拘而物蔽之也。此根定氣拘物蔽，與原書同旨。故小人與君子同一善性，原不可對峙，氣拘而物蔽之後，則亦遂從其分途，而對稱之爲君子、小人而已。六經、四書之以小人君子、善惡邪正是非對稱者，皆是義也。猶之水清而卒不能不清濁并有也，鏡明而卒不能不明暗并有也，一氣而卒不能不陰陽并有也。繼善成性、秉懿帝則，及孔孟之言，言乎天命本然之初；有善有惡，言乎意動於氣拘物蔽之後，本不相戾也。

大抵門下所疑，皆爲護持一『善』字，惟恐『無善無惡』之説流於奔蕩，即惟恐鄙圖之渾淪一圈類於『無善無惡』，甚盛心也。而未及思夫心體即至善也，而未及思夫學髓之渾淪一圈即太極圖之渾淪一圈也。太極圖渾淪一圈，不患其遺太極，學髓圖渾淪之圈，亦可知初非遺至善矣。抑惟恐有善有惡之涉於對峙，即惟恐鄙圖之善惡分路有背乎『繼善成性之旨』，意良美也。而未及思有善有惡從乎意動之後而言，而非言乎本然之性真有此對峙也，而未及思夫鄙圖之善惡兩行亦指乎意動之後也。正謂意動後，必先吉而後凶，本正而變邪耳。有意爲善，雖善亦私，正恐僞儒義襲而取。有意爲善與襲取假仁當有間，字之輕重不同也。不本諸心體之自然，不率夫性分之固有，如五霸之假南軒，有所爲而爲之意，豈謂善不可以立意爲乎？所謂前輩苦心救弊之言也。芒硝、大黄，峻於參、术，而當其症之宜用，則良醫違衆議而用之。孟子之『勿正』，程子之『不須防檢操存』，皆是意也，豈獨象山哉！善學者以意逆志，執其詞，則周餘黎民，真周果無遺民矣？且門下既知『無善之爲至善』，又胡爲疑於『有意爲善，雖善亦私』之説乎？無善而至善存，並不是以無善爲至善。

衰病中，言多未融，不知高明以爲然否？朋友辨學，期於相長相益，不以苟讓爲貴。如有未安，不厭反覆。外有答洪洞范彪西公書，與此書互可發明，漫録一往，前疑或可釋然矣。臨池神馳，不既。

再與中孚先生

八月十六日，燈下得七月二十日所賜書。踊躍抃舞，喜而不寐。自念先生海内碩儒，躬行實踐，爲吾道干城。書蠢愚無狀，敢執狂瞽，遽相辨難。行椷既發，悔咎自責，彌日不寧。方以獲罪大賢是懼，乃蒙不加鄙斥，反辱教諭，開解迷惑。河海之量、太虚之照，復何加焉！

細繹指趣，真覺鵝湖、鹿洞合爲一家，新建、東林本無岐旨。古今善調停者，豈有過於先生哉！寂而能照、應而恒寂者，先生學髓渾淪一圈也，云即太極渾淪一圈；程子「人生而静以上不容説」，云即陽明所謂「無善無惡心之體」；「有意爲善，雖善亦私」，先生學髓所謂理也，云即孟子所謂「義襲而取」；朱子「氣拘物蔽」，云即陽明所謂「有善有惡意之動」。此其意義微渺，書愚，焉足以知之？總之，不能剗除「至善」，則學者亦但守「人之生也直」「人無有不善」之説可耳，又何必紛紛聚訟哉？

書所爲惶悚交至，不敢挂牙頰於其間者，則以先生反身之學也。又念夫子五十始知天命，且曰『躬行，君子未之有得』。子貢之賢，夫子止告之先行其言。其自述也猶曰：性與天道不可得聞，不從事反身之學，而力争於性命之微。於告子則爲『性無善無不善』，於達磨則爲『浄』『智』『圓』『妙』，體自空寂。即不至淪於告子、達磨，而其學也，未立不惑，輒知天命；未聞文章，輒聞性道。嗚呼！豈不過哉！此先生反身之學所以不可及也。

使回，匆匆裁復，百不及一。書再拜。

答張采舒一

游記及與李先生書承示，極紉教益。攻其内未窮其奥，誠如來諭。弟學識淺，所謂望孔子門牆而不入其宫者，奥烏乎窮哉！非足下不足以語此矣，不識肯抉以示弟否？

中孚報書甚速，足見此老虚懷樂善，自是有道人不同。然學髓圖説到底不肯認錯，其言支吾牽就。因梁質人兄力言老人氣力薄劣，不宜與争，故姑取其是處復之。特附復書求教，望批示見還。

大教又謂弟闢陽明『有善有惡意之動』引『繼善成性』説非是，此不可不辨。意固有善有惡，但本然之動必是善。其惡必是氣拘物蔽使然，非本意也。尊指謂『意』是不好字面，以『毋意』『毋必』爲證。竊謂『毋意』之『意』是私意，與『必誠其意』『意』字不同。猶之『動心忍性』『性』字，與『恒性』不同，言各有所指也。『必誠其意』謂實此意以爲之，勿使氣拘物蔽至於自欺，方可正心。若此意善惡混，而曰必誠，將誠善亦誠惡乎？誠善所以正心，誠惡亦所以正心乎？意之動正是孟子所云『惻隱』『羞惡』『辭讓』『是非』耳。若動而爲惡，則梏亡之害。故曰：失其本心。

愚見如此，不識然否？幸反復示之。

附　張采舒來札

文章貴實際。游馮恭定園亭記鴻議卓識，實際是也。與中孚先生書論意動處，引『繼善成性』，謂善徹始終，固是。然大學言『意誠而後心正』，可見意不誠心即不正，自繼成而後到人身上，意實是有善有惡。觀於『絶四』中，『毋意』則意自是有安排造作氣象。大錯。意雖安排造作，然根於性情，出於心，故一動必有本然者見於其間。好善惡惡者，是若好惡之偏，則有引而去者耳。陽明『有善有惡意之動』，此語固不得而非之也。弟識見淺薄，然心有所疑，輒敢質之先生。鄙言是非，幸更教之爲望。

弟張翬頓首。

太極一圖，以後雖有作者，殆難下手。予讀二曲集，固嘗有疑，攻其外未攻其內。此書攻其内，微未窮其奥。

答張采舒二

意者，心之所發。善是本意，惡是氣拘物蔽，至於自欺始流而不返，非其本意。自謂此説於聖賢不謬，故但可謂善者意之動，惡者意之變耳。陽明『有善有惡意之動』，不復分疏是本意、非本意，非善惡混而何？

大教謂『爲惡者必意動而身隨之。今舍身、意，第曰氣、曰物，則惡何所附麗？』此又未思之過也。弟原謂意固有善有惡，惡意非其本然者耳，豈謂惡真不附麗人身乎？況既曰氣矣，此誰之氣也？物引而氣奮，所謂氣壹則動志。舍身、意而第曰氣、曰物，未爲不可也。如尊説惡是本意，是不義亦内矣。告子義外推善而遠之，足下不義亦内，引惡而親之，可乎？足下既謂『無善無惡心之體』爲非，則『有善有惡意之動』豈得復是？嘗嘆謂梁質人兄曰：『如學髓圖之指，當云天命之謂空，率空之謂善不善，去善不善而返於空之謂教。』如此，庶乎相合耳。不謂大教亦蹈『率性之謂善不善』之失也。

意有善惡，君子誠善，故正心；小人誠惡，故不能正心：此説大是。但小人見君子而後厭然，則本意盡露，豈真以無所不至爲是乎？乍見入井，而怵惕惻隱，此本意也。内交要譽、惡其聲，此氣拘物蔽而漸之於惡，非本意也。儻謂意一動而即有善有惡，必乍見時即怵惕惻隱與内交要譽、惡其聲一齊俱有，而後可耳。然乍見時有此無彼。大教亦曰『轉而計之將至』云云，則其本然之意可知矣。混而言之曰『有善有惡意之動，』烏乎可也？『道心惟微』，本意之出於性者也；『人心惟危』，非本意而戾於性者也。發而中節，天命之本然，意所安也。其不中節，則氣質之偏、物交之引，意雖發而有不安者。今夫水未有源清而流清濁半者也，今夫火未有煤熱而焰冷熱半者也，今夫穀未有種美而其實可食不可食半者也，獨於人而曰性善矣，又曰意一動即有善有惡，何哉？

弟與中孚書曰：『善惡兩岐，即有善有惡意之動。然無異於有性善有性不善、性可以爲善可以爲不善也。』承吾兄亟許之，今復有取於陽明之說，得毋自相矛盾乎？幸反復明示爲禱。

附　采舒第二札

天人、性情之際微矣！孟子道性善，從本原處抉以示人，猶未能息諸子之說。諸子誰耶？告子、伯安、李贄之徒耳。自程子、橫渠倡明形，而後有氣質之性，而後論性之說始定。今先生宗性善，謂陽明『無善無惡心之體』無異於告子之『性無善無不善』，闢之是也。

若夫『有善有惡意之動』，此考之於經、驗之於身，無不悉然。而先生謂『繼之善，成之性』貫徹始終，意亦有善無惡。恐此説終無以折陽明之心，而意義亦有所未備。弟非宗陽明者，然慎思明辨，實資麗澤之功，故敢復質之。

夫心之運用發動處謂之意，意從心生者也。如何説有安排、造作氣象？書曰：『人心惟危，道心惟微。』朱子曰：説不善非是心亦不得，卻是心之本體本無不善，其流爲不善者，情之遷於物而然也。所謂『危』，非必是惡。但人心實涵兩端，非此即彼，故危。然則心且有善惡，意寧得無善惡乎？

來教謂『本然之動必是善，其惡必是氣拘物蔽使然，非本意也』。夫爲惡者，必意動而身隨之。今舍身意而第曰氣、第曰物，則所謂惡者果何所附乎？且喜怒哀樂之未發，則性也、中也、大本也，其已發則情也、意也、已然也。中節則和，不中節則否，善惡之謂也。『有善有惡意之動』，亦若是而已矣。

來教又曰：『若此意善惡混，而曰必誠，將誠善亦誠惡乎？誠善所以正心，誠惡亦所以正心乎？』弟初閲至此，悚然危思，此必謂意善惡混而後可。弟曾謂意之善者即爲善，乎？即陽明亦曾謂意善惡混乎？大學『誠意』章『毋自欺』，是誠其意之善者即爲善，『小人閒居爲不善』，是不能誠其意之善者即爲惡，是意之動有善有惡。大學已具此旨，但未明言之耳。若曰意之動即孟子所謂『四端』，此亦有間。孟子於『四端』固言心，不言意。端是心之所發，非意而何？孟子明説，乃若其情矣，亦可曰是心不是情否？請即以惻隱一端論之：夫乍見孺子，皆有怵惕惻隱之心，非所以内交要譽惡其聲而然，此良心也。若轉而計之，將以内交要譽惡其聲而然，此其意不已流於爲惡乎？故意有善惡，誠善去惡可也。若必謂意有善無惡，則偏而不備，反不足以尊性善矣。已説不幸，而惡一邊如何不備？

弟歷觀聖經賢傳，以求先生之説，終不可得。故輒道所疑，以爲他山之助，非敢騰口説以自異於君子也。諒之，復之是望。

答張采舒三

『意有善無惡』是執本原以論支流，『意有善有惡』是雜支流以混本原。二者之言交争而不信，世無孔氏，安所取衷哉？

來教有云：『求之身，偏稽之聖經賢傳，取有合於鄙説不可得。』夫求之身，則吾不得而知之矣。稽之聖經賢傳以爲不合，則有未敢安者。承翰諭往復，大旨已明，本不必辨，姑申經傳之説。

人之身蓋萬有不同，弟非敢執以相概也，論其常耳。口之於味同也，或則嗜痂；耳之於聲同也，或喜聞裂繒，甚或喜聞鞭撲；鼻之於臭同也，或好逐臭；目之於色同也，而碩人不見答。故曰：人身之所有不可得而知也。陽明曰：『求之吾心而不信，雖聖人之言，不敢以爲然也。』孔子則不然，曰：『信而好古。』今不得見聖人，惟聖人之言在耳。書曰：『惟皇降衷，若有恒性。』今引程子『善亦性，惡亦性』之言以實『有善有惡意之動』，氣質與理義相混，是性不恒也，而書不足信矣。詩曰：『民之秉彝，好是懿德。』秉夷，性也，心也。好懿德，情也，意也。今曰『意之動有善有惡』，是好懿德亦好惡德也，而詩不足信矣。中庸曰：『率性之謂道。』率者，動也。今曰『意動有善惡』，是率性或道或不道也，而中庸不足信矣。孔子曰『人之生也直』，今善惡皆天降地設，與生俱生，則孔子不足信矣。且善惡皆性，若是其相遠，何以謂之『性相近』乎？孟子曰：『天下之言性也，則故而已矣。』故者，情也，意也。今謂言情、意者不可本之性，而以牽合性、情爲非，則言性者不可言故也，而孟子不足信矣。然猶曰：此衆説者，未明言意也。最不可誣者，『欲正其心，先誠其意』。今曰『有善有惡意之動』，必存其意之半，去其意之半，而後可耳，何以先誠爲哉？先誠云者，誠其好善惡惡之意。好善，善也；惡惡，亦善也。將以好善爲惡乎，抑以惡惡爲惡乎？江本清也，至湖口而漸濁焉，衆流雜也。火本熱也，遇風而滅焉，罪在風不在火也。穀本可食也，地有肥磽雨露之養、人事之不齊，而後不實而不可食，非穀之罪也。人生而静，天之性也，至善無惡也。感於物而動，性之欲也，物蔽之也，非本然也。聖經賢傳，夫何異焉？

善乎！來教有曰：『仁者見之謂之仁，知者見之謂之知。』夫神而明之，存乎其人，默而成之，不言而信，存乎德行，亦既聞命矣。老子曰：『多言數窮，不如守中。』莊生亦曰：『我與若與人，不能相知也。』誰使正之，亦存其不言而同然者已矣。語曰：『執德不宏，信道不篤。』弟之偏執，咎何敢辭！惟高明鑑之裁之。

附　采舒第三札

性、心、情、意，惟性是大本。心即有人心、道心。然心爲太極，以心統性情也。情意中節，則善；不中節，則不善。猶之樹木，性是根本，情意是枝葉，自兩岐以至萬殊，静躁不同，然必有根本，而後有枝葉。此尊教本意亦善之旨，所謂不謬於聖賢者也。

然心之所發，或吉而爲善，或凶而爲惡，兩岐中必有一端。此説甚是，然亦無以易『鏡本明也，昏則塵蔽之』之説。善與惡非一時，俱有是矣，何以乍見時必是有善無惡，並不至有善有惡耶？其説不得通矣。故曰：有善有惡意之動。若意一動，而怵惕惻隱與内交要譽、惡其聲一時俱有，則善惡混，而非有善有惡矣。其爲善者，固自大本流出，無論已。其爲惡者，則氣拘物蔽使然。

此但可謂大本中本無此惡，情意皆自然有惡，何處見大本無惡？非性之罪，不可謂非本意也。蓋意是已發，屬情，本是未發，屬性。尤錯。不得不説，性有善有惡矣。今謂本、意亦善，未免牽合性、情，欲明反晦矣。

尊教謂鄙説不義亦内。弟前書中止言意有善有惡，未嘗言不義亦内。然細思之，爲惡者雖爲氣拘物蔽，然實由心體不明，故爲外物所引。即謂不義亦内，亦未爲不可。程子曰：『善固性也，惡亦不可不謂之性也。』樂記曰：『人生而静，天之性也。感於物而動，性之欲也。』朱子曰：人生而静，天之性未嘗不善；感物而動性之欲，此亦未是不善。至於物至知誘，然後好惡形焉，不能反躬，天理滅矣，然後爲惡。孟子曰：『生於其心，害於其政。』合諸説以觀之，可見人有善有惡，總從心生，義在内，不義亦在内。人但當閑邪？存誠以復於至善則止耳。若曰不義在外，人將謂我本無不善，則操存之功或懈，内守虚，外賊將乘間而入矣。然則以有惡爲内實耶？惡既在内，外賊又何物？

弟前謂『無善無惡心之體』，此告子『性無善無不善』之説，闢之良是。故讀與二曲書，於此特加濃圈。至『善惡兩岐』即『有善有惡意之動』，此無解於『有性善有性不善』云云〔六〕。此處弟固有疑，特以心粗，見文勢既順，遂一例圈之。今蒙指出，可見心不在焉之病，今當痛改。然先生於學髓圖謂『當是天命之謂空，率空之謂善不善，去善不善而返於空之謂教』，如此庶乎相合。弟細繹尊指，『天命之謂空』，非謂『無善無惡心之體』乎？『率空之謂善不善』，非謂『有善有惡意之動』乎？此於陽明之説去『有』字即大相逕庭，即是善惡混。然則率性之謂有善有不善，可乎？取善惡混之實而惡其名，難乎爲解矣！圖指固未盡善，恐此説亦稍失其本來。弟非援二曲爲助，然『率性之謂善不善』斷斷不敢出此也。

水、火、穀三喻謂：『未有源清而流清濁各半者』，『未有火煤熱而焰冷熱各半者』，『未有種美而其實可食不可食各半者』。此以方性善，則情、意皆善，似矣。抑弟正謂：『水源清而流往往有清濁不同者』，『火性炎上而芒焰往往有或熾或熄者』，『穀種美而其實往往有可食不可食者』。何以徵之？今夫江，源於岷山，澄徹可鑑。及其流於吴楚之間，漸涵漸濁。至湖口而清濁半焉，更東則清少而濁多。今夫火藏於木石，人取之，或隨風而滅，或就燥而爇。今夫穀，播種而耰之，及秋雖大獲，必有秕稃颺去而不可食。故同出於源，流有清濁焉；同出於木石，火有熄爇焉；同出於穀，實有可食不可食焉。凡物皆然，性、心、情、意亦若是矣。蓋分而散之則爲萬殊，統而歸之則爲一本。仁者見之謂之仁，知者見之謂之知。要以不悖於聖賢之説，驗之身、心而無憾者爲是。

弟自信平生人告之以有過則喜，不後於子路。今承大教，既聞過矣。至於心有所疑，不敢强同，雖再三瀆不能已。惟先生仍以初筮告之，則輔仁講習之義，或不難再見於今日矣。

答張采舒四

昨者申經傳之説，意雖切而言戇。足下不以爲不可教，仍賜明示，愛人無已，甚盛心也，幸甚！但來教似謂弟譏足下以身謗聖賢，弟何敢！然易堂諸賢以講論而至面赤聲厲，卒亦歡浹如初，前輩虛公可法。晏子曰：五味相調，五聲相宣，始謂之和。以水濟水，琴瑟專壹，則同而不和。然則，講論而至於面赤聲厲，得毋以和爲怒乎？弟與足下講論時未嘗不歡浹，不必同而後爲和也。

來教謂：理義之性有善無惡，氣質之性有善有惡。論性不論氣不備，論氣不論性不明。弟之言曰：有善無惡本意然也，此理義之性之説也。其不幸而惡，則氣拘物蔽之累非本意也，此氣質之性之説也，則其義亦既備矣。氣拘已足該氣質之性，猶以爲未也，足之曰：物蔽而後理義之性移焉。吾説豈苟焉偏廢者哉！足下既曰有善有惡氣質之性矣，及言性、情、心、意，皆曰有善有惡，是性、情、心、意專屬氣質矣，不幾置理義之性不道耶？氣質之性，即孟子所謂『動心忍性』。及性也，有命之性，乃曰『孟子未發，宋儒始言之』，何哉？誠無爲『幾善惡』以證『有善有惡意之動』，似矣。然幾雖動也，亦有間。蓋幾者，微也，言善與惡其分不遠，出於此則入於彼耳，非謂意一動即有善有惡也。以『幾善惡』爲『意之動有善惡』，何不曰吉凶悔吝生乎動爲更近乎？吉者意之本然，而得吉凶悔吝者，違其意之本然而得凶，雖同一動，而所以動者不同也。若如尊指，則誠無爲亦可謂『無善無惡心之體』乎？至謂鄙説止通於『先誠其意』之意，陽明心意，知物聯比，而下正是誠意之意耳。舉一廢一，左右不能咸宜，此又不然。鄙説於六經、語、孟既已通矣，但於『決諸東方則東流，決諸西方則西流』，『有性善有性不善』爲不通耳，何害其不宜哉！

尊説『性相近』最爲有據，然使性果善惡已分，則直曰不同耳，又何相近之有？要亦不可舉『相近』一説廢『人之生也直』一説也。若夫『義亦内，不義亦内』，尤不可之甚者。尊教固曰：『閑邪存其誠矣。』閑者，限之，使在内者不得出，在外者不得入，如户之有閾也。不義在内，將使之盤踞於中而不可動，如是而閑之，邪何由去哉？

子夏、子游、子張親得聖人而師之，然其論不合也。異者亦何必同，又烏在異者之非同！吾與足下皆所謂未立不惑，遽言知命；未聞文章，遽言性道者。然足下不能非『性善』之説，弟亦不能如陽明之妄，謂滿街都是聖人，則亦殊塗同歸也已矣。蔽陷窮離，何敢聞命！

附　采舒第四札

先生篤信好學，論性善則情、意皆善，所引諸説原本六經、語、孟，不爲他説所摇，非學力堅定不能至此。弟不學固陋，以身謗聖賢，固無所逃罪。然平生佩服易堂諸先輩，其於朋友講習，有不合，雖十反不止。其或面赤聲厲，必論定無憾，則歡浹如初。今先生與弟，無壇坫門左之責，無所顧慮，宜可盡言，請得畢陳其説。

來教謂弟混氣質、理義爲一區，六經之説皆爲不足信。弟偏妄至此，私心非敢然也。竊謂理義之性，有善無惡，所謂恒性、秉夷，天命之謂性故者，以利爲本是也。氣質之性，有善有惡。此孟子之所未發，周、程、張、朱之説是也。濂溪曰：『誠無爲，幾善惡。』幾者，動也。『有善有惡意之動』何以異此？程子曰：『論氣不論性，不明；論性不論氣，不備。』今先生獨論性，固愈於不明，得無不備乎？横渠曰：『形而後有氣質之性。』朱子集注『性相近』章亦兼氣質、善惡而言。此皆大儒之説，所以發性情之藴，破諸子之疑。譬諸水，必有物以盛之，方有歸著，所以言性必兼氣質，不可偏廢也。

尊教曰：『孔子曰性相近，今曰善惡皆性，若是其相遠，則孔子不足信矣。』弟謂孔子之意正謂理義之性必附氣質之性，故有善惡之不同。然其初猶不甚相遠，若有善無惡，則直曰性同耳，何相近之有？故又曰『唯上智與下愚不移』，可見相近之中又有賦稟一定。朱子曰『性相近』，是通善惡智愚説；堯舜自是堯舜，桀紂自是桀紂，皆從氣質之性來。『上知下愚』，是就中摘出懸絶者説，此夫子論性本旨。謂善亦可惡，惡亦可善，非謂性真善惡俱有也。韓子『性有三品』之説因之，諸儒發明氣質之性，亦本於此。弟於陽明，不然其『無善無惡心之體』，以其近於空寂；然則但云有善有惡心之體，始不空寂耳。然其『有善有惡意之動』，以其不謬於聖賢之説，是其是而非其非，亦不敢妄爲好惡，因物而已。

尊教謂：『最不可誣者，欲正其心，先誠其意，此言意有善無惡也。』弟按：大學一篇，格致闕文，無論；誠、治、平三章皆善惡對舉；正、修、齊二章則獨指不善〔七〕，可見聖賢專以遷善改過爲功，初未嘗爲身、心、意諱言不善也。且『誠於中，形於外』，亦兼善惡言，故意善則如惡惡臭、如好好色，不善則如見肺肝。

尊教曰：『意有善無惡，故曰誠其意。若有善有惡，將誠善亦誠惡乎？』此第疏『誠其意』則可耳，不思下文『小人閒居爲不善』，何以亦曰此謂誠於中？是誠惡矣，然尚可正心否？不義果在内矣，然亦以本意爲氣與物所移，正所謂内守虚而外賊入，非本有此惡也。中者，非心乎？非意乎？故知身、心、意皆以有善有惡，言不甚重，重在誠正修，則能去不善而返善也。何苟必以意善例之，則心亦是善，何以言心有所？爲忿懥四者所累，正是氣拘逐物而馳，正是物蔽。何以言不得其正？何以言不在？又何以言辟？又何以言莫知乎？

夫君子深造之以道，必逢原而後可。賢正隨波逐流，不能逢原也。若舉一而廢一，則宜於左或不宜於右，苟非若黑白然，必當審察矣。故庖犧畫卦，經千萬年而文王象之，周公象之；又數百年而孔子贊之；又數千年而諸儒派別傳之。夫固知天地之大，有非一聖賢所能畢其功者也。同人曰：『君子以同而異。』又曰：『同人於宗，吝。』吾不知先生之於陽明，吾之於陽明、於中孚、於先生，將以其異者是乎？抑同而異者是乎？其於宗者吝乎？善乎？先生之言：『世無孔氏，安所取衷？』吾姑誦其言以之求性情。然子且罕言命，吾不自知其去蔽陷離窮也幾何矣！

校記

〔一〕與李中孚先生書、再與中孚先生、答張采舒四書，四德堂本未收，據梨雲閣本杜谿文稿補録，校以清貽館本朱杜谿先生集。

〔二〕之　原無，據清貽館本補。

〔三〕本條爲張采舒旁批。

〔四〕解　清貽館本作『異』。下一『解』同。

〔五〕本條當爲朱書旁批。以下各篇夾注同。

〔六〕解　清貽館本作『異』。

〔七〕二　當作『三』。

杜谿文稿外集卷三

序

朱氏家譜始修序 附凡例〔一〕

自春官小史、大史世掌辨宗收族，而譜之義以肇；自宗法廢，宋歐、蘇爲例以追世報本，而譜之事以開，所以明昭穆、别親疏，考封建之久遠，紹統緒之繼述，所繫固綦重也。唐末之亂，世家多失其系，至有崛起草澤之夫而求附聖賢之後，生長單寒之子而僭紊神明之裔，其不至以仁傑之狄爲我之狄，以子儀之郭爲我之郭者幾何矣？

吾朱以鄱民奉詔徙松邑，歷今三百年，所世遠，故事湮。又以疊經喪亂兵燹之餘，家乘散亡。在高祖以上者，或失其字號，或缺祖妣姓氏，生不知其所行之事，殁不識其所厝之兆，爲人子孫，其可忽忘若是乎？先大人慨焉念之，未嘗不惓惓於懷也，故甫離外傅，讀禮之暇，輒取本股世系彙成一帙，欲輯全書。續因兵荒眚疫，奔走潛熙，未卒厥緒。小子書方少不曉事，獲侍左右，必諄諄爲我言之，曰：『某股始自何人，某某其後也。某股至於何人，某某其先也。有不能盡知者，須其本股之人問之耳。余方遠離邱墓，不及與族人通譜之廢興，汝其志之。』甲寅始自熙撤館歸松，乙卯遽捐館舍，今别去又十寒暑矣。追念先志，捧讀遺草，唯頃刻不敢忘於是。詢之老成，收之口碑，蒐之家藏，徵之石碣，與諸弟姪登各股門，逐一記注，務求確實，爲譜一簿，各股珍藏。每歲清明，期於公所，添注後人生卒年月。事竣，因以告於族曰：

貽厥孫謀者，祖宗之德也；世德作求者，子孫之孝也。夫祖宗有可藉之休，子孫無作求之志，幸曷逭哉？且人之有族，貴其親睦而已耳。不親不睦，雖科第蟬聯、金高於斗，祇辱吾族，匪亢宗也。今但使同譜之人尊尊親親、老老幼幼相衛也，若左右手相愛也，若頂踵相教也，若帥之於弟子相養也，若夫之於婦，推之念念，不至恝忘，則族之榮多矣，夫又何求焉？許由有言：有族有祖。祖者，徂也。義重則尸，仁輕則祧，高曾以上無得而稱，其於著存何有？今得陳是譜而觀之，庶乎有油然者矣！雖然，系次尊卑之序，派牒事實之詳，譜可載者，吾得而修之。至於作其愛敬之心，充其孝弟之良，則譜不可載，惟在族之人人自修之也，予庸贅一辭哉！

時康熙廿三年，歲在甲子，夏五蒲酒日，十世孫書題於杜谿之梨花塢書屋。

朱爲顓帝元孫陸終第五子之後，武王封其苗裔曹挾於邾，後去邑爲氏。唐宋以前，今無論已。家系出鄱陽，實元大儒朱公遷梓里也。遷字允升，其父梧岡翁聞同郡準軒吴中行得聞朱子門人黄幹之學於廣信饒雙峯魯，命允升往準軒學焉。道德文章，卓然名世，以元至正七年丁亥七月爲金華學政。明年十月，台州方國珍作亂。十一年辛卯，紅巾屠松。明洪武二年己酉，詔徙江西饒鄱諸屬邑人以實安慶，我始祖相山公自鄱來遷。自允升爲學政，至相山祖遷松，相距廿三年。相山公與允升或兄弟，或叔侄，族党既無老譜，俱不可知。故不惟徽國不敢牽引，即允升亦不敢妄附也。

一、譜始相山公，非敢棄遠祖也。魯祖周公，不敢祖公劉；衛祖康叔，不敢祖后稷。今人溯祖宗，必至三代以上，僭也，紊也。惟相山祖爲别子，興二公繼别爲宗，故始此。後世有欲附益相山公以上者，慎勿聽。

一、家姓自鄱陽遷松，頂外祖籍曹氏，補其軍伍，充其差役，賠其荒糧，軍册、實册優免，先年備存，固無論已。顧赴浙紹衛者，興一祖子孫也。傳至人旁，風聞珍世，其外甥傅氏繼之。文銘祖徙居黄梅獨山，唯幼子侗子孫今始歸宗入譜。友榜祖子孫在望江塞路橋，其人頗旺而無甚讀書通仕籍者，故聞修譜，亦不欲來也。

一、遷松六世，文鐸祖肇啓膠庠，中副車，嗣是代有聞人，大抵皆以忠厚傳世，敦睦式好。其間，若朝選諸人之力保祖塋，光湯之克复族姓，其功尤巨，因未詳其事實，未能立傳，爲可慨也。

一、承嗣本宗書『過繼』，異姓書『抱養』，然宗廟首辨昭穆。仲嬰齊後歸父，是以弟後兄也，春秋譏之，至侄孫後叔祖，不齊於子於父乎？今據事直書，亦多改正，後有犯者，不准過繼。

一、譜失三百年，前人名字大半湮没，間於碑碣遺文得一二焉。又前無承、後無繼，故不能系，非忍割去也。

一、始修家譜，康熙甲子成稿，己巳成刻。其間或以予歌於役，或以衆賦離居，故年月葬地多有未備，概不敢妄注，亦存著以傳著、疑以傳疑之義也。

沈氏宗譜序〔一〕

書少在潛陽，聞宿族沈氏最著。戊申，權度先生往潛訪皖嶽名勝。書少垂髮，先生見而大相器重，既爲延譽，又重以婚姻。古人千里神交，一見而故，則有之矣；未有鑑賞於童稀之年、分别於微賤之日、托以兒女、親以骨肉如先生者也。退而始知沈之族姓稱於宿者，非但以子姓之繁、貨殖之富等於五陵豪右而已，蓋其人類能辨賢否、崇道義，先民有作，無型以加焉。又三年，書自渡長河，游九城坂，凡其家之先達老成以及卑幼鮮不獲交，或則典型一方，或則卓絶儕輩，莫不敦本務實、點浮賤作，人人如飲醇醪。蓋不知身之入於仁里，而益信沈宗貽澤之長、培植之厚也。未幾，權度先生逝矣。書往來未間，其族中諸君子有加禮焉，亦如權度先生之蓄我也。又十年，書以冠軍見知劉木齋先生。又六年，書業李醒齋先生，選拔入雍，乃來視權度先生邱墓。沈氏族長諸人出新譜一帙示我，曰：『此吾族所修之譜也，請一言以記之。』書應之曰：『唯唯。』

蓋自周内史以收族爲職，而譜之源以肇。自宋歐、蘇辨宗立系，而譜之例以開。譜也者，凡以教慈孝，别本支，仁渥而義淳，功宏而事巨，非細故也。今貴族之譜，上溯受姓之始，下詳支派之分合，千百年爲一氣，聯千萬人爲一體〔三〕，宗法以立嫡系而昭煌煌乎，豈不偉哉！雖然，世系之以著，名號之以垂，此修譜者之所能修也；孝弟之以興，仁讓之以立，此修譜者之所不能修而人人之所宜修者也。同譜之人，誠能上承數千年忠厚之遺規，遠紹數十世清白之家法，子敬其父，弟篤其兄，詩書之緒自宏，簪纓之胄接踵，將見昌熾之慶必有繼古昔而更盛者。異日取譜而更新之，但如是而云大成乎哉！

仙田詩在序〔四〕

莆邑詩自宋潘進士以下至今，得集八卷，附以邇年拙作客集副焉，名曰仙田詩在，謂其在者如是云爾。

顧書非知詩，安敢論詩？萬生景隆，好詩者也，其言曰：『詩，風也。』風隨物而成籟，詩緣情而吐辭，惟地與人胥無擇焉。乃自有詩以來，而邑無詩。或傳焉，或不焉。非果無詩也，又非果盡不足傳也。無傳之者，故無傳耳。邑詩尚在，隆竊有志焉，書聞而韙之，商於石山長雲亭，乃有是役。

邑俗崇忠信，尚樸素，凡通邑大市角逐之娛、錦綺繁靡之餙、聲色之樂、游獵之習、詭異瑰奇恢怪之觀，不接於耳目，不亂其心思。稍或僭奢，共指笑之，若異物然。土無他殖，父兄子弟相與種棉以衣，藝稻以食，取竹樹以爲宫，羅魚鰕以登俎。人敦本務，不事工作商賈。供納租庸而外，招延名流，講藝讌會，聯結情義，誚讓其媮窳而激賞其賢能。書之生也三十年於斯，蓋不知其風之淳、里之美之可樂也。前年，浮大江出浦口，驅疲騾走淮南北，得入畿輔；即次官旂縱游齊趙，淹留學使臬司官署；旋拜闕里、登蓬萊，東望滄溟；然後放溜濟寧之渠，出黄河、經邗溝，泝江而歸，迹及萬里之外，所觀風化往往殊焉。其美盛固邑所不逮，其敝則亦邑所未嘗有也。豈非高曾貽謀之善，有以使之然哉！故松之爲詩也，高文大册，求可與梨眉、懷麓諸集絜長比方固難其人，然吐忠厚之旨、蓄和樂之源，平易而坦夷，安徐而縈紆，置之十五國風，其亦采風之使所不得而廢者與！

邑故用武之地也，介在江服，處三吴上游，以承楚後，輪蹄不絶於楓香，舳艫相銜於小孤。平時則供億維艱，有事則四戰之處，被兵最亟。徐夷侯厲，漢初以舊勳開國松兹。嗣是，陳武、周本、石良之徒或侯王受封，或將軍世賞，可云盛矣！然而武功爛焉，文章頗不甚著。豈士務顯懿，厭薄雕蟲，抑亦文教之興或有待而起也？

是編之成，古人則苦於無徵，故偶投片楮即跫然而喜；今人則樂於無拒，故遠致郵筒，或雜然而進，要期於在者收之，他非敢論也。

閒嘗北望霍山，上薄雲日之表，南顧大江之奔流，亘地絡而繫星精者，不知幾千里也，嶽瀆清淑之氣必有所鍾。然則振大雅於未墜，續微言於方興，悠悠我思，百世而下，豈無人歟？而今之在者，則止如是而已也！當世大人先生弘獎風流，啓迪來者，書得藉手是編而上下其論，以與聞乎詩教，抑又小子之所厚望也夫！

食貨志序〔五〕

嗚呼！有國家而亟言聚財，未有不至於敗亡者也。蓋嘗觀於有明之季，崇禎十餘年間，天子惡衣菲食，不敢妄自靡費，然展轉歎息恒若窶子寒生，皇皇無策以支吾朝夕，用卒底於滅亡。論者方謂非財無以聚人，必合四海九州之所有悉歸於上，而後可以制天下之命。其計誠悉，而不知此大惑也。不法太祖之所以興，而踵神宗以後之所以亡，豈不過歟？

太祖有天下，計其歲入不及後世十四五，大兵之外，工役、宴享、賜予之數未嘗減於後世，財用宜絀，顧且綽乎有餘。迄乎武、世、穆三朝，征求倍蓰舊額。神宗之世，搜括利竇，無復纖毫遺漏，財用宜可百世，顧崩逝未數年而大農已罄。然則財之爲道，不在乎聚之亦審矣。太祖不聚財而財足，神宗以後聚財而財不足；太祖以一隅之財取天下而財足，神宗以後以天下之財守一隅而財不足：此治亂之術不可以不審也。

屯鹽之政舉，則養兵百萬而不費一錢；水利農田之事修，則歲有大凶而民不困於斯時也。菽粟取之田賦，布帛取之棉蠶，魚蛤取之湖泊，商鈔取之蹋房，農夫紅女未聞稅銀，江河未聞設關，鹽綱未聞内解，乘塞之卒未聞脱巾，太祖之言曰：『治世無遺賢，亂世無遺利。』又曰：『征商所以抑末爾，非利之也。』觀其三十年間，無一念不出於養民，若惟恐傷之者。三代以後，修和之政未有若是其詳且盡也。延及穆神，天下無虞，一切皆變而征銀。於是奄豎羣小之倫，皆得飽其私橐，天子之自供又日益濫，其大患則屯鹽廢而邊士無所得食。至其末年，邊餉之增逾數百萬，殫竭天下之膏血以輸邊，而士之守塞者曾不得顆粒焉，往往去而爲盜。水旱之備日弛，饑饉薦臻，追呼交迫，民亦以盜爲藪。不得已大出向年之所積求其一救，顧適以藉寇齎盜，而舉國以殉之，良可哀也！夫開國之所以興如彼，末季之所以亡如此，天子不自富而未嘗貧，天子不使人富，卒自求爲貧人而不可得，此其效蓋可知也。

聖人之政，養民而已。水、火、金、木、土、穀六者，民之所由生也，而穀爲本。有國家者，不講於生穀之道而金之是求；金之所産已絶，無所於出，而敲朴烹煎，使盡輸於帑藏，又無所流布於天地之間。平時雖有穀，無從得金；將其急也，雖有金，必無從得穀。至金、穀俱死，而國事不可問矣。然則洪武之政及神宗以後之弊，其容有當講求而鑑戒之者乎！

友人青浦王子令詒志明食貨，爲目十二：曰農桑，曰户口，曰田制，曰賦役，曰漕運，曰倉庫，曰鹽法，曰錢鈔，曰茶礬，曰課税，曰上供採造，曰會計。其爲書，不屑屑追擬前史，而序事有法，贍而不蕆，要而能舉，誠良史也。予卒讀之，爲序明之所以興亡，使養民者并覽焉。

宿松朱書謹序。

管見録序〔六〕

吾安慶處吴楚之交，屹然江南上游門户，所轄六縣，稱最盛者莫如桐城。桐城去予宿松三百里，多佳山水，予屢欲往游不可得。然自少時竊聞桐城多先達，其流風餘韻必有存者。頃年以來，得交戴子田有。田有，桐城人也，倜儻能文章。顧乃時時爲予言同邑方氏多才。既而，予在秦中獲與方子鶴洲友。及客燕臺，復遇鶴洲之兄寓安。寓安兄弟與田有爲垂髫交，久共筆硯，又天資伉爽，重氣節。予見寓安兄弟，不啻見田有也。一日，過寓安旅舍，見案上有書一帙，則寓安所著管見録，予反覆披玩，不忍釋手。其論古人得失及古事當否，皆能脱去世俗一切之説，自暨精義。至討論當世之故，又鑿然可施於用，不爲苟且摭拾之言。其取之也宏，其擇之也精，其思之也審，其言之也確。士之藴畜深厚、博通經術如寓安者，豈易得哉！

寓安之先，官於朝者十餘世。大父密之公尤爲海内所欽仰，尊公依巖先生及諸昆季皆以學問、詩文争長壇坫。其上世所留貽及家庭師友之間盛矣！寓安席累世家傳，讀書明大義，宜其上下今古綽有本原，閎中而肆外，非偶然也！然予又聞方氏一門，以理學節義著名海内，寓安爲名父祖子孫，追惟先志，食貧力學，雖屢困抑不少挫，當時所爲繁華靡曼之習去之若浼。予之服寓安又寧惟是？卓然能自成一家言云乎哉！

今鶴洲舉是編付之剞劂，工將竣，寓安索序於予。予雖好作古文詞，每自顧淺陋，其何能序寓安？漫書以應之，因並質之田有。

乙亥春仲，宿松同學弟朱書敘。

依歸草序〔七〕

歲丙子，予來江寧，寓龔孝水樓上。有款門而至者，相見道姓名，則泰州張良御也。爲示以所作依歸草。予與孝水覽其文，心奇之曰：『何其似歸熙甫也！』尋一往返，卒卒别去，不相見者凡四五年。予再至江寧，於戴田有憂患集中見所加硃墨評跋〔八〕，往往牽連予姓名，再三致悦愛之意，則良御筆也。又得所評天傭子集，服其表章前達，意甚善。屬有癸壬録之編，乃作艾御史傳寄良御。久之，未有還報。一夕，予訪友承恩寺，前忽一人立道傍，熟視予良久，予不自覺。其人忽大言曰：『君非朱字緑耶？』予乍聞呼者，還視不能識，曰：『子誰也？』其人笑曰：『字緑乃不識我耶？姑與君揖。』因自通曰：『我張。』

予遽曰：『豈良御耶？何爲至此？』曰：『予冒風濤爲君走五百里，而君乃不能識。以我之於君，則君爲何如也？』遂大笑狂喜，抵其寓，買酒飲至丙夜，送予步月還。蓋良御與予别已久，又昔之日相識淺，然良御乃時時藏予胸中，又冒險遠來相就，此誼殊非世人所有。見者以此遇爲甚奇，而予益以此大奇良御也。

嗚呼！文章之士天下多有，而仗氣節、扶植倫紀，以直諒信義之集求申於當今之世，顧不難哉！夫天柱地維所以立而不傾者，恃人之氣與性有以維繫之耳。至發而爲文，必探天地之心、明帝王之制、具古今之變、濟道德之窮，而後可以歷久而不敝。若區區於波瀾意態間求之，則其説末矣。古之君子務養其德於温厚和平，而洞察乎天地萬物。其文無苟作，作則天下終必賴之。要其人固已千古，不待其文之傳也。予初竊以良御文人耳，今乃知良御之篤於人倫，無險阻遠近，勇於一往，而必求遂其志。以予之不才，而悦愛且如此，況勝予者乎！以朋友爲五倫之末，而肫摯且如此，況重於朋友者乎！良御心折熙甫，故名其集曰依歸。乃熙甫言孟子不見荀卿爲可恨，而與唐應德、王道思同時，彼此落落，道思竟若不相知者，亦可怪也。然熙甫與王元美同郡，始以道不同而互相譏焉，則多交一不相知之人不如其已。向使良御不先下交予，或亦覿面而失良御。然又使予與良御同鄉邑，斷不至如熙甫、元美之違於始而合於終也。

依歸草之可傳讀者具知之，予故不復論。爲奇良御之氣與性之足以厚天下之人倫，而知其可進於仁義之藹如也。屬良御一刻又成，於是述良御交予之故，爲序其簡編，使天下知良御之爲人，不徒以文章自見而已也。

宿松同學弟朱書。

石林倡和詩序〔九〕

予入閩得兩士焉，曰許伯調鼎、陳廷漢學良。鼎尊人不棄，予篤友，而廷漢不棄甥也。兩人皆故家子弟，年少才□，美聞天下，士好之如不及。其愛予均，而予之愛之也亦彌至。予素不能詩，不棄以詩名天下，顧謬謂詩莫如予能，兩人又謬信不棄言，故時時以詩視予，而所爲石林唱和詩乃最多。

石林者，不棄大父督學平遠先生讀書處也，在烏石山南，有巖洞梅竹松蕉之勝。伯調爲祠以祀其先，予皆爲之記。間登山據石，猶見昔人所謂似蓬萊、方丈、瀛洲者，洵可樂也。蓋中原城中山最少，即□之不甚高，無幽奇可探討。而閩三山，烏石爲第一。程師孟而後，郡人多讀書其間，許氏又以督學公故，愈益增重。兩人朝夕吟詠其間，不亦宜與？不棄游京師，分石林中諸勝爲十數題，一時名士聚輦下者各爲詩歌，以慰山林岑寂，而不知兩人日游處焉，放聲歌唱，響動林木，抉其幽而濯以清芬，山靈固未嘗孤也。試取以相較，或遥擬，或親歷，果孰爲得失與？兩人之詩，伯調沉著似杜甫，廷漢豪邁似李白，雖其進未已，要皆石林所不□也。

夫天之生才，同時地者鮮矣，而兩人乃並處石林焉。彼生長相依，亦豈知獨立之無懼，而求友之甚難也？是可不爲之幸與？雖然，韓子有言『餘事作詩人』，石林固督學公讀書處，而古道山也，吾之所以期兩人者，豈詩也哉？

宿松朱書題。

隨園詩集序〔一〇〕

隨園詩，茨邨先生客居邢臺作也。先生體性高曠，外物不能攖其心。自弱冠爲冬、夏二部郎官，歷楚北、齊右、河東監司，超擢中州臬長。政事之暇，即焚香簾閣，命題作詩。二十餘年，得詩亡慮數千篇。其谷園前集、續集久行世，凡世所稱能詩之士，莫不寶貴谷園，以爲風雅正宗。今隨園詩澹沲清剛，説者謂較之谷園似又進一格，要所爲高曠之致固不殊也。

古詩人若李白、杜甫、蘇軾、陸游之徒，篇帙多得之客游中，甚或遷謫困躓，抑鬱誰語，而其詩益大振於世，世遂有『詩能窮人』之諺。歐陽子解之，以爲詩必窮而後工。然則羈旅寄寓之場，固詩人磨鋒淬鍔之藉也與？先生之詩出於家學，其先少保公以鴻文羽儀當代，擩染耳目，原深本固，又夙慧性成，不假習練，與世之窮而後工者不啻霄壤。比年謝政寓邢，手搆隨園，種花栽竹，若不知身之在客而有以自樂，其詩與杜甫客夔、李白客山東、蘇軾客岐亭、陸游客劍南後先相映，未知誰爲伯仲。是先生之詩固不待窮而後工，即謂窮而益工亦無不可也。馬援有言：『凡人富貴，當使可復賤。』予嘗深味其説。世俗之人，方其富貴，必欲爲不可復賤之計。及一經蹉跌，廬旅他鄉，則幽憂愁思不能自持。發爲語言，或多憤懣不平、噭嘑自愬，此雖材質過人者亦所不免，而其器則已小矣。先生在邢，優游整暇，不失常度。讀其詩，沖然夷猶，使人有出塵之想，此豈世俗所可同耶？

夫人惟能安於所遇，則非常之獲往往來於意外。易曰：『澤中有雷，隨。君子以嚮晦入宴息。』其初九曰：『官有渝，貞吉。出門交，有功。』上六曰：『拘係之，乃從，維之；王用亨於西山。』先生當入息之初，爲尚交千古之事，將見誠意之極可通神明，則西山之亨旋即及之。以亡之能隨，致天下之隨，已可於詩乎？卜之矣。且客邢之日，磨之、淬之不第詩也，動忍增益，所以繼少保公事業而光大谷園之舊皆於是始。新城王阮亭司農所謂『蘇許公父子相業蓋於是決』。然則，隨園半畝不足久客先生也。

北征詩序〔一一〕

高郵殷子桐高，於壬申之秋雍試中始相見。因乞得其詩文讀之，彼此質證，互相樂也。雍試，桐高文太遠於俗，頗不爲時所知。桐高雖不甚介意，予常鬱然，且恨道不少貶也。顧雖不知其文者，亦時亟稱其詩，彼果能知桐高詩哉？桐高詩其全未之獲見也，録其北征近作如干首，就予校定。予得藉以攄其前者相見之樂，而又不啻自寫其爲桐高抑鬱之懷，故不辭而甲乙之。

夫人聞聲相思，苟得其一言而有當乎心，或旁皇跂望，如將見之，至有形之夢寐者。今桐高與予相聚之日少，而此時一卷留予胸中不能去。且桐高又將歸矣，樽酒論文，其又何時？而惡能以爲情？雖然，今之乘時奮起者，皆奇材異能之士，吾輩迂拙，老守一編，當有以自樂。此後盎中即無隔宿儲，詩不可廢也。桐高歸，必有以貽我矣。

宿松年弟朱書。

歸來續稿序〔一二〕

李君蒼存刻其丁丑、戊寅兩年所爲詩，爲歸來續稿二卷，因致書屬予爲之序，且曰：

『吾待子窮論詩法，無取乎世俗過情之譽也。』余素不善詩，故久未有以應。頃相晤燕京，蒼存堅以爲屬。夫蒼存詩名天下，顧急徵余言，不猶夫般輸詢巧於拙工，王良、造父問馳驅於途人之御也歟！雖然，不可無以塞蒼存之意。

昔者，文中子嘗擬六經，因採曹、劉、沈、謝諸人之作以續詩。朱子譏之，以爲曹、劉、沈、謝之詩，豈有如鹿鳴、四牡、大明、文王、關雎、鵲巢之篇者？亦有四言古詩，但多稱頌之詞，言皆過實，不足取信。此其詆訶河汾，固甚當然。河汾之失，失在擬經，而曹、劉、沈、謝之詩究不可没也。

續歸之作，蓋游子思親，急於歸養，收要津高足之念，篤慈以旨甘之禮。歸來之後，載離寒暑，復以太夫人之命勉强入都，七閲月而堂上見背，遂報終天之恨，踉蹌匍匐，言欲出而不能成聲。嚮非兩年之從容娱侍，其負痛更何如哉！然則兩年中發於詩者，何非白華、華黍之所寓？兩年後不能見於詩者，何非蓼莪、棘人之所隱也？其他友朋酬應、游歷寄託，隨感觸所至，言如其物，曹、劉、沈、謝亦復不遠。後即不必有續經如河汾者採輯蒼存之詩，其所爲昭明之選，夫孰能舍蒼存而不録乎！予無以裨益蒼存詩法，而過情稱譽固未有也。

蒼存名嶟瑞，别號後圃，盱眙人。其文章氣誼高當代，尤長於詩。

康熙壬午，宿松同學弟朱書序。

彭尹作時文序〔一三〕

余交南昌彭元叔十餘年，竊以爲才品、學術一時無兩，而交游間多稱其諸弟漢桓、夏賡、尹作、尺綸皆軼才，恨未及見之也。壬午，余舉京兆，得江西試録，而元叔弟尹作在焉，元叔仍不與。久而知元叔是年以事羈江南，不及還試，非見遺於有司也。

尹作公車到京，相見望其貌，聽其言論，儼然元叔。元叔書來，道其詩賦、駢麗之文皆極工。顧余與尹作方迫於就試，未得盡發其篋衍讀其所爲文，然其所爲文不問而知其工也：世豈有言論丰采如是，而文不如其人者乎？比揭曉，予幸弋獲而尹作被放。尹作不色愠，衣短後衣，驅馬指孤竹，出榆關，攬山海，過醫巫閭，弔十三站戰場，渡遼河，抵於錦州，五閱月而歸。復相見京師，氣益壯，色益敷腴，言論益雄偉，求客其門者日益衆。已而曰：『吾且休矣！吾親倚門閭望者幾一年，吾何心不歸？』於是盡出其所爲文俾予序。予始得受而卒讀，而歎且信其文之果工也。

近世文章莫盛於江西。即以時文名家者，至今屈指數，未有能爲江西敵也，然以兄弟鳴於時者絶少。昔臨川王氏、南豐曾氏兄弟皆聞人，而文章則介甫、子固獨傳，其亦有工有不工歟？尹作之文，於諸昆季中獨先取信於有司、播於天下，其工固有目者所共賞。然而，君家兄弟人人能文章，而元叔居長。元叔固不專以介甫、子固之文自命，顧其弟尹作之文之工見信於天下之人已若是，元叔即欲獨爲介甫、子固之文其能哉？是爲序。

使滇集序〔一四〕

滇蓋南之極邊也。禹導黑水，至於三危，入於南海，即今瀾滄江。雲龍州有三危山，瀾滄經其麓，有黑水祠是也。武王東征，髳人、濮人與焉。濮，今姚安、楚雄間；髳，今定遠也。滇之見於尚書者如此，其風化之來不有自耶？自莊蹻王滇而後，漢置郡縣，治益州。迄隋唐南詔始興，宋段氏據大理，皆竊名號、患苦邊吏，文治不能及，儒臣至其地者蓋鮮。元世祖起漠北，乃中原未定，先親下大理，移置雲南於善闡。明有天下，徙謫戍實之，於是科目日盛，彬彬與上國同聲教矣。

我國家拓境最廣，凡上世所不臣者多置吏，而滇用兵顧獨久，意者盛美之化固有待歟？距削平之歲凡十有八年，歲舍己卯，編修江都史蕉飲先生司大比之役，奉使其地。先生文采風流照映大江南北，其詩輶轢古人，下可使人諷詠，以和平其心；而上可被之管弦，薦之郊廟。向嘗著蕪城集，海内奉爲法程。今以鉅手鴻文遠臨南徼，六詔之髦士盡網羅致之。其試士之文風行遠近，不但南人頌其知人能得士已也。輶軒所至，凡有感觸悉見之於詩，於是有使滇集三卷，而使予爲之序。

予嘗學禮至世子篇，見夫司成父師、小樂正、大樂正、大胥、籥師、籥師丞各舉其職，而胥獨鼓南。注家以爲，『南』，南夷之樂。引周禮『旄人教夷樂，則鼓以節之』爲解。詩曰：『以雅以南，以籥不僭。』『南』亦以南夷之樂當之。朱子則以『南』爲二南。説不必盡同也。明堂位曰：『昧，東夷之樂也；任，南蠻之樂也。納蠻夷之樂於太廟，廣魯於天下也。』然則，南音固樂之所不廢者耶？竊疑六代之樂盡善盡美，不可勝用，何獨於南乎取之教世子、學士，既致於宮薦祖宗，復納於廟，此與齊人之奏侏儒其何以異？而謂夸大以爲美觀，當不然也。蓋南者，生育之鄉，助成長養，莫大於是。舞之鼓之，宣洩鬱滯，銷其殺伐嚴勁之氣，而納之以仁義中和。殆於南有得焉，非謂其震服遠方而用之也。獨是先王之教以南配雅，而先生之才則以雅變南。況此集中江漢、汝墳無一不具，將見後日之南真如朱子所稱二南，而非復所爲南夷之任之舊。則由是而奏之於學、升之於廟，六代之樂或無讓焉。南方兵氣之銷而文教之盛，從兹始也。

宿松朱書序。

謨觴詩集序〔一五〕

大名成君周卜，因予友龔君孝水來屬序其詩，予辭不獲。讀其詩，閎闊壯偉，善馳騁反覆，而自然之音節復流溢浹洽於跌宕之餘。吾所見能詩之家，周卜殆其選也。邇來數十年，詩最著北方者則新城王尚書稱首，德州田侍郎亦矯翼厲角，抗行於其間。二家之論不同，田主才識，王主氣韻。雖各不相下，然海内士大夫學爲詩者，奔走壇坫，大約出二公之門爲多。周卜秉河北沉雄之氣，而又嘗與田公游，故其詩不屑爲咿嚘柔媚，學兒女子態以娱悦當世之耳目，而音諧節協，固其性有之，非强而然也。昔文穆公爲先朝名相，而少傅公接迹振起於皇朝，周卜以之爲高大父若曾大父，胚胎前哲，濡染庭訓，所以繼而大之者當不在詩，而詩已如是進而不止，吾固知其爲北方之傑也。因序以貽之，并以示孝水焉。

乙酉九月重九前三日，杜谿朱書撰。

漪園二集序〔一六〕

張星右與予同受知於諸城劉公果，因相善也。後予有仙田詩在之選，搜其尊西元夫先生凡若干首具於篇。吾鄉以詩名者，古不多見。唐之曹松、金之劉著，或老搏一第，或遠適他邦，其子孫無稱焉。先生雖隱終身，得令子發揚遺緒，今諸孫隆隆日起，不昌其身而昌其子若孫，謂非詩人之吉祥善事歟？余落宦京邸，三徑久荒，先人之遺業未能廓而又之，讀星右所以表章先集之書，不禁喟然而歎也，於是乎書。

康熙四十四年乙酉九月，同里眷年侄杜谿朱書題於武英殿之直廬。

和陶詩集序〔一七〕

自有陶詩來，擬陶效陶者代有之，而和陶則倡於蘇公。宋史藝文志載蘇軾和陶詩四卷，吴芾和陶詩三卷，又劉後村集中有宋吉甫和陶詩跋。同一和陶詩也，吉甫詩不登史志，故不傳。芾詩與東坡詩同登史志矣，而芾詩亦不傳。今所傳者，惟東坡而已。且東坡所傳，不但詩，不但和陶詩，豈其有幸有不幸與？抑所以致於傳者，别自有故，並不在和古人與不也？

予同年汪編修紫滄，雅善前輩龐雪崖先生，先生有和陶詩一集，紫滄既序之，又屬予序。予於詩性不甚好，又嘗覽朱子、河汾擬經之謬，謂：漢魏以後之詩，無復關雎、鵲巢、崧高、烝民遺意，非有補於人心風教。予服膺其説，故於漢魏以後之詩未嘗深求其解。夫素未深求其解，今又烏足以論詩！顧以元亮之詩，横遭今人之毒，或集陶，或律陶，撏撦劐割，各出其巧，曾不直識者一噱。而先生之詩，不過借陶韻以自寫其情，事亦如少陵以新題爲樂府，則名爲和陶，非銖銖而稱、寸寸而量以求合者也。況聞先生詩别成一部，根柢風人所謂不但和陶，故和陶傳者，非耶！恨吾猶未得登堂，親言面，而紫滄謂其人真元亮也。然則先生傳不但詩，而和陶詩傳，從可知矣。異日史志於先生和陶詩目載不載雖未可前定，要之傳不在史志，而在先生也！以是覆於紫滄，然乎？不耶？

康熙四十五年，龍集丙戌，十二月之吉，年家晚生宿松朱書拜撰。

送李禮山先生之官連山序〔一八〕

道以足諸己者爲美，而以及諸人者爲大。持尋尺之笠與蓋行雨雪中，逐人而覆之，不問而知其僨也。列屋萬間，飾以金碧，彼泥塗僵凍之民曾不得托而休焉，則亦等於神樓幻市而無所用。是故君子之爲己也若無人，及其爲人也又若無己，凡以爲吾道而已。

襄城李禮山先生學仲尼之道凡數十年。此數十年中，天下之人饑者或殍矣，君若不知也；寒者或瘃矣，君若不知也。今乃廷見天子，拜連山令以去。連山隸廣東之廣州，距京師將萬里。君拜命怡然，絶無難色，且曰：『吾將露冕郊行，晨夕勸課，闢石田，興傜學，使荒服成富庶禮讓之風，以發抒所學。』其志大，其願勤，又若不知時勢之難爲，而將忘其身而拯之也。

於乎！若君者，其真不失爲學道者乎！古者聖賢，生非世族，未有不試於邑宰。仲尼中都之治，史記書之，其弟子宰邑者不一而足，獨子游學道，一言能令聖人相視而笑。然則道無大小，苟己有之，隨所至無不可以及人，章章明矣。今天下嗷嗷，吏多剥削烹煎，以媚上官、飽私橐。此輩固不足道，即吾黨之士裕於己者無素，則不免持蓋與笠逐人覆之之難。其高談經術者，又或迂闊齟齬不適於時，則爲神樓幻市，世且謂儒生不足與治天下而重爲詬病。君其行乎？吾見連山之民人庇萬間，而君不必有持笠與蓋之勞。庶幾天下知吾道之美且大，自君始也。

融遠公七十壽文〔一九〕

吾松源鍾潛嶽天柱之奇，近發玉峯、西河之秀。山川之氣磅礴而鬱積，往往蔚爲人文，或士或隱，皆卓乎有可稱者。邊功如金中丞，文章如田職方，節義如張御史，余嘗備傳其事，屬之當途，汲汲焉以不登史館是懼。其存而在下者，風雅則有仙田詩在之輯，人品、事業則有邑志之修，又嘗通約六皖人士，遍搜巖穴遺軼，勒爲一書，以備太史之採擇而共懸於無窮。蓋表章勝迹，發潛德之幽光，樹芳型於不朽，亦學士、大夫之事也。頃奉簡命，纂修紫闥，辰入西歸，其與四方奇士不暇識，而去梓里六七年，故人不獲一謀面，然每意之所鍾，未嘗不旦夕念之，時往來於中而不忘也。

曹公融遠，爲人偉貌修髯，軼羣絶俗，令似敬承、孔時並列黌宮，而又良、亦純、集成率皆風流俊雅。登拜之餘，出盤尊相餉。酒後耳熟，輒縱談其遨游之盛：北抵燕冀，東臨碣石，南極瓊海珠崖，西漸漢沔；浮江泝泗，泛海渡河。瞻聖賢之遺像，弔儒先之故址。風雨登臨，煙月披覽，莫不縱飲浩歌，留句低徊。蓋自公爲諸生，積學不售，寓之乎山水詩酒而觸而發焉者也。他若居佟開府之虎帷，則贊軍務；坐范無極之花幕，則急民生。一時大人先生，無不游也；政刑利弊，無不悉也。蓋公之事業不能自見，而偶有得爲，必取濟於目前也。覩公之貌，聞公之言，而憶度乎公之品行、文章豪卓如是，豈非所謂鍾山川之靈，鬱積挺生而存而在下者乎？

日月逾邁，時序不奄，向所聞於公者，距今計之，又垂二十餘年。余亦薄宦，奔走足迹幾遍天下。在里之日少，一間歸鄉，見公已老，孔時亦廩餼多年，又良名登仕籍，集成望重雍官，公且含飴弄曾孫矣。抑蘇子所謂『精悍之氣猶見於面目，雖絶迹不履達室』，而判斷是非曲直絶不徇人，人亦敬而聽之。兹在京華，緬想風采，嘗欲疏生平次而誌之，兼以官名太史，於法得書，而事不暇及。雖南北懸隔，而故識公庚，屈指今年五月，當爲公七十期，因略敘其事，以爲公壽。邑侯素重公，並以是呈之而藏諸家，以備志乘一則；至於子孫之衆多，福履之未艾，公所自有，統俟他日面爲慶也。

康熙丙戌歲月穀旦，賜進士出身、公纂朱子全書、直武英殿纂修佩文韻府、翰林院編修、年家眷晚弟朱書拜譔。

校記

〔一〕諸本未收，據宿松楊西坂朱氏家譜補輯，一九三一年白鹿堂刊本。

〔二〕諸本未收，據宿松三善堂沈氏宗譜補入。原文無題，文前敘曰：『清康熙丙寅，朱字綠先生序。』

〔三〕聊　當爲『聯』之譌。

〔四〕諸本未收，據道光宿松縣志鈔本補輯。

〔五〕諸本未收，據王源學庵類稿補輯，康熙刻本。本篇食貨志指明史食貨志。

〔六〕諸本未收，據方寓安管見録補輯，康熙刻本。

〔七〕諸本未收，據張符驤依歸草補輯，康熙刻本。原文後有評曰：『序佳。荆川、遵巖登第在前，震川成進士最後，及古文出名時，唐已爲鳳陽巡撫，督兵禦倭，分不相當。王時已歿，故不得相交耳。』

〔八〕原文『憂患集』上三字塗抹不清，據史實補。

〔九〕諸本未收，據許鼎、陳學良石林倡和詩補輯，康熙刻本。

〔一〇〕諸本未收，據胡介祉隨園詩集補輯，清抄本。

〔一一〕諸本未收，據臺北「中央」圖書館善本序跋集録補輯。按樊桐集自序，該文爲朱書題於殷同高北征詩簡端的文字，殷輯入樊桐集，以爲北征詩原序。

〔一二〕諸本未收，據李嶟瑞後圃編年稿補輯，康熙刻本。

〔一三〕出處待考。

〔一四〕諸本未收，據史申義使滇集補輯，康熙刻本。

〔一五〕諸本未收，據成文昭謨觴詩集補輯，嘉慶刻本。

〔一六〕諸本未收，據張遇漪園詩二集補輯，康熙刻本。

〔一七〕諸本未收，據龐雪崖和陶詩集補輯。

〔一八〕諸本未收，據李來章禮山園全集二十二種第一册補輯，康熙刻乾隆匯印本。

〔一九〕諸本未收，據宿松曹氏宗譜補輯。

杜谿文稿外集卷四

記

山居記〔一〕

自鑿山外，無高嶺側峯，屈曲迤伏，走平岡數十，直者如棟，盤者如垣，旋者如虵龍。東二十里爲溪二，皆曰豆，大小分焉。又東五里，予居之。爲田三十畝，爲廬數椽，爲水聚三派，到門折而西、而南、而東，歸大湖，注江。廬四圍皆山，山上爲松數千株，雜樹間之。東之岡隆隆然獨起，若不肯與衆岡伍者。道載其上，貫南北，由之以通。岡下爲隖，隖多梨。春梨競華，皤皤如碧琉璃環吾屋。喧者爲鳥，爲農歌，爲漁邃，爲樵車聲；震嘯者爲虎；跳踉者爲獐、爲兔；文而翔者爲野鷄。隖下有窪，爲塘二，小者三。塘淺水清，大魚弗居，鱻鮍聚族其中，常與人狎，以手承塘水，呼羣來嘬。所居背天柱，面匡廬，煙嵐晝收，前後在樹杪，疑即几席。友人胡漢聲以爲此雖近湖，有山居之槪，故忘其無高嶺側峯也，遂名曰山居。

顧予非有擇於是也，偶託焉，遂樂之。非惟樂之，抑亦重有得於其中。以予之見疾於俗也，從游者暱我而不我禁戒；良友知己言之矣，又不詳誰與發其蔽示之道者。今觀水之曲折，將徑直者其不可以達邪？山之圍繞，將疏闊者其不可以衛邪？罔以隆起而得道焉，其甚矣，毋自卑且汙邪？梨之華，其潔者邪？禽鳥、農樵、漁牧之聲，以自然而鳴者邪？虎警吾放心者邪？獐、兔示吾輕詭者疾邪？君子之物其身也，殆雉也邪？能容而別者，塘邪？小人之比也，蝦鱻之族邪？煙嵐收而遠名山出也，胡可以自障而瞶其目也邪？嗚呼！道在是矣。諸子以予説爲有得也，請記之，於是乎記。

郡伯劉公監兑漕糧記〔一〕

歲壬戌，奉徐大中丞禁革里排，凡往年里排所經收者，舉以官收官兑，著爲令。續奉兩江督憲于公移檄，州縣應徵漕糧，務令潔浄。松土磽瘠，厥壤黄赤，所産米各如其壤色。邑侯蘭水朱公稔知之，先期諭民赴他邑，易純白穀種植之，秋收取米輒變，莫可如何。及期，運丁欲壑無厭，少拂，輒指米色爽潔浄例，不肯收，官贈之外，多挾私贈，又揹尖耳，横肆勒索。

會郡缺別駕，郡伯劉公攝事，行部所至，搜剔積弊。以次入松邑，見其山，曰：『林木之利民者何寥寥也？』見其澤，曰：『魚課之困民者何以蘇？』見其土田，曰：『高者慢熯，下者慢澇，甚矣！原隰之俱病也。』見其廬舍，曰：『巨室大族火於寇，蠅鬚蝸角竭於徭，甚矣！貧富之共咨也。』見其洲渚，曰：『蘆葦之爲累，一至此也。』徘徊者久之。日暮，宿於道旁之舍，延儒生訪疾苦，行李蕭然，騶從不驚，居者、行者不知上官在吾境。明日抵倉次，諸運丁以潔浄例挾米公前。公曰：『所謂潔浄者，毋穅秕、毋砂石之謂。今乃欲變地力，以飽汝慾乎？民困如此，糧符額足以漕矣！汝欲飽，獨不念吾民饑乎？』因示諸民：『凡運丁無端勒索，自正收兑及官贈銀米以外，敢取一粒一文者，以聞，罪無赦。』於是漕弊立清，官弁帖然，無復譁者。公行廚自供，從者皆裹糧，但飲松水而已。還郡，常念松疲，百從寬恤，松民食德獨厚云。

公名㰜，號懷遠，晉之安邑人。庚戌，揀選治皖，多善政。

靈谷寺樹記〔三〕

向聞靈谷寺大銀杏一章，曾腰玉。往觀之，根株輪困，仞以上即爲數岐，雖氣象鬱葱，無奇也。但言其結實無心，頗異它種。今年三月既望，與門人張星閒謁孝陵，復過靈谷，會安福吴舫翁在寺脩山志，因見舫翁所作樹王記。記云：『高皇帝既移寶誌公塔藏，遂幸靈谷寺。見是樹深居衆樹中，盤根極大而枝葉不露，有居中馭外之象，曰：「是可爲樹王矣。」頃之，樹杪一枝葉獨黄。帝見之，曰：「樹冕矣，其真王耶？」解玉帶賜之。已而，樹結實，其腰間皆突起，環如帶，不但以無心見奇也。凡寺中銀杏樹數百章，無東西南北盡向之，若環拱者，雖大風飄拂如故，而所謂腰玉者，深藏衆樹中。其杪上一枝，衆葉方青翠，獨黄燦然鑠金如是者，至今皆不改。』予循覽之，果然，但未見其結實突起如腰玉者。然以所見，信所未見，當不誣也。

嗚呼！自高帝開國未幾，值靖難之禍，凡洪武所賜腰玉諸公侯存者鮮矣！而樹猶得貴，其苗裔即靖難後腰玉者亦不乏也。受國家三百年爵禄之貴，而兩都淪陷，其視腰玉不啻糞土，而棄之如遺焉。樹猶區區守先朝之賜玉，樹殆不知時勢之已改矣！廟社既墟，而後天地之間惟海上一隅以賜玉終，奉故朔垂三十七年，今亦已矣！樹又何貴於先朝之賜，而用以見奇若斯哉！舫翁臚列君德，以爲此大樹者不愧真王。而予既奇大樹能君，尤奇衆樹能臣，合東西南北之殊、當勁風疾霆之交而未嘗改柯易葉，拱衛其君如故，視岳墳之南枝，不更奇乎！嗚呼，使其臣無不拱衛其君，雖千萬年王可也。

庚辰三月，烈皇帝諱日，宿松朱書記於舊京武定橋之陽。

大司成吴公振興國學記〔四〕

世祖皇帝既大定天下，誕敷文教於四方，薄海蒸蒸，胥耀於德。乃眷京畿十五國皆有學，勳胄居京師，以旂爲鄉，國學是統。於是特重國學之制，祭酒滿漢各一人，司業滿二人、漢一人。滿司業分領八旂，旂各設官學，使旂之長推擇子弟爲官學生。漢祭酒檄天下貢入於監之士，試其學之優者，俾與滿州、蒙古助教各一人爲官學生師，並席臨官學生，名曰教習，月廩户部米一石。旂五人，各視其入監之先後，比三期，祭酒咨於吏部而授以官。自國初至今，五十餘年不廢。行既久，或居非其人，百弊以滋。士苦於監師、苦於官學，皇幾不可終日。助教或操教習短長，甚至以勢相軋不讓。又每月及季月舊課試合監之士，教習以師位不與。既而各生徒不至，教習稍稍來應故事。及其敝也，或試無定期，猝閉教習，迫切之甚，至終日饑疲，几席、筆硯、卷册不具，伏地卒事。或攖其怒，且得重罰。又考試或不盡出於文藝，巧捷者往往由非道進。甚至既取爲教習，不以考次先後補授官學。巧捷者又往往由非道進，名次雖後，躐補之。舊取教習未補，復新取數十百人，故有終身貧困京師不得取及取不得補者。

康熙三十一年二月，漢祭酒以憂去，廷議循例，推列久未下。時歙縣吴公官檢討，資淺不及與，天子特命，三月內四遷，爲祭酒。公既受命，稔知其弊，毅然曰：『此非大振興之，無以報聖天子。』命至之日，諸屬吏以次見，教習四十人旅進行禮。公出席三揖，曰：『教習爲官學生師，吾不可無禮於官學生師，以輕官學。』明日，或言教習不得與助教並席坐，公問舊制，對曰：『序爵禮也，宜無以舊制爲。』公曰：『否。設官學之初，非不知助教爵尊於教習，然使並席者，助教官於其旅，教習則助教之旅之師也。師嚴道尊，故爵爲之屈，世祖皇帝至今所以不改也。且教習南面坐，非自尊也，以與諸官學生講習者，聖人之典籍。聖人典籍在，聖人在矣，可褻乎！』言者無以對。自是得如舊制。

未幾，公集合監士試之，曰：『士以文章見，吾不可無禮於能文章之士，以輕文章。』既先示以期，至期卷册、器用備具，飲食精好，皆出公俸以給。有以非道求進者，必曰：『士以德行爲先，苟奔競，文雖佳不取。』故雖小試，不少苟，官學生文藝優者必獎賞之。間親至官學，從容色笑，談藝竟日。官學生偶有一得，又必獎賞之。公廉惠剛毅、明敏忠信，滿漢齗齗，既悦且敬，翕然以和。

明年，教習乏人，公當試士取充之，念近今非進士可得官，惟教習爲正途，士守此至苦，奈何以非道進？試之日，約同官之長及應試士百餘人，焚香誓先師前，詞旨忼慨激烈，聞者悚懼，於是請託路絶。人謂自有教習以來，未有公且明如此者，故所得皆真才。其補官學也，考取名次先後一定，堅不可易。有以要人屬爲超補者，公怒，欲罪其人。於是，國學積弊一清，政之善者皆復其舊，士樂於學，官樂於教，倏然改觀焉。

國學之制有未備者，月朔望謁於文廟，司禮或用隸人，威儀不具。公曰：『是非聖天子崇重先師意也。』乃命教習兼其事，衣冠蹌濟，吾道益光。教習試於吏部，舊制每十人授知縣八人、州同知二人。州同知冗雜，終身不得官。初制以文藝優劣爲差，後或巧捷者又往往以非道進，高才之士或抑置州同知。公既命教習兼攝文廟典禮，遂入告，謂宜概授知縣，以示優崇。得下部議，如公奏。五十年，教習每以州同知爲厄。蓋貢優於監，加以三年，成勞至與冗雜者等，雖可仍奮甲科，然氣懦者卒難振，亦無以返鄉里，往往淪落以死。今一旦得其平。

公之振興國學，不可殫述，其大者類如此。舊制不可改者，得公不改；其不可不改者，得公始改。公所守與設施之略，大概可覩矣。又一年，公以省親歸里，士如去嚴父慈母，欲伏闕下留公，公不許。書爲教習，適當公在國學時，受知最深，譾劣不能發明公之大有造於國學，而懼後之人不知其本末也，於是即見聞爲之記。

公名苑，字鱗潭，壬戌進士，徽州之歙縣人。同時司業溧陽彭公會淇，字菉洲，丙辰進士，同心相濟，故能成其善云。

翰林院庶吉士、宿松門人朱書撰。

御書帶經堂記〔五〕

古書契未立，天地民物之常理燦然上下間。伏羲、神農、黄帝、堯、舜、禹、湯、文、武，備之於身，以成理萬物，無經之名，而莫非經也。至孔子不得位，删詩書，定禮樂，贊周易，修春秋，而後世奉之爲六經。蓋措之於身則其事精，而天下法之以爲治；筆之於書則其義詳，而萬世繇之以爲學：其道一而已矣。新城王公爲御史大夫時，御書『帶經堂』額大字頒賜，朝士榮之。公侈君賜，既揭於所居之堂，而命書記之。

『帶經』之説，昉於漢，御史大夫兒寬少貧，常帶經而鉏。公生華胄，弱冠掇高科，歷顯仕四十餘年矣，知遇之隆，近古未有。與夫顛頷賤貧之士，雜身都養賃作間，勤不廢經者，相去甚遠。寬雖能使酷吏如張湯知嚮學，雄才大略如漢武，與語經學而悦，其得力於經，有大過人者。公文章衣被天下，因公而知嚮學者皆是也。佐佑文治，不但悦所語，而欲使天下振興經教，以袪邪慝，又未嘗不存於心，求見諸行事。然則公之於經，固將與天下法之由之，而何帶之與有？於乎！經之荒亦已久矣。以寬生平力學，不過采儒術、文封禪、邀明堂，一觴而止。經之用，顧若是與？孔子之聖，攝相三月，斷斷焉不能使魯爲東周，僅與其徒退而講遺經於洙泗之濱，傳之其人而已。於寬又何責焉？方寬之爲御史大夫也，委曲遷就，以從人主之好，位盛貴極。儻回思耰鉏之餘，豈不曰吾今者御史大夫之尊，殆不若嚮者都養賃作，得以優游一卷之書之爲樂哉！

公以天下萬世所繫賴之身，受六經之托，著書滿家，望風求教於門下者，不可數計。名斯堂也，其將禮耕義種，與天下治人情之田乎？抑良農能稼而不能穡，藏之名山，待其人乎？朱子之詩曰：『面似凍梨頭似雪，後生誰與屬遺經？』公其念經之久荒，而與吾徒鉏治之，則當何如也？書固荷鉏之田夫也，幸得從公游，故記公堂，而卒以鉏田之説進。

御書信古齋記

尊彝鼎俎陶冶之器，篆籀八分隸楷行草之書，設色淡墨之畫，今皆去古遠甚，彌古則彌佳，而惟人心之同然，無古今一也。列子曰：『天下治亂，古猶今也；五情苦樂，古猶今也；四體安危，古猶今也。』此亦足見古今之大凡，而所言猶淺。至周子則曰：『德配天地，古之極也。』是言也其至矣乎！是故莫古於人心之同然，而夏、商、周恃之以復，漢、唐、宋、明之所不及者，恃之以興。即舉世不足道古，而此心卓乎立於天地之間，期於德與之配而後止，則區區元會運世之迹，爲同爲異，亦旦暮而已矣。

大司寇新城王公，以『信古』名其齋，嘗上請，得御書以賜，而命書記之，蓋亦願學孔子意也。夫孔子以信古自居，而又嘗以漸不及見史之闕文爲憾。坤乾之義，夏時之等，終無改於從周。然則其於古，宜有未之盡信者。乃千百世後，可信者必曰：孔子豈非德配天地、古之極者與？公莅民而事治，敷教而文變，掌憲而紀肅，詳刑而德洽，上信於朝廷、中信於卿大夫、下信於遠近來游之學者與承風之民，亦可以澤今而傳後矣。而猶不自信也，以『信古』名其齋。夫有所宜於古，必有所戾於今。

自秦以降，以秦爲師；自元以降，又以元爲師。未嘗不稱説唐虞，頌美商周。及究其行事，在上者，不但井田、封建邈若海上神山，即元鼎、貞觀、慶曆諸遺事，亦誰以爲可復者？在下者，不但鄒魯之道不可再振，即濂洛關閩之學，又誰不以爲迂闊而不近人情者？古道之淪胥，固其所也，然返世於古，勢有甚難。若自爲古人，則在我而已，公之自爲古人，固天下所不疑，而深得乎人心之同然者也。吾知後之人論世，至今數十年間，屈指可信於公卿大夫，必曰新城王公。則公之信於古，與後之信於公，又何以異哉？

校記

〔一〕四德堂本未收，據清貽館本朱杜谿先生集補輯。

〔二〕四德堂本未收，據清貽館本補輯。

〔三〕諸本未收，據古學彙刊靈谷紀游稿補輯。

〔四〕諸本未收，據吴苑北黟山人詩補輯。

〔五〕本篇及後一篇諸本未收，據王士禛分甘餘話卷四補輯。前有王氏題語：『余門人朱書字緑，宿松人，攻苦力學，獨爲古文。癸未登第，改翰林庶吉士，未授職卒。嘗爲余作御書堂記二篇，録以存其人，今文士中不易得也。』

杜谿文稿外集卷五

傳

狄梁公祠堂碑記[一]

邑東三十五里有山，屈如盤，盤中有庵。庵中神冠服若宰輔，美丰姿嶽峙而淵渟者，狄梁公也。後有巨石，若立獸，甚神，人不敢犯。或曰：公巡江淮，偶至，立坐石上，故神遺於石。

噫，異哉！公之神乃在石耶？石之神其公也耶？夫以石之無知，而公之立坐其上，又無幾何時也，然而石卒以神。若是乎，公之無乎不神也。予始疑，弗敢信。既乃縱觀名山大川，往往風雨之所晦冥，狐兔鳥雀之所窟藏，孤猿野鶴之所攀援而棲止，甚者岸谷而谷陵矣，而古人遺迹彌久彌新，摩苔蘚者能記之於目，稗官野乘能筆之於書，則豈物之自傳哉！古人既藉物以傳，斯人去而物留，即物留而神未去焉耳，又何疑於梁公之石之神也耶？雖然，以石之無知也，公之立坐其上又無幾何時也，而石卒以神，況於人乎？君子操治人之權，摩以歲月，其人不化者未之有也。且石之神或有時而未必然也。若夫聞公之風者，百世以下有不興起者乎？而又豈在石之神云爾乎？

公之祠在松者三：洿池則墓存焉，曰忠節；涇江口祠曰白雲，與彭澤相望；祠於是者，又與忠節、白雲鼎峙而爲三。自明季亂，淄流踞祠，改爲高覺庵。移公像於前，與所謂伽藍者雜處，予懼無以妥公神也。公生毀淫祠，而公祠反爲淫祠所没，歷數十年，邑中人若罔聞知，是不若一石之靈，猶足識梁公於千載後而永永不移也。爰告同志，鳩材更新之，大書『唐梁國公狄公之祠』於門，并付攻者勒之泯而爲之記。

振英祠碑記〔二〕

振英祠者，唐中丞張公睢陽巡之祠也。宿祠公自石氏始。石氏宋理宗時渡淮，得公像，祀之棠梨宫。其孫武節將軍松顔公良，值紅巾亂，慕公捍禦江淮之烈，鳩鄉民保障一方，卒賴以安，因歸功於公之神也。公祀縣學左，名其廟曰振英祠，數百年不敢廢。明季遭流賊兵燹，祠燬，移公像老子宫，典禮缺失。松顔十世孫雲亭先生頌功，師表南國，倡明道義，嘗顧廢址，慨念之，以爲公勳不可没，祖宗之志不可忘，敬告邑大夫、薦紳人士更新之。

僉曰善。於是削榛莽，鏟蕪穢，八材孔良，堂奥用興。公自謂當爲厲鬼殺賊，舊像髮指皆裂，以章公志，今仍之。更貌其正容，冠服都雅，丰裁載肅。一神道，一人道也。既成，命書志之。

夫人情慕是人，必求如其人而止，然正不必盡如其人也。學公者豈皆致命遂志、臨難不避爾乎？士無彝險，皆貴自立。苟不自立，險則靡，彝亦濫也。世亂，奮不顧身，拯民塗炭，固公事也；世治，優游仁義、人倫、家國，亦公志也。拜斯祠者，其亦各隨時地而思所以爲公也歟！

頌曰：於赫睢陽，保我江淮。江淮屹屹，公捍其災。拯溺亨屯，述公之事。講義型仁，繼公之志。道無治亂，易地則是。濟濟羣英，振以公神。蒿宫同峻，泮水同清。

附　振英祠碑記〔三〕

振英祠者，唐中丞張公睢陽巡之祠也。宿祠公自石氏始。石氏宋理宗時渡淮，得公像，祀之棠梨宫。其孫元帥松顔公良值紅巾亂，慕公捍禦江淮之烈，鳩鄉民保障，一方卒賴以安。因歸功公之神也，祀縣學左，以爲福主，名其廟曰振英祠。或曰神司禄籍，故造士及入覲，祭焉；或曰司行，故祖道軷。二者兼舉，且春秋二仲爲民祈報，數百年不敢廢矣。明季流燹祠毁，移公像老子宫，典禮缺失。松顔十世孫雲亭先生頌功，師表南國，倡明道義，嘗顧廢址，慨然念之，以爲公勳不可没，祖宗之志不可忘，敬告邑大夫、薦紳人士更新之，僉曰善。於是削榛莽，鏟蕪穢，八材孔良，堂奥用興。公自謂當爲厲鬼殺賊，舊像髮指眥裂，以章公志。今更貌其正容，冠服都雅，丰儀載肅。一神道，一人道也。松顔之祖諱輿宗，在宋季爲都總轄，嘗爲神所凴依，有捍禦功。松顔似焉，舊皆附主祠中。蓋昌黎所謂死而祭於社者，今仍之；而益以唐流遇李太白、宿名宦閭丘，則今君朱公卷闡幽之特舉也。既成，命書志之。

夫人情慕是人，必求如其人而止，然正不必盡如其人也。世亂，奮不顧身，拯民塗炭，固公事也；世治，優游仁義，人倫家國，亦公志也。拜斯祠者，其亦各隨時地而思所以爲公也與！區區索福禄籍、祖道間，惑已。雖然，公福主也，豈誣也哉？頌曰：

於赫睢陽，保我江淮。江淮矻矻，公捍其災。拯溺亨屯，述公之事。講義型仁，繼公之志。道無治亂，易地則是。惟我羣英，振以公神。蒿宫比峻，泮水同清。

卓氏忠烈遺事碑〔四〕

明户部侍郎忠貞卓公以靖難死，死二百九十九年，其裔孫爾堪復奉其神主祀於虎踞關之螺髻庵，宿松朱書偕朋侶往再拜已。

爾堪曰：『堪族曾祖蓮旬公及祖龍文公居舊京，嘗規虎踞、龍潭間，闢祴園焉。會祠部奉詔祀遜國殉節諸臣，既合祀表忠祠，又自謂忠貞公少與仙游，騎黑虎，風雨夜歸也，祠虎踞宜，乃祠之螺髻庵中。祴園凡十六區，楊公文驄仿輞川爲圖，董公其昌跋之，螺髻十六區之一也。於是，積藏經若干函，繡文佛一軀置庵中，器用備具，招高僧開講。後兩宗子孫挈家散居浙江，在北隸揚州，在南隸湖杭，而園遂廢。吾族人不恒至舊京，即至，而螺髻僻遠，多不暇過問。久之，不知何人遽毁匿神主，又輒妄稱庵及藏經皆別有所屬，堪聞大痛，念前神主不可得，特重新之，仍祀於庵，庶常見先公騎虎之迹焉，欲有以示後之人。吾子不可以無記。』

書嘗讀史至革除之際，謂士君子報國之忠自有天地以來所未有也。然齊、黄、方、練諸公，忠烈有餘而智謀不足。公獨請徙燕南昌，此至計，惜乎惠宗之不能用也，豈天之所興不可廢與？國家非略存封建之意，則内不可以制草澤英雄，外不可以遏强敵。故高皇帝王二十四子，而遼、寧、燕、谷、代、韓、晉、慶、肅、秦十王者皆被邊。諸王虓武雄勁，北馬不敢近塞者垂四五十年。及燕師南向，七戰而移國統，説者遂謂高帝分封太盛，卒釀尾大之釁，而封建決不可復。嗚呼！是亦不思之過也。燕之舉兵也，其勢甚孤，非若漢晉七國八王連衡迭出。惠宗以天下之力制一隅之命，烏在其不敵哉？蓋謀國者誤也。以李景隆代耿炳文，誤一。不急遣使親寧而急徵之，使觀望反速合，誤二。舉兵犯順，顧曰毋殺叔父，誤三。有此三誤，即他敵不支也，況燕乎？然則，忠貞公徙燕南昌之策非與？曰：高帝之封燕也，建威也。公之請徙南昌也，銷萌也。萌已見矣，何爲不徙？鯨鱣江海中，嘗吞舟出之；平沙萑蒲之渚，則制於螻蟻。燕故成祖之江海也，南昌則平沙萑蒲之渚也。成祖徙高煦樂安，曰是怏怏者必爲變，處之樂安，朝發夕擒之矣。及宣宗初立，高煦上慢書，其兵未舉而宣宗已至城下，展轉自縛。是則惠宗絀公之計於前而燕以王，成祖用公之計於後而漢以亡，公固善治封建者也。書故因爾堪新公之神主而申公之説，以爲後之謀國者告焉，使知封建不可以燕廢即有變，不可以早計如公而不之聽也。

爾堪乃記之石，并屬系以詩，其詩曰：

憲憲卓公，鞭虎如牛。風雨騎歸，月落星流。早掇巍科，殿廷震動。有嚴高皇，批鱗不悚。始官户垣，歷於户曹。躋身卿貳，逮事兩朝。嗣君寬仁，涵濡天下。有梗羣藩，燕最强武。肇覲京闕，輒行皇道。登陛不拜，肆爾藐藐。公則心傷，拜疏劾之。詔置勿問，公密陳詞。燕終不臣，毋予之燕。邊騎勁卒，早奪其權。洪都近畿，人弱地瘠。朝發夕擒，制控有術。請速移藩，毋俾蟲拚。天子曰嘻，懿親匪姦。亡何燕畔，長驅渡江。金川既潰，文武北降。燕憐公才，曰敬毋死。吾能庸女，其庀吾事。公卒不從，僧衍曰嗟。惟蠡與勒，墻衍治差。乃遂公志，三族并夷。臨刑而歎，臣志未施。惟燕亦云，士不易養。歷三十年，惟敬不爽。肆公既逝，燕用公謀。卒剪漢逆，宣廟以休。迄於季年，大獎群忠。作祠舊京，合祀是崇。公之子孫，潛匿免禍。允文允武，載德弗惰。南北兩宗，嘗居虎踞。謂公騎虎，虎踞是馭。爰祀螺髻，奉祠以僧。彼昏者子，慢公神靈。竊祠毁主，曰有所受。孫堪聞之，疢如疾首。告於舊邦，咸曰復公。乃奉新主，居祠之東。惟忠能死，惟孝能祀。入虎踞關，請視於此。

宿松朱書。

温孝懿先生墓表〔五〕

關中温先生既没越二十年，其仲子孝廉謀謁選京師，持狀再拜以請曰：『先子之没也，里之人私爲易名曰孝懿。其葬也，李翰林因篤誌而銘諸壙，表之於石，至今闕焉。曩以吾伯兄孝廉之才有聞於天下也，謂宜少待。不幸伯兄奄逝，予小子不肖，不能發揚先君之潛德，惟先生憫而錫以文，俾揭之墓上，感且不朽。』予辭不獲，因敘而表之，曰：

嗚呼！科舉盛而經荒，講學衆而道裂。士大夫不能躬行而見之於事，日稱説聖人猶之乎悔之也。夫孝友、睦姻、任恤，此六者先王所以教天下，而聖人之道之見於行事者也。故命曰六行，雖有智仁、聖義、中和之德，非此無所附麗。而世之學者或以爲淺不足行，高索之不見不聞之中，不知已流爲異端，而得罪於名教。大學之教，極於定静安慮得，而其所爲至善，則不過君仁、臣敬、父慈、子孝、友信而止。中庸至於位天地，育萬物，無聲無臭，而其所行不過君臣、父子、夫婦、昆弟、朋友之達道。然則紛紛之論，不辨而知其妄也。

先生關中學者也，其學以孝爲本，而孝友、睦姻、任恤無一不盡。事父歷四十二年，事母又加二十四年，生養死哀，志物悉備，蓋有處時勢極艱苦而終不失乎子職者，嗚呼！何其難能也。少讀顔氏家訓，分形連氣，掩卷流涕。於諸昆弟，形影無間。閨門雍肅，教子入人，以父兼師，伯子德嘉及叔子德裕皆成名孝廉。家遭離亂，蕩無餘資，然且走數千里，撫姊氏之孤，致之於家，爲之婚娶。族諸父昆弟無所依，或性卞躁，乖忤難近，其親子弟且畏而逃匿者，率迎養佽助，務愜其心。人有不平，多方解之，嘗曰：『愚人多怒，譬若流水，浪激其中，有阻塞故也。從容去其阻塞，則水平矣。急與之較長短，烏在長優於短哉？』遇公事利害，奮不顧身，務力任之。西南之變，烽火遍三秦，親登陴守御者，二歲不懈。及先生既没，邑有事債馳，人輒涕泣曰：『温先生若在，當不至是。』

素不治生産，衣龘茹淡，然人急未嘗不應，尤喜奬進人才，謂人無分愚鈍老耄，好學皆可有得；人有微長，即賤工末技亦立爲延譽，使售其能。苦競科名，玩愒時日，或游嬉飲博，則無親疏必痛斥絶之無少恕。嘗三入燕，四涉江淮，再出襄漢，一入齊及蜀，所至交其賢士君子。恒居惡晏起晝眠，每以惜陰運甓爲諄諄。考圖觀史，取天文、地志以及陰陽、卜、醫，靡不精核□約有要而條列之，以待後人用世之具。其卒也，爲母喪營葬，至金陵，因以病去。若先生者，非所謂力行先王之教而以聖人之道見之行事者耶？蓋誠學者也。

先生諱樹玭，字虞白，别號清湄，自宋以後，世爲陝西三原人。再從祖純，由進士仕至少保、左都御史，謚恭毅，爲萬曆朝名臣。嘗從孫應鰲講『精一一貫』之旨，謂一則不二；若以人心爲私心，必欲絶而求道心，則二矣，非精一也。先生之學，蓋本之家傳，意在白沙、定山，不專於洛閩，而力行之實則共以爲不可及。先生舉順治四年進士，知堂邑，甫三月去官。才而見棄，甘於不才而自棄之，舉非先生所重，故不書。其家世及子孫之衆且賢，具詳墓志，亦不論。論先生之學之見於行事者，是爲表。

宿松後學朱書撰。

方龕山先生傳〔六〕

方文，字爾止，一名一耒，字明農，桐城人。方氏世以忠孝節義名。其家自四川斷事官法死靖難之禍，數傳至學漸講學，稱明善先生。學漸生大鉉，以進士仕户部主事，立氣節，能文章，即文父也，年五十生文。文七歲，父卒京邸，其母王氏年二十餘，苦節撫成之。

文年少有才名，思振其家聲，與諸名士貴池吴應箕輩，及復社、幾社諸君子相厚善。崇禎十五年，大荒乏食，宣城令梁應奇以五百金贈之。乙酉後，輒放廢不自繩檢，避兵吴江，尋病困白下。武進令張國樞、高淳令崔掄奇濟其急。既而，太湖令李世洽延爲生徒師，遂徙家焉。文爲人猥狹，又任放好嫚駡，刻意爲詩，輒嫉憤舉世，世無當其意者，以故多齟齬，四人獨能終始禮之無間也。

間登廬山，南望痛哭。還居樅陽，會妻中風暴死，妻家構釁，移禍其妾，㧐妾腦，墮胎死。時母年七十矣，命文出游繼室，冀生子延宗祀。文依母不肯去，母嚴命之，乃之淮安。已聞母卒，奔還，厝之淺土。事竣，游徐州，入燕，北探孤竹，諸貴人多折節交之。文顧時時狂駡曰：『齷齪，毋近牀汙我！』逾年，復命棹歸，卜居淮上，娶故殉難汪公偉女爲婦。時李世洽觀察徐州，復往從之。已，乃南入杭州，縱游西湖，還居金陵，以醫卜自活。尋游兖州，謁曲阜林廟，去之濟南，上泰山，西赴廣平、大名，還金陵。未幾，泝江入豫章，至贛州。還，有四游詩集。

壬寅，益憤激，若蹙蹙不能一日生者。過清江浦，讀洪武所封河伯廟碑，慨然酹酒呼：

『謝處士緒，吾與爾爲後起，不孤也！』痛哭去。謝處士緒者，宋會稽諸生，居金龍山，入元，以忠憤自沉，即洪武所封河伯者也。事詳廟碑文。去，復上泰山，還客常州，或出或居。戊申謁孝陵。先是，文從兄孔炤爲南尚寶司攝太常寺，秋祭攜文及其子以智同至齋宫。夜有羣鹿來觸人，項懸金牌，鋟『永樂』字其上，蓋成祖所放也。取餅餌飼之，即馴擾攸伏。鷄鳴鼓鐘，百官鵠立拜舞。文因縱觀其盛，心樂之。遍陳禮樂器物，復嘆其朴儉，謂聖制不可及。至此，忽三十年，都非往日見聞。文曰：『戊申，高皇帝登極之年也，嗟乎哀哉！』伏地大哭不能起，久乃去。明年，歿於蕪湖客舍。有爲箕仙之術者，或傳箕曰：『平生詩酒是生涯，老死江干不憶家。自入黄泉無所見，冥官猶是舊烏紗。』遠近傳之，以爲文也。文無子，其壻安節王概爲刻鑫山詩若干卷。鑫山在懷遠縣城外，周世宗望之，謂濠州有王者氣。文以自號，不忘濠也。

朱書曰：吾聞之吴人汪撰曰，陳溧陽以假歸，乞鑫山定其詩，執禮甚恭。鑫山反復讀之，曰：『甚善，但須改三字，即必傳無疑耳。』陳以爲隱也，曰：『寧止是，顧三字者何也？』鑫山厲聲曰：『但須改陳名夏三字。』時坐客滿舉，錯愕不能出聲。陳亦厲聲曰：『爾謂我不能殺爾耶！』適代巡來謁，陳拂衣去。客咸咎鑫山。鑫山笑曰：『吾自辦頭來耳，公等何憂？』頃之，陳復入，執畲山手，涕流被面，曰：『子責我，良是。獨不能諒我乎？』竟相好如初。

金知州傳〔七〕

金知州之純，字健之，黄州府廣濟人。父鼎赤，隱居教授，生二子，之純其次也。家貧，兄之鈇力耕以資之純，故之純得肆力於學中。萬曆四十三年舉人，四試禮部，不第，署醴陵縣教諭，再補淅川，考最，超擢興安知州。方是時，流寇蹂藉遍天下，而秦、蜀、楚、豫尤亟，興安當其衝。之純到官未幾，賊來，所過無不殘破，州縣吏或死或走，無能守一城以抗拒者。興安前已疲敝，兵材械器百不具，聞警，左右請出避。之純不應，帶劍登陴，慷慨與家人訣，誓與城存亡，簡料兵民計食庀具，一夕粗辦。時久旱，夜禱，忽大雨潦漲，城中益得爲備。賊遽引去，尋伺水涸復來，拒卻之。凡四至，圍久之，糧盡，城且陷，妻李指古井爲死所。之純蠟丸檄旁郡，游擊唐通來援，縋死士銜枚夜襲，殲魁賊四五十人古廟中，餘潰散。自是不敢復犯興安矣。御史上言狀，天子以興安獨死守，詔超擢之純漢中太守，未及離興安而卒。

其守興安也，雖止完一城，而旁近縣若紫陽、白河、洵陽、漢陰、石泉、平利諸砦棲草伏之餘民，繈負入城，依以爲命，屹然爲秦、蜀、豫、楚之障。興安自被賊以來，歲饑且疫。之純煮藥設糜，全活者甚衆，死輒官葬之，州人德之純甚深。及其卒也，不能具棺斂，州人醵金共襄事，乃得舉櫬還。州人盆香百里哭送之舟次，望舟跪拜，不得見而後去。之純爲畫策，徵召指麾，事卒以集。興安之擢，蓋由此也。其内行醇備，撫兄及季父之孤遺，恩義備至。而周旋御史吴裕中廷杖一事，生死患難之際，尤人所難。奄人魏忠賢者竊國柄，楊漣起斥其罪，禍益烈，舉朝皆父事之。閹臣媕阿取容，裕中疏斥閹臣丁紹軾，并及忠賢。忠賢矯詔杖殺之，無敢過而睨視者。之純時以舉人應部試，獨挺身往，經紀其喪，於是名聞都下。嗚呼！平時不忘友生之難，此所以守專城而不挫者也。裕中，江夏人，與之純同舉於鄉。

朱書曰：予與先生孫啓洛同貢成均，因得先生守興安事甚詳。竊歎甲申三月之變，巍巍都城，曾不得爲興安數日焉。説者至今以不遷爲恨，嗚呼！得守者如先生，顧言遷哉！先生父號楚濱，故以復濱爲號。楚濱裒輯宋名臣言行録，分學問、修身、齊家、仕宦、事君、政事六部，名自警編。先生童幼聞家訓，即能舉其義。然則世謂忠孝節烈不學而能者，亦識者所笑也。啓洛父名德嘉，康熙二十一年會元，官檢討，今老於家。

張景海公傳〔八〕

先生才禄公子，天三公孫，生明惠帝之世，雄奇有偉略。嘗言國家鼎革初定，井牧爲先，當事宜悉心講求水泉之利，教民務農生穀，以與之休息更始。然而先生志卒靳不施於世，而獨庇其子孫。

先是，先生居所彌望皆荆榛穢壤，地曠而平，土暵而燥，不可耕而田者，歷世然矣。先生既優游草莽中，沿溪行至上流，先生笑曰：『此田母也，前人之智奈何不及是。』溪有二，自西北委折來者，發源孔長，水勢充足。先生曰：『此但濟桴筏之用，需溉灌者此不可與争。』自正北委折來者，導源畝澮之間，水淺泥淤，旱涸雨溢。先生曰：『此造物所爲陰儲其利以餉人者。』於是，先生稍加濬導，而瀦之爲堤，堤成溉田千餘畝，旬日之間則水一徧。水凡四溉，穀已成實。水帶泥淤灌田，田益肥美，遂世世爲子孫利。先生喟然曰：『吾固謂天地無棄壤，然吾所成者亦僅矣。』

先生既老，不仕，嘯歌一室。或勸先生宜著書，言水泉蓄洩之法以利世，先生曰：『古今言穿渠益溉者，利多害更多，此不可以空言誤世也。』先生終不著書云。

誌曰：余嘗讀邑志，知治北四十里有撩草堰者，先生所瀦之堰也。世傳先生瀦堰時，堤苦不成。有老叟過，拋草皮堤下，謂欲成堤，必依吾拋草皮處。先生如其言，堤成。世俗訛「拋」爲「撩」，故稱「撩」云。然其事亦奇矣。余屢過其地，而爲之欷歔憑弔也。

邑後學朱書拜譔。

吴士傑公傳〔九〕

余讀邑志，吴公士傑功德久矣，往覆余心矣。兹者公十二世孫祝封與余爲素交，過我閭，言其修輯家乘，公將竣〔一〇〕。余思公之功德僅詳邑志，不克列司諸勛，時以爲憾。今聞吴氏纂修家乘，爰本鄉先達傳聞與得之公族譜牒者，爲公作傳，以志余曩者慨慕之深意焉。

公世居邑北之東門山，後遷土塘畈，再後子孫旺，則遷團林山、塘崗嘴、涼亭河、株樹巒等處。公曾祖大鏞，父宏恩，皆不仕。祖玉麟，官廣西上林縣，有政聲。

丁元之季，妖鳥羣非，闔邑盡傷炭塗。公倡議築堡，不惜巨資，生民得以出水火者無算。厥後，邑有水旱患，公必與聞，猶覆傾囊以濟。獨惜公爲遁世之士，不欲自出其才以究厥用。當日賊之上竄湘鄂也，林公以鋭師往鎮，徑過松，輜重不繼，軍情殊蹙，公輸甲帳及芻茭糗糧等用。林大服嘆，一爲慷慨有爲，足以當大受、濟大限，乃以兵事偕任執勸。公以衰老對，不應。大抵公之爲人，中正仁厚，見義勇爲。其他類於余所能言之事，擢髪難數，而功名富貴無容心焉。迄今二百餘年後，邑中老弱婦孺咸頌公之功德不衰，而且享廟祀、登邑乘。視世之擁高爵、坐皋比，當時則榮、殁則已焉者，其軒輊爲何如也！詩曰：『誠不以富，亦祇以異。』吾於公得之。

公丈夫子四：長伯枚，邑文庠生。次知仲枚〔二〕，太學生，候選行政廳。又次仲權，廩貢生，揀選知縣，五品同知。再次德麟，太學生，亦豪傑士，丁姨丈賀普興嗣。自明以來，吴與賀不相婚媾，職是之故。孫七，雖非盡爲豪俠士，要皆儒雅醇謹，克紹箕裘，足以昌大門庭者也。此余走筆作傳，而不禁爲之望風懷想矣。

同里翰林院編修朱書拜譔。

校　記

〔一〕四德堂本未收，據清貽館本補輯。
〔二〕四德堂本未收，據清貽館本補輯。
〔三〕輯自宿松石氏族譜，一九四四年六順堂刊本。此篇與清貽館本同名文章文字差别較大，故附録於此。
〔四〕諸本未收，據卓爾堪卓氏忠烈遺事卷首補輯，康熙刻本。

〔五〕諸本未收，據關中温氏族譜補輯。

〔六〕諸本未收，據方文盦山集補輯，康熙刻本。

〔七〕四德堂、清貽館等本未收，據嘉慶二十三年章瑄香朱字緑古文鈔補輯。

〔八〕諸本未收，據孫志芳藏一九一九年七修宿松張氏家譜補輯。

〔九〕諸本未收，據宿松至德堂吴氏宗譜補輯。

〔一〇〕公　當作『功』。

〔一一〕知　當爲衍文。

杜谿文稿外集卷六

書　後

書村塾二十四孝傳後〔一〕

二十四孝，村塾往往課童子，不知其書編自何人。首大舜，訖黄山谷，然多非經，不可訓。其最繆者，尤莫如郭巨。親之所愛，雖犬馬，没世不敢棄，况吾子乎？君、親一也，易牙殺子食君，不得爲忠，巨殺子娱母，得爲孝乎？父之於子，反服禮也。無罪而殺子，可乎？親之愛吾子甚矣，忘其死以食之也。殺子以生母，烏知不益吾母之疾而慘傷以死乎？益吾母之疾而慘傷以死，殺兒、殺母一間耳！庸愈手殺之乎？天賜金，何也？曰：吾未之能信也。掘地得金，江南六十萬家往往有之，不獨巨也。金之文，何也？曰：狐之鳴，魚之書。巨不必有是也，然而未可知也。

君子樂道人之善，巨之行亦難矣。斥之甚，何也？曰：吾惡夫爲善而不以其正，是又與於惡之甚者也。

宋牧仲迎鑾三集跋〔二〕

論詩者多言興趣，殷璠所謂『羚羊挂角，無迹可求』者是也。乃自有詩以來，惟少陵有『詩史』之目。詩之爲史，果專於興趣耶？讀此七篇，興趣行於敘事之中，可以悟盛唐家法。

宿松朱書識。

雜著

徵刻曆算書啓〔三〕

蓋聞儒者之道，唯識貫乎三才；聖人之門，必身通乎六藝。是以虞典傳政，首崇欽若之文；而魯史尊王，先正首春之月。禮詳月令，詩儆日微。大衍著於羲爻，履端明於左氏。行夏時至正，尼父所以爲邦；窮日至之期，子輿因而知性。概舉經傳，燦若日星；惟昔聖賢，咸通象數。若留侯武鄉之經濟，以實務爲先；濂洛關閩之儒修，以身心爲本。亦復窮數測理，驗人合天。未有仰戴而星躔罔識，改歲而分至茫如。推步諉之疇人，曰非大儒所急；儀象迷於曆局，謂非吾道宜先。如斯人者，豈不惑哉！宜乎先哲之精意，淹没於雜流；異説之紛紜，矜奇於聖教。我無以精乎其事，彼有以乘乎其衰。乃至機祥小數，混列天官；太史之占，下同巫覡。瓘斝玉瓚，究非禳火之需；除道成梁，不稽夏令之故。爾乃大都刻露，顯背曆經；高表簡儀，僅存虚器。加以律嚴私習之禁，官無明算之科，求許文正之復生，如張平子之特出，卓乎逸矣。於是循禮失求野之遺，轉問途於乾方之册；因不詳古疏今密之論，徒驚異於斐録之傳：聖學無人，於斯爲極。

宣城梅勿庵先生，世尊儒業，性好讀書。幼受庭聞，即識璇璣玉衡之義；長資友教，漸窮方程句股之微。歷之困苦，而得旁通；廣以咨諏，而歸一是。匯中西爲一貫，集曆算之大成。以歐羅巴每月中定氣不齊之法，實始北齊；而利瑪竇北極下歲一晝夜之談，已見周髀。里差即暘谷，幽都只舊制，置閏終羲仲、和叔之良規。凡所發明，不可移易。著書滿室，大半皆測驗之言；奇器盈箱，手製悉渾儀之用。四十年苦思堅志，想造化已生於其心；數千載疑義奇文，即鬼神若潛之告。顧茫茫六宇，誰是同心？藐藐九原，不可復作。聰明俊杰，或消磨於制舉之途；高爽名流，每忽遺夫算數之學。窮年矻矻，常憂此道無傳；識者寥寥，能得其同門或寡。而家無甔石，書成有待於殺青；抑年漸衰積，稾本恒虞其散佚。近者，金臺憲府疑問初刊，泉都孝廉方程載布；籌算先鐫於建業，雜著略刻於敬亭。然錮鏤未及其一斑，而表彰尚需夫歲月。嗟乎！翰音時夜，蟋蟀吟秋，是小蟲猶能知候，況人爲萬物之靈？且權明輕重，度分長短，是微物猶可相資，況天爲道原所出？乃方名算數，童而習之，或白首而多昧；日月星辰，目所共覩，竟終身而莫諳。惟此書之大行，斯古道之可復。凡今學者，豈乏通人？與其探秘笈於嫏嬛，多屬浮誇之論；集遺文於金石，止爲筆墨之娱。何若使五緯不失其躔，在璣横於片楮；七政咸歸其度，通渾蓋以單辭。而羣言退聽，勿以僞亂真；絶學昭明，不以今掩古。或任全書之廣布，如勒貞珉；或抽一卷以流傳，合光秋棗。庶名山石室，良書呵護以長留；而月窟天根，至教昭垂於不敝。予言豈同河漢，自有知心；此道未至荆榛，可勝翹首！

康熙三十八年仲秋，宿松朱書譔。

藥　説〔四〕

藥之寒者必多苦。苦也者，物之所甚畏也，然煩熱、躁急、潰亂之病非此不治，苦固大有益於世者哉！當其甚病，非無膏粱羹醴、脾臄肥脆之味羅而進於前，然而其病益甚。

夫藥之積苦也，亦已久矣。世苟無病，藥初不能變膏粱羹醴、脾臄肥脆之味以悦人。

即病矣，亦不能醫不藥者强之使治。然則，藥亦止自苦耳。向使藥亦自厭其苦，則煩熱、躁急、潰亂者已在是矣，即欲變味以悦人，又可得乎哉？

阽壁答言〔五〕

余客嚴恭館，爲雨所壞，壁且阽且塌，直與星月通。夜臥，見池中水、水中魚、魚邊楊柳，皆歷歷可望。或爲余謀：宜加完葺。山中豺虎大貪，縱即不能爲子畏，然非所以重其身也。

余曰：豺虎也，乃壁之是阻哉！豺虎而壁阻之，吾將旦夕坐於壁中，惴惴焉傳餐以食、授衣以衣，舉步不敢越壁外，而後可免豺虎之患。非然，吾且將振袂深林、翱翔曠野，探豺虎之穴而與居焉，安能閉户爲拒守計哉？且天下之豺虎不爲不多矣，舍所各宜防之豺虎，而備所顯然共知防之豺虎，夫亦見其惑也。况豺虎之足患與不足患亦在我耳，豺虎何與焉？我而無所以服豺虎也，何不役志於豺虎？否則，我既出乎豺虎之上，豺虎方且變其技以爲我娱，竭其爪牙頭項之力以爲我役，率其子弟類族以爲我捍禦其非常，而共防其不測。如是，則我將尺棰制之，使其奔走馳驅如犬馬，然又何貪縱之能爲？無如世之人不知所以制之者有其道，安常習故者流過於拘謹，深居而不知所由出，導擁而不知所由避，豺虎過吾門而不知所由至，其去也亦不知所由歸。於是，才智之士憤然不平，羣起而與豺虎争，計必欲入其室，殲其種類而後已。則見夫射者濟濟然，呼者譁譁然，持羅者森森然，追者躓躓蹋蹋然，窺探者默默佻佻然。庸詎知豺虎奮身一出，澤其吻、磨其牙、咆哮其聲而震蕩其勢；射者不知其矢，呼者不知其聲，持羅者不知其手，追者不知其足，窺探者不知其目，大勢一壞，羣向豺虎而乞命焉。是何豺虎之强而人之弱耶？抑人實無以勝之也？且夫豺虎亦豈必盡剿而去之哉？

天下之患，莫患於物不各止其所。物不各止其所，勢必紛然相角，而極亂大壞遂以乘乎其後。今我有以止乎我之所，而豺虎莫得以相與，則豺虎亦歸深山幽谷之中，無以乘釁而逞乎其性。抑吾聞之：聖人之世，但有騶虞、麒麟之屬而已，無豺虎焉。非無豺虎也，豺虎亦騶虞、麒麟之屬也。夫苟騶虞、麒麟之屬環聚而至，吾方洞開重門以受之，何壁之是葺？

或唯而退曰：夫子之言，使我目中無豺虎矣！

師氏箴〔六〕

周禮：師氏隸於地官，中大夫一人，上士及府吏、胥徒屬焉，其職掌以美詔王者也。又以三德教國子：一曰至德，以爲道本；二曰敏德，以爲行本；三曰孝德，以知逆惡。朱子謂三者相須而不可偏廢，誠爲學之要也。敬述而箴之。

赫赫虎門，門左是居。予宣三德，爾究爾圖。皇矣上帝，賦爾至德。爾德不修，爾道不極。惰氣易勝，强迺是憚。敏德不力，爾則自限。拂戾爾祛，和順爾集。大哉孝德，百行可益。迺自元儲，逮爾俊秀。誰無三德，爾尚克懋。積德於朝，朝多善治。積德於家，家有善士。守在内列，伊誰忍棄？胡不自厲？胡不自求？爾德不卒，後將自糾。

評語輯録

古文評三十六則

評梁份〔七〕

解易入微，傍見側出，各極其妙。至其沉鬱之氣，泉湧風發，尤有酣舞之樂。（評送茹紫庭守景東序）

淋漓感慨，一往情深，令人慷慨悲歌，唾壺欲碎。（評送張方伯往由海關序）

舉論『河套』數語，具見真識。序詩無一語及詩，令人想像。（評履閣詩集）

方是吴次尾先生之孫之詩，克繩祖武，存乎其人。（評滇游草序）

短章促節，而境地若深隱不窮。（評告别倡和詩序）

開闔變化，徑路絶而風雲通。其爲壽處亦隱約曲盡，善於立言。（評黄復庵六十序）

處人倫之變，而痛自刻責。詩人之旨，千古如見。文氣瀠洄淡沲，尤令人流連不盡。（評李鶴莊詩序）

故是小技，然不可謂之不奇。（評紫硯銘序）

律陶近多能之，惟未學而能其奇，殆不可測。（評律陶序）

儒生墨守成説，立體而無用，自南宋而後事變益甚，遂爲志士所深痛。讀此當令沉痼者□。（評贈吴其矩序）

墨苑之所以失、所以得，俱難立言。此文隱躍言外，而一段淋漓慨歎，尤見精神飛動。（評劉氏家藏墨苑序）

三層轉折，有黄河屈注之勢，策疲驚惰，有關世教，非苟然也。（評復賀天修書）

人無深心大力，雖足迹遍游其地，不能得其要領，若據傳聞，尤足誤事。讀此益知輿圖不易著筆，況談時務耶？（評與熊孝感書）

芝圖奏牘及貽中朝公卿書，剛愎之概往往有之，不能爲之諱也，然一時邊才無出其右。大抵傲於士大夫而善於撫循將卒，故與邊將往復書委曲有之，未可執此以概生平自下也。文特慷慨淋灕，欲歌欲泣。（評熊襄愍復邊將手迹書後）

二人傳中曲盡天下情事，是爲巨手筆。（評耿廷箓張朝綱）

論古人心事，直踞最上一層。覺子房博浪猶止爲韓，尚不及天下者也。（評與李中孚書）

處己之道、交友之義，俱足維挽頹俗。文境紆徐，僅爲餘事。（評寄劉忠嗣書）

掀髯慷慨，俯視人間，泰華若蟻垤培塿，何處更有埃壒撲人衣袂耶？至文氣古茂，則韓柳諸書直可抗行，非時流所能望其項背也。（評復伯兄）

是一幅西游圖，將塞上塞外風景、人物寫得活現，自己傳神，又寫得變動，此吳道子手筆矣！質兄初不存稿，余力争得之，凡無意爲文而能絶妙者，此之類也。（評答劉體元）

中有奥義，故足寶貴。（評與陶甄夫）

清談一則，可奪晉人之座。（評答朱字緑）

奇事奇文，令人不測；首尾而精言，更足不朽。（評寄朱修齡）

傳記貴有起伏，照應通篇，拈『善』字作線。中以□事宕跌作波，所謂密而能疏、文極老潔者。（評文學譚從仁家傳）

不溢不漏，序事有法，可謂要而不煩。（評方於光家傳）

發説秋另有心解，文復横暢。（評説秋齋記）

謹嚴不懈，中有精義，可以扶植人倫。（評江邨負米圖記）

侃侃鑿鑿，固由善辯，亦由識卓，自是必傳之文。（評駁貞女論）

持論甚正，能令古今假意氣、輕疑信者關口失聲。（評陸抗論）

峭異，是一則列子。（評培庵説）

嗚咽淋漓，一往情深。（跋臂閣銘）

於尋常題跋中發偌大議論，此所以能必傳也。篇中疊用『瓶庵』字面，與龍門信陵君傳暗合，卻無摹效之迹。（跋瓶庵贈言）

評張符驤〔八〕

依歸草敘事好，又有斷制，真文陣之雄師、古道之砥柱也。（評依歸草總論）

良御常言：『吾輩局量，只到得昌黎位下，説程説朱，徒以欺世而盜名。』艾陵固文人之雄，因文明道而旁通當世之務，良御定不錯鑄。（評雷艾陵傳）

前用直敘，後用倒敘，用筆變動不居，要其刻劃入神處，得蠶室神技也。（評陸溍祉傳）

疊述衆言，有夏雲奇峯之意。（評吴蘭紉傳）

評李塨〔九〕

姬死何從容也！傳得太史公神髓，姬不死矣。（評吴姬傳）

時文評六則

評戴名世〔一〇〕

微言精義，揭日月而不刊。（評子貢曰管全章）

是聖人口吻，是聖人氣象，應從夫子肚里穿過來也。（評『老者安之』三句其二）

此與『體羣臣』二句題文，皆褐夫最少時之作，集中已自删去；而余謂兩篇固有奇氣，不可廢也，故復録之。（評『柔遠人則』二句）

評方苞〔一一〕

至味自高，含毫邈然，其韻致在行墨之外。（評『滔滔者天』至末）

細淡深微，緩緩咀之，其味乃出。（評『如切如磋』四句）

告子之道，至佛氏而精，至明之中葉而暢。總之，最不便於其説者，『仁』『義』二字也。文能勘透底裏，其氣體古質更迥絶衆流。向於房選中見此作，亟推爲名筆，今知出自吾靈皋，益信一時無兩。（評『性猶杞柳』全章）

校記

〔一〕四德堂本未收，據清貽館本補輯。

〔二〕諸本未收，據宋犖西陂類稿卷十八補輯，康熙刻本。

〔三〕輯自梅文鼎曆算叢書輯要卷首，乾隆十年承學堂刻本。

〔四〕四德堂本未收，據清貽館本補輯。

〔五〕四德堂本未收，據清貽館本補輯。

〔六〕諸本未收，據李振裕羣雅集補輯，嘉慶刻本。

〔七〕輯自梁份懷葛堂文集，雍正刻本。

〔八〕輯自張符驤依歸草，康熙重刻本。

〔九〕輯自李塨恕谷後集，雍正刻本。

〔一〇〕輯自戴名世戴田有自定時文全集，康熙刻本。

〔一一〕輯自方苞方望溪全稿，光緒十二年重刻本。

杜谿文稿外集卷七

壬午鄉墨[一]

論

文所以載道也

天地間莫非文也。天生之，地載之，聖人宣之，乘陰陽之大化，亘宇宙之終始，三綱以正，六紀以齊，萬物以類，八極以準。嗚呼！非知道之君子，烏足語於經天緯地之文乎？

蓋有道而後有文，則文以道重，非道以文重也。聆衆樂於洞庭之野，而後知聲音之抑揚、綴兆之舒疾也；習大射於矍相之圃，而後見觀者如堵牆、序點之揚觶也。聞至道於聖人之門，而後知六經之炳於日星，四子之書之昭揭於天地也。僅曰文耳文耳，吾立言求不朽足矣，遂可終身不聞道乎哉？

周元公，道學也，非文人也。其通書論文辭，有曰：『文所以載道也。』殆千古文學之極則也歟？夫道，廣矣、大矣，天地莫能載，而文何足以載之？且道非頑然一物，可以納乎一器之内，文非廓然一物，可以包乎羣質之形，顧曰『文以載道』，何耶？蓋君子之爲文也，不於文乎求之，而必於道乎致之。

是故，主静以立人極，而太極常存於二五之内而不失乎其初；定之以中正仁義，而剛柔善惡常辨乎一誠之宰而不違其本。其所謂道者，焯焯然與天地相似，而推而放之，則蕩蕩乎與上下同流。於是以其自有之道，發爲不可掩遏之文，將見九天之屬，其高不可窺；八柱之列，其厚不可測。吾文之量得之，烜爕魄淵，運行不息，基地廣闊，躔次不紊；吾文之焰得之，南桂北瀚，東瀛西溟，杳渺而無際，涵負而不竭。魚龍生而波濤湧，舉不足言吾文之深。雷霆鼓舞，風雲翕張，雨露潤澤，鬼神恍惚，莫窮其端倪，舉不足言吾文之變。凡此者，蘇軾、宋濂皆以爲氣之爲，而不知爲理之爲也。蓋非文也，道也。

是故，古之聖人垂衣裳而治，取諸乾坤；上棟下宇，取諸大壯；書契之造，取諸夬；舟楫馬牛之利，取諸涣隨；杵臼棺槨之制，取之小過、大過；重門擊柝，取諸豫；弧矢之用，取諸睽：此以文生道者也。温柔敦厚而不愚，則深於詩；疏通知遠而不誣，則深於書；廣博易良而不奢，則深於樂；潔凈精微而不賊，則深於易；恭儉莊敬而不煩，則深於禮；屬辭比事而不亂，則深於春秋：此以道生文者也。

文王既歿，文在孔子；孔子既没，文在孟軻；孟軻死，不得其傳焉。莊、列、申、韓之徒叛乎道，其爲文也賊；班、枚、司馬相如以下暨於六朝離乎道，其爲文也支；鄭康成、王弼、賈公彦之流略窺乎道，其爲文也煩；荀、楊、韓、歐、王、曾之屬，近乎道而未醇，其爲文也或合或離，而不能無遺議。至周子出，而太極一圖、通書四十章，幾幾乎追尼山而躡子輿，羽翼乎道，其爲文也大醇而無小疵。嗣是，程朱之文遂與聖人之經並重於天下，非文也，道也。世之人不學其道，而唯文之求，將見敗輪毁轅，而不成其爲車也。虚車且不成，夫又焉載？適爲周子之所陋而已，文云乎哉！

本房林碧山先生 熊熊光焰燭天，可以上下五千年，縱横一萬里。

表

擬上萬幾餘暇揮灑宸翰頒賜大學士以下及部郎等官珠璣璀璨炳若日星羣臣謝表 康熙四十一年

伏以寶墨騰輝，心畫著乾坤之象；奎文耀采，榮光起雲漢之章。天縱聖以多能，藻思濬發，帝與臣同喜，起寵錫紛披，美溢簪裾，華逾琬〔二〕。臣等誠惶誠恐，稽首頓首上言：

竊惟景龍呈瑞，開萬古之奇文；嘉穗垂形，啓千秋之秘契。三皇八會，演自古初；二典三謨，傳於聖世。卿雲糺爛之頌，紀復旦之光華；卷阿蓁萋之章，賡鳳皇之翽翽。雖未留傳其筆札，要皆共仰其休明。下至漢賜璽書，亦越唐頒飛白；劉洎之登牀乞字，用勸清風；李嶠之待詔銜恩，昭回秋漢。元祐之題碑額二十二人，雍熙之賜卷編四十四軸；他如詩賡三傑，政寫六條，揭麗正以崇儒，標桐柏而重道。崔家堂額、孫氏書樓，無不擅彼宏通，傳爲盛事。未有君歌臣拜，盈庭捧鳳闕之章；玉簡丹書，一日徧螭坳之下；瑤函啓處，寵溢百僚；金管傳時，風動四海，如今日者也。

兹蓋伏遇皇帝陛下，道貫一中，光垂八表。敕幾於清晏，常勤日昃之思；淵鑑於齋居，不廢時行之健。丹函翠韞，藏千聖之寶章；綈衮縹囊，集九流之秘籍。乃以萬幾餘暇，更兼六藝精通，天藻昭垂，邁過沛横汾之作；帝暉下燭，光榮河温洛之藏。或觚棱風細，碾鳳味而拂雲箋；或長樂鐘清，卷鰕須而抽秘帖。摹古則龍臥天門、虎跳鳳闕，鍾王從筆底馳驅；寫懷則豳風觀稼、小雅吹笙，周召入簡端拱拜。而且長楊校獵，霜毫與電矢俱流；淮海時巡，駭浪偕文瀾並湧。莫不積成錦軸，襲以縑囊。固已散藻摛華，百職咸欽夫俊逸；揚鋒露鍔，諸儒莫測夫高深矣。

顧帝光既廣被於海隅，而恩施尤疊及於羣下。爰御保和之殿，用集卿尹之班，近自黄扉，下施青瑣，皤皤元老，先親日月之光；濟濟侍臣，共睹奎章之爛。花磚影裏，五色乍捧絲綸；粉署班頭，九霄共承雨露。黄門之梧，濯濯氣長千尋；烏府之柏，森森光餘萬丈。光彩在天成象，既日麗而星輝；因物賦形，復珠霏而璣錯。精神飛動，袖中驚鳳翥鸞翔；陸離，座上訝雲蒸霞蔚。具其一體，猶足雄視於鷄壇；得此連城，豈但增輝於鵷序。

臣等筆慚麟角，學愧鵝羣。玉版雲回，竊鴉塗而蚓縮；芸編露湛，惟獺祭以鱓藏。仰和霽之天顔，如覩沖融麗日；捧淋漓之御墨，似攜縹緲罏煙。將鏤飾金泥，作鎮嵩衡華岱；且雕鐫翠石，配休蒲穀躬桓。伏願游藝常怡，邇英時御，陶堯鑄舜，不徒留禹碣於湘衡；轢夏輘商，豈止垂周詩於石鼓？無私覆、無私載、無私照，六合之内，如諧聲指事之同文；一以清、一以寧、一以貞，千載以來，若八法六書之運臂。則泰山小天下，不煩樹無字之碑；而鐘鼓樂辟雍，且以繼有聲之治矣！

臣等無任瞻天仰聖、激切屏營之至，謹奉表稱謝以聞。

本房林碧山先生　議論宏暢，氣脉流動，不徒以妃黄儷白見長。古文大家多不能駢體，此乃有其兼美，真全才也！

判

官員赴任過限

綰半通而膺民社，自當公爾忘私；承一命而效馳驅，尤凜君言不宿。平日負蒼生之望，何得久臥東山？此身追叱馭之忠，詎憚險經西坂？今某空登除目，罔有敬心：效宣聖之行遲，赴官豈同於去國；非叔度之來暮，趨署乃後於登途；青溪鼓枻以流連，不念王程之敦迫；綠樹披襟而嘯詠，空煩里鼓之傳聲。爾既不免曠時廢事之愆，我則加以計日論笞之律。

人户以籍爲定

司徒重邦版之制，天子再拜以臨兆民；太尉嚴土斷之文，黨正八家而同一井。是故規程一定，則魚鱗赫若龍章；册籍既成，則鴻羽集於鵠板。今某罔虔民數，不副官箴。帝都帝鄉，汝既不問矣，多寡任其侵漁；樂郊樂國，人復何有哉，黍麥半歸碩鼠。九品失乎中正，南誰王謝而北孰崔盧？四民反乎太常，士匪横經而農無秉耒。避重就輕者懲吏，準免更變者儆官。

致祭祀典神祇

祀典詳於戴記，不徒重郊壇日月之文；巫風斥於商書，要以等恒舞酣歌之習。故明禋必恪，掌在秩宗；而瀆亂有誅，垂之憲典。今某職司民社，心昧精虔，乏祀匱神，不思嶽視三公，瀆比九牧，崇邪長僞，乃至火流華屋，鄘衍黄蛇。似爾不仁，類牛羊而遺葛伯；何如其智，竟鐘鼓而享爰居？既失儀於太常，宜加杖於司寇。

縱放軍人歇役

漢重南北兩軍之制，踐更不爽其期；明成中外五府之規，戰守務嚴其法。蓋詰戎必飭，雖三年不憚雨雪之霏霏；而失伍當誅，縱六月敢辭關山之漠漠？今某躬推長子，政愧師中。徒知士卒之卧龍堆，易怨笛中楊柳；不念將軍之分虎竹，敢離閫内牙璋。嬉者不復操冰，若魯士之釋冰於壘下；游者駕言歸馬，如衛人之求馬於林中。爾違司馬之條，我與士師之杖。

修理橋梁道路

利涉大川，溪杓濟舟航之乏；行彼周道，山蹊戒茅塞之多。故萬里橋高，使節望雙星而炳煥；而九衢路闢，鼓車指百越以迢遥。今某才乏濟川，行慚視履，非量江之六百丈，何難雨畢除道；水涸成梁，異懸度之九千程。乃至柞棫不拔，松柏不兑，將就深就淺，游人時苦褰裳；抑或側或攲，過客每嗟岐路。藐不聞夫夏令，自難貸於秋官。

本房林碧山先生 高華典贍，前掩古人，後蓋來者。判語自鄧文潔諸公以下，皆不足採。近復勦襲雷同，閲之可厭，得此可救其失矣。

策

明經策

問：古者設科取士，首重經學。經學明則士習正，措之政事，自收明體達用之效。所關於國家治理，非淺鮮也。我皇上右文好學，政事之暇，聖經賢傳，朝夕披覽。又以通經服古之學風勵天下，宜乎經術修明、士風淳茂，出而用世者皆彬彬成材之彦矣。乃今之由學校而升者，其學問、事業多未能追美古人。致論者謂經學不明之故，何歟？將無治經者但用爲取科第之資，而未嘗視爲切身之務歟？抑庠序之教不嚴，師儒之官徒具，所爲樂育之方，或未盡歟？宋元之世，治經者嘗備述諸家訓解，而斷以己意，故經學極盛。明初，懸之功令者，易兼程傳，春秋兼張洽傳，書則特修書傳彙選，以補蔡氏所未備，且頒漢唐注疏於學官，固未嘗專守一家之説也。逮大全立，而士子日趨便易，經學寖衰。今宋元諸儒經解具在，如項安世、王宗傳之詮易，林之奇、陳櫟之解書，吕祖謙、嚴粲之傳詩，以及春秋之陸淳纂例、趙汸屬辭，禮記之衛湜集説，其亦可旁通博採，以盡專經之業歟？將欲使士皆明經之儒，人盡有用之學，其何道以致此？多士其詳言之無隱。

經學至宋元而大明，至明而大定。易則有程子之傳、朱子之本義，而項安世、王宗傳之説足以輔之。書則有王安石、蘇軾、吕祖謙諸家，而蔡九峯之註爲正，林之奇、陳櫟之説足以佐之。詩則歐陽氏、蘇氏各有訓釋，而一以朱子爲宗，吕祖謙、嚴粲之説足以參取之。春秋程氏、胡氏皆有傳，而胡氏單行，陸淳纂例雖略，其義亦精。趙汸屬辭，分别孰爲魯史，孰爲聖經，要可與張洽傳並傳不廢。禮記今用陳澔集説，而衛湜之書更復詳明。乃今之學者既未嘗視爲切身之務，而教者又不能盡樂育之方。苟非大治濯俗，更定科條，而期與古人角逐後先，度必不能。

我皇上右文稽古，體六經之精微，發爲事業。又慮天下不知所向，刊刻四書、五經講義，風勵天下。數年以來，有志之士咸致力於古，將經明行修、士風淳茂，而用世之才接踵而出矣。乃執事猶鰓鰓慮升於學校者，學問、事業多不滿人意，而以窮經致用之道下詢。生竊以爲，欲興經學，有五難、二弊、四要、三權：

何謂五難？掃葉讀書，饔飧不給，則購求難；皓首一經，茫無畔岸，則窮究難；獨學無朋，孑處孤陋，則就正難；至若引經斷獄，必目爲迂，是所學非所用，則設施難；五經爲笱，終老牖下，是所用非所學，則知遇難。何謂二弊？揣摩者類以吉祥善詞爲枕秘，易删否睽，書廢誥誓，詩去變體，春秋忌禍亂，禮棄喪葬，是天下無全經，一弊也。鄉會之文，止求明白易曉，相率以用經爲戒。父兄教子弟，務取坊間油滑泛濫、通用之時文讀之，是使天下不敢用經，二弊也。

欲去五難，須行四要；欲去二弊，須用三權。四要者：一曰在所布政司刊印五經、四書注疏大全及宋元經解各一部，分給所屬州縣儒學；二曰精選通經宿學，在所守臣禮聘以爲師儒；三曰國家大疑難事，能於律例外引經義直斷者聽；四曰特設五經兼通科，附鄉會應試，視其文上下，額外去取之不爲限。三權者：一破拘忌，不擇吉凶皆命題；二崇文體，止許引用五經，不得雜諸子稗説，用經即甚隱僻，苟非與題不切，閲者不得肆筆塗抹，附入學政條例磨勘；三特簡通經大臣一人，以本官兼大司成，用明初舉人入監之法，一歸國學，一通經者，歷一舍至上舍，則六經畢。然後察其優者，以聞部試，而破格用之。夫學不苦難，事不留弊，要舉而權得，如是而經不明、用不彰者未之有也。至宋元諸儒得失，言之累幅難罄，兹姑置之焉。

大總裁徐果亭先生 條分縷晰。

總裁徐蜨園先生 淵博淹貫。

本房林碧山先生 指陳經學之弊，與所以彰明經學之方，皆能言人人之所欲言，且能言人之所不能言，彼拾兔園册子作生計者，烏能有此！

風尚策

問：自古帝王制治，必以風尚爲先務。法令在乎一時，風尚存乎奕世。東漢自光武、明、章，日以節義磨厲天下，逮及季世，猶能使士操危言，朝有讜論。宋代真儒輩出，講求實學，身體而力行之。流風至於元明之世，尚多經明行修之士，此其明效也。我皇上政治修明，德教翔洽，儆官邪，端士習，勵民俗，所以振興化理者已無不至，而世風猶未盡淳，人心猶未復古，得無積習既久，極重而難遽反歟？易曰：辨上下，定民志。民志不定，居官者日冀乎尊榮，爲民者日希乎富厚，廉潔之風薄，謹厚之俗灕矣。何道而各修其職，各安其分，凌競不生，貪黷以息，不失夫仁讓之俗歟？禮義廉恥之防，皆所以固結乎人心、維繫乎國勢，其所以鼓舞作興者，夫豈旦夕之故歟？凡論人品，必曰名節，曰名教。名者，實之賓也。人唯不愛名，乃有敗檢犯法之事。漢魏以降，雖鄉舉里選之制不行，而官評、鄉評歷代所尚。有時法令之所不及，而人凜乎不敢犯者，惕於清議故也。然則崇月旦以佐秋官，採臚言以扶國是，當亦致治之不可缺者歟？爾多士其具陳之，將藉以爲當宁獻。

天地之大氣噫而爲風，春則和，夏則散，秋則肅，冬則厲，萬物未有不隨之而轉移者也。帝王法之而各審所尚，忠敬質文，意旨一定，其流至數千百年而不變，然聖人非强天下以從我也。當其時，臣民已相喻於不言，而所以求盡乎天下之情者，不憚精且詳焉。蓋修其教，不易其俗；齊其政，不易其宜，務以成其風尚而已矣。且夫天下之浮氣，不可不使之息，浮氣不息，則囂動躁易之機啓，必至萬物交争而失其常；天下之直氣，不可不使之伸，直氣不伸，則抑鬱結轖之勢成，必至萬物摧藏而易其節。聖人知其然，故建鞀設鐸以求天下之言，賡歌颺拜以洽在廷之志。且憲老乞言，以廣厲於學校；巡行述職，以周詢於方嶽。太師采詩，司市納賈，以觀民之所好惡。彼於天下之人，何難驅之以法、率之以令，使之朝發而夕至、一成而不可易？而必多方與天下相謀者，誠以風尚所在，雖以天子之尊、聖人之德，必優游漸漬而後成，未可以旦夕而移也。

今天下長吏，簠簋不飭而不知恥，被儒服者而奔競成習，未嘗有卓然聖賢自爲之志。民間風俗靡弊，富者淫侈以聲色相高，貧者役屬而無所託，忠敬質文無一而可。誠欲使居官者各安其職而不冀乎尊榮，爲民者各安其分而不希乎富厚，亦在作其直氣而已。蓋其動也直，天之道也；直方大，不習無不利，地之道也；其生也直，人之道也。不以古而存，不以今而亡，不以聖而增，不以凡而損。特無以風之使動則黯然銷矣，無以尚之使貴則廢然沮矣。故有光武、明、章之君相繼於上，則節義之在東漢以後者，必不絶於朝也；有周程六子之儒相維於下，則道學之在南宋以後者，必不絶於野也。要之直氣伸於臣，則有朝陽之鳴，無仗馬之斥；直氣伸於士，則有太學之盛，無甘陵之譏；直氣伸於民，則有許劭之評，無國武子之禍。此其風尚不亦美哉！苟非教養有素，久道化成，則羣言淆亂而横議之弊滋，又有心世道者之所懼也已！

大總裁徐果亭先生　文氣磅礴。

大總裁徐蜨園先生　高古閎肆。

本房林碧山先生　歐蘇之氣、董賈之才兼而有之，足以自命千古，豈但踔踸一時？

積貯策

問：積貯者，民事之首務也。周禮：倉人藏粟，旅師聚粟，遺人委積，所以計儲蓄者甚備，荒政散利即於是取之。後世常平義倉之法，蓋師其意。乃行之既久，名存而實廢。豈法之有未盡歟？抑奉法者之無其人歟？皇上勤恤民隱，蠲賦之詔無歲不下，令各州縣積粟備荒，一遇水旱，存恤賑救無所不至。凡屬臣工，可不仰體至尊己饑己溺之心，勤修實政歟？法重常平固矣，然積陳則恐其易朽，易新又患其難收，且有司之揑報、胥吏之侵蝕所在多有，其何以弊端悉絶、旱潦有備歟？隋置義倉於當社，饑民易於得食，初何嘗不善也？乃官與民償貸，其弊易生，將何道而公私兩便歟？朱子社倉亦義倉遺意，議者又欲兼置平糴一倉，代社倉之匱。夫和糴始於唐，所以救穀賤傷農之病，逮其弊至於抑配數目，鞭笞取足。恤民之事，反以厲民，則何歟？從來欲廣積儲，必先重農勸耕，今則急期會之報於催科，緩勸相之法於撫字。朝廷宏恤下之仁，官司鮮益民之實，其何以承流而宣化歟？爾多士今日坐而言，他日即可起而行，其備著於篇。

王者代上天養萬民，有一民之不遂其生，皆司牧之責也，然則農政之重於天下也久矣。蓋古之聖人，有農政無荒政，王制謂『三年耕，必有一年之食；九年耕，必有三年之食』。以三十年之通制國用，雖有凶旱水溢，民無菜色。然則古之天下無荒時也，又安得有荒政耶？周禮『荒政十二』，蓋不過有備無患，以爲調劑云耳，必不至臨荒求濟如此其急也。

我皇上勤恤民隱，歲有蠲貸，令所在積粟備荒，其加惠農人至矣。一遇水旱，賑救甚切，其軫念荒民深矣，真饑溺由己之盛心，而萬物得所之至願也。然而常平、義倉，名存實廢。兼之奉法非人，百弊叢生，積久而紅朽者猶少，易新而乾没者甚多。即有上官歲一盤查之例，而揑報侵蝕，上下相蒙，徒以飽奸猾之囊、填貪暴之壑。而天災流行，捐瘠不免，上負朝廷洪益之仁，下愧民間牛羊之牧。此皆有司之過也。是故有李悝、耿壽昌其人，則常平可行，否則非平也；有朱子，則社倉平糴可行，否則非義也，亦非平也。和糴之弊，其先事已，豈但青苗病民哉！是故欲求萬全無弊，則莫如重農勸耕而已。

今江南有可耕之人，無可耕之田，常流轉四方以糊口；江北有可耕之田，無可耕之人，常委棄汙萊而不治。誠使河南、鳳、泗間皆開溝洫、備蓄洩，則數千百里之地可變秔稌矣。兩山之間必有水焉，四達之區必有藪焉，誠得鄭國、白公、史起、文翁、馬援、郭守敬之徒爲之監司守牧，督修故渠，開通新道，則在在水利可興矣。

夫五穀各有所宜，不可使一穀不熟。江楚以南種稻，不種黍、稷、麥；長淮以北種黍、稷、麥，不種稻：雖各有之，未嘗以爲業也。今宜令有司督所屬之民，水所能及則種稻，水所不能及則種黍、稷、麥，交相接濟，則率育無乏矣。至若不耕之地，每人令歲種榆幾株、棗幾株、栗幾株，元食貨志可按也。一畝三畝，廣尺深尺，能風與旱，周禮可求也。龍尾之車，翻水之器，西人奇器，可仿也。民間多一石，勝有司百石。貸之有司百石，不惟發不以時，且以運輸苦民而饑不得食。若增民間一石，縱或富民乘其急以病貧民，苟加息焉，即朝取朝得、夕取夕得，則終貧民之利也。故曰：有農政，無荒政，惟實心行之而已。

大總裁徐果亭先生　言有根柢。

大總裁徐蝱園先生　精鑿不刊。

本房林碧山先生　歸重重農勸耕，典贍精確，卓然可行，不逐逐爲補苴策，方是布帛菽粟之論。

畿輔水利策

問：畿輔之地，水泉至多，惟河渠不修，則水無所歸而泛溢爲患。夫天下之水，皆自西趨東，以海爲壑。而畿輔地濱東海，故衆流歸焉。今統計畿輔之大川，自山西流入者則有漳河、滹沱河、桑乾河，自河南流入者則有衛河、滏陽河，自塞外流入者則有白河、灤河，其近而發源宛平、昌平者則有玉河、大通河焉。此皆畿輔有名之大川也，其他千流萬壑不可悉數。藉其流固足以資用，遇其溢亦足以病民。且以東北千餘里之水盡歸於順天、河間二郡，而欲其不爲害也，安可得哉？至於畿輔水田之說，元虞集言之，明邱濬又言之，皆不克見之施行。至萬曆中，徐貞明爲墾田使，募南人爲倡，未期年已墾至三萬九千餘畝。夫水聚之則爲害，散之則爲利，興水田所以分其流而散之也。邇者渾河泛溢，浸灌民田，皇上親莅相度，令有司修治永定河堤，不日功成，兼之清河隄防悉皆安流。水之害既去，即水之利可興，海濱之蒿萊宜闢，京南之灌溉有資。虞集、邱濬之策，其可行於今日否歟？畿輔之水田既興，而東南之漕運可減。多士留心時務久矣，設施次第，其詳言之。

維我國家，建都燕山，介禹貢冀兖兩州之境，九河之會，渤碣之區，形勝實甲天下。環燕趙數千里之水，聚於順天、河間兩郡之地，而統匯於天津，故常不患水少而患水多。自金大定患盧溝泛溢，封其神爲侯，元明以來時有衝決，以至於今。然水之爲患，畿輔受之；而水之爲利，畿輔未受。意者裁成天地之道、輔相天地之宜以左右民，其待不世出之人，以行不世出之事乎？

畿輔大川數十，名禹貢者若衡、若恒、若漳，名戴記者若惡池，名周禮者若河泲、若菑時、若豯養，名戰國策者若滹沱、若易水，名山海經及水經注者涿、易、灤、徐、滱、巨馬、挾活、聖泉、雍奴之屬不可勝數。人但知畿輔高亢，而不知其爲澤國也。

竊謂京師之背以山爲險，其面則以水爲險。山以環之，水以潤之，此所謂神皋之奥區、天府之上腴也。雖泛溢足以病民，要亦河渠之制未備，故時有小患耳，其可藉以爲用者自在也。周禮職方氏：幽州穀宜三種。鄭氏謂三種者：黍、稷、稻，然則幽州宜稻與黍、稷等。且冀州之壤中中，揚州之壤下下，若耕而種稻，必出揚州之上，乃僅種黍、稷而不種稻，則亦未知稻之宜於北也。今試以水田之利，一陳之我皇上乎：

邇來永定工成，清河隄防又已就築，渾河不復爲患矣。夫萬物之情，聚之則勢强而不可制，散之則勢弱而不能爲害，此濬畎澮距川，神禹之所以爲大智也。且禹貢之法，畿内甸服凡五百里，總銍秸粟米皆於是取之，八州所貢方物而已，未聞漕米粟以餉帝都也。今畿輔大於五百里，其膏腴過於冀州，乃仰食江南之粟，則是地有餘利而水田不興也。畿輔水田，虞集倡之，邱濬和之，徐貞明始行之，李繼貞、汪應蛟、左光斗相繼而拓之。然不自此昉也，張堪之於漁陽，慕容廆之於督亢，黄懋之於滄州，皆卓然著績，今所存止玉田、葛沽數處。然米實勝於吴越，則何憚而不爲也！

北人惰窳，請毋動其黍稷之高田，姑先試以七十二淀萑葦之場於畿南，再試以豐潤瀕海，自黑崖子墩至開平衛東西百餘里、南北八十里之斥鹵於畿東，又用陳龍正之説，原係不耕者，則申明太祖永不起科之令，若改黍稷爲稻田者，則照現在陸畝之則，永無增加。由是行虞集策，耕百畝者授百夫長、耕千畝者授千夫長以勸之。行何鈁策，近山用閩人級泉法，近海用吴人引潮法，近河用楚人障陂法以别之。數年之間漕運可減，久之，盡復禹貢總銍秸粟米不出畿内之制。則漕渠可置不用，歲省水衡金錢且鉅萬，目前業農民之費不足算也。愚生且吹豳詩、籥土鼓以俟。

大總裁徐果亭先生　引據精核。

大總裁徐蜨園先生　氣雄議確。

本房林碧山先生　指畫形勝，則如掌上螺文，歷歷可數；敷陳經濟，則如入五都之市，無一不備。非平日留心世務，安能猝辦？令我擊節彌日。

弭盜策

問：制治在乎安民，安民莫先弭盜。民未有生而爲盜者也，其始農夫、市人而已，自禮義不明、衣食不足，於是棄其父母妻子，以蹈於必死之地，此豈民之性然哉！一旦革面回心，則仍農夫、市人也。國家詰奸除暴，立有成法，責成有司、將領，而上有督緝之正官、分緝之佐貳，匿報有禁，諱强有禁，其法甚備。而我皇上頒行教條，蠲賑饑民，又所以絶盜之源也。然盜賊時見竊發，豈所司之奉行失實，平日無制防稽察之方歟？抑守令之威權素奪，不能於繩墨之外有所建豎歟？古稱窮民爲盜易治，奸民爲盜難治，其何以消弭於未事之先、翦除於既發之後歟？蘇軾云，莫若慎擇長吏，聽法外處置，寇盜須賜緡錢，使得以布設耳目、蓄養爪牙。秦觀對策，謂治盜之法不可專於招降，亦不可一於窮治。然則寬猛固無一定之法歟？從來用一良吏，如勝兵三千；用一良守〔三〕，如勝兵三萬。其何以得龔遂、虞詡其人者，以最盜賊之課歟？今欲使邑無桴鼓之警，户安作息之常，民不爲盜而盜化爲民，將何道而可？多士其備陳之，將以覘經術焉。

有慢而無能之吏，有困而莫展之吏；有甘於自棄之盜，有迫而自陷之盜。慢而無能者，平日無制者是也；困而莫展者，威權素奪者是也。甘於自棄者，奸民是也；迫而自陷者，窮民是也。以慢而無能之吏，遇迫而自陷之盜，即寬其𦆑勒，必不能返盜爲民，況遇甘於自棄者乎？故天下之盜，大底此輩釀成之，不察而使之居於民上，盜之弭也無日已。惟困而莫展之吏，苟無縶騏驥之足而責其走，毋縛鷙鳥之羽而求其搏，庶其可也。今執事發策，而終問及於安民弭盜之方，且欲使民不爲盜、盜化爲民，甚盛心也。

夫天下無無盜之時，而聖人之世比屋可封、外户不閉，豈有他術？亦在禮義明、衣食足而已。綱常名教之防立，雖小夫、孺子，亦知厚自愛而重犯法。而又四民之業定，無游閒之身；孝友、睦姻、齒讓之俗成，無貪戾之行。一有不善，自以爲恥，懼吾父兄之見之，而不可與人齒也，何至冒必死之地以求非分之貲，遂相率而爲盜也哉？三代而後，世教日衰，民生陿隘，豪俠黠桀之徒、游俠之子胥起，逞里中以自快，然長吏之才猶能治之。上之人一聽長吏之所爲，而不拘以文法，如龔遂之於渤海，虞詡之於朝歌，真足當勝兵三萬矣。迄宋懲藩鎮之弊，削弱郡縣，因以過甚。連州大邑無尺寸之兵，或十人呵而夜驚，持梃以入，則長吏且坐而受縛，此所以盜日熾而莫如何也。今嚴責成之法，有司將領禁毋匿報、毋諱强，然且愈禁愈甚，是豈盜終不可弭歟？非也！其要惟慎擇長吏而已。其爲慢而無能之人歟？則不必臨盜而知其無制也，俾處之簡易之地，而無投之盜鄉，以與之市。其爲困而莫展之人歟？則使之辨盜而無奪其威權也，一如蘇軾之策，縱之法外，寬賜緡錢，彼或解散其窮民，誅戮其奸民，皆以聽而不爲之制，如是則已成之盜始可弭也。若夫民不爲盜，盜化爲民，非盡復先王之教化而大遂其休養，使禮義無不明、衣食無不足，其何由而致此哉？

本房林碧山先生　分别吏與盜之不同，各有區畫，歸本政在養人，尤是王道之要，可謂醇乎醇者也。

大總裁徐蜨園先生　擘畫敏練。

大總裁徐果亭先生　洞悉機宜。

校　記

〔一〕壬午鄉墨爲庚辰後文，未入四德堂本，今據清貽館本補輯。原策均無題，題爲輯入時擬。

〔二〕琬　下當脱一『琰』字。

〔三〕用　原作『周』，據上句『用一良吏』改。

朱書全集之三

杜谿詩稿

朱字緑詩序〔一〕

王　源

今之詩文多取宋人糟粕爲新奇。予於蒲阪旅店壁上，見宿松朱字緑過韓侯嶺詩，和予友昝雨蒲作，識力甚偉。至關中讀其詩，竟日不釋手，卧枕上夢魂飛動。蓋得昌黎之骨，而烹錬之工直追顔謝。至序事之妙，尤卓然迥出流輩上。

予嘗謂司馬遷不爲韓信存疑，直序其與陳豨語於踵室之上；荆卿刺秦王不中，曰『吾欲生劫之以報太子』，此英雄欺人語，乃序諸太子丹定謀之初，皆遷作史無識處，予嘗作荆軻歎發其隱。而生平最愛李西涯擬古樂府，微言婉義，足存千古是非之公。蓋詩之道與經史相表裏，豈獵夫不工者以爲工，沾沾字句之末者所可語？字緑曰：『戴田有勸予肆力古文，不必復爲詩。』田有古文，同人中予最所推服。斯言也，其以字緑詩既足以傳，欲其專力古文，而並望其文之傳於後歟？抑有慨於今之爲詩者，而恐字緑蹈之也？

予觀字緑之詩，即不必爲古文，亦足以傳矣。況其古文取法眉山，峥嶸有氣勢，更進而求之，而其傳何疑也？然昌黎之詩向幾以文掩，吾恐字緑之文工，而詩之傳又其餘矣。字緑之詩，今之人無或先之者，應與其文並傳。乃昌黎詩不及李杜，而文起八代之衰，則其文終有過於其詩也。其詩曰『餘事作詩人』，此田有爲字緑期者乎？

校記

〔一〕輯自王源居業堂文集卷十四，道光十一年刻本。

杜谿詩稿卷一

古意 癸酉

不識營世資，十年佩秋蘭。秋蘭多遠思，植根白雲端。朝有露華清，夕有月影寒。所貴愜心賞，菀枯何足言！

少年盛豪氣，目輕公與侯。至老猶倔强，屢躓能不憂。登山必問屐，涉水必問舟。吾苟無所需，與世亦何求？

世好無所耽，日夕擁羣書。未必能致用，稍使俗氣除。縱不輕軒冕，豈敢賤樵漁？吾生亦有涯，何勞問子虛？

偶被浮雲牽，乘風登瓊華。天宇碧參差，日月上浮槎。虎豹踞九關，美人隔青霞。咫尺不得語，側望頻咨嗟。

黍谷解嚴凍，萬象回生氣。圓靈朝景上，俯照及涇渭。此時夢華胥，無暇謝樂毅。巍然黄金臺，重雲方靉靆。

送梁質人赴榆林 時大府巡邊，入覲，駐榆林以待。

從來布衣尊，道與名山重。此中自千古，豈復干世用？人方競苟得，多端覬偶中。而子獲知己，反以内自訟。具言畏友朋，車乘辱章縫。請君勿躊躇，鄙言聊以諷。慕容雖鮮卑，立國久撫衆。既爲一室家，安危本與共。諸羌何爲者？虢虢争蠢動。儻或抉藩籬，同體先受痛。俯切生民憂，上畏天夢夢。此行展素抱，好以固秦雍。歸成塞下詩，示予更雒誦。

答吴天章

七載滯京邑，落落守吾故。自分安蹇拙，豈敢賤華譽？側聞蓮洋子，海邦奉杖屨。物外忽幽賞，兩情愜所遇。鳳鳥豈不饑，所争異鵷鷟。莽莽秦山深，采芝向何處？

發長安張聲百送滻水上

買醉莫沽新豐酒，惜别莫折灞橋柳。新豐酒不醉千日，灞橋柳亦迎霜朽。既然盟心爲天倫，那得遠近加疏親？滻水活活入河去，至今不改舊流處。

重游華嶽

五嶽皆雄長，華嶽獨奇特。四面壁如削，高矗天漢逼。三峯綻菡萏，亭亭雲外直。飛瀑千仞垂，洞幽不可測。我昔出雷首，天半望嶽色。至此雲雨封，顧瞻重太息。四月晴嵐豁，天風敞西極。毛女蹈空行，仙掌撲天側。願脱世網縶，黄金藥可食。吾從金仙游，終當奮羽翼。

渡河

太華與中條，如門束河險。巨靈復何心，高掌辟關陝。

中條

崱屴中條山，王黿有芳躅。人傳棲巖寺，誰識郎君谷？

奉胡南茗先生

野性耽邱樊，饑驅走京國。用拙信幽獨，敢嗟無羽翼？茗水今大雅，謬許謂超特。詩卷置袖間，懸賞重褒飾。芝蘭寧萎死〔一〕，終不變榛棘。幽人掇其英，芬芳或可食。終非鼎俎資，此意期深識。

獲鹿道中

雨歇天空馬足輕，百盤石路帶雲行。山尖亂鏤魚鱗浪，泉竅紛吹鳳尾笙〔二〕。茂樹每分周道蔭，幽禽時爲出林鳴。愚公枉費移山力，險阻於今竟未平。

塞黄河

王山史言：癸未陜西陷，莫急於守河。河與江異，河船少，不可以戰。誠設兵以守，賊必不能渡。甲申二月，賊竟長驅出關，從容渡河，寂無人焉。山西文武大吏，不能辭其罪也。書感其説，爲作塞黄河詩。

黄河直下急如倒〔三〕，平常鼓楫困三老。破浪迴旋神鬼窮，河戰由來古今少。蒙古南下勢莫當，金抗不拜河南王。燕趙九公屠噬盡，河廣終難一葦杭。假道武休連宋帥，入蔡然後完顏亡。北兵阻河不能南，南寇阻河詎能北？大慶風陵稱絶險，曾無一人前抗賊。是時高帥正横潰，勁兵鳥散山西域。急造其軍握手語，示以肝腑死社稷〔四〕。收此一臂布河堧，醜黨飛渡詎有翼？守臣書生不知兵，往來役役南北征。平陽置守河不守，漫傳身經屢戰爭。代巡飛章還入奏，親王下教援晉城。抽身返顧太原去，蜂攢蟻渡皆安行。嗚呼天險不可棄，黄河如帶古盟誓。白坡才渡金婁室，窩闊台來横鐵騎。塞河果能置一軍，南北長如玉關閉。

華山行

張笨山以十一月入關，居人皆言華山冰雪不可上，笨山直登三山絶頂。余聞而壯之，賦此紀實。

華山相傳五千仞，回心石前皆裹足。三月八日游人聚，間扳鐵鎖心膽縮。十月以後冰雪多，欲登三峯奈險何？先生平昔頗怯懦，康莊猶自嗔坡陀。閉户著書松欲老，出門忽輕千里道。黄河飛渡如溝渠，復上嶽蓮弄晴昊。自濯玉女洗頭盤，躍出箭筈通天門。獨踞落雁峯頭石，高揖白帝窮真源。是時玄冥正司令，飛瀑凝花石骨勁。霜風嚴厲摇層冰，氣勇翻喜寒威盛。科頭箕踞放眼空，不知身在塵寰中。琉璃屏上行亦得，好從無始搜元功。我亦好事幽討者，胡爲碌碌行中野？會當長嘯南峯煙，十丈蓮花還手把〔五〕。

汾上道中

歲晚羣山寂，層冰延曲阿〔六〕。一車從此去，寒日上汾河。石咽泉聲苦，霜明木葉多。勞生今已甚，吾道復如何？

清明後十日皖中大龍山雪凍馬不得行

故山春初花亂開，游人帶得嚴寒來。布穀澀縮不能呻，子規噤口難悲哀。大龍蜿蜒玉鱗鬣，牙張爪怒奔江隈。澗道層冰滑更甚，馬蹄踣鐵成邅迴。僕夫莫嫌衣絮薄，終然南土非燕臺。但愁秧針凍欲死，徵糧吏已沿門催。

出還

三月朔日抵皖，聞内子凶問，時歿後四旬有六日矣。柩在空山，堂有靈筵而已。廿載琴瑟，一別連年，曾不得面吐一言，傷何如也！欲有作，不能成字。閱時既久〔七〕，聊以寫哀。

貧使天倫絶，久客憂患滋。昔歸慈母徂，今歸嗟空帷。十年役四方，死生間别離。别離今已還，生死悲無期。空山莽無人，蟪蛄鳴枯枝。寂寞一抔土，有言將寄誰！食貧廿年餘，辛苦未辭難。事母逮多病，井臼焉得閒？兒女況牽縈，身在父師間。我客實累之，俯仰皆慚顔。方期老聚首，偕隱杜谿山。嗟哉此願虚，悔予久不還。遺篋無一物，淚漬一卷詩。止念北行遠，不怨南歸遲。執卷不能讀，淚下如雨滋。我淚與爾淚，相和卷已虧。卷虧寧復言，勿陳詩中詞。

黄鶴樓

黄鵠大别兩山争長江，隔江相對不相降。武昌漢陽千里盡平地，惟此蜿蜒突兀雄南邦。不知何人騎黄鶴，黄鵠磯頭成獨酌。黄鶴飛去作樓居，樓成黄鶴翔寥廓。長江東去不聞聲，鸚鵡洲翻江水平。蒼茫楚山恨無已，城中空説孫權城。

函谷關

殽陵北來皆土山，坑呀塹嗑險絶陡。此身經履一失足，膚髮不知復何有。平陽蒙坑寧足道，所在不能利趨走。函關山勢自南來，北抵大河作樞紐。弘農一澗横其前，中開罅隙如神剖。入谷十里天豁然，南山北河相擊掊。緣壁如上屏風行，北不容趾南礙肘。西抵潼關四十里，升降始出上囊口〔八〕。頗疑谷勢雖幽峻，穴土通步關可取。旋知岡上多長坑，丸泥封之真足守。嗚呼古今封者誰？黤慘陰雲壓岡阜。

苦熱行〔九〕

江南苦暑熱，我復事兼程。日走二百里，晝夜窮南征。下旬殘月落，初旬新月生〔一〇〕。襟袖受微涼，旅夢倏然成。昏黑長據鞍，如舟乘潮行。豈不畏顛蹶，分已委窞坑。南亳達濠滁，阪陌坡陀横。道旁少桑榆，溪邊乏梠欏。炎官肆嚴威，空中如焊烹。我馬忽盤旋，氣喘不成鳴。我僕隔田隴，呼近惟咿嚶。耳似長蟬號，目花飛玄英。重衣漬汗滋，外乾中淋零。念彼長林間，茅屋凡數楹。一二老田父，坐樹壺自傾。此樂真可惜〔一一〕，嗟爲塵網纓。

登小孤山

北風正吼江豚舞，白浪拍天勢甚怒。往來舟子盡停櫓，坐對小孤飛無羽。爲詢長年得老父，攘臂不受陽侯侮。騰身一葉勇可賈，泝水有如箭離弩。山與長江屹撑拄，眇然卷石無寸土。何年北隅劈鬼斧，一罅丹梯聊布武。摳衣危樓臨洞府，蒼莽一氣收寰宇。江南羣山列獅虎，截如斬斸蹲江滸。山神含笑媚且嫵，靈旗翩翾擊鼉鼓。昔年戰争連廣拒，至今石骨留鐵柱。江關上游賴門户，風濤盤渦自吞吐，茫茫遺恨終千古。

陝州將與梁質人往觀砥柱三門不果

黄河不肯安塞外，闌入中原苦横流。賴有砥柱扼項領，勢如夷吾起葵丘。秦晉諸山盡奔赴，亦如會盟尊宗周。斂戀戢岫聽驅使，夾束不異田間溝。那容潰決恣瀾倒，辛苦墊隘生民愁。冀豫以下山力薄，避河遠立如避讎。徐邳雖有衆培塿，烏合星散勢不收。坐視陸沈不可救，禍患徒爾貽千秋。梁君好奇計河徙，驅之沙漠環幽州。東歸混同入遼海，長與朝鮮稱上游。砥柱頓釋扞禦力，閒置不用滋條蕬。嗚呼此志亦大矣，河來天上君其休。漢時，齊人延年嘗欲徙黄河塞外，東出遼海。質人力主其說。

大梁行

大梁之地莽平曠，中原文物汔凋喪。舊城已被黄河堙，新城重築舊城上。夷門艮嶽久埋没，剩水殘山亂滉瀁。吁嗟河伯何不仁，異氣安可爲波臣？縱令千古長澄清，横潰終恐屠生民。君不見，秦如虎狼不可制，河決大梁助吞噬。

予纂古南嶽考查夏重枉詩頗見褒飾次韻荅之

廬山之面君開生，查有廬山紀游。筆底舒卷雲英英。我乃考正古南嶽，非爲郡邑争重輕。古者區宇頗陿隘，南及江漢北冀并。四國大嶽鎮方域，有如屋柱相支撑。覲治諸侯省民事，虞書王制垂爲經。苗左洞庭右彭蠡，大禹方以徂征行。漢武尚遠不能到，舜巡那至湘南衡？南嶽灊縣古天柱，水經爾雅求之精。邢昺作疏事穿鑿，徒見九疑高峥嶸。硬坐江南判江北，廣雅文穎誰能争？地重與否不關嶽，要待賢哲傳聲名。亦如嶽神在天地，豈貴錫秩崇公卿！學者稽古要真核，豈必竄奪争光榮？總使帝王有遺制，不爲後世滋紛更。我生好古是奇僻，君乃肯賜詳加評。如君之才世所罕，每一出語令人驚。抉山剖谷覓幽奥，人當奉以爲章程。安得朝夕共探討，千秋大業觀其成。

烏江西楚霸王廟

汪佃碑記云：和州雍城驛東北里許，舊烏江縣，有項王廟，蓋王死處也。唐李少監陽冰篆額『西楚霸王靈祠』。後改英惠王。數能禍福其民，且以褫金亮之魄云。

古木菀茂宮沈沈，虬髯黝面儼而臨。重瞳直視如兩炬，豈有遺怒留至今。擊鼓揚旌懸刀弓，陳牲薦帛神猶雄。王司禍福莫苟止，而今豺狼滿江東。

送汪巽三歸吴兼詢楊耕夫伯仲

水中諸山朵朵青芙蓉，乃在東海之西西江東。洞壑幽奇石骨巧，嵌煙撲浪生玲瓏。雲蒸天礙割日月，濤烹波斫争雌雄。下有具區之萬頃，上有縹緲莫釐之兩峯。朱橘千頭成素風〔一二〕，可以偃蹇加王公。君胡去此作賓客，潦倒塵土枯形容。歸去不得入山住，徒然一望縈心胸。楊氏兩髯本時俊，拓落未能知行蹤〔一三〕。君今還吴門，行哉毋躑躅。我欲與君結茅夫椒頂，手摩青天弄朱旭。更與兩髯居此屋〔一四〕，生不封侯意亦足。

登迎江寺塔

未能與春忘，乘春適蒼莽。小雨江城寂，悠然出城坱。壯哉東浮屠，矗立青冥上。其陰嶽嶔崟，其陽瀆漭沆。土囊寒風迴，膚寸亂雲蕩。登臨憑四矚，天地不容掌。自昔多兵争，民耕戰後壤。凋殘猶未復，何由遂休養？登臨披烈風，慨然發遐想。

大觀亭

街頭買屩尋春隊，亭上摩碑讀古詞。白雀尚存余闕墓，緑林焉用李生詩？亂山抱市臨江盡，急水圍洲繞郭遲。今古戰争餘恨在，東風遮莫盡情吹。

春滿西原緑滿灣，危亭層阜足躋攀。高臨皖口一天雨，俯視江南千疊山。檻外帆檣争日月，牙前笳鼓動鄉關。獨憐百子樵何處？寂寞煙村草色閒。

仙田雜詠

高季迪居青邱，覽姑蘇志，作雜詠百餘首。予亦慭夫吾邑古迹所留甚夥而不克傳也，因自漢中葉迨明崇禎參錯求之，得詩十餘篇，挂漏多矣。匪敢附庸青邱，聊佐邑乘云耳。

舊仙田

今仙田阪，故縣河者，漢縣治也〔一五〕。匡君子修煉仙去，故名。孝平末，中散大夫張何丹抗疏劾莽，謫縣令，能善其治，有嘉禾連穎之瑞。後以禱雨卒於雩壇，邑人至今祀之。顧仙田縣不見漢書地理志，豈光武所裁省耶？

匡君子，今何處？人上香爐峯〔一六〕，此地猶傳仙人住。張大夫，是何人？嘉禾昔連穎〔一七〕，至今不種生河濱。烽火山，高巑岏，故縣水，流潺湲。由來循吏即神仙，雲母金液不能駐朱顏。召父、杜母乘龍飛上兜率之長天，永與元氣相周旋。不信但向皖江看，望江麴信陵，宿松張何丹。

張公雩社

君如日〔一八〕，莽如雲。抉浮雲，炎精振。君如雲，莽如日。望雲霓，旱魃黜。嘉禾稿死，臣罪應死，跪暴日中寧敢起？臣死禾生，死賢於生，敢惜微軀？饑農氓，烹弘羊，天乃雨。新莽不誅，宜乎大旱偏天宇。臣寧暍死，願骨肉膏禾黍，不忍與莽處！

周郎山

龜山，瑜墓在焉。每歲黑鯉羣來朝墓。〔一九〕

八千子弟渡江後，江東人材復何有？四百年來川嶽空，建安之世遘陽九。孫策周瑜年正少，收集散亡勢悍慓。黄祖授首公路驚，江東震動孫周名。更有曹瞞八十萬，赤壁一火三分成。噫嘻，曹瞞自謂多智世無比，不謂顧曲少年乃如此！龜山亭亭〔二〇〕，雷水沄沄，生立其國，死祚其孫。邑人周本，其後裔也，五代時封西平王。噫嘻，河淮不堅固，往往北馬飲江隈。周郎死矣，奈之何哉？赤鱓朝墳烏鵲哀。墓臨大河，每歲九月九日黑鯉來朝，泝流不絶。〔二一〕

陳武村

即陳漢山。

陳將軍，斫曹鬼，曹鬼走，噬殞身，在肥水。陳將軍，爲厲鬼，千秋曹鬼魂魄死，阿修阿表忠孝子，生子當如此。伏魄時過真無恥，阿奴豚犬耳。曹操屠鄴，子丕入熙室，奪其妻。操曰：『今年破賊，止爲阿奴。』及丕疾，卞太后往看，見侍者皆操昔年宫人，因問何時來。對曰：『正伏魄時過。』太后曰：『狗鼠不食汝餘，死故應爾。』

劉毅洲

即桑落洲〔二二〕，劉毅戰盧循處。

瓜刀炫耀留殘凶，鬼兵不來水仙雄。後之繼者炯雙瞳，乘虚舉兵襲江東。毅乎輕敵無忌同，桑落洲前戰壘空。血濺蓼花葉亂紅，徒悲王師出無功。寄奴南返決還攻，氛祲掃淨鼋鼉宫。盧循，盧循，莫怨不從徐道覆，正朔相承在南服。姚弋仲、王景略，丁寧大義相勉勖。海水咫尺近蓬萊，何不樓船直泛平壤城邊宿！

規　林

陶詩規林，今爲歸林司。

伐荻射殺新洲蛇，司馬天下奪自桓玄家。東滅鮮卑西取蜀，長安老羌亦就戮。功伐如此自稱尊，雖云簒弑賊，豈同仲達與曹瞞？嗚呼高哉淵明風，義熙之後竟無年！嗚呼傷哉淵明心，義熙之後復何言！

昭明臺

蕭統分金剛經三十二卷於此，今名分經臺。

祖父捨身，子孫分經。是祖是孫〔二三〕，梁之昭明。高臺戌削羣山中〔二四〕，杜鵑花發臺上紅。牧笛横吹過山去，猶説太子分經處。

狄梁公祠

公令彭澤，邑人多被其德者。今祠之數所，飲食必尸祝焉。

復厥辟，取赤日，思其親，望白雲。盡人之子盡人臣，過公祠墓見公心，赤日白雲自古今。

李白避地處

白詩『臥病宿松山，蒼茫空四鄰』，今有讀書臺。

天上長庚離貫索，北極長鯨吞溟渤。麻鞋不得見天子，臥病空山莽蕭瑟。天子西奔蜀道難，永王受節走吳關。作詩爲勸渡遼海，搗燕奇計非闇干。豈知狂藩不足與計事，乃與淮南伍被千古同稱冤。窮識子儀，困交張鎬，不知其人視其友，忌君察此胡不早！陳平請賞魏無知，先生造唐如何欲殺之？空臺古木有餘悲！永王東巡歌十一首，白所由得罪也。其九首云：『祖龍浮海不成橋，漢主潯陽空射蛟。我王樓艦輕秦漢，卻似文皇欲渡遼。』最有意味。王領荆州大都督，又領山南、江西、嶺南、黔中四道，金陵非所得至也。肅宗詔王入蜀，乃引兵東下，此何爲者？白若曰：『王速以樓船入海，搗燕之背。』不但反形可釋，而奇功更可成。此即李泌北取范陽之策也。今蕭士贇輩乃謂此首爲僞贋之作〔一五〕，何也？

沙塘陂

邑境有沙塘陂，相傳閭丘處士所隱也。李白贈閭丘宿松及閭丘處士詩各一首，未見確實一人。縣志即詩推之，謂贈宿松有『偶來拂衣去』語，則贈處士所云『賢人有素業，乃在沙塘陂』者，即宿松也。雖稍似牽合，理亦近是。閭丘何人，乃以白詩傳耶！

莽莽秋草生，落落賢令去。空餘舊巢烏，誰復偶耕侶〔二六〕？竹影荷衣池亭涼，野酌園蔬水氣香。那知漁陽鼙鼓還動地，祇求古池秋月來沙塘。市可隱，爲縣吏；山可隱，爲處士。隱者之心沙塘水，浮雲去來長如此。

睢陽廟

邑石氏宋末渡淮，夢張公屬攜之南。覺，見逆旅主人家有小像，奉以行。主人追索之，箠耳；去，猶然像也。至境，偶置像棠梨樹上，取之不能舉。卜廟，吉，今號棠梨宫。别祀於城，曰振英祠。每賓興，以特豕告廟。

豎其髭，裂其眥，頳其面，嚼其齒，江淮貌公爲厲鬼。宋高南渡，北兵涉淮水。游奕何兼資，見公蓋如此。見摭青廣記。鐵騎騰踔塞九州，睢陽無公，誰復搤其喉？那堪棠梨宫外悲笳箄篥鳴清秋。

附　睢陽廟〔二七〕

豎其髭，裂其眥，頳其面，嚼其齒。游奕何兼資？見者乃如此。見摭青廣記。生保江淮民，没食江淮土。石氏渡淮神夜語，曷來仙田相我宇？棠梨樹，神所棲，舉神神不移，今作神宫高崔巍。神宫高，載在野，填我城。野庇我婦子，城蒸我羣英。

郡丞松

明郡丞顔君有善政，官道輒表以松，今存者鬱勃有奇致。

東海橋斷神仙朽，泰山風雨天怒吼。老松無地潛蟄龍，托生復假顔丞手。鱗次相連邑治東，虧雲蔽日拏長空。歲久都隨六丁去，屋後兩株盤蔚葱。著書坐看龍鱗長，倚薄鐵榦披長風。怒霆迅電挾飛虹，繞屋三匝驚鴻濛。掣去一株不知去何許，依稀如見奔騰神馬淋肉鬃。只恐此物日後盡化龍，安得復受秦氏大夫封？

石道士

嚴恭山石笋人立，俗號道士。戚無何嘗指曰：『此吾化身也。』

青童獨上青雲端，時與天通騎龍鸞。世人相見總無語，胸藏紫文千餘篇。爲厭人間煙火滯，精魄忽向空山變爲石〔二八〕。不學北海仙，那識平原客？終朝危立空寂寞，醖釀元氣體常充，詎借丹田鍊金液？君不見，博浪沙上徂擊聲，一椎震起江東八千兵。族秦滅項不受賞，爲從赤松山中行。又不見，骨節珊珊屏上走，白衣山人天子友，掃清漁陽鼙鼓復帝都，何待長生稱視久？神仙將相舒卷中，由來彼此將無同。默默石道士，有時懸河之口奪天工。嗟彼世間蟪蛄與夏蟲，終然沈魂北羅豐。〔二九〕

新安嶺〔三〇〕

南宋郝傑謁朱子處。

南服似東魯，天敞道仍完。斯文懸日月，處處是新安。

史公堡

堡在獨山，原名天城堡，明史可法駐師建。

中朝鈎黨正互角，潢池流血丹川嶽。不急疆埸急門户，坐使元氣就解駁。兵争乃得我公來，上游折衝在帷幄。單騎行部問疾苦，牛酒競獻推誠慤。公曰羣醜出無時，民自爲守乃可支。偏邑已疏建城郭，各山皆許置鉦鼙。屠城劫寨雖嬰討，險阻扼吭亦自奇。誰知百戰餘荒壘，落日殘雲烏鵲悲。維揚柱折天傾陷，寂寞荒山故相祠。

王良三章

王良星粲相低昂，車聲隆隆天無光，鬢有堅冰衣有霜。茅屋兒女正絮語，征人躑躅大路旁。

王良初斜明星出，車似轚撞馬欲踣〔三一〕，曉風更嚴肌體栗。遠村喔喔鷄初鳴，行人東望未見日。

東方漸明王良落，車前已可辨車鐸，四野平沙煙漠漠。人生奔走各西東，相命不如禽鳥樂。

許不棄招飲石林山房

閩游詩百五十餘首，刻過五十首，板亦不存。今從王年伯方若所訂刻之。今只存十六首。〔三二〕

石林精舍道山麓，依山就石架書屋。參差高出城南隅，逐層探奇意未足。真意主人貧愛客，煮酒招攜數往復。我來新霽秋正爽，滿山石氣發葱鬱。展席坐我荔子陰，半嶺泉聲響叢竹。緣磴委蛇出山際，傑石據山怒欲蹴。刻詩危巖光燭海，躡險摩苔快重讀。平遠先生大儒宗，遺迹貴比和氏璞。宋元刻石歷可數，得此餘子皆碌碌。更上山亭還遠眺，雙江環胸四山矗。左拂高塔撐天心，右擁凌霄截城腹。醉後梯登霹靂巖，煙火萬家踵相屬。幾疑身在海市中，閬風縹緲迴地軸。洞壑幽當藏百靈，滄海渺堪盈一掬。道山閩中稱第一，此山此主真不辱。振衣巖岫復長嘆，世上繩綱苦拘束。風砂寒打桑乾水，緇塵曉眯燕山目。十年作客行天涯，空使舌敝穎還禿。窄袖箭衣騎馬婦，公然連袂城東浴。吁嗟道山講學場，忍見牛羊日奔逐。太息歸來意不愜，悲動長松風謖謖。

晤陳延漢於道山書屋邀登水部門望海樓不果

海國初寒歸思深，多情無那别愁侵。春留嶺外梅花影，人去江南桂樹陰。水部名園迷舊逕，道山書屋托遐心。渭城莫復賡三疊，明月長依荔子林。

不棄示予紫藤花詩邀宿陶瓶齋中

門才廿載動京華〔三三〕，共説風流許邵家。嶺外報酬青玉案，人間傳誦紫藤花。一林石壁鐫詩卷，半畝陶瓶臥晚霞。夜静呼余起看月，無端歌哭動棲鵶。

酬高弘木

作客天涯逐隊行，良朋咫尺隔層城。棹迴雪裏戴安道，刺爛懷中禰正平。迹每肯來深巷轍，心應長與野鷗盟。閩南游子無他戀，魂夢終然托友生。

表節詩

閩縣諸生林國奎者，娶同學生鄭焮女。甫一年，孿生二子，國奎以病卒。方病，鄭禱天割股進之，不得愈。既殮，闔門自經，不死。投井，姑覺救之。又一年，一子殤。鄭乘痙殤出門，投江，姑走號，漁網得之以免。久之，姑病劇。鄭念割股夫不愈，即割肝，雜糜啜姑，病良已。胸不得合，以麻縷自縫乃合。姑知之大驚，益奇，愛之，同卧起。一夜忽有竇而入室者，鄭覺，蹴姑起，賊猝不得出。火執賊，則國奎從弟文方也，素無行，將甘心鄭。鄭氣塞死，姑決齒注飲，久之乃蘇。國奎宗老執文方，杖之家祠中。鄭與姑謹避文方，徙他宅。國奎遺書在故居未及移，文方造嫚書醜詆鄭，潛置遺書中。及移書簏去，鄭識書，自撿得嫚書，大恚，引刀割左耳，刀鏽，耳不斷，手拉斷之。姑奔至，見嫚書與耳地下，則大哭。聞者譁，視書，文方筆也。文方遁，潛結縣官左右。比事聞，僅坐文方酒過，予薄笞。文方益肆，詆鄭益醜。鄭再縊，姑又下之。宗老復以狀聞於官，事終不得直，文方狂益甚。鄭曰：『吾右耳何爲尚存？受此惡聲哉！』再引刀割之，鑑於前之不斷也，刀重下耳，入肩寸許，擲刀鏗然有聲。姑奔之，又大哭。宗老復白縣官，以雙耳及嫚書進，皆屏不視，莫可如何。邑人高兆爲言巡撫都御史。都御史下教，自御轅門，坐文武吏牙下，環視者萬餘人。出匱，置雙耳徧傳示之。跪文方，使讀嫚書，一讀一批頰，杖之六十，荷校雙門三月，坐遠戍，死。閩人大快。時旱，輒大雨。明年，鄭耳忽復生，或言耳初未割。都御史再御轅門如初，使鄭烣同女輿至前，辟行人，親驗之。左耳完好，色白於面。右耳稍短，下半色微紅，上半紅如血，蓋方長未成也。都御史勞烣雙縑而遣之。鄭前後凡九死，竟未死，耳割復生，孝節動天，可異也。今年三十餘矣。

昔鄂人之對謂『毀傷絶滅，瀆政傷義，不可以訓』；昌黎又謂『陷於危難，固其忠孝，以是而死者，然後旌勸加焉』。姚淶殊不然之，其言甚辨。洪武定議：『割股不已，至於割肝；割肝不已，至於殺子。違道傷生，例不旌表。』宣德初，衛整女母病篤，割肝，所司請旌，不許。近者凡殉夫而死者，皆無旌例。是固節人情、重生命，所以抑賢智之過也。然當其殘肢體以救尊親，損軀命以從所天，此亦何暇計旌與不旌哉？天地間無烈氣久矣，得一女子，而又痛繩尺以相束縛，又何怪人盡夫而胡越之也？故予紀其略，而系以詩，凡十章。

股股，不爲連理枝〔三四〕，何異生駢拇？夫子之病不可瘳，吾頭可斷，於股何有？封而進之。夫子病已久，有股空封，不能入口。股股，何不躍入夫子腹，使之霍然起而走，我不負股股我負。封股

夫子已矣吾未亡〔三五〕，何爲空留少年軀？亡者待之毋乃遲，含殮已畢，默拜我姑：乳我孿生兒。白練三尺牀頭垂，我往見夫甘如飴。自縊

求死不得，終不願生。綬不我受井我受〔三六〕，庭前晝汲方盈盈。姑聞之，起而驚，一手挈

婦，一手持兩孤，趨前行，號泣嘷，婦爲我存孤延宗祊。深領姑意淚雨傾，强婦撫兒還吞聲。入井

兩兒竟殤〔三七〕，吾從夫未亡，吾從子亡。門臨大江，瘞殤姑不防，葬於魚腹其何傷！中流湯湯，散髮飄揚。姑奔號救驚漁航，舉網得之，載歸中堂。投江

肝肝〔三八〕，與其姑不諱而摧吾肝，何如姑不死而剖吾肝！輕刀劃胸開〔三九〕，倉卒得肝難，忽有推之出者。翦於盤，糜而進姑姑始安。胸坼不受束，密密縫之，如合輕紈。翻念剖心而死，傷哉比干！剖肝

與姑相依，眠起不違。何物狂且，披帷夜窺！蹴姑起，起火執之，是我阿叔，胡爾爲？一旦氣逆僵如尸，肢體冷厥心無知。決齒注飲，微聞唏嘘：誓不與狂且生同居。氣塞

吾有耳，惡言何爲至於此！狂且爲嫚書，汙蔑伊胡底。吾耳不可洗，截去其左，還吾夫子。吾非有慕夏侯女，千古同心亦已矣。截左耳

家法不能行，恃有國法在。有司縱强暴，復將何以解？吾訴諸帝，擊此魁壘。再求雉經爲

厲鬼，見我夫子芬如茝。再縊官不平，虎益咆哮鴟益鳴。左耳雖去，右耳猶聞聲。利刀再割血濺楹，小姑欻聞刀聲鏗。拉姑入視魂爲驚，以匱承耳雙峥嶸。截右耳大中丞，威且明，忽檄有司對兩棖，萬人環視羣相驚。跪狂且而察其情，嫚書使讀，一句一加搒，戍之遠方歡閧氓。大旱雨忽而傾盆〔四〇〕，既割之耳還重生，孝婦奇節直與日月之光長争衡。耳復生

張明詹爲予作擘荔圖因並貌明詹不棄畫者李生索詩遂走筆爲此

竹岡作松大於屋，間以梅花千个竹。許子得之懸素壁，元氣淋漓鬼神哭。張子爲言有李生，從事竹岡拔塵俗。清晨招之肯一來，欣然爲作山水幅。火雲布地朱方炎，荔子陰濃雜朱緑。坐我片石縹纖絺，許子張子共山麓。火齊晶盤兩相映，臨風想見西施浴。大噉何止三百顆，勝拾明珠千萬斛。篋中帶向長江隈，珍果良朋同往回。許張日共朱老喫，荔枝旋到江邊栽。此樂於我真悠哉，清風習習圖中來。

贈劉德可

無諸城畔花常滿，卻念劉生獨閉關。爲我蓬門開杜甫，向人廣座説朱灣。西禪荔熟朝擕酒，烏石燈青夜看山。相愛真能見胸臆，不徒晨夕共追攀。

嶺外舟行雜詩

白沙五驛入巖扃，水下鐔州似建瓴。三畝蔗田緣岸緑，兩山石路到天青。戍依猿狖人煙冷，網趁鸕鷀澗氣腥。獨有曉雲看不盡，直從舟底入高冥。

兩峯笋立隔清溪，精舍高寒望不迷。路仄蒼龍嶺上過，僧閒白鶴觀中棲。一林風竹敲殘磬，萬壑雲松擁絶梯。足弱翻從登陟勇，歸餘青翠袖中擕。觀前有小武當廟，祀北方之神。由緑雲嶺登望江臺，亦勝地也。

空濛雨霽笋輿輕，稍有新寒拂面迎。澗響急湍幽壑動，雲皴遠岫半天生。緣田翠竹皆宜看，繞路冬花不辨名。疑是江南春乍轉，鷓鴣時聽兩三聲。

仙霞一嶺分閩越，斗絶常懸霧雨中。山類睟盤羅劍印，人疑仙骨走屏風。滿巖梅氣衝筠路，半道泉聲落石虹。此是昔年争戰地，猶餘白骨委芳叢。

江郎削出紫芙蓉，臥對山光直蕩胸。蓮嶽突來分落瓣，石樓小構出奇峯。徑窮樹少蒼猿挂，仙去雲因玄豹封。欲倩初平還叱起，騎看海日上高春。

浙中

峽盡桐廬地勢浮，暮潮冬尚打江洲。白翻雪窟山俱動，青變天門日欲流。豈是怒還餘伍員，憑誰射復似錢鏐？更嗟寒盡將迎臘，戲水妖虹不肯收。小寒日虹見富陽。

快雪初晴啓晝扃，攜僧緩步向西泠。崎嶇嶺路長蛇曲，宛轉山峯舞鳳停。冰結玻璨摇日赤，松鳴鈴鐸帶霜青。游人只看雷峯塔，誰向王墳覓荔屏？埩寺西有趙王墳，墳畔有石曰荔枝屏，故司馬張公玄箸瘞處也。是日，桐城僧雪石陪游西湖。

玄冥自是軒轅裔，合駕崆峒七聖車。卻到會稽探禹穴，還尋西子看溪紗。旄頭千里平連樹，獸錦三春暗覆花。爲笑山陰白翎雀，年年避暑北庭沙。

雪壓冬青葉欲凋，宋家宫殿賸僧寮。浮屠雙挂湖心月，古寺孤聽海角潮。山峙鳳凰陵墓冷，嶺荒靈鷲御香銷。岳墳樹色猶如故，南向深寒發舊條。靈鷲集慶寺舊有宋理宗像，今亡。

游興闌珊歸去遲，連朝寒雪更如篩。高吟爲憶林和靖，着屐非同謝客兒。山下生涯茶筍足，湖邊心事水雲知。更無夢到升沉處，不必來祈少保祠。

自杭州舟至鎮江

風雪連宵不奈聽，檥舟長水滯揚舲。息交元亮初成賦，識字侯芭每問經。冷雨無聲籠阪白，寒帆有色挂煙青。客愁莫道難消遣，日换梅花插膽瓶。門人張星垣論詩。

震澤嶤峯古郡城，千年吴會逼東瀛。水流漲漲林邊曲，船去灣灣屋裏行。短簿祠空烏柏老，長洲苑冷白楊生。游人莫問鴟夷事，滄海無潮怒已平。

高塔峻嶒對水隈，嚴城尚倚錫山開。雪埋西漏龍蛇蟄，月冷東林鳥雀哀。野戰百年分部黨，神州一旦委蒿萊。慧泉不管人間事，還入村家釀舊醅。

毗陵北上水潺潺，兩岸高於遠近山。不覺地平連笠澤，衹疑舟泛入函關。村生一縷煙青渡，竹洗千叢雨緑灣。卻被篙工畏㥞笑，吟詩底急鬢毛斑？罨畫溪邊雨不開，浩歌斫地羽聲哀。神仙豈受天拘束，富貴但如雲往來。畫角江頭旗畫卷，悲笳京口雁初迴。底須感觸牢騷甚，相遇真宜莫放杯。碑鐫南鎮秦皇紀，渠鑿東吴大業朝。誰信一峯真立馬，終疑百谷豈無潮？黄龍游戲錢塘沸，青鼠蒙戎璧月銷。突兀金山還有廟，新經琢石立危椒。十日九日雪毵毵，帆起帆落風攬潭。蟄龍伏地縮類蝟，健鳥凍樹僵如蠶。長岸何處出谷口？彌望幾欲哀江南。嘆息天公不好事，將到大江開蔚藍。

小桃源看花海

舊京城北多種花，入春以來都人譁。桃杏二月互争勝，登高一望如朱霞。山頭設幕多旗亭，車馬紛綸山上滿。靚粧袨服釵鈿明，璧月瓊林行步緩。游人惆悵闐城闉，不看桃花看美人。獨有傷心更殊衆，名是桃源不避秦。

贈吴舫翁丈

不是四明賀季真，江西舊有黄觀人[四一]。索醉日日準衣去[四二]，醉向空山哭一句。説劍書符老道士，年將九十行如飛。信口懸河莫相笑，曾見遼陽丁令威。

同龔孝水家履安閒步烏龍潭上[四三]

幽潭古城西，亂山斜不整。純浸靴紋中，水香荷氣永。烏龍去何處？白鷗没波影。浦麥毵毵，岸林窗冏冏。天地自枯槁，邱壑得箕潁。我友道心深，我弟俗累屏。何當把臂來，生事寄笭箵。

送閻蒃園歸里行自翰林出爲邑宰

古者服官無内外，學士恒出爲刺史。令宰尤爲親民官，先哲志欲見於此。有明極重詞林選，較古儒臣更云美。清華侍從列仙班，不與民瘼聞政理。台輔固多卓絶才，迂疏間貽公餗恥。今逢神聖廣樂育，恩威不測有深指。或甫入館躋宫坊，或久登瀛宰百里。屈伸何一非殊恩，臣職惟當盡所以。君才特達真珪璋，輝煌廊廟孰可擬？金閨三載安蹇拙，一旦揮手出燕市。自言高堂須侍養，幸得蚤歸供菽水。況復驅馳擁專城，臣敢菲薄負驅使？多君篤實無矯飾，古道猶然照遐軌。譾劣如我蒙見知，纔入館門失所倚。願君此行勤撫綏，坐聞王風歌樂只。振轡還都定匪遥，行道應當澆俗砥。奮翼須爲鷹逐雀，植根不作橘爲枳。臨岐贈言徒惓惓，君其佩之勝蘭芷。

校　記

〔一〕寧　清貽館本作『甘』。

〔二〕尾　清貽館本作『味』。

〔三〕直下　清貽館本作『西來』。

〔四〕社稷　清貽館本作『不惜』。

〔五〕還手把　清貽館本作『手共把』。

〔六〕延　清貽館本作『沍』。

〔七〕既　原無，據清貽館本補。

〔八〕上　當作『土』。

〔九〕清貽館本題作『夏日亳州道中』。

〔一〇〕初旬　清貽館本作『有似』。

〔一一〕惜　清貽館本作『貴』。

〔一二〕風　清貽館本作『封』。

〔一三〕拓落　清貽館本作『落拓』。

〔一四〕居此屋　清貽館本作『同此居』。

〔一五〕漢縣治也　清貽館本作『漢時舊治也』。

〔一六〕清貽館本本句作『仙人已上香爐峯』。

〔一七〕清貽館本本句作『嘉禾表瑞昔連穎』。

〔一八〕君　清貽館本作『公』。下句同。

〔一九〕清貽館本題記作：『邑西二十五里圭山，一名龜山，瑜墓在焉。按三國吴志：瑜伐蜀，道於巴邱，病卒。十國春秋及南唐書皆云：葬宿松，即墓爲祠，子孫居其旁者猶數十家。』

〔二〇〕亭亭　清貽館本作『嶟嶟』。

〔二一〕本段原無，據清貽館本補。

〔二二〕即　原無，據清貽館本補。

〔二三〕清貽館本本句作『子父繼承』。

〔二四〕戌削　清貽館本作『寂寞』。

〔二五〕蕭　原無，據清貽館本補。

〔二六〕誰復　宿松文徵作『依依』。　侶　清貽館本作『處』。

〔二七〕録自宿松石氏族譜，一九四四年六順堂刊本。此篇與雍正本杜谿詩稿同名詩作文字差别較大，故附録於此。

〔二八〕空山　清貽館本作『山頭』。

〔二九〕宿松文徵本句作『唧唧旦夕如飄風』。

〔三〇〕本詩及下一首原缺，據民國宿松縣志補。

〔三一〕踣　清貽館本作『蹶』。

〔三二〕本句原無，據清貽館本補。

〔三三〕門　清貽館本作『雄』。

〔三四〕股股　清貽館本作『股兮股兮』。

〔三五〕矣吾未亡　四字原缺，據清貽館本補。

〔三六〕綏　清貽館本作『練』。

〔三七〕兩兒　據詩序，疑爲『一兒』。

〔三八〕肝肝　清貽館本作『肝兮肝兮』。

〔三九〕劃　清貽館本作『割』。

〔四〇〕而傾盆　清貽館本作『如盤傾』。

〔四一〕觀　清貽館本作『冠』。

〔四二〕準　清貽館本作『典』。

〔四三〕家　原無，據清貽館本補。

杜谿詩稿卷二

賦得萬物静觀皆自得 癸未四月二十四日，暢春苑澹寧居應制。

聖人秉道御乾坤，品類均霑雨露恩。萬象動隨元軸轉，一心静有智珠存。澄懷覆載涵虚照，徧育行生密討論。今日洛川風月好，總歸皇極見天根。

麥秋盈野志喜恭和聖製原韻 五月二十四館課

皇情昭格獲豐年，貽我來牟帝力全。秋入黄雲生夏晝，西成翠浪卷東阡〔一〕。米珠量動千家鼓，睿藻光垂五色箋。卻愧未能分菽麥，也隨日影上花甎。

皇十三子聘妃禮成燕喜恭紀十二韻得宜字 館課

皇圖綿鳳曆〔二〕，國瑞叶螽斯。星溢天躔次，洲連海嶼奇。五千成弼服，九十肇隆儀。赫赫華宗盛，煌煌帝册垂。龍樓開䨴䨺，雁治起葳蕤。麗日當長夏，薰風送吉時。花縈鸞羽蓋，星拂翠雲旗。納采雙環璧，催妝七步詩。雕軒迴紫掖，星駕上彤墀。芳宴陳蘭醑，天笙落鳳吹。一人方有慶，萬世總咸宜。磬石從兹大，屏藩重國維。

天津詠古

皇駐驛

天津，古九河下流，斥鹵荒絶之區也。元立海運萬户府，距今城約八里。迨建文時，文皇靖内難，渡此駐驛，因設天津衛，披草萊立城焉。蓋雄莫間多積水，宋三關故處，不利馳驟。中山王兵指元都，由此入齊化門。燕兵亦出此道，或以避督亢、白溝之險耶？

明兩燭幽都，殺氣騰北極。曰予師周公，輔王定社稷。蚡胡犯京闕，天王游荒域。大統歸叔父，鑾旍時向北。還念駐驛初，載旆三岔側。昔時萑葦場，一旦成都邑。鼉鼉絶天漢，嘉名爰載錫。漕運有由開，斥鹵成樂國。雄風今安在？茫茫海天黑。

毛公堤

毛愷，江山人，嘉靖間天津副使，多善政。天津雜閩、越、吴、楚、齊、梁之民，悍獷難治。愷能漸以禮義，弭盜省刑，治大行焉。地爲諸水匯流，岸懸如線。愷築堤修堰，長三百里。下屯蘆草，上植楊柳萬本，既固其址，且取材焉。民歌思之。

上衛羅羣材，雜沓聚五方。相與競華奢，亦復成敚攘。况兹九河餘，土疏波瀾狂。夏秋潦雨行，魚鱉升高堂。毛公本奇特，秀氣鍾江郎。能以禮義俗，治此獷悍鄉。岸址築長堤，屹然如宣防。其下實蘆草，其上栽垂楊。念我有鄉人，曾亦被清光。衛中官籍有李賢者，宿松人。至今想餘烈，豐碑垂琳琅。

興水田

萬曆初，科臣徐貞明言西北水利皆可興，請先試之畿輔，又先試之京東。於是奉命相度順天、永平二郡，作潞水客譚及東京水道考二書，事未就而止。後汪應蛟巡撫天津，盧觀象爲通判，大治水田，皆卓有成效。所開葛沽諸處，歲得米數萬。左光斗巡屯，復舉其法，西至涿州、定興，東抵津門，皆粳稌矣。鄒元標嘆天氣、地力皆可以人而變也。

堯舜重教稼，黍稷香始升。周年八百餘，亦以農事興。後世貴金錢，粒食廢其恒。鞭棰責所無，曠土莽邱陵。長淮及燕山，溝洫蕪蔀芿。二麥間一收，粳稌不復登。内帑變土石，饑饉嗟頻仍。一夫起叫呼，天下成土崩。焯焯虞氏子〔三〕，畿東辟畦塍。亦惟尚實公，作書信有徵。汪盧左李輩，汪應蛟、盧觀象、左光斗、李繼貞。嘉意還相承。至今葛沽間，黄雲秋如蒸。安得此事舉，重見大農丞。便使東南漕，日減不復增。地氣可轉移，誰云力難勝？任事苦無人，坐言將誰憑？

妖賊破

天啓二年，李邦華巡撫天津。到官甫一日，妖賊于守志突發，應山東賊徐鴻儒。時天津兵備來斯行奉命領鎮兵援山東，城虚無兵。邦華飛騎檄還遮擊賊，復選步卒千人躡賊後，各戒以道里時日。比合戰，兩軍猶不相聞，各奮擊，賊腹背不支，遂大敗，俘斬四千有奇，餘黨散去。

妖狐將殺人，見形於幽薊。韗鮑者誰歟？聚徒恣狂猘。于守志、徐鴻儒之師曰王森，薊州皮工也，曾救老狐，受妖術謀逆。釀亂二十年，倏成崩潰勢。首難發鄒滕，蜂蠆起相繼。李公輔畿東，受事駕方税。空城擁豺狼，徒手搏吞噬。潛一轉移間，羣賊立殲殪。真負救時才，何艱不可濟？是時二鬼出，朝端竟陵替。内外奸黨合，天王若旒綴。遂使四宇間，蕩然滿泰厲。吁嗟再廿年，西井耀妖彗。公亦爲國殤，帝庭誰悍蔽？遺迹久湮没，眷焉雪悲涕。

海運策

崇禎時，崇明沈廷揚獻海運策，户部尚書倪元璐奏聞試行，乃以廟灣船六隻聽運。進月餘，廷揚來見。元璐驚曰：『我已奏聞上，謂君去矣，何尚在此？』廷揚曰：『已去來矣。』元璐大驚喜，奏聞，帝亦喜，命酌議每歲漕與海各半焉。廷揚後官光禄少卿。歲丁亥，抗節死，從死者六十人。

國命寄漕粟，道梗京師困。營卒呼脱巾，待哺數成釁。偉哉吴沈生，遺策籌海運。不出旬月間，吴航已北進。坐使大司農，相驚一何迅！張清與朱瑄，古迹良可問。果其諳海道，更於置驛近。奈何田横徒，島上命空盡。鯨鯢避風帆，直接襄平郡。桑榆縱已矣，扶餘亦足奮。騈首甘藁街，孤負胥潮憤。

請航海

崇禎十七年，寇警日迫。天津巡撫馮元颺方移疾候代，急遣子愷章飛章入奏：『京城單虚，戰守一無所持〔四〕。臣謹具海船二百艘，率勁卒千人，身抵通郊，候聖駕旦夕由海道南幸。』朝議不决。愷章慟哭返，出國門四日而京城陷。

虎狼逼居庸，京師危扤扤。于公去中樞，楊石不秉鉞。安能復撑柱，百萬横争突。馮公憂如焚，飛章伏天闕。曰臣具海艅，雲帆護勁卒。不待駕鼉梁，飛渡蛟龍窟。朝方出燕畿，夕即指吴越。萬國依扶桑，百靈從溟渤。中興踵高帝，佇待六龍發。天子誓守死，愚忠不能竭。巍巍明功德，一旦竟顛蹶。吁嗟魯國正，滄波沉歲月。

賦得循行不受暑 館課〔五〕

火傘高張擁夏官，炎威獨不入檀欒。華池客欲輕河朔，黍谷人如到廣寒。納扇午流香細細，披襟晴拂露溥溥。燕雲豈少陰千畝，坐近春風暑便闌。

魏孝子詩

孝德格天天意回，天回身促良可哀。幼遭不造萱草萎，哭母幾欲從泉臺。過毁骨已如枯柴，大母復遘疾正危〔六〕。醫藥莫救嗟徘徊，孝子禱天潛中階。割股進糜手一杯，霍然病已天爲開。亡何父病憂摧頹，以身上告陳中懷：父宜延齡兒不才，兒死代父理豈乖？父亦霍然不爲災，孝子果罹沈臺駘。玉樹乃向黄土埋，從來純孝超塵埃。應作鈎鈴參三臺，駕螭駟虯鞭風雷。不爾探環當重來，爾親未髦娱老萊。

頌曆恭紀 十月初三館課

汁光初應小陽春，玉曆頒來下紫宸。共喜堯年增紀甲，更歌周福又重申。璇霄斗正龍光赫，羲馭天回鳳詔新。四十三年開寶籙，臺官還奏慶雲頻。

瀛洲亭對雪 十月廿日館課

日華門東絶天漢，一水盈盈御河畔。瀛洲一道連紫微，鬱葱佳氣光常爛。十月嚴寒鼓朔風，彤雲密布漫高空。一夜六花徧三島，仙洲忽在瓊瑶中。玉柱孤撑雙闕峻，銀宮曉闢晴霄近。白鳳毰毸日欲寒，蟄龍蚴蟉天疑磷。我師滿懷抱冰雪，映照海天清氣徹。外間同慶江南豐，孤生喜接程門轍。

詠冰 十一月朔館課

北陸嚴冬令，西風凛冱寒。霜初鋪廣陌，冰忽結危灘。急溜撑瓊柱，旋渦湧玉盤。縠文依水縐，雪色映霞殘。幽國祠羔韭，滹沱送馬鞍。策堅聯騎渡，鑿險帶雲剜。净盡聰明出，澄空性地安。爲壺懸琬琰，作鑑照瑯玕。雁鶩翔空去，魚龍入夜蟠。纖塵真不染，皎月欲俱團。太液堅湖腹，曇花上帝鬘。天心回子半，日麗五雲端。

聖駕幸秦中謁周文王武王陵恭紀〔七〕

周道今重覩，鑾輿蹕雍州。兩都官禮盛，二后典章優。岐鳳丹生穴，河魚白躍舟。聖符原一致，遺墓更旁求。道統心源合，精誠祀事周。畢原瞻隧碣，渭水肅松楸。弓劍慶雲出，園林膏露浮。祠官原不瞶，盛典復親修。大烈開行幄，休光照冕旒。十年從永永，不數具茨游。

賦得髦彦星辰下 十二月朔館課

天祚皇圖永，羣才列集賢。賓門方穆穆，驤路共翩翩。值此人文盛，遥瞻象緯聯。星文奎次聚，辰極斗杓懸。喈鳳翔雲表，儀鴻起日邊。三臺通御氣，五緯正中躔。别苑窺瑶島，天門待列仙。藜光來太乙，精膳徹宫筵。筆札上方賜，品題中使宣。時分天禄籍〔八〕，月給水衡錢。觀物如吹萬，推恩徧大千。帝光隨日出，聖製自天傳。徽國懈家學，周詩理舊詮。願將葵藿意，逐影向花甎。

樂府三章爲侍御馮公作 有序

予讀馮公兩賊渠傳、劫灰録，每以未及鈔爲恨，心想慕其人垂十年矣。頃，其令嗣水部示以家集數種，兩書在焉，輒大喜過望。讀其誌銘、傳記，益以知公平生，又恨公已逝，不及接其論議而親炙其光儀也〔九〕。顧忠孝節義萃於一門，此古今之奇。卿大夫多詠歌其事，予雖固陋，不可以無言也。會水部君以爲請，因作孤臣、孝婦、貞女詩以貽之。

黑雲晝壓南天裂，三鎮連鷄犯天闕。孤臣求死死未得，老母一旦嗟永訣。孤臣孤臣將奈何，徒死無益，不如去而棄其家。間道東走下尉佗，尉佗之臺高峨峨。手挈歸朝帝所嘉，滇池失右臂，閩海拔輔牙。曾不逾時卷干戈，明明日月之光麗山河。山可以梯海可槎，孤臣之功不可磨。

姑殯在堂，孤臣不知存與亡。瘞姑贅子，自分一死埋蠻荒。天謂孝婦毋倉皇，險絶翼之翺且翔。十年百苦曾備嘗，晦霾倏復見天光。勞臣請尋葬，孝婦已還鄉。扶櫬東下江洋洋，兩孝忽遇鳩茲航。鏡合珠還，樂不可量。

愛女嬌，珍瓊瑶，于歸才子嗟漂摇。同牢甫八月，所天埋蓬蒿。欲往從之，無魂可招。憫茲遺腹安能抛？誕生芝草真靈苗。播遷烽火如燔燒，苦矢貞操成孤標。西南底平，歸於故巢。天子聞之加寵褒，衹今綽楔干雲霄。

元旦次司農師韻五首之三

久知逐境非關我，也復偷閑且學人。江上歸期羈思闊，日邊物候宦游新。獨憐先隴違親掃，每值芳時入夢頻。

苑樹未隨初序改，瓶梅已帶故鄉春。

廿年差異今年客，上日先餘一日春。除日立春。趨闕未諳媚國制，整衣勤問拜朝人。冠裳納陛天威近，陪隸賓廷日出新。是日高麗、安南陪臣朝正。自念微臣真忝竊，九重天上到頻頻。

候尉一家光覆海，太平萬物養如春。東山廪發逃亡屋，時山東賑饑。南越軍降犵狫人。遣尚書席爾達征鎮筸紅苗，除夕奏章到，報紅苗率服。賜復歡聲隨地起，免山東、廣西、貴州、四川、雲南今年田糧，及山西、陝西積年逋欠，餘亦有恩典。時巡大澤共天新。官閒喜得同簪筆，史册還看紀載頻。

賦得春從何處來　正月六日館課

拂水驚梅一夜春，風光陡覺帝城新。但知斡運回珠斗，誰識調元出玉宸？九域爲家齊獻壽，八荒我闥總歸仁。飲和履豫亡高厚，長戴堯天樂化醇。

燈夕前牡丹次吉水公韻

國色還争緑萼先，粉光膚雪劇相憐。自緣天上春逢早，不爲人間巧弄妍。坐倚霞標開綺席，花生火宅奪神權。底須百面鳴腰鼓，自有華燈出洛仙。輕紅淡淡欲凝脂，月下驚看傾國姿。火樹影酣新臉暈，燈屏風軟小腰枝。栽培未入名園記，嬌豔何須樂府詞？應送履聲天闕上，九重春色正初時。

春日聖駕謁陵展孝恭紀 二月朔館課

雨露隨時降，山陵入望清。九區沾濊澤，七廟啓光榮。已共春臺樂，還紓聖孝情。皇心通太乙，吉日戒先庚。淑氣凝馳道，條風拂御旌。迎鑾新柳色，夾輦曉鶯聲。灤水迴東甸，盤山接上京。龍髯留寶鼎，麟閣重宗祊。統緒看遺劍，山河俯舊楹。芙蓉千章合，松柏五雲生。謨烈垂思服，聲容欲見羹。歡心同萬國，一氣洽精誠。

賦得戈偃苗征後　館課

海隅久已共天光〔一〇〕，蠢爾三苗抗夜郎。赫怒仍開來格路，阻兵翻向旅庭方。地收羅鬼争琛貢，人屬槃瓠拜竹王。震聾不須諸葛鼓，九韶今欲徧南荒。

雨中春樹

東風吹煖滿郊坰，宿雪才消雨乍零。新水暗滋西苑緑，濕雲遥染上林青。參差盤地沾初潤，鬱勃參天合太冥。莫羡春光在桃李，嶺頭松柏早亭亭。

乍寒乍煖水微波，新雨新晴氣亦和。故國鶯聲隄上徧，帝城春色樹邊多。桔槔不用於陵子，園圃何須郭橐駝？尺五近天沾化早，一宵嫩緑變庭柯。

賦得麗景花上鮮　館課

東風作意繡皇州〔一一〕，爛熳花開麗景浮。紅入杏煙鋪錦帳〔一二〕，白飛梨雪上瓊樓。映天巧集三年葉，臨水春生百丈湫。獨有家丞愛秋實，繁花若個任青邱？

春日祭太社 十一日

靈雨回皇甸〔一三〕，農祥發土膏。煙青横隴麥，霞絳御園桃〔一四〕。五色隨分土，三祠薦食毛。句龍遵典重，后棄報功高。十日期先甲，陳壇器用匏。枌榆尊漢樹，太簇舞周翿。盛服聞絺冕，專牲必太牢。獻珪開玉邸，取血出鸞刀。蕃祉凝三吉，馨香達九皋。白榆縈羽蓋，曲櫟帶星旄。率育惟昭格，豐和總覆幬。長年沾雨露，大地一甄陶。

賦得詩情對明月 館課

花朝微雨入宵晴，庭樹分陰白月生。正有高吟振林木，恰當皎魄到檐楹。胸開浩蕩層霄迥，韻落空冥萬里清。更散餘光環海遍，五雲彩色在蓬瀛。

西苑新柳 廿三會課

東風吹緑帝城西，苑柳初眠拂御堤〔一五〕。瓊島裊煙千縷弱，玉河拖水一枝齊。緑垂太乙游魚戲，影帶靈和壘燕迷。天上自然春獨早，旌旗還映五雲低。

賦得林花先後明

春改故林色，花關取次開〔一六〕。寒風一番信，芳氣四圍來。早奪天工速，遲勞化雨催。逐時能照眼，着意好栽培。

和朱子雲谷詩二十六首之五

蓮沼

圓錢才疊青，高蓋忽擎碧。一夜驪龍過，滿池珠欲滴。

杉徑

千株亂松檜，微徑接虚堂。寒嶺冬晴夜，窗前吐緑光。

桃溪

種桃春塢裏，花發映津頭。莫遣殘英落，防他洞口流。

竹塢

个个篩寒月，清陰與歲深。還看生稚子，千尺作龍吟。

茶　坡

一雨出新槍，七碗思豪飲。寒色撲磁甌，清風生石枕。

萬壽永寧會恭紀 三月廿七會課

曆永千祥集，時寧百順開。流虹餘往迹，祠鳦正高禖。别殿芙蓉苑，仙醪菡萏杯。緑摇池道柳，青妥御園梅。萬壽逢佳日，千靈擁上臺。依光天峻極，重潤海瀠洄。幻劇神魚舞，飛山麗錦裁。雲中下笙鶴，天際出樓臺。音是迦陵轉，花非羯鼓催。旌幢迷曉月，伎樂走奔雷。星緯街南聚，天人日下來。年年當此際，拜闕鬱崔嵬。

寄阿制府

兩道旌幢控上游，五年歌頌徧方州。仁風西扇青牛谷，好月東生白鷺洲。江息微波澄九派，人披曉色到三邱。里門自喜沾膏雨，枯草春生穎亦抽。

保障焦勞已萬端，屢聞封事上長安。丹衷仰視龍鱗奮，白簡横飛豸角寒。宵旰聖情成悦豫，東南民力起凋殘。臣心如水天心格，誰説清時遇主難〔一七〕。

江邊紳佩久摧藏，愛護公偏惜才長。皋座無塵開書閣，龍門有士泊宵航。咸知歸向依舊望，自見昭回炳漢章。此日斯文得宗主，儒風不墜道恒昌。

陶鑄羣才舊木天，至今風月是當年。遥聲欲聽尚書履，初影猶餘學士甎〔一八〕。遲暮劇憐宫外望，依歸還托座中緣。尺書有盡情無極，江海知能納百川。制府今官尚書，舊爲院長，有聲，適門人某往謁，屬爲予先容，固有『座中緣』之句。

賜種哈蜜葡萄　四月二十六館課

大宛來異果，移植自張騫。賸有伊吾種，還從盛世傳。清甘殊氣味，鬱勃帶覃延。久荷雕盤寵，新頒綺樹全。生機含雨露，淑氣合坤乾。拜捧歸私第，親栽傍日邊。翠芽初麥茁，緑葉忽荷圓。花被春風笑，姿經夏火妍。牽絲張蟹爪，挺幹握螭拳。曉灌庭飛雨，晨飄坐拂煙。青雲圍翠幄，赤日失黄躔。葵扇俱抛棄，桃笙得静便。藤盤龍蚴蟉，影覆鶴蹁躚。從此三秋近，應看萬斛鮮。恩承天上厚，實比隴西偏。珠顆初離蚌，星精正在璿。未須瓜作棗，不必藕如舡。馬乳垂垂墮，鷄頭个个懸。蓄醪酣預卜，戰茗飲無權。戴德真何已，含恩正渺然〔一九〕。鑿空天漢日，置衛有明年。前代紛多事，遐方化未宣。一王開禹甸〔二〇〕，萬國共堯天。鞮譯享王合，光華草木連。太和含宇宙，時雨滿山川。奇木兩株併，嘉禾九穗駢。人人滋蕙腕〔二一〕，歲歲樂桑田。不羨涼州釀，冰心照八埏。

賦得玉簟微涼宜白晝 五月二十三會課〔二二〕

虛室延清晝，炎官欲息威。樹深分蔭遠，簾静入風微。步帳澄秋水，繩牀落石衣。琅玕憑自展，琬琰頓成圍〔二三〕。卓午涼偏納，初庚暑竟歸。肌凝青玉細，地占黑甜肥。不必懸犀佩，何妨夢蝶飛。冰壺疑可入，紈扇已停揮。沉飲寧淹朔，風雨想浴沂〔二四〕。還憐耽寂是，彌覺附炎非。廣被思全覆〔二五〕，煩歊願遠違。心同寒水玉，酷烈自應稀。

賦得幽處欲生雲 六月十一館課

消暑宜庭竹，便娟覆檻楹。火風方肆至，雲氣忽潛生。个个陰將滿，疏疏影半傾。緑濃拖北牖，翠重壓南榮。得雨疑三霱，參天作五英。消摇來鳳舞，變化看龍行。獨坐開深境，閒看寄遠情。炎官權欲謝，秋水境俱清。飄拂姿無定，悠揚致轉輕。含風香細細，滴露響錚錚。蒼白寧憂幻，葱青本自貞。願言托君子，不受雪霜攖。

賦得此日不再得

要惜流光駛，驚心及此時。年催如轉燭，道戰勝搴旗。待冥梧猶據〔二六〕，終朝園不窺。與天同一健，似月莫微虧。坐使分陰失〔二七〕，旋成兩鬢衰。我行應邁邁，爾日必孳孳。一息功無懈，千秋事在兹。昔賢炯明訓，三復佩箴規。

校淵鑑類函了喜而有賦

類函，明人所輯，摘録白帖、藝文類聚、初學記、北堂書鈔，其訛謬不可言。近奉詔重加增訂，而所蒐取尤濫，其抄寫之誤不啻掃落葉也。予去歲分得三百十二卷至三百三十二卷，凡千餘紙，爲删二十餘條。既卒業，如釋重負焉。

誰似編摹似棘叢，不徒亥豕費研窮。道陵有子稱張角，張角雖與陵子衡俱事米道，本非一家，今乃稱魯角子也。顔氏真儒乃釋童。引西須彌西域經辨正論、破邪論，謂孔子以下皆爲菩薩，而顔子則曰儒童菩薩云。姓字大都移甲乙，歲時無自辨初終。校讎兩眼玄花亂，了卻輕如鳥出籠。

賦得慮淡物自輕 八月朔館課

萬類各爲役，營營相繫牽。沖融洗妄累，澹蕩釋塵緣。魚樂清池雨，花明遠樹煙。片雲來水外，長笛倚樓邊。閒理黄庭帖，勤尋紫笈篇。無心隨物化，有性即天全。所適憑空闊，偕忘得静便。不須揮麈尾，吾道本超然。

寄許陳留不棄

正思河上栽花手，仍是圖中擘荔人。只合風流官翰苑，如何奔走吏囂塵？下車穀熟千家雨，兄抵任時方旱〔二八〕，虔禱七日，四境沾足，境外無有。茇舍棠陰百里春。邑民多訟，兄到一日而決。不識衙齋還暇否，縱横筆墨更如神。

東籬二首

編籬環種菊，無分東與西。秋風颯然來，黄花紛滿溪。天地亦偶爾，醉醒還相齊。或佩彭澤綬，或把柴桑犁。漢魏邈不識，晉宋奚分畦？世世是羲皇，漁人爾無迷。

我混風塵中，不飲醉其恒。形醉須以酒，心醉酒無憑。亦如知琴人，寧必絃復緪〔二九〕？頽然臥大塊，兩忘沉與升。孰是五柳客，而不吾爲朋。

賦得冬寒兆大年 十一月九日起居館館課第一

屢徵和洽頌豐年〔三〇〕，又喜嚴寒六氣全。冰沁瓊漿原野潤，霜凝玉色土膏堅。早須耒耜修初臘，準擬倉箱溢百廛。蘊蓄既深生發盛，調元還信在先天。

冬至翰林苑齋宿 十一月廿三起居館課

聖主齋宫慶履長，瀛洲宿戒凜趨蹌。儒生何待煩宣室，髦士先應學奉璋。霜月夜迴凝鳳沼，火城曉動肅鵷行。久知宵旰天心格，明見郊壇聚百祥。

移居 自寒潭出石頭衕同

荒園曲徑古苔深，三載棲遲一畝陰。老樹抽條添別幹，新篁迸筍作幽林。欲將疊石爲家具，幾忘營巢是客禽。今日忽然知徙宅，踟躕無語只長吟。

老奴賃載婢擔簦，破檻欹窗亦可憑。開敞篷扉延壘燕，掃除土鉎絕營蠅。新添衣桁初裁葛，舊架書廚穩上燈。莫笑長安居不易，隨時春草自因艿。

恭賦御製浩然心境更何如 登塗山

皇衷本與天俱泰，一上江峯更廓如。雲影水光觀象外，疏星淡月入元初。衢歌已極春臺樂，御墨還留玉檢書。自是心源開勝境，不須遠引到華胥。

與吴在雍

湖山寥落幾人存，見爾翩然意氣新。三世交情逾孔李，兩家婚好托朱陳。孤遺力可繩先武〔三一〕，孝友天能困久貧。架有藏書數千卷，歸來莫惜竭心神。

七十遺老歌送宋二至覲省吴門〔三二〕

七十遺老求歸田，聖恩眷顧尤勤拳。拜疏面請亦已數，温語反復春暄妍。曰予大吏莫如汝，智名勇功歸静淵。汝忍捨朕朕不忍，吴民況復攀留連。汝姑爲朕鎮吴會，少展數載當西旋。天廚撤膳每頒賜，更遣膳宰來烹煎。頤養天和嗇精氣，賜汝福壽享大年〔三三〕。無何急使入章奏，臣病實僊非虛傳。一月氣脱凡兩見，參苓大進乃霍然。雖云暫可不堪事，伏乞天意垂矜憐。子至内庭方傈直，突聞此信心俱懸。躊躇請急一覲省，下情不得聞高天。次日曈曨雙闕曉，中官忽到相傳宣。宣言帝曰翰林至，汝父偶病今已痊。知汝欲去不敢請，可即馳驛加歸鞭〔三四〕。天語撫惜再三四，還詔入見天門前。至聞感泣不自已，小臣乃荷恩私駢。一門受賜歷三世，報稱詎止頂踵捐。分爲君臣情父子，此中感戴心雕鐫。臣父聞之病必已，不必大藥燒丹鉛。驅出國門重回首，春風萬里來天邊。

四明林不巖先生必達前崇禎癸未進士以行人祭告出都而國變矣奉母山居不應徵召明年年且九十其同里萬君授一以予輩又登今癸未第爲徵詩壽之因賦十二韻

耄年親後進，舊德接先朝。滄海波重逝，仙源樹未凋。策名逢百六，奉使及漂搖。還報空壇泣，逋違敗絮飄。黄冠安返越，皂帽不終遼。廬感慈烏集，書辭駟馬招。遠游嚴瀨水，近倚赤城標。田足公私釀，風隨上下樵。商顔追綺季〔三六〕，霧市友公超。顧念予生晚，追惟望古遥。年深柯久爛，怒盡浙無潮。龍集欣同歲，鴻飛歎隔宵。

寄王秀才式昭

新知經旋忘，舊侣夢偏勤。卻恨故山月，今來不共君。鷗波春棹遠，鸞掖曉塵分。何事羈微禄，空離白社羣？

胡遵王以池州倅攝宿松事善政播聞寄詩美之〔三七〕

宿松荒瘠江之濱，田難供賦民苦貧。數十年來苦迫促，誰肯切究相拊尋〔三八〕？胡君少年文章伯，與我戰藝都城闉。一見情結膠投漆，意氣不啻天倫親。闊絶猶能屬肝膽，定知卓出非常倫。小試秋浦僅半刺，閒官未足施經綸。今乃攝篆來下邑，百里一旦流膏仁。清如澄水絶纖滓，明如火鑑窮形神。政簡訟息静無事，闔境但覺春風新。譬若利斧硎初發，游刃根節無困輪。是時適當編户口，例惟索費丁難均。又當漕粟付艘舶，吞噬任飽方能竣。君獨奮然排衆議，一洗宿弊無逡巡。歷事祇餘半年耳，不殊人給千餘緡。兒輩致書各覼縷，鄉人言似和鼓錞。我聞起舞喜不寐，夙昔心賞今始真。作詩非爲妄獻譽，用告來哲相咨詢。還當通衢揭高石，坐使良法千秋遵。

題御書愛日堂

聖主文章燦日星，淋漓御墨出彤廷〔三九〕。瞻來雲欲生三霱，捧到家應錫百齡。孝治歡心先侍從，恩榮宸翰照青冥〔四〇〕。桓生車馬誇稽古，豈欲光華徧鯉庭〔四一〕？

校記

〔一〕西成　清貽館本作『風吹』。
〔二〕曆　清貽館本作『紀』。
〔三〕虞　清貽館本作『徐』。
〔四〕持　清貽館本作『恃』。
〔五〕循行　清貽館本作『修竹』。
〔六〕復遘疾正危　清貽館本作『遘疾復甚危』。
〔七〕聖　原無，據清貽館本補。
〔八〕天禄籍　清貽館本作『藜杖火』。
〔九〕儀　原無，據清貽館本補。
〔一〇〕共　清貽館本作『見』。
〔一一〕繡皇州　清貽館本作『滿神州』。

〔一二〕帳　清貽館本作『幛』。

〔一三〕皇　清貽館本作『畿』。

〔一四〕御　清貽館本作『綺』。

〔一五〕『初眠』句　清貽館本作『依依乍拂堤』。

〔一六〕花關　清貽館本作『繁花』。

〔一七〕遇主　清貽館本作『知遇』。

〔一八〕遥聲欲聽　清貽館本作『聲來共聽』　初影猶餘　清貽館本作『影上同看』。

〔一九〕含恩　清貽館本作『尋思』。

〔二〇〕一王　清貽館本作『重熙』。

〔二一〕腕　清貽館本作『畹』。

〔二二〕賦得　原無，據清貽館本補。以下三篇同。

〔二三〕琬琰頓　清貽館本作『湘竹舊』。

〔二四〕清貽館本本句作『雅會思沉李，高情想浴沂』。

〔二五〕思　清貽館本作『恩』。

〔二六〕清貽館本本句作『待旦夜能繼』。

〔二七〕坐　清貽館本作『黨』。

〔二八〕兄　清貽館本作『不棄』。

〔二九〕清貽館本本句作『琴弦上未曾』。

〔三〇〕屢　清貽館本作『履』。

〔三一〕孤遺　清貽館本作『遺孤』。

〔三二〕歌　原作『事』，據清貽館本改。

〔三三〕賜　清貽館本作『資』。

〔三四〕驛　清貽館本作『駬』。

〔三五〕逾　清貽館本作『吴』。

〔三六〕顔　清貽館本作『山』。

〔三七〕胡遵王　清貽館本作『胡君遵王』。　美　清貽館本作『贈』。

〔三八〕尋　清貽館本作『循』。

〔三九〕御　清貽館本作『賨』。

〔四〇〕照青冥　清貽館本作『共鐫銘』。

〔四一〕豈欲　清貽館本作『況乃』。

杜谿詩稿卷三

直武英殿紀事詩 有序〔一〕

蓋聞音律之興，早垂墳典，詩章之作，用叶管絃。是知鼓宫、鼓商，有動必應，天籟、人籟，無往而不諧者也。至於聲病辨自梁朝，格律嚴於唐世，小學因之遞變，詞旨由是日精。故切字諧聲，歷成善本，而掇韻繫事，未有專書。迨元陰生有羣玉之編，粗存梗概；迄明楊慎爲韻藻之輯，略具菁華。然襲僞承訛之既多，而挂一漏萬之不免。自非聖人爲之刊正，孰垂詞苑之準程？洪惟我皇上爲律度之宗，建中和之極，萬幾既勤於宵旰，六藝每游於燕閒。念韻學之久蕪，詔儒臣以分輯經史子集，全收四庫之精微；草木蟲魚，下及百家之會萃。從官時拈筆管，雖隨扈不廢編摩；上相日佩珠囊，在爕理仍兼採集。萃於衆手，若四海之納細流；斷自宸衷，如九天之運北斗。於是宏開秘殿，肆啓天扉，進羣儒以校讎，畀諸生以繕寫。顧兹盛事，下逮菲材。臣學無碩師，名慚時彦，猥以通班之始，遽登著作之庭，始事抄謄，旋偕編纂。已在石渠之閣，不殊日近天顏；聿來玉几之書，并得時聞帝訓。開械天上，積有見聞；歸沐私家，載形歌詠。極知天未可繪，而測晷究以難忘；海不能窺，而望洋於焉興嘆。亦如候蟲之吟雨露，自暢其覆載之私；時鳥之鳴春秋，未識夫天地之大云爾。

其　一

奉詔初聞内使催〔一〕，摳衣趨向鳳城來。康熙四十三年十二月十五日，掌院學士傳旨，命臣書直武英殿，校寫佩文韻府。校書局對薰風殿，武英殿前即南薰殿。洗硯波分太乙隈〔三〕。殿前御溝從太乙池分入。案拂濃香翻砌藥，袖沾清露滴宫槐。儒生斗沐天家寵，敢道雕蟲薄馬枚？

其　二

自憐朋好托平生，殿閣趨陪盡國英。聯袂初登偕宋玉，是日，與同年庶吉士臣宋至同被命。陳詩每進問孫荆。書局以宫允孫致彌總其事。竭來研席兼今雨，不啻雲蘿訪舊盟。最喜和衷符聖訓，豈惟投分得交情。聖制有『綫班鵷鷺勸和衷』之句。

其　三

神山奇石玉成堆〔四〕，絶勝端溪古硯材。幸遇聖人親拂拭，不同賤士委蒿萊。以上皆御制硯説中詞。輕雲上覆鵝黄潤，一水中涵鴨緑開。臣書獲賜一方，上黄下緑。拜賜内庭還什襲，國論應更重瓊瑰。

其　四

一騎朝飛南苑還，瑶編帳殿手親頒。黄函乍啓重詢姓，緑字初開喜動顔。上獵南苑，近臣以所編書樣進，問誰寫草，監督郎中以臣書名及宋至名對，上頷之。六藝鈞陶皆以類，百家會萃不須删。侍臣記得陽春調，雪散旗門玉作山。聖制南苑喜雪詩。

其　五

二陋從今笑世儒，上諭：『韻府羣玉、五車韻瑞、韻學大全皆極陋之書，其所以陋有二：或窮生下士，老而不遇，思藉著述以垂名後世，然家乏藏書，交鮮碩彦，故挂漏訛舛，不能自正，一陋也。或薦紳大夫投老山林，多招賓客，摭拾羣言，取材既踳駁不精，成書又或未經主人之目，草率上板，貽誤後人，二陋也。今務去此二陋，自成一書，名曰佩文韻府，傳之久遠。』聖人删定總元樞。增華已詔内供奉，先命南書房諸臣增之。潤色還咨上大夫。又命兩中堂、兩尚書續增之。亦許從旁參點竄，不容任事更牽拘。常將一得收愚慮，肯似抄詩學走趨？時有『抄詩付小胥』之嘲，故及之。

其　六

二載清班廁石渠，今朝真得讀奇書。百城坐擁開煙海，三篋無亡絶魯魚。綈襲錦明宫帙内，墨花香發御題餘。還防觸手多輕涴，几上青氈敢暫除。

其七

半生苜蓿只闌干，忽訝移庖出大官。執爨每聞分御稟，典籤時過問朝餐。同年何焯、吴廷楨侍皇子，嘗徹饌見賜殿中。鮹鱸下筯兼鄉味，粔籹連杅入食單。卻笑莧腸難頓改，内饔飫後厭同盤。黄庭堅詩：『官饔同盤厭腥膩。』

其八

芙蓉别苑慶雲傍，日月呈書覲帝光。度越百王唐宋合，『同』韻唐宋各有『遠近同』句，命合一條。心空三乘有無忘〔五〕。『空』韻原有『有覺無空』一條，上以無出處删之。波定龍池向海洋。『龍』韻『池龍』『昆明龍』兩條一事，命去其一。風來柳岸聞天籟，『風』韻有『擘岸風』，又有『擘柳風』，隔日進呈，上仍記憶，言及之。雒誦方知詩律細，盡消浮氣入縑緗。

其九

帝闕風光歲倏移，仰瞻昳蕩日初遲。素綾春帖更新樣，彩仗神官赫舊儀。自午門内，各門俱於小除日挂春聯，用黄錦鑲素綾書之，各挂門神、兩燈，午門外則無之。休沐特恩天共曠，南書房諸臣皆以二十九日放假，正月二日入直。上以武英諸臣甚勞，特命二十八日放假，初三日入直。便蕃寵錫雨同施〔六〕。南書房除夕賜大『福』字及堂聯，尋又賜硯及玻璃器，又白金二百兩。明朝再覲朝元會，環衛傳班姓早知。

其十

纔朝正歲拜南衙，又啓蘭臺校五車。酒染宫袍香竹葉，内廷逢聖壽及元旦皆服蟒袍。冰融賜硯潤松花。硯出松花江。呼嵩三日山留響，正月三日進『嵩』字韻。祈穀千門雪散華。六日，上親祈穀，夜降瑞雪。盡道聖情多悦豫，天文捧出爛雲霞。御製唯天爲大頌一篇。

其十一

孝廉萎絶北堂萱，恨抱邱吾未敢言。朱邸聞天傳詔恤，素車出國被春温。盧舉人軒聞母訃，上爲歎息，命皇四子厚賻之。急歸好及冰盤薦，厚賻重頒雪苑恩。有子從王膺此遇，九京親亦樂難諼。

其十二

高才兩世繼音徽，名達天廷物望歸。驥子自應登紫禁，鳳毛端是出烏衣。盧舉人去，殿中乏人，因以王修撰仲子懋訥名及科分上請，詳問久之，命入直。豪芒抉奧心能入，風雨臨池筆欲飛。懋訥細心稽考，書法速且佳。何待侍臣催脱草，書成原不到斜暉。

其十三

帝念東南爲載巡，始和輦出鳳城闉。飛書進御期三日，上既南巡，命每三日一進書。渡江後雖在浙省，亦如期而至，計日行千里餘。上相隨鑾簡二臣。京江、澤州兩相皆從行，韻書專兩尚書主之。淮甸河靈供吏職，江滑嶽後覲天紳。行宮旁午還傳詔，細察微疵取大醇。上在江南手諭：『三江』以後，朕晝夜無暇，不能詳閲，爾等再加細察。

其十四

飛遞先持一卷呈，天顔喜處動江坰。遞中呈第一卷『一東』韻，共爲一部，上甚喜，謂此書卷帙少而載事多，兼經史之腴，成時宜急頒行天下。芳腴麗事兼三史，光彩含文括六經。豈但詞壇供鼓吹，好同玉檢鎮雲亭。奇書真得未曾有，急欲重頒汗簡青。

其十五

烏兔何知校勘忙，忽更氣候入巖廊。黄飛階莢春陰淺，緑長宫槐夏晝長。漸見午風吹硯涸，更憐晨露點書涼。帝心軫念東盧隘，特啓天扉並浴堂。上命盡出殿中書籍移書局，其中殿西即浴堂也。

其十六

大駕初回南苑南，拜迎馳道輦停驂。四巡喜見五年再，百爾歡呼萬歲三。接地祥煙通御氣，傾河澍雨濯塵嵐。時天旱，是日大雨。小臣不覺身卑賤，班次頭行上相參。内廷迎駕，隨九卿諸公後。

其十七

半載從容紫禁垣，陳書常恐辱饔飧。每呈補綴容臣誤，進呈稿訛誤，許補綴以進。不譴粗疏荷主恩。筆札榮光生御覽，殿廷佳氣擁王言。小胥錯被旁人笑，誰得揮毫達至尊。

其十八

忽聞天語急前趨，特降温綸拜命殊。校録已慚塵乙夜，編摩復許共羣儒。六月二日，上避暑塞外，命臣書、臣至同孫宫允等編纂。身依玉露親芳潤，手挹金莖潄古腴。安得書成歌不日，焚膏還欲繼朝晡。

其十九

賢關親闢大江墳〔七〕，盡出菰蒲仰聖君。上南巡親試，得七十餘人，命撫臣咨送翰林。冰玉元應方樂衛，東西何必隔機雲？監生王敬銘係孫宫允致彌子壻，汪俊係汪編修倓親弟，皆命直武英殿。虎闈後勁凌三館，南來諸生皆命由國子監鄉試。螭陛先聲起一軍。中式者六人。更向迎鑾聆帝語，菀枯雨露總無分。

其二十

才技寧因一眚遺〔八〕？加恩不惜洗瑕疵。給事中吴暻、王銓因事去職，上知其能，命留京候旨。鄭虔謫去天題畫，王銓作南巡五瑞圖，謂冰泮澍雨、龍見塔光、麥五岐，吴暻亦摘御集句爲圖，各係以詩，皆稱旨。郭振宣回詔進詩。初，上出口外，傳旨吴暻、王銓俱着入武英殿。如已回去，着人追還。既入，上盡出内府書畫，使校勘之。諫草盡焚朝轉早，雲章新覩出常遲。給事直日有期，入内則卯入酉出爲常。掖垣梧樹應惆悵，安得移根入内墀？

其二十一

際天蟠地是皇輿，芸閣重開傍帝居。修皇輿表成，復設局南薰殿，命詹事臣彭曾淇及編修臣仇兆鰲、臣顧圖河等修路程紀略。記里漫夸豎亥步，注經應鄙酈元書〔九〕。風生御扇炎氛静，雲湧天文麗日舒。上避暑塞外，念修書諸臣勞苦甚，特書詩扇，賜彭、仇、孫、顧各一柄。一歲頻遷君莫羡，聖朝詎有渴相如？彭、仇、孫是年皆遷官，顧點講筵。

其二十二

避暑回鑾拜御塵，羣公濟濟塞城闉。方看立鵠排仙仗，忽駐飛龍問小臣。上問吉士臣何焯是乘車來否，蓋知其不能騎也。清切舜瞳垂一盼，上於武英諸臣，一一注目見之。依稀鄒律轉三春。海隅今日多英儁，那得瞻天近紫宸？

其二十三

經時同向殿廷趨，一夕驚心逝水俱。汪編修倓同出殿門，抵家忽暴卒。年比顔淵纔過二，家如伯道竟無孤。修門身未迎親入，其母太夫人方買舟北來，未至。旅櫬天先遣弟扶。編修止一弟，適御取入京，得扶櫬還。痛惜才名空十載，編修年十九登進士二甲第一，有才名。只留桃李越臺隅。編修壬午主廣東考。

其二十四

閣門傳奏失勞臣，遥聽吁嗟動北辰。爲輟王弓回内苑，近侍奏編修去世，上方校射景山，歎息而輟。還咨使節下天津。命鹺使資送靈柩還吴。歸舟不畏重關阻，初擬舟回各關留滯〔一〇〕，既得命，乃爲釋然。勸駕仍期首歲新。仍命正歲鹺使送其弟入都。恩及泉扃真盛絶，旁觀感涕盡沾巾。

其二十五

如此才人忍改官，臺垣那似殿廷難？是年定議編、檢改科道，上見檢討臣張元臣，語掌院曰：『如此才人，忍令出衙門乎？』時以汪編修去世，上恐殿中少人，命張同編修趙晉、趙申季入直。校書自就青藜暖，補牘誰誇白簡寒？璧貫連城欣欻合，劍光沖斗詫同觀。漫勞太乙吹藜杖，賜炬新傳傍夜闌。

其二十六

天垣佳氣溢文昌，列館紛綸各擅場。莫遣珠璣沉極浦，更教草木被榮光。瑶篇五夜披新史，寶繪千年發舊香。時並開四館：一選宋、金、元、明四朝詩，一選詩餘，一修羣芳譜，一修書畫譜，而三朝國史亦刻日告成。聖主右文多盛事，石渠從此不勝藏。

其二十七

弘開絳帳拂春風，帝選門徒拜馬融。桐出爨餘仍就製，筆帖式胡理特命入場，不中，監生朱禋潢朝考被革，皆命從孫宫允學。璞經剖後更求攻。監生孫順新中，亦命從學。論文轉得聞天語，問字翻因識聖功。胡理嘗聞上指授經解及諸字反切。大内儲才從古少，百家騰躍總寰中。

其二十八

待詔金門竭斧資，天心眷念已移時。諸生且比子華富，上念試取諸生多不能自給，命議所以居止飲食之。學士何憂臣朔饑？宋楊大年爲學士，請外疏云：『從者之病莫興，臣朔之饑欲死。』廣廈雲連三闕峻，輕裘日傍九霄遲。從今莫憶江鱸美，内府奇珍落雪匙。

其二十九

中丞移疾告懸車，敕斷趨庭問起居。宋吉士至之父中丞犖以疾乞休，傳語至不得請假。子舍陳情方躑躅，帝閽傳詔勿趦趄。至方欲上請，而上已傳諭，命至馳驛往視〔一一〕。上醫馳騎天閑選，珍藥封題御筆書。命醫同往，兼賜珍藥。覲省江邊光四照，霍然定在舞衣初。

其三十

大庖珍味出儲胥，異數重頒寵歲除。歲除，特賜殿中諸臣食物，并命各攜從人至内禁門取歸，臣書得一鹿、四雉、四魚。童隸許隨青瑣闥，諸生詔入紫宸居。殿中日曜平林雉，天上冰翻在藻魚。更拜神麃三鼎備，歸來榮薦聖恩餘。

其三十一

重開別苑試南端，恩例三年拜一官。不道浮槎離海嶠，翻成學步失邯鄲。性疏幸荷高天覆，齒録真蒙聖主寬。矢報益須勤職業，祗慚日費大官餐。散館，仍留吉士入直。

校記

〔一〕清貽館本題作『入殿記事詩三十首』。
〔二〕奉詔 清貽館本作『詔下』。
〔三〕太乙 清貽館本作『太液』。
〔四〕山 清貽館本作『仙』。
〔五〕忘 清貽館本作『亡』。
〔六〕便 清貽館本作『骿』。
〔七〕墳 清貽館本作『瀆』。
〔八〕寧因 清貽館本作『何憂』。
〔九〕鄽 清貽館本作『道』。
〔一〇〕擬 清貽館本作『恐』。
〔一一〕驛 清貽館本作『駬』。

朱書全集之四

杜谿詩稿外集

杜谿詩稿外集卷一

望灊山天柱峯〔一〕

爲山須爲嶽，爲嶽須爲峯。矗立蒼冥間，常有雲霧封。秀骨天所成，凡山遜高聳。當年漢天子，瞻拜承恩寵。豈曰衡巖遠，聊埋牲與珙？此山實非常，可作南邦冢。非不戒孤高，而恥近闟茸。獨力撑南天，恃之以常鞏。

望大小蜀山 時赴廬州，從學憲領貢單。

兩山如髻還相隨，前者内顧後者追。平原四望鮮峯起，雙擁蒼茫成崔嵬。廬陽但有羣岡伏，草色參差天共緑。稻香樓前楊柳疏，淝水河邊煙雨足。獨此兩山盤青鬟，似翦奇峯來巴蜀。常聞蜀道蠶叢之險難於天，此山轉以孤獨名蜀山。從來平地易爲險，幾如一夫當雄關。有人常住峨眉雪，何人能識長庚白？揚眉此是韓荆州，快對蜀山把明月。

午日途中值雨

度阪穿林忽遠鄉，遥聞簫鼓競端陽。榴梢吐豔花疑醉，蒲氣迎人酒欲香。孤客慣經山雨驟，閒心竟逐野雲忙。爲思慈母持絲縷，猶恐征途典鷫鸘。

桐山道中瞻左少保忠毅公祠

巍巍霍嶽天中央，篤生神人桐之陽。冷鐵爲面冰爲腸，報國不徒恃文章。時逢陽九攖奸璫，傾朝赫赫國如狂。遠者箝網附者王，一時奔走屬相望。我公骨鯁真非常，神龍肯屈蚓竅旁？相攜楊魏翩翱翔，遥映蓼洲相輝煌。尤懸巨眼别驪黄，道鄰扶掖成棟梁。盡節殉難在維揚，後先一轍同其芳。風流人往氣如霜，我來祠前多仿徨。扃門銅鋪何深藏，不能入户瞻衣裳。何當舉袂一登堂，稽首儀容覿休光。歎息羣凶徒稱强，寂寞纍纍古冢荒。安得巍峨俎豆香，千秋萬歲歆蒸嘗。悠悠山高水復長，與神俱留不可量。

瞻朱司農碑

風流滿北海，聲教沛南荆。漢室重循吏，疇如朱仲卿？雪增天柱峻，雨共練湖平。仿佛桐鄉道，豐碑萬古横。

爲慵庵作

風塵滿世何擾擾，羈靮神駒樊靈鳥。勞攘奔馳無厭時，終日如斯不自曉。慵庵十歲能學書，學書學劍皆其餘。獻賦有如日五色，揮金時傾酒百壺。歸來去向南山卧，等閒便即脱塵縛。枯禪夜半聞清鐘，醉眼人前歌且和。憶昔飲中稱八仙，蘇晉長齋張旭顛。君身兩仙並爲一，羣仙應共推傑出。君不見，黄河水，隔天高，滔滔波浪起春濤，求名帝鄉何迢遥？又不見，五都市，生羣虎，如此喧囂那可處，求利歸來嗟幾許。一窩白雲一榻風，欲覓桃源在此中。夜有蒲團晝有酒，仰看明月懸高空。

志感

昔之士自貴，而人亦貴之。今既不自貴，憤俗其胡爲？人非尤之府，天豈怨之階？涼材鶩絶業，儉質矜神奇。其任終不勝，祇以令人嗤。豪華嚇腐鼠，氣焰灼羣兒。寂寂伊人居，過而問者誰？捷士怪其鈍，傲夫侮其卑。謂彼一何拙，世事成癡迷。恃此全其真，知希良自怡。

胡敏來先生挽歌行 先生諱全修，詳邑志。

霜風漠漠彤雲起，起自鑿山仙洞裏。化作長虹亘碧空，直接白河湖上水。白河湖上有高人，茹和抱璞存天真。直如虎侯飛來矢，堅似龍山有節�。自昔岐嶷具真性，孝友果然天所定。刲股克俾造化移，同被能令草木潤。兼以穆行成文章，英風飆發不可當。理奥已自抉朱陸，才豔且欲驚班揚。惋惜大才猶見屈，布衣諸生老場屋。幸有安定經義留，後人繼起羣矗矗。家居爲邑樹芳型，此身雖困道自亨。解紛排難魯東海，賦詩飲酒李長庚。忽爾今年四十九，歲非龍蛇偏不壽。拄杖遨游十洲去，掉頭不飲人間酒。先生一去不復回，頓令玉樹山中埋。一望長空徒隕涕，招魂何處向江隈。爲念把臂相從久，冥明長別空搔首。擬尚爲君沽一斗[二]，可復酣顔一醉否？

采石江中風雨

高□□□□，孤帆斜影度。遥望謫仙樓，擬在山邊住。倏忽風排江，決雨來如注。篙師渾迷岸，扁舟危於露。蛾眉逼相視，翠螺藏煙霧。我無照水犀，江神勿復妒。世路皆波濤，何往非飆颶？恃有忠信心，上下隨所遇。豁詠復何人？風雨江天暮。

舊縣遇桐城宋潛虛述學憲劉木齋先生相知之意感作〔三〕

赭圻城西江接天，停橈繫棹舟相聯。偶上江干步斜日，忽驚鄉語何翩翩。拱手致詞一借問，云是皖桐家相近。初試冠軍同聯鑣，琅玕先生親授訓。詢我知是仙田書，琅玕珍賞如瓊琚。句曲署中曩過侍，高文朗誦遺於予。自是雙魚來往復，君名往往存尺牘。藹然氣作五雲生，見者人人如負曝。我聞此語不自持，惝怳江邊信反疑。雕蟲區區何足數，駑駘乃受九方知。泰山之高萬餘尺，先生可望不可即。冀野過後鞭笞多，汗血淋漓誰肯惜？

皖上晤汪紫濤

歸前我約君，君來我翻後。意我良愆期，與君適相遘。金斗之行數百里，行李孤征蕭然耳。同心不争捷足才，跫然而喜可知已。

同紫濤發皖上因步其韻

結情在夙昔，握手出重關。雨過澗聲急，風嚴暑氣還。恬心蹊失險，壯氣路忘艱。旅況何曾寂，須臾已萬山。

廬陽劉貞十先生寓中小飲

飄然豐度皖山高，名重都城賦自豪。水闊中江開墨路，瀾翻大海卷文濤。好將金斗河邊酒，持贈吕虔匣裏刀。燕市幾年須賈駿，知君光怪久難韜。

讀石文節先生傳

先生諱思琳，死左兵難，徐公致覺爲作傳。

宋室人文稱徂徠，高風亮節自兹開。焚香著易重天下，百世之師仰丰裁。子孫渡淮居松里，代勒勳庸拖青紫。數傳文節生其間，孝友敦行世無比。少年博學號人宗，解頤折角争相從。一夫不獲身爲恥，靈泉桑落春濃濃。至誠感神傳異術，囊丸夢飲皆邃密。楓香秋漲不驚濤，浮玉龍湫聲應律。當年寇氛焚數州，秦晉以下逮江流。蘭水司寇謂鄭公三俊。遠咨訪，陳書千言真忠謀。上計發帑大徵賦，合圍進偪無所措。清野防渡燒遺糧，網禽阱獸何難捕？次計屯插足軍需，賊巢所憑移金□。兵不遠輸有餘粟，民無濫税羣歡呼。披瀝痛陳無復隱，羣盗未平兵將反。左藩内譟客兵譁，傷哉罵賊江頭刎。直言仗節一身兼，止水同清劍同銛。嶽色江聲俱不死，兩間正氣自炎炎。

喜惠民祠落成〔四〕

巍祠嶽立俯仙丘，大惠人間萬古留。雨露當年蘇赤縣，衣冠此日拜滄州〔五〕。海門東望擎雲棟，靈隱西來捧月鈎。況是民依均在念，後先應自快同儔。

杜谿雜言四章 章四句〔六〕

牆矮山皆入座，林深鳥不知名。閉户檢兒臨帖，開門看僕同耕。

種樹何須佳樹，栽花不必名花。任是葳蕤紛藉，不驚鷄犬桑麻。

插棘全遮稻穗，編籬閒引豆籐。蛛網徐看飛蝶，鷄窗任起營蠅。

雨過東西移竹，風來前後聽松。老葉蟲書篆籀，新林籟奏於喁。

四善詩〔七〕

四世洪祖元配慈母陳

惟我四世，族姓實繁。嬪袚諸婦，爛其盈門。母命諸婦，毋敢或私。私立一器，輒爾碎之。惟時祖治外而多暇，母治内而有餘。有田有園，有室有廬，有僕有輿，有馬有驢，俾内外之無間，肆三世而同居。

從伯祖朝珩元配節母汪

蒼天崩亡，妾年十八，抱遺孤而在襁褓兮，腸屢迴而若拔。期親不諒，苦欲嫁予，予心匪席，可卷可舒。嗟君子之一綫兮，誰敢迫逐而逼居？予頭可斷兮而身不可汙，上有咫尺之青天，下有無窮之黄壚。兒長而立，吾其從夫。奈何兒又短折兮，有藐爾之三雛。終夜紡績，以給朝夕，迨三孫之玉立兮，祖母皤然而八十。

從姪裳妻孝婦金

嗟我母病兮苦阽危，母阽危兮父何棲，母阽危兮弟何依？用告歸寧中情悲，百藥不效將奚爲？一割吾股兮，延母數年之期。

嗟我父病兮病不起，父不起兮家誰倚？父不起兮田誰理？用告歸寧心悲止，百藥不效將何以？再割吾股兮，延父壽於一紀。

嗟我姑病兮病不瘳，姑不瘳兮積百憂，姑不瘳兮誰之尤？側身内顧涕泗流，百藥不效何時休？三割吾股兮，延姑年之春復秋。

族兄世彩子吉嘉孝行

父病隔噎，嘉曰非藥所能治。父病可愈，安用身爲！禱天割股，爲父進之，父病如故。吉曰父豈嘉所私，吾身尚在，曷惜四肢！禱天割股，又爲父進之。肉膻跳，血淋漓，鬼神環視羣驚疑。星河晴璀璨，天宇碧參差，皇天鑑余心，霍然病已承恩慈。懼傷父心，謹秘勿使知，心苦如蘖，情似乎迷。或乃有起而誚議者，謂庸行無取乎恢奇。吾親疾病，呼天悲痛，何異外患急難之欻，捐軀前赴奚容遲？蹈湯冒火，義不敢辭。非精誠積諸平日，迫於臨時，必將畏葸展轉，奮不顧身，胡爲謷訛。嗚呼！若吾兄之二子，真足激濁揚清而獨立，扶挽末俗之綱維。

曲阜恭讀幸魯盛典并得與觀丁祭謁拜林廟紀事一百韻 並原注〔八〕

敷教天心顯，弘文帝道昌。一尊惟學聖，九有悉賓王。幸魯增新帙，清時正舊章。曆元開甲子，葭管動初陽。俯允廷臣議，來登夫子堂。巡行依舜典，封禪鄙秦皇。鳳詔傳中秘，龍旂發未央。六飛動淮海，七萃返金閶。駐輦泉林寺，摛詞泗水鄉。泉林寺在泗水縣，相傳孔子在川上處，上至此作記。已先登道岸，行即覲宮牆。釋奠釐殊禮，臨雍益典常。潔蠲視牲幣，誠慤薦馨香。九叩瞻龍卷，千官列雁行。几筵增氣色，俎豆煥輝光。有簪龍旛展，伶倫翟羽翔。琴箏聲儼雅，絲竹響鏗鏘。率舞象鴻駿，升歌儀鳳凰。豈惟觀八佾？蓋已會千祥。音自齊韶濩，儀還駕漢唐。上公方濟濟，多士亦蹌蹌。配哲俱分獻，賢儒各奠觴。致虔通僾愾，成禮恰瞻望。相得誠無間，潛孚道益彰。龍蹲客肅穆，鳳德像輝煌。創始頻咨訪，低回賓不忘。石螭摩繡柱，金榜耀雕梁。内寢原清閟，重門只肅將。爲眈探聖迹，不壓屧迴廊。道子神留筆，文翁畫擅場。重摩餘小影，傳寫重家藏。未必能仿佛，應須得渺茫。每從留顧盼，如竟覯冠裳。道本同符契，心知更慎詳。金絲觀笥篋，詩禮撫圭璋。御蓋威逾赫，王言訓孔臧。上諭孔氏子弟，令懸額詩禮堂。井泉騰觱沸，孔子井在詩禮堂後，上汲水嘗之。檻樹蔚青蒼。堂前古槐、銀杏亦蒙咨詢。唐宋碑涵日，古碑一一瀏覽。金元筆挾霜。金党懷英八分書『杏壇』二字，又書二碑，皆蒙古書，難釋。杏花無野蝶，栝柏集神鶼。作賦雄千古，成詩播八荒。煙雲飛縹緲，日月爍光芒。家世生賢杰，經傳看頡頏。詔宣陞御幄，講論富縹緗。奧理須探討，昌言待拜颺。用宜登菽粟，敝止棄粃糠。筵撤天顔喜，朝回士氣揚。賜金兼賜秩，容狷復容狂。聖澤真無已，皇心更莫量。鳳毛棲瑞沼，馬鬣憶崇岡。駕出大成殿，馳過泗水梁。長春通觀闕，宣聖表危坊。荆棘從無穢，松杉列遠方。宋庭餘輦道，子貢閴幽房。古隧崇於嶽，天津不可杭。肅儀俯瓴甓，重拜酬椒漿。古楷摩餘朽，靈蓍摘宿芳。新扦還拓土，舊域載開疆。駐蹕亭高峙，輿馳道孔長。東邦欣共慰，北闕錫崇慶。棹楔旌貞節，天書賁壽康。豐碑崇壯觀，發帑飾宗祊。東野新丹雘，鄒公改棟宗。真非古所及，亦豈衆能襄？下士中江左，游情東魯旁。曳裾非素志，觀禮迫中腸。登陟先南霍，朝宗望北滄。矢惟親孔里，無自赴裴航。同郡司文教，知交督魯庠。絳帷須有助，赤牘遠招卬。來適逢春仲，躬隨見享嘗。兩楹駿籩豆，萬舞應笙簧。入廟衷知敬，瞻林意更藏。昔聞虹化赤，今見玉埋黄。聽逖誠都愜，心遐不易償。司徒初佐舜，天命迄歸湯。維振神明裔，夫惟達者當。端知承奕葉，豈謂降空桑？洙泗流文海，雲亭擁筆牀。秀全收泰岱，靈盡毓尼防。汲汲何曾暇，棲棲實不遑。詠歌存五典，筆削振三綱。道統傳皇古，心期托老彭。志焉逮姬旦，沮者似臧倉。一自山頹峻，同嗟木萎良。秦徒聞虎視，漢共覩龍驤。馬渡延南轡，鶼飛攬北繮。禮云代優渥，典亦漸淪亡。姑蔑人無紀，靈光殿已傷。命官空册祝，屈駕閑趨蹡。未有如今日，居然軼夏商。君師同峻德，氣類總胥匡。讀誥成身度，行乾法自强。道專宗孔孟，説不雜荀楊。盛典垂金石，儒風重璧璜。詞臣傳珥筆，吟客著縑囊。未得鵾垂翅，徒慚鷃決枋。名區游歷歷，專史對琅琅。洲莒開芸簡，阰蘭出佩囊。羣山宗日觀，衆水合歸塘。培塿能增大，支流豈望洋？舞雩沂水地，游詠足徜徉。

校記

〔一〕從本篇至讀石文節先生傳十四篇録自清貽館本杜谿詩稿卷一。
〔二〕尚　據宿松胡氏宗譜，當作『當』。
〔三〕宋潛虚　當作『戴田有』，即戴名世，『宋潛虚』爲其身後諱稱，不會出現在朱書筆下，此處當爲後人所改。
〔四〕録自康熙宿松縣志。
〔五〕『衣冠』句　道光宿松縣志作『衣冠曠代仰滄州』。
〔六〕録自民國宿松文徵。
〔七〕録自宿松朱氏家譜。
〔八〕録自民國宿松文徵。

杜谿詩稿外集卷二

雨中過華山〔一〕

我涉涑水來蒲東，半天黑雲堆朦朧。注目久視雲更濃，胡爲不起隨天風？問人始知是華嶽，金天高插青芙蓉。渡河入宿潼關内，近山卻與山相背。急欲看山早起行，山神故遣雲靉靆。半晴半雨乍有無，山隨馬首呈奇態。或如渴驥急奔泉，或如健夫静守塞。環拱太嶽居其中，巍巍獨立擅雄概。四方如削不可攀，北面緣緪通天關。仙掌依稀出雲影，五色之彩相回環。我到嶽祠繫馬入，載上危樓對嶽立。蓮氣霏微落檻青，泉光噴薄沾衣濕。生平五嶽游欲偏，此日相望不相及。玉女何當看洗頭，大笑昌黎空佇泣。

劉太君七十壽詩〔二〕

王母初傳下十洲，自擕玉液貯金甌。玳筵啓處清芬滿，仙樂鳴時瑞靄浮。北闕佇看旌大節，南山長共擁高樓。古稀獻頌無佳句，折得梅花當酒籌。

寄王昆繩〔三〕

夫子今耆舊，好學老不渝。鴻寶不自秘，猥承遠咨諏。與不知者謀，付託無乃孤。海闊玉無瑕，末由窺大都。酌容爬蝨陋，攻藉確礨壨。安能裨萬一，要惟竭狂愚。惠我雲中書，都非世上言。學憂夸毗多，士惡釣奇繁。墜緒揭終古，孤節振家門。焯焯光大夫，危城抗秦原。狂氛倒五嶽，彈丸屹崑崙。弱毫宣未得，敢闖作者籓。大江吞楚蜀，雲氣接荊關。漠漠鴻腦洲，一老偃東山。暇即吐宏詞，匌匒天地間。探幽日不給，豈謂小隱閒？敝廬壞相錯，行當拂衣還。相從几與杖，一洗緇塵顏。

附　酬某庶常〔四〕

王　源

要期千載後，安得一編成？鼎鼎曾無緒，茫茫過此生。疑從良友豁，眼到老來明。剪燭虛堂夜，鷄聲續雨聲。

不得聯牀話，傳來滿篋詩。知君豐暇豫，念我獨踶跂。天上白榆夜，人間紅藥時。衰年猶入夢，慌忽不成辭。頭銜前進士，筆札老潛夫。掎摭愁難到，爬梳苦易蕪。寸長何可得，千慮總成愚。紙費重刊削，無令辱醬瓿。儒腐原無益，書淫何所求？惟將償歲月，不是爲窮愁。好事徒虛語，名山只夢游。裝成仍庋閣，莫遣近時流。沉水香深處，清言許阿戎。佳晨文字飲，大旨昔賢同。往復頻無厭，疵瑕細亦攻。論交真有道，千古寸心中。

後圃講堂歌爲李蒼存賦〔五〕

若有人兮，乃在清淮之湄、濁河之涯，太白、華嶽從西來，嵩高承之爭崔嵬，中州清氣至此不得洩。東來海嶠連蓬萊，長鯨怪鰐鼓鬐鬛。驚濤怒浪喧風雷，支祈出没河海立，靈怪噴薄山嶽摧。若有人兮，胡爲乎來哉？結屋居其間，環堵一茅齋。檀梁兮桂柱，芝砌兮蘭階。半畝之圃有天地，盡收萬類歸胸懷。別無長物自怡悦，牙籤萬軸相差排。耡經藝史不暫輟，珠林玉樹隨時栽。瓊瑶滿室成山藪，珊瑚一架生條枚。煙柯霧葉噏清景，蒼龍翠鳳相低迴。嗟乎！丈夫生當作將相，出入青瑣排紫仗。登壇手臂萬石弓，坐取封侯不相讓。名垂竹帛映千載，能使談之氣俱壯。不爾便須歸去耕南山，何事終日奔走塵土間？扣門隨馬費朝暮，殘杯冷炙多慚顔。縱使文章聲有價，精神勞弊何由全？圃有芝，堂有酒，開爾樽，扣爾缶，我歌爾和莫相負，從子講堂兼學圃，莫問黄金臺高等丘阜。

榕庵讌集〔六〕

榕園愛客敞朝扉，許上丹梯俯翠微。萬井人煙環曉帳，一天海色逼書幃。兩餘新瀑循階下，風後清香撲檻飛。果是道山比方丈，擬聞笙鶴尚依依。

題程士偉公遺像〔七〕

追琢其章，金玉其相。屢試莫售，林下徜徉。

題張方伯清潭印月圖〔八〕

秋水青於天，茂樹留華滋。風吹好月上，清光忽瀰瀰。水月了無心，悠然適遇之。衆鳥欣故巢，閒雲弄漣漪。至人有達觀，默與忘言期。

托心水雲際，披圖亦瀟灑。踞石涵川光，明月皓盈把。萬物終銷毁，翻悟有形假。高空皎清夜，古木澹儼雅。此心無去來，浮雲何爲者？

壬午，與逸峯友兄同下幃潞水之青雨山房，因傳致大方伯公之命，爲題此幀。書從公游十年於兹矣。憶戊寅仲秋下浣一日，夜漏四十下，叔子聲百、季子星閑來，示以公所作五言古詩一首，書法龍跳虎臥，而詞旨高遠，養孟氏之浩然，涵金天之蘭弈，至今覺胸中有餘味也。披圖之下，疇昔秋夜景光雖微不同，而澄潭霽月無時不在長江、天柱間，故漫賦二章，以塞逸峯之意，因請正於公焉。

宿松友姪朱書拜稟。

題王阮亭先生放鷴圖〔九〕

曙月未没，流光滿空。羣動無聲，遠樹曈曨。君子有懷，起命奚童。嗟彼文禽，出此樊籠。物失其性，逝將何適？蜩搶榆枋，鶡垂雲翼。君子有懷，順帝之則。飛兮青冥，游兮八極。鳳凰之羽，誰能縶之？小文自炫，累亦其宜。君子有懷，解綱是期。六合之内，生氣彌彌。岵華幽幽，明湖渺渺。魚鳥依人，尚其息陬。君子有懷，懷彼青丘。時卷時舒，造物者游。

宿松門人朱書。

題王阮亭先生帶經荷鋤圖 二首〔一〇〕

輕雲帶飛帆，野氣何清森。細雨江不喧，良苗被幽潯。苧蒲立荷鋤，悠悠風吹襟。大人齊物化，萬象無升沉。尼父爲東周，寧改疏水心？勿謂圭組中，而遂非山林。

東山蕪已久，惟翁鋤治之。忽使菑畬間，五緯垂天維。披圖穆清風，真欲發華滋。當置我翁旁，叱犢還追隨。雖有京洛塵，素衣安能緇？

宿松門人朱書拜撰。

題李蒼存秋穫圖〔一一〕

秋響木葉聲，農期亦已屆。凌晨入田野，觀穫良獨快。白雁自横空，黄雲偏村界。齊出事腰鐮，粟粟無秕稗。豈盡免旱澇，用勤救其敗。莫但展圖看，早歸叱烏犗。

和宋牧仲夏日邀諸同人寓齋小集晚過龍泉寺南風氏園看古松限韻同賦〔一二〕

勝地寵佳招，于邁搴宿莽。愛此名藍偏，幽奇探廢圃。稍稍辨徑入，驚見蒼龍舞。怪松信獨絶，游歷曾未覩。不知歲月深，但見虬鱗古。距地二尺强，南横十數武。兩頭屈曲上，門立若雙柱。枝葉盡樛盤，結翠疊檐廡。微風起海濤，清寒落空宇。疑是龍泉龍，攫拏吼風雨。愛客今山公，禮數寬賓主。珍肴與上尊，奇味出天府。展席古松下，暢懷歌且鼓。發興唱高吟，勁骨翻媚嫵。勢若與喬松，元氣共支拄。美此歲寒姿，楓槐焉敢伍？悠然耳目新，心醉手還撫。醉後不忍歸，臥看鸞鶴聚。

校記

〔一〕録自鶴樹軒本華嶽志。

〔二〕出處待考。

〔三〕録自王源居業齋詩鈔卷二十二。朱書曾任翰林院庶吉士，故王源酬答詩稱其爲「庶常」。

〔四〕録自王源居業齋詩鈔卷二十二。

〔五〕録自李嶧瑞後圃編年稿卷十五。

〔六〕録自林皦榕庵唱和編。

〔七〕録自程氏祠記。

〔八〕録自禹三鼎繪張魯翁像卷，現藏於北京故宫博物院。

〔九〕録自禹三鼎繪放鵬圖卷，現藏於北京故宫博物院。

〔一〇〕録自禹三鼎繪帶經荷鋤圖卷，現爲私人藏品。

〔一一〕録自李嶧瑞後圃編年續稿，原題爲題像詩。

〔一二〕録自宋犖西陂類稿卷十九。

朱書全集之五

游歷記存

序

汪桂月

游歷記存以其有不存而存之也，存之而可以該其所不存，且並可以不存其所不存。古今地理之書，惟禹貢千古獨存，其他如水經、山海經等書，皆可存可不存。天存氣，地存形，人存理，氣與形舉歸於理。故易曰：『成性存存，道義之門。』合智理，存性而不已，故曰存存。堯命羲和治天而天存，舜命禹治地而地存，命稷契教稼明倫而人存。三才之外，無可言存者存矣！堯後千餘年有孔子，不獨生不逢時，抑三才之理皆全備於數。聖人而無所留餘，故獨使游歷七十二君庭，以發揮其理。即其所游，而堯、舜、禹、稷、契之理存，天地人之理，亦罔有不存。此所以爲聖人之大成，而堯、舜、禹、稷、契羣聖之理，無不於游乎備之。

先生之游，文人之游耳，而獨寄興十餘年，足迹幾遍天下。其時天下十五區，先生歷三之二，雨淋日炙，犬齧人笑不之顧，如兩畿、燕、秦、梁、楚、豫章、閩、浙、揚州之地，摩挲跌宕騰擲而成此書。凡若干卷，百數十年僅存燕秦之道一卷，有攝之者歟？匿之者歟？夫此書以道里爲經，見聞爲注，其於桑欽、酈道元生值亂世，雖見聞所不及，亦筆之於書者，獨踏實搜尋，討論揮斥，亦諸子百家中不可不存者歟？顧天下所常存者理耳，雖文有顯晦，人有存殁，而此理自在天地之間。堯、舜、禹、稷、契所以至今存者，存其理也。先生讀孔氏書，沉潛於堯、舜、禹、稷、契之理，慎篤於倫常日用，而流露於經術文章，蓋亦駸駸乎得人之理矣！斯見先生之文而其人存、其理存，並可以存其所存而不存其所不存。

時道光二十九年己酉孟冬月，同里後學汪桂月養園氏頓首謹序。

游歷記存

燕秦之道

燕秦之道三：由大名抵河南，叩函關，南道也；由井陘渡蒲坂，叩潼關，中道也；由居庸循塞上，達榆林，北道也。南道坦，少紆；中道半險徑；北道險。予癸酉、甲戌兩歲中數往反焉，皆出中道。初以騎，後皆騾車。騾車安於騎，然於眺覽不宜，匪盛寒暑則騎便也。因疏其道里聞見如此。

廣寧門西南行三十里，經盧溝橋。

廣寧門，金之正西門，曰彰義，今猶因之。明嘉靖中築南城，此其西南隅之門也。明崇禎甲申三月，賊抵彰義門，宋獻策初云：『觀兵城下，十五年始可破城。』城樓上忽墮一天啓大錢，一當五用。獻策云：『此破城兆。』發一大砲，樓角遂崩。門有崇文税課分司。門外道北有天寧寺，元魏創，始曰光林，隋曰弘業，唐曰天王，金曰大萬安，明宣德間改今名。寺有塔，高十二尋，隋所建以藏舍利者。四周綴鐸萬計，音無斷時，僧云音斂則光現。又西有真空寺，明世宗入繼大統，駐於寺西。距門十里，有義井庵，或曰蜜井。明成祖駐蹕，甘其泉，故名。由門以西，春夏多積水泥淖，小石纍纍，人馬足著之顛滑；秋冬晴爽，即灰沙獵獵，風中不能晌。或用紗冪眼，比里許，面積塵如摶土，人不能識矣。盧溝南北更甚。

盧溝鎮城，崇禎中建，庚午後風景蕭條。用言者議，當橋北規里許爲城，名拱北。二門：南曰永昌，北曰順治。今改永昌曰威嚴，有兵守之。盧溝本桑乾水，出太原天池，伏流至朔州馬邑，從雷山陽發爲渾泉，雁門、雲中諸水皆會焉，水經注曰漯涫水也。東南流合溼水，桑乾水、溼水並受通稱矣，元河渠志曰小黄河。今按：本一水也，以其濁，故呼渾河；以其黑，故呼盧溝，燕人以黑爲盧也。

水嘗衝溢爲患，屢經修築，爲費不貲。説者欲仿唐裴行方遺法，於上流引水爲田。宋臣宋琪議伐遼云[一]：桑乾屬燕城北隅，繞西壁而轉。如於燕丹陵下堰之，灌高粱河，水必溢，三五日彌漫百餘里。即幽州隔在水南，賊騎來援，已阻水矣，孤壘必克。按此，則宋時此水在燕城北也。元運道遡盧溝而上，直達大同、保安州。自大同古定橋起，至盧溝橋務里村止，約八百餘里，内可以舟行者七百二十七里，陸運者八十八里。然水峻激，奔流善崩，又濁易淤，淺不勝舟，故金元欲通漕，卒不果。石橋横跨二百餘步，傍皆石欄，石獅踞杆首，形狀奇巧，金明昌間所造。名山藏云：嘉靖『三十四年，造盧溝橋成。陶仲文先獻萬金助工，加歲禄千石。』金初以『盧溝曉月』爲京都八景之一，元明人多詠歌之。曉星殘月，曙景蒼然，亦可觀也。橋南有榷司。

渡盧溝橋五里，經長新店。又二十里，經良鄉縣。天啓元年，用御史李日宣言，長店、大井、柳巷、五里店、太平堝等處，自都門至良鄉，每五里築墩堡，宿兵十，名備盜。今畿内伏路官兵，蓋其制也。長新店有小岡，路爲水壞，多沙石，店南有石橋。良鄉，漢縣，莽曰廣陽，唐以不從安史之叛，改名固節。舊治涿州北四十里，後唐莊宗時移置𩊚溝，以趙德鈞鎮之。𩊚溝一作閻溝，發源宛平縣龍門口，流與廣陽水合，注盧溝，今城外水也。其城景泰中築，弘治時甃甎，今爲地震所壞。縣東有浮屠在山上，其驛仍名固節。金主亮荒淫，召葛王烏禄妻烏林荅氏。氏至驛，問何名，左右以固節對。氏曰：『吾得死所矣。』遂自殺。後烏禄爲帝，即世宗，稱『小堯舜』者也。

又南三十五里，過舊店。又十五里，渡琉璃河石橋。又十五里，經先峯坡。又五里，渡胡良河石橋。又十里，涉涿水，經涿州。

未至舊店五里，道東有弘恩寺，明敕建者。牆宇峻整，柏林鬱茂。舊店一名豆店，又作

『寶』。

琉璃河，金史作劉李河，宋敏求入蕃録作六里河，孫汝澄曰即聖水也。水經注曰：『聖水出上谷，東過良鄉縣南。』今按：水自房山龍泉峪流至霸州，入拒馬河。拒馬合盧溝也，水極清泚，尤多鴛鴦。永樂間，曾修河橋。嘉靖時濬河，置橋其上，名其橋北曰仙積，南曰永明。橋長數十丈，橋畔倚一鐵竿，長數十尺，以鎮水怪。俗謂王彦章所遺鐵篙，謬矣。名山藏曰：『世宗好箕仙，以箕示建琉璃河橋，立殿以鎮之。』雷禮橋隄記曰：『時逢霪潦，散漫奔潰百餘里，凡陸輓跣馳者動阻滯不能涉，甚或四方驛奏坐視愆期。上幸承天，覩之惻然，回鑾，敕修石橋。橋長四丈五寸，闊三丈五寸，高一丈三尺五寸，水溝八道，隄南北東西共長五百餘丈。』按：此自見造橋本末，顧以爲受命箕仙，恐非是。水經注曰：『聖水自涿縣東，與桃水合，首受淶水於徐城東南，徑良鄉，西分洹水，世謂之南涉溝，即杭水也。』名勝志曰：『北涉溝、南涉溝俱在縣東，至涿州入桃水。』方輿紀要曰：『南涉溝即督亢水。北涉溝在涿州西北，自淶水縣流入，即洹水。』然此洹非趙之洹水，彼自出潞安，今道途匆遽，未能詳也。橋南舊有嘉靖離宮，今不存，市集繁盛。

胡良河北有延壽寺，亦明敕建者。河上石橋，南連石隄，中道有大碑亭，萬曆八年二月涿州二橋記也，張居正撰文，其名爲人鑿損。二橋記曰：『涿州北有河二：自西山諸泉來者曰胡良河，距城七里；自紫荆關外鐵巢崖入者曰巨馬河，距城二里。每伏、秋，水暴至，歲漂溺常數百人。皇太后因州人請建橋，自以宫中金募工，成胡良河橋一，巨馬河橋一，高廣各二丈，長三十餘丈，費不過七萬。往嘉靖建琉璃河橋一，費三十萬。兹二橋之費不當四之一，而堅緻精工乃過之。』按：孫汝澄謂胡良河爲聖水，太嶽謂涿州城北河爲巨馬河，證以水經，聖水當屬城北河，巨馬河當在城南。然水經注曰『聖水自涿縣東與桃水合，首受淶水』；又曰『巨馬河即淶水』，則止此一水，曰巨馬、曰聖、曰淶、曰桃、曰涿、曰挾、曰挾活河、曰奇溝、曰岐溝、曰督亢溝、曰阪泉，其名自殊耳。然應劭云涿水東注濕水，則入桑乾也；水經注云巨馬水於平舒北南入虖池，則又不同，難以考信矣。明一統志曰『挾河自房山縣東南流，與胡良河合』；方輿紀要曰『挾河在縣西二十里，亦名巨馬河』：是更互異也。要之，州以涿水得名，涿水在其北也；又曰范陽，范水在其南也。

涿水橋今圮，但存石隄里許，秋冬架木爲梁。列仙傳曰：『琴高者，趙人，以鼓琴事宋康王爲舍人。後辭入涿水中，乘赤鯉來，留月餘，復入水去。』按：宋去燕遠，水經注載琴高騎鯉在芒碭穀水中，其説亦不合也。

黄帝與蚩尤戰於涿鹿之野，留其民於涿鹿之阿，此燕山建都之始。燕爲涿邑，漢爲涿郡治。莽曰垣翰，魏改范陽郡，然舊亦有范陽縣，秦末蒯通説范陽先下是也。唐始爲涿州。名勝志曰：『城周九里，形如「凹」字，相傳顓頊時所築。』明景泰中甃磚石。自秦以後，明以前，天子幸涿州者凡二：隋煬帝自江都幸此伐高麗，宋太宗自幷州幸此伐遼。隋因以亡，宋亦無功而還。計自石勒襲破王浚，涿水南北歷晉、宋、齊、梁、陳皆淪異域，隋唐財能一之。未幾，天寶十五載，安禄山稱帝，不奉正朔，中僅一歸於五代之唐。不久，岐溝以北復淪契丹，直至明太祖皇帝混一區宇後乃建都，凡二百七十餘年。噫！何多故也。由晉至今幾二千年，其歸於一統者僅三四百年爾。自都建於燕，四方萬國來同，其來道於此合，其歸道於此分，州真衝煩地也。

涿州北門外，沿城而西行十五里，經樓桑村。東又十五里，經松林店。又二十里，經高碑店。又二十里，經定興縣。

入城而南而東，齊、魯、吴、楚、閩、越之道也。沿城而西而南，趙、魏、秦、韓、楚、蜀、黔、滇之道也。城西北隅，有華陽臺，舊傳燕丹與樊將軍置酒華陽館，出美人、奇馬處。名勝志曰：『范水在州西南，水北曰陽，范陽郡名以此。』許奉使行程録曰〔二〕：『近城有涿河、劉李河，合范河東流入海。』廣陽城在州西南十五里，漢封劉良於此，即樓桑村也。村爲漢昭烈故居，故有三義廟，祀昭烈而以關張配焉。按：金王庭筠廟記，當時兩廡配祀諸葛孔明、關雲長、法孝直在東，龐士元、張翼德、簡憲和在西，極爲允當。三國志但言三人情好若兄弟，自小説創爲桃園結義怪荒之譚，於是俗多爲三義廟，像設關張，並昭烈而坐，君臣同席，大爲不經。甚至寇盜聚黨，皆以壯繆爲師，殊可恨也。

村南舊有梁門城，文天祥詩曰：『我過梁門城，樓桑在其北。』今無矣。去村三里爲酈村，酈道元故居也。元注水經者，本涿人，而易、淶、巨馬、呼沱、滱、濕，殊草草不備，何耶？南有張桓侯廟。

松林店當近岐溝關，宋時與契丹分界處也。雍熙三年，詔曹彬北伐，破涿州，尋敗績於此。或曰在州西南三十里，或曰四十里。方輿紀要曰：『一曰奇溝〔三〕，又曰祁溝，唐末所設。』彬等既敗，夜渡巨馬河，趨易州，遼兵追及，溺者不可勝計。按此，則巨馬河又當在店南矣。水經注曰：『巨馬水又東，酈亭溝注之。』今自松林店南，並無水足以應之者，何也？

定興本范陽境，金始置縣，今屬保定府。縣北一里，有祖車騎逖故里。

又十里，涉易水。又二十里，經固城店。又三十里，經白塔鋪。又十里，經安肅縣。水經曰：『易水出涿郡故安縣閻鄉西山。』故安，今易州也。注曰：『易水經范陽縣故城，又東與濡水合。』『許慎曰：「濡水入深〔四〕，深渠二號，即巨馬之異名。」』然二易俱出一鄉，同入濡水，南濡北易，至涿郡范陽縣會北濡，又並亂流入淶，是則易水與諸水並攝通稱。東經容城縣故城北，至勃海平舒縣與易水合。』平舒，今大城縣也。按史記，趙與燕易，以龍兑、汾門與燕，燕以葛城、武陽與趙。酈元謂易水南過武遂縣，爲武遂津，津北對長城門，謂之分門，即史記汾門，一作梁門，或作粉門。而文山詩謂樓桑在梁門北，則岐溝又當屬易水矣。總之，易、淶、巨馬、涿、濡、范古多通稱，不能定也。今此渡處俗呼北河〔五〕，東南至新城南十里，爲白溝河。涿水、琉璃、胡良諸河來注之，入雱池〔六〕，下會桑乾，至直沽入海。宋遼止以白溝爲界，則岐溝當是此河也。又按：燕都東、北、西三面以山爲險，南一面獨平無險，然其險在水。故蘇秦曰：『南有滹沱、易水。』自雄莫東際海，多積水，遼出兵，未嘗由此。宋臣請自順安西至西山遏水爲塘埭，以限戎馬。雖云『十萬土囊可得路』，然設險亦先王所不廢矣。

白塔鋪有塔七級，在道左。

安肅，古遂城。宋真宗咸平三年，楊業子延昭守遂城，會大寒，灌水城上，旦悉爲冰，堅滑不可上，契丹乃引去。通鑑注曰：『遂城，今安肅縣。』然太宗時劉廷翰敗契丹於遂城，注又稱滿城縣。今按：安肅於宋時爲安肅軍，亦名静載軍，則遂城當爲别屬矣。

又西南十五里，涉漕河。又十五里，經保定府。

漕水，水經注曹水也，出寧縣曹河澤東南〔七〕，經北新城縣故城南，又東入於徐水。燕之疆域止於易水，過此即趙境矣。戰國時，武王所封諸侯，惟燕及楚耳，齊、韓、趙、魏皆篡奪之國。秦最後封，楚亦子爵，本蠻彝，不同燕。燕孤懸邊塞，逼近追貊，乃能九世稱侯，八世稱公，十世稱王，與周室同歷八百年，蓋亦盛矣。秦楚之際，六國各立後，燕獨無後。顧炎武曰：『燕與秦不用宗姓，俾其城壞，故不能復興。』予以勢度之，或秦政以荊軻之故棄疾於燕，夷滅其族，亦未可知也。

保定，秦之上谷，非燕上谷也。燕上谷在今宣府境上。漢末，公孫瓚於易州稱易京，蓋鉅鹿、信都、涿郡、中山之交也。宋爲保州，一名保定軍，一名清苑郡。明正統中，設順天永平巡撫以備邊。成化初，始兼設二撫，分轄畿内，一駐遵化，一駐保定。後設薊遼總督，移巡撫駐真定，又移順德。大清初，設直隸、河南、山東三省總督，後裁。今止設巡撫，仍駐保定，而清苑一縣附郭内焉。

保定北郭外，道東有楊忠愍公祠。公，保定之容城縣人，名繼盛，明職方兵部員外郎，論權相嚴嵩被禍者也。北平王源曰：『忠愍與楊左同以直諫死，然忠愍當神宗時，上方英明獨斷，猶冀萬有一悟，死諫固宜。楊左當熹宗時，上不與聞國事，一切皆魏瑺爲之。言魏瑺二十四大罪即於魏瑺之前，以此而死則愚矣。故楊左不可與忠愍同論也。』予謂：忠慤職在兵部，上無格心之位，下非言責之官，即不言，非過；而强聒致變，位卑言高，亦可悲已。裁以聖人用夬之道，疑未盡也。容城，元有劉因，明有忠慤，近有孫奇逢，皆豪傑。容城墓門及保定皆有賜祠。此祠建自武文達，歷五十餘年，郡丞常大忠及邑人魏一鰲重葺，孫奇逢爲之記。祠像面白皙，頤豐，鬚髯五道。

其前即金臺驛。按：燕之金臺在易州。此趙地，不當有金臺也。京師南十六里亦有之，蓋後人所仿築也。

西有忠烈祠，祀甲申死難者。流賊破居庸關，將寇京師，保定人震恐。署府事同知邵宗元，徐州人也，與總監方正化、故光禄少卿張羅彦糾鄉兵二千人登陴。無何，督師李建泰退兵抵保定，謀入城，守城者不納。建泰遣監軍御史金毓峒與城上人盟，始得帥其衆入居公廨。先是，建泰陰有異志。已而京師陷，賊遣其黨趨保定，射書與建泰約降。建泰召衆至，索宗元印予賊。宗元不予，逼之，涕泣被面。久之，大呼曰：『宗元一江北老貢生耳，然不忍背生苟活。閣部名科甲，受任將相，縱不自愛惜，獨不記出師時，皇帝親祖正陽門，以武侯、晉公相期待耶？』因擲印，拔刀自刭，衆或抱持，相率納印宗元。散，建泰夜約賊。明日，城陷，宗元被殺，猶握印，賊斷兩指，乃得取去。方正化及新知府何復、張羅彦兄弟婦女皆死。金毓峒不受建泰招，亦死。保定後京師五日而陷，或曰攻圍二十四日。舉人劉會昌等同死。祠南面文職十有四人，東廡監生、諸生三十有八人，西廡武職二十有八人，東廡監軍一人，西廡義民二十人，後婦女一百有七人，皆設主。崇禎時，申用懋請畿内設四輔，宿重兵以衛京師，事不果行。保定雖駐巡撫而無兵衛，所以陷也。畿内明設皇莊，今設八旗軍屯。軍屯東路及於河間，西路及於保定，初以組環之，所至即歸八旗。居民世業、田園、室廬、墳墓皆不得而有也，稍健者反賃爲佃而納稳秸焉。頃得于撫軍成龍稍伸紀法，小民略獲登丘墓云。

又南二十五里，經大激店。又二十五里，渡方順橋。又三十里，經慶都縣。

大激店南有會水河，雙石橋，蓋徐河也。宋太宗端拱二年，都巡檢尹繼倫敗契丹耶律休哥於徐河。河出易州。水經注曰：『徐水三源奇發，齊瀉一澗，東流北轉逕郎山南〔八〕。』郎山者，保定北山，漢戾太子之子遁此，故名也。出山又名順水，一曰沈水，一曰泉頭水，至高陽入於博。志曰：『初出灘石衝激，聲聞若雷，曰雷溪。』方順橋屬滿城縣，水出西北山中，下會徐河。或曰徐河即清苑河城西水。水經注曰：『徐水東逕清苑城也。』慶都，漢望都，城側有堯母墓，曰靈臺。水經注曰：『成陽西二里有堯陵，陵南一里有堯母慶都陵，於城爲西南，稱曰靈臺。』後漢堯母碑曰：『慶都仙没，蓋葬於兹。欲人莫知其名，曰靈臺。』宋知濮州韓鐸言：『堯陵在雷澤縣東穀林山，陵南有堯母慶都靈臺廟，請敕本州春秋致祭，置守陵五户。從之。』按，此皆謂慶都靈臺在山東也。邑有柳宿城，漢宣帝母王夫人入朝，與父母别於此。

又南三十里，經清風店。又二十二里，涉唐河。又八里，過定州。

清風店夾道植榆柳，陰映日月，如行華陰道上。土俗：于掫擊柝，四更而曉。

唐河即滱水也。水經曰：『滱水出代郡靈丘縣高氏山。』靈丘，今大同蔚州屬縣也。山海經曰：『高氏之山』『滱水出焉，東流注於河。』自倒馬關入定州，合恒水，逕唐縣，遂名唐水。地道記曰：『望都縣有委粟關。』水經注曰：『中山城有小山在西側，水鋭上，若委粟焉。』又曰唐水，一名雹水。自合恒水，一曰恒川，即禹貢所謂『恒衛既從』也。水逕中人亭南，晉荀吴帥師侵鮮虞及中人，大獲而歸，今在慶都境。水經注又有博水出望都，亦名濡水，入於滱。春秋齊與燕會於濡水。杜預曰：『濡水出高易縣東北，至河間鄚縣入易水。』是濡水與虖池、滱、易互舉通稱矣。

定州，古中山國。魏文侯樂羊滅中山，今有樂羊城。初，武公封唐，爲周同姓。其後，桓公不恤國政，太史餘曰：『中山淫昏康樂，逞欲無度，其先亡矣。』魏文侯既滅中山，以封太子擊。水經注引馬融曰：『晉地自朝歌以北至中山爲東陽，自朝歌以南至軹爲南陽。』漢立中山郡，景帝封爲侯國，昭烈之所肇也。莽曰常山，北魏立安州，改定州。初，趙石建武築城立宮，後燕因都之。志曰：州，『漢博陵郡』。按：博陵，蠡吾故縣。沖帝以侯入繼〔九〕，追尊其父翼陵曰博陵，因置郡。隋乃移博陵於此，非漢也。唐以後皆曰定州。宋太宗北伐時，契丹將遁，有于越者請以五千騎嘗師，從之。乃騎持一幟，由間道邀師歸路，周環往來，晝夜不絕。帝疑援兵大至，宵奔定州矣。州一名定武軍，名宦於宋極盛：韓琦、宋祁、趙抃、吕公著、蘇軾、管師仁之屬皆在焉。州地飛沙揚灰，行者苦之。今屬真定府。

又南三十里，經明月店。又二十五里，經新樂縣。

新樂，漢之新市也。新市有二，其一在楚漢陽地。縣爲北新市，新樂縣西南三十里，有水名木刀溝，唐范希朝、張茂昭、朱邪執宜及王承宗戰處也，溝在鎮定二節度之界。晉荀吴僞會齊師者，假道於鮮虞，遂入昔陽〔一〇〕。杜預曰：『鮮虞，白狄別種，在中山新市縣。』日知録曰：『晉之滅狄，始於魯宣公十五年滅潞，三十六年滅甲及留吁。成公十一年，伐廧咎如，而上黨爲晉有矣。昭公元年，敗無終及羣狄於大鹵，而太原爲晉有矣。然後出師以臨山東。昭公十二年滅肥，二十二年滅鼓，於是太行以東之地謂之東陽，太行以南之地謂之南陽，而晉境東接於齊。先後八十餘年，而鮮虞猶不服，平狄之難如此。』今屬真定府。

道旁有無極令范君去思碑。君名永嘉，字玉蒼，上元貢生。初爲余宿松縣教諭，余初爲弟子員，甚相得。會有某進士者，宿松邑大夫分校所得士也，來謁邑大夫，頗通賕賂，余貽書誚之。某恚，立請君，欲召余面詬。君從容謝曰：『朱生狂，召未必來；即來，恐復不遜，若何？且苟無其事，何恤人言？誠有之，宜覆匿，毋益彰之也，莫如無召。』某不懌而止。是時，某挾邑大夫勢，頗恣肆，君以片言止之，咸服其能持大體。後遷無極令，都門遇予，約予過無極，若欲有以濟其貧者，予卒未往。聞頗有善政，然不悅於豪猾。未幾，卒於官。無子，一女，適陳户部子。户部名奕禧，海寧人。

又三十五里，經真定府。

邑有伏羲臺，臺有碑，字剥落不可讀。

又南渡沙河，三十五里，經伏城驛。又十里，涉滋河。又三十五里，經真定府。沙、滋皆不入水經，大抵西北由北嶽之麓，東南流入滹沱。沙河水甚盛，滋廣可二里許，常涸，沙漫難行。

真定，楚封張耳常山王於此。入漢爲恒山國，蓋即趙之東垣邑也。漢高十一年，上擊東垣，下之，更命爲真定。唐初爲鎮州常山郡，顔杲卿以之抗安禄山者也，後爲成德軍。王庭湊拒命，韓愈奉詔宣諭，復馳詔，止愈毋徑入。愈徑至賊營，責以大義，庭湊聽命，蘇軾所謂『勇奪三軍之帥也』。

自幽州首亂，安禄山及子慶緒，歷史思明、朝義，李懷仙，朱希彩、泚、滔，劉怦、濟、總，張弘靖，朱克融，李載義，楊志誠，史元忠，張仲武、直方，張允紳、簡會，張公素，李茂勛、可舉，李全忠、匡威、匡儔，劉仁恭、守光，凡二十有八人而滅於晉，是爲盧龍軍鎮。冀自李寶臣、維嶽，王武俊、士真、承宗、承元、庭湊、元逵、紹鼎、紹懿、景崇、鎔，凡十有二人而滅於梁，是爲成德軍。盧龍軍有州九：幽、薊、營、平、涿、莫、檀、嬀、瀛。成德軍有州六：恒、定、易、趙、深、冀。蓋燕趙亡而匈奴之禍亟於漢，兩鎮亡而契丹、金、元之禍汔於宋，以一國一鎮之力捍外而有餘，以天下之力衛内而不足，是可慨也。

宋真定爲河北西路治。明末，真定設巡撫。崇禎十一年，大清兵南下，督臣盧象昇，宜興人也，追至保定，斬首百二十；戰於慶都，斬首百五十，師次真定〔一一〕。巡撫張其中絶其餉饋〔一二〕，軍中五日無糧。城門閉，使者轉呼東南二門，自未至申，城上乃傳云：『有銀無糴，奈何？』十二月，以餓卒戰於南宫之賈莊，大清兵大敗〔一三〕。夜三鼓，大清兵合圍，猶力戰，自辰至午，力竭而歿。大清兵乘勝南下山東，破濟南、登、萊。自十一年五月入居庸，至明年夏乃去。真定府城甚大，環郭皆稻田，池盡荷藕，風景殆河北所少也。治東龍興寺後有天寧閣，一名大悲閣。九間五層，高一百三十尺，中有觀音像，高七十三尺，宋開寶初建。附郭縣曰真定。

西郭外五里，渡滹沱河。又西二十里，經趙陵村。又三十里，經獲鹿縣。滹沱，禮記作惡池，周禮作虖池，漢書作呼沱，俗曰蒲桃河。寰宇記曰：『滹沱，出代州繁峙縣東南孤阜山。』漢書注曰『出大戲山，經定州深澤縣東南』，即光武履冰渡河未畢數騎而解處，地名危度口，周禮注曰出鹵城。山海經曰：『秦戲之山，無草木，多金玉，滹沱之水出焉。』至真定南，河闊一里，每暴發，則衝激漂蕩，府城受其囓噬矣。燕趙水皆清，惟盧溝及此濁。水急，不甚深，光武本紀乃曰：『冰堅可渡。』其下流經河間府獻縣北十五里，則河反陿於真定，然中流椓杙爲梁，可知其仍不深也。水經注曰：『漢蓋咨乘呼沱之水轉山東之費，自都盧至羊腸倉，將憑汾水以漕太原，用實秦晉。苦役連年，轉運所經凡三百八十九隘，死者無算。拜鄧訓爲謁者，監護水功。訓知其難立，具言肅宗，罷之〔一四〕，全活數千人。和憙鄧后之立，叔父以爲訓積善所致也。』職方：『并州川曰虖池、嘔夷，浸曰淶易。』蓋淶易合流至容城、雄、霸、任丘之間，匯成大澤，北人呼湖曰『淀』，今歲行水圍處也。嘔夷不知何水。水經注曰：滱『即温夷之水也』，豈其是耶？

由府城而南，河上有輿梁可行，取入秦便，故西涉河也。河之南，南行爲趙、魏、楚、滇、黔之道，即入秦南道也。予行中道，故折而西。獲鹿古石邑，隋鹿泉，唐獲鹿。縣在山麓，城西有溪水，磊石爲雉堞以代瓴甋，蓋甚堅也。境出海山石，皆成松形，雨後更顯。

自都門至獲鹿縣，凡六百三十五里，經府、州、縣十城，外盧溝橋一城，其地皆平原廣野，利於馳驟。西望太行，東極海堧，無高山險阻，惟久雨暴潦，則濕、易、巨馬、滱、滹沱諸水横溢，不易行也。

獲鹿縣西入山行三十里，經白石嶺。又十里，涉微水。又十五里，經張村。南涉河，上下山嶺凡十里，經井陘縣。

縣西即唐土門關，古井陘口也。安禄山之變，以官軍扼土門關不得西，乃出南道矣。道旁有葦山，韓信使人持漢赤幟登葦山是也。後魏葛榮之亂，民有不從者，於此抱犢而死，故一名抱犢山。今邑中有淮陰侯廟。微水出固關之南，合井陘水北注滹沱。井陘，漢縣，唐并州，宋天威軍。城南臨水，北據山。水勢甚盛，東經張村，會於微水。南嶺下有碑，云『韓信談兵處』。信破趙後始得李左車，師事之，談兵當在今順德府境，豈與諸將言『背水置之死地』云云乎？恐亦不當在此也。崇禎初，流賊渡河入山西，陷河曲，患苦聞喜、稷山，陷澤州、壽陽，毒晉五年，遂延畿南北，據五臺。時能禦賊者，稱井陘道寇從化、大名道盧象昇。從化嘗有張村之捷，當在是也。後從化移臨城，未幾，賊亦履冰從澠池渡河入中州矣。今井陘仍設道臣一員。秦始皇崩於沙丘，在今順德府境。

既至井陘，乃從井陘抵九原，然後從直道以至咸陽，回繞三千餘里而歸。蓋僞爲游行，以破疑揣之心也。

從縣西行土谷中，十里經板橋。又十里，經龍阿寺。又五里，經核桃園。又五里，升石嶺入舊固關，始出京畿，入山西界。又降十里，出新固關。

土谷兩旁如削，道行其中，自此以西多有之，函谷亦此類也。龍阿寺東西作兩關，關上樓觀頗弘麗。核桃園核桃、柿甚廣。

固關本井陘故關也，奇險甲天下。舊關東屬北直真定府之井陘，西屬山西太原府之平定。自板橋以西，皆兩山相夾，行澗壑中。至舊關而峻，多牽馬步行以升者，防石滑蹄踣也。出舊關，降而盤折。抵新關，勢愈峭，壁愈斗絶，然道平無升降，兩旁可十餘仞，山腰頂有城如帶。關門皆磊石，鐫額曰『固塞雄關』，有兵守之。關之東百十數里，山谷崎嶇。自關以西，山高峻連綿不可升，或中斷爲谷，路迂回盤曲，陿內百步外不相見。地皆石磧，雨集成溪，路益隘，車不得方軌，馬不得成列；遠且數百里，山谷無伏莽，人且戰栗，故自燕至秦之天險，斷以爲此爲最。梁份曰：『固關之險，險於函谷。函谷兼倚黄河，固關但倚山耳。其路之屈仄、山之盤互，兵可以伏，人難於行也。』今山西，古河東；古山西，今陝西，史記『蕭何填撫山西』是也。蓋建都長安，則今山西地爲河東；建都薊門，則今山西地在太行以西故也。又今稱山西曰晉，稱畿內曰燕，其實保定、河間、大名、真定、順德、廣平皆晉地，不屬燕也。

又西十里，經槐樹鋪。又二十里，升土嶺，降行出谷中，經柏井驛。又三十里，經西郊集。又二十里，經平定州。

出新關，仍行澗壑中。踰土嶺，過柏井驛，兩山夾立如門，爲固關外障。土嶺以東，澗水東南流，復北折出微水。土嶺以西，澗水西流，至平定亦北折，東經井陘縣。前出微水，合注滹沱。

柏井驛屬樂平，漢沾縣也，春秋皋落氏之地，今有皋落墟，或曰周召分陝之界。按，陝在河南，陝州恐不及此。平定在衆山中忽開敞，漢曰上艾，北魏曰西陽郡，又曰石艾，東魏僑武州，唐廣陽州，宋平定軍。柳宗元晉問曰『大鹵之金』，注曰：『太原、榆次、交城、五臺縣及平定州俱出鐵，今冶鑄之利流布天下矣。』宋歐陽修馬政議曰：『遼州平定軍不耕之地甚多，山川深峽，水草甚佳。其地高寒，必宜馬。』崔寔政論曰：『僕前爲五原太守，土俗不知緝績，冬積草，伏臥其中；若見吏，以草纏身，令人酸鼻。吾乃賣儲峙，得二十餘萬，詣雁門、廣武迎織師，使巧手作機，乃紡以教民織。』古人勤民如此。今平定有司仿而行之，民頗得其利，然惰俗卒難變也。城中有太原同知駐之，方督行此事，未幾去，織亦廢。

河干有妒女祠。武后幸此，懼，欲別開道避之，以狄仁傑諫而止。金元好問承天鎮懸泉詩注曰：『平定土俗傳介子推被焚，其妹介山氏恥兄要君，積薪自焚，號曰妒女祠。』其碑大曆中判官李諲撰，辭旨殊謬，至有『百日積薪，一日燒之』之語。鄉社至今以百五日積薪燒之，謂之祭妒女。其詩有云：『此水綿綿流萬古。』人言：『主者介山氏，且道未有介山之前復誰主？』其言足以正謬矣。

州西降高嶺，四十里經新興店。又西行澗壑中，四十里經張井集，又十里經芹泉驛。又西踰土嶺，二十里經壽陽縣。

州西即宋之嘉山，今曰黑沙嶺。嶺東張氏園亭，蒔名花、叢篠、古木，引水畜池魚，臺榭壁柱間多前代名人墨迹，位置曲欄砌石，有江南風景。堂後甃瓴甋爲樓三層，置火道，熅煤其下，火氣直周上，窮冬和煖如春。樓前對岡上松數株，葱翠可愛。淮北、齊、趙、燕境松絶少。周禮職方曰：『并州其利松柏。』〔一五〕予行并州道上，止平定稍稍有松，西則間見於安邑之郊，是難云利矣。張氏名植，其先人賢，仕宦構此園。流賊殘平定，園得免焉，亦魯靈光也。

新興店濱河，在石磧間結茅覆屋，編葦爲壁。居人在店後土窟中，曉集店爲過客執爨，進餅餌則皆用婦人。自嶺下北行兩山中，又西折至張井，皆緣溪數渡，水漲或冰雪皆難行。張井以東水皆入滹沱，壽陽以西水即入汾矣，然則土嶺固潞安、懷慶、畿南、雷首諸郡之脊也。芹泉驛屬盂縣，春秋之仇猶也。襄二十八年，晉人分祁氏之田以爲七縣：鄔、祁、平陵、梗陽、涂水、馬首、盂。盂即盂，馬首即壽陽，涂水則榆次，梗陽則清源，皆道所經也。壽陽，晉邑，唐曰受州。城在山谷中，溪水環其西，邑人皆穴土甃甎以居。

西涉河，行岡上，升降五十里，經太安驛。又三十五里，過什貼。又三十五里，經王胡集。

太安驛前後皆山，一溪環之。昌黎集有壽陽驛詩。邵氏見聞録曰〔一六〕：『壽陽發地，得二詩石，唐人跋云：退之有倩桃、風柳二妓，故壽陽詩云：「不見園花兼巷柳。」歸途聞風柳已去，故云：「還有小園桃李在。」後張籍祭公詩云「乃出二侍女」，非此二人耶？』古人于役懷家，偶爾興念致慕之者，刻石瘞土間，久而獲見賢者之迹，珍逾寶物矣。

什貼北道入太原，可達榆林、寧夏，入烏思藏者多由之，余未經也。王胡集，屬榆次縣。

自獲鹿至王胡集，凡四百一十五里，經州縣三城、井陘一關，道皆行山中。壽陽以東山皆石，壽陽以西山皆土。石山既礐確粗惡，土山復排比盤互，或坼裂如切割，即成大谷，深不可測。道偶行壁上，左或如垣屬耳，右即懸崖無底。又或兩山中斷，一線如橋梁，而下無水道。亦或下墮深澗，天才一綫，故古有之曰：『此行堪白首，終日厭青山』也。王胡始平夷矣。

出王胡，西望榆次縣，三十里經茹康集。又三十里，經徐溝縣。

榆次，本祁氏涂水邑。水經注曰：『晉大夫智徐吾之邑也。』漢書曰榆次，十三州志曰塗陽縣，莽曰太原亭。縣南側水有鑿臺，韓魏殺智伯瑶於其下。宋史曰：『太宗太平興國四年，以榆次縣爲新幷州，築新城，盡徙餘民，遣使督之。既出，即命縱火。以行宫爲平晉寺。』陸游老學庵筆記曰：『太宗徙太原於榆次，後又以三交城爲太原，在舊城東北三十里。徙晉文公廟，以廟之阯爲州治。又徙陽曲於三交，而榆次復爲縣也。』徐溝，晉梗陽。水經注曰：『汾水又南，逕梗陽縣故城東。』『魏獻子以邑大夫魏戊也。』

又西涉洞渦河，經姚城。又二十里，經嘉陵集。又二十里，涉沙河，經祁縣。

水經曰：『洞渦水出沾縣北山。』日知録曰：『水出樂平縣西四十里陡泉嶺，經平定、壽陽、榆次，至徐溝入汾。今縣北五里洞渦河陽有洞渦村也。』水經注云：『劉琨之爲幷州也，劉淵引兵邀擊之〔一七〕，合戰於洞渦河，即是水也。』舊唐書及五代史：『昭宗天福元年四月，氏叔琮營於洞渦驛。』新唐書地理志〔一八〕：『太原有縣十八〔一九〕，其一曰洞渦。』宋史曹彬傳：『前軍都監戰洞渦河北。』漢世家：『李繼勳敗繼恩兵於洞渦河。』至魏書地形志則云：『同過水出木瓜嶺，一出沾嶺，一出大廉山，一出原過祠下，五水合道，故曰同過。』今縣、驛省作同戈，非其故矣。

姚城，一作堯城，又作陶唐城，屬清源縣，亦梗陽地也。或曰：堯從涿鹿遷都於此，故名。嘉陵一曰陽羽店。

沙河，侯甲水也。水經注曰：『蔡邕曰侯甲亦邑名，在祁縣。』侯甲水出胡甲山，『又西北歷宜歲郊，逕太谷，謂之太谷水。出谷西北流，逕祁縣故城南。自縣連延，西接鄔澤』。鄔澤者，呂氏春秋曰大理，又名之曰温洟之澤，『是爲祁藪也，即爾雅所謂昭餘祁矣』。又西逕京陵縣故城北，春秋九原也。又西北逕中都縣故城南。水經注曰：甲水『經中都縣故城南』『春秋晉執陳無宇於中都者也〔二〇〕。漢文帝爲代王，都此。武帝幸中都，宮殿土見光，赦中都死罪以下。』括地志曰：『中都故城在平遥縣西南十二里，又西合爲嬰侯之水，逕鄔縣爲鄔水，一作濡水，入於汾。祁，晉大夫賈辛邑。漢王霸以博士徵，不就。』子殷居祁縣，號所居爲『君子鄉』。王允、温嶠、王珪、温庭筠之倫，代多聞人矣。太原疆域始於平定，止於祁，過此即屬汾州也。

又西三十里，經洪善村。又十五里，經五里莊。又五里，經平遥縣。

洪善，平遥驛名也。平遥即京陵，莽曰致城，舊與漢大陵縣俱在汾水北。大陵在今文水縣東北三十里，平遥在今文水縣南二十五里。路左平陶村，後漢縣平陶也。有子夏山，距今縣七十里，即陶山，縣名以此，或曰古陶堯所封。魏改平遥，西邊内侵，徙居京陵，即趙文子與叔向所游之九原也。九原一曰九京，漢增陵於其下，故曰京陵。或云九原在絳州境。日知録曰：『古者卿大夫之葬必在國都之北，不得遠涉數百里。』志以九原在太平縣西南二十五里，近之矣。縣今屬汾州府。汾州，古西河也，迤東北皆趙地，迤西南皆魏韓地也。

又四十五里，涉綿水，經張蘭鎮。又二十五里，經湛泉鎮。又十五里，經介休縣。

水經注曰：『汾水又南，與石桐水合，即綿水也。水出介休縣之綿山，北流逕石桐寺西，即介子推之祀也。』顧炎武日知録曰：『介山有二，一在介休。』杜預左傳注、袁崧郡國志、晉書載記皆云介子推所隱處也。一在萬泉縣古汾陰。揚雄河東賦有『覽於介山，嗟文公而愍推』之語。

綿上亦有二：一即介休之介山；一在翼城縣西，晉悼公蒐綿上以治兵，又趙簡子逆宋樂祁飲於綿上是也。之推隱處或主介休，或主萬泉。文公時，霍山以北大抵皆狄地，之推何得隱此？至以之推爲自焚，因有寒食禁煙之令，其事尤謬。左傳、吕氏春秋、史記皆無自焚之説。『立枯』引於屈原，『燔死』見於莊子，或是寓言，不足爲據。周官：『仲春出火，命司烜氏以木鐸修火禁於國中。』今之寒食禁火，蓋本此。若云爲之推死而禁，則清明、寒食初無定日。琴操又云：『子推之死乃五月五日。』周舉傳又云：『中冬輒一月寒食〔二一〕，以子推焚死，不樂舉火。』其説不一，皆不足信也。

張藺，晉之劇市也，貨賄、枲絲、六畜咸備焉。有城，駐兵守之。鎮西李侯村有李陵墓。相傳：陵死，單于歸其柩，至此不行，從人卜以射矢集處，葬之。

湛泉有水北入汾，或曰綿水也。介休東郭外有郭林宗祠墓，當道南，石坊表曰：『漢郭林宗墓』，門表曰『山西夫子祠』。祠内有像，祠左立蔡中郎志、銘凡二。其新刻則周雪客在浚出陽曲傅青主山所藏本，屬江寧鄭谷口簠書之者。蔡伯喈謂盧子幹、馬日磾曰：『吾爲天下碑文皆有慚容，惟郭有道無愧於色。』墓在祠後，皆北向，其大如陵，祠基阯甚弘敞，邑人皆神祀之矣。

介休，春秋彌牟邑，亦曰綿上。莽曰介美，北魏平昌，北周永安，唐介州。介侯祠在東門内，祀之推也。汾州府境，道始平遥，止介休，又西南即入平陽境也。

自王胡至介休，凡二百五十五里，經五縣城，皆坦途，行大阪中。諸山自壽陽出，道之南東折入平定、樂平境，復西回走數百里爲太行；又西傍北一支爲綿山，西盡於韓信嶺；中一支爲霍太山，西盡於河津、孟門；外一支爲中條、雷首，西接於潼關，所謂

『河山兩戒』之北戒也。榆次、徐溝、祁、平遥、介休五城相望，皆南面太行，北背汾水。諸水自南來，北注於汾。汾隨山麓西流，出介休西。此間山川環抱，據天下之勝，風氣完固，土膏沃衍。唐虞以來晋强天下，趙爲約長，漢文、唐祖相繼而興，劉淵、劉曜、石勒、元魏、高齊、朱邪唐、石晋、北漢、後周之屬奄有位號，皆起於此，非偶然也。宋太宗以太原地爲久霸之府，又宋主大火，有『參辰不兩盛』之説，一舉而焚之，未幾淪於□□〔一二〕。迄流賊構禍，晋代兩藩屠滅慘酷。降賊陳永福盜憎主人〔一三〕，手刃諸宗略盡，晋水之清不可問矣。

城西南又十五里，經義棠鎮。出鎮始南行汾堧，入山谷三十里，經冷泉關。又二十五里，經靈石縣水頭。

義棠，介休驛也，西傍汾水。水經曰：『汾水出太原縣北管涔山。』山海經曰：『北次二經之首在河之東，其東首枕汾，其名曰管涔之山，其上無草木而下多玉，汾水出焉，而流注於河。』十三州志曰：『出武州之燕京山。』今按：管涔山在忻州之静樂縣，汾水出山下，經府城西南，逕數縣入介休境。周禮職方：『冀州浸曰汾潞，蓋汾西潞東，不同歸也。』至此爲寇爵津。水經注曰：寇爵津『在介休縣之西南，俗謂之雀鼠谷。數十里間，道險隘〔一四〕，水左右悉結偏梁閣道，累石就路，縈帶巖側，或去水一丈〔一五〕，或高六丈，上戴山阜，下臨絶澗，俗謂之爲魯般橋』。今行其地，信猶然矣。後周書又稱調鑑谷，道在汾左岸。

冷泉關，汾州、平陽之分界，已廢，城門尚存。靈石城臨汾水，波瀾衝激而無崩齧患，世傳有石甚靈，汾水避而西，又折抱於東而去，故縣以名矣。予觀縣北半里有溪水東來，疾流入汾，勢足遏汾之悍，非石力也。今靈石不存，北門所立者，乃鐵耳。縣，漢介休地，隋始置靈石縣，今屬平陽府。廣川書跋：『靈石縣有唐永徽公主手痕〔二六〕，在汾河岸山壁間。』宋歐陽永叔有詩弔之，今此迹無可覩矣。

又西南升二十里，過韓信嶺。又西南降二十里，經仁義鎮。又西行澗谷中，復升行嶺上三十里，經師莊。又西降三十里，經霍州。

由義堂而南至韓信嶺下，皆行汾左岸谷中石山麓。韓信嶺自東來，迫汾西去。山多厚土，人陟從土陘中。嶺上有韓信祠墓，南向，墓亦甚大。相傳高帝征陳豨還，吕后誅信，傳首至此。帝見而憐之，命瘞嶺上。廟中有元學士歸暘碑，云或以爲是韓王信，非淮陰侯。案：韓王信亡入胡，數盜邊，柴將軍斬之於參合。參合，大同邊境，不應有墓在此。豨之反也，淮陰與同謀，后誅信時，豨尚未伏誅，故傳首示豨，亦未可知。史稱：『帝從征陳豨來，見信死，且喜且憐之。』則傳首而瘞之似可信。

嶺上南望霍太山，四月尚多積雪，羣山盤迴，如在重城中矣。嶺南半有溝曰郭家溝，架石爲橋。橋北有關壯繆侯廟，廟碑明嘉靖中辛□撰文，董珊書，甚佳。溝極險要，而祠宇幽麗，征夫顛頓，至此如獲入洞天也。

仁義鎮北山上民堡甚繁。從師莊西降，復循汾水左堧。霍州臨汾城北埋鐵牛以鎮水怪，州即古彘地，周厲王所流也。其陵在州内西南隅，今猶名周王墳，而陵已平矣。莽曰黄城，漢順帝改永安縣，隋汾州霍邑，唐呂州。水經注曰：『霍伯之都也。歷唐城東。瓚注漢書云：「堯所都也。」』州北嶺下之水當是彘水。水經注：彘霍爲兩邑，故曰彘，水在彘城東十里也，『水出東北太岳山，禹貢所謂岳陽也，即霍太山矣』。職方：『冀州之鎮，今祀爲中鎮。』史記所載飛廉、趙襄子、霍太山事甚俶詭，今不能詳也。

州東有隋將宋老生墓，明末水嚙，移葬城北里許，今漸頽没。志仍載州東，他日恐還湮没。老生有遺愛於霍，祀名宦。任忠節公祠在南門内。公名光裕，由恩拔初任洛邑〔二七〕，後推北直香河令。崇禎二年，大清兵破城，被擒不屈，死。同死者良鄉令党還醇。賜祭葬謚廕，入鄉賢、名宦，州志竟逸其名。南門外有邢忠義公墓碑，諱飛翰，元末人。陳户部奕禧虞州集曰：『霍州城内高外低，因地勢爲之者。翼城縣亦然。』又曰：『余宿霍州福昌寺，求所謂呂州普濟寺者，即其地，然不見許敬宗撰碑，不知乃在西福昌也。立殿右牆外，微泐不可拓，若以灰末刷之，尚可讀。』

又南涉水，升嶺，降谷中，三十里經新置。又南循汾岸，稍東升谷中，行二十五里，經趙城縣。

城南水亦出霍太山，或曰彘水也。南十里有鑾鈴原，唐太宗挂鈴遺迹，即往來大道是矣。汾水去趙城稍遠。水經注曰：『汾水又逕趙城西南，穆王以封造父，趙氏自此始也。』縣，隋霍邑，宋慶祚軍。初，宗澤令趙城，請外縣爲軍，不允所請。澤曰：『承平時固無慮，他日有警，當知吾言。』案：郡縣雖始於秦罷侯置守，然大吏、辟吏、典兵歷漢迄唐不變。宋懲藩鎮之禍，始奪郡縣權，一兵一錢皆自天子操之。於是，通都大邑不能制十人夜行之盜，名曰連城，比於平地矣。

城南又二十五里，經洪洞縣。

趙城有伏羲廟，又有紀信祠墓。案：信死成皋之難，當在河南也。城南有媧皇陵，明徐賁女媧墓詩：『空山兩高冢，媧皇此中葬。焦土積層巘，勢助殿閣壯。』城南不當云空山也。舊唐書曰：『天寶十一載六月，閿鄉縣黄河中女媧墓因大雨晦冥失所在。乾元六年六月〔二八〕，瀕河人聞有風雷，曉見其墓涌出，上有巨石，石上有雙柳，時號風陵堆，蓋女媧亦風姓也。』然則，媧皇陵在閿鄉矣，今祀典仍在趙城。

水經注曰：『汾水又南，霍水入焉。水出霍太山，發源成潭，漲七十步〔二九〕，而不測其深。西南逕趙城南，西流注於汾。』今趙城、洪洞之界有橋，所謂豫讓橋也。水經注曰：太原汾水『上舊有梁，清洴殞於梁側，豫讓死於津側，亦襄子解衣之所在也』。而太平縣境道出隘口，亦有豫讓橋，古迹已邈，莫能定矣。

洪洞，古楊侯國，漢書揚雄傳曰：『其先出自有周伯僑者，食采於晉之楊，因氏焉。』唐書宰相世系表曰：『楊氏出自姬姓，周宣王子尚父封爲楊侯。』左傳：『女叔侯曰，霍、楊、韓、魏皆姬姓也。』水經注曰：『楊縣，晉大夫僚公去安之邑也。』間水東出穀遠縣西山，西南逕楊縣霍山南，西入於汾。莽曰有年亭，隋爲洪洞縣。城南北皆有水，居人藉之作水轓。

自介休至洪洞，凡二百四十里，經州縣四城，皆行山谷水涯，或登高顛，或入幽陋，或截山亂水，或緣壁臨深，汾流阻右，霍麓盤左，參錯俛仰，多屬險隘。此晉陽内一重門户也。

又南，沿城西行，三十里過皋陶祠墓。又三十里，經平陽府。皋陶墓在汾水之東、大道之西，祠宇弘整。距平陽城北數里有高河橋，蓋黑水也。水經注曰：『黑水出黑山，西逕楊城南，又西與巢山水會。山海經曰「牛首之山，勞水出焉」〔三〇〕，西流注於潏水，疑是此水也。潏水，即巢山之水也。水源東出巢山東谷，北逕浮山東，又西北流與勞水合，注於汾水。』平陽，堯舜故都。春秋晉地，秦、漢河東郡，後魏唐州，隋平河，一曰臨汾郡，唐晉州，五代梁定昌，一曰建雄，宋平陽，元晉寧路，明平陽府，附郭縣曰臨汾。水經注曰：『汾水又南，逕白馬城西，魏刑白馬而築之，今平陽郡治也。』『晉大夫趙鼂之故邑。應劭曰：「在平河之陽〔三一〕，堯舜並都之也。」』

按：晉烈公元年，韓武子都平陽，後遷於鄭。永嘉之亂，劉淵復都於此，迄劉曜乃起於秦。劉淵徙平陽，於汾水得白玉印，方四寸，高二寸二分，龍紐，其文曰『有新寶之印』，王莽所造也。淵以爲天授，改永鳳二年爲河瑞元年。平陽府志以叔虞封唐，收唐太宗晉祠銘。唐晉祠自在太原，不應入平陽。然叔虞封唐實在平陽，不在太原也。左傳曰：『命以唐誥，而封於夏虚。』〔三二〕服虔曰：『大夏在汾澮之間，杜氏則以爲太原晉陽縣。』日知録曰：『晉之始見春秋，其都在翼。括地志：故唐城在絳州翼城縣西二十里，堯裔子所封，成王滅之，而封太叔也。』『及昭侯封文侯之弟桓叔於曲沃，桓叔之孫武公滅翼而代爲晉侯，都曲沃，在今聞喜縣。其子獻公城絳居之，在今太平之南，絳州之北。歷惠、懷、文、襄、靈、成六公，至景公遷新田，在今曲沃縣。於是，以新田爲絳，而以故都之絳爲故絳，聞喜之曲沃爲下國。』『自武公滅翼，王命曲沃伯以一軍，爲晉侯。其時疆土未廣，至獻公滅楊、洪洞。滅霍、霍州。滅耿、河津。滅魏、蒲州。滅虞，平陸。重耳居蒲，隰州。夷吾居屈，吉州。太子居曲沃，聞喜。而公都絳，太平。皆平陽一府之境。而滅虢、陝州。滅焦，同上。則跨大河之南。至惠公，則秦征河東，内及解梁，臨晉。狄取狐廚，鄉寧。涉汾，晉境稍蹙。文公始啓南陽，得今之懷慶。襄公敗秦於殽，晉故地始歸，而以河西爲境。若霍太山以北，大都狄地。文公作三行以禦狄，襄公敗狄於箕，而患始稀。悼公用魏絳和戎，以貨易土。平公用荀吴，敗狄於太原。於是晉北境至洞渦、雒陰間，晉陽始爲趙氏邑矣。若成公滅赤狄、潞氏而得今之潞安，頃公滅肥、滅鼓而得今之真定，皆可考而知。』吾於杜氏解綿上並唐叔封晉陽，未敢以爲然也。臨汾縣志：『堯陵在城東七十里，俗謂之神林，高一百五十尺，廣二百餘步，旁皆山石，惟此爲平土，深丈餘。』其廟殿廡俱設有金泰和二年記。墨子曰：『堯北教乎八狄，道死，葬蛩山之陰。舜西教乎七戎，道死，葬南己之市。禹東教乎九彝，道死，葬會稽之山。』他若吕氏春秋、史記、説苑、竹書紀年，大約皆主穀林、成陽、濟陰，甚至謂堯德衰，爲舜所囚。又謂偃塞、丹朱不使父子相見，其妄甚矣。平陽去城陽甚遠，堯老之後，豈復巡游？故臨汾志以爲平陽之陵斷爲堯冢也。

客有言：李建泰被殺於平陽，有大風發屋之異者。建泰，曲沃人，世爲顯族，有爵位、謚號者不絕。建泰美髭鬚，望之如神仙，崇禎時爲首輔。楊武陵既死，帝臨朝而歎。建泰念斥家財可紓國難，請督師。帝御正陽門，行推轂禮。既行，聞晉陷，計無所出。且聞賊從居庸來，乃南出保定，亦遇賊即迎降〔三三〕。保定城守嚴，建泰詐之入城，竟被屠。建泰遂爲賊相，賊敗，再降，又爲相，被賜棹楔，曰『三朝元老』，縣於門，始告歸。戊子，大同總兵姜瓖兵起其家，劫之使應，已而奔潰，竄太平，自陳於大帥，白不反狀。帥受之，閉於平陽舍中，請而殺之。初，有李異人，游士大夫家，咸稱爲神仙。建泰及姪某又同郡仇孝廉皆詣問，皆署曰：『平平。』至是，建泰及姪由太平死平陽，仇則仕平樂府之昭平令云。

又西南十一里，經堯廟。又四十里，經趙曲。又十里，涉巢溪。

堯廟在襄陵、臨汾之界，元道士姜善信所修。其阯廣七百餘畝，殿前有井，下視陰黑，深數十丈，傳是堯時所開。西側角道有元至正間與姜善信敕，每皇帝稱號前加『長生天氣力裏』六字，六碑皆然。陰有蒙古文。水經注曰：『水側有堯廟，前有碑。』魏土地記曰：『平陽城東十里，汾水東原上有小臺，臺上有堯神屋石碑。』案此，則舊有堯廟，善信特修之也。

巢溪合是天井水。水經注曰：『天井水出東陘山西南，北有長嶺，嶺上東西有通道，即鈃蹬也。穆天子傳曰「乙酉，天子西絶鈃蹬，西南至鹽」是也。其水三泉奇發，西北流，總成一川，西逕堯城南，又西流入於汾。』若云巢水，則逕楊縣南，不當在此也。俗謂巢父洗耳處，洗耳當在潁濱，今河南汝州城西有洗耳河是也。莊子藐姑射之山在平陽西、汾水北，但蒙叟寓言，必求實之，亦不足據也。汾水受巢溪水，稍南即爲山麓所截，又逆而西，始與此路相距遠矣，西折數百十里，至滎河縣入於河。

自洪洞至巢溪凡一百一十里，經府縣二城，皆平衍無阻，去汾或遠或近，不甚遼闊，皆行東原，西矚曠絶，宜爲古帝之都居、人物之奥區矣。

又西南入山谷，升二十里，經蒙城驛。又升降三十里，經高縣鎮。又二十里，經侯馬驛。蒙城、侯馬兩驛俱屬曲沃縣。縣，晉之新絳也。境南有絳山，俗曰紫金山。今絳縣處其陽，以山名也。漢絳縣即今曲沃地，周勃封絳侯以此，後魏始移名曲沃。巢溪以南，崇岡大陸，坑塹間之。魏書：『晉將軍安同曰，臣受遣詣絳，見汾東有蒙坑，東西三百餘里，逕路不通。』五代時，王竣引兵趨晉州，憂北漢兵據之，聞前鋒過乃喜，此即蒙城以南地也。高縣、侯馬稍在平原，村堡甚盛，巍然如列城矣。此晉陽内第二門户，平陽内第一門户也。

侯馬臨澮水，國語宰孔謂晉侯景、霍以爲城，汾、河、涑、澮以爲淵也。水經曰：『澮水出河東絳縣東，澮交東高山。』注曰：『出詳高山，亦曰河南山，又曰澮山。』西逕翼城南，合絳水，逕虒祁宫南，又西至王澤〔三四〕，注於汾。今澮河橋土岸上有人手迹，俗傳孟姜女所留。案：孟姜女哭長城，所在傅會。長城，七國皆有之，不止衛北邊。北邊長城，則秦宣太后築隴西、北地、上郡；魏惠王築固陽，在銀州銀城縣界，東至黄河，西南至夏會等州；趙武靈王築，自代、陰山至高闕爲塞，而置雲中、雁門、代郡；燕築自造陽至襄平，置上谷、漁陽、右北平、遼東、遼西郡：皆在始皇前，諸史並無婦哭城崩事。杞梁妻，左傳止載其辭，齊莊郊弔。檀弓則曰『哭之哀』，孟子則曰『善哭其夫』，言哭者始此。説苑則曰其妻哭，『城爲之阤，而隅爲之崩』，列女傳則曰『哭十日而城爲之崩』，言崩城者始此。夫梁妻辭郊弔，又何至路哭？城崩之説不足信也。且崩者城耳，未云長城。樂府秦操，有杞梁妻歌，古今注杞殖妻妹朝日之所作也。梁，殖之字也。唐僧貫休賦杞梁妻則云：『秦築長城遮北胡，杞梁貞婦啼烏烏。一號城崩塞色苦，再號杞梁骨出土。』是直以杞梁爲秦始築北邊長城而死。殖，春秋時人，距始皇甚遠。齊，今青州；杞，今開封，於邊城又無預。姜，齊姓，孟姜數見於詩。杞妻，齊婦，何由得過澮水？不知此所謂孟姜爲誰也，所在載之何也？

又三十里，經隘口。又十里，經裴晉公故里。又西十里，經東鎮。又四十里，經聞喜縣。隘口形勢一鎖，道行壁間，尤陿束矣。晉陽内第二門户，平陽内第一門户也。古名鐵鎖關，今屬太平縣，漢臨汾地也。關下有橋，亦豎碑曰『豫讓』。趙氏始邑於耿，後處晉陽，又後乃都邯鄲。襄子正以晉陽自保，則豫讓之事當以酈元爲正矣。由隘口至裴晉公故里，皆行山間。聞喜裴氏自晉黄門侍郎秀及從弟楷著名，至唐更盛。行儉、垍及晉公度與皞、光庭輩先後相望，多爲名臣。其族冢在鳳皇原，自東鎮連延迤北至紫金山，纍纍數百。漢、魏、北朝入唐，累世墓碑皆名公鉅筆。今後裔凋落，家譜雖存，而所失已多矣。晉公里迤西，道始夷坦。行大岡之麓，南望中條，蒼然可挹。東鎮城垣儼若廢治。名勝志曰：『龍頭堡在縣東北二十八里，後周正平郡及聞喜縣所理也。』疑此是矣。鎮有二城，東爲上鎮，西爲下鎮。下鎮有唐興寺，開元六年九月立碑，許景先撰文，僧師元八分書，碑陰有金正隆間題字。又有宋淳化碑，皆立前殿外。殿庭有周顯德時殘碑。宋淳化、大曆，金明昌間，石幢多宋人題名，塔亦宋建。鎮東十里，董澤在焉。其長猶數里，多荷花，左傳所謂董澤之蒲也。聞喜，殷之桐也，春秋晉之曲沃。武公滅翼，後獻公遷絳，遂以曲沃爲下國，然其宗廟在此。悼公朝於武宫，平公烝於曲沃是也。後爲欒氏邑。欒盈入絳，范宣子執魏獻子之手，賂之以曲沃，遂歸魏氏。漢爲左邑，一曰桐鄉。予郡桐城於漢亦名桐鄉，蓋鄉名也，今桐鄉獨歸浙江矣。武帝於此聞平南越，遂曰聞喜。邑學宫相傳是成湯葬處，伊尹放太甲於此，一曰柏廟。其殿阯墳起，猶有古柏七十章，大者三四十圍，允非凡木。前列金源柏廟碑，今祠官典祀。湯陵，主平陽，蓋在滎河縣。湯都亳，亳在河南，營墓數百里外，隔山河之險，而伊尹遠徙其君於此耶？今江南亳州亦有湯陵，所未詳也。東門外有裴晉公祠，祠前半截碑，乃張九齡撰裴光庭墓碣，明皇御書行楷。其陰鐫明皇命九齡撰文手敕大行書，尚全。光庭父行儉墓碑獨兀立，洗刷之猶可辨。縣境有宋趙豐公鼎書院及郭景純璞讀書遺阯。城南臨涑水。水經曰：『涑水出聞喜縣東山黍葭谷。』注曰：『俗謂之華谷，至周陽與洮水合。』左傳：『子産曰臺台，汾洮之神也。』司馬彪曰：『洮水出聞喜縣，故王莽以縣爲洮亭也。』陳奕禧虞州集曰：『洮水東出清野山，至城南五里合而西。』

又西四十里，渡涑水橋。又西四十里，經相里集。又西三十里，經牛杜村。

縣西有左邑故城，即詩所謂『從子於鵠』者也。水經注曰：涑水『自城西注，水流急濬，輕津無緩。故詩人以爲激揚之水，不能流移束薪耳。』水側即狐突遇申生，云『七日見我於新城西偏』也。又西有王官城，在涑水南原上，左傳『俘我王官』是也。橋西數十里，爲安邑界，禹都也。後魏分境立夏縣，湯伐桀於鳴條，蓋其地矣。晉魏絳自魏徙都於此。史記稱，智伯率韓魏引水灌晉陽，不没者三版。智氏曰：『吾始不知水可以亡人國，今乃知之。』汾水可以浸平陽，絳水可以浸安邑，時韓居平陽，魏居安邑，二子懼，乃謀殺智伯。後至魏惠王遷大梁，遂曰梁惠王也。案：絳水合澮入汾，不能浸安邑，當是涑水可浸安邑耳。宋司馬君實光，夏縣人，故號涑水也。牛杜村距猗氏縣十里。春秋：『晉敗秦於令狐，至於刳首。先蔑奔秦，士會從之。』闞駰曰：『令狐即猗氏也。刳首在西三十里。』縣以猗頓得名。孔叢曰：『猗頓，魯之窮士也。朱公教以畜五牸，於是大畜牛羊，十年間貲擬王侯。』又郇城亦在境内，詩『郇伯勞之』是也。境南即鹽澤矣。水經注曰：『鹽池在安邑西南，長五十一里，廣六里，周一百一十四里。女鹽澤在猗氏故城南，東西二十五里，南北二十里。呂宿曰：『沈沙煮海謂之鹽，河東鹽池謂之解鹽。今池水東西七十里，南北十七里，紫色澄渟，渾而不流，水出石鹽，自然印成，朝取夕復，終無減損。唯水暴雨澍，甘潦奔泆，則鹽池用耗。故公私共堨水徑，防其淫濫，故謂之鹽水，亦爲堨水也。』道距鹽池數十里。

又西四十里，經樊橋驛。又二十里，經七級村。又西南行谷中或大陸五十里，經蒲州。樊橋驛，屬臨晉縣。縣，晉桑泉邑，晉公子重耳渡河入桑泉者也。韓信盛軍臨晉，别從夏陽以木罌渡軍，遂虜魏王豹矣。渡處達陝西郃陽，今曰吴王渡。山西自太原之河曲縣、保德州、岢嵐州、臨縣、興縣至蒲州，千五百里與秦接壤，河身最狹，處處可渡。平陽名渡，永和縣則曰永寧關，石樓縣則曰上平關，吉州則曰平渡關，河津縣則曰龍門關，一曰禹門渡，蒲州則曰大慶關，一曰蒲津、曰風陵關，平陸則曰茅津渡，合吴王渡凡七。明晉撫蔡懋德敗賊於風陵、大慶、吉鄉三渡，皆平陽境也。六國合縱拒秦，韓楚可入武關，燕趙可下榆林，魏則觸處兵刃可接，乃必叩函谷仰而攻之，何耶？七級至蒲州雖無甚險隘，而坑谷陂陀，水潦時集，亦難行也。蒲州東南中條一山，自東北蚪屴而來，西爲雷首，及河而止，此太原平陽之外關也。其東十五里有張澤，涑水所注，水經謂之張陽池，其澤甚大，時有盈耗。涑出澤，繞雷首入河。

州東有普救寺，元微之稹會真詩所托者也。寺踞北坡上，基阯甚隘，頃極荒落，土木像或失頭臂。一塔甚卑小，明時所建也。距澗一坡，有文昌閣，蒲人中式者題名其中。郡人楊文襄公，有德君子也。有術者告公，指此地大佳。公曰：『果然，則私於我不如公於郡。』遂購之爲文昌閣。

其東南坡上有河中書院，爲屋四區，堂宇弘肆，正德中北地吕經貶州貳，撤東岳行祠爲之。登之四眺，則黄河如帶，繞抱西南，太華、中條交固互密，峙於東南，不見大河出徑；

河外則秦川如掌，甚可觀也。書院漸頹毀矣。水經曰：『大河又南，過蒲坂縣西。』地理志曰：『縣，故蒲也，王莽更名蒲城。』應劭曰：『秦始皇東巡，見有長坂，故加「坂」也。』孟康曰：『晉文公以賂秦，秦人還蒲於魏。魏人喜曰「蒲反矣」，故曰蒲反也。』薛瓚注漢書曰：『秦世家以垣爲蒲反，然則本非蒲也。』皇甫謐曰：『舜所都也，或言蒲坂，或言平陽及潢者也。』今城中有舜廟，虞都古城内舜陵在焉。孟子謂舜卒於鳴條，檀弓曰舜崩蒼梧之野。揆以事勢，禹攝十有七年，舜亦不應遠邁南荒。則舜陵之在蒲坂，亦猶堯陵之在臨汾矣。州於後魏爲秦州刺史治，太平遷都，罷州置河東郡，郡多流離，謂之徙民。民劉墮者善釀，所云桑落酒『白墮春』也。後周蒲州，唐河中郡。今駐城者，武有游擊至守禦所，文有河東道郡丞、州牧。按：冀州之地，止於蒲州。書云：『三面距河。』則今北直、山西及河南懷慶、彰德、衛輝境也。益稷之謨曰：『弼成五服，至於五千。』冀方北境，不應僅數百里而止。蓋古幽、幷、營三州，在禹貢九州之外。遼史：『幽州在渤碣之間，幷州北有代、朔，營州東暨遼海。』皆兼塞外地也。天地之氣自西北而趨於東南，日闢日荒，蓋至今猶未已也。

又南四十里，行雷首之麓，經韓陽鎮。又二十五里，出風陵關，渡大河，踰山西界，入陝西，西抵潼關。

城南有河瀆廟、西海神廟，祠官典祀，禮甚尊嚴矣。西出大慶關，即孟明濟河焚舟及高歡造三橋欲渡故道，可直達陝西朝邑。但河廣，又阻渭，故行者多由風陵也。唐開元中鑄八牛，置大慶河東西岸，以維浮橋，蓋僧懷丙爲之，今西岸缺其一。日知録曰：『後世求一僧懷丙其人不可得，不但坐而論道者不如古人矣。』州西門外三里，即以補朝邑之灘，使陝西人越河而佃，至於争鬭殺傷。予宿松縣東南乃有湖廣蘄州及江西彭澤洲地，藏奸招侮，亦致争殺。天下如此者甚多，皆經界不正之故，宜按郡邑山川截然割正，此治地之善經也。

州南東涉涑水。水經曰：『河水又南，逕雷首山西，又南，涑水注之。』注曰：『山臨大河，北去蒲坂三十里。尚書所謂壺口、雷首者，俗亦謂之堯山。山上有故城，世又曰堯城。闞駰曰：「蒲坂，堯都。」地理志曰：「縣有堯山，有祠，雷首山在南。」』山有夷齊廟，闞駰曰：『山一名獨頭山，夷齊所隱也。』山南有古冢，陵柏蔚然，攢茂丘阜，夷齊墓也。一統志曰：『首陽山在河南偃師縣西北二十五里。』戴延之西征記曰：『洛陽東北有首陽山。』莊子又稱夷齊西至岐陽，見周武王伐殷，北至於首陽山，餓死。其詩『登彼西山』，即岐陽西之首陽山也。曹大家注幽通賦又云在隴。按志：鳳翔不載首陽山，隴西有之，不載夷齊事。又順和縣南亦有首陽山。山西通志曰：『首陽山在蒲州南四十五里，一名雷首，又名方山，夷齊祠墓在焉。』史記馬融伯夷傳注曰：『首陽在河東蒲坂，華山之北，河曲之中。』詩采苓孔安國疏曰：『首陽在蒲坂南。』是則闞駰之説同符者衆矣。

水經注又曰：『郡南有歷山，謂之歷觀，舜所耕處也。有舜井，嬀汭二水出焉。』『注於河。』山西之境，及河而止。平陽道始靈石，止蒲州。渡河東，即河南閿鄉縣地，西即陝西華陰縣地也。

大河之源，張騫以爲一出葱嶺，一出于闐。于闐河北流與葱嶺河合，東注蒲昌海。海一名鹽澤，去玉門、陽關三百里，潛行地下，南出於積石。司馬遷云：『河出崑崙。』自張騫使大夏之後〔三五〕，窮河源烏覩所謂崑崙者乎？因謂騫所窮河源特其小派。山海經、水經及唐劉元鼎使吐蕃皆云河出崑崙，鄭樵又謂河有三源：一出葱嶺，一出關南山，而正源出崑崙。元遣都實窮河源，潘昂霄爲之記，云：『得於朵甘思西鄙之星宿海，行二十六程，始逕崑崙南。』王鏊曰：『張騫所歷諸國甚久，東漢之世，大夏、條支、安息，至於海濱四萬里外，重譯貢獻。』甘英嘗窮臨西海而還，皆未覩所謂崑崙者。元使行不及五千里，云已踰之，何崑崙之近乎？

河流至此，北則雷首，南則潼關、桃林諸山，東隘逼仄，兩岸如門。大冬則河陰冰合，人行冰上，僅以舟渡其半。河水自此東下出底柱、三門，逕河南府，東合伊洛，遂橫溢爲患。古河道由山東西界北流，至直沽入海。宋神宗熙寧十年，河溢衛州。大學衍義補曰此河入淮之始，然不過支流耳。自此，始挽河南行，塞閉北流。至明又借爲漕挽，時至衝決，則南及鳳陽、淮安、揚州通境，北至廣平、河間、東昌、兖州，地方數千里皆受其害。按：戰國以前作隄，去河二十五里，水至有所游蕩。漢王景治河，十里立一水門，令更相回注，無復潰漏之患。今沿河州縣去河不及數武，不使水有餘地，又不講夫水門之法，徒迫束之使爲我用，故議者以爲功欲大於神禹，而患不免於魚鱉也。漢時，齊人延年欲徙黃河於塞外，東出遼陽，以隔匈奴。當時謂大禹聖人鑿龍門，不可改。今河在中原，已非禹迹，安在不可改耶？但視其能改與否耳。水經曰：大河『又南至華陰、潼關，渭水從西來注之』。又曰：『河水歷船司空，與渭水會。』注曰：『舊京兆郡之屬縣也。』河在關内南流，潼激關山，因謂之潼關。灌水注之，水出松果之上〔三六〕，北流逕通谷，世亦謂之通谷水，東北注於河，述征記所謂潼谷水者也，或曰因水以名地也。河水自潼關東北流〔三七〕，水側有長坂，謂之黃卷坂，傍絶澗，涉此阪以升潼關，潘岳西征賦所謂『泝黃卷以濟潼關』者。案：今無所謂黃卷阪也。潼關北臨大河，南據高山，爲城扼之東西二門。駐城者，武自副將至千兵〔三八〕，文則有潼商道，有郡丞司關榷，有衛所驛司軍民，固雄關也。關西弘敞，所謂『驛路西連漢時平』；關東險隘，所謂『河山北枕秦關險』也。

出關即閿鄉地，長岡邃谷，桃林古塞，直連殽函矣，地可守不可戰，故唐哥舒翰、明孫傳庭皆以出關而敗也。王氏曰：自崤山以西、潼津以南，通稱函谷，名潼關。自漢建安十六年，曹操破馬超，潼關始名史册。然過秦論謂始皇『斬華爲城，因河爲津』〔三九〕，則關宜始置於秦矣。考唐史，潼關有南北二關城，隋煬帝各置都尉守之，謂爲都尉南城、都尉北城。唐天授二年，益移關向北，近河爲路。開元十二年，以華州岳祠南爲通衢，舊入關而西，路在岳祠北也。魏楊侃謂長孫稚曰：『昔魏武與韓遂、馬超據潼關相拒，遂超之才，非魏武敵也，然而勝負久不決者，扼其險要故也。』唐廣明初，黄巢亂，以張承範守潼關。關左有谷，平日禁人往來，以榷征税，所謂禁坑也。賊至倉卒，官軍忘守。時汝將齊克讓以軍萬人屯關外，力戰，饑甚而潰，賊遂從谷入。谷中灌木壽藤茂密如織，一夕踐爲坦途。明日，賊急攻潼關。關外有天塹，賊驅民千餘入其中，掘土填之，須臾即平，引兵而度。夜縱火，焚關樓俱盡。承範方分兵守禁坑，而賊已入矣。韓遂、張承範同一守也，而敗不敗懸殊也。明崇禎八年，流賊由山中間道入南原。潼關道李煒然坐堂皇治他事，猝聞賊至陶家莊，去關僅五里，恇怯不能禦。傅永淳疏曰：『流賊入秦，有由閿鄉馬店深入南山往西南奔華渭者，有由靈寶奔轆轤門北朱陽者，有由閿鄉西南王旗屯奔華陰者，有由盧氏入蘭草南朱陽奔雒南者，有由内鄉淅川奔商南者，不必由潼關而後入秦也。』然則，潼關之守難矣。十一年十月，總督洪承疇、孫傳庭大破賊於潼關原，李自成以十八騎走，尋督兵入援，賊得不死，是又未嘗不可戰也。

關外屬河南，内屬陝西。後漢郡國志陝縣有陝陌，今陝州也。二伯所分，故有陝東、陝西之稱。自唐以前皆稱陝州以西曰陝西，後人遂以潼關以西通曰陝西。東晉以後，則稱荆州爲陝西，蓋僑置司州故也。

自巢溪至潼關，凡四百二十里，經州縣二城，有岡有原，有夷有險。經襄陵、太平、曲沃、聞喜、安邑、猗氏、臨晉、蒲州之界，要其山皆東來，水皆西注，此晉中大概也。

又西四十里，經華嶽廟。又五里，經華陰縣。

潼關西五里即渭水入河處，唐故渭口倉也。唐漕運江淮粟，江，船不入河，河船不入渭。渭口有船司空，本漢置倉地，隋之廣通倉，皆河船不入渭矣。渭水出臨洮渭源縣之南谷山，至鳥鼠轉而東流，北至鞏昌，東逕鳳翔，過西安境華陰縣北，東北流四十里入於河。關内十里華亭道北有四知坊，楊太尉震葬處也。舊有關西夫子祠，今門亭堂室俱壞，遺阯甚大，猶存頹垣也。祠後岡上，七冢纍纍，背河面山，不知孰爲大鳥所集？數碑皆萬曆間修。祠記：『震與郭太同號夫子。』彼既令終，祠墓輝赫；此既有夕陽亭之厄，又委荆榛，仕不如隱，抑有幸不幸也？

又西經故定城。西征記曰：『城因原土。』述征記曰：『定城去潼關三十里，夾道各一城。』今無存矣。

華嶽廟在華陰城東五里，門對華嶽。闕西有枯樹，好事者刻石表曰『青牛樹』，謂老子出關維青牛。梁份曰：『以樹歷千年，謂之青也。』闕中有殘碑，其趺如山，尚存數字，皆隸書也。水經注曰：『有漢魏文帝三廟，廟有石闕數碑。一碑是建安中立，漢鎮遠將軍段煨更修祠堂。碑文漢給事黄門侍郎張昶造，昶自書之。』元帝又刊其二十餘字，二書存，重名傳於海内。又刊傳中司隸校尉鐘繇、弘農太守毌丘儉姓名，廣六行，鬱然循平，是太康八年弘農太守河東衛叔始爲華陰令，河東裴仲恂役其逸力，修立壇廟，夾道樹柏，迄於山陰。事見永興元年華百石所造碑。』此碑今皆不存，立石如林，多自唐以來者。祠猶弘壯，中像岳神，冕服歸然。明初，太祖除去五嶽四瀆封爵之號，止稱某嶽、某山之神，極中典禮。然設像沿舊，至有妻有子，山川之神而人鬼祀之，亦猶存衰世之思也。殿壁圖岳神出巡歸宫，甚炳煌。後有通樓九間，登之見嶽，如在檐際。出蒲州，望華山仙掌，五指歷然。國語云：『華嶽本一山當河，河水過而曲行。河神巨靈手蕩脚蹋，開而爲兩。』開山圖曰：『有巨靈胡者，偏得神元之道，能造山川出河〔四〇〕，所謂巨靈贔屭，首戴靈山者也。』楊雄河東賦曰：『河靈矍踢，掌華蹈襄。』注：『襄山在潼關北十餘里。』予登華山，觀所謂仙掌，僅石斑偶成掌形，遠望惟肖，近則失之，恢怪之譚，宜乎辨者衆矣。樓上三峯皆見，但玉女峯不可見。玉女峯東峯中石微岐者，上有明星玉女祠。甘氏星經曰：『太白上公妻曰女滷。女滷居南斗，食厲，天下祭之曰明星。』是則山有妻子，星亦有妻。顧炎武曰：『甚矣！人之好色也。』

華山別有游記，今不詳。

廟北爲洛水入渭處，水出延安鄜州，與商州洛水有同稱矣。水經注曰：『闞駰以爲漆沮之水也。』曹瞞傳曰：『操與馬超隔渭水，每渡渭，輒爲超騎所衝突。地多沙，不可築城。婁子伯說：「今寒，可起沙爲城，以水灌之，一宿而成。」操乃多作縑囊以堙水，夜汲作城，立於是水之次。』楊延昭之守遂城，實師婁生矣。

華陰縣，秦曰寧秦，漢高帝八年改今名，以在華山之北。禹貢『導河至於華陰』是也。舊屬弘農郡，郡境東盡於河南陝州，今屬西安府。縣東南五里有陰晉故城，春秋時晉邑，戰國屬魏。魏文侯三十六年，秦侵陰晉；秦惠文君五年，魏納陰晉於秦，於是，魏地日削，而秦據有函殽，六國之師莫能仰攻矣。縣城以土爲之，僅如小堡，廳事正對華山。

又西五十里，涉敷水。又二十里，經華州。城西即華水，水出華山三峯。水經注曰：『山上有泉〔四一〕，東西分流。至若山雨滂湃，洪津泛灑，挂溜騰虛，直瀉山下』是也。北流入渭，古有長城。水經注曰：『城自華山，北逕於河。華嶽銘曰：「秦晉争其祠，立城建其左。」史記：「秦孝公元年，楚魏與秦接界，魏築長城，自鄭濱洛。」』又西有平舒故城。秦始皇末，江神素車白馬道華山下，返璧於華陰平舒道，曰：『爲遺鎬池君。』明年，祖龍死，使者致之，乃二十八年渡江所沈璧也。又西涉餘水，水南出良餘山之陰，北流入渭，亦曰宣水。又西經集靈宫故阯。地理志曰：華陰縣有集靈宫，武帝起。故張昶華嶽碑稱：『漢武慕其靈，築宫在其後也。』宫在敷水東。水南出石山之敷谷，北逕告平城。水經注曰：舊傳『武王伐紂，告太平於此』。又北注渭，土人引以灌溉。自華陰而西，平疇百里，遠樹村煙，山色相映，竹林稻畦，時間籬落，行道中者，如在天然圖畫中矣。敷水渠，唐開元間姜師度、樊忱所鑿，洩水害而濟渭漕者也。又西十里，經唐汾陽王郭子儀故里。其地故園池今猶磊磊，窪下種稻，有菱芡藕花。南有少華山，山海經曰：『華山西南有小華山也，在州南十里。』州，古咸林，周畿内地。鄭桓公爲周司徒，以咸林爲之采邑，蓋鄭之始封也。後屬晉魏，戰國歸秦，西魏時始爲華州。州面少華，枕涇渭。城内隆阜，唐棲雲樓故阯，昭宗幸華之行宫也。乾元三年，李茂貞犯闕，韓建請上幸華州。昭宗登棲雲樓，望京作詞三章。或云古昭慶院有棲雲樓，假以駐蹕，後爲州治也。州北五里有興德宫，朱全忠逼昭宗遷洛陽，館於是宫。

又西三十里，涉赤水。又二十里，經渭南縣。

州西喬木夾道，繞以清渠，五里有溪，一帶諸林皆曰西溪，有小曲江之目。水經注曰：『石橋水，故沈水也。南出馬嶺山，北流逕鄭城東。』又曰：『東去鄭縣十里，水故有石梁，又北逕沈城北，入於渭。』

道旁里許有游春亭，杜甫爲州司功，游此，有鄭縣亭子詩，所云『澗之濱』也。鄭縣本州治，亭在縣西。平王東遷，鄭武公滅虢檜而兼其土，此爲西鄭，彼爲新鄭矣。赤眉樊崇於鄭北設壇祀城陽景王，而尊右校卒史劉俠卿。牧牛兒盆子爲帝，年十五，被髮徒跣，爲具絳單衣，半頭赤幘，直綦履，顧見衆人拜，恐畏欲啼，號年建世。後月餘，乘白蓋小車與崇及尚書一人相隨，向鄭北渡渭，即此也。

赤水，水經注：『大赤水，竹水也，一名箭谷水，又有小赤水，亦名灌水，出西南石脆山，流經州北，入渭水。上有戀都城，故潘邑，殷契之所居。世本曰：「契居蕃。」闞駰曰：「蕃，鄭西渭南。」』漢之新豐縣地及下邽南境，苻秦始析置渭南縣。渭水在城北，上漲下漲，是爲津處。

城東四里，有明光原，後魏置縣於原西偏。隋開皇中，以原上乏水，後移於今治。城東有五鳳書院，古甘泉宮在城東南神川原北麓。史記：『始皇迎太后於雍，入咸陽，復居甘泉宮。』雍録曰：『秦渭南之甘泉，即隋甘泉之在鄠者。』唐盧象昇駕幸甘泉詩曰『傳聞聖主幸新豐』云云，則謂甘泉在是也。

又西四十里，經臨口。又二十里，經新豐。又二十里，經臨潼縣。

縣西門外即酒水，水出石鼓山，北流入渭。酒川口有風門，三秦記曰在新豐縣東南，兩阜相對，其所多風。西十里，有唐游龍宮，開元二十五年建，取黑龍飲渭名之，白樂天有賦。臨口，零水口也，一曰泠水。水經注曰：泠水『南出肺浮山，蓋麗山連麓而異名也。歷陰盤、新豐兩原之間，北流注渭』。唐貞觀十八年幸零口，即泠水入渭處，爲往來之通道，置零口鎮。永曆元年，零口山水暴漲，漂千餘家。天授二年，於零口置鴻州，又於郭下置鴻門縣，尋廢，蓋古鴻門地也。

零口又西涉戲水，水出麗山鴻谷，東經戲亭，北入渭。周幽王與褒姒舉燧爲戲是也。張楚、陳勝遣周章兵至戲下，又項羽封諸侯王，罷兵戲下。蘇林曰：『戲在新豐縣東南三十里。』顏師古曰：『今有戲水驛，其東北有谷有坂，蓋沛公會項羽鴻門處。』水經注所謂『塹原通道，南北洞開，有同門狀』是也。

新豐，古新豐城也。漢高帝徙豐人及枌榆社於此。今無城，但有市有堡，東西臨溪，相傳太上皇陵在焉。按：漢高祖葬太上皇於櫟陽城北原，謂之萬年陵，因分置萬年縣於城中爲陵邑。櫟陽在渭北，新豐在渭南，傳者誤也。

臨潼，周驪戎地，漢新豐，唐慶山、會昌，宋臨潼。古嶢關在縣東南，漢移置藍田，城南門正對驪山。水經注作『麗』，史記作『酈』。或云以驪戎得名，不知周畿内密邇豐鎬，何以戎得薦居上國也？幽王之禍，驪戎未必不有以啓之。五部匈奴遷汾晉而劉石興，鮮卑遷幽州而慕容熾，遣子入侍者衆而禄山亂，郭欽、江統、薛謙光所以憤發而談也。明永樂、宣德間，北邊來降，多乞留居京師，授以指揮、千百户之職，賜之俸禄及銀鈔、衣服、房屋、什器，安插居住，名曰達官，一歲之俸不下數十萬。土木之變，達官之偏置近畿者一時蠢動，肆掠村莊，人謂之『家達子』，至有驅迫漢人以歸彝者。乃議選調達軍征苗，即留其地守禦以散之。自正統七年至景泰七年，調之雲南、廣東、廣西、福建等處達官、達軍止千八百人，餘留畿輔者尚衆。未幾，兵部尚書陳汝言阿附權宦，盡令取回。曹欽遂結其豪以反，寧夏、甘涼等處土達亦有滿四之變。由余效忠，日磾盡節，由宋以還蓋眇聞矣。

驪山不甚峻，叢柏蔚森，其下爲温泉，唐華清宫也；上有神女廟。水經注曰：『温泉，世以療疾。三秦記曰：「麗山西北有温泉，祭則得入，不祭則爛人肉。」俗云，始皇與神女唾之生瘡[四二]，始皇謝之，神女爲出温水，後人因以澆洗瘡。予浴其泉，未祭，亦不爛也。』楊妃外傳：『兄銛、錡、釗，諸娣治錦繡、琢金玉者千人。帝每幸華清宫，五家隊合，遺鈿墮舄、琴瑟珠翠狼藉於道。』唐書：『敬帝幸温湯，張權輿曰：昔周幽王幸驪山，爲戎所殺；始皇幸驪山而國亡，玄宗營驪山而禄山叛，先帝幸驪山而享年不長。夫山不能亡人，人自亡耳。』

山左肩曰東繡嶺，右肩曰西繡嶺。西南五里有谷，秦坑儒處也，後人號愍儒鄉，唐天寶中改『愍』爲『旌』。山顛有漢露臺故阯及秦始皇閣道。石柱絶頂爲唐翠微宫。其殿閣宫觀環驪山者不一而足，若九龍殿、七聖殿、長生殿、朝元閣、重明閣、集靈臺、舞馬臺、觀風樓、羯鼓樓、宜春亭爲最著，蓋太宗時建湯泉宫，高宗時名温泉宫，明皇益增廣其制，天寶六載改名華清，環以會昌城，歲十月幸，歲盡乃歸也。秦始皇墓在山西北，蓋直城里許，所謂魚池水也。

又西二十里，渡灞水橋。又十里，涉滻水。又十里，抵西安府長樂門。

縣西半里有潼水，源出驪山谷中，味甘美異於他水，北流注渭。宋大中祥符間，以城臨潼水，故以名焉。自漢以後，皆新豐地也。西南十五里，有白鹿觀，本名驪山觀。唐高祖幸温泉，傍觀川原，見有白鹿，遂改今名。觀内有老母殿、升仙宫、蟾井〔四三〕。拾遺記曰：『白鹿觀井中有金色蝦蟆，賀蘭先生見之曰：「此肉芝也，烹而食之，得昇天矣。」』

灞水，古曰滋水，秦穆公更名灞，以顯霸功。呂氏春秋曰『太公釣於滋水』，是也。霸峻激無魚，不可釣。或曰磻溪。水出南山兹谷，謂之兹泉，太公釣處，今曰几谷，東南隅有石室，其所處也，呂氏蓋指此。水經注兩存之。

灞水出藍田縣藍田谷中。水經注曰：霸水又西北，『左合滻水，歷白鹿原東，即霸川之西故芷陽矣，史記秦襄王葬芷陽者也』。『漢文帝葬其上，謂之霸陵』，『在長安東南三十里』。其東即軹道，秦子嬰降沛公處也。霸淺而闊，洶湧暴發，既合秦嶺、傾谷、杜陵諸水，又滻水合荆谷會之，下流壅塞，山水驟決，崩山倒谷。阿房宫賦曰：『二川溶溶，流入宫牆。』何宫牆之能受耶？二川，兼霸滻也。

漢霸橋在長安故城三十里霸店，南北兩橋，以通新豐道。送行者折柳贈别，亦名銷魂橋。唐灞陵橋在京兆通化門東二十五里，隋開皇三年造，元時山東唐邑人劉斌修築堅固。凡一十五虹，長八十餘步，闊二十四尺，中分三軌，傍翼兩欄，有華表、鯨頭、鼇首，築堤五里，栽柳萬株。明成化六年，布政使余子俊增修之，今略存石阯於河中而已。甲戌歲，購木爲橋〔四四〕，行者利之。漢書王莽傳曰：『地皇三年，霸橋木災自東起〔四五〕，卒數千以水汎沃救不滅，晨熯夕盡。』是則漢橋亦木爲之矣。牛僧孺置圖書灞滻之間，今此間都屬稻田，固沃衍之鄉也。

滻水，漢志注：『與霸同源而異流，經藍田白鹿原西，又北至霸陵城南，合於霸水。』隋遷都，堰滻爲渠，其流漸亂。滻岸西乃升峻坂，西京道里記長樂坂也。漢文帝從霸西馳下峻坂，袁盎攬轡諫止，應是此坂也。

滻西行，南望終南山矗立雲表。秦阿房以終南爲闕，詩及禹貢所稱是也。柳河東集注曰：『終南，即中條也。』今乃以中條獨屬河東矣。潘岳關中記曰：『名中南，言在天之中，居都之南也。』

長樂門，今東門也。漢長安城門十二：東曰宣平，曰東城，曰東都，一曰青門；南曰覆盎，曰下杜，又曰端門，曰鼎路；西曰光畢〔四六〕，曰龍樓，曰雍門，莽曰章義，金人號西門，乃與莽同也；北曰函里，一曰橫門，曰洛門，曰利城。隋文帝厭長安制小，建新都長安故城東南，前直終南山子午谷，北枕龍首山，以據渭水，東臨滻灞。唐因之，城門十：南門三，曰明德，曰啓夏，曰安化；東門三，曰通化，曰春明，曰延興；西門三，曰開遠，曰金光，曰延平；北門一，曰光化。至天祐元年，昭宗幸洛陽，韓建改築，約小之，曰新城。明洪武初，都督濮英增修城門四：東曰長樂，南曰永寧，西曰安定，北曰安遠。

自潼關至西安，凡二百八十五里，經關及縣、州五城，皆面山背渭，前高後卑，如在側坂上。至灞以内始寬曠平衍，金城千里，天府之國，帝王之都矣。然西安亦臨水面山，與背山帶水者異也。咸陽在渭北，秦京也。今西安在渭南，周、漢、隋、唐之京也。周與於西方，故建都於此。王畿西北並無侯封，天子自爲守邊，故犬戎、獫狁之禍不絶於國。漢唐之世，匈奴、回紇、吐蕃之屬蹂躪宫闕，蓋數數矣。周東遷，委之於秦，而西戎喙息。五代任土豪，封以州邑，而西境無虞。宋藝祖時，折氏襲而府州存，繼捧朝而夏州失。然則，五服之制宜立都者所必講也。明初，太祖定鼎金陵，大封諸子二十餘人，而遼、寧、燕、代、晉、瀋、秦、肅、慶、韓十王皆被邊。藩王攸職，寄以討賊，委以保邦，維城之制遠邁隆古。永樂改造燕山，遷寧於江西，迨廢三衛，開平而都。城距邊遠者百餘里，近者數十里，東縛諸王，甚於曹魏，戎馬侵軼，酷於漢唐矣。

燕秦之道凡二千三百八十里，經三十一城。自都門抵獲鹿，山皆在西，水皆東入直沽。自獲鹿至王胡，壽陽以東水皆入滹沱，壽陽以西水皆入汾，道皆截山亂水，不定也。王胡至介休，山皆在南，水皆北入汾。介休至隘口，山皆在東，或行山中，或行原隰，水皆西入汾。隘口至潼關〔四七〕，山皆在東，或行岡陸，或行原隰，水皆入涑，西入河。潼關至西安，山皆連亘在南，水皆北入渭。

燕涿民居，或方而長，或圓而鋭。平定、壽陽民居，或無村落，皆營窟，惟鎮驛則構棟宇。王胡以西，民居遇山爲穴，遇原爲堡，或堡山顛，或穴谷中。潼關以西，民居皆無覆瓦，或爲半屋，命之曰廈。沙，去聲。燕秦民田皆在平原。壽陽至蒲坂，民田則上極山顛，下窮水澳。燕晉之穀皆黍、稷、麥，秦錯植稌、秫。燕婦無裳，青袴；晉婦無裳，紅袴；秦婦有裳，白袴。秦衣冠多白也。燕婦高冠，少者高髻；晉婦小冠，抹額卑髻；秦婦華冠，高髻。

都門至蒲州皆虞冀州，潼關至西安皆虞雍州，都門至涿爲周幽州，保定至平遥爲周并州，介休至蒲州爲冀州，潼關以西爲周畿內。都門以西屬燕，保定以西屬趙，平陽以西屬魏，渭南以西屬秦。都門以西，漢幽州；真定以西，漢冀州；平定以西，漢并州；平陽以西，漢司隸。涿州，黄帝都；保定，高陽都；平陽，堯舜都；安邑，夏禹都，一曰蒲州，舜都。西安，周、秦、漢、晉愍帝、趙劉曜、秦苻堅、姚興、西魏、北周、隋、唐都。古今用兵者：安禄山出南道至秦，遲；韓信出中道至燕，速；李自成出北道至燕，尤速：愈冒險則功愈奇。蘇秦曰：『秦之攻燕也，踰雲中、九原，過代、上谷』，即自成入燕之道也。

校記

〔一〕宋琪曾上平遼疏，此處爲節引。

〔二〕即許亢宗宣和乙巳奉使金國行程録。

〔三〕一曰　讀史方輿紀要作「亦曰」。

〔四〕深　水經注作「淶」。下句同。

〔五〕北河　易水在河北西北，屬大清河上源支流，有北易河、南易河、中易河三支，均出古冀州之地，於保定易縣境合南距馬河東流，注大清河。此處「北河」，當指北易河。

〔六〕雩　道光培根堂本作「虖」。

〔七〕寧縣　水經注作「朔寧縣」。

〔八〕郎山南　水經注作「東山下」。

〔九〕沖帝　當作「桓帝」。

〔一〇〕昔　當作「下」。左傳僖公三年：「虞師、晉陽滅下陽。」

〔一一〕追至　道光本作「禦於」。「斬首」至「師次」　道光本作「轉戰至」。

〔一二〕餉饋　道光本作「糧饋」。

〔一三〕大清兵大敗　道光本删。

〔一四〕罷之　水經注作「肅宗從之」。

〔一五〕并州　周禮職方作幽州。
〔一六〕見聞録　當作『聞見録』。
〔一七〕劉淵　據晉書及水經注，當作『劉曜』。
〔一八〕里　當作『理』。
〔一九〕縣十三　新唐書地理志作，『縣十三，有府十八。』
〔二〇〕甲水　水經注作『侯甲水』。
〔二一〕中冬　後漢書周舉傳作『冬中』。
〔二二〕□□　據宋代史實，當作『契丹』。
〔二三〕憎　原作『僧』，據道光本改。
〔二四〕險　原無，據水經注補。
〔二五〕水　原無，據水經注補。
〔二六〕永徽　據新唐書回鶻傳，當作『崇徽』。
〔二七〕恩拔　道光本作『拔貢』。
〔二八〕六年　據舊唐書，當作『二年』。
〔二九〕漲　水經注、道光本均作『闊』。
〔三〇〕勞　道光本作『滂』。下文同。
〔三一〕在平河之陽　水經注前有『縣』字。

〔三二〕本句見於日知録卷三十一唐，不見於今本國語。以下「服虔曰」同出此篇。

〔三三〕亦 道光本作「一」。

〔三四〕澤 原作「橋」，據水經注改。

〔三五〕使 原無，據史記西南夷列傳補。

〔三六〕上 據水經注，當作「山」。

〔三七〕東北流 水經注作「北東流」。

〔三八〕兵 疑當作「總」。

〔三九〕津 過秦論作「池」。

〔四〇〕河 開山圖作「江河」。下句「首載」作「首冠」。

〔四一〕泉 水經注作「二泉」。

〔四二〕本句疑有脱誤。水經注：「始皇與神女游而忤其旨，神女唾之生瘡。」

〔四三〕宫 疑當作「臺」。

〔四四〕購 疑當作「構」。

〔四五〕木 道光本作「火」。

〔四六〕畢 疑當作「華」。

〔四七〕口 道光本作「水」。

跋

胡思敬

宿松朱字緑先生與戴潛虚、方望溪同時，治古文有名。潛虚有作，必就正先生而後存。其没也，望溪爲表其墓。先生以翰林起家，嘗入武英殿修書。一時羣彦如萬季野、閻百詩、何屺瞻諸公服其議論，皆與訂交。已而棄官歸，築室邑西之杜谿，著書娱老，因取杜谿名其文集。方植之集序言先生平時最措意者有游歷記數十卷，惜之未見。後里人汪君養園獲其遺稿，只燕秦一道，證以植之所言數卷，散佚尚多，因題曰游歷記存，明其非完本也。其著書體例，自序中述之甚詳。汪刻無序，今從文集補入。有疑字不敢徑改，校時用小注分列於下。昔顧亭林出游，以二馬、二騾載書自隨，所至阨塞即呼老兵、退卒詢曲折，與先生槖筆攜童事相類。此可見古人用心之勤，而游歷之有禆於學者不淺也。

光緒戊申夏，新昌胡思敬跋。

安徽古籍叢書

黄山書社

朱書全集

下

〔清〕朱書／撰

戴廷杰　蔡昌榮　石鐘揚／校點

朱書全集之六

杜谿時文集

朱杜谿稿序

李振裕

邇來數十年，天下無古文。其所爲古文，不過剽取貌澤，未嘗關係古今有無之數，即云無古文可也。時文亦然，不能根柢經傳，略加摭拾，捕掠影光，侈然自稱名家，博高第，即云無時文可也。

予視學江南時，得朱生，試其古文，又試其時文，皆迥乎非數十年以來所云古文、時文者。亟拔入成均，以爲旦暮可飛騰去。顧生蹇拙樸誠，不能隨時走趨，迄今十又七年，亦侵尋老矣。生益忻然，傲睨千古，視浮榮弗屑也。頃入都，呈其所刻古文一部，則益大進，予驚喜不可言。未幾，撫寧張孝廉復刻其時文，生又以呈予。予覽其又：析理則元本六經，議事則驅策左史，不但一時無與抗行，蓋卓然可與先輩大家爭衡不讓，予益大喜過望。因嘉生之能以千古自命，而張孝廉能好古而篤於義也，於是爲數言弁其簡端。

吉水友人李振裕撰。

朱杜谿稿序

方苞

余自與朋友往還，未有先於字緑者。其始相見也，在丙寅之春，朋試於皖江。時余爲童子，字緑爲成人，而以時文之學相得，爲兄弟交。其後壬申，余授徒京師，而字緑亦至自山東。余時學爲古文，文成必以示字緑，而字緑亦出其贈醫某一篇示余。余曰：『子才可逮於作者，盍遂成之？』字緑曰：『吾多事，未暇也。』

又其後丙子，聞字緑定居於杜谿而往就焉。字緑方築室而未成，見余至，忻然曰：『吾幸有數椽之庇、百畝之殖，可以老於是矣。子年方壯，倘不爲時所棄，則資我於山中以卒吾業，而亦以成子之名，豈不快哉！』出其數年客游之文，則所蓄愈厚，而其光輝然而不可遏矣。

又其後辛巳，字緑來白門，其所著書已數十萬言。余始見之甚喜，繼復大駭，久而慚且懼也。字緑曰：『子毋然。物之至者不兩能，吾時文之學亦不逮子。』余曰：『是所謂家有琬琰，而羡人之瓦缶以爲富者也。且子獨不屑爲此，子爲之，亦當勝余。』時字緑棄時文而不應有司之舉者已數年，或勸其入京師，就決於余。余曰：『子之學成矣而力有餘，雖復爲此，無害。吾門祚衰薄而家事多累，子昔曰我當出而子處，今子當出而我處。』因舉字緑前所以語余者以屬字緑，而字緑北行，果踰年而成進士。復與相見京師，謂之曰：『子果用吾之言乎？』字緑曰：『子之言皆信，吾時文之學亦可敵於子矣。』余索視之，自愧不如，徧觀而審究焉，則不如遠甚。夫字緑之年長矣，其用功當艱於余，而其古文之學數年而成，時文則數月而得其勝，雖其資材有過人者，亦用心與力之篤且專，故能成功若此之速也。余得於天者既劣，而復用饑寒、疾病、憂患以廢日力而敝其精神，豈獨慚於字緑？雖欲所就之比於中人，不可得也。

字緑自訂其時文百三十篇，屬序於余。因念余與字緑爲交之始末，而歷其進學之難易，而又以歎夫治道術者，苟毋怠而止，皆可以造其極，而世之不能盡其才者衆也。

同學弟方苞書。

朱杜谿稿序

王政敏

吾友朱字緑以古文名於時，其所刻杜谿稿行世蓋十餘年矣。今歲夏，張孝廉逸峯刻其制舉藝既畢業，而字緑適登賢書，遂命序於余。

余以謂古文制舉藝之宗也，世之學者類皆能言之，然終不敢信爲然者，非特謂體制之不類，將志乎古必遺乎今，是賈用不售者也。若字緑裒然爲於舉世不爲之時，其古文業已搜擇融液與道大適矣，今焉出其緒餘爲制舉藝，是猶飲水於河、取火於燧。余固非信之於制舉藝，乃信之於其所爲古文也。使字緑不爲舉子業，其古文自足以不朽於世；能爲舉子業矣，即使終其身不遇，其可以自信斷斷無疑也。今字緑儼然售矣，然余所以信字緑者，固在彼不在此。世有知字緑者，其必又有以信余言不妄也。遂一名之曰杜谿稿，以明無古今之別云爾。

康熙壬午九月立冬日，石城同學王政敏符躬氏撰。

朱杜谿稿序

劉　巖

朱子字緑，以古文名振京師。士大夫能知人、務矜慎許與者，推轂字緑獨極至。余見交游人衆矣，而出字緑右者無之。蓋文者心之聲，心藴於内，然後有文焉達之，斷無有能剽賊而至者。字緑權奇魁壘，胸中貯古今成敗事，别白分别，兩目光芒射千載以上，筆所未到，氣已吞之。讀字緑古文辭，則其積諸中也深，而其實也不掩矣，顧時出其緒餘爲舉子業。舉子業之與古文辭，字緑非區以別也，其天骨同，其波瀾同，特異其名焉已矣。方子靈皋嘗戲語字緑曰：『君以文喑嗚叱咤，雄一世於吾行輩中，猶鉅鹿之戰，壁上諸侯無不惴恐者，殆將一戰而霸矣！』然奚啻古文辭如是？吾於其舉子業實云。坊賈於金閶將雕板行之，同學劉巖題其首。

刻朱字緑杜谿稿卮言

張　坦

杜谿者，宿松城東三十五里小谿也，字緑家於此凡十數世矣。其地盤岡曲澗，南臨大湖，水天相際。岡上松數萬株環境，皆朱氏耕焉。字緑雖作客幾馬迹徧天下，而不忘杜谿，故其古文詞及舉子業雖非杜谿作，亦以杜谿名之。初刻止闈前近藝五十篇，今增爲一百三十五篇。

懲浮豔者，必變爲油滑；懲油滑者，必變爲支蔓。支蔓不已，流於險怪；險怪不已，雜以邪淫。故諸子、佛經，闌入經義，此明季已然之效也。劉知幾之才豈易一世？『天地茁，萬物軋』語未始不奇，歐公仿之，一時雖噪，而千古以爲崇雅黜浮，夐不可及。況經義之說，原代聖賢之語，寫聖賢之心，惟六經爲其根源，周程六子之書是其枝派，可以互爲排纘，發其義藴，其他便如蛣蜣丸之與蘇合，安可並用？頃者，才士往往旁及莊荀，恐遂有流而不反之弊。杜谿稿間以恣肆滉瀁之筆見之小題，若典制性命之文，一惟黜鄭崇雅，羽翼六經；至諸子雜家，不輕用也。

自學者以串插見奇，其流至於趾見於面，首出於尻，固爲破壞文體。高才之士多學金陳，然枝葉實繁而正面荒廢。又時文名爲八股，股者如人之四體，長短相配。歸唐於三大段，則一段法變；若題本不對，而製爲截對者，往往以參差流動見奇，多讀盡兩比，不辨其屬對。至兩小比及八股正法，則必句斟字酌，劃然整齊。今學正希者過於變化，句皆不對，甚至出比十餘字，而對比幾至百字。設有人一手齊足，一手不能自拊其乳，尚得謂之人形乎？此等雖極新奇要渺，皆非體製。杜谿稿雖不一格，大概不復爲此。

字緑文或清如秋水一泓，或快如寶劍出匣；或穠郁工麗，或深邃幽遠；或古峭嶄峻，或平易雍容：真無所不有。而談理之文，尤爲國朝第一，蓋穿穴經籍，研鑽奥窔，非衆人所能及也。更妙在本非理題，如伯夷隘、禹稷顔回同道、求則得之等篇，其精理直抉月窟而透天根，雖前大家亦當讓坐，時流不足與抗行。識者當不河漢予言也。

杜谿時文集卷一

上論

子曰學而時習之 一章

惟學無間，隨遇而皆自得也。

夫學以爲己，期於無間而已。 至公諸世而不求名，其得於心者爲何如哉！

且夫天地之性，歷終古而不間於人心； 聖賢之修，合終身而不間於萬物。 此其境非不學者所能知，亦非淺學者所能喻也。高貴精深，全理已得。

有如『學而時習之』乎，天之命我者，如是其甚備也。朱子云：『德業不在日用之外。』 學以祇承帝載，則日用飲食何一非進德修業之時，此有日涉而不能窮其趣者矣。

聖之所以作則者，如是其不遠也。 學以追美前修，則動靜云爲何一非盡性達天之候？希聖法天，二義包舉。 此有彌進而彌見其旨者矣。 是以古之人幼而就傅，長而博習，髦而不倦，計一生中無時而不學也；春誦夏絃，秋禮冬詩，計一歲中無時而不學也；朝而受業，晝而講貫，夕而熟復，計一日中無時而不學也。用注疏意詮『時』字，妙義如許。此無他，愛結於中，悦之至也。

由是而獨學無朋，當亦孤往而不懼。然而萬物皆我也，天下之人有一不納於道，於吾心猶有疚焉，况此乃儼然吾朋乎！如此勘樂與不愠，方是聖人甲裏事。他人講聲氣、講高曠，皆隔壁話也。惟『有朋自遠方來』，振賢哲之氣，扶愚懦之衰，此『曲成不遺』之義，而非以爲人也，其必有以樂乎此也。由是而知滿天下，當亦大行之可期，然而外物非性也，立心之始有一或近於名，於吾道終有歉焉，况責之泛然之人乎！惟『人不知而不愠』，固未嘗卻聞譽以爲高，亦未嘗遇困窮以爲戚，此『流而不息』之仁，而非以自矯也。

允矣君子，吾安得不歎想於其人也。是吾之朋而不吾知，則吾必有不可知者。交互二比，正見兩節相須，非以穿插爲巧。君子豈曰『愠於羣小』，始不免『憂心悄悄』也？故教育盡天下之英才而後王天下，而不與其樂。若不相知之人，而忽引吾爲朋，則吾必有入於不可知之朋者。君子未嘗不樂，則行之而又何難，憂則違之也。故惟不見，是而無悶，而後位天德而不失其常。

世之人不知何以悦，何以樂，何以君子也。以此思之，不其然乎！不其然乎！還他『不亦字乎』字〔一〕。

原評 不纏『學』字，不挑剔『不亦字乎』字，直往直來，顥氣横流，高老無敵，而理解精鑿，尤足奪先儒之席。學以祇承帝載，學以追美前修。萬物皆我，外物非性，曲成不遺之義，流而不息之仁，此等語皆非時賢所能下。

本立而道生 三句

道有所由生，益知孝弟之有全量矣。

夫道之生也，必於本之立，然則孝弟非仁之所自生乎？直探無始。故君子務之，以爲仁道之本也。

今夫別生分類，而大道顯設於天地萬物之間，固不待人之有以生之也。然而道不能宏人，苟或推行之失序，則一有所間，而道遂不被於天下。

是以君子之務本，非徒無歉於本而已，爲甚有意於道之生也。造語工妙。

蓋厚於始者必不薄於終，故不遺餘力於其本，而乃能以其餘力舉乎本之所旁及。裕於内者，始可推於外，故能留餘地於其本，而後不以無餘地遺憾於本之所博施。『本立而道生』，本之不可不務也信矣。波瀾容與，中流自在。

夫君子之道，小之在衣服言貌之間，大之極於横天地、塞四海，施後世而不匱，而初未嘗逐逐焉。窮天下之道、之本而廣務焉，則以道莫大於爲仁。而仁之所從生，則非孝弟之立無由致也。

凡物之生也，必有其自然而不容已之機。人苟泛然相值，何敢遽責愛於人，何敢遽責敬於人？而愛親者自無不愛焉，敬兄者自無不敬焉，非有所期而然也。理達則氣自昌，不必以鈎棘見奇。天命之性篤厚於所親，則萬物自不隔於一體之意。即分因人異，不可以强同，而『中心憯怛』之誠積之厚而覺其流之長，蓋機之自然者，不待勉而致也。凡物之生也，必有其當然而不可紊之理。事常錯出不齊，始於匹夫匹婦之得所，究於一草一木之咸若。而民由親親而仁焉，物亦由親親而愛焉，非即舉乎遠而至也。倫物之理推極於天下，則四海不先此一家之事。即物無非我，不可以恝置，而易直子諒之心足乎此而乃以通乎彼，蓋理之當然者，不容踰而越也。

是故，謂生民之休戚與我無關，必其父子兄弟先有可合可離之念。若夫謂萬物之兼愛等於一本，縱能慈祥廣被，適伏相戕相賊之機。

然則，孝弟之不立而求仁道生於天下者，必不然之事也。何則？無本故也。是以君子明善誠身以豫順親之素，明天察地以充至德之符，初非爲仁天下而務孝弟也。更圓足。至孝弟克立，而一以貫天下之道，則生機不息而仁常流於天地萬物間矣，故務之也。

原評 春容大雅，優游乎中，淫哇雜奏之間，忽聞德音之樂，自足宣暢天地，昭格神人。

使民以時

重民力者，使之即以愛之焉。

夫國不能不使民者，勢也。而必以時，何愛之至耶！『民』字跟『國』字説便不可通用。今夫國有民，國之本也；民有力，民之命也。重國者必重其本，恤民者必恤其命。峭如絕壁。吾言：道千乘者，既在敬信節用，而又重之以愛人，道止矣。借上『人』字脱卸而下，有意致。

雖然，人自公孤以至卿士，其勢皆貴，而民獨賤，遞降而用吾愛，則已難。人自左右以至羣臣，其情皆親，而民獨疏，漸暨而被吾愛，則已遠。接落，是古文排場。夫天之立君，凡以爲民也。天子寄其事於公侯伯子男，曰『凡爾造邦，無虐無告，無侮鰥寡』，其意可不謂厚焉？安置『民』字，旋串遞到『使』字，手不停揮。而民之處其國者，或供佩璲，或給酒漿，或擊鼓而用兵，或荷畚而待役，由是羣相怨咨，謂上之人苦我。古意屈鬱行間，題字逐一清醒。 夫豈有國之君有不愛其民者哉！轉折圓勁有力。 毋亦惟是使之者太繁，而民幾頓也。 顧謂『民亦勞止』，而欲國家不使一民，則又不可。 區區冀望者，願少緩須臾，俟吾時耳。轉落『時』字，具無數層折。

時因乎人：孤不給役，悼不加刑，不及時者不使也。 几杖在朝，醬酯在學，過乎時者不使也。於注農隙之時外陪出，此二義得補題法，多少奇闢。 即丁年行役，尚興將毋之歌；零雨從王，猶切『孔嘉』之嘆。 而膂力之方剛，固不得不視王事如家事矣。 時因乎天：青紘秉耒，赤玉行郊，盛長之時不使也。 白露鳴蟬，黃華祭獸，斂藏之時不使也。此比『時』字，是農隙本義。 即祈年天宗，猶志講於休息；歲且更始，仍不忘乎專農。襯此尤妙。 而日月之方晏，固不得不舍田功而執宮功矣。

國不罷民，民乃勉作毋奪之勞，即所以不縱之逸。 國不棄功，民乃愛國。 富於而室，即所以輸於而公。妙義。

且也，民失其業，則國雖盛亦衰；民樂其業，則國雖衰亦盛。 誠不以公旬廢私事，將見婦子之寧，即君公之福也。 驅其民於四方，則民雖聚亦散。 安其民於百畝，則民雖散亦聚。誠不以奔走易沾塗，將見人情之順，即氣數之亨也。 況乎下民有嚴，敢不敬焉？令出惟行，敢不信焉？菽粟之利興，則財不待節焉；姻睦之道起，則人各相愛焉。此何道哉！故曰：王道因時，則又非僅『使之』之一事然也。

原評 徑則嶔奇，氣殊厚重，一切貴農熟料不染毫端，真時文中所未有也。

今文商汪易齋評 轉折動蕩，有段落而無段落，古文化境。

今文商朱履安評 惟其批郤道窾，未嘗見有全牛，乃得雕鎪盡意，轉折不窮。若排擊剟割，非衆理解，亦古文皮毛耳。吾兄固無取焉。

今文商黄際飛評 先『民』，次『使』，次『時』，大作排場，猶通義也。迺其拈『民』字、『使』字，必黏『國』字、『愛』字，便不是通用家當。至『時』字兼因人因天，亦與此處『愛人』有關繫，與他處『農時』有別，即此便是窄路，不至人云亦云也。

不患人之不己知 一節

不求知而能不自失其知者，則人己爲兩得矣。

夫人每求知於人，而其不知人，則不之顧也。不患彼而患此，君子不當如是耶！銳不可當。

且夫人己之間，何可以不審乎？人或明與不明，此事之在人者也。己之明與不明，此事之在己者也。人苟不明矣，人不自以爲意，而我代爲憂之。己苟不明矣，己又不以爲意，人豈代爲謀之也哉？

吾蓋觀於凡人之情，莫不望人之知己，而不能必己之知人；以爲人不知己，則懷才而不能見於世，抱德而不能諧於衆：此蓋深足患矣。至己不知人，則賢者固可等量而齊觀，不賢者亦何必不兼容而並畜，此亦寧足患哉？風發泉涌，韓子所謂爛漫堆羣，皺者見之。

而吾以爲不然。使我有可知者而人不知，則我之可知者，初不以人之不知而因之見損也。使我無可知者而人不知，則我之無可知者，方深幸夫人之不知而可徐以自益也。

使我有可知者而不知人，則我之可知者猶不足恃也，世固無負過人之具而茫然昧人之賢否者也。使我無可知而不知人，則我之無可知者方内自懼也，世且將操人倫之鑑而灼然見吾之淺深也。使我所不知之人而不我知，則我猶得以彼此不相值者自全於耳目之外也。使我所不知之人而竟我知，則遂將以生平不相謀者自投於難測之黨也。

然則，孰爲可患？孰爲可不患耶？人之求知於人也，謂吾將以見用於人耳。用人、友人，二意該括。然我見用於人，人亦將爲我用也。人不知我，而我患其棄所不當棄，必至取所不當取矣。至我之用人，則不知孰可取而孰可棄哉！彼知我者，苟爲朝廷而得士，亦何取此至愚極暗之臣子也？人之求知於人也，謂吾將以取友於人耳。然我得友於人，人亦將以我爲友也。人不知我，而我患其拒所不當拒，必至與所不當與矣。至我之友人，則不知孰可與而孰可拒哉！彼知我者，苟爲終身而訂交，亦何樂此智疏識淺之同類也？精通性命。

是故，知命而樂天，則尤人之心必不以累修士之素志；類族而辨物，則知人之學常恐致爽哲士之權衡。世之人患人莫知己也，不患不知人也，而吾以爲君子不患彼而患此。

原評　蜃樓海市之奇，不過一息幻滅，不足異也。若此文，則巨靈贔屭常與太華、襄山俱峙千古，自非耳目近玩。

詩三百　一節

約詩教於一言，在能正其思而已。

夫學詩盡三百，而後知其指歸，惟在使人無邪思也。駟之一言，不足蔽之哉！

且天地之性本正也，而氣化之不齊，有正者，即有邪者以爲之敵，先王於是多爲之制以扶持之。總能見聖人扶世大意，使不落小家。凡禮樂刑政，其致一也，而奏之郊廟，陳之朝廷，達之閭門閭巷，采之太史，則其教又莫備於詩，今所存蓋三百焉。

是三百也：寬而静、柔而正者，宜歌頌；廣大而静、疏達而信者，宜歌大雅；恭儉而好禮者，宜歌小雅；正直而静、廉而謙者，宜歌風。直用樂記，横甚。一篇之中三致意焉，直己而陳，端冕而聽，要皆使人蕩滌其邪穢，以歸於至正者也。

然亦視乎其思而已矣。折出「思」字，如俊鶻摩空。苟不思邪之不可有也，則讀邪詩，順之，邪也；讀正詩，反之，亦邪也。苟能思邪之不可有也，則讀正詩，喜，無邪也；讀邪詩，懼，亦無邪也。應天地之性，本正語，見根原。夫人見一正而即知其正，見一邪而即知其邪。即至發乎情不能止乎禮義，感乎物不能節其好惡，邪已熾矣。而其本無邪者，未嘗息也。

先王以爲其正心感者，不能無正聲。是故，臨事而累斷者必明於商之音，見利而讓者必明於齊之音，不但升歌清廟之發聽也。由是以推，而知正者人心所同好。正詩傳，使四海之大、百世之遥伏而思之，則必曰聖人所爲格幽明、和上下、行慶賞者，率如是也，而正心勃然動矣。

其邪心感者，不能無邪聲。是故，好色而不能不淫，不可與讀國風；怨誹而不能不亂，不可與讀小雅：不但桑間濮上之比於慢也。聖人立教之意，真如示諸掌。由是以推，而知邪者人心所同惡。邪詩傳，使四海之大、百世之遥伏而思之，則必曰聖人所爲祭祀弗用、燕享弗登、刑讓弗貸者率如是也，而邪心厭然沮矣。

是故，詩不必皆無邪也，而其用使人至於無邪而止。詩人之思不必皆無邪也，而其用使人至於思無邪而止。

吾讀詩三百，一一精而求之，而後知駉之一言足以蔽之也，曰『思無邪』。倘終日讀盡三百之詩而不能無邪，即謂未讀一言可也。令人悚然。倘終身讀盡天下之書而不能無邪，亦謂未讀一言可也。

原評 只説詩之用能使人思無邪，自然不落羅刹鬼國。然非胸中有物，真能窺見聖人垂世立教之心，亦不過依樣葫蘆而已，安能有所發明？故多讀書，然後知此文不可及也。

温故而知新 一節

學，求自得於心，其知有不可窮者矣。

蓋故者新之所寓，其理本不窮也。温而知之，始可爲人師。否則，何一而可哉？且天下之理，日流行於耳目之前，而未有所窮也。吾之心不能隨時觀理，以善其變化之用，則不待出而應物，而早知其往而必困矣。提『知』字，有『振衣千仞岡』之概。

夫惟天聰明，而人之初生莫不受天之明命，於是而知具焉，人特未能温故而知新耳。

果其優游涵泳於舊聞，不欲使學殖之荒落也，由是尋繹所至，而向所力索而不能遘者，忽悠然相遭於無意之中，將見機之所引，在在皆創獲焉。說「知新」，是經過人語。篤誠獨理於昔訓，不欲使神智之廢忘也。由是時敏所積，而向所惝恍不能舉其似者，竟確然可據於有象之表，將見識之所通，往往皆爲實理焉。無一語走入旁路。夫其温而必於故也，固未嘗遺形器以求幽渺之奇。即其知而得於新也，亦豈必廢思辨而侈神明之悟？

然而其知之自得則已深矣。如是而以之爲師，庶乎其可哉！蓋師以解惑爲道，而天下之惑，每生於見聞所不周。惟知之甚深，則天下縱有見聞不至之地，而理有其不易，可舉而斷其是非矣。要言不煩。師以傳道爲貴，而天下之道每苦於近似之難辨。惟知之日進，則天下雖當近似亂真之時，而智有其不淆，可進而納之中正矣。說「師」字，斟酌不混入孔子萬世師。

雖未必極乎至精，詞足待天下之問也。而觀察有素，必不至以疑悞啓學者之岐趨。雖未必極乎至深，幾足通天下之志也，而知類功成，必不至以記問病教者之拘固。鞭緊入首句最得。

夫君子固不可有急於教人、緩於爲學之意，而學者終不可無積而能發、叩而能應之資。至於可爲人師，而吾之温故知新益有所不容已，而且不暇於爲師矣。

原評 斟酌題義，不漏不溢，匠心獨運，卻有揮斤成風之樂。『温故』『知新』不可對舉，爲師不可倒提，固不待説。朱子謂夫子所云可者，正所以明夫未至此者不足以爲師，非以爲能如是而爲師有餘。又謂這爲師只平常恁地師，不是孔子這般師，是爲師更不可太説好。四路把截，然後見此文之的當。

子曰君子不器

器不足以盡君子，其能事有獨優者焉。

夫人而至於器，材亦成矣，而不足以盡君子，此其能事豈可量乎！超然遠舉。

今天下之物，投之而輒拒者，必其難容者也。即投之而輒受者，亦必其易盈者也。容之而不易盈矣，然執之有形，取之有方，猶之不能容而易盈者也。

若夫窅然以深，不能窺其藏；接時而生，不能盡其際；隨所試之，而無不如其意，則惟君子異焉。

夫人每患所挾之無多，則蓄之而非所用，用之而非所蓄。兩路夾入，題義精湛。君子若逆知天下變故之數，而逐事皆預爲之備。人又患所儲之甚雜，則於彼於此而交疑，或前或後而莫決。君子若不知天下錯出之煩，而先事止，預立其原。是故，有所爲器焉，得君子之一節，亦足以成能。而君子則所爲不器焉，極天下之盤錯，無不足以盡利。此其器非盡不利，然竊恐遷其地而弗能爲良也。何則？優於此而絀於彼，器之本量然也。君子抱德於潛，方羣策羣力之錯呈，一若天下事初不經其意。精句。及出而施之百物之間，但覺功業之所有，初不爲性命之所無，地屢遷而良不改焉，天下絶無此利器矣。凡藏於典司者，引以小試之利，又慮其近於褻，此其器非不甚重，然竊恐舉之弗能勝也。何則？體一成而不可變，器之形性然也。君子應用無迹，即人官物曲之異致，一皆優爲之，並不辭夫瑣屑。究反而歸之神化之内，只覺萬物之聰明皆不出一人之智慮，力不待用而悉舉焉。天下更無此重器矣。俱非恒境。

蓋器之大小不同，乃小用之而小效，大用之而大效。有彌乎無外、入乎無間，如此器者乎？是天地所不能囿、萬物所不能違者也。且器之貴賤亦不同，乃可以貴而貴者賴以成其貴，可以賤而賤者賴以養其賤。有寶愛逾鼎彝、適用逾筐筥如此器者乎？有本之言。是朝廟之所不敢輕、闤闠之所不能遺者也。

故夫君子仁義以爲材質，學問以爲琢磨，明師益友以爲工師，古聖前賢以爲規矩，則器也而進乎道矣，孰與夫散材雜物較良楛於一旦哉！

原評 刻劃『器』字、『不器』字，皆精鑿不刊，挹其古穆之氣，如睹彝鼎。

季氏旅於泰山 一節

爲僭祭者謀所救，即救之以所祭之神焉。

夫泰山旅自季氏，僭幾莫救矣。然既知有泰山，即奈何貿貿而爲此耶？嘗觀至治之世，君臣之分倍凜於鬼神，故天下不畏神而畏君。迨其衰也，君權下移，僭竊成風，名教之心不勝其禍福之念，遂舉其君匹敵之神，上而儗於賓主之列。抑思君即不責其僭神，寧不惡其妄乎？

我魯，秉禮國也。題前正論，妙在提起『救』字，便覺有情。文宣以降，祀典廢弛。一二執政大夫謂宜襄我魯侯，俾無失禮於羣望。即爲之家老者，亦宜敬乃公事，俾無得罪於名義。君有失，臣救之；臣有失，臣之臣救之。庶幾明德維馨，神所憑依，不至吐而棄也。何居乎，季氏竟將有旅泰山一事？

夫泰山何神？是天子所檢玉而登封者也，是上公所並職而比德者也，是國君所陳牲而祭告者也。『泰山巖巖，魯邦所瞻。』季氏矯舉以祭，寧謂彼效靈於權要之門，亦惟玉帛是貪，其藉此以結之好耶？且無論季氏置魯君何地，抑將問泰山果何神也。彼冉有者，逡巡觀望，曾不救一辭，蓋亦不問泰山果何神也。直出，老。子曰：『嗚呼！是謂泰山竟不如林放矣。』豈不謬哉！

且夫季氏方據公族之尊，執一國之命，彼其心以爲我人臣也與哉？赫然人君矣。泰山宜久知國君之威靈不逮執政遠甚，苟潔粢豐盛以祭，豈不據我！況天子不省方東諸侯類皆慢神乏祀，岱宗之神不其餒。而一旦舉此廢典，將見率雲亭、龜、蒙之屬，引梁父、梟、繹之英，欣欣於於，來享飲食。匪夷所思，季氏亦應絶倒。季氏之意如此，不誠愚矣哉！

今使編氓賤隸如林放者，抗顏居季氏之上，或且謂季氏曰：『爾其割牲以進，拜爵以獻，跪而饋食，俯而陳情。』季氏必咈然怒曰：『小人侮我！』而孰知季氏之致敬竭誠，惟恐不許者，僥倖一當，乃即不如林放者也？夫謂『泰山不如林放』，不惟泰山不受，季氏亦不受也。而推其旅之之心，則輕泰山、慢泰山、開罪於泰山，直至以不如林放者待泰山。然則，季氏旅於泰山果何爲耶？則試亟爲救之曰：『子大夫，尚其尊仁而安義正儀，而肅物守善，則歸君之禮，嚴神不可瀆之。』補出正議論，發揮『救』字，極是。戒林放所謂禮之本庶不至蕩滅而無存也。

泰山有知，神其福我乎？是不旅泰山而旅之也久矣。

原評 運局靈緊，下筆古奧，時藝中有數文字。

巧笑倩兮 全章

賢者因詩而知學，聖人深許之焉。

夫學貴其相長也，商因素絢之解而悟及禮後，是非夫子意之所及矣，其深許之固宜。且夫道之有本有末，日昭然於天地萬物之間。從大本大原説起，不争機鋒。而學者或役役於繁賾之中而不能辨，則終身爲學，而卒無知本之一日也。乃質疑解惑之際，聖人止道其常，而引伸觸類之餘，賢者忽長於變，則其相悅以解者，若在乎意計之外焉。

昔者子夏與夫子言詩，而有疑於詩也，因問於夫子曰：『倩耶，盼耶，不居然素耶？巧耶，美耶，不仍然非絢耶？』乃曰：『素以爲絢。』今試舉質樸無文之物，指而稱之曰，天下之美麗莫過於是也，則人心雖切於致飾，而物理終難以倒施。商不知詩之所謂果何指也，詩言顧若此乎？而子曰：『此繪事也。』詩言『素以爲絢』也，殆即『繪事後素』也。是故，詩亦有繪耳，繪以草木。而詩之比以興，繪以鳥獸；而詩之興以作，繪以衣裳帶舄。而詩之賦以起，要其先無詩也，繪必有白質以爲之基，而五采始可以章其外。故倩盼具天然之質，則錦衣朱芾加之而益覺其光華。商毋執詩以言詩，而詩可知矣。是言也，不過即物以言詩，亦何嘗計及於詩之外哉！

乃子夏與夫子言詩，而忽有悟於禮也，復質於夫子曰：『繪者後耶？禮之文耶？素者先耶？禮之質耶？』即曰『繪事後素』，則可舉三千三百之盛，概而等之曰：天下之藻繢莫大於是也。彼徇文者，執器爲道而已浮；率意者，去華存實而已陋。商竊謂禮之所在，皆處其後焉者也，繪事殆告我乎？而子曰：此詩意也。商之能起予也，予始可與商言詩也。是故，詩亦後起耳。夫婦正，而後可與歌風；君臣和，而後可與歌雅；祖功宗德通，而後可與歌頌。暢快人意，乃爾真不減匡鼎説詩。

然則，凡有詩莫非後也，詩必有至性以爲之始，而六義乃可以備其成。猶至禮在無體之先，則玉帛威儀彰之而愈形其璀璨。商不言詩，而深於詩，則詩益可知矣。是言也，亦期因詩而返求於學，豈真欲與之言詩而已哉！

乃夫子之詩果以子夏而傳云。

原評　兩峯屹立如街南街北，列宿參差，二極立爲天樞，衆曜環之自不能外。

哀公問社於宰我 一章

論社而失言，聖人所不及救也。

夫能撫綏其民，而國社奠安矣。魯民幾何，其堪使之戰栗耶！夫子以爲不及救也固宜。

且國將興，聽於人；國將亡，聽於神。赫赫大國而君臨之，不能使百神受職以佐佑吾民，而嘗傀焉有不終日之勢。一二君子，急起而相與維持，猶恐不濟，奈何一言出而速之禍也？

哀公汲汲然以社問於宰我，君子以爲魯社危矣。知而問之，何不先成民而後致力於神？不知而問之，是有社而不知社，亦將有民而不知民也。夫與治同道，罔不興；與亂同事，罔不亡。今日之魯，治耶？亂耶，亦極亂耳。吾懼不能守周社之受天陽，而且立見其如亳社之屋之也。

宰我而擇言以進，據理以陳，則宜曰地道也，婦道也，子道也，臣道也。君毋以嬖御人疾莊后，則公子荆之母可不立爲夫人矣；君毋以庶孽加正嫡，則公子荆可不立爲太子矣；君毋得罪於巨室，則異日者可不以越伐魯而去三桓矣。於是以忠信爲牲犧，以禮義爲圭璧，以政令爲祝告，以賢才爲駿奔，庶幾長有此社乎！誠如是也，事成而遂，則往行可以垂來兹；即事不成不遂，而前言亦可以俟異日。誰復有説之諫之而以爲咎者耶？

乃予也曾不及此，歷舉三代之所樹，而獨於周社復推言之曰：『使民戰栗。』且毋論三代立社之制不必然，即使其然，而魯皋門之外，朝樹松，夕樹柏，又樹栗，兩社間芃芃成茂林焉。曰：吾將以比迹夏后，追美殷周也。是禹、湯、文、武之聖，一惟樹木而不惟樹人也。況民則何罪，先公立冢土而戎醜攸行，今則教之親地道而草菅人命，其忍乎哉！

且今之民亦大可念矣：其君好虐而寵賂，其臣貪亂而狡賊。貴盛富溢，而暴斂無厭；疆境粗安，而兵役時作。自朝廷百執事以至都邑長吏，無不焚煎其民；妖祥怪厲之屬，又助其虐，而旱乾水溢，降此鞠凶。民外死於寇，内死於刑；明死於人，幽死於鬼；其不死者，非天幸，即鷙猛奸俠不可如何者耳。況魯自四分公室，民入公家倍征，入私家無征，國之强宗大族無不叛公，而惟民猶未叛。予之本意雖未必欲舉魯民草薙而禽獮之，而由乎其言，不將驅此未叛之民盡用之於社，而使『靡有孑遺』耶？烏在其爲能言之士也？

子聞之曰：『成事不説，遂事不諫，既往不咎。』言出乎臣之口，入乎君之耳矣，欲挽之無及矣。可不懼哉！可不戒哉！

子聞之曰 一節

深警賢者之失言，而若有不可挽者焉。

夫事之救於後者亦多矣，不説、不諫、不咎云者，殆深爲論社者致警夫。且古來悮事之人皆其所不及料者也，以爲吾言之可從則行之，行之而不可則逮吾失而改之未晚也；不知救在事先者，雖庸人有可致之功；救在事後者，雖聖人無可挽之智，徒使君子不辨焉，則已無及矣。反撲三『不』字，神情躍然。哀公問社，而予告以『使民戰栗』，其失言甚矣。子聞之，不禁瞿然也，曰：『是言也，吾其若之何哉！』

君子議國家之事，恒鄭重而不敢輕，非過也。一日之言，垂之數世而共相傳誦，則計之於早者爲無弊矣！君子考制作之原，必精詳而不敢苟，非迂也。一事之論，通之萬事而皆可施行，則籌之於先者爲有得矣。

誠若是，言之者無罪，而聞之者足戒。旁觀之人惟相與樂其事之成，而惟恐其不遂以往焉耳，豈有説之、諫之而引以爲咎者耶！峯巒突兀，古氣盎如。而今已異是矣。夫君子之立心也，必不忍坐視人之敗，而其與人也，必不明知其即於戾而姑爲聽之，則夫激烈以陳詞，抗言以相諍，甚至歸罪其人，而使之無所容，當亦良友責善之所必至，而嚴師救正之所不容已者哉！

然天下事有未然者、有已然者，而吾人之言有可爲者、有不可爲者。吾非不欲説也，而無如其事已成也，顧誰則使之成也；吾非不欲諫也，而無如其事已遂也，顧誰則使之遂也；吾非不致咎也，而無如其時已往也，顧誰則使之往也。

勢當莫可如何之會，雖豪傑之才，亦與庸衆同歸於無用。不明其勢而喋喋焉以争之，雖亦『愛人以德』之懷乎，然而將何救也！婉折得神。夙昔論列古人，每嘆指陳之偶非，惜無人爲之救正。不謂隱忍不言之態，竟得之同堂師弟中也，余心抑用傷矣。時當無可致力之餘，雖親厚之至，亦如疏遠之不動其心。不觀其時而諄諄焉以議之，雖亦過失相規之隱乎，然而將何益也？平日流覽列國，每嘆一言之隱禍，幸有人賴以挽回。不謂見可而止之情，乃行之函丈進退間也，我懷又已戚矣。

嗟乎！徒勞而無功，吾其知免矣，吾不願有不近人情之舉也。一發而莫挽，予乃若是乎？予何獨爲不顧其後之人哉！

原評　蘇門長嘯，如聞鸞鳳之音。此文悽婉曲至，不知於鸞鳳何如也，聞者當亦神悚而心折。

樂其可知也 一節

以可知者言樂，即審音而得之焉。

夫審音而知樂，則可知者自在也。翕純皦繹，太師可不知所辨乎？

今夫盈天地間皆樂也，其微者本之精神性術之際，而其顯者不外乎聲音節奏之間。顧學士求其理而遺其數，伶官執其器而失其神，則雖昭然共知之樂，而知之者或寡矣！

自吾言之，蓋樂其可知也。樂者，天地之和也。上躋下降，出而動於震，發而悦於豫。由是萬物相見而貞元不息者，歷終古而無窮。故樂之終始周旋，吾於元氣之周流而如見之。樂者，人心之理也。變動屈伸，集而毅然者其義，散而温然者其仁。由是精察不淆而悠久無疆者，合終身如一日。故樂之成方成變，吾於至性之動息而如遇之。切合始從成，而立義高遠不可及。

是故，樂必有所由始，久静而動，動不可止也；樂必有所由從，方動而奮，奮不可遏也；樂必有所由成，奮而有功，功成不可不退也：此次第之可知者也。其始也，憤盈而欲出，猶坤之翕，則以爲『翕如也』；其從也，物聚而能和，猶乾之純，則以爲『純如也』；和而不至於亂，猶日之皦，則以爲『皦如也』；清晰不亂而能繼，猶絲之繹，則以爲『繹如也』：此音韻之可知者也，而樂之成也以此。

當其未有樂也，澹乎無形也，冥乎無象也，以聽萬物之所自受，雖上聖不得而意之。包舉樂義而不闊疏。而開之以聚合，繼之以潔齊，振之以昌明，聯之以條貫，則俯焉仰焉，無往不得。夫元音之實，而七均之調、十二律之變，不可勝用矣。及其既有樂也，浩乎相感也，淵乎相通也，以順萬物之所自生，雖凡人不得而抑之。而起之以畢達，遂之以長養，別之以氣類，滋之以蕃變，則作之、成之，無往不受。夫樂教之功，而六代之宫懸、十二國之風詩，皆可以歸於正矣。

樂之可知者如此，爾太師其識之哉！

原評　不讀樂記不能知樂，然填寫樂記，亦非能知樂者。文可謂始奏以文，復亂以武，八音克諧，無相奪倫者矣。

子謂韶盡美矣　二句

樂有美善兼盡者，明帝德之不可及也。

夫樂以盡美盡善爲極至耳，惟韶則然。

夫子能無帝德之思哉！昔夫子删書，誠有見於舜之聖也。處五帝之極盛，故堯典不立唐編，而附於舜典之上；先百王以首出，故禹謨不入夏紀，而列於益稷之先。蓋自有天地以來，天下之功皆其功，天下之德皆其德。讀書特識。君哉！舜也。不可及也已！嘗觀子之論樂，而益見焉：

謂夫樂必有動人於聽睹之際，而心爲之感者，存乎美；樂必有深入於精微之内，而神爲之移者，存乎善。吾蓋上下千古之樂，而獨有異於韶也。

太古之渾樸以漸而開，至舜而文明大啓，天地光華之氣，與時會而俱新。適際此時會之俱新，而韶作焉。八音合倫之下，一若直温寬栗，直應天地之元聲。美哉！戛擊鳴球，皆揖讓之風矣。後世之變更因時轉甚，在舜而豫順一堂，天地訢合之情，與人心而俱奮。適當此人心之俱奮，而韶作焉。九成中節之餘，一若獸舞鳳儀，直流天地之太和。美哉！依永和聲，皆平成之象矣。兩路説韶之美，見時際其盛。

蓋至於盡美，而韶之爲樂不觀止矣乎！雖然，美之在韶者，固不同於凡樂之美。而或一美而即止，則亦猶之乎凡樂而已也。此一層，人説不到。乃進而求之，則大善在焉。既使天下不知有禪代之事，又使天下咸知有德性之尊，聞其聲而有超出於聲之外者，穆乎其深以遠也。天無不覆，地無不載，何德與時會，而人進於天也？此在作韶者不知，而聞韶者知之也。微妙。既使天下皆被其修和之功，又使天下皆釋其危微之懼，見其容而有默形於容之表者，雍乎其化以神也。祖考來格，虞賓在位，何德隨器彰而性極於命也？此在奏韶者不知，而見韶者知之也。

天子自能審音，故五絃歌風，不聞假於蒙瞍，然其微固不在審音之末矣。大臣專於教樂，故一夔典胄，不止職於太師。然其理並不在教，樂之功矣。

後有作者，舜其可及哉？

原評　說盡美處確是韶之盡美，與武截然不同，則盡善處自不煩言，而解廣大精深、無美不備，亦是文中韶護。

子曰惟仁者　一章　其一

定好惡之極，專其能於仁者焉。

夫好惡人皆有之，而不可謂能也，非仁者，烏足以定其極哉！

夫子以爲無好無惡者自絕其情，作好作惡者拂人之性，蓋好惡者因人之仁、不仁而起者也。而人之仁不仁，亦即因好惡而見。快如并翦，爽若哀梨。

是故，人而可好，必仁人也；人而可惡，必不仁也。人而仁，未有不見好於人者也；人而不仁，未有不見惡於人者也。人縱不能爲仁，未有惡人之仁者也；人縱不能去不仁，未有好人之不仁者也。人縱有時不便於仁而惡仁人，未始不心知仁人之可好也；人縱有時惑於不仁而好不仁之人，未始不心知不仁之可惡也。

若是，則宜乎所好皆仁，所惡皆不仁；無不能好之人，無不能惡之人矣。而何好惡之難也？然則難也，終身好人，而未嘗好一仁人；終身惡人，而未嘗惡一不仁。明知仁人之可好，而惡之或反在仁人；明知不仁之可惡，而好之或反在不仁。是即日形其好惡，而不得謂之能好能惡也。

然則，必何人而後能也？凡好人者，非用好之難，好人而必仁人之難；凡惡人者，非用惡之難，惡人而必不仁之人之難。好人而必仁人，非好其人也，好其仁也；惡人而必不仁之人，非惡其人也，惡其不仁也。好人之仁非但以爲人之仁也，吾好其仁於人之仁，即已不啻吾之仁也；惡人之不仁，非但以爲人之不仁也，吾惡其不仁於人之不仁，即不啻吾有不仁也。層層剥，進而不窮。

然則，必何人而後能好人能惡人也？非己有其仁，不能知人之仁；非己無不仁，不能知人之不仁。非己有其仁，不能與仁人同仁；非己無不仁，不能不與不仁同不仁。非己有其仁，不能視人之仁如己之仁；非己無不仁，不能責人之不仁知己之有不仁。固知能好人、能惡人，天下一人而已，其人何人也？曰：惟仁者。

彭蓂洲先生評　空諸一切，惟以清勁爽朗之筆，抉深沈幽奥之理，故是所向無前。

子曰惟仁者　一章　其二

仁者之心公以正，故好惡之能獨歸之也。

蓋好惡而失之者，以其心私而不得其正也。故惟仁者爲獨能，人可輕言好惡哉！且天生萬物，而好惡之情出焉，此蓋仁之顯於性命而不能藏者也。仁與好惡，源頭合一處，發得高超。

然好惡行，而天下愈以多故。説者謂好惡足以病仁，必返之無好無惡，而後爲仁者渾同之天下。不知好惡不足以病仁也，必仁乃足以用好惡耳。

何則？天下之人，非皆無心者也，其於善惡之迴别，未嘗不深其取此棄彼之懷。然以爲可好，而或奪於所憎；以爲可惡，而或奪於所愛：則徘徊於兩可，而好惡遂不得以自由。然或亦非皆無識者也，其於是非之不爽，未嘗不明乎爲臧爲否之故。反逼『惟』字、『能』字。

偏於好而并暱其所惡，或偏於惡而遂棄其所好，則任意於一往，而好惡且竟不能以自解。甚矣！能好能惡之難也，其惟仁者乎！

仁者之好人也，人不能使之好也，己亦初未嘗有必好是人之心也，然而能好人矣。方是無私心。其人之可好各殊，仁者之好其人亦各殊。方是當理。覺自有仁者之好，欲稍有以加之而即過於厚，欲稍有以損之而即過於薄也。夫而後始知仁者之能好也。仁者之惡人也，人不能使之惡也，己亦初未嘗有必惡是人之心也，然而能惡人矣。其人之可惡不一，仁者之惡其人亦不一。覺自有仁者之惡，欲稍甚其罪而遂至於刻，欲稍減其愆而遂至於縱也，夫而後始知仁者之能惡也。

蓋惟先萬物而清其好惡之源，體用兼到，『能』字之蘊方盡。故無論親疏貴賤，皆無可繫累之情，而惟順應以當然不易之理，特無以觸之則不形耳。而其與人同仁，不與人同不仁，固早率天命於降衷，而總不失其真也。由是因萬物而大其好惡之用，故凡爲命討惇庸，皆有其正當之則，而實本以自然不容已之性，斯任所感而無不當耳。則其自力於仁，不自陷於不仁，止皆視萬物爲一體，而不忍違其常也。

夫人孰無好？人孰無惡？而非仁者則不能。然則，人奈何不求全於仁，而逐逐於好惡也哉？

原評　力厚氣鋭，無語不擣題堅，一切支蔓之詞，不知消歸何有。

君子之於天下也　一章

君子之應天下，一於義者也。

夫適莫則害義，而無適莫亦未即爲義也。義之與比，天下何在而不足見君子哉！今夫義以方外，此君子養德於微而充塞乎天地者也。老氣横九州。至出而接物，不過其應迹而已。其精微之極，蓋有不可得而窺者矣。然其中涵而不偏，體備而無失，則有極天下之大，而無往不可見其爲君子者焉。

蓋以有心矯天下者，是自處於適莫而與義遠者也；而以無心置天下者，是力絶夫適莫，而亦未能與義合者也。掀翻處，兩層俱透。曾君子而然乎哉！

君子之於天下也，事前則有觀理之明，事至則有審幾之確。故静能藏其用，而動亦能赴其機。守諸己，則立不易方；行諸世，則達不離道。故體其虚無所不容，而履其實亦無所不斷。蓋無適也無莫也，而義之與比者耳。一氣滚出，最得題神。

天下之以我爲主者，特形氣之用而已。若夫天地之經、萬物之紀，此非我之所得而與也。乃或則適焉，否則莫焉。此何爲者也？君子去其獨智，而就其同然。謂此大義之昭垂，歷千古而如一，則自一室以達四海，總與之爲服習而已矣。能見其大。天下之隨時而異者，特措施之迹而已。若夫帝降之衷、民秉之懿，此非時之所得而移也。乃去適而義亦去焉，去莫而義亦去焉，何爲者也？君子絶其游移而歸於一是。謂此名義之定分，合兩間而有常，則自一日以至終身，總與之爲浹洽而已矣。

蓋義在天下，有顯晦而無存亡。即比與不比，一聽任乎天下，而森然各當者自在也。眼大於箕，真足傲睨千古。君子順而措之，天下皆適還乎各當。故道濟一世，而義非有餘；理具一端，而義非不足。彼適莫者徒行乎意見之私，而不知天則之安，有所以然而不可易者在也，安足語於君子時中之用哉！且天下之義，有是非而無鉅細。即比與不比，無損益於天下，而確然咸宜者莫越也。君子密而存之，天下無不如此而咸宜。故一事一義，而非逐事以圖全；萬事一義，而亦非執意以忤物。彼無適莫者，或處乎兩可之域，而不知天理之至，有其當然而不可離者在也，安足語於君子守正之體哉！無適莫不能比義一流，正須辨駁。

君子之於天下，所以無往而不得其爲君子也。

原評　每下一語，必擣理窟，堅凝沈厚，絶不掉弄取巧。理學名言，未許但作制藝觀。

子曰見賢思齊焉　一章

因人以勵己，賢不賢皆警心之助也。

夫以爲人之賢不賢，則見之亦於己無與耳。思齊内自省，此君子之所以爲己乎！

嘗思人有兼善天下之量，則必舉一世之人皆賢而無不賢然後已。

然常人之情，知人恒明，而自知恒昧；責人恒重，而責己恒輕。則有詳於人之賢不賢，而己之賢不賢反漠不加意者矣。反撲作收，題境悠然不盡。

夫推不見是圖之心，則敬勤以集其美，嚴畏以去其慝，雖一人不接於目，而遷善改過，常怵惕而不寧。題前後兩路逼來，文情高古，俯視一切。若極萬物相見之盛，則一德者交濟而致其功，殊趨者扶持而歸之正，雖天下皆覩其型，而合好棄惡，每精勤而靡懈。此比更深。兼使起講，開口數語不落空。

然則，君子加意於己之賢不賢亦何在不然？應轉。起講出題，古文章法。然吾以爲有見人之賢不賢而加勵者。此處纔正出『見』字。非必精察於性命精微之極而後謂之見賢也，即偶見一行之善，而吾心勃然動焉。股法一片。蓋異則相敬，敬則主善爲師；同則相親，親則輔仁以友。如是而思齊焉必也。堅光落紙皆響。非必深求於立心行事之素，而後謂之見不賢也，即偶見一事之不善，而吾心悚然懼焉。『見』字越淺越包括。蓋性天難自保，恒罔念而作狂；習俗易移人，或一往而不復。一片。如是而内自省焉必也。

謂思能通微，昧昧思之，即可取斯人之懿美而如取攜也。而見賢不敢然也，大其量以受天下之善，則吾即萬一能賢，而不可及者常在人，不可安者常在己。不是一思省便了。謂内省不疚，兢兢省之，即可祛斯人之非幾而無冒貢也。而見不賢不敢然也，小其心以鑑天下之失，則吾即萬無不賢，而在人無心之過，彼既不能以自知，在我有間之私，此又何能以無咎？何其精警。

夫天下之人，非賢即不賢。而思齊則不驕，自省則不吝，耳目所觸，皆天命降監之幾也。脱化正蒙。君生所值，非見賢即見不賢。生平學一恭而安不成。而思齊則知終身無卓然自信之功，自省則知一日有偶爾失足之悔，意念攸深，皆心性危微之故也。寡過未能。思之省之，其爲己也切矣。

座主徐果亭先生　鎔鑄經傳，卓然名貴。

座主徐蝶園先生　精深凝練，自成一家。

本房林碧山先生　鍊氣歸神，鎔金成液，其驅策六經，正如杜律韓文，無一字無來歷。目中不見此等文字久矣，挽回風氣，端在於斯。

〔增〕

本朝歷科墨卷商王符躬　筆墨之徑，戛戛異人。字綠古文作家，降格逢時，猶高數似。

本朝歷科墨卷商黄際飛　全從學者自己身上起見，而以賢不賢證之，則欛柄全在自己，聖賢學問如是如是。至不以題後推論侵占正位，尤爲得體。

子使漆雕開仕　一章

所見有大於仕者，出乎聖人之意外矣。

夫理明諸心，學之極也。使開仕而以爲未信，此豈子意之所及哉！宜其説也。今天下一得之士，皆可見用於時，而君子俛焉。日有孳孳，必使天之與我者洞然不疑於心而後自慊焉，世之用與不用非所及也。便透壼奧。

是故，及門之才，聖人知之，而心之隱微有不盡知者。至忽焉大過聖人之所期，則相違也，而相賞更深矣。

吾夫子憂世之切，雖莫宗而猶欲大行其道，即爲兆而亦且小試其端，此其意固在仕也。吾夫子樂天之深，雖王天下而不與存，即遁世不見知而亦不悔，此其意又並不關仕也。先在夫子身上立兩意，『説』字已有根。

一日使漆雕開仕，非可使而使之歟？乃開也一若有更急於仕而仕且不暇者，一若有更大於仕而仕且不屑者，篤志。作而言曰：『吾斯之未能信。』見大意。以爲凡事之難易萬不能齊，非此中之至明，未可以直行而無失。吾心之明昧萬難相强，雖在人之見許，必反求諸己而後知。

故必於斯也，窮理以至之。見道之卓而所以爲上天之命、萬物之紀者，有以深知其不可易，而後吉凶憂樂始能體之如一身也。此比根更急於仕來。吾自顧有旁皇於中而莫釋者，而何暇出而應當世之求也！積學以會之，知德之奥。而所以爲天理之極、人倫之至者，有以洞徹其不容已而後顯仁藏用，始能會之於一致也。此比根更大於仕來。吾自念有上達其微而未得者，而何至俯而求事爲之末也？開之志如此，是非子使之之意所能及矣。

夫信在於仕者，不與三代比烈，猶之未能信也。應在仕。此夫子道易天下之量也。信並不關仕者，不與天地相參，猶之未能信也。應不關仕。此夫子憤樂忘老之心也，又烏能以其與使之之意相左，而不欣然説哉！至開之終能信與終未能信，不但此時開不能知，即子亦不之計也。他人説到日後所就未可量者，非是。

原評　斯字離仕說或失之太高，黏仕說又或失之太卑，如此不暇仕、不屑仕二意，一切篤志、一切見大意，無不包舉，由其見理極到，故能直達其詞也。吾斯句必以入開口氣爲正，先輩決不凌躐斷做，此亦足垂典型。

回也聞一以知十　二句

知有各殊，孰愈可知矣。甚矣，回賜之不相及也。同聞也而知異焉，其又孰愈乎？賜若曰：『天下有不易之理焉，教者嘗以之爲教也。天下又有難同之分焉，學者亦各自爲學也。』賜不敏，生平或能億中，即夫子亦以達許之。時亦翹然自信曰：『賜也，庶以知異於衆乎。』

乃未遇回而賜明也，及遇回而賜昧矣。賜非故昧也，回之明實有以形其昧也。另闢清境。且不見有回而賜智也，一見有回而賜愚矣。回未嘗不愚也，賜之智實不足敵其愚也。回與賜幸生同時，又幸居同里，又幸學同師，又幸習同業。賜曰：『可矣，回之所聞，賜之所聞矣。』而賜又否。賜曰：『可矣，賜之所聞，回之所聞矣。』而回則否。賜曰：『可矣，回聞賜之所聞，回知賜之所知矣。』而回則否。賜曰：『可矣，賜聞回之所聞，賜知回之所知矣。』而賜又否。天馬行空，夭矯不測。

間嘗見回讀古人之書，見回誦今人之言，見回處一日難處之事，見回決千古難決之理，然而回沛然矣。自今思回，回果沛然矣。頓宕入神。無始無終，曾一觸而俱盡也，是則回也已。間嘗賜亦讀古人之書，賜亦誦今人之言，賜亦處一日難處之事，賜亦決千古難決之理，然而賜自以爲沛然矣。自今思賜，賜猶未沛然矣。於此於彼，每對待以相悟也，是則賜也已。

彼天地之數生於一，二者一之偶，十者一之終也。賜無以擬回，意者聞一以知十乎？至不待聞而知者，非賜之所能測也。補更妙。賜無以擬賜，意者聞一以知二乎？即一之中自有不囿於二者，固非賜之所能必也。活。夫神明默成，此存於大聖人之心者，賜不得而知之矣。并及夫子。至若識之以默而融之於心，雖望之如愚，幾似不逮聰穎者遠甚。

然而，屈淵通之彦，至欲竭揣測之才，與之比長而較短焉，是何異得其一而不知其二者之所爲，又烏足以望十之一哉！

吴樗香先生 風水相遭，自然成文，波濤萬頃之中一色澄鮮，如洞庭秋而木葉下。

自記 予以壬申補官學教習，時各旗助教争坐位，謂教習諸生不得與助教有職者並南面坐。先生甫到官，衆以爲言，先生問舊制云何，皆云舊無定制，但禮以義起，則諸生不當僭越耳。先生曰：『官學設於國初，當時豈不知位分不可凌躐，但助教在本旗有主道，而教習者，助教子弟師也，豈可主不遜師？且執經教子弟，自王公以下，寧有侍側禮乎？』於是，教習坐得不廢。故事：教習三年授職，每十人縣令八人，州佐二人。州佐猥冗，終身不得官。言者累以爲不平，而卒格於例。先生奮然陳其敝，遂得均予縣令，至今受先生福。然相距僅十餘年，而知先生苦心者或鮮矣！先生公清明敏，無滿漢皆愛敬之，予受知最深。今先生已殁，幸與其子爲同年，俱受館職。録昔日見知之文，不禁三嘆。先生取拙卷最多，今皆散失云。先生諱苑，壬戌進士，歙人。

夫子之文章 一章

賢者見聖道之全，而自別其所聞焉。

蓋曰文章、曰性道，夫子殆身備天人之統者耶？可聞不可聞，賜安敢自誣以昧所得也？

若曰：至矣哉！聖人之道乎。謂涉乎顯者，道不在是也，然由是而或則得之矣；謂進乎微者，道必在是也，然由是而或則失之矣。超忽不羣，直擒得『不得』神隨。聖人未嘗不隨所至而爲之引，乃人自爲離爲合於其間，則亦各有一意中之聖人而已矣。賜蓋從事夫子久，幸而得聞其概也夫，而後始親見我夫子也。

今夫天必有所流動，而其光自被於萬物。提處直踞顛頂。必有所主宰，而其命自超於形聲。自夫子全之，而天下因而有聞也。蓋在在有可據之實，而不同於疑似之端也，然而有得有不得者矣。

試就夫子之文章思之：一身備四時之氣，賜幾深而測之，以爲動容周旋，至夫子而難爲擬似矣。然欲學夫子，而不能先變化其氣質，則進德無由也。此不待夫子諄諄言之，而勉而至者宜不乏也。如此説『可聞』，方精警。一言垂萬世之法，賜幾精而索之，以爲訓詞議論，至夫子而不能仿佛矣。然欲學夫子，而不知先從事於學識，則燭理無自也。此即使夫子終日言之，而循而入者宜不虚也。逗『言』字，巧而正。蓋方其未得也，固不謂文章之可聞；而及其既得也，則夫子之文章固可得而聞也。妙，妙。

至若夫子之言性與天道，殆不然矣。人之所由生也，何以與物同其氣而不同其心？天之所以不息也，何以與人異其形而不異其理？學者而不聞此，謂之不學可也；方不説入幽異。教者而不使人聞此，謂之不教可也。方不説入幽異。

然而秉賦之辨，介在微茫；造化之機，通於幽眇。則盡言盡意，雖愛人如夫子，而其權時有所必窮。一間之幾，上哲未達；神化之候，下學方遥。則知微知彰，雖得師如夫子，而其事常難於驟獲。

是故，同一夫子之言也，此聞之而以爲性也，彼聞之而不知其爲性也；此聞之而以爲天道也〔二〕，彼聞之而不知其爲天道也。發不可得聞實，是性道不可得聞處。其不可得而聞亦聞之，而後知其故耳。妙，妙。然則，勤於效法，而失精微之意；高談性命，而乏經緯之端：均之於夫子，豈有聞哉！

原評　可得而聞，有下學之功在；不可得聞，有上達之候在。不是空空説可不可，亦不是懸揣一可不可。語語得端木氏悟後境界，尤妙在一『言』字不脱空，精深洞闢。此題絶頂文字。

敏而好學　三句

衛大夫之『文』，不可謂無以實之也。

蓋勤學好問，亦人臣所難也。衛人之所以『文』仲叔圉者是矣，何必過求哉！

且謚法與史法同，而亦有不同者：史善惡備書，明其人苟有一事之疵，雖百美不足以蓋之，所以垂戒後世，而使之有所懼也。謚非甚大惡則止著其善，明其人苟有一事之美，雖百疵亦從而略之，所以慰安子孫，而使之有所勸也。卓識不刊。孔圉之『文』，固在謚法中，而賜未之察耳。

先王甚惡夫作聰明以亂舊章也，曰：『汝但能賢智而修中材之業，吾何憚肇錫以嘉名。』又惡夫怙驕倨而鮮虚公也，曰：『汝但能貴顯而通愚賤之心，吾不忘永終以令譽。』此謚法所以有勤學好問之『文』也。而圉則敏而好學，不恥下問焉。

後人即甚英奇，度非上哲矣。敏與位高，先按下一層，妙。然而多其材以自封，則小慧足恃，亦且薄古聖人爲不足師。故不學之弊，愚魯者恒少，而聰穎者恒多也。圉既負姿特異，保無率臆而行乎？而汲汲然惟學是好。則前言往行能志古道之未亡，博物洽聞足傳後儒以相待者，非他人，必圉矣。圉可謂勤學也已矣。

此身僅列陪貳，亦未及尊高矣。然而小其量以自域，則卑位甫登，亦且輕天下士爲不如我。故不問之弊，挾賢者固深，挾貴者更甚也。兼跟敏來，又妙。圉既職在浚明，得無簡傲以處乎？而殷殷然善下不恥，則大小兼收，庶幾文武之未墜，文獻必考，似傷杞宋之無徵者，非他人，必圉矣。圉可謂好問也已矣。

其所學非必皆要道，而物躬墳典，不可謂非爾雅之流也。有斟酌。其所問非必皆善言，而虚己聽納，不可謂非名通之彦也。

彼夫稱天於南郊，而天子之尊亦俯而受臣子之進退。故壅遏不通曰『幽』，殺戮無辜曰『厲』，至今不能改於孝子慈孫。噌吰鞺鞳，與高山大壑相爲響答。圉學問不如是，而欲謂之『文』，國君其賜之乎？國人其許之乎？若夫定策於太常，而一得之長，亦上而冒聖神之鴻號。故黨惡如行父曰『文』，不仁不知如臧孫曰『文』，稱名且混同於穆考公旦。圉學問如是，而得謂之『文』，國君之賜豈無因乎？國人之議豈無説乎？

凡今之人，不學而無術，專己而肆爲。陳以詩書，則目爲迂愚；進以讜言，則指爲邪説。其謚曰『至愚』『極鄙』而已耳，何足與於『文』之數哉！

自記　偶爾放筆，便至囂動。甚矣！氣之難静也。

原評　笙鏞大鐘在東序，翠管銀罌下九霄。不謂論謚題乃有如此鉅觀，雖云放筆，何妨開拓心胸，推倒智勇？

原思爲之宰 二節

義當與而與，即轉相與而不容辭焉。

夫爲宰而與粟，義也；以粟轉與鄰里鄉黨，亦義也。既自與之，又教辭者與之，聖人豈一於不與哉？顧盼上節，極是。甚哉！聖人固不可測也。

吾黨見其慎重於與，而又不欲人之輕於與也，方致慕於古之一介不與者爲不可及。及易一人焉，而聖人之自與既不厭其多，聖人教人之與又不厭其廣。立一篇之局。然後知聖人非一於不與也，則更爽然失矣。

蓋嘗見子爲司寇，而原思爲之宰也。先王之敬大臣也，必崇其體。於是設爲陪隸之衆職，使轉相臣事，以有其尊也。爲宰而得自效於一官一事，何妨爲仕貧以代夫力耕耶！乃自吾黨觀之，則爲宰與使齊若一致耳。

而夫子曰：『宰雖司寇之屬，亦朝廷之命吏，非大臣所得自爲位置也。九百之秩，有常制矣。吾烏敢私吾君之明貺，而不以酬奔走承事之勞乎？』夫事人之事者，必食人之食。實詮『與』字之義，光芒百倍。身既不得躬耕隴畝以自養，而鞅掌倭遲之下，顧瞻天家廩餼之盛，曾不沾升斗焉。臣即不言，上獨無愧於心乎？故爲宰而畀之粟，非徇羣下之情而私爲賜與也。自天子玉食萬方，下而推之至於庶人，在官莫不位定後禄，聖人奉若天道，而輕重布之，少者不可益，多者不可減也。子之自以九百與思也，義所當與，而子不惜自與，大概如斯也。此等極似震川。

乃思以九百爲多，而竟辭之也。君子之爲小臣也，必守其分，況夫煌煌小宰之六計以弊羣吏，莫先於廉也。爲宰亦不過此一身一家，何可辱天貺而委之草莽耶！維時吾黨思之，則辭九百與受五秉較，不爲冒昧耳。而夫子曰：『宰雖不欲靡大君之禄，此國家之定典，非小臣所得意爲去取也。九百之數，不爲過多矣。爾何可忘惠下之深仁，而徒以鳴潔清自好之操乎？』

夫大言入則望大利，小言入則望小利。身既司此簿書錢穀以爲職，苟曠鰥廢弛之甚，而反使忠信重禄之經由此而廢焉，與其辭禄，曷若辭職之爲得乎？從『昔人不辭堂餐』語化來。且爲宰即無所事粟，未嘗無待澤之人，而何憂封殖也？自天子布德行惠，下而推之至於同井相恤，皆當篤近舉遠。人臣仰承君恩，而推廣以徧，凡親者無失其親、故者毋失其故也。子詔思毋辭，而且命以與鄰里鄉黨也。義所當與，而子並不禁人之與，大概如斯也。

冉有聞之，必曰：聖人固不可測，曩者之不與赤，與之非義故也。

李蒼存　宰有常禄九百不當辭是正意，與鄰里鄉黨是餘意，故前輩作此題者皆用遮講，以見聖人用財之義。今提『與』字作主，而以聖人自與與教人之與劃作兩扇，格雖平分，意仍一串，不爲輕重失宜也。文氣浩瀚如黄河之水，滔滔莽莽，魚龍百怪無所不有，又不必言。

誰能出不由户 一節

即户以明道，若難爲不由者解焉。

夫道之當由奚啻如户，而奈何視户反不如也？人盍自思其故耶？若曰：吾向以爲道在天下，民可使由，不可使知也，而無如由之者卒鮮也。可使由者：凡人之性，通極於命。道本在人，非强而驅之合也。由之鮮者：自徇其生，並棄其有。人甘離道，非迫而使之去也。

夫人之有道也，猶其有户也；人之不可不由道也，猶其不能不由户也。顧人有出不由户者乎？户内之安宅、户外之正路，是道之仁義也。借户指點，即見理奥。彼固有所不暇問矣，而一其趨於户，則固安之而若性也。

闢户而萬物皆見，闔户而羣動皆息，是道之易簡也。彼固有所不能知矣，而專其事於由户，則固習之而不移也。使以由户者轉而由道，道亦同於安驅矣，而人則莫由焉矣。使以不能不由户者，轉而不能不由道，道更切於出入矣，而人竟莫由焉矣。

自人之有身也，形色何非兼備之器？而器之所以不敝者，道也。是之不由，則雖百體賅存而已楞然，徒挾其空質矣。警切。人顧自安於楞然之空質乎？此其趨之必一，宜如户也。乃户然，而道何莫然也？自人之有倫也，族類何非不易之經？而經之所以克正者，道也。是之不由，則雖五典具在，而已眇焉不殊於一物矣。人顧自比於眇然之一物乎？此其事之專，宜如由户也。乃由户然，而由道何莫然也？

方其知爲户而由之也，是亦良知之見於一事者也。由户亦由道之一端，從未如此發揮透澈。天之明命隨物而流行，而獨智於彼而愚於此，則非人之本無知也。際天蟠地之識，僅一試於跬步，何其惑也！方其能由户而由之也，是亦良能之舉於一物者也。理之充周隨事而發見，而獨優於小而絀於大，則非人之本無能也。至命達天之力，僅自見於庭階，殊可異也！如謂畏道之難而不由，亦宜畏户之難而不由矣。户不足畏，道何足畏耶？如謂厭道之易而不由，亦宜厭户之易而不由矣。户不可厭，而道何可厭耶？

今使世之人舍門庭而就徑竇，則必笑其愚矣；棄安步而求飛躍，則必斥其妄矣。抑知背道而苟趨皆徑竇耳，至離而求之隱怪，又何異自以爲能飛且躍，而不能出户也哉！得此一番開示，『不能不』『何莫』五字更躍然。

原評　此題先輩只痛發人當由道大意，而『不能不』『何莫』五字之神自透。後人專吆呼虛字，於實理毫無闡明，徒見其俗耳。文極痛切，於虛字亦未嘗不一一體出，意境自爾不羣，由其理達氣昌故也。

〔增〕

本朝房行書歸雅集吴荆山評　專描虛字，固不成文，然亦不得呆寫『由道』。政須將『由户』串發，乃得指點之神，文最入解。

本朝房行書歸雅集陳師洛評　所具所接，良知良能。發『由道』最痛切，佳處尤在前後，皆從『由户』勘出。風骨清剛，愈可愛玩。

本朝房行書歸雅集鈔評　二語政須寫得有情。『何莫』二字，激射始透。文中二比，尚嫌少情。

夫仁者　一節

人皆可爲仁者，己與人同欲而已。

夫欲立欲達，人己同此心也。而仁者爲能一之，何必求仁於人哉！

且自堯舜以來，人不皆聖人，而仁者未嘗絶於天下。劈空直入。則以仁者之所以爲仁，固不求之人而求之己也。

夫人己之形雖殊，而其心則一。惟不以私間其心，則仁體之流行，自遍於萬物焉。

今有人於此，一念願爲仁者，即此念也，其人已仁者矣。蓋仁者，人也。凡有形有性者，舉體皆足見天德之周流。頓仁者，便動全神。今有人於此，一事能爲仁者，即此事也，其人已仁者矣。蓋仁者，心也。凡有性有情者，隨施皆足徵人理之不隔。則夫仁者蓋可知也。

人思生而不遂，思安而不遂，曰：『安得夫仁者爲我立也？』然而仁者正不必別有以立之也。返觀我之欲生欲安者猶是也，不但出危濟險百計而求全，即平常之措履，亦必謀其寧止。而或聽人之傾危而不動其心，則何忍也？形容仁體極親切。如是，而人人不在生全中者蓋已少也，『己欲立而立人焉』，必也。人求知而不能，求行而不能，曰：『吾安得夫仁者爲我達也？』然而仁者正不必別有以達之也。返觀我之欲知欲行者猶是也，不但處困投艱多方以利往，即尋常之謀望，亦必取其亨通。而或視人之抑鬱而不切於隱，則何安也？如是，而人人不在推挽中者蓋已少也，『己欲達而達人焉』，必也！

是故，井田有制，立於衣食；封建有體，立於君臣：此猶待於勢分之所能爲。而性命之繫而不散者，止此最初之念，宇宙之生氣所以常不絕於人心也。『欲』字透甚。禮樂以作，達於中和；詩書以興，達於教化：此亦不過事物之所顯著。而恩澤之資而不竭者，止此至切之意，倫物之大經所以常不失於天命也。雖親疏之等各殊，有極吾之欲而盡其致者，亦有不極吾之欲而待其餘者。方不至無差等。而斟酌於仁者之心，惟有如其量以出之，而立達之在己者乃無餘憾。朱子説『恕』字意方盡。雖淑慝之類不一，有順吾之欲而正行其事者，亦有不順吾之欲而反行其權者。而因應於仁者之理，惟有舉其念而付之，而立達之在人者不異其身。

賜亦與人同欲，而居然仁者矣。

原評 一摑一掌血，絶無捕風挺影之談，非於宋儒先語録抉其精體，未能窺此堂奥。

飯疏食飲水 三句

隨境而樂在焉，聖心所以與天合也。

蓋聖人之心，固無之而或間也，即至困之中而可驗其樂，此其所以與天合德歟！其自言之若曰：天體物而不遺，仁體事而無不在，故飲食寢興皆天命流行之機也。便是聖人家當，『樂』字方有根據。

我之從事於仁以求合於天者，固已久矣。今而後其隨在可以得吾心乎！

蓋人而苟有其樂，不但舉世以爲可樂者而樂在，即舉世以爲不可樂者，而樂亦無不在也。是故非有所擇於物也，飯也、飲也、枕也，適然而取於彼，亦適然而受於此。又非有所矯於世也，飯而疏食也，飲而水也，枕而曲肱也，值其困而適予以困，即處其窮而不得不窮。夫味之甘也，安佚之便也，是命之豐也，而心與天游，則命不足道也；養之薄也，四體之勞也，是遇之困也，而性根於心，則遇不能奪也。『樂』字前暢發所以然之故，仍不涉自夸。是故，命自嗇也，而心自寬，俯仰覆載之間，浩浩焉達神明而安形性。此生之可嗜者何物？此身之所需者何求？入乎恬愉之心而總不知也。遇自窮也而神自暢，優游泮渙之意，欣欣焉晝動作而夜斂藏。取資於萬物者，何淡而何腴？『樂』字仍抱疏水曲肱，不但題是截出清當如此，在中三字，理亦不易。取給於一身者，何饒而何乏也？反之自得之意，而每與俱適也。

然則，樂固不在疏水曲肱也，疏水曲肱非可樂也。然而樂亦何必不在疏水曲肱也，疏水曲肱既不關樂，亦何能使不樂也？蓋貧窶亦偶爾之遭，樂特因此而形，不因此而生，何待較於外而始識其淺深？日用止從心之故，樂非因此而或損，亦非因此而或加，何至擬其迹而始得其形似？

樂在其中，是即終身焉，疏水曲肱而可矣，是即富貴焉，亦如此疏水曲肱矣。妙，不是不可富貴。

原評 塵垢秕穅不知驅除，何有文境？瑩徹正如秋水一泓。

發憤忘食 二句 其一

情之至者忘其情，非代述者所能及也。

夫人惟不發憤且樂耳，然食也，憂也，即善憤樂者不能忘也。由烏足以及此耶？

子若曰：今天下有人焉，悠悠焉以終日，或戚戚焉以終身，非詡從容則勤攻苦，彼固各有所就乎？

自念資質庸下，從容非敢矜也，而亦時有釋其攻苦之意。雖所求未必皆得，所得未必皆盡，然反覆其中，庶幾免於怠且瘁焉。一字不溢。

不謂由與予從事久，而且不悉予之爲人也。彼夫人之所不能忘者甚多，而最急者莫如食。至有懷而莫遂，或遂矣而非其所據則有憂，人情大抵然也。神注『云爾』二字。憂其不遂而必欲遂焉，志動於中，氣生於外，於是則憂迫而爲憤，憤而求遂而適遂焉。鬱於平日，伸於一朝，於是則憤轉而爲樂，人情又大抵然也。憤樂相尋，更清遠。人生必無皆可慮無可喜之日，則有憤者必有樂；天下亦無不可惡止可欲之事，則有樂者必有憤，人情又大抵然也。當其憤，更無可以奪吾憤者；當其樂，更無可以分吾樂者。故庸人矢志，亦能奮不顧身；

下士怡情，亦且歡然自快，人情又大抵然也。

不謂由境，不悉予之爲人也。由亦見予有鬱鬱焉無所之、皇皇焉如弗及者乎？一念愧勵，中激而外勤，此予之發憤時也。予亦何日不發憤，由豈不見予之發憤者？且由不見予之發憤，亦豈不見予有廢食時也？如翻水戌。夫予豈真廢食？發憤則忘食耳。予之爲人不可知，而發憤則可知。予之發憤不可知，而忘食則可知。汝明知予之發憤忘食也，奚不曰『發憤忘食』？兩『忘』字得神。由亦見予有適適焉若遇其故、欣欣焉若獲其私者乎？一日優游，心恬而體泰，此予之樂也。予亦何日不樂，由豈不見予之樂者？且由即不見予之樂，亦豈不見予之無憂時也？夫予豈真無憂？樂則以之忘憂耳。予之爲人不可知，而樂可知。予之樂不可知，而忘憂則可知。汝明知予之樂以忘憂也，奚不曰『樂以忘憂』？

詞不煩而出之汝者易盡，事已該而概乎我者有餘。苟曰『不足以盡我』，不過再進一詞曰：『老且不知足矣。』奈何汝之默默也？

原評　直趨『云爾』二字，神情躍躍欲出，而聖德謙沖、聖心不息亦並託出，故是神手。

〔增〕

癸未科大題文選評　寫憤處極警，寫樂處極微，並道得着聖人胸次。通篇側遞，股法似乎零星，卻自一氣貫注，不得以常繩格之。

發憤忘食 二句 其二

聖人之於憤、樂，非人之所能知也。夫憤與樂不相謀，而食與憂不能以無間也。非子自言之，烏足以知其深哉！簡練。若曰甚哉，吾竊不解。日與吾黨相對，而顧不吾知也。學問之所經，誠屢遷而不能以自必，甘苦之備嘗，則專一而可以共明。雋。世固目吾黨有坐忘其人者，乃吾之善忘抑又甚焉。

今夫激烈之人多所憤，逸豫之人湛所樂。以吾之浩浩焉而無營心也，循循焉而無佚志也，俯仰自寬，性命如故。並提。吾亦何所不足而急於求？何所有餘而鳴其得意歟？然而吾憤矣。有一事焉，吾當得而不能驟得，則激厲之情自生，豈敢惰於今而待補於後歟！側出。不溺於所甘者，非俗情所能紛也。

且有一境焉，吾欲赴而不能即赴，則奮勉之情更殷，豈敢安於後而坐追乎前歟！故專於所嗜者，非外物所能奪也。再足二比，神王意暢。吾之憤也，於是發焉。讓聖人以先至者，必不讓聖人以獨至，而彌覺其味之甚旨也。同衆人而俱生者，不甘同衆人而俱没，而不知吾身之尚有需也。

古所謂不遑暇食者，豈有殊焉？如是其憤也，得毋艱苦，而況瘁矣乎？不知返之吾心，固有怡然而樂之一時矣。方其忽然而會心也，如得吾之所本無，亦如逢吾之所固有。及其渾然而無間也，吾從而取之而不窮，吾從而用之而不竭。妙於領會。

斯時也，斯意也，吾亦若明知吾有所樂之一事，而欲舉似此一事之可樂而並未能也。顧謂猶有不樂者存，則天地之大，又何一足以攖吾寧耶！吾亦不知所以樂吾者何以有此一境，而偏若安處此一境之爲樂，而與之無涯也。顧謂將移吾樂而去，則萬慮之煩又何一足以滋吾擾耶！此時有憂從中來者乎？固未嘗有也。

夫世之謀食者無論已，世之多憂者無論已。吾固未嘗不食，亦不能無憂也，然往往忘之。方憤之時不期樂，而樂漸生；方樂之時不復憤，而憤又起。然則，吾之憤誠無有已時，吾之樂亦即無有已時也。吾憤也，吾其激烈之人也歟哉？非也。然吾之爲人，已異於不憤者矣。吾樂也，吾其逸豫之人也歟哉？非也。然吾之爲人，又異於不樂者矣。而今老矣，若之何日與吾黨相對，而顧不吾知也耶！

原評　截題各還四比，最得古法，其微渺處欲奪漆園之席。

子以四教 一節

記聖人之教，皆切於人者也。

蓋文、行、忠、信，子不必以此爲教之目也，門人約之以四者，而後知聖教之甚切耳。且夫聖人之道，或有聖人所不得而傳者焉。即聖人之教，亦非學者所能指數之而盡其術。先撇開此兩層，方見四教不是一定規條。

然而，天下之事雖無一不責於學者之身，而必有體要之存，不可以不察也。故聖人雖無一定之法，而有一定之理，惟久於受教之後，而知其大指約有四焉。徹上徹下語。

蓋天命流行之理顯設於天地萬物，而實體備於日用動静之間。物與无妄之原成性於躋聖達天，而必端本於立心爲己之始。是故，文以載道，不學乎文，理無由明也。語皆稱停而出。夫子雖不欲徒事夫口耳之資，而初未嘗廢多學以求默識，則以文教，而樸實者可極於精微矣。行以入道，不學乎行，德無由立也。夫子雖不欲遽求夫躐等之獲，而初未嘗厭勉强而希自然，則以行教，而華贍者可歸於惇篤矣。精切。

而心有未盡，無以去己之私；敬義夾持，而忠立焉。所爲仁，體事而無不在者也。教之以忠，而克盡之心無飾於外。即天德未能遽達，而吾道大中之體不於是立乎！且心有未實，無以達物之順，純一無欺，而信彰焉。所爲誠，體物而不遺者也。教之以信，而實有之心非徒徇其意，即天人未能驟通，而吾道大順之用不於是行乎！

由是，陋者澤之以爾雅，靡者鼓之以邁征，二三者進之以篤實，隨材質之高下而悉予以範圍。分説合説，各成妙義。所爲大以成大、小以成小，不必皆一途之趨也。

博物之士常怠於躬行，故尊所聞必行所知。壯往之餘或流於欺罔，故修其物必盡其性。忠信之人或未必好學，故篤其誠必先燭其理。因造詣之淺深而交致其功力，所爲始於爲士、終於爲聖，總以歸一原之合也。應起作收。

子之四教以此，若夫文章本於天性，動静合乎時中，存而爲天命不已之誠，發而爲萬物各得之用，此則夫子之所以不可及，而亦未嘗有所隱而不以示人也。然非教之所能傳矣。

原評　聖教本末精粗歸於一貫，得文發揮其所以然。他家於言外補性與天道，便歧爲兩橛，安能如此作之精？

有若無實若虛

推下問之心，以損受益者也。

夫必有而實焉，始爲能學。然自以爲有而實焉，仍非能學也。若無若虛，其心誠遠矣。且吾所得之學，貴其不忘也。忘吾之所得，則在我者日以相棄，此學之能守者爲足慕也。然吾所得之學，又貴其能忘也。不忘吾之所得，則在人者無以相取，此學之能化者尤足慕也。

若以能問於不能，以多問於寡者是已。夫其能也，非託爲能也。惟其有之，是以能之耳，則其所能皆所有也。其多也，非襲爲多也。實既備矣，復何所少哉？文境超越。則其至多原至實也。

今夫宇宙無可有可無之名理，惟聚之一有不復無之心。吾人無可實可虛之修途，惟獲之至實無一虛之念。則有者斷不可使之無也，實者斷不可使之虛也。雖然，有無虛實之數亦何定之有？不安於無者可至於有，不安於虛者可至於實。然不保其有者仍入於無，不保其實者仍入於虛。能保其有者，有不至於無；能保其實者，實不至於虛。入理之言。然恃乎其有者，無將不能復有；恃乎其實者，虛將不能復實。

且矜心之易勝也，己私之難克也，存理之不能無間也。居今之世，苟能得一人焉，不至飾無爲有，以虛託實，亦可謂矯然不欺其志者矣，又安望意念深矣。常若有以自下，遂要大致而悉歸冥焉者乎！乃吾就好問者推之：其咨爾鮮能也，若曰予小子夫何能焉？殆一無所有也。其詢爾寡昧也，若曰予生平所歉甚多，奚敢言實學哉！謂有者信無耶？實者信虚耶？詮『若』字，神虚而理實。夫有矣而豈無，實矣而豈虚？謂有者矯爲無耶？實者矯爲虚耶？夫其無也，忘其有也，而豈矯爲無？其虚也忘其實也，而豈矯爲虚？

惟然，而其人愈深焉矣。凡人所相觀而輒匿者，必其人先有以拒之也。天下之人情無常，惟居己於賢、居人於不肖之心最足阻人進言之氣。兹何以任理之自來，而祇相遇於其天也。其中有不可測之藴，其外仍無不可知之端。推闡無賸義。推此心也，翕受無窮。即天地之大、萬物之煩，入其中而豈有餘哉！凡人所勤求而不獲者，必在我先無以受之也。天下之至理日出，惟但見己盈不見己絀之念，最足限吾造詣之途。精理名言。兹何以隨身之所獲，而祇相淡於其性也。考業則日進而屢獲其新，居心則日退而自如其故。見高識遠，大而非夸，是若無若虚究竟。推此心也，沖懷若谷。即平成及於清寧，功德歸之君父，窺其志而詎自足哉！

夫居高而益下者，天地之性也；惡盈而好謙者，生人之情也。戒滿持盈者，聖人之教也；惟日不足者，賢人之學也。有不自有者，勞而不施也；實不見實者，善而不伐也。繪真手。有而無之，虚而實之，克復非一日之積也。悠悠天下，安復得若而人者，與去虚憍而長神智也夫！

學使劉木齋先生 辨百折而不窮，思千層而愈出，真可謂『毫髮無遺憾，波瀾獨老成』。從此脱穎而去，定當樹幟文壇。吾不僅以青衿矚子矣！

原評 二句承上文，點破他心事，如此神憶語着不得一滯筆，脱盡畦逕，獨有靈氣往來，吾於水光雲影間遇之。

興於詩 一章

觀興、立、成之所由，知人不可以不學也。

夫興焉、立焉、成焉，人自爲之也，而必於詩、禮、樂乎得之。不學，其何以致此？

今夫人苟有志，何患我生之不至於聖賢乎？太原公子裼裘而來，見者神震。好善惡惡者，我之識；爲善去惡者，我之才；有善無惡者，我之性。然而，克盡其量焉者鮮，抑又何也？不學故也。

即奈何不知所興，即奈何不知所立，即奈何不知所成乎？雖然，興、立、成亦何易之有！興者吾望其立，動者宜受之以静；立者吾望其成，拘者宜受之以化。然興者吾恐其不立，物之作者不能以遽止；立者吾恐其不成，物之執者未可以遽通。若是者，非可憑虚而造也，非可雜取而就也，亦審所學而已。是故有欲興而未能興者，吾語之曰：『盍學詩？』有欲立而未能立者，吾語之曰：『盍學禮？』有欲成而未能成者，吾語之曰：『盍學樂？』

蓋古者無不學之人，其於詩、禮、樂，則上自后王君公，以下及於輿皁臺隸之賤，莫不通其義而合其節，初未嘗拘文而牽義也。而且以性情爲詩，以翔步爲禮，以舞蹈爲樂，人徒見其仁義之致貫、倫物以成能、和順之華被、道德而彌耀，而不知其手之所習而器之所親者，早已有潛移默導之功。神理浹洽。

古者無不學之時，其於詩、禮、樂，則皆已童而習之，遂歷於壯盛耄老而不厭，豈徒循其說而誦其詞，抑亦盡神而極奧焉。然究於詩非有異體，於禮非有異數，於樂非有異音。人徒見其流連往復，疑於儒術之迂疏漸漬貫通，不殊下士之循習，而不知其材之所優而德之所裕者，早已有盡性至命之極。

方其循途而致力也，初不知若者興我，若者立我，若者成我。然而聖王之制度不與心性相睽，則漸積而深，各如其物以相報。及其按節而考德也，始恍然興者於此，立者於此，成者於此。三『於』字躍出。向使斯人之神明不與遺文相發，則秉資雖異，要未能懸擬其效以相期。

是以君子知學之不可以已也。處則修明儒術，一身以興、以立、以成，而不敢自外於古人；出則廣厲學宫，天下有詩、有禮、有樂，而不至棄人於不肖。此所以聖賢接迹，而治化可與也。志意何等。

原評 融會古人設教大意，而以古文雄渾之氣經緯出之，遂覺一時無與爲敵。

禹吾無間然矣 一章

聖人美夏王之無間，因事而見其心焉。

蓋禹非有意以去其間也，即其豐儉之適中，而無一事之可議矣。此其爲純王之心也歟！起意高曠，亦復貼切。

且聖人之心其粹然，無一物之可累，而殷然與萬物相流通者，固無在不見其然也。然而事爲之際，或偶有幾微之不協其宜，此雖亦無損於聖人之大，而窺此心之疏密者，要未能略之以爲不無微憾焉。是蓋論人之一間也，若禹則吾無間然矣。

使禹知間之所在，而有意絶之，則彌縫所及而間泯，彌縫所及而間又生，而禹非絶之，而自無所間也。精嚴在神明之内，則未嘗事事爲之檢制，自有以養萬類之欲而建三極之中。使禹不知間之所在，而無意任之，則優游之所至而間忘，優游之所至而間亦起，而禹非任之，而本無所間也。周旋皆敬畏之懷，則未嘗一事至於縱弛，自有以杜萬方逸欲之萌，而勵百年明作之氣。

嘗即其一二軼事求之：蓋非飲食矣，而致孝乎鬼神焉。其菲也，不知其致孝也；其致孝也，亦不知其菲也。惡衣服矣，而致美乎黻冕焉。其惡也，不知其致美也；其致美也，亦不知其惡也。卑宮室矣，而盡力乎溝洫焉。其卑也，不知其盡力也；其盡力也，亦不知其卑也。三段輕點極合。

節嗇亦中主所優爲，使宜儉而不儉，與不宜儉而儉，皆不足成清心寡欲之治。而禹則不以一人之嗜欲，等於天親民物之敬誠，固非有心於儉也，清明者，紛華自不得而奪也。精勤亦賢主所共託，使宜豐而不豐，與不宜豐而豐，皆不足見敬天立政之心。而禹則不以一息之媮惰，守其服御居處之固陋，亦非有心於豐也，嚴密者，苟簡自不得而中也。

其高明偏覆之體，蓋親見堯舜之廣大。而憂勤惕厲，心常超乎萬物之上，神常周乎四海之遥，則猶然帝德之未衰矣。其勉强復執之功，早先切湯武之憂危。而斟酌咸宜，無所利於天下，故不與而心莫能動；無所愧於天下，故不矜而功莫能争，則居然王道之獨隆矣。

『禹，吾無間然』矣。竟住，高老。

原評 氣體蒼老，風度端凝，題得斯文，復何間然！

子曰禹吾無間然矣

聖人尚嘉夏道，而以『無間』者嘆其純焉。

蓋『間』也者，其迹甚微，故恒多不免也。禹獨無之，此夏道所以極盛哉！『間』字確解，便照全節。

今夫兩物相合，而參差之形出焉，此間之所由起也。惟人心亦然：或忽而不及防，或偏而不自覺，率其性之所近而任情以往。其於至德之淵微，初無所虧也，而議者指其端，以爲美哉猶有憾。看得細。此亦賢主而下所不能自免者矣，而禹則獨有異焉。反照上一截，折轉下一截。

以吾思之：禹以歷世神明之德，其席豐亦有素矣。豈同起自田間，乃一旦極胼手胝足之勤，則人世之險阻既足挫其英華之氣。

且禹以八年於外之身，其況瘁亦不遑矣。豈其終陟帝位，乃一旦極崇高富貴之享，則勢分之榮顯又足攖其天地之寧。顧處極可間之地者，禹也；而究絶無可間之端者，亦禹也。反照下一截，折轉上一截。

禹未嘗自知其間，而曲爲彌縫。顧彌縫之不事，而間自無由生也。仍是照定上下截。有周於天下之心，而天下之憂患無一不在其意中；有大於天下之量，而天下之紛華無一可與其度内。後人苛求之意，即欲深加於禹，而不覺河洛之思穆然與明德而俱遠也，有渾乎各當而已矣。

禹未嘗力求其無間，而善爲調劑。顧調劑之不勞，而無間自不可掩也。立乎天之命，而高明偏覆，氣數不足動其憂勞；盡乎人之心，而曲成不遺，民物各得被其光烈。光氣燭天。而儒者尚論之懷，即欲原諒乎禹，而不覺平成之餘，悠然見祇台之如在也，有醇乎無疵而已矣。

洪水之患，舜咨堯，儆而不治，卒貽之禹，而百試之以艱難，乃禹則正以艱難而成其豫順也。艱難逸樂，應起、比二意。是天不能困以勞勩而使之間，吾又何從議其入聖之未優？歷數之歸，益贊陶賡而不有，卒傳之禹，而盡予之以逸樂，乃禹則正以逸樂而得其危微也。是人不能侈其尊崇而使之間，吾又何得指其盛德之有累？

謂親二帝之光，故傳心有獨至。然身當帝王之升降，而不難與勳華比烈，此非前人之所能授受也。特識。謂聚三代之祖，其交贊爲最多。然躬逢羣后之德讓，而不僅與稷契同功，此非在廷之所能資益也。

禹真不可及哉！

本房拉雲庵先生 照定通節，豐儉得宜。立論既優游以明蔚，亦精微而朗暢，可謂極文事之盛美矣。

夫子循循然 二節

大賢由聖教以見道，而終有未能力至者焉。

甚矣！夫子誘人之善也。由之而道可見，由之而化不可幾，於此又敢終忘聖教乎！扣題，無一泛字。喟然曰：人非親見聖人而備承乎其教，無惑乎自棄於道，而於入聖之難，易茫乎其未有知也。

蓋道雖燦著於天下，顯設於人身，而必有至教以爲之依歸，然後可以致其力而求底乎其極。故於有得之時而遥思未得之境，益知聖人之教爲不可易也。

回蓋深見夫高、堅、前、後之不可以測吾夫子也，幾無由以學夫子矣。而夫子曰：汝亦力於學而已。是故樊然衆著於天地之間，而不可勝窮者，文也。即打動末二句消息。

回固不敢有厭薄名物之思，然或以夫子殆有形而上者，不藉文而神焉耳，而夫子則循循然博我以文，森然受治於身心之内，而不可少越者，禮也。回固不敢有蕩棄規矩之意，然或以夫子殆有化而裁者，不藉禮而立焉耳，而夫子則循循然約我以禮。游之於詩書之途，約之於仁義之域，拓之於廣大之境，嚴之於幾微之介，回於是而始知此志之不可罷，而吾才之大可用也。頓四語，古勁。精神奮而愈出，不覺嗜好之方深；志氣激而能生，不知材器之不逮。蓋卓爾而立者夫子也，而如將見之矣。清晰。

夫子雖未嘗規規於禮，而從禮以見夫子，則尊聞行知確乎不我奪也。不離文，禮方著，實不入魔境。夫子雖未嘗屑屑於文，而從文以見夫子，則古今事變灼乎不我惑也。

回果不復於高、堅、前、後遇吾夫子矣，然欲由是而一蹴至於夫子，則又不可。蓋力之所能勉者，勉之而已。而夫子則神動而天隨，夫何所用其力焉？仍循循然聽其自至則可矣，雖愛我如夫子，不能使之速化也。心之所能思者，思之而已。而夫子則與道而爲一，夫何所用其心焉？仍循循然養之使熟則可矣。雖親見夫子如回，不能幾此一間也，此回所以欲從末由也。要之，非文、禮之外又有一不可及之夫子也，回亦終於博約而已矣。末二句親切。

原評　清勁醇厚，無一字走作，而前後鈎鎖回環，有率然之勢。

歲寒然後知松柏之後雕也

歷變而不懼，則知松柏之可貴矣。

夫歲必不能無寒，其雕者非松柏故也。然則，患不爲松柏耳，何患歲寒哉！知此義，那更紛紛矣。

且事變者，世所常有也。德不勝氣則自戕自伐，不待大故之來，而失其性命之正者紛紛矣。夫不立而僕，不栽而覆，人也，天乎何尤？作感士不遇賦？

亦見有歲寒時乎？大變數百年一有。以三時之和，而一時始行其嚴肅，歲寒固不多見也。天心仁愛，何忍輕予萬物以憂危，而物遂恃之以無患，則所以豫於不寒之先者，疏矣。凡一日之内，而氣候常多其不齊，歲寒又時有其兆也。小利害無日無之。天道章明，何在不予萬物以警懼？而物每昧焉而不覺，則所以應夫能寒之具者略矣。

如是而一遇歲寒無不雕者，有松柏焉，獨亭亭見其葱鬱。如是而物皆先雕，且有不及見歲寒者，而此松柏獨落落歷乎大冬。夫然後知天之賦物原非不全之器，而能爲松柏，則患難困苦皆造物之玉成，而何至少改其常？出『然後知』三字，天然。命之在我原有自立之權，而果爲松柏，則利害死生歷終身而不貳，而何至頓虧其節。語皆極精。

性通極於無，氣其一物爾。故性盡，則氣不足以移之。而運數之屈伸，皆於性中成順受之理。命稟同於性，遇乃適然焉。故命立，則遇不足以變之。而報施之得失，何必於命外求趨避之途？

是故，乾之上九爲寒之極也，必位天德而知進退存亡，然後處龍戰而不困。以乾爲寒，對松柏之有心，大奇。禮器於身，松柏之心也，必貫四時而不改柯易葉，然後增美質而不回。反收，更警。諸家皆以此爲正意，刺刺不休也。

不能爲松柏之後雕，而惟期人之知其爲松柏，反冀歲之一寒以自見，是亦適爲桃李之競芳華於旦暮而已矣。殷深源咄咄書空，終不濟事。雖然，世有松柏，必待歲寒而後知之，則何及哉！仍爲知松柏者下一警醒語，題理方全。

原評　此題『知』字與驥不稱其力章『稱』字皆不重，只重爲松柏者能後凋，爲驥者能有德耳，照定『謝』注，周于德。立論精通性命之故，一切感憤無聊語，視之皆如土苴矣。

校記

〔一〕字乎　據文意當爲『樂乎』。以下『原評』同。

〔二〕以　原爲『已』，據上句『此聞之而以爲性也』改。

杜谿時文集卷二

下論

求爾何如 二節

兩賢自言之謙，亦道其所優爲者而已。

夫求之足民、赤之禮樂，固其爲之而有餘者也，以此酬知，不重爲當世所賴乎！

今夫與人家國之事，而草野則有無文之憂，朝廷則有無財之患，此亦士君子之恥也。

是故，吾儒一出，雖無他才略可展，而藏富於民、爲光於國，均之有可自信者焉。

吾夫子詢酬知之具，乃哂由之後而曰『求！爾何如』，豈慮由所云『饑饉之餘，民有不足，而欲求濟之』哉！求則曰：『小才而當大任，蔑不僨矣；端居而忘民困，夫寧忍乎！故千乘非敢矜，而六七十、五六十，有可效也。』從由落求，從由落赤，俱自然生情。使果膺司牧之權，如報績之候，則求儼然爲之，至於三年也，天時之旱澇漸立其防，地利之肥磽漸審其宜，人情之勤怠漸一其志，國計之嬴縮漸定其準，雖不敢望民足乎庶乎，可使足民云耳。設施井井。至若知禮而有節，知樂而達和，此則自有君子在，而求未之逮也。然則有求之言，而天下之民生何幸耶！聖人代上天以養萬民也，有萬物一體之心，故無一夫之不得其所；有天下一家之意，故無一人之不遂其生。推出聖人之心，足民禮樂，便是王道。自治之益衰，而民生日蹙。求慈惠之師，愛養一方民而不可得矣！安得盡如求者還斯人之生氣，而使天下皆樂國也？則求固夫子之所許也。

乃夫子又曰：『赤爾何如？』豈因求所云君子是俟，禮樂有未能而赤能之哉？赤則曰：『禮樂百年而後興，遽自詡焉，則已妄矣。禮樂斯須而弗去，竟自諉焉，不亦陋乎？故君子吾不能，而學則未敢厭也。』使祧毀享祀之聿修，玉帛敦盤之不替，則赤居然入宗廟而覲會同也。大宗小宗異其序而昭穆明，五廟七廟異其文而名分肅，會盟會伐異其事而時見隆，同欲同惡異其情而殷見尊。雖不敢謂禮樂止此乎，庶乎爲之擯相云耳。至若考禮以定倫、正樂以審音，此則自有大君在，而赤渺乎小也。

然則有赤之言，而天下之禮樂其可復耶！天子建中和之極以作禮樂也，有官天地之德，而後足以立天地之命；有育萬物之理，而後足以持萬物之紀。自道之益微，而教化不興，求華國之器足爲吾道光而不可得矣。安得盡如赤者復宇宙之元氣，而使天下皆文明也？則赤固夫子之所許也。還求赤身分。

原評　兩比屹然，堂皇開闔，五城十二樓，而以金銀爲宫闕，庶幾遇之。

唯求則非邦也與　二節

疑兩賢之爲邦，即其問以許之焉。

蓋求赤之爲邦，點固知之也。夫子就其所言以決之，殆隱示其意於言外哉？

今夫人度量之相越，不在所處之廣狹。僅觀其所處，則儒生而與人家國事，似亦足爲擬議之端。

然而，言之者止各如其分量之殊，而論之者當相觀於意象之表。不然，惟王建國，其典既已具存，使得時而駕，皆無不可取懷而予也，而又何多擬議耶？一提高出雲表。

夫子謂爲國以禮，然則由之見哂與點之見與，皆於禮意有離合焉，而豈在爲邦與不爲邦哉！從未發明及此。春風舞雩，其禮之體乎？充是志而爲邦，高下散殊必有各得其所者矣。此夫子之微旨也，而點未可知也。兵農禮樂，亦禮之迹乎。精是意而爲邦，天地萬物且有不煩措置者矣。此由、求、赤之所不能也，而點亦未可知也。四子各有身分。

點蓋謂由言不讓而見哂，求言讓而何以不見與也？唯求則非邦也與？夫求止以謙退爲禮，而不能如點之豁然無物也，則仍未得禮意也。子第就求所言者語之曰：『方六七十是公侯之封也，如五六十是子男之壤也。』求志之，求庶幾克任之。先王未嘗以疆域之差置之名山不頒、大澤不封之列，而以爲非封建之典庸也，夫安見之？

點又謂由言不讓而見哂，赤言讓而何以不見與也？唯赤則非邦也與？夫赤止以學禮爲禮，而不能如點之超然無累也，則仍未得禮意也。點題俱迴然獨別，傳神恰在阿堵。子第即赤所言者語之曰：『宗廟會同，是從事於諸侯者也，願爲小相是無能出其右者也。』赤志之，赤庶幾克副之。先王未嘗以襄事之勤，廢夫七廟格祖、六服來王之制，而以爲有大於屏藩之家相也，其孰能之？

然則，由前之言志觀之，夫子皆無與辭，何也？愈折愈出，真能得聖人言外之神。不與其僅能爲邦也。知求赤之僅能爲邦夫子所不與，則知由之僅能爲邦，亦夫子所不與也。而見與者當曠然於智、名、勇、功之外矣。由此之論志觀之，夫子初無貶辭，何也？不貶其爲邦也，知求赤之能爲邦不爲夫子所貶，則知由之爲邦亦夫子所不貶也。而見與者又當悠然於乘時及物之中矣。

不然，如以爲邦而不見與，將點之見與，以其不爲邦也哉！

原評 證明哂由與點及求赤無言之故，皆在此二節，不能直窮題奥，縱如火如錦，與題無涉也。有此文，可以補注疏未備，聖賢相喻之旨至今如見。

子張問士 全章

挾聞之見以求達，各指其實而真者出矣。

甚矣，張之所問者達，而所挾者聞也。指其實而明告之，不可自悟其非乎？干青雲而直上。

且士苟慨然念實勝之爲善、名勝之爲恥，則闇然獨修，將終身不見是而無悶。達與不達，此邦家之人之責也，吾何容心焉？妙。

然而，爲誠爲僞，借以自考，亦學問之所從辨也。

張也問達，似知士有『在邦必達，在家必達』者也。及子詰之，則曰：『在邦必聞，在家必聞。』子曰：『是聞也，而達乎哉？』夫天下無皆非之理，門内爲發邇之初。是故，在邦不宜於爾邦，在家不宜於爾家。此不但務名者之憂，抑亦務實者之羞。居是邦也，及是家也。邦家先提起，踞勢最勝。

有士於此，其質直也，似徑情直行，要之無色莊也，其好義也；似迂疏拘固，要之無假仁也，其觀物而善下也；似游移無主，要之不敢自是，而若自疑也。是士也，蓋絶無意於達，而況於聞也！兩兩比對而出，聞達之理已豁然。

有士於此，色之仁也，似平易近人，要之矯且枉也，行之違也；似敢於有爲，要之背以戾也，居之不疑也；似中有定見，要之驕以凌人，而不相下也。是士也，蓋專工其術於求達，而寧止於聞也？乃達與聞即分於此。

以誠之久而動物也，人見夫貌爲仁而無實也，曰：『吾寧從夫醇篤之儒？』人見夫敢於自是而無憚也，曰：『吾寧尚夫謙謹之意？』久得於性情之素，而不徒矜夫意氣才望之隆，則過情之譽踰時而立窮，至德之光積厚而自發。此所以達者必達，而以聞當之，則非矣。

以僞之忽而亂真也，人見夫樸實而無文也，曰：『何不如此之洵美且仁？』人見夫遲回而退避也，曰：『何不如此之不疑在躬？』乍接於耳目之前，而未遑深求其精神心術之地，則真誠之士有寂寂之窮，而僞妄之流多赫赫之譽。此所以聞者必聞，而以達期之，則終未可矣。

是故，自修之士知邦家無可欺之人，欺邦家而得聞終無可達之理。於是直己而正色，安義而尊仁，辨物以協居，退讓以析疑；內有以致吾心愛人敬人之實，外有以愜人心、好善惡惡之公。誠如是也，而士達於千古矣，豈但一邦一家已哉！收局如大海迴瀾，悚心動魄。

原評 達聞俱在邦家人心眼中看出，而兩處身分自懸霄壤，章法尤極緊嚴。後兩節嘉魚一氣點出，斷非古法，此爲斟酌盡善。

樊遲問仁 一節

問仁而復問知，其及人者爲各殊也。

夫誠知仁之所以愛人，則知之知人在其中矣。遲乃兩問之，子故亦分告之。

今以天地生物之理，而人得之以爲心，一仁而已矣。單提「仁」字，轉「知」字，雖爲通章起見，而理不可易，便精警絶倫。仁無所不統，而知則其光明洞達之德，發於仁之不容蔽者也。顧言其本之一，則仁兼乎知；言其用之分，則知别乎仁。故學者往往並爲講求，而聖人亦各如其量以相示焉。

昔者樊遲問仁，其有見於仁之偏及於人而問仁乎，抑有慮於仁之不能偏及於人而問仁也？夫仁統四端，兼萬善，遲一問之足矣，何數數然耶！氣體清貴，義類精深。

子曰：『仁者愛人而已。』蓋萬物一體之懷本之性，情實有所不能已，故哀矜惻怛，有觸而即流行於動静，而舉不足以遏其機。天地父母之心由於天，命實有所不可易。故愛惜扶持，隨施而務慊其本心，而初非有所待於外。

子之告遲如此，使遲而思夫人何以愛而無不愛，愛何以及人而不遺於人，則夫貞以一天下之動而别其是非，元以長天下之善而發爲惻隱。是二而一者也，固不必復問知，而知之所以爲知從可思矣。雖然，愛人以爲仁則可，愛人以爲知則有未可者，宜乎遲之不能不復以知爲問也。一折理極精實，非空弄機調可比。

而子又告之曰『知人』，蓋知之得於性生者，惟天聰明。而本然之照，非物之所能罔。故人雖情變百出，而知者常窺見至隱於幾先。知之得於學問者，窮本知變。而燭理之明，非僞之所能欺。故人雖覆匿甚工，而知者常志氣如神而獨覺。融貫道妙，觸緒相生，亦不自知興之所至。

夫智爲聖之始事，則知常在愛先。而神爲化之顯機，則愛即在知内。是故，一人而兼出乎仁知，則窮理盡性合一之道也。兩人而分見爲仁知，則愷悌明哲各致之功也。一人而兼治以仁知，知足以見之，仁足以與之也。兩人而分治以仁知，仁者見之爲仁、知者見之爲知也。然而，遲則未之達矣。

原評 此章重仁不重知，從來説知以成仁，而不知不使直枉之無别即仁也。首節雖平列，而仁之道理函天蓋地，側入正見特識。文氣瀠洄澹蕩，尤令人神移。

舜有天下 一節

天下化於直臣，可徵聖言之富已。

夫臯陶、伊尹，古直臣也。選舉行而不仁遠，非能使之證哉？

且論性術者，至以一日彰癉之權遂足以移風而易俗，此亦何所不備乎！聞者不察，謂不過英斷之所爲，亦未知是言之信而有徵，而古今之天下，胥莫有外焉者也。

吾何以富夫子之言哉？

昔者揖讓而有天下者，舜也。舜當洪荒之餘，尤有非常之元惡，則爲不仁易而爲仁難。舜承放勳之後，類多世濟之才子，則又仁人多而不仁少，而舜不問也，有選於衆而已。兩路夾不仁，議論甚偉。因選而有舉，則大半屬於臯陶。庭堅之世已微，而士師之命獨後，故臯陶惟得於舜，所以於唐非顯官而於虞爲崛起。斯時也，以九德之陳，參九官之列，豈非聖之大知過人哉！不仁者遠，皆兼兩意。而不仁之遠，即在乎此，何也？自臯陶之舉，而邁種之德衆之所懷者，雖不仁之人亦聞而生慕焉。自臯陶之舉，而明允之刑衆之所協者，雖不仁之人亦懼而知改焉。雖三旬逆命，不仁或不盡遠於當時；百工惟時，遠不仁，亦不特舉皋陶之一事；而黎獻蒼生相勸於弼直之應者，則皆舉皋陶之所使也。謂是舜之知乎，抑不徒舜之知乎？由舜觀之，而揖讓之天下，早以夫子之言治之矣。

征誅而有天下者，湯也。湯處昏德之時，秕莠實繁，天下已不知不仁之可恥。湯乘厭亂之日，苞蘖既遏天下，又羣知歸仁之可樂。而湯不問也，有選於衆而已。因選而有舉，則專志屬於伊尹。畎畝將以終身，而夏殷至於五就。故伊尹非遇乎湯，則於前已爲逸民，於後幾同游士。斯時也，以負鼎之賤躋阿衡之尊，豈非湯之知勇天錫哉？意俱超絶。而不仁之遠，即在乎此，何也？自尹之舉，而不仁者尹覺之，則爲一王之民者皆被二帝之澤焉。自尹之舉，而不仁者尹伐之，則革在天之命者即革在人之心焉。雖顯忠遂良，舉亦不止一尹，酣歌恒舞，舉尹亦不能盡遠不仁；而天佑有商蒸動於道義之中者，則皆舉尹之所使也。謂是湯之知乎，抑不徒湯之知乎？由湯觀之，而征誅之天下，又以夫子之言治之矣。

富哉！夫子之言也，而子乃曰『知也』。然則，舜湯之聖猶不足以爲仁人乎哉！

原評　切舜湯立論，確不可移易，可稱印泥畫沙。

先有司 一章

能與天下見其公，則知所以行政而用人矣。

蓋公以行政，則政無不舉；公以用人，則人無不得也。興酣落筆，摇嶽凌滄。爲政者可不知所務哉？

今夫具大略者，嘗欲合天下之事，而以一己理之；存小心者，又恐合天下之人，而以一己失之，而不知皆非至公者也。君子以己處天下之後，而天下無不樂爲之奔走；以己倡天下之先，而天下無不默爲之競應。則惟操其至公之心，而行政、用人皆以各得矣。上節總做議論，甚偉。如夫子之告仲弓是也。爲政者莫患乎有操切自用之意。夫主於自用，勢必綜核爲能而責成太急，遂令庸流多救過之懼，而一二英奇卓絶之士無以大建其功名，抑莫患乎有事權獨攬之心。夫主於獨攬，勢必下侵衆職而叢脞滋擾，遂令庶司多鰥曠之愆，而當世抱負非常之姿，不復出應其徵辟。

是故有司者，自宰視之則屬也，自國視之則均之臣也。吾先之，而有司之績即宰之績也。小過者，其在於吏，不可以一節棄也；其在於民，又何不可與維新也？赦之，而人之勉於無過，即宰之廣其德心也。至於賢才，其有德者，可以儀刑庶官也；其有能者，又何不可隨器而任使也？舉之，而賢才之建樹即宰之勳庸也。如是，而政立矣。

乃仲弓猶以賢才之不盡知爲慮也。子曰：上之人亦何患於聞見之有所不逮也？獨患相賞之久而持之不斷，則未免有疑其所知之心。夫爲所知者，身且見疑，誰肯進其各自知者以重爾之疑也？兼此兩意始盡。爾第勿棄所知，則受乎爾之所舉者，各引其賢，各引其才，是類爲招矣。等乎爾之能舉者，亦獻其賢，亦獻其才，是交相勸矣。寧必爾之無遺知歟？

且上之人又何能使耳目之無所不及也。第舍意中之人而求之於遠，則人且不知爾所謂賢才者何若。夫號爲所知者尚不足取，誰復肯以爾所不知者嘗試而見拒於爾也！爾第知而即舉，則效乎爾之所舉者，日求其賢，日求其才，不啻爾身爲之羅矣。競如爾之所舉者，賢以致賢，才以致才，不啻爾親爲之勸矣。寧必爾之無遺舉歟？

舉爾所知，爾所不知，人其舍諸！如此，而人得矣。然則，爲政者亦存大公之心，而後可以行簡而無難乎！

原評　深識治體之言。前半氣象崢嶸，後半文心曲折，層層擅勝，真文壇飛將軍也。

子謂衛公子荆 一節

嘉衛大夫之居室，即其言而知其心矣。

蓋心不爲物累，故隨室之所有而善居之。是夫子稱荆大旨。歷想其言，其善不足風乎！且萬物皆足以累吾心，故學者必先講於義利之辨，使物之可欲而難厭者皆有以淡然於神明之内，然後可忘天下之所競，而不爲紛擾於其間。顧侈靡成風，而獨能淡漠是尚，則恒情往往難之。位置自高。

吾夫子欲求一善居室者以風世也久矣。夫人苟有自好之志，類不溺於境遇之中，以爲天地之置我者皆有定也。然而究莫能自定也，明知爾室之難以相加，每紛營而違高潔之素。更深。且人惟内有不足之端，徒致畏於外物之相擾，以爲豐豫之移我者有必卻也。然而究不必卻也，倘念一室之所需無幾，則日進而適形淡定之懷。轉折如游龍善變。

乃衛公子荆有足取也，蓋嘗窺其居室之心，而擬其居室之言。則如由無而之有，非其固有可知也，則始有也。始有乃居室必歷之境，荆寧善也？而荆曰：『苟合矣。』則荆善矣。則不必合而已合矣，其猶希冀於合之外，否也。且言始者非終於始可知也，則繼始而增者少有也。少有亦居室必進之候，荆寧善也？而荆曰：『苟完矣。』則荆善矣。三段疏疏落落。是不必完而已完矣，其猶覬覦於完之外，否也。然積少必成多，過此以往，不同於始有與少有也，而已富有也。富有亦居室可臻之域，荆寧善也？而荆曰：『苟美矣。』則荆善矣。是不必美而已美矣，其猶觖望於美之外，否也。欲速。

且夫從來居室之心，大率欲其驟也。未合而日求完焉，未完而日求美焉，以爲一蹴而致富耳。不知天地間無窮之美報，急取則得易而失亦易；徐來，則聚難而散亦難。『曰』字頻點，如花之簇錦。荆總不計乎此，一任造物之盈虛而已矣。且又求其盡也。盡美。始有而曰未完也，富有而曰未美也，極之終身而無厭耳。不知天地間有限之物力，盡取，則我既有餘人必不足；不盡取，則人無不足而我自有餘。荆總不問乎此，惟存此中之浩蕩而已矣。

其居室一何善耶！子之言此，殆欲人超然於萬物之上，而自得其心也。而或謂爲列國大夫言之，然則，有室者獨羣公子乎哉！

原評 前後四比，令人入而忘返。義藴富而意境幽，非復人間所有。中點三段，亦磊落不羣。

冉子退朝 一章

聖人欲以政還魯，於私議者示其意焉。

夫政非大夫所得有也，正之以其事而警之以不與聞，夫子之意深哉！

且自上下之分既定，舉凡國家之務，要一聽之君，公之百執事，而非臣子之所得而私議者也。若夫强臣擅國，徒知集一時才智之士，相與謀畫於其家，而不知竊大君之柄、棄衆議之公，雖日昃不遑，其罪更不勝誅矣。

吾魯自隱桓以來，歷世至昭定，而魯無政。非無政也，有政而衆不得聞，故無政也。提與聞，有『高標跨蒼穹』之勢。

先王慮後之人主或壅蔽而無以照奸也，於是乎廣詢博訪，以收在廷之議。先王慮後之人臣或專擅而得以肆爲也，於是乎公聽並觀，以分權臣之勢。是故，政也者，國之人無不與聞者也。向使魯而有政，則魯之君當宁而立爲下令曰：『今日者，國有重務，百爾君子無以我昏愚而棄我。即老成謝事，亦復共相翊勵，無貽社稷羞。』再一提喝，己了全題。於是時也，將見諸大夫奔走於下，諸陪臣愓息於後。致仕如吾夫子者，亦且陪末議、待明詔，豈不赫赫盛事哉！何居乎有政之對，竟出自退朝而晏之冉子也！夫家而有政，國無政矣；國而無政，國之臣俱不聞政矣。此在魯之君臣習爲固然。夫子亦明知之，然而不忍言也。瞿然曰：『其事也，如有政，雖不吾以，吾其與聞之。』

明告以人臣之分，則家不耦國，卑不抗尊，要惟各庀其家事而不得僭越以干無將之誅。暢發夫子意，工比。陰折其無君之心，則尊無二上，權不下移，要惟臣子所共聞，而不得私比以成黨同之漸。其言婉而切，其意嚴以遠。噫！夫子之旨微矣。是一則史論。

蓋從來蓄異志者，必先取國家之威福而後潛移其勢而不覺。一二奔走其門者，又不惜竭智盡謀以佐之，不知黜陟予奪非臣子之所得爲也。外不辭任勞任怨之名，内自成竊國竊家之計，少年喜事者以爲功名之會也，而老臣之悼嘆則已久矣。抑從來懷不韙者，必先忌國家之公議，而後獨成其柄而不摇。一二出入其家者，又不能大庭廣衆以沮之，不知禮樂征伐皆羣臣之所當預也。既安於人言不足惜，僉謀不足取之心，而又肆其惟我得爲、惟我欲爲之志，新進效謀者以爲勇敢之氣也，而君子之責備不容寬矣。

聞斯言也，三家其有所儆乎！冉子亦知所愧乎！魯其有政矣乎！

原評　英鋭不可當，崇論宏議，可以揭日月而挾風霜。

南人有言曰

方言可述，不忘邇也。

夫人知重聖人之言，不知聖人亦重衆人之言也。南人有言，夫子其忽之否！意境不凡。以爲某也生於斯、長於斯，固居然東人也。然而非也，某也東西南北之人也，轍迹幾徧天下，豈但期其君之我用！亦以名山大川之内，往往多隱君子焉。故過都歷國，時聆其緒論，即一言有會於心，至今不忘也。

吾用是而有感矣：生二十年於魯，其家居所與游者，不過其鄰里鄉黨之人。百氏之書雖無不讀，然皆古人陳迹，不足以激發其志氣。故決然求天下之大、四海之廣，驅車所至，自覺與國初之采風問俗者蓋相去不遠，而後乃知天下之人盡皆可以爲吾師也。

過江淮之濱，縱觀漢陽之上，見其民之謳吟謡俗，靡不心焉識之。且召伯見慕於甘棠，游女志歌於喬木，是果何代之風哉？打動『恒』字。夫江黄之壤，逼近荆蠻，在天一隅，既遥且僻，乃民俗淳熙，何澆灕之不作也。噫！吾道南矣。出『南』字，古致。

抑聞之，文王之化不自北而北，乃自北而南。豈以南也者生育之鄉，而其人寬柔，化則易入歟？即今吴越之間尚多秀民，則西京之盛治未嘗不留於南國之人心也！再探『恒』字。

夫周公分陝，召公布政，其言之見於詩者，不繫之曰風，而繫之曰周南、召南，大約二南之二十五篇，其間多出於南人之言者近是。反吸，更醒。

今也，太史不陳風，雖有嘉言，罔由上達，得毋山河如昨，人民已非，而閭閻之告語或皆不足取耶？不然，而何以詩遂亡也？余用是傾心聽之，凡其人之一詞一語，靡不諷誦其言而心知其意，固亦有典、謨、風、雅中不可多得者。由今憶之，如見其人，如聞其聲，未嘗不嘆其言之約而能該、切而可循也。

學者亦求我以言矣，我之欲無言者已久。還即南人之言思之，其於吾言亦思過半矣。

自記　歲壬子，予年十九，從先大人僑寓潛山之羅莊。先大人家教，每屏時文不許讀。而執友戴偉人先生佳偉，文行極爲先大人所重，輒私授予以壬子鄉墨。予得見北闈諸公卷，喜之，乃試作此，私視戴先生。先生大嗟賞之，謂先大人曰：『此子大器也，奈何不令作時文？』先大人笑不應。然予往往竊作時文，自此始。距作此文時，今三十一年矣。

原評　妥貼排奡，驅役古調如出己有，竟是八家名篇，非時徑也。

剛毅木訥近仁

質有近於仁者，當思所以成其質矣。甚矣，仁之有賴於質也。知剛毅木訥之爲近，豈遂安於近而已哉！且人生而仁之全體具焉，其有理無欲之本原，固不以質之美惡而有加損也。高壓『近』字一層。然而，與物相引則自强者伸，與人相緣則本天者貴，是故質不可恃也而可恃也。夫人外不必力爲拒，而非僻之私無由入；內不必嚴爲守，而邪妄之氣無由出。語皆深切。此純乎仁者也，下此則必視乎其質矣。

蓋人必爲世俗之所畏，而後相緣而投我者，無自得至乎其前，故寡所合者，必寡所營者也。人不爲物情之所喜，而後相乘而中我者，無從得渝乎其故，故無所顧者，必無所累者也。俱兼兩意。則有剛者焉，氣之決也，物不能奪；性之直也，情不能縈。夫俗之靡也久矣，安得有人焉如是之剛者也！又有毅者焉，志之堅也，歷險不懼；力之忍也，歷久不衰。夫人之自廢甚矣，安得有人焉如是之毅者也！

而吾更思一木者於此，才不足以勝人，見可欲而不動；貌不足以悦俗，處至淡而能甘；以視人之競華者，爲何如也？而吾更念一訥者於此，寧拙於言，毋巧於辨，故飾非者不能誘；寧議我隱，毋議我躁，故華僞者不能囂：以視人之紛馳者，又何如也？若是者，一往莫遏之氣出萬物之上而不能侵也，則憧擾之端於焉絶矣；泊然無營之衷入萬物之中而不能擾也，則外騖之念於焉鮮矣。切註，發議璨然，玉潤而珠輝。以復仁體，仁體可復也，是天德之健也；以存仁心，仁心可存也，是人心之誠也，而謂非近仁者耶！兩意本朱子，説得完備，極得『近』字全神。

然則未能近者，吾望其相反而相成也。柔靡反而爲剛毅，斯可任重而致遠；華辨反而爲木訥，斯可守樸而存真：盡其矯揉之力而後欲仁者，皆有用之才。抑已能近者，吾望其愈進而益上也。剛毅而進以巽順，則大力出於小心；木訥而進以文明，則英華發於篤實。加以變化之功，而後利仁者無懿美之累。

人亦急求其近，而又毋止於近焉而可矣。

彭訪濂先生　理醇格正，抉發題藴能使中邊皆徹，此理境中射雕手也。

〔增〕

國朝文鈔四編高梅亭評　清真老當，先正遺規。◯後來裘君作，後二比云：『蓋仁之爲道遠也，多一隔礙，即多一轉折之程。誠使靡靡者進而爲剛毅，與卑闇反，自與高明俱逐；逐者返而爲木訥，與馳騖殊，自與沉潛合：從相遠之界以至於相鄰，而矯揉之力勝，乃得復其未雕未琢之天。而仁之爲幾密也，多一區分，即多一擬合之迹。誠使剛毅者而加之以行健，則不屈於外，且能不屈於中；木訥者而濟之以存誠，則任質以游，更可任質以化：從至密之處以歸於至一，而涵養之功深，益自完其無思無爲之體。』從『近』字着筆，與此二比意同，筆力亦沉健，余不逮矣，故置彼録此。

夫子自道也

賢者明聖人之謙，知至德有全能也。蓋仁、知、勇非己有之不能道也。然則，夫子之無能，正夫子之無不能也耶？故子貢以爲自道也。『自』字驪珠已得。若曰天下事及之而後知，履之而後見，苟未至乎其境，不惟欲任之而不敢任也，即欲辭之，而亦不知所以辭也。神理獨得。是故欲然不自足之心，常發於悠然自得之候，則至德之所歸，即其言而斷可識矣。住句微渺可思。

有是哉！夫子於君子之道，而竟以爲未能乎？刻切。

性情之盈虛與學問而相長，在在以爲無憾，必遥望焉而不知其處者也。使静觀於淺深閲歷之途，每覺快意者少而不快意者多矣。世途之廣隘隨詣力以相形，故遇事偶能自全，亦幸中焉而不得其理者也。使潛驗於險阻艱難之内，又且攖我者多而不攖我者少矣。擊刺三『者』字。

然則夫子之道及此也，豈故爲謙言以自抑？殆心知其然，而發爲甘苦之詞耳。夫聖心之仁、知、勇固有立乎萬類之中而卓然與天合德者焉，此亦何物足以相累？然而，惟天德之純，乃洞悉乎人事之變也。在旁觀者私見其利用之無滯，以爲此天亶之能，非溢美也，正與夫子之自道足相參焉者也。對面著筆，靈變。亦豈讓大美而不居，殆下學方殷，不自知其所已至耳。夫人世之憂、惑、懼，固有日投夫子之前而油然與神俱化者焉，此亦何美尚有所虧？然而，惟神明之克一，乃益感乎憧擾之多紛也。在效法者竊嘆其應迹之無方，以爲此神授之能非無見者也，殆因夫子之自道實而驗之者也。

篤實之儒，凡事有難心；聰穎之士，凡事有易心。究之，見以爲難者非難，見以爲易者更非易也。夫子以渾全之天極，而自驗諸淵微，彌若有難而無易，則知從容中矩正戰兢惕厲之所以日深。實道得聖人分量出。得半之初，以爲如是而已止；優入之後，以爲如是而更進。究之，學而不厭者無止境，化不可爲者又無進機也。從未有説到此者。夫子以變化之神奇而自考其性術，彌若有進而無止，則知謙讓未遑正盡性立命之所以獨至。

夫有不能則有能，無不能則無能。能君子之道，非夫子而誰哉！

原評　子朱子注『吾十有五』篇，謂夫子非心實自聖，而姑爲是退托。後凡言謙辭，皆仿此文體，認斯旨，發自道，精義致，有汁漿，其氣質樸茂，故由孕息於古人。

欽定文選評　但就題面推衍，何從見子貢知足以知聖人實際，似此方將聖人平日功力、言下精蘊一一傳出，筆致鋭入爽達，非浸淫於江西五家者不能。

〔增〕

小品二集唐太初評　志學章注『聖人生知安行』一段，結之曰：『後凡言謙詞之屬仿此。』朱子恐後學誤會天子謙詞不過周旋世故套語，所以特下此句。文能得題神吻，亦是從此一段體味出來，故語語精確。

小品二集沈鏡涵評　從獨覺處發出自視欿然之神，便於自謙中見聖人全體。用意精深，出筆微妙，應是杜谿稿中壓卷文字。

小品二集唐升聞評　聖人之心至虛，從無滿志之時。故凡自謙處皆實見得有未見處，非故爲退託也。體味『自道』二字，從夫子心坎中傳出聖道未見之神，精瑩朗徹，透闢無遺。

國朝文鈔二編方苞評　但就題面推衍，何從見子貢知足以知聖人實際。似此方將聖人平日功力、言下精蘊一一傳出。筆致鋭入爽達，非浸淫於江西五家者不能。

國朝文鈔二編高梅亭評　蒙引解作自言，不云自謙，而謙意自在自中，最爲有味。蓋聖人非謬爲謙退之詞，自道之爲謙詞，猶文王望道未見之心也。文能傳出夫子戰兢惕厲本懷，語語透骨，題神、題義故兩得之。

禮以行之　三句

君子有所以全夫義者，而濟之以衆善焉。

蓋義也者，諸德之發也。兼禮遜信以濟之，此事之所以無不善歟！

今夫君子修禮以達義，退遜以明禮，體信以達順，此生平養德之素則然，非臨時取濟，以爲善吾制事之義而已也。

然而，義之所以善，端必由之。是故，既以義爲質，則行之吾身、出之天下、要之於成始成終者，舉歸之義矣。

而爲質之義，猶未可以遽行也。義以直己爲德，則質或勝其文；義以剛決爲才，則氣或渝其節。孤行其是而不協於品節之安，識者深惜其制中之無道也。君子之於禮也，反情以和其志，故莊敬之心日强；比類以成其行，故邪僻之氣不設。大自朝廟郊社之重，細至周旋襲裼之微，莫不有恭敬威嚴之度，使天下望之而去其慢易焉。此爲質之義所以歸於順正適符其則也。如是以行之，亦可有攸往之利而無所阻矣。

而禮行之義，猶未可以遽出也。禮以定天下之分，其道尊而不親；禮以肅天下之觀，其體嚴而難犯。謹飭其威而不免於凌物之咎，識者深嘆其自牧之不卑也。君子之於遜也，不自大其事，而己之心安；務讓人之功，而人之志慊。内則優柔而平中，外則撙節而退讓，止常如其從容自得之致，使萬物遇之而失其凌厲焉，此禮行之義所爲濟以安和而泯其争也。如是以出之，亦可有恬適之樂而無所滯矣。

至於貞以一天下之動，正而固者，幹事之基；誠以體天下之物，通而復者，聖功之本。信之爲信，所以要諸德而歸之精實之極，以反諸無妄之原者也。一有不信，則禮之行義者外飾之華，孫之出義者謙恭之僞，而義亦襲取之名而已。君子之於信也，有諸己，非悦於人。既絶夫作僞之私，誠諸中必形於外，復自得夫交孚之意。喻志在不言之先，輸誠於共白之地，無非此始終貞一之忱，使天下見之而去其浮靡焉。此禮行、孫出之義處其所存、玩其所樂，所以合内外之道而時措之，無不宜也。如是以成之，乃可以一成而不復廢矣。

君子制事之道如此。

原評 端凝厚重，足徵邃養。

君子貞而不諒

君子所守之正，執於理而不執於心也。

蓋貞者求當乎理，而諒則一任乎心也。貞而不諒，君子所爲獨得其正哉！今夫明善之至，而後可以執極而不遷。古之人識定於内，而力卒能勝之，非徒以强固自處也。彼夫任吾心之所至而偏於一往，雖較之游移者爲有主焉，亦終無當於大中至正之矩而已矣。

蓋天下有貞者焉，即有諒者焉，皆有所持以爲藏身之固也，皆有所持以爲應物之主也，貞、諒並提，然後側落，是前輩一定之法。而其實有相似而不同者。是故，君子臆見不敢憑也，而素裕夫審幾之明；至理不敢外也，而力全夫精義之學：蓋惟貞而已矣。此句極得大旨。當是非未定之時，常恐以一己之私而違天下之公，及夫灼然有以見其是矣，裁萬物之至當敬而守之，任事勢之百變而總不足以相撓，是確乎不拔之操也。語皆透骨，然無一點張皇，非養到者不能爲也。處可否錯陳之會，不欲以疑似之迹而誣正大之軌，及夫昭然有以決其可矣，定萬善之會歸允以蹈之，聽時會之反復而終不至於變更，是獨立不懼之概也。精粹不磨。蓋貞爲天德之終，天高明而不可極。所以能物與無妄，而成保合之功。貞爲智德之符，智知之而弗去，所以能歷險而不失其信，而有幹事之力。

若夫照物之鑑不精，而徒以自行其意，謂不可失約於天下也，而爲是爲非初不問焉，轉出『而』字。即其忠孝出於愚忱，亦足以隆氣節之事。然臆見之是憑亦已甚矣，則其守不足貴矣。字字比勘精到。窮理之功不積，而祇以自快其心，謂不可少負其初衷也，而爲可爲否初不計焉。即其始終一於勿貳，豈不足見真實之操？然至理之踰越亦已多矣，則其節不足尚矣。是則所謂諒也，豈君子之貞而出此哉！

志氣塞乎天地，未嘗有矯矯自好之名；吉凶合乎鬼神，而不必同硜硜不變之士。後之君子，亦於貞與諒辨之而已矣。

原評 刺題甚刻，抉題甚明，鎔鍊沈細之至，而其氣自淡沱沖融。

生而知之者上也

尊生知之等，所以明其不可及也。

夫生而知之，則天下之知皆其所不屑者矣。是之爲上，夐哉何可及乎！

夫子若曰：維皇降命，而萬物生焉；惟人也，秀而靈。此知之所以不絕於世而反之人，人無不各足者也。然非繼天立極之人，則知無由而開。故神明之哲，獨先乎天下而能作之則，亦即高出乎天下而自成其尊，如所謂生而知之者其人是已。

生人之初，人與物錯處於愚蒙，而不能自正其性命。有人焉，天尊地卑，而知分之所以定；流而不息，而知情之所以通。閎中肆外，質有其文。於是惇之而爲典，庸之而爲禮，章之而爲服，用之而爲刑，以至利用前民，舉皆得其自然而不容已之故。此果誰爲指授之，而遂如是其畢照也？則固自天生之，以首出庶物者也。行習之常，智與愚殫其精神，而不能庶幾其萬一。有人焉，不思而得，而自知乎萬理之所以然；不勉而中，而自知乎萬事之所當然。作君作師，道理該括。於是配天地之德，並日月之明，同四時之序，合鬼神之吉凶，以至動容周旋莫不適如乎不言而喻之性。此又何所效法焉，而遂如是其高朗也？則固生而已然，而教成萬類者也。知之如此，得不以爲上乎？

其在首出庶物之人，或數世而一見焉。天地有不能不待其裁成之處，則積千年靈淑之氣，聚而歸之於一人。故同是耳目，而聰明獨先；同是心思，而睿知獨豫。蓋天德之明，雖極人事之推測，而無以窺其始終也，則爲聖神之獨絕而已矣。其在教成萬類之人，亦數世而一見焉。大道或適當夫絶續之交，則合古今奇偉之材，全而付之以相託。故經教立而吐辭爲經者，六藝皆其緒餘；聖道垂而以身備道者，百代資其末照。蓋天授之智，雖竭賢才之研究，而不足當其微矚也，則爲攀躋之無從而已矣。

然則惟生知者得爲上，而非生知者將不與於知乎？是知至上而已窮也。亦惟生知者乃爲上，而非生知者豈可棄於知乎？是知由上而更無盡也，學者可以興矣。

原評 以易對書，便覺氣象闊遠、義藴閎達，故知言不可無物。

昔者偃也 一節

聖人道易天下之心，賢者述其言而如見之矣。

夫夫子所極不忘者，誠欲以道易天下耳。『道』字根本精深。

偃述所聞，不如見其心耶！蓋自上天之命，無日不流形於萬物，而道出焉矣。然天能命之，不能教之也。惟聖人全體皆道，嘗皇皇焉欲一出以道濟天下，及所如不合，而又望之吾徒。蓋身親行道而不可得，得一不忘行道之訓者，以教此一方民，即如身親行道焉。

昔者，偃也竊嘗聞諸夫子，而不敢須臾置也。夫子之言道也，推而放之四海而皆準，謹而試之於一民一物，而亦不能外也。極而贊之，天地而可參；顯而設之，日用尋常而亦不可失也。

是故，古者天子以德爲車，以樂爲御，諸侯以禮相與，大夫以法相序，士以信相考，蓋舉天下之君子未有不學道者。用經恰如出自己手，與題相赴，非以硬抄經語，便爲妙也。乃自偃聞夫子之言，始知君子之所以愛人，遂得諸此也。下語如山。夫愛人者，天地生物之心，人性之所自有，而於君子尤急焉。特未嘗學道，則易直子諒之心無由而生，所謂仁體事而無不在者。彼固有所不暇顧也，惟禮以修其外，樂以修其内。由是以之爲己，則順而祥；以之爲人，則公而溥；以之爲心，則和而平。雖道之大行，君子可爲而不可必。然以爲吾得民而治之，則博愛者吾道也。有一物不得其所，即非道也。人生其時，有不被其生養、樂其安全者乎？夫子意中之君子，蓋無不然矣。

古者，人不獨親其親，不獨子其子，使老有所終，幼有所長，鰥寡孤獨廢疾者有所養。蓋舉天下之小人，未有不學道者。乃自偃聞夫子之言，始知小人之所以易使遂由乎此也！夫易使者，天地一定之分，人理之所莫越，而於小人爲獨切焉。特未嘗學道，則尊君親上之誠無由而發。所謂義無所逃於天地之間者，彼固有所不能知也。惟樂至則無怨，禮至則不争，由是用人之知去其詐，用人之勇去其怒，用人之仁去其貪。雖道之至精，小人可由而不可知。曲折盡變。然以爲吾有長而事之，則順命者吾道也。有一事不先其君，即非道也。國有其衆，而不戴以元后，親以父母者乎？夫子意中之小人，蓋無不然矣。然則，武城雖小，固以夫子之道教之也，意者鉛刀其有一割之利乎！

原評 其根實，其枝茂，其膏沃，其光煜，摭拾家勦襲一二陳語以爲寶貴，安能望其後塵？

不曰堅乎 四句

堅白可恃，隨往而能自全也。

夫磷與緇者，必非堅且白者耳。不然，磨之、涅之庸何傷？顧謂有所不可往乎！

且我有自全之具，則舉世之險阻無不平也。苟謂不測之途，萬宜拒絶。其所以愛吾身者則得矣，抑思此身之自待爲何等乎？

有是哉！子以不善不入之言詔我也，我豈得謂我無是言？

顧不善不入者，謂不善能損我也。夫不善能損我乎？亦我原有受損者，故損之者至耳。抑謂不善能染我也，夫不善能染我乎？亦我原有受染者，故染之者至耳。不磷不緇，先提起正意，暢發一層，壓入『不曰』二字。

乃吾觀古之聖賢，隨其所往，賢者獻其誠，不肖者亦致其恭；君子樂其道，小人亦不生其忌。甚至暴者以平，殘者以恕，我有其善而天下並無不善，此誠何故？則又有説以處此矣。天下之磷者，非磨之害也。不堅則磷，固其所也。不曰堅乎？磨而不磷。天下之緇者，非涅之故也。不白則緇，亦其宜也。不曰白乎？涅而不緇。堅無畏乎磨，白無畏乎涅，吾生之天自全，後起者何妨日加而不懼。惟磨愈見堅，惟涅愈見白，斯世之遭無定，内足者總能自信而不疑。

古道其不復矣，安得不磨不涅之地而居之？顧何以璞自完而素自藴，則堅白可恃，正不必置身混沌之初。此比更快。世途其多故矣，猶幸有相磨相涅之故以試之。假令玉不琢而采不施，則堅白自隱，又何能共見於雜陳之會！

然則，子謂吾不可往，將磨磷我也，將涅緇我也，將我不堅不白而裹足不問人事以避其磨與涅也，將我自堅自白而什襲不出當世，以免其磷與緇也。人各有能有不能，若此者，豈吾之所能乎？

原評　音節古勁，氣體高岸，迥非恒逕。

見其二子焉 至 長幼之節

隱士以子見，其留意於長幼者可思也。

夫二子之見丈人，或者其篤於義乎，不知僅長幼之節云耳，何勿敬聽子路反告之言？且人生樂事，半在家庭，而至人顧有所皇皇焉不暇謀聚首之歡者，何也？常人之家止一室，至人之家合四海。是故明於大義，要不得拘於小節也。迎刃而解。

吾有異於止子路宿之丈人。方其縶之維之，我有旨蓄，爰進君子，式食庶幾。少焉有拜於階下者，子路曰：『嘻！誰與？』丈人曰：『小人有子，見田野之人矣，未見鄒魯之士。敢見。』子路曰：『唯！不敢辭。年幾何矣？』則對曰：『長者能負薪，幼者能辨菽麥矣。』噫！丈人於是乎有禮。忽大開。

獨是國家太平於今幾百年矣。我文王、武王父作子述，竭其精神才力，始得奏清明焉，迄於今，食其澤不絕。凡爾丈人，父荷耕鋤，子牽衣裾，皆朝廷之賜也。不然，彼嘆仳離而傷中谷者，豈獨爲匪民也耶！然而丈人不計也，子路亦不言也。二子辭客，客亦就寢，倏焉明日矣。子路心念夫子，急去之。丈人分袂，或欲言否；二子臨岐，或能餞否：俱不相及。未幾，行及夫子，敬告之故，且語之見。子曰：『天下乃有此隱者！子急招之仕，毋使蒙不義以老。』子路曰：『諾。』載尋舊廬，行行且止，曾見二子者爲時幾何，而丈人已不可復識矣。

子路曰：『天下隱者大都如是。』子使由招之仕，毋使蒙不義以老，由不可無言。爲語其家曰，如丈人者，義不可不仕矣。自然挽合。誰謂乃公無義者？疇昔之夜，雁行而肩隨者，非二子也耶？何長幼之有序也，豈非有見於其節也耶？然則，子路之言雖未畢，而丈人之家人亦可以憬然悟已。

第不識丈人行後，二子在否？子路言時，二子聞否？尚出見否？前後事同不同未可知也。夫天下義爲大，節次之。一日無義，將父不得有其子，長不得有其幼。坐視天下疏間親、少陵長而不之救，吾恐亂之初生、亂之又生，即欲偃然守一家之父子兄弟以爲樂，不可得也。丈人曷未之思耶？酣暢至此。

原評　古音璆然，如入閬風、玄圃，忽聞仙樂，自非人間所有。

子夏之門人　一章

兩賢之論交，一以嚴，而一以寬也。

夫子夏兼乎拒，而子張主於容，其告門人者不同也。然而，交之爲道亦從可思矣。且無所不有者萬物之情，惟聖人爲能區而別之，而有以定其分；無所不受者天地之量，惟聖人爲能曲而全之，而有以洽其情。此其精者在盡性至命之微，而其顯者即在與人接物之際，放眼宇宙，便成海涵地負之觀。則君子之交當亦有道矣。提法亦不同凡響。

蓋仁者之心先於自治，則必勉於賢而不爲不賢；而智者之識在於知人，則既樂爲其可，而亦不至重傷其爲不可。若子夏、子張，皆未足以語此，其於交道宜乎各守所聞也。

子夏之門人嘗聞交之説於子夏矣，而又問子張，凡欲有所正也。排場俱古，鍊格奇橫。子張於此，當以交之説告門人矣，而又詰子夏所云，亦欲有所考也。迨門人述子夏之語，子張亦述己之所聞，而遂較然異焉。

子夏曰：『可者與之，以彼之賢，成吾之賢也。』又曰：『不可者拒之，不以彼之不賢，成吾之不賢也。』門人聞之，乃今而知交之貴嚴矣。子張曰：『異乎吾所聞，君子尊賢而容衆，賢與衆皆與也。嘉善而矜不能，善與不能皆與也。』又曰：『我之大賢與，於人何所不容？不可者不必拒也。我之不賢與，人將拒我，如之何其拒人也？不可者又不能拒也。』門人聞之，乃今而知交之貴寬矣。

由今思之，子夏之説，兼乎拒者也。其所謂可者，非即賢且善者耶？尊以致吾敬也，嘉以致吾愛也，所宜降心以相從耳。一一分別，如老吏斷獄，一字不肯放空。僅曰『與之』而已，得毋直遂乎哉！至不可者，則不僅衆與不賢矣，然拒之不已隘乎哉！妙。疾惡之太甚，必相激而變生。兩相拒將兩不相容，兩不能容且至兩不能拒。天下事以嚴拒而成隙者，往往然也。是子夏未有定論也。

子張之說，主乎容者也。其所謂尊且嘉者，非即與者耶？不尊不賢而賢始尊也，不嘉不善而善始嘉也，似亦審擇以從事矣。然有侈其尊嘉之意，誰不曰吾賢且善乎哉！至容且矜者，固將概以不拒矣，然人肯甘爲我容乎哉！優柔之太過，必相凌而不已。我徒容人，人將不我容；我不拒人，且至人或我拒。天下事以求容而召侮者，往往然也。是子張未有定論也。

甚矣，交之難言也。世有不必拒而未嘗見浼於人、不皆容而未嘗見絶於物者，庶幾君子乎？還他師結。子夏、子張皆未足語此，而門人又非所論也。

原評 平地幻出千門萬户，蜃樓海市未足擬其奇，真鉅觀也。

可者與之 六句

兩賢之論交，異而同者也。

夫『可者與』即『尊賢嘉善』之説也，『不可者拒』亦不大遠於『容衆矜不能』之説也，豈真異乎所聞哉！奇。

今夫好善惡惡者，生人之公心；取益去損者，求友之正道，此固無之而可異者也。乃學者各守其所聞，或於此見其嚴，於彼見其寬，遂以爲迥然不相合，而不知其意之相通也，亦殊塗同歸而已矣，如子夏與子張論交者是也。先從同上説。

擇交者必戒其不如，即性情豁達，亦斷不謂燕朋之可暱隳吾道中正之防。親仁者常兼乎泛愛，即持守端嚴，亦斷不謂愚俗之無知，失吾道覆涵之量。

乃門人述子夏論交之言，而子張自道其所聞之語，於是而兩人較然異矣，於是而兩人亦竟渾然無異矣。

子夏曰：『可者與之。』子張曰：『異哉所聞，賢者吾尊之，善者吾嘉之。』今概曰與而已，是賢而衆人畜之，善而不能待之也。子夏曰：『其不可者拒之。』子張曰：『異哉所聞，衆人吾容之，不能吾矜之。』今概曰拒之也，是不可者無以復進於賢，且不可者無以復進於善也。先還『異』字，是正面。

然則，兩人果異矣乎？夫可者與之，固未嘗曰賢吾不尊也，善吾不嘉也。不可者拒之，亦未嘗曰衆吾不容也，不能吾不矜也。與必於可，則凡可者尊，嘉在其中；拒止於不可，則凡不至於不可者矜，容在其中，是子夏仍無異於子張也！且尊賢矣，嘉善矣，亦止曰賢吾尊之也，善吾嘉之也。容衆矣，矜不能矣，亦止曰衆吾容之也，不能吾矜之也。尊嘉必於賢善，凡可尊可嘉而與在其中。矜容止於衆不能，凡不但爲衆不能而不可容、不可矜者，而拒亦在其中，是子張仍無異於子夏也。次還『異而同』，是題外補斷。

使爲門人者，果能用子夏之説，則與之既有觀摩之益，拒之復無比匪之傷。且能用子張之説，則尊之嘉之，既不至於驕盈；容之矜之，復不病其陿隘，而交道不已備乎？然而拒之爲言，則誠不無太甚者，故子張不異其與而異其拒也。折入下文。乃張也，欲一於容，抑又過矣。是以終不能無異也。

原評　『異而同』立説甚奇，乃即其言各爲推敲，二子應亦啞然自笑。疑是舌吐青蓮、筆夢五色者耶！

百工居肆以成其事

功之貴乎專也，可考工以觀厥成焉。

蓋天下事惟專乃精，何可易也！百工亦然，遷其肆，弗能爲良也已。

且人亦嘗曠觀天下之事乎？未嘗爲之而坐喪其功，吾惜其惰而棄厥業也；既嘗爲之而莫睹其效，吾惜其愚而失所託也。造語生新。

儒者自命，類不屑加意技能之末矣，不知置身静、專之地，神智以不雜而生；相錯衆長之間，才能以互形而勵。準以恒術，往往然也，則請觀事於百工。

夫國有六職，百工居一焉。入精微者，貴安其拙；攻形器者，貴呈其巧。故治乎其事，其人即以工稱。任千古者，一代不過數人；庀五材者，一物常鳩衆力。故即乎厥工，其數乃以百著。

夫既爲百工矣，循循焉爲百工之所爲，是亦百工也已矣，事即不成，庸何傷！且事之成不成，亦何常之有？奇材異能之士，未嘗乏也，其爲規矩繩墨貽之先民者，初不敢廢也。古峭可愛。然而力所能至，天則阻之；才所能攻，人則忌之；或將就緒矣，毁於末路；或已告竣矣，敗於多言。未嘗不嘆良工心苦，而乃不得一事之成，以自表於天下，此豈工之未善哉？事不易集，大抵然耳。然咎仍不在事而在工，何也？謂其未審所居也。

先王知人之精神聚之則明而散之則昏也，於是相陰陽之區爲之和會，九達之衢有廣肆焉。若曰：『爾庀爾材，爾鳩爾工，來吾肆而環處焉。』庶幾耳目無私好，而器不苦窳也。非敢以厲工，聊以懋爾事耳，夫然後授餼者豐以優之曰：『事成矣，而不知誰之功。』倒喝居肆，有韻。

先王知人之心志，獨居則隳而羣居則奮也，於是命冬官之屬列其市廛，攻錯之地萃以居焉。若曰：『爾殫爾精，爾竭爾慮，趨彼肆而程材焉。庶幾彼此相磨厲，而材不雕琢也。』豈敢以怠事尚？由是臻厥成耳，夫然後計功者省而嘉之曰：『事成矣而不知誰之力。』

甚矣，肆之不可不居，而工之成事非苟而已也。夫列肆不改而釋業而嬉，則居肆者猶未必皆成，而況未嘗入肆，漫曰閉門造之，出而合焉？跌進一層，古致歷落。抑又何哉？君子可以學矣。

李醒齋先生〔一〕　以清勁之筆而運以古色，精思峭致，具見錘鍊。

原評　排闥而來，氣魄殊偉，遒勁峭拔之概幾欲干雲霄而上之。名手異人，其光芒正不可掩也。

利試文中郝廷顯評 興題，正意在下，原不宜徑露。此文開講冒下渾寫項下，直入本位，以後或反或正，皆靠實本位，字字透發，令正意隱然自見於言外，而名論驚四座，古氣逼兩京，楷模後學，自當永垂不朽。

仕而優則學 一節 其一

仕、學各有所先，專務之而後可兼及焉。

蓋不專其事而遽欲兼之，是兩失之道也，仕與學可不各以其優爲先務乎！

且天下之道一而已矣，而當其事則各有職業之不同。君子知所先而不敢後，亦知所後而不敢先，其始專於所及而及之，其終亦未嘗不兼於所及而及之也。敏妙。

蓋古無不學而仕之人。方其齒冑而親師，雖元子之尊，亦下與田間之髦士同肄夫春誦夏弦之業。故公卿大夫以及羣士之列，莫不出於知類通達、强立不反之餘，何待以仕爲學乎？同見古今之變，故言無枝葉。

自世卿專政以來，席先世之寵者多未嫺禮樂之文，故或臨事不能引經，或歌詩不能答拜，始愧向者之不學，而汲汲廢仕以求學焉。則仕未優而學者多矣，夫仕未優而學，亦賢於仕而不學者。一折，題理始圓。

且君子謀道之心固無時而可息也，然仕之日非學之日也。仕爲大臣，而一物不得其理，即盡讀天下之書，不足以爲民之表也。仕爲小臣，而一事不稱其職，即多識古人之説，不足以爲邦之光也。非仕必不可學也，蓋仕而未優則學，適以妨仕耳。苟仕者而欲不廢乎學，使仕之理因學而愈明也，其必待仕之優而可哉！

古亦無學而不仕之人。方其鼓篋而官始，自司徒之教，以至司馬之爵禄，莫不進於官材論辨之科。故秀選俊造，上及於樂正之升，皆即責夫化民成俗、近悦遠懷之事，何至以學謀仕乎？自選舉混淆而後，登朝列之位者多不出積行之士。故學製而致傷乎美錦，思割而不諳夫操刀，惟恐吾身之不仕，而皇皇挾學以求仕焉，則學未優而仕者衆矣。夫學未優而仕，亦賢於不學而仕者。

且君子救世之志固無時而可忘也，然學之時非仕之時也。反面亦透出絶大議論。學求躋聖，而一念急於功名，則必不能與千聖同德也。學求致王，而一念分於富貴，則必不能與三代同功也。非學竟不可仕也，蓋學而未優則仕，適以累學耳。苟學者而欲自試於仕，使學之志因仕而大行也，其必待學之優而可哉！

原評 靠實就上截，發揮透澈，無一字取巧，正如山立川流，不煩安置；浩氣流行，可以亭育萬物。

仕而優則學 一節 其二

仕、學不偏廢，惟其優而已。

夫仕而不學、學而不仕，皆非也。未優則專及之，既優則兼及之，是在仕與學者。

今夫朝有大雅之公卿，野有濟時之道術，此盛世之所期，而賢人君子立身之大概也。故治其事則各不相謀，而裕其功則仍以相及。並營之固兩失，交棄之亦未爲兩得也。喝得動。

是故，世有謂既仕不必言學者，以爲賢者當垂功名於天壤，文章諷詠之習，此儒生伏處所爲，非驤首皇路者所宜問也。然仕豈真不可學乎？獨未得仕而優之一日耳！念王事之靡盬，方朝夕盡瘁而不遑，而一心以服官常，又一心以勤稽考，則學不足以資仕，而適以妨仕也。上截安頓了。仕而未優，專其事於仕而可矣。苟其退食之暇，而君與民兩無所負也，則不必致主堯舜、不愧伊周而始云優也。縱云政事埤益之甚，豈遂無偶爾之燕閒？而一行作吏，坐使此道之俱廢，徒於名教之外別尋樂地焉，不致足惜耶！況世官而多公選矣，未仕之先既不及學，既仕之後又不欲學，安往而非冒昧之譏乎？無意不暢。是故，形勝、户口、圖書足以廣政事之資；禮樂、兵農、典章足以成制作之大，則仕以學而功業益光也。『仕而優則學』，願仕者毋忘此意也。

世有謂既學不必言仕者，以爲君子當安心於著述，富貴崇高之事，世人福命之所遭，非純心道德者所宜及也。然學豈真不可仕乎？獨未得學而優之一日耳！念出位之非宜，方隱居求志以自得，而一心以稽古，又一心以梯榮，則仕不足以顯學，而適以病學也。學而未優，盡其力於學而可矣。『優』字看得諦當。苟其誦讀之餘，而民與社可自試也，則亦不必道貫天人、德隆今古而始云優也。即云吾道大行之難，豈遂無一職之可效，而果於忘世，不念斯人之吾與，反爲異學之流增長偏執焉，不真剌謬耶！如此才是聖門之仕，小儒見不到此。『則』字亦聽之有聲。筆如游龍。況處士而盜虛聲矣，無學之人既以仕敗其名，有學之人又不以仕明其實，安往而得吾徒之益乎？是故，畏天憫人，四海之憂患皆吾同體；成己及物，三代之治迹豈屬庸流？則學以仕而抱負益彰也。

『學而優則仕』，願學者毋忘此意也。

原評　此篇又重下截發揮，亦不抛荒上截，文如藹藹春雲生，極題情之變態。

校記

〔一〕齋　原作『齊』，據帝典曰克明峻德、我故曰告子、士無事而食等篇改。

杜谿時文集卷三

大學

大學之道 一節

聖人首明大學之要，天下於是有大人焉。夫明德、親民而止於至善，大人之事具是矣。天下皆能學，天下不皆大人耶！嘗聞聖人首出，建之學校，崇以師儒，此非文飾之具也。蓋立乎天地之間，必當光昭天地之命，使萬物各得其所而不知其功，凡爲己爲人，無不共底於聖人之域而後已。此大學之所由設，而其道有綱維焉，垂之古今，不可易也。同一詮題而學識卓然，則光采自異。

今夫人本大也，蟠天際地之量具於生初，而非學則無以全其所自有，故學必務其大也。洗盡俗諦。彌綸參贊之能始於勉强，而非道則無以盡其所當然，故大學之道不可不審所在也。

必也學之爲踐形之大人焉。形色皆天也，原於帝心，會於人極，是明德也，而可不明乎？深入理奥，言簡意高，骨力古貴。肖形宇宙之間，志正而天地之心以立，氣順而天地之體以充，奮發有爲而健行不息，道之全體在是已。兼體用。否則，所學皆外，而終身不聞聖人之道，非大人所以成己也。由是學之爲盡性之大人焉。萬物皆性也，天下一家，四海一人，是民也，而可不親乎？吾爲父母之宗子，皇極建而遵蕩平之路，德施普而忘美利之私，懷保無疆而萬類咸若，道之大用在是已。兼教養。否則，所學皆私，而萬方不被聖人之澤，非大人所以及物也。

然斯二者非可苟而已，學之尤爲至命之大人焉。德與天地相似，始可謂之明也；民與三代同風，始可謂之親也。合撰者幾微而不可見，四達者充周而不可窮。是至善也，而可不止乎！天理民彝之極，神以一天下之動而不淪於無；化以達天下之虚，而不滯於迹；期於必赴，而一於勿遷。精卓不刊。道之知至至之、知終終之者在是已，否則所學皆半塗而廢，而身世俱在依違遷就之中，非大人所以純而無間也。

然則，足乎己始可達乎外而及乎物，始不失其備乎！收得高古。我大人所爲，由希天之功以至配天之烈，惟恐虧乎成人之分，而遂克全乎至人之極者，率在乎是也！甚矣，大學之有要也。

本房拉雲庵先生 約六經之旨以爲言，根柢深厚，光采煜如，固宜與金鐘大鏞同懸西序也。

〔增〕

本朝歷科墨卷商黄際飛評 無一字無來歷旁評□六經之旨以爲言，根柢深厚，光采煜如，無以易之。

帝典曰克明峻德

溯明德於虞書，贊帝者又發其藴矣。

夫峻德在人，惟帝其時懋之。承語便雋。讀克明之書，而知唐德之遠也，見堯於帝也已。且學者不自囿於三代以下，必得隆古之聖人以爲之師，而始快然無憾矣乎！飄然不羣。顧明明德之説，或謂近者可徵，遠者難考，遂使首出御世者其懋昭大德之實有不傳之惑焉。古健。亦未嘗觀删書之所始，而得其精明强固之心也。

粵若稽古，帝堯曰放勳，繼天而帝，光有海宇。休哉，何聖之隆歟！俯視一切。其時史臣珥筆而書，登諸簡策，帝典乃傳於後世云。迄今讀是典，而見夫九族之睦也，百姓之平也，萬邦之和也，黎民之變而雍也。從『新民』三條目，推入『明德』四條目，皆根據帝典，理法精到。每嘆慕以爲家國天下之道畢舉於此矣，而典則曰：帝非齊、治、平之謂，謂迪知以睿，納意以實，宅心以端莊，範身以整且飭，而胥耀於其德也。『德』字鄭重。蓋德之爲德，固已峻矣。

峻莫峻乎，其不可及。凡物必推之而後高，德則與天同體，是崇隆之至也，而誰則至之也？峻莫峻乎，其不可圉。凡物必廓之而後大，德則與天同量，是恢宏之極也，而誰則極之也？

夫至之極之者，明之也已矣，惟帝時克乎！從『峻德』倒入『克明』。千古之至德惟五倫，而五倫之在帝身也，則已奇矣。臣可上代乎君，允稱克讓；父可不傳於子，志美如天。類而推之，創千古之未有，無非愜乎此心之所安，而合乎此理之所是。夫然後後世始知有彝常之德也，而罔非帝之能。

兩間之合德惟五行，而五行之在帝世也，抑又異矣。俱切堯説，移他人不得。水洪而火烈，誰錫元圭？木盛而土盈，誰分白壤？類而推之，平兩間之大患，無非立乎萬物之始，而周乎人物之終。夫然後後世始知有利用之德也，而何非帝之力！

若是乎，帝之於德，洵立萬世之隆，而非後世之所及也，豈非明明德之極歟？是止於至善。是故，欽明格致也，文思誠正也，安安修而得所止也。配合恰當，與起處相應。學者有志於明明德，其上師夫堯可乎？而帝與王同歸矣。

學使李醒齋先生 樸茂典雅，玉質金相。

原評 其骨高貴，其質典古，其氣宏肆，其蘊深厚，具此力量，自當所向無前。

帝典曰克明峻德 其二

遡成德於聖帝，而明德止於至善矣。本朱子。

蓋峻德者，至善之所在，而無以加也。惟堯克明之，非明明德之極哉！

今由周及商，而敬德之修，通極於命，亦可以知秉德者各有不容辭之責矣。

然盡乎人以合乎天者，反之之功；而純乎天、迥絶乎人者，性之之量。則立萬物之内，卓乎與天同其高；明徧覆之體，非古聖帝，無以見明明德止於至善焉。

試進稽帝典，可乎？是帝典也，見知者皆聖人之才，故能窺精微以爲紀載。其規模極于時雍格被，而所歸重者則在昭曠之原也。該括全典。親炙者皆神明之事，不徒侈功業以爲鋪張。其疇咨舉乎治地經天，而所探本者則在淵原之地也。是以，言帝而獨極之以克明峻德焉。

大明終始，凡得乎陽健之性者，皆足以窮乎高而測乎深。是大學教人之理。德本無疆域之限也，人或昏愚而不能自拔，則不啻限之矣。堯以安安之質而砥德於欽明，其時憲聰明之學，此比切格致説。蓋有默成於垂裳端拱之上，而與天爲不息焉。是安之之聖。清明在躬，志氣如神，峻乎一德之光昭而已矣。肖形宇宙，凡受乎帝降之衷者，皆足以際乎天而蟠乎地。德本無分數之可窮也，人或私累而不能自振，則不啻窮之矣。堯以文思之心而擴德於廣運，其踐形惟肖之功，蓋有宰制於命官咨岳之先，而與神爲不測焉。此比切誠正説。德配天地，明並日月，峻乎一德之充塞而已矣。

古今之氣運，至堯而漸開。頊、昊、羲、軒皆開天之聖，而堯集其成；禹、皋、稷、契皆間世之英，而堯以爲佐。兩比義奇而確。或者謂其得天之厚，而不知堯之德有大於天道者。故氣運借堯而發育，堯不借氣運爲遭逢也。神聖文武，堯亦自爲一天而已，誰能量巍焕之所至也耶？倫物之憂虞，至堯而獨甚。龍、蛇、水、火皆足震動其志氣，而堯以爲儆予；圮族、象恭皆足俶擾其天常，而堯難於試可。或者謂其值人之窮，而不知堯之德有大於人道者。故憂虞遇堯而坦夷，堯不以遇憂虞而震驚也。允執厥中，堯亦適協夫人而已，誰能名其光被之所極也耶？

蓋觀於是，而明明德止於至善矣，此聖人祖述之所自也歟！

原評　切定明德，止於至善説，一語移不入湯文。氣局高朗，風容古穆，亦如三代以前法物。

今文商朱履安評 極善用襯，前以功業襯，後以天人襯，正位遂得游刃有餘。

今文商汪易齋評 『帝典曰』三字，早已拓出氣色，入後尤見工力。

今文商黄際飛評 所不與康誥同者，一『峻』字耳。切『峻』字即不空闊，乃自作者勘來。不切『堯説峻』猶空闊也，既切『峻』、切『堯之峻』，即『克明德』三字，康誥所同亦堯之克明德，此之謂窄路，此之謂單微一線。

湯之盤銘曰 一節

首徵盤銘，能盡夫自新之量者也。

蓋自新之量不盡，則治本失矣。誦盤銘而日新之勤，必如湯而後可哉！且至治之世，天下沐浴其化，而不知其所從來。然而，聖天子操治本以先萬物，蓋有竭盡其精神，而不敢少留遺憾者。是故，觀於顧諟明命之心，而見憲天之學焉，則湯之盤銘可考而知也。高潔。

若曰吾蓋觀於盤而欣然慰也，孰使我積汙而忽然去之？快哉！此日慰何如矣。頓首句便不同泛響。吾又觀於盤而悚然懼也，孰使我乍潔而仍然蒙之？危哉！此日懼何如矣。

潔者以汙爲苦，汙者亦以潔爲苦。非振之以不可遏抑之氣，不且處穢濁而彌甘乎？是故，最難得者，改圖之一日也。苟知恥而力去其垢，即天地之心見於復矣。習於潔者，暫汙而急欲出其汙；習於汙者，暫潔而不甚愛其潔：非勵之以不可少徇之志，不且方祓濯而思染乎？是故最難起者，便安之一日也。苟能奮而力慊其願，即造化之功動乎震矣。

如是而日新，而新有機矣。雖然，運而不息者天也，出而不窮者時也，作而不已者心也，用而不敝者力也。截講古法。

夫既苟日新矣，而可不日日新乎？一日置盤而不御，積而一日，吾知形穢之不可近也。恃吾之已新與憚吾之復新，皆日日虛此盤者矣。盤日朽壞而不可用，則吾之託體於日日者可知。故勵精以自治者，常弗懈而益虔也。且苟日新而繼之以日日矣，其可不又日新乎？無日不對盤而加滌，或終輟一日，吾知塵垢之忽而集也。前日之新，不能補此日之不新；此日之不新，即以喪日日之常新，且不知又一日而置此盤於何地矣。盤至又日，竟棄捐而不相知，則吾之置身於又日者何若？故時盥以自惕者，必慎終而如始也。典貴高華。

晨興必頮，有事必敏，三日必沐，五日必浴，澡身者須臾未嘗忘浣也。晝有爲，宵有得，息有養，瞬有存，洗心者須臾未嘗忘敬也。然則天命之昭然，本常明而不昧；人心之同然，自有覺而難欺。此湯所以明明德於天下，而憲天出治，建其有極也歟！

原評 此題陳陳相因，文獨一洗而空，如溽暑新浴，快不可當。至古色斑斕，則又前代三鼎，豈復近今時玩？

日日新

圖新之後難爲繼，盤銘有進辭矣。

蓋既新之日，倍難於未新之日也，詎一日焉已乎？湯所爲加勉焉。

嘗觀庸人一念之奮發，即聖賢無以加之。往往至德鮮成，大業未就，君子樂其始之勇，未嘗不惜其繼之怠也。

古之聖王，以至人無間之心常爲庸人有間之防，誠懼一息之或不如其初，則不惟無以表正於萬方，而我之興起於前者於此焉廢，其收功於後者，又何能於此焉振乎？表裏洞達。

盤銘之言『苟日新也』，美哉！始基之矣，猶未也。凡人未謀是事，恒汲汲然惟恐其不得也。及身入其内而漠焉不遽相屬，則厭棄之念即生於奮振之中矣。切定題位，不可移易，而意議更快。凡人未有是理，每皇皇乎欲自慊其私也。及稍有所得而侈然足以相矜，則圖功之餘即伏爲廢業之漸矣。

甚矣！新非可一日而畢也。盤銘復進之曰：『日日新。』欲之伺我者，常不乘其鋭而乘其暇，一有由鋭入暇之幾，萬端之相感者，即雜然並攻而不能以復擇，惟斷然不易其始進之衷，則察之既嚴。危悚。當我之暇者亦猶是，當我之鋭者焉取？往復之神明，静與天地流行相繼於無息，湯所爲因念而加惕者爾！物之撓我者，常不敵於方作而擾於將長，一有由作而長之會衆變之方來者，即羣然並入而易至於相紛，惟毅然不阻其後起之力，則待之甚密。值我之將長者亦猶是，值我之方作者焉極？剛大之志氣，默與大化推遷相嬗於不窮，湯所爲繼謀而更進耳。是日日實義。

當天人革命之會，或始猶勉强振迅，以相昭示於萬方。迨吾心去危而即安，物情亦出險而就易，將晏安怠惰之氣，漸移其清明强固之天。新民意皆振。銘何中道之勤劬，新遂維日而不足也！方百務未起之先，或尚能矯飾相從，以共袚濯於旦夕。迨天之予我者日就其逸，人之俟我者亦日去其勞，將晏佚侈肆之懷，潛易其震動恪共之志。銘何繼起之圖維新，且日進而無疆也！

有其開之，忽忘其續，故知初服之不足憑。有其中焉，必慎其終，猶恐末路之有可議。湯則日新而未已也，殆其極乎！

原評 思致縝密，可以點滴不漏，而宏偉之氣自溢眉宇，固是不凡材。

道盛德至善民之不能忘也

至善難忘，知明德之足以及民矣。

夫德之盛者，期乎至善而止，而民自不能忘焉，如詩所稱其明明德之極歟！

今夫明德者，自明而已，無與於民也。然既得其止則無我，得正己之盡存神妙，萬物之感天下之性情，已皆得而致之。出語必精，無一游移影響之談。亦可知明明德之無所不用其極，而定四海之民非吾分外事也。

若詩言『有斐君子，終不可諠兮』者，何民之不能忘君子至是也？吾於此得『明明德止於至善』之説矣。

『民之秉彝，好是懿德』，此天命之流行於品物，而民受之以爲性者。形氣雖殊，不能不觸其所有而自通也。透徹元本題理，不待攻擊，而自然洞達閫奥。『繼之者善，成之者性』，此乾道之變化於性命，而民得之以爲生者，風俗雖別，不能不感乎其中而即應也。特未能明之，使德充盛而止於至善，民遂若或忘之耳。

若詩所言君子之克明其德也，求止則知行交致其功，所以望至善而爲之歸者，已極日新之事。扣定本題『至善』二字，倒入上文。君子之既明其德也，得止則内外各呈其效，所以履至善而備其美者，又成交暢之符。

在君子謂吾方懼入聖域而不優，即無以顧上天之明命，何敢以八荒我闥之説自相矜侈，而反惰其克治之精神！在君子又謂吾即獲小善以自喜，終無以作四國之明刑，何敢以愛我君王之情重相期望，而少寬其内修之劼毖！又展拓二比，逼緊『止至善』。

然而民之德心自此蒸然動矣。民雖不能自明其德，見一明德之人，不啻推所有以相予焉。蓋非二端，則不能感民之德，與君子異異，故相敬非本一，則不能合民之德與君子同同。如此用正蒙、大易，直是奇絶。故相親及夫形爲咨嗟、發爲鼓舞，而民亦不自覺其召致之何從也，且民德之明亦自此焕然發矣。民雖不能明德止於至善，見一明德止於至善之人，不啻出其懷以相示焉。蓋大善必易知，易知則凡有良知者，無不知愛其父母；大善必易從，易從則凡有良能者，無不知敬其元后。及夫發於聲音、形於動静，而民偏若深悉其曲折之有自也。

詩之道其終不可諠者，非是故哉？至是，則明德之事終，而新民之事始矣。

原評　節意釋『明德止於至善』，直至此句方露『至善』二字，故此二字不可與『盛德』二字對舉也。文精深暢茂，始足稱『止至善』之量，他家千梟百折，適見其俗耳。先輩此節並不黏衛武，以『明明德止至善』非衛武所能當也，文無一語及之，最有見。

子曰聽訟 一節

學貴知本，即聖言而可悟也。

夫無訟非本，而所以使之無訟則本也，引子言而釋之，不可相觀而起悟乎？

且天下不可以無本之治治之也，顧萬物止一本，則存乎物之先者，全體之而不遺；是就一事，指出全體。而一物各一本，則入乎物之中者，衆見之而自動。學者即聖言而深繹其旨，固已曉然於制治之原焉。

如經言物有本末，吾有會於夫子之言矣。子易言聽訟，而必進於使無訟，此何謂也哉？

古聖人以天下爲一家，一物未平，亦有反覆咨嗟之意。獨拈聽訟，非偶然。故論治者，必刑措不用，而後教化可興，是和平之極也。古聖人以萬物爲一身，一人有怨，不忘撫摩愛惜之思。故爲治者必明允足稱，而後習俗可變，是優柔之化也。

然則，無訟之一言，非新民之大端，而明明德於天下者所敬求也乎！點睛。雖然，移風易俗，使天下回心而嚮道，此非俗吏之所能爲也。無所以使之之實，而惟無訟之求，反不如聽斷者之風流而令行，猶足以致治矣。折下，重『使』字。子豈不知此而爲是言也哉？『知』字一逗。蓋民之訟也，出於有情者少，出於無情者多。且有情者或不能盡其辭，而無情者往往必欲盡其辭。今曰無訟，則情無匿情，辭無飾辭。夫果民之良歟？抑威迫而勢驅歟？不然，家諭而户説，遂有以改其情而易其性歟？非也，有以大畏乎民之志故也。

仁聖亦有不可恃之恩而震動其志者，羞惡之意反重於鞫育之私；蕩平亦有不可廢之法而凜然相畏者，疾敬之躬倍嚴於深文之吏。光昌俊偉。此可見明德之實有以及民，而本之爲本即於是具焉。『本』字自闢。循是道也，非但訟獄衰息，凡聖王阜物誠民之事，不難執要以相圖。失是道也，不但争競日煩，凡古今立綱陳紀之端，皆將紛然而莫理。

無他，天下雖大，循本則治，失本則亂，凡事類然不可易也。學者體刑期無刑之旨，得辟以止辟之原，即民志之所由興，識主極之所由建。其於明、新之所以孰先孰後，而本之不可以不務也，當必有以辨之矣。

原評　川渟嶽峙而光霽風度，尤若從周茂叔坐上得來。

慈者〔一〕 四句

君子教成於慈，繹書而知心可用也。

夫使慈非所以使衆，書之『如保』何以稱焉？爲證諸誠求，乃知君子身教即心教耳。

今夫君子撫臨有國，非徒君之長之之謂，謂能作民父母，而俾一國之人皆樂爲之子。此衆心之所大願也，而顧煦煦焉自私其子，豈國人之心哉！俯視衆山，羅列如碚嶁。

雖然，君子有子而衆人視之，衆人復何望焉？則衆心大可見，而君子之用心，愈不容岐家與國人而二視之矣。如不出家而成教於國，其事君長也，已不外孝弟。是心誠於孝弟，即心誠於君長，非二道也。雖然，國有君長，衆父母也，其理嚴；家有君長，則一父母也，其情親，徵理不若言情。

又嘗觀於慈矣，夫慈非所以使衆也。乃君子曰：慈正所以使衆也。快論。天下有吾愛吾衆而人不愛吾衆者，未有吾愛吾子而人不愛其子者也。此不待教者也。天下有虐於衆而未嘗不知愛其子者，必無有不愛其子，而尚知無虐於衆者也。『衆』字包舉。此最易教者也。

是故，入君子之國而有民社者敷膏雨，有僕隸者沛恩勤。卿尹之於氓庶，主伯之於亞旅，舉無胥戕而胥虐焉。輒不禁喟然嘆興曰：何衆心之誠於效治至此也，而不知君子之心，其誠於慈以教其使之也，固已久矣。『誠』字先在『衆』上折一筆。蓋治國者取之家，治家者取之心；得之天而有餘，求之己而自足。此孝、弟、慈莫不皆然，而慈尤彰明較著者也。

康誥不云乎：『如保赤子。』則試言其保赤子者，而如保可見矣。蓋君子之如保也，見有子即見有衆。仍用『如保』作陪，回顧上截。故君門雖隔於萬里，而草野之爲憂爲樂不啻在深宫懷抱之中。此慈之誠於衆者，初未嘗有使之之意也，恨不人人進膝下矣。慈母之保也，不見有衆，止見有子。故痌瘝雖出於難明，而襁褓之爲啼爲笑不在於呼號赴愬之顯。此慈之誠於子者，並不知有慈之之名也，祇覺時時經腹我矣。

心誠求之，保赤子類然。顧在家吾子，在國吾衆，赤子無言而母能求之，奈何衆心雜然前陳，而爲民上者若罔聞也？可笑。是求而未誠，方學之不遑，而可以爲教也耶！

原評　下節單貼慈説，元是時説。然題既如此截出，即不得不單貼慈説矣。文前後如連山疊壑，競秀争奇，令人彌月不盡其勝。

十目所視 一節

甚言獨之可畏，慎之愈不容已矣。

蓋人知離衆之爲獨，而不知惟獨之已衆也。明乎其嚴，則謂曾子平日之言深於言獨也可。

傳者以爲人情每争於其顯，以無形之不若有形也。苟無形而有形，則將以事顯之念進而防微矣。人情又忽於其微，以一形之不同於衆形也。苟一形而衆形，又將以謹微之志同於察顯矣。兩層意甚雋妙。

吾蓋觀於曾子平日之言，而益知獨之可畏也。蓋離衆不可以爲人，而遺人不可以爲自。是故，天下莫隱微於獨知獨見之地，莫昭著於獨知獨見之時。此蓋志所由分，而幾之一發而不能止者也。

曾子之言曰：甚矣，人之善於索吾隱也！形雖未交而神已先至，則凝而爲視焉。指視俱有刻畫。世有不畏夫視者歟？然得而視之者其視少，不得而視之者其視多。何則？目不聚於視，而聚於所視也。甚矣，人之不能藏吾私也，心雖不言而形已先動，則迫而爲指焉。世有不畏夫指者歟？然得而指之者其指有窮，不得而指之者其指無盡，何則？手不聚於指，而聚於所指也。

乃獨則不必目之視之也，而十目所視矣；不必手之指之也，而十手所指矣。獨之爲時甚暇，而不能不迫於省疚之情。蓋視、指不獨以繩小人，而先不以恕君子。兼君子、小人，説方全。在君子之省疚也，即無所督於前，彼亦不懈，而況乎羣爲苟而不復我逞也！深微之意象俱見，而萬物之衆莫不與爲相窺，雖欲不惕，安得而不惕乎？獨之爲境甚寬，而不能不隘於匿私之念。蓋視、指不獨以勖君子，而更以儆小人。在小人之匿私也，即有以繩其後，彼亦何知，而無如乘其間而不得所便也！須臾之意境畢呈，而天地之大莫能容其相遁，雖欲不懼，安得而不懼乎？

曾子之言如此，甚矣哉！獨之嚴也。然則揜著之無益，猶其後焉者也。而獨中之督責，已甚於揜不及揜、著不及著之先。然則誠形之相因，猶其迹焉者也。而獨中之交乘，更切於誠共見誠、形共見形之會。

洵乎！獨之不可不慎，而君子之誠意爲不容已也。

原評　飽滿酣暢，理境正宗。

是以君子有絜矩之道也

平天下有道，在因心行政而已。

夫矩在國，而絜之於天下則必有道矣，豈但感之以心而已哉！且明明德於天下者，爲上天養萬民，不但有欲爲之心，而又處能爲之勢。故克綏厥猷惟后，有不得而辭焉。則以國治天下，其責彌重，其事彌詳，其心彌周以密。而道出乎其中，非徒以爲法於父子兄弟之身，喻此興仁興讓之民而遂已也。國與天下，分際劃然。

觀於國人孝弟不倍之所由興，而君子知所以平天下之道矣。天經地義本於民衷，未嘗一日不流行於品物。語必見本原。而王道微缺，則德教不加於百姓。君子以爲吾道未盡，非遇人之不淑也。人倫物理極於天下，未有一人不感動其天良。而善政大行，則和順不隔於同體。君子以爲吾道可恃，不必易民而理也。於是乎廣其仁恕之心而爲矩焉，此天下之所同也；協於至善之止，而爲絜矩之道焉，此平天下之所獨也。

君子奉天命以照臨四方，故小民之吉凶不待有所陳請於其前，而明足以見之、仁足以與之，莫不自遂其喜怒哀樂之常而毫無所隔。天人二義，宏鉅光偉，如炎曦之赫當午。此非有異道也，天下共此一矩，絜其理之一而放之四海，自無不準焉〔二〕。固不必尺寸而度之，而各正之體、得之議，道自已而有餘矣。

君子盡人性以裁成萬物，故民生之休戚一如自爲之經畫於其家，而修其教不易其俗，齊其政不易其宜，莫不盡得其燥溼剛柔之質而毫無所拂。亦非有他道也，天下各有一矩，絜其分之殊而反之一心，自無不通焉。固不必執一而守之，而經方之用、推之置法，以民而皆安矣。

蓋自格物致知以來，其久於天下之故已極其精，故能以天下爲一家、中國爲一人，非意之也。利害有無，皆有道焉。以相體所謂邇静正而遠莫禦者，一歸於矩之化裁，總不使一民之不遂其生也。義無不貫，視區區照理財用、人爲得法者，當覺眼孔如豆。且自誠意、正心而後，其體乎天下之情已會於一，故能財成天地之道、輔相天地之宜，無所遺也。洪纖巨細，總此一道焉。以相悉所謂始於家邦而終於四海者，一本於矩之推移，遂不使一夫之不得其所也。

此其所以明明德於天下，而無所不用其極者歟！

原評　透徹聖功王道，故能表裏洞達，暢所欲言。視賈誼規規於事爲之末、董相斤斤於災氣之迹，皆未聞大道者耳。

道也者 三句

推道之不可離，而離道者可以返矣。

夫道命於天，而人之所當由者也。本不可離，離即非道，人可須臾以非道自處哉！今夫人受天之命以生，其所以能立於天地間者，恃有道而已。道本流行而不息，而人不能以不息之心體之，則有覺之體既昏，而無爲之理焉附？便爾雪亮。即小不自持，而至於棄天而侮聖者，往往而是矣。

抑知道也者，是天地之所以爲極也，是人物之所以爲體也，是百姓之所與能，而聖人之所不能外也，此而可離乎哉！語俱精湛。

有是物即有是則，其爲物也，一日而不可廢則；其爲則也，一日而不可忘。蓋物以則而正，所恃以託命者，固與生俱生者也。有是形即有是理，其爲形也，一息而不可無則；其爲理也，一息而不可間。蓋形以理而存，所恃以成性者，固與化俱化者也。

入廟而生敬，過墓而生哀。千古此能敬、能哀之心，則千古有此致敬、致哀之道。天不變，道亦不變，本非襲取於外，而何得暫任其去留？表裏洞達，粹然儒者之言。孩提而有良知，稍長而有良能。千古此孩提稍長之人，則千古有此易知簡能之道。人不同道無不同，又非强合於内，而何得偶聽其出入？

道之不可離也，即須臾而亦然。是故，自其本然者言之，無論體道者終身與道爲一也，即背道者亦未嘗須臾與道爲二。視聽淆，而聰明仍在其耳目；彝倫斁，而慈孝仍在其性情，則道本不可離可知也。若不先説此一層，只説當然處，便是外鑠。自其當然者言之，無論背道者終身離之而道不有也，即體道者須臾離之而道已非。聰明或乖，而耳目不能主其視聽；慈孝偶失，而性情不能敘其彝倫：則離即非道又可知也。

出乎此，則入乎彼。聖、狂在克念、罔念之間，失則易，得則難；存、亡在或操或舍之介，繼天者知其不可離也。故修道以立人極，而教之事行法聖者，知其離即非道也。故求道以保天命，而學之功起是在君子矣。

原評　題主責成體道者説，重在發當然一層，然不透出無物不有、無時不然。其本然一層則所以當然者，猶是强設名目晚村之説，偏重本然際飛，偏重當然其實，二者合之則兼美，離之則兩傷也。文精力直無不透，可以息諸家之争。

校記

〔一〕據原目録，該文題爲慈者所以使衆。

〔二〕焉　原作「馬」，據下文「自無不通焉」改。

杜谿時文集卷四

中庸

君子之中庸也 二句

中庸之所以屬於君子者，修德而合之於時也。蓋中庸之道不虛行也，君子有其德而又體夫時焉，此中庸所以獨歸之耳。且道之流行於天下也，與時而無間者也。無時無載道之人，即無人無乘時之道。然而，非心與天一者不能體之，於是而道有所歸矣。一語透骨。是故君子之中庸也，充塞者不遺於天地萬物，而全而備之性情之內。則惟君子有精微之極焉，此非無所立本而然也。周流者不息於前古後今，而合而致之日用之常。則惟君子有不易之矩焉，此非無所致用而然也。蓋其所以立德者，既備君子之實；而其所以行道者，又協時中之宜。

静以凝其命，動以達其情。力去其私者廓乎大公焉，蓋粹然德充之君子矣，而無私者未必皆能協乎天理之當也。一比無私，易當理難。君子行其典禮，必觀其會通。人第見其一動一静，若二氣五行之運於自然，以爲時措之施。抑知其兢兢於及爾出王、及爾游衍者，固無時不與昊天相對越也歟？行則直其義，止則方以智。一軌於正者，卓乎不移焉，蓋巍然德立之君子矣，而守正者未必皆適乎汝止之安也。一比正未必中。君子有所擬議，即成其變化。人第見其爲行爲止，若盈虚消息之隨其自至，以爲時出之盛，抑知其凛凛於不顯亦臨、無斁亦保者，無時不與明命相顧諟也歟？

是故前日行之以爲過，而今非過；前日行之以爲不及，而今非不及。無他，時未至，則中亦過不及；時至，則過不及亦中也。君子行無轍迹，而凡執一途以造其極者，止分中之一體，而不足與發見當可者並天道至教之能。清任和，不足以語時中。且前人行之而偏，而今獨不偏；前人行之而倚，而今獨不倚。無他，時不在，則中亦偏且倚；時在，則偏且倚亦中也。君子神動天隨，而凡大而未至於化者，略具中之規模而不足與變通適合者，同聖人至德之用。一間未達者，欲從末由。

所謂君子中庸如此，要之非有他也，戒懼慎獨而已矣。

原評 實見君子之德及所以隨時取中之理，無一語依稀仿佛。文境恬適，又無苦思勤索之態，覺正蒙猶多艱澀耳。

舜好問而好察邇言 四句

虞帝詳於擇善，所以能用中於天下也。

蓋中者，天下之人所同得也，非聖人不能取而用之，故舜之擇之也益詳。今天下之道中而已矣，中非一人之中，而天下之中也。提『中』字是正解，非倒入也。天下之智皆足以知之，然無人焉其智獨出乎天下之上，則不能取天下之中於天下，又不能還以天下之中審而與之於天下，故不得不思大知之舜也。題義畢舉。

夫舜固樂取於人以爲善，而因以與人爲善者也。精切。以天下而觀世，豈復有舜所不知而待於問者？根大知來。舜則見夫萬物之一原也。天固不厚於我而嗇於人，向非虛懷咨訪，則誰其相告以善也？故孜孜好問而不以爲煩。自見問者而觀吾，豈真有智過於舜而足勞其察者？舜則見夫精粗之無間也。即承好問説下，細密。理固獨全於賢哲，而亦不昧於庸愚，向非淺近不捐，則安在其無遺善也？故汲汲好察邇言而不以爲屈。

迨至一言出，而不能無惡與善之殊，乃好之深，而因以有隱與揚之異。此句於擇善中，又是一意，故注中提出另講，文真善會其意。此所以作天下進言之氣，遂吾心好善之誠。而聖人之廣大無所不容，其光明無所不照，亦大概見於天下矣。然而，惡者非中，即善亦未盡中也。舜於是執其兩端焉。

如禮樂所以飾喜也，當喜而喜，即崇以爵賞而民若身被其榮；不當喜而喜，即寵以言笑而民已深惜其濫。舜執之而知其孰爲當功也，則喜行，而喜之中用於民矣。推之凡所以飾喜者，無不如是也。故喜則天下和之也。刑罰所以飾怒也，當怒而怒，即誅殛足快小民之隱；不當怒而怒，即色愠亦拂百姓之心。即朱子賞罰輕重之説。舜執之而知其孰爲當罪也，則怒行，而怒之中用於民矣。推之凡所以飾怒者，無不如是也。故怒則暴亂者畏之也。

夫天下之自以爲知者，謂天下之人皆不如我。照過不及，作收周匝。則好自用而取之不廣，往往窮高極遠而無當於天下之心。至其智本不足以勝天下，雖日延天下之人一一問之察之，而不知孰爲至善無惡，昧昧於兩端而失其中，亦終不足以濟天下之用。此舜之大知所以爲不可及也歟！

原評　文詞曲説，盡擯不用，獨以清古之氣，行真確之理，便覺文情氣局天然不易，故是

至文。〔一〕

〔增〕

大題觀海初集張逸峯評 精悍之氣，如執鐵如意擊碎珊瑚枝，使人心膽俱折。

造端乎夫婦

道不離於夫婦，君子務審其端也。

夫人亦誰能離夫婦者？而道之造端在是焉。君子可不務審乎？

今道有百年不明、百年不行之時，而人之於道，無一日不明、一日不行之事，特以其相習而不督耳。苟能察焉，心知運動，終古不泯於羣倫，則氣質之存無往非精微之託，是以恍然於君子之道之有其端也。正蒙精蘊。

端以言乎其甚微，道之浩蕩無涯，而渺焉求之於纖屑，豈足恃乎？然而正幸有此微者也，誠以其微者之爲道也。端以言乎其甚偶，道之旁皇無際，而忽焉索之於適然，豈足矜乎？然而正難去此偶者也，又以偶者之爲道也。

夫道固無物不有，即微焉者而端可造矣；道又無時不然，即偶焉者而端更可造矣。乃其端果於何而造之？

道不自明，以知而明。彼愚如夫婦，其何知然？且知之矣。其知之也，自知之耶？蒙莊勝境。道使之知耶？惡從知之耶？且夫凡人之聰明，即其人亦不能自量。學士大夫積數十年之思慮，匹夫無心而出其所明，反有以相勝而莫能淆。無他，道之端也，則明道造於是矣。

道不自行，以能而行。彼不肖如夫婦，其何能然？且能之矣。其能之也，自能之耶？道使之能耶？惡由能之耶？且夫凡人之材力，即其人亦莫能自限。學士大夫積數十年之閱歷，庸衆無意而赴其所志，竟無以相難而樂其是。無他，道之端也，則行道造於是矣。

升降者世乎？夫婦則何升降也？豐嗇者天乎？夫婦則何豐嗇也？愚則誠愚，不肖則誠不肖，雖聖天子操大權於上，亦不能改其氣質。是造端實義。而觀於道體之全，知則真知，能則真能。雖衆小人肆邪説於下，亦終難奪其本來，而去夫道心之素。愚不盡愚，不肖不盡不肖，各具此中和之性命，則忽然有觸，道常出於愚不肖之外；知不盡知，能不盡能，祇安於日用之常，則過而輒忘，道仍遺於所知所能之中。

是以知君子之道之造端乎此也。惟君子以其所知，造之無不知；以其所能，造之無不能：則始猶孑然夫婦也，終且儼然天地矣。故曰：道不可離。

原評 潦水盡而寒潭清，文境如是。入後則又天光雲影，迷離無際矣。

受禄於天 合下節

詩詳受命之應，可以信大德之得天矣。

夫受禄於天，而眷之不已，受命何若斯之隆也？亦曰：此大德者必致之符耳。

今夫千禄百福之意，臣子所以祝其君王者至無窮也。而命之不易，則非有德者不能移之。蓋德不勝氣，性命於氣；德勝其氣，性命於德。正蒙語，自不可易。此祝嘏之所不能知，而天心之所默爲定者也。

詩言君子，而曰『令德』，是君子之所以自爲栽也大矣，而有不受天明命者乎？於是進之曰『受禄於天』。出得老。

夫人臣受命於君，則位定然後禄之。妙義。德備一官，欲其稱也。天子受命於天，則天禄必與共之。天地合德，同其撰也。通不脱『德』字。是故，總銍秸粟米，内食千里之租；侯甸綏要荒，外集千八百國之貢。受禄還他實落。受命之隆於斯極矣，而詩曰『未也』。清明在躬，志氣如神，天之保德者然也；皇建其極，動罔不臧，天之佑德者然也。俱點『德』字。凡此者皆所以命之也。聰明睿知之在御，固已相喻於不言；思啓行翼之無違，又若致詳於帝。『命』字更透。謂至是而受命之隆真其極矣，而詩曰『未也』。天若曰『賞延於世，酬德之典』也，豈畀以大祚而帝祉不施於子孫？日進無疆，君德之純也；豈錫以蕃釐而託命不綿於奕葉？自天申之，而受命之隆乃無與爲比也。申之亦不紊過。天之培君子，一君子之自爲栽者耳。

由詩言思之，受禄則爲天子，而有四海可知；保佑申重則宗廟饗，而子孫保又可知。是引證法。然則所謂大德，而禄位名壽之必得，豈虚語哉！是故，『皇天無親，惟德是輔』。『故』字正出。赫赫在上者，常有降監之明威。天命無常，歸于有德。明明在下者，自有潛通之志氣。學者居易以俟命，常恐德之不立。則天不能代吾修之，而畏天以自保。用胡氏説補出此一層，方得垂世立教大旨。所以事天如事親，事親如事天，不失爲仁人孝子之心也。關合大妙。聖人至德以格天，即或命之不齊，而德足以與天配焉，則立命而不貳。中有孔子。所以先天而天不違，後天而奉天時，自有其純亦不已之合也。大德者必受命，得位得禄，即受禄于天之説也；得名得壽，即保佑申重之説也。合好再證。爲此詩者，其知天命矣乎？

原評　逐字皆有理，實無一語輕易放過。博大雄古，俯視一切。或謂題宜擒兩『受』字作巧搭法，此殊不合，乃所謂疑冰者耶！

〔增〕**大題觀海初集評**　逐字皆有理實，無一語輕易放過。博大雄古，俯視一切，不啻赤刀大貝之於瓦罋土缶也。

明乎郊社之禮　三句

禮制通於治道，達之天下無難也。

蓋天下之治，亦存乎心耳，明乎禮制而無不達焉。聖人立義之精爲何如？嘗謂天者，萬物父母也；親者，一姓父母也；君者，萬民父母也。豎義精深，又闢合達孝，妙不可言。是故，聖人能以天下爲一家，非有他也，亦存事天事親之心以及之而已。大哉，郊社禘嘗之禮乎！夫禮者，非物由外至者也。禮以義起，故其數可陳也，其義難知也。有能明乎郊社之禮、禘嘗之義者乎？作者之謂聖，述者之謂明，明與聖同功焉，則夫通天地之心者，即能造萬物之命。明足以見之，仁足以與之。明與仁同體也，則夫孝享而克配上帝者，即能尊仁以子愛百姓。是故，享帝以二至，其義足以致天地之和；享親有十倫，其義足以立神人之極，而不但已也。以敬天祖之心敬萬事，則始於家邦、達於四海，何一不有恪恭震動之意，以相深於出王陟降之間！表裏洞達，言無枝葉。如是而猶有一事不得其理者，無有也。

一餕之均，則四簋黍，義見於廟中之修；一盼内之均，則羔豚而祭，義見於百官之足，而非特是也。以仁天祖之心仁萬方，則始於匹夫匹婦，暨於一草一木，何一不有中心憯怛之誠，以相體於別生分類之後！如是而猶有一物不被其澤者，無有也。

德足以配天地，而後能爲國人興禮樂；智足以合鬼神，而後能與國人同吉凶，治國如視諸掌。警策之至。大哉，郊社禘嘗之禮乎！知其義而敬守之，先王之所以治天下也。嚮使禮文徒具而義實不存，則無以養其誠心而廣其仁孝，身之不立，烏能治國家？峭壁千仞。

原評　密緻精微，博廣宏贍，兼而有之，豈非至文！

子庶民也　四句

經及於國與天下，而王道全矣。

夫庶民百工，國之所賴也；遠人諸侯，天下之所望也。各舉其經，而道寧有不全哉？

今夫九經之所及，以漸而大也。其治彌近，其暨彌遠。夫將以治内者治外也，其勢由厥民而達者，所以荅愚賤之心，而以大國爲疆者，所以振盛强之氣。無論國與天下，固皆有家人視之之誼焉。是故，由身而及臣，未已也。

先王之政，野處者世其農，官處者世其業。列國之賢，茀道路而卜興廢；維藩之重，載盟書而知盛衰。四句題總挈甚古。魯猶望國，不有存焉者乎！

經於是有計及於庶民者。國家無事，人主甚尊，親臣賢臣甚貴，庶民甚賤。不知天爲民而立君，匪以尊君以親民也。古峭。昊天子天子，天子子天下，農之子恒爲農，亦猶工之子恒爲工。帶一筆。人主既統六合以爲家，則鞠人謀人可勿念歟？尚其舉子之之經。乃庶民之中，百工列焉。工則不農矣，不農則不地著，不地著則輕失其業而易去其鄉。王者之制，工之子恒爲工，亦猶農之子恒爲農。回顧。得曰：末業伎食者流，其聚與散不足致念哉？尚其舉來之之經。

百工有以來之而後至者也，遠人不必有以來之而亦至者也。步步生情。古者天子宅中，即侯國亦稱天下都會焉。顧遠人之來，非如吾民之羣萃而處也，非如吾工之列肆而居也。誠欲使出吾塗而留吾國者，不致動旄邱、葛藟之吟，而或嘆夫依人之失所也。尚其舉柔之之經。夫遠人何人？强半皆諸侯之人耳。非其公卿大夫，即其農工商旅之屬。當日者，以天下之大，分之千八百國之君，亦如良農之能守其家焉，亦如良工之能世其業焉。人謂周之勢以封建而弱，而不知周之祚以封建而延也。絶大識議。尚其舉懷之之經。

夫曰子親之也，恩莫若父，愛莫若子。曰來亦親之也，涣者萃之，離者合之，猶之乎子也。如讀異書。曰柔爲父不如其爲母，撫摩之至也。遠人皆吾人也，曰懷每念不忘諸侯也。視國如家，視天下如國，賢其賢益親其親也。是文武之所以至今存也。

原評 别以奇古見長，又不屑尋行數墨，效俗儒繩尺，必如此用串插，方是自然不同牽强。『人知周以封建而弱，不知周以封建而延。』二語足破柳州、眉山之謬。

凡事豫則立

事有所由立，當豫其功於一矣。

蓋惟有以豫之，始能得其一矣。欲立事者，豈一蹴而致之哉！

且以知、仁、勇之德，行君臣、父子、兄弟、夫婦、朋友之道，措之天下國家而布爲經，亦可知其事之旋至而立效矣。

然以人敏政之易，而性命精微之極，有積之已久，非一朝一夕所能幾者，固宜爲之早計也。蓋道德九經，所以行之者惟一。凡事可由此立矣，然豈易言哉！

一也者，凡事之所以然而不可易，雖流行於形器耳目之前，而非極天下之至精，則不能知也。便照擇善固執。夫至精者，諸德之聚也。一也者，又凡事之所當然而不容已，雖不離於日用尋常之際，而非極天下之至神不能舉也。夫至神者，立命之會也。是所貴乎能豫矣。

天地之大，皆實理之所充塞。實理實心，二義包舉天人。凡事之來，得實理爲之主宰，則任機勢之百變而不搖。而襲取之理非實也，謀此理者豫。而事之未至，見理者明矣；事之既至，協理者當矣。人徒見其處經事而知宜，處變事而知權，以爲任事之能而不知其豫，此理於事先者有久而不息之素焉，則固無一事而可以倖成也。

倫物之煩，皆實心之所運行。凡事之設，得實心爲之措置，則隨變化之迭出而各得，而矯託之心非實也，存此心者豫。而事有形似，心辨其微矣；事有宏鉅，心舉其外矣。人徒見鬼神以爲徒，故事可守，禮義以爲器，故事可考，以爲應事之裕而不知其豫。此心於事前者有蓄極而通之機焉，則固無一事而可以偶中也，而又非事事皆先圖之之爲豫也。陳方城主此說，足正其謬。

事事皆先圖之，則事無窮而豫有限，猶之乎臨事而取濟焉耳。君子不豫求其事，而豫求其一，則充周而不可窮者，皆自其發微而不可見者主之。故合愛同敬以成身，仁育義正以及物，一以貫天下之萬有餘矣，而又非執一事以先慎之之爲豫也。一以貫萬，貞以一動，說「一」字精甚。執一事以先慎之，則豫於此未豫於彼，仍有待乎逐事而求勝焉耳。君子不豫夫事之一，而豫夫原之一，則其顯諸仁而放之彌於六合者，皆自其藏諸用而卷之、存於密者出之。故道德以存人而内躋於聖，經綸以舉政而外至於主，貞以一天下之動而不變矣。凡事豫則立，有如此者，是故君子誠之爲貴也。

原評　照定先立乎誠，無一語蒙混，精深高古，更足俯瞰衆流。

誠者不勉而中　四句

進言誠者之事，而聖人一天道矣。

夫思勉亦期於中道，而未若誠者之從容也。聖人所以爲天之道乎？

且天命流行，物與無妄，自人得之以爲性。則人人各有一天焉，而求其與天合德者，則非天下之誠者不能。

蓋誠者聖人之本，聖誠而已矣。用來便見根柢。其得於天者厚，故理麗乎氣而不雜乎氣。但見其性與天合，而志氣自開萬物之先。其成於性者純，故心御乎物而不役於物。但覺其化不可爲，而神明自有默成之用。

故夫人之於道也，有行之而至，有行之而不至者，所貴乎勉也。而誠者則有中而已，無所事勉焉。斯豈非全體皆仁，安而行之者歟？人之於道也，有得於見之所及，不能得於見之所不及者，所貴乎思也。而誠者則有得而已，無所事思焉，斯豈非全體皆智，生而知之者歟？

若是者，心性之間無容擧似。而觀之父子君臣之際，有以見其履道之安。是一以行其道德，而道德皆誠之自爲經綸者也。根定兩『一』字，卻是聖人身分。一語移學者不得。神明之地，極於變化。而放之天下國家之大，有以見其躬行之樂。是一以行其九經，而九經皆誠之自爲條貫者也。其不勉也，不思也，何從容也；其中也，其得也，自中道也，所謂不賴勇而裕如者也。安插三德清楚。非天下之至聖，其孰能與於斯乎？

蓋大哉乾元，萬物資始，誠之源也。在聖人則爲立天下之大，本其心，存於寂然不動之先，不待敬義夾持，而自無一私之雜。體用兼至，方見全身。萬善靜涵於性始，一如天道之於穆不已，而四時百物各安其位而不勞，是爲聖人之誠以立命而已矣。乾道變化，各正性命，誠斯立焉。誠以立命，誠以動物，何等精粹。在聖人則爲行天下之達道，其心發於感而遂通之後，不待忠恕兼盡而自無一物之蔽。百爲動應於無端，一如天道之元氣流布，而洪纖鉅細自成其品而不紊。是爲聖人之誠以動物而已矣。

然則聖人也，豈非一天之道哉！

原評　湛深之思，出以顯夷，令理境不復有晦蒙之苦。後幅則更見精詣。

自誠明謂之性

人又獨以性得名者，天道之聖人也。

蓋既誠而明是天道也，謂之聖者如是，此聖人所以獨尊歟！用經恰合。

且天命之性，凡民得之以爲德，萬物得之以爲體，何嘗擇一人而專付之！以爲天之生是使獨也，然而繼天立極，不得不尊首出之一人。則天地之性雖同，而此一人之性其性者迥異矣。分清本題，『性』字原委歷然。

吾因天道之説，推誠身明善之由，而知有所以謂之性者焉。『誠』『明』二字，亦見根據。性附於氣，而氣全受乎天之清；性麗乎質，而質全稟乎天之粹，不必變化之功，而生初之所鍾獨厚。性爲氣拘，乃志帥而體充；性爲物蔽，乃我大而物小，不必克治之力，而本原之所賦獨優。

其廓然而大公也，無私而已。無私者，聖人所以盡萬物於心也。不累於萬物之欲，而萬物之理自通之『於穆不已』之中，照臨無所不及，欲稍有以蒙之而不得。句都微妙。其物來而順應也，無妄而已。無妄者，聖人所以通神明於天也。不虧其神明之實，而神明之幾自動於『各正性命』之内，光被獨覺無窮，欲稍有以蔽之而不能。是故立人之道，曰仁與義。實有其仁，故曉然於仁之曲折；實有其義，故昭然於義之隱微。抉發題奥，如數螺紋。一如天之自知其陰陽，而不俟推測以盡其變也。微妙至此，不可思議。一動一静，互爲其根。動而無動，故徹於羣動之由；静而無静，故洞於衆静之本。一如天之自識其專直，而不俟擬議以盡其神也。是其誠也，自然而誠也；其自誠而明也，自然而明也，不謂之性得乎？

凡性之復也，必有所由始，而自誠明者無始也。始終二義，亦本朱子，發之甚暢。自有其性，即如其性以性之，何所得其保合之故？凡性之成也，必有所由終。而自誠明者無終也，自性其性，即無不如其性以性之，何所得其消息之機？蓋性以宰乎形色，而形色之所感無不畢達於一性之中，則無所謂形色也，形色皆性也。且性以接乎器數，而器數之所接無不旁通於一性之内，則無所謂器數也，器數皆性也。

是天道也，而人極於是乎立矣。

原評　談理如湧泉濬發，句句得未曾有，根柢充實，自覺輝光在外也。

極盡性之量，而天地得至誠之助矣。

能盡其性 六句

夫人、物、天、地，分雖異而理則同也。性無不盡，而化育亦賴其功，至誠之能，所以獨隆哉！

且天予人以性，則凡宇宙之全理無不備於一性之中。而人往往使性之在己者，猶虛而不實，則天下之命何以託，而造物之憾何以泯哉？

故修道立教之聖人，不至於中和位育不止者，非逐乎外而求見其功，正恐反諸己而有虧於性也。

若至誠而既能盡其性矣，吾明吾性之理，非有期於人之共明之也；吾履吾性之事，非有期於人之共履之也，亦能盡其性耳，何嘗計及乎人之性！然人之性與至誠之性一也，耳目之聰明未必盡同，而舍聰明無以致耳目之用；君父之仁義未必皆協，而非仁義無以正君父之倫。其定四海之民，而還之於禮樂政刑之内者，莫非其性之所推於同體者也，則盡人之性，惟至誠能也。確是盡人之性。

既能盡人之性矣，所以使人明其性之理者，不可責物亦明之也。所以使人履性之事者，不可責物亦履之也，亦能盡人之性耳，何得概言乎物之性？然物之性與人之性異而不異也，以觀人者觀物，而辨其類亦辨其所不齊；以治人者治物，而用其長不强其所不及。確是盡物之性。其立萬物之命而安之於羣分類聚之常者，莫非其性之所推於殊質者也，則盡物之性，惟至誠能也。

至於盡物之性，則至誠之能通於天地矣。蓋在人物爲性，有知者各予以識別之明，有能者各予以負荷之力。而在天地爲化育，本有者化之而無，而用於是乎藏；本無者育之而有，而仁於是乎顯。此其理非有甚懸殊，而其事則絶不相及也。顧人靈而物蠢，蠢者待用於人而始貴。確是贊化育。化育能使之可用，而不能各當其用，惟至誠制物以利人，而天地之生材始爲不虚。人少而物多，多者不盡於人而始蕃，化育甚愛其不盡，而不能保其不盡，惟至誠因人以及物，而天地之愛物始爲有託，則能盡物之性，而贊天地之化育，又惟至誠能也。

然則，至誠不居然一天地哉！

原評 實發題義，皆確見其所以然，而透快出之，彼架空者既少，理實摭實者又無靈機對，此皆不足衙官也。

誠者非自成己而已也 一節

進推誠之兼成，一以貫天下之道矣。卓然。

蓋誠固成己，而物即以成焉。仁知分而性則合，君子時措之宜，不居然一天哉！且至誠之能，極乎盡人物之性，似非人之所能及也。『性』字現前來龍，從無人覓得。然要自誠之盡其性者致之，亦可知人不同，性無不同。學者苟能立誠以爲聖功之本，則天地位、萬物育，固非中和外事也。融會庸、孟、通書爲一。

君子誠之爲貴，亦以誠固所以成己，使自成者無不行之道而已。然人特患無以自成耳，果其自成，又豈自成己而已哉！蓋天下之物，始乎家邦而暨乎四海，其遠近不同地矣。而一誠之流通，則秩乎有禮以相敬，藹乎有恩以相愛，欣欣然莫不各遂其性，而無一夫不獲之憂也。所以成物精湛。由乎匹夫匹婦，以至於一草一木，其形器不同類矣。而一誠之運用，則德配天地而後能興禮樂，智合鬼神而後能同吉凶，油油然各得其性，而無一物失所之患也。總用『性』字貫得主腦。

所以成物者，即在成己之誠如此。此無他故，凡己之不成，必由私之不盡，而理之不純。故仁以成己而無我，得正己之盡，此誠之所以藏也。正蒙、大易精蘊透徹。物之不成，必由知之不明，而處之不當。故知以成物而存神，善萬物之感，此誠之所以顯也。己、物一性也，仁、知一德也。直接，老甚。己亦非内，物亦非外，有以合之而成，則兼成者一道也。然則成己之誠，即所以成物，從可知矣。落故字，不似他家挑逗。

天下徇物而失己者，人謂其持身之不尊，而不知其救世之無本。君子謂性中一物不有，惟誠動於此，而後啓其幾焉。故情深而文明，氣盛而化神。至論。用通書對孟子，兩『誠』字根據恰合。凡吾心之與大順相體者，自徧爲時雍風動之休，夫豈有一物而營於分外者也！天下專己而棄物者，人謂其愛物之不殷，而不知其處己之不厚。君子謂性中萬物咸備，惟反身而誠，而後得吾樂焉。故以天下爲一家，以萬物爲一體。而此心之與天地同流者，適如吾飲食服習之素，夫豈有一物而遺於度内者也！『時』字、『措』字，不用一筆吆呼挑剔，而精義愈透。

時措之宜，與至誠之盡人物之性者何以異哉？而君子誠之愈不容已矣。應起講作收。

本房林碧山先生 博大以昌其氣，精實以暢其神，根柢深厚，自無凡俗。至入手不倒挈，時措『德』字不混心得之『德』，只是性之藴；『道』字不混率性之『道』，只是合外内之方。體認精細，尤爲通場所無。

成己仁也 二句

即己、物之所以成，而仁、知有各得矣。

夫仁、知者，因己與物而異名者也。誠之成己以成物者在是，不可思其由來乎？今夫太虛無形之中，變化所及，萬物各正焉。此天地之誠，所以成終始而體物不遺也。根物之終始來折入。人得之以爲心，非體立而用行，何以成則俱成，不至專己而遺物也乎？是故，誠者成己即所以成物，非有他也，其成己也，絶無一徇物之意，蓋惟恐己之不成而已。夫己之所以不成者，不仁故也。本有聰明，而察之不極其精，則視不遠而聽不德也。本有才力，而由之不極其熟，則思不啓而行不達也。如是而徒抱空質以自守，雖巍然己也，而己不成矣。君子存乎誠，而使天德之在我者充足而有餘。於是養之一室之中，則五事協於五行；放之六合之大，則百體備乎百順；極之官止神行，莫非天理之至，而與『於穆不已』者，同其純粹精微之極焉。至天下共見其無我，乃知成己之爲仁也。『仁』『知』二字，何等精切。夫世必無致虛守寂，而不能兼利一世之仁，然以言誠之渾然靜藏而不可易，則仁有專屬於成己而不以爲隘者，此即乾元之所以資始也。

至於成己即以成物也，亦絶無失己之患，蓋止出其成己者，以成物之不成而已。出落俱有筋節。夫物之所以不成者，不知故也。物各有條而不紊，知之不極其明，則易其位而失其常也。物各有理而不淆，處之不極其當，則倒其序而踰其節也。如是，而任其毁廢而不顧，雖樊然物也，而又不成矣。君子發乎誠，而使王道之在世者四達而不悖。於是，篤近舉遠，自邦家之御以達於四海攸同；彰顯察微，自黎民之變以至於草木咸若。殘膏賸馥，可以沾丐天下。極之充塞天地，莫非神明之照，而與高明徧覆者，同其光昭顯懿之觀焉。至與物相喻於不言，乃知成物之爲知也。夫世必無道濟天下，而不免自安愚昧之知，然以言誠之焕然格被而不容已，則知有專歸之成物，而不以爲泛者。此即天命之所以流行也。

然則，誠之道率於性矣，而有不合者哉！

原評 節意重成物邊，題面已、物並舉，一用側筆，便侵下二句。文只如題平列，而側義自動，其抉發義蘊真足使橫渠撤座，不但折五鹿之角而已也。

悠久所以成物也

推至誠之悠久，而成物之用神矣。

夫物歸覆載，尤期底於成也。而至誠之悠久得之，豈猶夫誠之者之成物哉？

且夫誠也者，萬物之所以成始而成終者也。是故，一成無不成之謂誠。而容有不成者，或息於未徵以前，或息於既徵以後，則求其自成且不可必，又何以爲成物之用乎？

若至誠之不息於未徵者久也，由是不息於既徵者悠也。悠者據始以要終，元氣之貫徹於古今與造化而俱流。直入朱子語，老氣無敵。久者隨處而常在，太和之充滿於宇宙，與化神而無間。於是而物之載於博厚者常如此載也，物之覆於高明者常如此覆也，而所以成物者在是矣。

物之胥匡以生也，務使所以成其生者，一如其自爲生，然後相安於自然而無震動之意。兼教養，說成物，義乃備。又非時下俗諦。惟至誠之悠久，合萬世而恒運於誠之中。於是，成其樂，而莫名樂之事；成其利，而莫居利之功。天下第以爲協氣之旁流，而不知積累以臻郅隆者，非旦夕之故矣。物之相觀而化也，務使所以成其化者，一如其自爲化，然後相忘於自得，無扞格之虞。惟至誠之悠久，即一息而無雜於誠之外。相安於自然，相忘於自得，真說得聖治精微不同。於是，成其仁，不必有仁之形，成其義，不必有義之迹。天下第以爲德心之克廣，而不知貞觀以致大業者，已甄陶之遠矣。

夫世極相反之物，其終亦無不可使之合。蓋所以成者，物性之所自有，非有待於外也。

故聖德修而萬民化，既足感動於俄頃而歷之悠久，則家喻户曉，皆有不言而喻之微。此所以久道化成而無外也。且極難變之物，其終亦無不可使之改。蓋所以成者，物理之所不易，非彼所不樂也。但民可與觀成而難與慮始，未能卒革其非心必至於悠久，則深仁厚澤，渾忘於顯然燦設之道，此所以其量百世而未已也。

至誠之悠久，不與天地同一無疆也哉！

原評 不必爲恢張幻眇之言，而精無不入，鉅無不舉。

洋洋乎 一節

即至大以觀道，有極乎無外者焉。

甚矣，道之大，固天下莫能載者也，發育峻極，洋洋者何往而不在哉！

中庸即至大以言聖人之道之大也，謂夫自有天地以來，散殊而可象爲氣，清虚而不可象爲神。而要之非有理以主乎中，則氣無所恃以爲升降，神無所恃以爲屈伸，而後知流動充滿於宇宙之間，而莫之紀極者皆道也。扼要。則信乎道之大，而天下莫能載也。

洋洋乎，有形者皆道之所形，而形之所不在，不得謂非道之所在也；有象者皆道之所以象，而象之所不至，不得謂非道之所至也。

是故，博厚而不可極者，萬物之所居也。即有大之至者，亦處萬物之中而自爲一物，未能合萬物而爲之包舉矣。然而，物何以作長？道之仁也；物何以斂藏？道之義也。蓋有形者皆成其性，有性者皆出於命。精透語，無人能道。故物之樊然於下也，滋息游散，一若自無而有、自有而無者，皆任其長短大小之不齊，而無所主宰於其間；而不知易則易知、簡則易從，總一道之顯設於類聚羣分之内而不可易。是則萬物不足以爲大，道之大乃舉夫萬物而爲之體焉，其發育萬物也有然。

若夫高明而不可窮者，則萬物之天之所際也。串出。即有大之至者，不過與萬物同處乎天之下，未能上及於天而與爲同體矣。然而天何以有春夏？道之通也；天何以有秋冬？道之復也。蓋有象者皆由於氣，有氣者皆根於誠。語皆理要。故天之確然於上也，太虚無形，一若剛柔相摩、陰陽相盪者，皆聽其立本趣時之自至，而無所綱維於其際；而不知以一而神、以兩而化，總一道之藏用於一氣五行之先而不可違。是則天不足以爲大，道之大乃生乎天而立其命焉，其峻極於天也有然。爲之體，立其命，語俱精至。

夫自天而下之莫非物，道之發也育夫物，則大用之行，邇静正而遠莫禦矣；自萬物而上之莫非天，道之峻也極於天，則全體之立，横四海而塞天地矣。道之大而天下莫能載者如此，大哉聖人之道乎！

原評 下語直擣理窟，讀之如通書、正蒙，豈可僅作時文觀。

本諸身 六句

君子本身以治民，無所往而不善也。

蓋身者民之極，而與三王、天地、鬼神、後聖同一道者也。道無不善，此三重之所以寡過乎？

今夫惟王建極而萬民向方，廣大配乎天地，變通合乎鬼神，前承已往之聖王，後啓無窮之來者。蒼茫而來，若高山大川，氣象萬千。苟非議，道自已盡美盡善而備德位於一時，烏能繼天出治、受命而興，若此其盛者乎！

蓋君子之道，三重之道也。其寡過也，天子自立於無過之地，合人己、幽明、古今之過，而俱無不寡者也。

是故，身垂治統者，君子所爲以貴治賤。而賞罰之先後、一道之洋洋優優者，與萬物相爲裁酌而克協乎其宜。根定上章。則因時俗而爲之更新，但見庶民無不自安於賤，皇自敬德，而萬國攸同，是蕩平之觀也。身垂教統者，君子所爲以賢治不肖。而禮樂之質文、一身之修德凝道者，與兩間共爲調劑而各當乎其則。蓋合朝野而爲之互參，但覺庶民無不自愛其愚，克明峻德，而四方風動，是豫順之休也。

本諸身、徵諸庶民如此。使庶民而有不信不從，則不必悖謬疑惑之各見，而君子之所以自正其身猶不容已也。一總波濤噴涌，涵浴日月。至庶民而無不信無不從，則雖天地鬼神、前王後世之難知，而君子之所以通德於一身，復何所間也？由是觀道於已行之迹，則三王可考也。監古以趨時者，不無改制之方，而以身爲紹服。固知三代不易民而理惟不謬，而後三重寡過於三王矣。緊貼身、民，最扼題要。觀道於自然之運，則天地可建也。本天以治民者，不無補救之術，而以身爲輔相，固知民者天地之心，惟不悖而後三重寡過於天地矣。

至於天地之屈伸則爲鬼神，是道之無形者也，無形者不能無疑。君子先有以不疑於身，則驗幽於明而陰陽之協厥居，不啻小民日用飲食之故。義理切實，鍼縷細密。三重寡過於鬼神，而又何疑！三王之繼起，則有百世之聖人，是道之未來者也，未來者不能無惑。君子先有以不惑於身，則驗遠於近，而前後之同一揆，不外斯民知能行習之理。三重寡過於後聖，而又何惑！

蓋先天下以自治者，萬化之基；合天下以同風者，一家之象。後勁。前有千古、後有萬年者，皆聖人之責；天地合其德、鬼神合其吉凶者，悉天子之功。然則君子之身在民上也，悖謬疑惑之恐不免，夫何所容其驕乎！

原評 題如堅城難破，文處處有精義，又能比比顯亮，極理家之勝事矣。

仲尼祖述堯舜 一節

舉至聖備道之功，道統歸於一人矣。

夫中庸之統，非仲尼無與歸也。合古今上下以爲學，非天人之極哉！

今夫性命流行於宇宙間者，窮古而亘今，上蟠而下際，固無一物而非道，即無一人不與於道。是全部中庸歸結處。然而古與今不相及，上與下不相謀，求其以至誠之心，全聖人之事體、君子之費隱，兼天地之化育，則非天下之至聖，孰能當此而無愧者乎？

昔者一中之理受於堯、受於舜，後千餘年而纘承於文武，在天則運而爲時，在天以下則流而爲水、止而爲土。提得層次歷然，如天造地設。此古今之大成而兩間之大用也，一以貫之者，其惟仲尼乎！仲尼人之極也，故於人之道無不盡焉；仲尼天之心也，故於天之道亦無不盡焉。

其於堯舜也，則祖述之，兩比，製格大奇。作止語默之際，與危微之防，有曠代若接其心源者，不但刪書斷自唐虞已也。至文武之道、賢不賢之所識，莫不從而學之，若奉憲典而守章程焉，又豈止以從周，安不倍之分耶！夫夫子賢於堯舜者也，文武雖聖，何必不在範圍之中？確證。而仲尼以爲聖人人倫之至，古道可師、今法不可變，每從曠焉不接之後，通爲一氣而定爲一尊。精切而妙極渾成。則自有人道以來，凡所爲以人體道、極乎盡性至命之全者，皆仲尼之道也。仲尼盡人之道者然也。推開無不包舉。

其於天時也，則上律之。仕止久速之宜與屈伸之機，有潛通而自得其合撰者，不但爲邦首、行夏時已也。至水土之理、動與靜之所符，莫不從而因之，若襲成迹而循故轍焉，又豈止以卑法爲居身之利耶！夫夫子聖之時者也。確對。水土各殊，要亦止分化工之一，而仲尼以爲天體物而無不在，在上成象、在下成形，每以藐焉中處之身，與爲自然而循其不變，則自有天道以來，凡所爲道同於天，備乎法象流行之大者，皆仲尼之道也。仲尼盡天之道者然也。

蓋古今上下之理，蓄於内者極其粹精，而外見之行事，莫不自相符合，而不待乎擬議之勞。且古今上下之理，立其本者窮乎微渺，而應用之機宜，皆爲大道流行，而無事乎持循之迹。

大哉仲尼！斯其至矣。

原評 浩氣發舒精理，自非大著作手不能爲此。

萬物並育而不相害 一節

實言天地之道，其所以爲大者可知矣。蓋物與道莫非德以主之也。川流敦化，天地之所以大者，此耳。又何疑於仲尼？且中庸一書，欲人修至德以凝至道者也。由是曲成萬物，時措咸宜，則與天地合德者在是矣。取『德』字，入脉迥異時蹊。然皆以至德屬之聖人，未嘗明乎天地之德。至是則因持載覆幬、錯行代明，而恍然見德於天地焉。

曰：吾以天地辟仲尼，而仲尼之所以爲大可思矣。亦知天地之所以爲大乎！補筆高老。覆焉載焉，而萬物舉積乎此矣，曾無一物不育於天地也。吾觀有欲者相聚則争，有情者相雜則亂，是並育者害之所從生也。害、悖俱有實詮。天地未嘗有心以育萬物，天地育萬物，又未嘗有心以除萬物之害，乃萬物並育矣而不相害焉，天地何以得此於物也？行焉明焉，而道不外乎此矣，曾無一道不行於天地也。吾觀取術異者混處則相奪，趨途同者交至則相凌，是並行者悖之所從起也。天地未嘗有心以行道，天地行道，又未嘗有心以泯道之悖。乃道並行矣而不相悖焉，天地何以得此於道也？此無他，蓋天地之德爲之也。

無端而散爲物之形，而所以形者一形一理也；無端而顯爲道之象，而所以象者一象一理也。談理如數家珍。此非有餘，彼非不足，咸得於性命各正之中，而何所用其攻取？則有小德之川流而不害不悖者，物與道自止其方焉。散爲物之形，而所以形其形者未嘗形也；顯爲道之象，而所以象其象者無其象也。動而無動，静而無静，自渾於乾道變化之始，而何勿受其包涵？則有大德之敦化而並育並行者，物與道共歸於極焉。

此何德乎？天高地下，萬物散殊，何小之不入乎？道之優優者，不於天地而備其數乎？此何德乎？維天之命，於穆不已，何大之不舉乎？道之洋洋者，不於天地而會其歸乎？

此天地之所以爲大也，故曰：大哉！聖人之道。

原評　取辟意，人多於末找足，文獨入手挈明，至詮理精細，出以老健之筆，尤爲横絶一世。

見而民莫不敬 三句

聖德之時出，徵之民心而咸當也。

蓋聖人非求合乎民心，而德之咸當者無不合也。敬信而説也，豈作而致其情也哉！從時出看透『莫不』二字之藴。

嘗謂當其可之謂時，今以四時之錯行而或少乖其節，則雖天地之大，人猶不能以無憾，況人君之撫此下民者乎？

乃聖人出其德以宜民，而所爲與時偕行者，其孰得而憾之也？抉出本原，詞復高亮。蓋『維皇上帝，降衷下民』。德固萬物之所同具，故偶一觸於天之所命，則雖愚夫愚婦，亦且竊識上哲之精微。『民之秉彝，好是懿德。』德又羣志之所同趨，故偶一動乎人之所願，則雖乃聖乃神，不復大遠於凡庸之情性。

夫自聖人而外，與聖人同生天地間者，皆能知德而篤好之。先含下節，出『民』字飛舞。至親炙聖人而爲之民，尤其不可誣者也。吾即至聖之時出觀之：高拱穆清，其不見而章者，固不在衣冠瞻觀之際。而至出而爲見，其威嚴足以懾天下之惰，其儀采足以服天下之頑，民自不覺何以望焉而神斂也。即覩威儀而悟性天，必待夫深識之士。每用補筆作折。然而民之敬之，一若民之德迫於至聖之見而俱出也。敬君王哉，民惟自致其敬，而所以使之敬者，則民不知矣。鞭入至聖身上，力争上截。

皇衷淵默，其不言而喻者固不在文告誓命之煩。而至出而爲言，其義藴足以含萬物之精，其辭指足以釋百家之惑，民自不覺何以聞焉而心服也。即因作述而傳絶業，必待學問之儒。然而民之信之，一若民之德動於至聖之言而俱出也。信君王哉，民惟自致其信，而所以使之信者則民不知矣。

帝德廣運，其不行而至者，固不在禮樂政刑之迹。有此一層，他家鋪張揚厲，皆鱗爪矣。而至出而爲行，其法守足以昭前聖之未備，其明作足以維後世於方新，民自不覺何以被焉而意愜也。即由經緯而得神明，必待考建之主。然而民之悦之，一若民德發於至聖之行而俱出也。悦君王哉，民惟自致其悦，而所以使之悦者則民不知矣。

聖人之於民也，道常貴其多。此本其心之德，而自流爲小德也，既不憚時與小民相見，而又詳著之以言、博示之以行，經綸備於淵穆之中，而兩間始釋無窮之憂患。

民之於聖人也，心嘗樂其發。此合民之德而各流爲小德也，既時以爲敬我元后，而又忠厚篤摯以爲信，欣喜歡愛以爲説，歌舞發於熙皥之下，而兆人皆見曲至之精神。

夫敬之者，尊之也；信之悦之者，親之也。莫不然者極乎天地，而聖人一天矣。

原評 出蒼天而入無間，橫絶古今，邈焉罕儷。

唯天下至誠 一章

至誠無倚之能，非至聖不能知也。

夫至誠之能，一無所倚，而德純乎天矣，其能以人之知知天乎？以天地配出至誠，若高秋之懸皎日。

且天地有大德焉，實理之所積，充滿乎萬物。所爲無心而成化者，敦乎無聲無息之微也。聖人有大德焉，實心之所涵，泛應乎萬事，所爲有心而無爲者，敦乎不覩不聞之始也，總之一誠而已矣。

後天地而生，而造化待之以成能；中天地而立，而人物待之以託命。唯天下至誠，其能爲不可知也。

故於五品之人倫，辨而分其等，而天下合敬焉；比而聯其類，而天下同愛焉；率性之道修，而萬世之倫得以不廢。分屬的確，造語堅凝。則天下之大經，能以一誠經綸之矣。五常之全德，靜而植其體，而極天下至中焉；動而行其用，而極天下至和焉；天命之性盡，而萬世之極得以不摇。則天下之大本，能以一誠立之矣。以至五氣之順布，大哉乾元，萬物資於穆之命在我，而萬物之覆載得以無憾，則天地之化育，以一誠知之矣。至哉坤元，萬物資生，而吾心之至簡者知其復焉。始，而吾心之至易者知其通焉；

至誠之功用如此。用此句作關楗。使其有所倚焉，則必其仁不至，而經綸爲外飾之具。其淵不深，而立本爲强致之功；其天不大，而知化爲推測之用。天下之人，孰不望而知之，曰：『此其德亦猶夫人耳，烏所謂位乎天德者耶？』而至誠則何所倚也？內之足者，外無所庸其功；性之全者，學無所用其力。蓋其仁其淵其天，至誠之根於其心也。順風揚帆，中流自在。顧誰則有至誠之根於心者也？且肫肫淵淵浩浩，至誠之充於其量也。顧誰則有至誠之充於其量者也？

然則至誠者何人乎？其渾乎聰明聖知而全天德者乎！知至誠者何人乎？其即固聰明聖知而達天德者乎！苟非肫肫之仁，何以知其經綸天下之大經？非淵淵之淵，何以知其立天下之大本？非浩浩之天，何以知其知天地之化育？至誠無倚而能之，人非至誠而欲有所倚以知之，豈可得哉！而要之一誠而已矣。

原評　全章貫注如一句，惟其理精，則法自備，不是穿插家伎倆。

此誠者之所以獨至，而誠之者亦可起而有功矣。

唯天下至誠 二節

至誠有自然之能，想其心而大德可思矣。

夫經綸立本知化，所謂至誠之敦化者然也。而其所謂大德者，則肫肫淵淵浩浩焉，又何所倚而能乎？

今夫人之生也，由天而之乎人。故有命而後有性，有性而後有道，而聖人則由人而合乎天。理境雪亮，洞若觀火。故由道而見其性，由性而見其命，而要皆渾然於大德之内而不可名者，則即功用所及，而進窺其心體所存，恍然如見天地之大焉。

唯天下至誠，誠貫於天下之内，故川之所流者，莫非化之所敦；而誠裕於天下之先，故化之所敦者，莫非德之所蓄。則其能事，蓋可得而言矣。

道足以綱維萬世，而莫大於君臣父子之倫，此天下之大經也。至誠則辨其等，一若天高地下之不易。比其類，一若天降地齊之不違。其經綸也，一誠之體道者然也，而何非自然之彝教乎！便帶無倚。性足以充塞六合，而莫大於仁義禮智之德，此天下之大本也。至誠則致其中，一若天清地寧之有常。致其和，一若天施地生之不測。其立本也，一誠之盡性者然也，而何非自然之物則乎！命足以合撰兩間，而莫大於元亨利貞之理，此天地之化育也。至誠則神以知來，一若天地運行之無其終；智以藏往，一若天地闔闢之無其始。其知化育也，一誠之至命者然也，而何非自然之妙悟乎！

是故，世有倚思而得者，至誠有得而已，無所思也；世有倚勉而中者，至誠有中而已，無所勉也。其無所倚如此，此其敦化之功用，蓋無加矣。而大德之在心體者，則更可想焉。德渾淪而不可名，非有仁與淵與天之可指也。大德於穆而不已，亦并非其仁其淵其天之可盡也。然非肫肫之仁，何以經綸者？舉萬世之倫常，固結而不可解也，則誠之至即仁之至也。非淵淵之淵，何以立本者？妙見全體。

舉萬理之純備，包涵而無所遺也，則誠之至即淵之至也。非浩浩之天，何以知化者？舉萬象之變化，坐照而竟如神也，則誠之至即天之至也。而又焉所倚乎？然而知之難矣。

原評　題如太山、北海，極强有力者，見之無不震懾。文獨從容閒適，時游題外，不但舉重如輕而已，是謂勇過賁育者矣。

唯天下至誠　四句

中庸言至誠之功用，由人事而極於天地焉。

蓋理無不足者，能無不盡也。由經綸立本而至於知化育，至誠之功用不與天地俱隆乎？

且夫大德敦化者，天地之所以爲化育者也。重化育，説本朱子文，勢如山峯斗立。天地之道，鼓萬物而不與聖人同憂，則繼天立極，而聖人之能事起焉。然天地之大德不可見，必從其時行物生者求之；聖人之大德亦不可見，必從其修道盡性者窺之。惟由道而遡之性，由性而遡之命，而聖人之大德與天地之大德有渾合無間者焉。

夫天地、聖人一誠而已矣，人惟不誠，斯與天地不相肖。提處如登太華南峯，俯視一氣。外而施之倫常之地，無以平其憂患而同其吉凶；内而見之性情之微，無以養其天真而裕乎德業。遂使藐焉中處者，聽其自化自育於天地，而漠然不相知也，烏足語於大德之敦化哉！惟天下至誠無妄之理，雖均受於天，而獨得其厚；太極之真，雖同具於物，而獨體其純。於是能事之見於天下者，卓然莫與並焉。

今夫天地生人，而方以類聚、物以羣分，君臣、父子、夫婦、兄弟、朋友之間，莫非化育流行於日用者也。串入化育，俱根理極。所以有憾於倫物者，以恩勝則流、義勝則離耳。至誠則本天地生物之心，固結於親義，序别信而不可解，分其等而比其類，一如並育並行於天地間者，仍然不害而不悖焉。是不能經綸天下之大經乎！然非襲取於外也，蓋人自受中以生，天地之塞吾其體，天地之帥吾其性，而惻隱、羞惡、辭讓、是非之端，莫非化育之主宰乎！生初者也，所以有憾於性命者，以好惡無節於內、知誘於外耳。至誠則操天地精微之極，蘊藏於仁、義、禮、智、信而不可窮，體其信而達其順，一如不害不悖於天地間者，統歸乎並育而並行焉。是不能立天下之大本乎！出落處皆如犀之畫水。

夫道之大原出於天，而人之性情本於命，固未有與天地之化育爲二者也，然惟至誠能一之。故地之化育多於天，然地不能有而歸之天，天亦不能有而歸之至誠，則以至誠有知而化育皆備也。且天地之化育盛於至誠，然天地所以化育者至誠知之；至誠所以知天地之化育者，天地不能代至誠知之，創闢，得未曾有。則以天地之知皆歸於至誠之知，而化育並無迹也。

知天地之化育如是，則至誠之經綸立本，一天地之化育矣，至誠之大德敦化，一天地之大德敦化矣，非自爲一天者哉！

原評　提知天地句作主將，上二句貫串發揮，是從源頭説下，奇文實至文也。

知天地之化育

至誠至命之能，通於造化之原矣。

夫天地之化育者，命也。至誠爲能知之，非與造化爲一體者哉！

且夫天命流行、物與無妄而兩而化一而神者，莫不有其所以然之故焉。修道者知此，謂之知道；盡性者知此，謂之知性。不如是，雖中和克致，其知不足稱也。然而知之者鮮矣，惟天下至誠，爲能知天地之化育焉。

蓋大經者，化育之見於顯仁者也。類何以聚？羣何以分？總皆上天之載，體事而無不在。即在上二句中看出本句，不爲影響之談。非深有以知之，何以建愛敬之極？大本者，化育之存於藏用者也。仁何以舒？義何以斂？總一維天之命體物而不可遺，非深有以知之，何以植變化之基？今乃經綸如彼，立本如此，則至誠之知斷可識矣。

起知於易者乾，效法於簡者坤，使非誠以爲之通復，則乾坤毀而無以成大生、廣生之德。是之謂知易，是之謂見道。是故天地無體也，誠其體也。而聖人則純然一誠，全體而無間。故陰陽寒暑之變，一如日用飲食之相習，而與化育有不謀而合之神焉。聚亦吾體，散亦吾體，止自率其性情而已矣。散殊而可象爲氣，清通而不可象爲神，使非有誠爲之終始，則神氣索而無以著相摩相盪之功。是故，天地無用也，誠其用也。而聖人則渾然一誠，大用而無虧。故盈虛消息之殊，一如一身啓處之自然，而與化育有不戒以孚之致焉。善述其事，善繼其志，止自得其形聲而已矣。

夫數之積也，必有時而差。至誠之知，數之所從出，而不憑乎數也。故神以知來，則日新而不窮；知以藏往，則富有而不匱。真能見其所以然，故言之娓娓，直如老婦談家務。甚至不與聖人同憂，天地亦退處於隤確之表。讓知周萬物者爲之參贊，則化育且不在天地，而在至誠焉耳。即道之窮也，亦有時而反。至誠之知，道之所從生，而不執乎道也。故仰觀於天，則智崇而高明不可測；俯察於地，則禮卑而博厚不可極。甚至先天而天不違，至誠自成能於天地之中。以智臨天下者極其尊親，則天地之化育至誠知之，至誠之化育天地不能知焉耳。

此至誠之所以至命也，而豈有所倚哉！

原評　理精氣純，透處直可震動風雷、鼓鐘萬物。

校記

〔一〕本則疑亦爲張逸峯評。

杜谿時文集卷五

上孟

謹庠序之教 二句

王道詳教之之旨，所以終養之事也。

蓋非教，則民雖足以自養，而不能相養者衆矣。謹庠序而申以孝弟，王道所以務詳乎！

今夫王者代上天養萬民，非徒曰衣食粗足，遂可胥匡以生也。入手便非小家數。方黎民阻饑之日，恒一飽之無時。及人康物博，嗜欲繁多，或流而無制，則天然愛敬之心，往往奪於奇邪，而不顧父兄之養。爲國而盡心者，是以惻然念教之之不容已，而其旨有不可不詳者焉。

夫『五十者可以衣帛』『七十者可以食肉』，『可以』云者，得不得未可知之辭也。便對下『老者衣帛食肉』句。其本然孝弟者，不待教而愛其父以及人之父，不待教而敬其兄以及人之兄。若夫相習於不孝弟者，非教之孝則不愛其父，何有於人之父？非教之弟則不敬其兄，何有於人之兄？是故，設爲庠序以教之，然而不可以不謹也。兩義卓然。

蓋庠序之所居美而可貴，故託乎其中者嘗有豎僻縱恣之徒，而上不能詰。務有以嚴其入，而後所以爲教者不失其經。庠序之所業淡而易厭，故誘乎其外者嘗有新奇可喜之説，而下以爲利，務有以坊其出，而後所以爲教者不雜於僞。

夫養老於庠、養老於序，教之事雖不同，孝弟居天下之大端矣，而王者尤必申之以其義，何也？天經地義本於生民自有之心，故敬老爲其近於父，敬長爲其近於兄。行諸朝廷而達諸州閭里巷，要惟順吾心之本然而不可易，夫豈師儒之强我哉！伐木殺獸，猶爲此心不忍之餘，況立愛自親始以教民睦、立敬自長始以教民順。不負戴，不鈎自出。上自天子而下至於鄉老黨正，一皆循吾心之所當然而不容已，又豈廣厲之虚文哉！

夫庠序既謹，則興禮讓而去争奪，自相感於誦絃游息之地。孝弟是申，則不犯弱而不暴寡，更可徵於肩隨車辟之間。至『頒白者不負戴於道路』，而後『老者衣帛食肉』斷可知矣。

此王者養民而老窮不遺者也。移民、移粟不幾展轉於道路，而庠序中虚無人矣乎？

原評　原本經術，淡雅春容，不必矜才使氣而函蓋一切。下文止言『老者衣帛食肉』，不及『謹教』一條，雖古人文字簡省之法，亦因此章對『移民』『移粟』立言，重在『養』上，惟『不負戴』，乃能各老其老於家，而帛、肉始無缺也，文只作終養之事，最有見。鋪陳教法，皆鱗爪耳。

王説曰詩云　一節

偶識其心而説者，仍隘視其心而疑焉。

蓋王惟不識其心，又視之甚隘耳。兹之説而復疑也，殆可與言之機乎？嘗觀人主之聽言也，與其畏，弗如愛。愛則喜勿忘而進勿已，自不覺其勃然以動，而復翻然以思。則其信之也益堅，而求畢乎其説者益切。

孟子陳王道於齊王，而即易牛之心反復其説也。斯時齊王説甚，説於色也，且見乎辭矣，曰：『有是哉！夫子之善於言心乎！寡人不佞，然頗好音樂，故於古人詩詞多習聞其説，政事之暇，往往詠歌之。至牛羊將享諸篇，未嘗不嘆曰：「此周之德與周之所以王乎？」古致紛披，全神皆動。不謂夫子儼然庭教，遽論心至是。則請爲之歌曰：「他人有心，予忖度之。」微夫子，其誰與歸？』

夫『他人有心』，未有他人不自知者也；予即善忖度，未有能出他人意外者也。然而，夫子之於寡人則更異矣。一縱文境生動。

心固吾心耳，乃我之行之，爲愛爲忍，何不堪發吾覆也？此時之不得也，在寡人雖有心乎，真若他人有心也已。雋甚。心仍我心耳，乃夫子之言之，見與未見，於我若昨日事也。此時之戚戚也，雖夫子忖度之乎，不啻予忖度之也已。

竊聞詩之爲言，曲而中，婉而善達。若夫子者，殆全體皆詩也耶？乃夫子且教寡人曰：『是心足以王。』夫物類阜蕃，雖盛朝之象，而滋息日盛，止牧人之司。落下自然中節。且是心，微意也；興王，大事也。六國之河山，非一釁鐘之功力也；九州之精鋭，非一過堂之驅率也，而王業之隆，曾不難舉此心而得之。則是人主苟能發憤爲雄，果不發一兵、不役一人，安坐堂上日就牽而過者謀曰：『吾不忍爲此也。』遂不難繼衰周之絶業、崇配天之盛烈，近與三王爭功，遠與五帝並德，下視桓文，藐不足道。意者其有畸術與？何興之暴也？可以啞然而笑。

即如雅詩所陳：周自后稷封邰，延十數世至於文考，大勳未集。武周繼之，然後放牛而天下服。王蓋若斯之難也，而輒以是心當之，豈詩之失愚止可賦言贈答，而王迹所基固不盡傳耶？挽合又妙。此又『寡人有心』，『寡人不能自忖度』者，『願夫子終爲寡人忖度之』。此心之所以合於王者，何也？王悦而言者如此，夫王爲孟子而歌，喜可知也。乃孟子則又與王爲隱獲我心矣。

曹峨眉先生 古情雲集，逸興飆流。

自記 予拔入成均，抵都，槖中止有白金五兩。遂授徒於帝王廟後伊圖喀鴻臚家，僅足饔飧而已。故事：國子生見司成，少餉閽人以物乃得通，予以故不能往謁。會旅試教習，同試者求之多方，予姑一往，固無意見取也。已竟，居然前列。先生文章知己，至今感不可諼也。先生歿已久，撿視遇合之文，能無愴然！先生諱禾，江陰人也。

國人皆曰賢 四句

察於國人而用賢，民之所好好之也。

夫君無事不公之國人，於其所爲賢者，猶必察而後用，慎之至也，亦曰好民所好云耳。嘗謂『天聰明自我民聰明』，民之所好此秉彝之性，原於天命，非君所得以己私違者也。大本大原，秦漢以來求賢爲國之説，皆看不到此。即加以朝廷之精詳，亦惟以求輿情之至當。而人君之謹其所好，遂兢兢稱至慎焉。

故夫左右諸大夫之所謂賢，而君皆不遽以爲可，蓋謂不知於國人云何耳。提國人，通章震動。人君所與有此國者，國人而已，何事不與國人共之，而況用人哉？

古者用人，必於學校：簡閲於鄉老而乃隸於鄉大夫，率迪於鄉大夫而乃教於司徒，是國人所養而成之者也。古者用人，必於選舉：鄉之所論而以吏於鄉遂，鄉之所升而以進於成均，是國人所薦而達之者也。是豈有國人不曰賢而賢聞於左右諸大夫者哉！倒挽左右諸大夫，如神龍在霄，出没不測。故於左右諸大夫之言，必待於國人而後定，恐其未必皆以國人之心爲心也。至於國人曰賢，可以進而用之矣，而猶未也。蓋國人者，固所謂百姓日用而不知者耳！

惟人者能好人，而國人不皆仁也。使因其賢而即用之，用之未幾而見其不賢，是國人不皆仁而我又以過聽重國人之不仁。察處都是成就國人，妙妙！所謂尊仁以子愛百姓者，將何以自解也？惟知者能知人，而國人不皆智也。使信其賢而即用之，用之既久而未見其賢，是國人不皆智，而我以輕舉重國人之不智，所謂『亶聰明，作元后』者，將何以克副也？

故有合左右諸大夫而共察之者，詢謀僉同。國人之所是，不必盡爲廷臣之所非，而要歸於灼知而不惑，則權衡之精切，施於公道大明之日而益彰。有離左右諸大夫而獨察之者，詢事考言，固未嘗矯廷臣以爲異，亦不至徇國人以爲同，而要期於辨論而不爽，則車服之登庸，本以天理民彝之極而莫易。

唯見賢焉，今日以爲親臣，爲國人而與之親也；異日以爲世臣，亦爲國人而延其世也。用之如此慎者，非輕國人而疑其言也，正以成國人好賢之正而預防其誤也。故知所謂未可者，非疑左右而不信諸大夫也，亦欲左右諸大夫皆曲體國人而不以賢自私也。所謂民之所好好之者如此。

原評 從天理民彝上説，便覺智之於賢者是性不是命，即爲民父母，亦是性分不可解之事，非徒爲保全國家起見也。嘉隆以後講作用諸儒，便無此等見識。

雖有智慧 四句

時勢之不可失也，即齊人有明其説者已。

蓋能相時勢之所在而急圖之，斯可以有濟。

齊人爲智慧鎡基進之也，其言曰：『予小人，不足以知遠謀。』然而，身家之計，時足累予，經一事焉旋長一識。生平得意之境，兼在躊躇果斷之中，因天地之利，順人事之便，觀成敗之由，察通復之變，而後可以有獲。傲兀自喜。不如是，則才力非不過人，而俱困於無用，可不念歟！

何則？生齊之境，習齊之俗，寧巧無拙，寧敏無鈍。且青州之壤，厥田上下，不稼不穡，禾廛胡取焉？於是見重於國中者，大約智慧爲最。其不能者，耕田力作，治其恒業，鎡基殆其具也。

夫智慧亦甚足恃耳。予居里中，見一二少年子弟，充其智慧，爲聰明，爲才辨，在野則親戚敬畏，在朝則公卿悦服。而且利害轉於呼吸，鬼神猶遜其巧；禍福成於轉盼，王公且失其權。天之生才，誠不可强使天下盡若輩，誰肯槁項黄馘老於田間耶！一折。即彼老於田間者，鎡基之外更無他事也。予嘗就彼治氏，摩厲以須，率我子姓，躬行畎畝，但覺鎡基所至，瘠土以沃，萊蕪以治，稂莠以去，嘉禾以長。因而貧者以富，嗇者以豐，無者以有，虚者以實。歲時伏臘，未嘗不嘆鎡基之錫我而不居功。誠令夸誕之流，一念及此，得不厚自愧歟！回顧。

然而，同一智慧於此，或志得計遂，而名施後世，或重速罪謗而齎志以没。同一鎡基於此，或積貯日富而婦子以穀，或年豐啼饑而室人交讁。毋乃富貴在天，貧窮有命，所謂智慧者或出於不智，而所謂鎡基者不足以爲利歟？頓挫。然非天也，亦非命也，彼自恃其有是，亦曰吾有是斯已矣，而於時勢之會有所未審也。

天下事初亦相去不遠，而其後得失遂以懸絶，無他，能忍與不能忍而已。躊躇。不能忍則勢未利而輕發，時未至而妄動，賢者病其心思，愚者病其手足，大則喪功，小則亡利，甚不可爲也。事有迂之而得其直，遲之而得其捷者，此類是也，且在能斷與不能斷而已。果斷。不能斷，則處不可及之勢而不決，遇不可再之時而不赴，能者終身有悔，不能者終歲無望。識阻於人，力棄於地，甚不可失也。事有鋭進始全其後圖、持重反昧於當局者，此類是也。

人有智慧，我則乘勢，如乎不如乎？曰：不如矣。人有鎡基，我則待時，如乎不如乎？曰：不如矣。夫以時勢之所在而坐失之，雖才如智慧、器如鎡基，而猶無能爲也，則時勢誠不可不審也。

原評 盤旋曲屈，有游行自如之樂，而文氣高古，可與漢魏諸家並驅。

孔子曰德之流行 一節

德易以王，徵聖言而益信矣。

蓋惟有德，則時勢可勿論也。孔子極言其流行之速，不可知易王之故耶？

今夫人徒知文王之德不易王，而不知德屈於時勢，則歷久而後興；時勢乘乎德，則不逾時而不應。破去時勢，獨明德之感速，最得解。蓋德因時勢而見，而其所以大行於天下者，正不藉乎時勢而自有其行之之故，此其説實信而有徵矣。何則？德也者，天地之命，萬物之紀。要言不煩。而生人之所以爲心，無智愚、賢不肖皆同有此彝好之性者也。昔者孔子嘗言之矣，曰：『德之流行，速於置郵而傳命。』

夫百年必世，原無近功之可求，孔子豈欲天下急就其功名而故爲德，明此速成之效？且期月三年，亦且按時而報績，孔子豈與天下相徇於旦暮而故爲德，釋此迂遠之疑？得此，消去多少俗諦。

試觀愚夫一念之誠，而可以動鬼神，則雖形聲不至之處，亦且應念以相孚，況有情可感、有意可知？刻入之言，可折充宗之角。顧謂盛德在躬，不獲志氣如神之應，則是天地生人之理有時而息也，而天下豈有此性情？又觀凡人一事之善，而可以回天意，則雖上帝冥漠之間，亦且響應而不爽，況同好相求、同惡相恤？顧謂明德可懷，不獲四方無侮之功，則是蒸民物則之常有時而反也，而天下豈有此憂患？

是故人即甚愚，必無惡德而好不德之事。恒人之美善於我本無所加，一旦聞之而慕、見之而敬，自動於寤寐而不可知，每用旁筆，一襯便醒。則以侯王而修德於家邦，其捷於匹夫之化其鄉里，更何如也？夫豈俟夫傳播之勞？俗即甚敝，亦有惡不德而從德之心。一己之陷溺，習久殊不自覺，一旦驚若神明、尊若師保，嘆賞於左右而不能已，則以聖君而明德於天下，其神於儒者之敬服於及門，更何如也？夫豈間乎重譯之遠？

蓋無土不王，則無時勢之德。雖孔子亦卒老於行，然而七十二君之敬禮，不害其爲無言之喻也。而無德不立，則乘時勢而無德，雖强齊亦僅止於霸，然而十二河山之封域，不待其爲至極之修也。事半功倍，安得假手於齊，以爲置郵也哉！

原評　發明德化之故，洞見性命之所以然，絶無一語依傍，此是真實有本領文字。

敢問何謂浩然之氣　三節

氣之難言也，必養之而後知其浩然焉。

甚矣，氣之剛大也，養之而天地可塞，無之而道義亦餒，故浩然必歸之善養耳。

且夫天下顯焉者莫非形也，微焉者莫非性也，而非氣則形無以立，性亦無以行。君子俯仰於天高地下，將秉道而度義，則踐形盡性，有不敢不求於氣者焉！

是故，丑不知有浩然之氣，是未嘗養之也，而又烏從言之？故孟子告之曰：『是豈易言者哉！』非已有是氣，則聞人言而不信；即已有是氣，亦擬爲言而甚難。蓋嘗曠而觀之，物之大也，至天地而無外；理之精也，惟道義爲無窮。而其爲氣也，有可得而言矣。總提，高老。

其大也不可圉，其剛也不可遏。是舉世之剛大不足與之較，而獨居其至者也。蓋天地以高朗健行之氣，彌綸萬物，宰制羣動。故人得之以爲剛大之體，固不以養之而後存、不養之而遂亡也。此語時人久不識，以爲不善養即亡矣。然非善養，烏所驗其剛大哉？故必以直養而無害焉，而後天地之大皆吾大，天地之剛皆吾剛。宇宙皆吾氣之闔闢，而沛然挺然於其間者，一如四體之屈伸可以不言而自喻，而何弗塞焉？是順而導之，何如其浩然矣乎？

而其爲氣也，更有不止於此者。道義之大也，待氣之大而後宏；道義之剛也，得氣之剛而後植。是舉世之道義不能無所助，而氣爲之配者也。蓋道義爲天命人心之理，有其所然而不可易，有其所當然而不容已。原自與氣相資，以爲剛大之用，固非强氣以合乎道義，亦非强道義以從乎氣也。合一處更精。然非善養，烏所載其道義哉？故或無之，則是道義大而配之者小，道義剛而配之者靡。一身不爲吾氣所運用而廢然頹然於其中者，一如萬物之消毁，即欲自振而不能，而何弗餒焉？苟反而求之，而又何莫非浩然者乎？

蓋自其初而論之，則雖天地不足以當吾氣之充塞。而苟專恃乎此，則以自有之道義反不能自列於一物而不免於餒焉。甚矣，直養之急也，奈何勿求於氣者之欲語於浩然哉！

原評 疏題精切，彌望皆昌明之氣，眼前紛紛，恐難卒與抗行也。

我故曰告子 二句

義不可外，不知者宜其謬也。夫知義必不外義，是以集而不敢襲也。告子外之，烏在其爲知義乎？今夫人於天下之物，非深知之，未有能篤好者也。凡人莫不樂得乎其所自有，而棄捐乎其所不可致。便嚌其胾。苟非吾之所得與，夫又何求焉！若夫義，則將藉之以爲心、藉之以爲氣，藉之以辨王霸之業，而顧曰：『此自與吾渺不相關也。』其可乎哉！

浩然之氣，其生如彼，其餒如此。若是乎義可集而不可襲，其不在外也明甚。知其不在外而集之，則義與我一，而豪傑之概合乎聖賢。不知其不在外而襲之，則義與我離，而異端之說淆乎大道。

是故，我於告子有微長焉，此非無故而云然也。我之道遲緩而無速效，故漸積數十年而不足。忽樹偉議。告子之道則捷便而多近功，故矯制旦夕間而有餘意者。我亦一義，告子亦一義歟？不然，何所守之不侔也？然而，告子之不知義固已久矣，夫天下之不知義者大抵可知耳。跌落未嘗知義，何等氣魄！惑於多岐者，擇焉而不精也；囿於一得者，偏焉而不全也；平日聞之、臨事失之者，是未純之過也；經事而不知宜，變事而不知權，亦拘牽之累也。展拓。要未敢以義爲外者，外之自告子始。逼出『外』字緊。告子之言曰：『天下之言雜陳乎義者也。』吾惟絶言於心，而義始無乘言制心之權，此義外之一説也。千里來脉，照應分明，心細於髮，眼光如炬。又謂：『吾人之氣，受裁於義者也。』吾惟息心於氣，而義始無挾氣撓心之勢，此又義外之一説也。夫言與氣有義在焉，而告子顧守其冥然之心，概屏置不求。推是意也，不惟不能集義，並不屑集義，無他，外之也。

是則，但有一往而不問其縮不縮，豈惟先我不動心，更大勝於曾子之所聞。究之曾子之聞於夫子者，非告子所得而勝。一句一轉，筆如旋狀。而告子顧以義外之説倡於世，不亦惑耶！我斷不敢以知義許告子，職是故耳。子知告子之不知義，則知義矣，子知義，則知所以用吾養矣，而又奚疑也！解環手。

學使李醒齋先生　識解靈通，氣局高古。

原評　議論雄偉，可以推倒一世。攻堅鑽寂，入理又何深也！抑奥揚明，宏中肆外，文至此，殆如子都之姣矣。

宰我曰 二節

至聖超乎帝王，觀兩賢之言而已知其異矣。

夫帝如堯舜至矣，百王抑又難及矣。賢堯舜，超百王，觀予賜之言，孔子何其異哉！且吾願學孔子，而以爲生民未有。夫生人中，幾人帝？幾人王？而孔子以布衣老，似止可與夷惠絜賢而同等耳，即伊尹功業且有不逮，顧安得曰此生民之獨異者耶？

誠若是，則帝如堯舜，此生民以來，所謂如天之覆、如地之載者也。即曰堯舜不過百王中一二人，又推而廣之至於百王，則前乎堯舜而王，與後乎堯舜而王者無不在焉。堯舜百王，提挈參差，得兩引口氣。是其較之孔子，當有遠出萬萬者；即不然，亦必有與孔子並美不讓者。乃自宰我言之，而孔子異焉。進而子貢言之，而孔子又異焉。何其與吾生民未有之説若異時而同辭也！

是故，從未有稱其人而以爲賢於堯舜者，而宰我曰：『以予觀於夫子，賢於堯舜遠矣。』蓋有堯舜而無孔子，則勳華之業雖被於一時，而精一之傳不明於萬世。比勘歷然。若有孔子而無堯舜，則平成之功雖絶於異代，而一貫之道自徹於人心。則得宰我之言，而孔子爲生民未有亦可知矣。

而子貢曰：『未也。』帝治高渾穆，而王事盛聲容，故三代之道德雖不如二帝之高深，而二帝之制作亦不如三代之明備。入禮樂，别有妙解。今所恃考德論政歷世不爽者，禮樂在也。見禮知政，而百王之政不如；聞樂知德，而百王之德不如。由百世而等之，夫然後爽然曰：自生民以來，未有孔子也。

孔子不必有制禮作樂之事，而致禮以治躬、致樂以治心，莫非與天地同其節而定其和。語俱見實際。孔子不必有行政昭德之權，而進退百代以爲政、陶冶萬物以爲德，莫非爲生民立其命而盡其性。得子貢之言，而孔子爲生民未有，又豈予之私言也哉！

夫宰我、子貢，善爲説辭者也。使孔子而僅班於堯舜，宰我必不以爲賢；使孔子而僅班於百王，子貢必不以爲未有。彼親學於孔子，而知得百里而王天下，則由堯舜以至於百王，皆不足道也。況區區之夷、尹、惠，又烏足與絜賢而同等也哉！

原評 扼定帝王運局，自然處處更有精義，是題至當不易之作。

人之安宅也

擇術者宜居仁，即其切於人者示之焉。

甚矣，人非仁則不安也，指之曰安宅，居仁其可緩乎？

今於功利交爭之世，而爲之説曰：『術無加於仁。』人或慕之，而亦或憚之，吾察其意，往往甚苦又多疑也。妙諦。夫苟非居業之正、進德之美，終身其中不能不苦其不得以自由，而復疑其迂疏而不切於用。至於仁也，而豈謂若是？仁而謂其若是，其誣仁也甚矣！盍亦思其身將何所託耶！

何則？仁固不僅天之尊爵已也。

蓋嘗觀於被仁於人者矣。一念之恩，終身庇焉而有餘也。方庇人之仁，則曰幸也。人之仁足以庇我也，抑知人足以庇我，我正無不可以自庇乎？又觀於施仁於人者矣。一端之理，天下覆焉而無不足也。方覆人以仁，則曰幸也。我之仁足以覆人也，抑知我足以覆人，人正無不可以自覆乎？善解人頤。今有人焉，其貌則泰然以適也，其心則恬然以怡也，何安耶？然其人可知也，必仁者也。又有人焉，其貌則蹙然以戚也，其心則淆然以紛也，何不安耶？然其人又可知也，必不仁者也。

人之所以相持而不敝者，以其有理耳。萬端之交感，莫不挾撼我、震我之勢以相加，無理以處之，則竟加焉矣。且非徒加而已也，我不能爲主而物亂之，漸相率而聽命於物矣。精奥自成一子。故人世之險阻莫大於背理之一念。一念背理，一念即險阻也，況念念乎！然而，仁則無是也。老甚。人之所以獨立而無虞者，以其無欲耳。一身之嗜欲，莫不伏乘我，伺我之隙以相擾，有欲以啓之，不勝擾焉矣。且非徒擾而已也，我授物以權而我從之，卒相繼而淪胥乎我矣。故天下之艱危莫甚於縱欲之一事。一事縱欲，一事即艱危也，況事事乎！然而，仁必不然也。

觀乎仁之外，則發爲大業，規模何宏也！入乎仁之内，則存爲盛德，體量何寬也！吾嘗欲人居仁，仁洵可居也，蓋人之安宅也。奇論天開。天地之仁，萬物宅焉；聖人之仁，萬世宅焉；學者之仁，萬理宅焉。是不仁者以暫爲宅，而仁以久爲宅也。安乎？不安乎？天子之仁，宅以四海；諸侯之仁，宅以四域；士庶人之仁，宅以四體。是不仁者以隘爲宅，而仁以廣爲宅也。安乎？不安乎？

今人亦欲宅中圖大，百世久安矣。然而仁則不至，惟擇捷便之術以居之，毋惑乎？居天下之廣，居者不樂與談天下事也。

胡漢聲　一縱一横，論者莫當，可謂辨才無礙。

石九敘先生　字緑英分過人，每執筆爲時藝及詩賦，古文詞，不移晷刻。書院初建，來者近百人，余樂與數晨夕者，字緑外不多見也。己未夏，邑侯胡主童子試，先期召余入署，從暗中摸索得三卷，額入三名，邑侯拔三得二，府院冠軍者即字緑。今閱其文，精思層出，奇論天開，真發人所不能發，言人所不能言。譚子曰：『我所必起，人不能廢。』信然。今字緑才勝矣，進而益上，其可量耶！

伯夷隘 一節

明古人之偏，君子可以審所由矣。

蓋以夷惠之聖，而其偏不免隘與不恭，是亦失中者已。曾君子而由之哉！且天下之道，惟大中之極，可以坦然與萬世由之而無弊。故偏至之行，其感人爲最切。而究乎其極，則行之所至即其弊之所滋，雖可取以爲激厲頽俗之資，終不可奉以爲吾道率由之準也。

伯夷之不屑就也，惡惡者不可不如此之嚴也。然而，君子大其心以體天下之物，豈有就之而不屑者乎！精義。使義可就而不屑就，是失其所爲不屑就矣。即義不可就而吾早以爲不屑就，亦多一不屑就之心矣。故夷但可以風頑懦者耳，設使鄙薄者聞之，不助之亢乎？是隘也，爲夷可也，而隘不可也。柳下惠之不屑去也，容人者不可不如此之寛也。然而，君子無弗愛且敬之人，豈有去之而不屑者乎！通書恰對正蒙。使義可去而不屑去，是失所爲不屑去矣。即義不可去而吾早以爲不屑去，亦多一不屑去之心矣。故惠但可以風鄙薄者耳，使頑懦者聞之，不益之汙乎？夷惠亦無辭以對。是不恭也，爲惠可也，而不恭不可也。

夫爲夷必不能爲惠，爲惠必不能爲夷。此兩人者並世而同處，即各有所不由而後獨成其是。則不爲夷乃可以爲夷，不爲惠乃可以爲惠。學此兩人者，兼體而不累，必均有所不由而後不失其真。

是以，君子履中而蹈和，其進退屈伸皆無一成之見，而總求全乎天則。故有時就所當就，而不嫌其久；即有時去所當去，而亦不嫌其速。隨時而順應，其辭受取予皆有一定之權，而能獨善其化裁。無定見，有定權。極精之語。故有時遁世無悶，一無所就而非高。有時斯人吾與，一無所去而非簡。

蓋流而不息之仁無間於萬物，則天下之憂患皆吾一體。如此說，不由精理實義，自有此題，從無此文。而何至拒之門庭之外，以示吾道之不廣？斯須不去之禮自動於德輝，則天下之慢易肅於無言。而何至狎之耳目之近，以成吾道之不尊？

隘與不恭，君子之不由也必矣。學者誠知夷惠之可師，而又知隘與不恭之不可由，則幾於大中之道矣！

原評 説『隘』與『不恭』，便真見兩人病痛，絶不回互。説『不由』，便真見君子高於兩人，本領絶無影響。非中有實得，未易到此境界。

故湯之於伊尹 一節

王霸有由成，惟盡師臣之實而已。

夫湯之王、桓之霸，皆尹與仲之力也。要非學焉，後臣不至此，孰是大有爲者而召其臣乎？

今夫人誠挾道德以游於天下，此固聖主之所側席而求者也，豈士以此自榮哉！蓋不世之業待之以建，則非常之禮，處之亦何加焉？乃世俗不察，猥與奔走承順之流，同類而責之，是亦未嘗觀於古大有爲者，而一思其圖王創霸之故也。

吾觀今天下之勢，竊謂齊可以王，而齊之人好以霸稱。王霸不並出得法。使一旦吾道吾德見尊於王，且有相得益彰之樂，吾知齊之王可計日俟也。如曰圖王不成尚可以霸，此固吾所羞稱，而又烏足難哉！無如齊可以王，而不能使之致王；齊可以霸，並不能與之以霸。此何以故？則以吾固不難爲伊尹、管仲者流，而王之於我獨不如湯之於伊尹、桓公之於管仲也。矯如游龍。

夫湯固亳邑小諸侯耳，桓亦寄食諸公子耳。是兩人者，非有青齊二千餘里之地也，非有七雄稱東帝之勢也，葛伯之逼不强於臨淄之師，奔莒之難不威於即墨之衆也。然而南巢一放，夏鼎遂遷；葵邱一會，齊盟俱震：何王霸若斯之易也？湯雖聖，桓雖賢，虺萊、賓隰之儔雖衆，非甚尊德樂道，孰能當此不勞而大有爲者乎？『不勞』二字，頓宕而出。由今考之，湯之誥曰『聿求元聖』，知湯之王也尹之力居多。

而桓之待仲也，尊之仲父，寵之亞卿，亦曰：『霸諸侯，顯天下，微夫人之力不及此。』而要之當日者，其所以處尹與仲非同於頤指氣使之倫也，非等於憑几據杖之輩也。其知人也，能下士也；其親善也，能得師也。蓋皆學焉而後臣之云耳。是以名與古今爭隆，而業在天壤不敝，其不勞而王且霸也，詎無故哉！

夫王如成湯，可以止矣，霸如桓公，無以加矣，有爲而至於王且霸，亦可云大矣，要惟學焉後臣而乃如是。今之人求王霸者，皆欲如湯桓，而所以處其臣者，終不如伊尹、管仲，豈其大有爲者遠過於湯桓耶？蕭疏自得，古文神品。抑不必伊尹、管仲之臣而可以王霸耶？抑别有致王霸之道，而不必尊德樂道以隆禮於其臣耶？

原評　一氣卷舒，未嘗枝枝葉葉而爲之，而豫章百尺已干霄矣。

且許子何不爲陶冶

即陶冶以詰異端，若無解於其不爲也。

夫充許子並耕之說，則必自爲陶冶而後可。 乃其不爲者已如是也，其將何說以解此乎？

孟子曰：『吾觀古大舜，嘗陶於河濱矣，而黄帝實范金以利天下。』 然則陶冶之事，固帝王所親爲者歟？『爲』字一撲。

顧舜陟位之後，不聞其陶。 而紀黄帝之爲冶者，亦不過命官以董其事。 以此論之，得毋陶冶厲民實甚，惜也許子未生其時也！ 吾意許子之爲陶冶也，必矣。

何則？人可不爲陶冶，許子必不可不爲陶冶。逼入『何』字。 人不爲陶冶，猶將以其不知許子之教而恕之；許子不爲陶冶，不得爲不知陶冶之事而謝之也。 抑人不爲陶冶，可易以粟；許子不爲陶冶，不可易以粟。 人易以粟，農與末出於相濟；許子易以粟，耕與食即處於相厲也。 然則，許子於此即自爲陶，猶恐數十之徒或不爲陶也，豈得不自爲陶？『何』字騰空欲出。 許子於此即自爲冶，猶恐數十之徒或不爲冶也，豈得不自爲冶？ 許子於此即自爲陶矣，自爲冶矣，數十之徒，亦並爲陶、並爲冶矣，猶恐滕君之不爲陶、不爲冶也。 豈得不自爲陶、不自爲冶？

乃自子言之，則謂釜甑之爨也，許子固爨也，至問其爲釜甑者，許子則不爲也。出清『不爲』。抑自子言之，則謂鐵之耕也，許子固耕也，至問其爲鐵者，許子則不爲也。許子而不陶，豈必真以陶責許子？然許子而不爲陶，真不得不以陶責許子也。許子而且不爲陶，薄於陶乎？厚於陶乎？許子不爲冶，豈必真以冶責許子？寬一步更緊。然許子而不爲冶，真不得不以冶責許子也。許子而且不爲冶，愛夫冶乎？不愛夫冶乎？

想天下之爲陶冶者，亦甚懼乎許子之爲也。奇幻，亦只爲『何』字作勢。謂吾食業於此者有年，今一旦許子倡其教而奪吾業，將人自爲陶而吾陶不得粟焉，人自爲冶而吾冶不得粟焉。吾何恃而不恐矣？而不知許子之不爲如故也，今而後陶冶喜可知也。想天下之爲陶冶者，又甚樂乎許子之爲之也。謂吾待食於人者良苦，今一旦許子行其道而示以準，將吾既爲陶吾兼爲耕焉，吾既爲冶吾兼爲耕焉，吾何求而不得矣？而不意許子之不爲若是也，今而後陶冶戚可知也。

夫人固不能並爲陶，許子且不爲陶，則何以故？許子還自思之。人固不能並爲冶，許子且不爲冶，則何以解？子其爲許子明之。且許子何不爲陶冶？

原評 逼摎『何』字，如神龍之護頷珠，以全神注之，止覺波浪層層，渺不可測。

決汝漢排淮泗而注之江

概舉南條之水，而明德存於江淮矣。

蓋南條之水，江爲大，而漢注之；淮爲次，而汝泗注之。此孰非禹之明德哉！

自古水之爲害，莫甚於河。河南溢則必奪淮，倘奪淮，則駸駸有逼江之勢。從河折入，是大主腦。賴大禹之力，既導之北入於海，而江淮間可無事矣。

然而水之在南條者，江之勢遠於河，其大足以敵河，而性馴易治；淮之勢近於河，其大不足以敵河，而性剽難治。說者謂河來自外，此敵國外患之世爲暴者也；淮起自內，此山林草澤之時爲虐者也。二者常相表裏。奇論，醒論。故治河而外，江也然力也少而淮之用力也多〔一〕。

導江自岷山，控三巴以下，順之而不爲所事疏鑿之力，而漢水南注，已朝宗於海矣。江之爲江也，春容泂渀，澹沱平衍，又多高山危磯夾束之。即急潮驟漲，來亦有漸，不過糜爛禾稼而已，不至有蕩析民居、衝決城郭之患也。深明江淮水性形勢，皆歷然從無人拈出。若淮出桐柏，汝會於豫，泗會於徐，荆畲兩山以外地平土疏，方大雨時行，土脉泉動，則暴怒激悍，不可遏抑。縱之則不歸大壑而漫延四潰，障之則在在淪爲巨浸。於是豫、徐、揚三州之民受淮之害殆與河等，不必河之奪淮，而梁、楚、宋、吴間已嗟昏墊矣。故禹之治江也，後世無遺迹之可指。而其治淮也，嵞山則大會萬國之諸侯，以誅防風之後至，至今陳玉帛故處，父老猶能稱道之。想四載之餘，討論水法，遂行覲禮歟！又淮泗之交，相傳神禹鎖支祈其下，雖經史無明文，而靈物時時能禍福其民，殆亦未可誣也。尋出兩證佐，便爾鑿鑿。

由今觀之，禹於汝漢則利用決，而於淮泗則利用排。與其閉之，毋寧宣之；與其塞之，毋寧導之。至論。聖人所以智周萬物，在能順其性而已。夫汝入淮，決汝即決淮也，淮固排矣；泗入淮，排泗亦排淮也。江則漢東西諸水直注之耳，故曰用力於江少，而於淮多也。

以淮之既乂也，圖霸者方通邗溝，會江淮爲一，以餉黄池之兵，而徐揚之境遂藉淮爲用。抑知洪水方割，禹之決之、排之，使同於注江入海者，固無一息之暇也。

然而淮之爲患，後世亦卒與河等，不能如江安行於地中，何也？山林草澤與敵國外患，蓋自古而然，此固天之所以警懼中國，而使之不自暇逸也歟！憂深思遠之言。

原評　直是一則治水議，不必作制藝觀。本文但曰注之江，不言治江之法，明以江配海，蓋不待治之而自治也。曰決，曰排，皆在淮上用力，文謂治江用力少、治淮用力多，元從本文體出，遂成創解。

勞之來之 六句

聖人勞心於教民，述其詞而知其憂之無已也。

夫放勳即憂民之無教，委之契足矣，乃詳其申命之詞，而其心遂至於如此乎！

今天下當生養既遂之餘，得大臣以敷教，將秀民駿發茂若嘉禾焉，聖天子亦可端拱而無憂矣。古秀。而猶皇皇焉不能輒已，一若自謀其身家、自訓其子姓，而惟恐一術之不盡，不謂其勞一至於是也。

是故，司徒有命，五典肇修。斯時也，天下樂矣，而聖人憂甚。斗峭。

向背順逆之故，或樂而不能忘，或迫於不得已，在其人各有難言之隱。雖子不能告於父，臣不能告於君，婦不能告於夫，幼不能告於長，即朋友亦難以相告者，而聖人一若心知其曲折而各預爲之謀。空舉全神，文心幽渺，神力超絶。

淺深甘苦之機，或急之而失於鋭，或緩之而失於迂，在其人又有難應之候。雖父不能强之子，君不能强之臣，夫不能强之婦，長不能强之幼，即朋友亦難以相强者，而聖人偏能適如其分量而皆自快其願。

故夫良民不加勸，是瑞穀弗登也。點綴甚古。聖人憂之曰：爾盍勞來？惰民不加懲，是奥草弗除也。聖人憂之曰：爾盍匡直？弱民不加扶，是田穉弗沃也。聖人憂之曰：爾盍輔翼？

未已也，雖有良農，而事事皆請命田官，必無善稼，民所以貴安行而心喻也。段段點睛。琢句俱不同尋常吐屬。聖人於是有不自得之憂，而猶未已也，雖獲有年，而時時不思作苦，安得屢豐？民所以貴鼓舞而不倦也，聖人於是有不振德之憂。

然則，吾始也謂堯獨憂之，既又謂聖人有憂之，夫孰知聖人之憂民遂至於如此也！『憂』字兩處來路，一齊收入。蓋救民之身於蛇龍水火之中，其事猶易；救民之心於飽食煖衣之後，其事更難。故聖人不命禹而命契，誠以氣化之患，得禹以致平成而有餘；人心之患，得契以求親，遜而不足也。取財於地而生民命以五穀，猶一時之事；取法於天而正民性以五教，非一世之心。創解，卻是確論。故聖人不命稷而命契，誠以承帝命之育付之稷，而生氣已還於大造；治人情之田付之契，而正氣猶未洽於幽隱也。兼頂上節，側重本題，以議論行之，獨見卓犖。

故觀於命契，而知聖人之心無一息不周於天下也。其憂民遂至於如此，而子猶曰『胡不耕』？然則爲農夫難於爲聖人耶！韓文收法。

本房林碧山先生 精神力量，可以無所不舉，而古音秀色、創解奇情，令人應接不暇，不知風檐中何以有此！

爲天下得人者謂之仁

得人始足以爲仁，聖人所以有專憂也。

蓋爲天下得人，始足以仁天下也，如是而謂之仁，不如是而即不仁矣。夫安得而不憂？

今夫厲民自養之説興，則古之聖人疑其皆不足以盡仁矣。夫使出其財而分之、取其善而教之，此其量已大於並耕，何不可安養而明其非厲？乃聖人以爲小惠小忠，猶無與於天下而不足以廑吾憂也。

蓋皇矣上帝，求民之莫，惟欲天下之胥匡以生，而無人以持氣數之窮，則匹夫匹婦不足以敵洪水猛獸，雖欲擇寬閒之士力耕以自食而不能。題前反振有勢。維皇上帝，降衷下民，惟欲天下之相觀而善，而無人以開親遜之化。則佚欲忘善，適足以滋庶頑讒説，雖未嘗無陳因之粟，求饔飧以相安而不得。是故，人君不能得人，則心雖日愛乎天下，身且倍勞焉，而天下不蒙其福，是與於不仁之甚者也。

聖人憂之，於是天子爲天下得一相。照定舜、禹、皋陶。非天子不能勞而委之相也，有相而天下之仰望於天子者，相皆代天子而致之，天下得相所以爲天下也。相爲天下得庶司百職，非相不能勞而委之庶司百職也，有庶司百職，而天下之仰望於相者，庶司百職又代相而致之，天下得庶司百職所以爲天下也。惻然饑溺由己之痛，真欲忘其身以救民。而四載之乘、百穀之播，勢未能以躬歷而必待敷治者之總其權。隱對並耕。戚然於震驚朕師之俗，真欲下堂階而率物。而五典之惇、五刑之用，勢未能以自屈而必待亮工者之各效其長。此爲天下得人者也，而不謂之仁乎？『仁』字酣足。

得人以養人，天下之生賴之以遂。天覆地載，莫不老有所終、幼有所長，民咸安於作息而不知誰之功，此上帝之求莫所以廣生大生而克保其終始者也。得人以治人，天下之德賴之以成。人恬物熙，莫不孝弟成俗、比屋可封，民自效其尊親而不知誰之力。此維皇之降衷，所以會極歸極而克綏厥猷維后者也。

蓋仁者，天下之生理也，天地以之爲心，萬物以之爲命。惟有人焉，去其危苦而予以安全，則生理常流於庶類而不至絶乎其機。仁者，天下之至性也，由是而之焉之謂道，足乎己無待於外之謂德。惟有人焉，啓其愚蒙而導其知識，則至性相結於人倫，而不至失乎其本。此聖人所爲重以爲憂，不敢以區區之惠與忠自爲而已也。顧責其不耕百畝而爲農夫，然則爲農夫顧難於爲聖人耶？

原評 合當説的便説，説來無一字不到家。此是實在本領，而氣象醇茂，更無骫骳之習。

得志與民由之

合天下之民以爲量，異乎人之得志者也。

蓋得志而能救民者鮮矣。彼身且不知所由，何所推以與民乎？故與民由之者，不可及也。

今夫天之生我，而無一之不備，則萬物之憂樂不得置之度外亦已久矣。蓋天下之大、生民之衆，視之皆吾之一身，故君子惻然於斯民之不得其所引爲己責焉。如探聖賢之喉而出。何則？廣居、正位、大道，此非吾一人私得之奇，而天地之命、萬物之紀，蒸民恃之以爲生者也，特不能無待於吾之得志耳。得志何等關係。果其天心悔亂，而氣運之否塞忽變而爲昌明，是君子道長之時也。君德攸隆，而朝廷之淫昏頓改而爲清泰，是大業聿興之日也。於是立人之本朝，言則聽，計則從，下無懷忠未盡之意；與君而一德，委以國，授以政，上有任賢勿貳之誠。誠如是，其得志也，桓文之事不屑道也。必使其君爲堯舜之君而二帝可師，曰：予之責。先從君說到民，皆上一層法。伊周之烈，不敢讓也。必使其民爲堯舜之民而一夫不獲，曰：予之辜。

陳仁義以正民心，使之歡然有恩以相愛，秩然有分以相守，非强民所無以從我也，亦曰：民同此善。而得於己者，不可不推之以公於衆。必也！作新萬民，始於家邦而極於四海，然後吾之善量始充足而無歉焉。崇孝弟以正民行，使之事親而民知愛，事長而民知敬，非損我所有以及民也，亦曰：民同此性。而我之先覺者，不可不出之以啓其迷。總是孟子『與民由』家當。必也！天下蕩平始於匹夫匹婦，以暨於一草一木，然後吾之性分始克盡而無餘焉。

是故，未嘗有所私怒也。怒則暴亂者畏之，而非有心以懼諸侯也；未嘗有所私喜也，喜則天下和之，而非有意以熄天下也。彼儀衍者，圖一意之快，使天下之民顛倒於水深火熱之中而莫之避，而自以爲得志之一時也。此豈大丈夫得志於時者之所爲哉！

原評　法宗先正，而發越過之，時習非荼荼苶即茁軋，當亟以此正之。

於此有人焉 五句

事足以維世教，而士之所係重矣。

夫孝弟之道不明，是以侮先王而誣來學者衆也。士以世教爲事，天下可一日少此人哉！

且人苟爲身謀，則退而自食其力，豈不甚易？顧念天下之人心未盡泯没，而唐虞三代之治，未嘗不可異世而復見於天下，則身係天下之重輕，誠不可苟焉而已也。落落自喜。

子謂士無事而食不可也，抑思此何時乎？而可以無士乎？照仁義起局，自函蓋一切。

不忍害人者，慈愛之性也，而鷙戾殘賊，則父子兄弟之間甚且莫必其命。有所不爲者，知恥之常也，而苟賤不廉，則天理民彝之極先已自絶於至親。浩氣流行。由是以非毁聖哲爲聰明，以改變舊章爲俊傑。嘻！後之人苟欲聞先王之道，其孰從而傳之？方是此處説孝弟，又包舉仁義。有人焉，謂天下不可一日而無父，故立愛自親始，吾不忍使一物不得其和，而於入見之則孝也；謂天下不可一日而無兄，故立敬自長始，吾不敢使一物不得其理，而於出見之則悌也。

是孝悌也，上至堯舜而極，故以治唐虞之天下而有餘；下至農夫女子之微，而或大戾焉，則雖食粟衣布，而且不得比於人類。然則，先王之道雖不止於孝弟，有不由孝弟而生者乎？斯人也，以和順之心而不但盡子弟之職，於是博考虞、夏、商、周傳道之典籍，詳明禹、湯、文、武治世之規模，內之盡性以達天，外之撥亂而反正。蓋先生之道之未墜者，舉歸於一人矣。使當世諸侯王而能用之也，則道以此人而行。既已裕於身，即可推於世，而一時之人心賴之以治。乃之梁、之齊、之魯、之宋而所如不合也，則道以此人而明。不有得於今，即有得於後，而百世之大道賴之以傳。

於此時也，邪説橫流，所不利於先王者常百計以相攻，距之、閑之，計不得不出於守，而非別爲守也。『守』字、『待』字，皆有着落。守之以孝弟，則兼愛者將悔其無父，爲我者將悔其無君。於此時也，氣運衰息，其有志於先王者必五百年而一出，見知、聞知，計不得不出於待，而非別爲待也。一綫不走，圓湛諦當。待之以孝弟，則嘐嘐者可以俯而就，踽踽者可以企而及。

嘻！向非有是人也，後之學者苟欲傳先王之道，其孰守而待之？然則，資乎其孝，而天下之爲父者不可無是人也；資乎其悌，而天下之爲兄者不可無是人也。妙，妙。而猥日無事，是責梓匠之操斤，惡輪輿者之載人也，豈不惑哉！

原評 看題極有識力，首尾團結緊練，而文氣浩瀚，有韓潮蘇海之觀。晚村謂先王之道不當認煞孝弟，此爲不能推廣者言之耳。夫子不仕，亦云孝友爲政。孟子所以告梁惠、齊宣者，一則入以事其父兄，出以事其長上；一則老吾老、幼吾幼以及人之老幼，無非欲以親親之仁、敬長之義達之天下耳。即舜受堯之天下，亦不過克諧以孝得之，無他道也。信如晚村説，只説守先王、待後學便足恢張，可以傳食之故，何必先贅此二語耶！且藏之名山，傳之其人，一部馬遷史記，便足追配孟氏耶！或云孝弟人所同有，何必待人而傳？曰：非謂先王之道止一孝弟，如分田、制禄、喪禮、廛市許多事，都是以孝弟之仁義行之，乃非無本耳。不重孝弟，下面爲仁義如何接得去？

使禹治之 五句

觀水之所由治，見聖人不得已之心矣。

夫水不治，天下之生所以不遂也。觀使禹之後，而禹功在江、淮、河、漢間，不如見其不得已哉！

且天下之治，非可聽之天下也，惟以聖人爲之君，又得聖人爲之臣，則雖氣數之憾患及天下之生，而可以挽而回之，使各得其所而不相害。故君子觀於上古治天地之功，而悠然如見神禹之明德焉。

夫洚水其咨，而蛇龍偪處。斯時也，水不行地，堯憂之非一日矣。二語扼定。蓋治天下者，不在抗其縱横，而在定其歸宿。水之所歸宿者，海也。因水而産蛇龍，蛇龍之所歸宿者，菹也。然水得以趨海，而使菹不没於水以安此蛇龍者，則由地中行之。故堯知之，堯特不能自治之，於是不得已而慎所使。舜亦知之，舜更不能復使他人分治之，於是不得已而獨使禹。

蓋嘗讀書，至『帝曰「咨！禹，汝平水土，惟時懋哉」』，而後知以堯之明，不能不悮於鯀之試；以禹之孝，不能不蓋乎父之愆。於是而天下之不治非堯舜之事，而禹之事矣。可補河渠書。禹曰：愛地而不以地予水，則水無所容，勢必與天下之生争地，而天下不治。於是捐地以予水，竭天下之力從事於疏鑿之勞，而水之循其軌者，莫不趨大壑而安瀾也，則掘地而注諸海者有然。且惡蛇龍而不以地予蛇龍，則蛇龍無所容，勢必與天下之生争地，而天下不治。於是並捐地以予蛇龍，耀天下之武略，比於放逐之制，而蛇龍之伏其所者，莫不依豐草而馴擾也，則驅蛇龍而放之菹者有然。禹之所以治水者如此。

由是，向之泛溢者今底績矣，非徒畎澮之細就其道，即廣如川瀆，何一不歸奠定之中也？向之橫決者今孔殷矣，非徒雍梁之高安其性，即卑如荊揚，何一不受順敘之功也？是故，天下之水不可勝數，南條莫大於江，而漢次之；北條莫大於河，而淮次之。

吾與子登岷峨而溯嶓冢，涉龍門而循三洲，以爲水之行地中者固如是哉！古調。抑知非禹當日胼胝於八年四載之間，安能有是也？然則，禹當日得已乎？不得已乎？

原評　探喉而出，題之層次歷落行間，隨句自有妙義，使人意消。

校記

〔一〕江也然力也少　據後文『故曰用力於江少』，及下句『而淮之用力多』，宜作『江之用力也少』。

杜谿時文集卷六

下孟

責難於君謂之恭

不啓其君以所易，天下已於此知臣道矣。夫後世之君，非不欲行堯舜之道也，特難之耳。責之以此，而恭著焉，人臣不當如是耶！

今予當世之君以聖人之名，則受之；語當世之君以行聖人之事，則又畏之：是其心非不知聖人之可慕也，第以才之不逮，姑取簡易者以自便耳。爲之臣者，能阻其苟安之心，啓其作聖之念，則天下於是始知有君，即天下於是始實有臣矣。反對下句。

彼沓沓者，何足以語事君之道哉！想其怠緩之時，方自以奉令承教，無慚翼翼之小心；即其悦從之際，亦以俯仰周旋，不忘兢兢之素志。豈不曰：『吾之事君如此，庶幾哉所稱罔或不恭者乎？』臣自謂恭。嗟乎！後世中材之君，既樂於苟簡，而輕變先王之法，以就權術捷便之圖。有事君之責者，又因其君之憚於復古，即導之以其所欲，初不敢以曠世一出之事期之吾君。彼其君樂臣之順我而不我違也，加以忠愛之名，委以腹心之任，曰：『子大夫可不謂恭焉。』而不知恭固非是之謂也。君亦謂恭。

今有一人焉，朝進一説於吾君之前，曰：『如是者當法堯。』夕進一説於吾君之前，曰：『如是者當法舜。』且取一説以告吾君曰：『君不法堯舜乎？不法堯舜，即不可以澤今而傳後。』更進一説以告吾君曰：『君不法堯舜乎？不法堯舜，即不可以爲政。』而自行若是者久之，君未必不拂然曰：『子奈何責我？』而其人自若也。『責』字、『難』字，俱有意致。更久之，君又未必不廢然曰：『子之教寡人則得矣，然若是之爲，當年不能殫其學，累世不能窮其藴，得毋戛戛乎其難之耶！』而其人亦自若也。迹其忠犯人主之顔，直干朝廷之怒，旁觀者幾疑其不恭，而吾以爲恭莫恭於此矣。

不計一身之利害，而止爲社稷謀百世之奠安，有臣若此，『國爾忘家』也。不顧一時之毁譽，而止爲吾君謀百年之福澤，我懷是人，『中心如結』也。夫必如是，而始爲臣耳。臣之貴恭，君以是望其臣，臣亦以是自爲。然而，必出於責難焉。

乃世之人則曰：『吾聞君責臣，不聞臣責君。』毋惑乎恭其所恭，而非吾之所謂恭也。

原評 不屑屑尋摘章句，而以古文大家之法行之，神王機流，意味雋永。

孟子曰愛人不親 一章

自反而通乎天下，致福不在外求也。

蓋仁、智、敬，所以治身而受福者也。反己益密，則歸己益廣，求福者豈徒聽之命乎？

且莫大於吾身而天下爲小，亦莫難於理吾身而理天下爲易。蓋身者，天人所係屬以爲轉移者也。惟責己者重，責人者輕，於以下孚人志，上合天心，舉凡願致而不能致者，皆可自我致之而無難。驅役蒙莊，恰合題旨。

今諸侯王皆有求於天下。吾察其意，往往所操者狹而所望者奢，持天下不足有爲之具，責天下以必應。及一不得當，遂謂斯世之大不可以情通，斯人之衆不可以理喻，而別求所爲勢驅術馭之爲，以僥幸萬不可知之命而與天争福。峭拔。

彼亦嘗聞自反之説乎？反者，逆以制之之謂也。我所樂者亦人所欲，則往乎彼而用順；人所苦者或我所安，則還乎此而用逆。反者，又入以治之之謂也。妙解不易。人之愉拂足驗夫己之功過，則出乎外以相徵；己之疏密足致夫人之距迎，則入乎内以相考。有如愛人、治人、禮人之已勤，而不親、不治、不答之如故，此亦情之不平而人心之不可問者也。可發長喟。

君子以爲世變亟矣，恩深而怨生，禍結兵連，不顧婚姻之好；明察而召亂，反覆狙詐，坐窮慧術之才；以至彤弓玈矢而僭竊愈滋，酒醴笙簧而嘉猷弗告。人自不足愛不可治，而又烏用吾禮也？己何與乎？

然而，自反者於焉切矣。謂吾於仁、智、敬之實，尚闕焉未之能盡，何敢咎人！且天下之需我者，其來無窮，我之應天下者，其道無幾，即仁矣、智矣、禮矣，猶懼藐焉之身不足與天下見，於是，天下之待我薄，而我之待天下愈厚；天下之於我，或有求而不應，而我之於天下，則屢加而無已。自反若此，天下獨非人情乎哉！

蓋天下有情之類，皆可以我相感，此上帝所爲陰騭而不可變也。善於言命。故興王之佐大半皆敵國之臣，則以后易仇，不難移於轉盼。天下頑梗之故，未必人盡皆非，蓋人心所爲同然而未嘗泯也。故朝覲之邦，其先不無讒毀之事，則化怨爲德，要惟自主於當機。不然，天下非小弱也，天下之人未可角才而臣之也。非甚盛德，烏能誕膺大命，禔福無窮哉？

由今讀詩而得自反之説焉，曰：『永言配命，自求多福。』若是乎，福之權，命操之，而配命之權，我實操之。我配命，而命福我，則福非求之命也。命福我，而不外於我，配命則命並在於我也。乃庸人諉於命，有福而不求；畸人妄言命，求福而不正：不自咎其身，而日惟天下之歸是謀，徒見其責人無已時也。點醒一切。

曹峨眉先生 是大蘇論事文字。時人眼孔如豆，知此等何物？

所欲與之聚之

夫民有欲，恐弗獲耳，安望能聚乎？與之，聚之，王者所以得民之欲，恃此道也。從既聚後，説出熙皞氣象。

與民同欲，得心之一道也。

且至治之世，其民皆淡然而無所求於上。非無所求也，他國之民所願而不得者，皆爲其心之所甚厭而身之所甚足。故世有王者，而天下遂無競情其謀此至悉也。知此，可與言得民心之道矣。洞悉物情。

夫民心不同，大約皆不能無所欲者也。愚人之願望，更甚於賢哲。賢哲知事不可爲，即相與置之。苟其入愚人之懷想，則並力圖之而每期其即得，此其甚迫而不能待者也。庸人之快心，更難於豪傑。豪傑務其大者，一得則樂之。苟其係庸人之意中，則百計慰之而更多其瑣屑，此其甚煩而不能備者也。

得民心者，其惟與之聚之乎！『聚』字妙解。使其所冀望者明形之呼籲，取而予之，良亦易耳，隱而爲所欲，至不可測者也。一旦游王者之郊，覺天子之飲食居處俱足以慰小民之匿情，而開其怡悦之路，緩急所需，不俟叩諸親暱，而左宜右有，自有取不禁、用不竭者焉，則又何待告之而後予也？妙意不窮。使其所期待者如出於一人，概而及之，亦非難耳，各懷其所欲最不能齊者也。一旦入聖人之國，覺朝廷之燕樂言笑，俱足以洽斯民之素志，而予以恬適之端，日用所待，不俟謀諸家室，而如取如攜，自有家爲予而户爲賜者焉，則又何待分之而始徧也？

富貴功名之願，愚民原不設此安心。獨是己富而不敢貧其民，己貴而不敢賤其民。關合得天下。則不惟英雄動擇主之思，而草野之間正所爲指數其事，以卜其興隆者也。王者惟以天地自處，故被懌其下者，一若仰而得生、俯而得成，而生平遂願之地，將託是以畏其子孫。崇隆顯赫之功，兆民亦難助其智勇。獨是願安而己安於君，願逸而己逸於君，則不惟鄰封息窺伺之念，而閭閻之内正所爲盛傳其事，以料其久長者也。王者惟以父母自居，故沐浴其時者，一若生之膝下、長之室中，而此身快意之餘，並將留此以聚其宗族。

此王者所爲合天下之欲爲欲，而民之趨從而恐後者也。

原評 金石爲詞，風雨作衛，總由命意過人，非以追琢見工也。字緑少作已能如此，邑先達虞孚躬先生者最賞之，以爲後來之傑。信然。

思誠者 四句

明思誠之爲人道，而誠之動物可驗矣。

夫思誠所以盡人而達天者也，固無意於動物，而誠至則物自動焉。如之何勿思？

今夫人苟知天命之尊而不可褻，則夫所以事天之意，亦甚切而不可辭矣。要之，統性情者，心也。故天不能思而人能思，思之所至而無不通焉。重『思』字，扼要。然後知合内外而一之，誠之爲道固無所間於萬物者也。

是故，天之道誠而已。人之心有誠有不誠，人之誠有至有不至。此皆天之所不得而與也，是所貴乎思誠者矣。一齊提掣，登高而呼，萬壑皆響。

故夫民戴我而爲之上，君臨我而爲之臣。此非智術可馭，而諛悦可容也。民者天之視聽也，君者，天之宗子也。思顧諟之不可越，而自致其純亦不已者於朝野之間，此人所以立仁敬之極者也。不脱天説，則至誠動物，乃動以天也。親育我而爲之子，友愛我而與之交。此非阿意可爲承順，便佞可爲結納也。親者天性之本也，友者天德之孚也。思帝命之不可違，而自盡其真實無妄者於遠近之際，此人所以踐親賢之事者也。人之爲道，不出於思誠，誠能思之，而天在我矣。所爲明善以誠身者，端在於此。繳清分頂而下。

是以君子上畏天心之顯赫，而知無一物弗爲天之所流行，不敢以纖毫之私意，自絶於維皇降命之初。徧觀人性之攸同，而知無一事而可爲人之所欺罔，不敢以隱微之不謹，自弛於視指不至之地。蓋至思誠之功無間，而至誠之詣無虧，則所以動物者在是矣。鈎連。

以之爲己則順而祥，以之爲人則公而溥，以之爲天下國家，則無所施而不當，誠立於此，幾動於彼。妙。治民爲三代之隆，獲上爲堯舜之主，其有扞格而不通者，固事理之所必無矣。以言乎邇則静正，以言乎遠則莫禦，以言乎天地之間則備矣，誠立於此，幾動於彼，事親而相喻於道，交友而不戒以孚，其有猜嫌而不合者，固形迹與之俱忘矣。

至誠而不動者，未之有也。豈非人道之通於天下，而各相應以天者哉？君子亦終身思誠而已矣，至誠之動固有所不及思也。

原評 抉摘幽奥，指揮天人，由道理爛熟胸中，故語語皆中竅要，非苦思力索所能得也。

存乎人者 一章

人一見而可知其概，大賢有獨捷之法焉。

蓋人固不易知，而正不正之大概，則一見而眸子若傳之也，所由更捷於聽言也耶！

今夫人之難知也，蓋有深交於聚處之久，而猶不能得其隱微者矣。題外完足，則題中自醒。而欲辨別乎其類，則即一見而可決焉，不必我之深於窺之也。彼自以類相告於應接之下，即欲藏之，初不可得而藏也。題前逼出『莫』字，獨有發明。

是故，喜怒眦乎陰陽，威儀符乎性命。凡五官所麗，何一非神明表暴之端？舉趾高而心蕩，執玉卑而神亡，凡四體所形，何一非内蘊昭宣之自？

然吾以爲存乎人者，莫良於眸子，蓋眸子不能掩其惡者也。人既有惡，常畏人知，而眸子若抉而出之。不能掩，説得可畏。人惟有惡，偏著其善，而眸子若奪而去之。

是何也？心苟正歟，其神安裕而完固，精聚而目爲之明，人初不自知其眸子之瞭也，而瞭焉矣。心苟不正歟，其神驚惕而覆匿，精散而目爲之昏，人初不自知其眸子之眊也，而眊焉矣。

是則欲知人者，孰良於眸子哉？提「人」字，便射到「人焉廋哉」句，又爲聽言作根，妙。然不知言則無以知人，故聽言之道，自古重之。夫正人固無不正之言也，聽之而知其無惡之可掩。而又恐其偶出於正也，必觀其瞭焉之眸子足以應之，則胸中正可知矣。不正之人，固不免不正之言也，聽之而知其惡之不能自掩。首尾靈動。而亦有時假託於正也，必觀其眊焉之眸子不能飾之，則胸中不正可知矣。頓四語，末句方暢，亦必根據經義。辭聽而兼色聽，古人所以能悉其聰明。口容而兼目容，凡人所以自獻其情狀。至是，而人真不能廋矣。

嗟乎！人惟無纖毫之惡藏於胸中，則已不必掩，而人亦不必疑其廋也。唱嘆盡致，古氣淋漓。一有是惡，則目寓之而爲色，耳又得之而成聲。方自以爲胸中之事未嘗告人，人孰得而察之也？而孰知一見之頃，早已洞然而不可廋若是。是故君子正其心於未嘗接物之先，正其身於一無過舉之地，奸聲亂色不留聰明，淫樂慝禮不接心術，惰慢邪辟之氣不設於身體，固非畏人之窺吾胸中而然也。歸到君子正己工夫，方是立言之旨，不專爲觀人起見也。然所謂「不顯亦臨，無斁亦保」者，亦何可不謹於善惡之幾也哉！

原評　開口説不能掩其惡，不是定要尋人隱慝，摘發見神，正是警人去惡歸正，不使存其可掩之根也。文悚動警切，豈但「欲覺聞晨鐘」？

智之實 一節 其一

推言智、禮、樂之實，益見孝弟之切矣。

夫智、禮、樂者，仁義之道所由成者也，而其實不外於孝弟。老氣無敵。斯二者之切爲何如耶？

今夫立人之道，曰仁與義。而仁義之在天下也，非智無以明，非禮無以立，非樂無以成。

故仁義之人，未有自處於不智而不能致禮以治身、致樂以治心者也。顧仁義之實，在事親從兄，然則智、禮、樂亦豈有外於斯二者哉！此智、禮、樂之華。

故夫知德之奧，則睿以通神明之微；旁燭無疆，則貞以一天下之動。智之爲智，固不止斯二者之擇執已也。然而，非智之實也，唯深悉夫父兄之出於天性，而無隱微之或隔，因而歷終身之慕，永天顯之懷，則知親之事，而豫悦之克彰；知兄之從，而敬恭之不爽，此其智不可勝用也。反掉愈醒，是總注意。不然，家庭有難明之隱，骨肉多離合之情，而欲智周萬物、道濟天下，豈智也哉？蓋知斯二者弗去，而智之實在是矣。

由是承天之道，而宰制遠及於羣動；順人之情，而經緯不遺乎萬端。禮之爲禮，固不止斯二者之措施已也。然而，非禮之實也，唯原本於父兄之有其天秩，而無矯飾之或滋，因而竭力以致之所生，極情以隆於所長。則事親而至愛，必納於大中；從兄而至敬，必歸於罔越，此其禮不可勝用也。不然，飾行門内而不免浮夸，任意庭除而類多率略，而欲禮經國家而措之天下，豈禮也哉？蓋節文斯二者，而禮之實在是矣。

至若聲容之美，致天神而格人鬼；器數之均，宣八風而平四序。樂之爲樂，亦不止斯二者之昭宣已也。然而，非樂之實也，惟和順於父兄，以歸於怡悦，而無湮鬱之未伸。因而歡欣之日起，至性彌形其亹亹；形體之自喻，至順愈見其融融。則事親而太和聚於一堂，從兄而元氣凝於一體，此其樂不可勝用也。不然，堂上則相對而鮮歡，同氣則相聚而不懌，而欲大樂與天地同和而百物皆化，豈樂也哉！蓋樂斯二者而生生不已，以至於舞蹈而不知，而樂之實在是矣。

此仁義之人所以求全於孝弟，而智、禮、樂已不外是也，然則孝弟其可不務乎哉！

原評 屹然三比，精實博大，是有目共賞之文。

智之實 一節 其二

由智而進於禮樂，其實皆不外於孝弟焉。

夫仁義必由智而入也，由是而文以禮樂，則道備矣。乃求乎其實，又豈有外於事從二者哉！

且甚矣孝弟之大，而於天下之道無一之不舉也。是故，天下之愚人不足語於擇執之要，而或以聰明過甚，又至於蕩檢踰閑之失，且拂戾於世而無以自暢其性命之符，則雖稱仁道義，而道終去之。曲折赴題。

乃一畢其志於事親、從兄，而舉無慮是也。蓋斯二者，智非是不足爲智，由智而推之禮樂。非是，亦不足爲禮樂也。

今夫致知爲聖功之始，苟一事不知，即深以爲恥矣，而其實不在焉。幾見有骨肉之恩，以爲可以合、可以離？語極透切。昧昧而未解者，而可以燭理而無遺也。智臨爲大君之宜，苟一物不明，處之鮮當矣，而其實不屬焉。幾見有天性之施，以爲可以得、可以失？貿貿而不悟者，而可以辨事而皆合也？頓住。蓋智之實，知斯二者弗去是也。然則，爲仁而不悮於非仁，爲義而不悮於非義，不先恃有此智哉！

雖然，無禮之仁，愛人而人不感；無禮之義，敬人而人不服：是禮其亟也。着斤兩。顧禮之實何在乎？果其不敢過，而庸行安撙節之常；不敢不及，而天倫得循行之準。則節文斯二者，而天下之禮從此出焉，此仁義之所以秩如也。雖然，仁至而樂不至，則勉强之仁不可以合愛；義至而樂不至，則偶協之義不可以同敬：是樂宜務也。顧樂之實何在乎？果其交暢於中，而太和洋溢之機，不御於一門之内；發作於外，而英華四達之應，聿見於四體之間。則樂斯二者，至於生生不已，舞蹈而不知，而天下之樂，從此肇焉，此仁義之所以藹如也。俱挽入仁義。

然則，有人於此，明足以開天下之先，貞足以一天下之動，而又能與天地同其節、與天地同其和，豈不爲聖德之全、王事之備，而爲盡道之君子乎哉！

然俱於斯二者得其實焉，故曰：孝弟之大，而天下之道無一之不舉也。

原評　重『智』字，歸入仁義，深於儒先之言，故能觸處精瑩，一往無滯，而筆力雄悍，尤足辟易萬人。

然後收其田里

有不忍遽收者，情與田里俱深矣。

甚矣，舊君之情終無已也。田里之收，必於三年之後，此何如君也哉？

且人臣去國，不得已。至於歷久而難歸焉，此亦不能冀君之復我諒矣。

乃臣方懷想而莫伸，君仍流連而未已，蓋至爵禄還之朝廷，而此心猶未嘗一日忘吾臣也。

彼臣也，而乃去三年不反乎？方其甫淹歲月，臣之心自分必見棄於朝廷。而君以爲駪駪征夫，爲國家而受此勞瘁也，吾何得不久爲待也！及其載離寒暑，臣之心自量必見絶於聖主，而君以爲渺渺予懷，念斯人而曷其有極也，吾何得不寬爲期也！此田里之所以不忍收，而必俟三年後乎！問舍求田者，聞此未免河漢其言。

臣以行道濟時爲大，區區田里，詎足係豪傑之心？然而，田里固臣之所託也，思吾臣而不得見，見田里如見吾臣焉。迨三年後，歷都而不顧矣。然後疆理正於司徒，廬舍授於司空，以明祖宗之所貽不可以久曠也。不然，有長懸以聽伊人之自至而已矣！臣以致主澤民爲急，區區田里，豈足以攖賢才之志？然而，田里又君之所予也。君無以留吾臣，留臣之田里，如留吾臣焉。迨三年後，驅馬日以遠矣，然後黨正籍其賦税，閭胥改其室廬，以明世代之所傳不可以虛廢也。不然，有空置以期賢良之入室而已矣！

三年之前，君豈不能遽收，然而不樂也。臣在則臣之家，臣去即君之壤。自不忘其臣者觀之，仍覺有田在而介止依然，里在而式廬未遠者。委曲。故即有進言之士，欲入之天府以待有功，而君總有所不計。三年之後，君豈不欲不收，然而不必也。臣反則君有所不私，不反則臣有所不惜。第雖收而意永念之，尚覺有收田而經理如新，收里而往來在念者。故即當除邑之日，盡歸之王朝以須後命，而君仍有所未安。

此其君真心乎臣者矣。

原評　説出一種厚待故臣至意，真令人回首欲涕，那得便忘耶！

原泉混混　一節

康熙癸未會墨四十四名

即原泉以悟本，可以得聖人之所取矣。

夫惟其爲原泉，所以時出漸進而至乎其極也。有本之足取可知矣，臨流而嘆，豈無意哉！

且聖人之心，窅乎其深藏而莫窺也，沛乎其四達而莫禦也，浩乎其廣遠而莫測也。孔孟意原不必同。此其觸物而興感者誠不知其何心，而善觀聖心者必求之切實可據之地，而後當日不言之意若往往遇焉。

是故，仲尼水哉之嘆無所取諸，取諸原泉也。便照過情。夫泉而出於原，則其實有於中者，必非或合焉而又或離者也；原而發爲泉，則其實形於外者，必非可道焉而亦可遏者也。但見川流而不窮也，晝而繼之以夜，混混焉未嘗竭而止也。中流容與。誠如是也，一若時敏而不懈矣。由是漸進而不已也，足此而達彼，有科焉，未嘗踰而越也。誠如是也，一若循序而不競矣。迨其久也，望洋而向若者隨所放之而皆準，惟海焉，洋洋大觀也哉！誠如是也，一若學海而至於海矣。吾於是知仲尼水哉之嘆果非無所取也，誠取諸原泉也，蓋原泉固有本者也。

探觱沸於山下，其託始爲甚微，而有本則無微而不著焉。對定過情。周乎四時，歷乎萬變，然後一勺之涓滴不阻於滄溟。如是乎天下之細流其即天下之巨浸矣乎！則惟其本爲不可量也。觀濫觴於蒙泉，其赴壑爲甚緩，而有本則不疾而自速焉。積以歲月，試以險艱，然後萬頃之茫然不盈於一掬。如是乎天下之不可禦其即天下之不可見者乎！悠然神會。則惟其本之有足憑也。

水流物生，莫非道也。孰知夫造化之無盡，即在此浩波未逝之間，而仲尼則亦悠然爲之神往矣。地載神氣，莫非教也。孰知夫大道之無隱，即在此衆人耳目之内。而仲尼則亦慨然爲之心賞矣。

有本者如是，是之取爾，子亦務爲原泉焉，庶幾仲尼之所取乎？

本房拉雲庵先生 絶無矜奇立異之意，而意度波瀾自爾遠越流輩。此『本』字只對下『過情』二字説太鋪張，通體終與題隔，起内切實可據，四字真能扼題之要。

舜明於庶物 一節

不待存之而無不存，虞帝其不可及已。

夫合物與倫而一歸於仁義，人之爲人此而已。舜則有其自然焉，是豈可及也哉！一氣曲折，題之前後都爲渾涵。

孟子若曰：『立人之道曰仁與義。』是故克全乎仁義者，人也。不克全乎仁義，雖羣然食息而人之理亡矣。凡厥庶民，孰無恒性？而貿趨冥行，悖棄而不顧。二三君子，精思而力赴之，庶幾人道由我以立。然而，求其坐照而安驅焉，依古以來，殆難其人也！其惟大舜也歟！

五帝各秉徇齊、敦敏之資，然多世德相承。洗發孟子，獨舉虞帝，妙於議正而確。而舜獨由側微以陟天位，則其閱歷者所獲必多。陶唐本欽明文思之聖，然止深居廣運。而舜每歷憂患而處危疑，則其黽勉者爲勞必甚。而孰知舜自有夐乎不可及者？

今夫人身之所處，雜陳者庶物也；身之所接，攸賴者人倫也。措之庶物，施之人倫，所爲立天地之心、正萬物之命者，則仁也、義也。此凡爲人者之所同，即聖人亦不能以自外。然而，舜則異乎人之存之者矣。於庶物則明焉，濬哲所洞燭而萬理皆融，其或一事之足以蔽其明而塞其聰者，無有也。於人倫則察焉，惟精所務詳而五典不紊，其或一人之不能達其情而辨其分者，無有也。

誠至而明生，既朗然若日月之照而無遺；神動而天隨，即沛然若江河之決而莫禦。頓四語，精理宏議。但見其由仁而行，肫肫焉，一元之氣自效其發舒矣。物得之，爲生機之流；倫得之，爲恩意之洽。非慕於仁之爲美，而有頻復之勞也。由義而行，坦坦焉，美利之普各致其裁成矣。見於物，而爲氣體之肅；著於倫，而爲秩序之嚴。非樂於義之爲貴，而有矯鎮之迹也。浩瀚無際，若百川之赴大壑。

夫人之爲人，而物不能與焉者，獨此仁義之性，行於君臣、父子、夫婦、昆弟、朋友之倫，而庶物由以生焉。故非仁義，則倫爲虚位、物爲虚器。即言仁義而離倫物，亦仁其仁而非吾之仁，義其義而非吾之義。故君子必致知力行，以求全乎仁義而不愧乎倫物。而舜遭人倫非常之遇，又爲恒人之所難處者，乃天德之明。聞道常由於性始，天行之健，中道恒出於從容。此所以仁至義盡而獨爲千古人極之首也，舜其不可及也與！

原評　提仁義作主，說得周至諦當，足見作家力量，而古茂之氣自異齪齪小家。

武王不泄邇不忘遠

聖心無間乎遠邇，一於仁者也。

甚矣，聖心之仁，無往不存也。不泄不忘，隨遠邇而皆見焉。深知仁體之言。此其所以爲武王乎？

今夫聖人之心合天下之大、萬物之多，莫不視之如一身。其所處雖有不同，而此心之仁總與之貫徹而莫之間。是故，吾又有以見武王之心於遠邇焉。

以邇之易狎也，心少間於邇則泄之矣。武王之聖，宜乎邇静正，而悦服者不衰也。亦何慮其慢易之或滋！然而，謹小慎微之心，有於邇而克勤者，則見其不泄焉。非有畏於邇之伺我，而謹持其隙也；又非有期於邇之效我，而先肅其刑也；又非謂發於邇之必見於遠，將以震動天下，而使之不相假易也。發盡塵翳，獨見理奥。他家絶臏、斷脉所舉者，卻是市間罌缶，非三代神鼎也。蓋聖心之仁，即邇而無不在。故宫庭燕私之地、左右暬御之人，以驕心臨之，則皆可惟意所欲爲耳；以敬心對之，孰非吾祇事上天之會也？敬以勝怠，義以勝欲，固不止誦丹書之誠。精湛。而此心之常存者，自與邇而俱迫焉。夫邇而不泄，則凡不見是圖而凛然於終食造次之間者，大概可知矣。

以遠之易忘也，心少間於遠，則忘之矣。武王之聖，宜乎遠莫禦，而歸懷者無窮也。亦何憂其怠荒之或啓！然而，訏謨定命之心，有於遠而加密者，則見其不忘焉。非有畏於遠之難靖，而預銷其萌也；又非有期於遠之望風，而曲徇其意也；又非謂無遠慮之必有近憂，將以恪勤朝夕，而使之如在目前也。蓋聖心之仁，即遠而無不在。故四海九州之廣、百官萬民之衆，以侈心居之，則皆可謂念不到此耳；以誠心體之，孰非吾天德流行之機也？遵王之道，遵王之路，不待陳洪範之疇，而此心之不息者，自與遠而俱遐焉。推進一層，俱切定仁上説，針線細密。天遠而不忘，則凡其量百世而永諸任重道遠之後者，大概可知矣。

此武王所以繼禹湯之天下，而克紹文王之陟降庭止也歟！

原評　朱子力争蘇氏之非，得此文乃能暢發其意，令老坡見之，亦應頫首。

孟子曰禹稷顏回同道 三節

斷禹稷之同道，有不以地殊者矣。

夫惟道之同，所以急不急皆賢也。貫徹道體之言。禹、稷、顏子，豈因地不同而有異道哉！

今夫道之在天下也，流行於天地萬物之大，而斟酌盡善於聖賢之心，無古今、無隱顯而未嘗或異者也。

是故，宏濟一世而非有餘，獨善一身而非不足。苟非深察其心，而徒見其行事之迹，烏所覩前後一轍者乎？

如三過不入，禹稷然，顏子不然；不改其樂，顏子然，禹稷不然。一原處，説來皆成妙諦。而孔子皆賢之，何哉？亦惟其道而已矣。無浮雲富貴之意，必不能挽氣數之衰。故世不易救，惟修己者能救之。禹稷之憂即其素裕顏回之樂而發之者也。無利濟天下之具，必不能知道腴之味。故己不易修，惟救世者能修之。顏回之樂即其深抱禹稷之憂而藏之者也。

夫三過不入可云急矣，而禹稷如是。禹稷非以天下爲己者乎？以天下爲己，非禹稷之道則然乎？妙議排空，可以横九州而絶四海。以道之大也，即盡拯天下之溺、盡救天下之饑，猶無加於此心之毫末，不過適行其所無事而付物以當然。以道之精也，身任拯溺而少有未盡，即不啻使之溺；身任救饑而少有未盡，即不啻使之饑：未有甚於此心之迫切，縱至以身徇夫天下，亦鞠躬而不惜。

是以，如是其急，禹稷之道然，禹稷之地然也。至不如是其急，則顔子之道然，顔子之地然也。

地無定，道亦無定。道常以地而遷，不但顔子不能行禹稷之事，即禹不可爲稷、稷不可爲禹，莫非道也。推而極之，一人而前後不相襲，一日而彼此不相師，要期協大中至正之規，殊塗總歸於一致。故禹、稷、顔子各處一地，即樂行憂違之分見而皆適其宜。

地一定，道亦一定。道不以地而隔，豈但禹稷不異顔子之心，即堯舜所以命禹稷，孔子所以傳顔子，皆是道也。大言炎炎，妙在與題吻合無間。推而極之，天與地同化，而天不變道亦不變；人與物同命，而人不同性無不同。要以立夫變通化裁之極，一本可散爲萬殊。設禹、稷、顔子共處一地，又用行舍藏之同歸而不岐其志，易地則皆然，此禹、稷、顔回之所以同道也。

原評　題外題中發揮周匝，所言又皆精義，永不刊滅之文。

故説詩者　三句

志之不可不審也，遞去其害而已。

夫志寓於文辭，而文辭每足以累志。遞去其害，非説詩之大要哉？奇創。且古今之善作詩者莫如舜，而古今之善説詩者，亦莫如舜。以志而發之詩，則有『元首』『股肱』之辭，有『明良』『喜起』之文，此益稷之賡歌所以傳也。以詩而歸之志，則有『歌永言』之文，有『聲依永』之辭，此命夔之典樂所以盛也。自舜以來，作詩者始衆，而説詩者亦不一人。要未有説詩以害詩，如子稱北山之言，以證臣父之説者。

且北山之志亦何疑之有哉！子但以『莫非』之爲言，足以概乎天下之廣也，而不知此特其文也。子但以『莫非王土』『莫非王臣』之爲義，足以盡乎天下之人也，而不知此特其辭也。至其養父母之志，則棄置而不道，此其爲害夫豈淺乎！

欲因文以識辭，吾不謂文之不可以識辭也，文亦何害於辭？以字躍出。文之害於辭者，説詩者以文害之也。夫辭已害矣，尚可以説其辭乎？且辭已害矣，又何貴説其文乎？君子知辭之敷而爲文也，於絶不相比屬之處而默默有其精神。一言一字之微，古之人竭生平之學問性情，爲之聯綴焉以成辭，此必別有其神會也，則斷斷不以文害辭。

欲因辭以識志，吾不謂志之不可識也。辭亦何害於志？辭之害於志者，說詩者以辭害之也。夫志已害矣，尚可以說其志乎？且志已害矣，又何貴說其辭乎？君子知志之發而爲辭也，於絶不相符之内而隱隱有其端倪。一句一讀之末，古之人極一日之流連感憤，爲之詠嘆焉以明志，此必自有其指歸也，則斷斷不以辭害志。此朱傳所以不可廢。

蓋斷章取義者，往往託其文辭而別見其志。究之失詩人之本旨，則未始非談經之病也。故俗儒之箋註日繁，而四始、六義之真已半喪於明經之日。而推見至隱者，往往窮其志而始信其文辭。究之審義類之要歸，總不在乎拘牽之迹也。故大儒於一言之要，而雅、頌、風謡雖廣，盡蔽於片語之中。

若是乎志之不可不審也，不遮去其害，而曰詩有以教我，則害詩者幾何而不自害哉！

原評　須留下句地步，又須發透不害神理，文不溢不漏，而英傑之色自照拂行間。

以天下養　二句

即養以觀聖孝，益成親之尊矣。

夫養親，人子之常。至以天下養，則養之至乃尊之至也，臣父云乎哉！直入，老氣無敵。今夫親之尊與不尊，此人子之所不得爲者也；親之養與不養，則人子之所得爲者也。舜居畎畝，知養親而已，不知其爲畎畝也。及陟帝位，亦知養親而已，不知其爲帝位也。然帝位之養與深山之養，必有迥乎不同者。

何則？既爲天子父，則當以天下養。此孝子之心之所必然不可易也。元德升聞之日，帝惟相咨以克諧。舜之天下以孝而得之者也，元日受終而後，瞍乃居然而無恙，舜之養親，獨能以天下養之者也。

在天下而視夫舜，以爲起自隴畝，一旦玉食萬方，此爲千古之至奇。而舜何知玉食也？第以吾親幸而得享四海九州之味，庶足博一日之歡心耳！如此乃極得舜心。而人乃益知天子之父之尊也。在舜有天下而不與，當其富有四海，何殊飯糗之初，本不足爲吾心之所繫？然舜亦竟不同飯糗也，稍藉天下之力，頤養康强耄老之親，庶足延他年無窮之願望耳！而瞍乃安然受天子之父之養也，是非養之至者耶？

養不必皆以天下而後爲至，即使舜終身于田，其承歡豈至少間？養即皆能以天下而亦不必其爲至，彼夫非舜而身爲天子，其養親豈同於臣民？兩翻。尤精透無比。然惟養以天下，而出爲天子以臨百官，入依膝前以供子職，則天下之相觀而化者由於是也。『惟』則意已出。

是雖非舜意所及，而孝治則已極矣。惟舜以天下養，而尊其親以臨天下，即率天下以事其親，則子心之終身而慕者仍不解於是也。更深。是並非天下之所能知，而孝德則無加矣。

信如臣父之說，將朝至於寢門以視膳，日中當依而立奔走其父於階前，日中至寢門以視膳，夕復當宁而立拜稽其父於堂下。是以天下養反不如窮人啜菽飲水之得有其親也，大孝顧如是哉！

原評 謂舜早有以天下養之心，便是亂道之言，看得以天下養與以于田號泣養總只是一樣，而惟以天下養則尊，於此乃極，必不至於臣父。如此立言方可垂世，方可論古。

以皮冠 四句

招各有等，知旌之有專屬矣。

夫虞人僅招以皮冠耳，旌猶不以招士庶，而必屬之大夫，況虞人乎？

且國君挾所有以奔走天下，宜乎無貴無賤，召而致之無難。而先王必多爲之別而嚴辨其等，所爲各有物焉而不敢苟者，誠以一人之勢不足以勝天下，而凡天下之人必有道以相加而後可得而致也。落落大方。

若之何招虞人而以旌乎？夫虞人何人也？守君之原囿藪澤，下之不列於市井草莽之徒，次之不同於書升論秀之子。若夫爵在王朝、享有名器，至尊顯矣，夫豈敢望焉？然而招之，正非無以也。膚寸之雲，觸石而起，不崇朝而雨天下。昔者聖天子之有文事也，朱弁玉藻以章物采；其有武備也，兜鍪犀兕以示威嚴。至於前禽三驅、馳逐原野，則皮冠尚焉，爰待虞人？持往招曰：『虞人來乎？皮冠至矣。』再拜稽首，疾趨應命。帶一筆，捷甚。故至今以皮冠著爲令，不以旌也。

且旌不但不可招虞人也，並不可招庶人。有旃焉，覩束帛之戔戔，而純素之思趨公庭而欲獻也；不然，而以旌，則庶人一虞人已。又不但不可招庶人也，並不可招士。有旂焉，望交龍之淠淠，而潛躍之志瞻闕門而觀光也；不然，而以旌，則士又一虞人已。

是何也？凡以旌之設爲大夫焉耳。有羽翼天朝之德，故析羽而不以爲奢。孑孑干旌，在浚之城，子大夫其從我游乎？於是一節以走，二節以趨，不憚煩也：無他，大夫故也。有旌別淑慝之才，故載旌而不以爲僭。翹翹車乘，招我以旌，子大夫其惠然來乎？於是公爾忘私，國爾忘家，不敢逶遲：無他，大夫故也。

若之何招虞人而以旌乎？虞人自此不來矣！

原評 高華若雲錦，古貴若鼎彝。

一鄉之善士 一章

知善量之無窮，則當由今而進於古矣。

蓋善量無窮，故友之亦無窮也。由鄉國、天下而進於古人，取善不當如是耶？今夫人必有進善之志，而後知有取善之方。惟其取善也日多，則其進善也亦日大。然則，士生而誠不欲以小善自隘，固知天地之大、古今之遥莫非同善之資焉。總提，極見識力。

蓋一室藏修，每有不遑結納之意，而合萬善以歸一己，則凡果於自是而謂舉世無足採擇，此隱念必不敢萌者也。博學知服恒在一身獨處之先，而歷衆善以證前人，則凡守其殘缺而謂先民非有精微，此中情必不敢出者也。屹如山立。是故求善之法，其始貴足其量，而其究貴極其知。我以友一國之善爲量，則不敢自足於鄉；我以友天下之善爲量，則不敢自足於國。果其挺然樹當世之望，而東海、北海無間於心理之同；奮然出類聚之中，而百里、千里不愧乎聖賢之列。方不輕看天下士。是亦可以登風詩之壇而風動萬物，成著書之志而昭示百代，夫何不足之有！

而未也，則又有所以進吾善者焉。天下士所以不鄙薄而願與我友，我所持以友天下士而不復自沮者，謂我之善較之詩書中人曾不多讓故也。此意未經人道。然而，吾頌其詩、讀其書而尚不知其爲何如人，則吾之置身於詩書中，其爲人何如又烏能知之？是故，知一鄉之善，則友一鄉；知一國之善，則友一國；知天下之善，則友天下。至古人之善，非一世之天下也，知之顧不難哉！意必直窮本元。然而，尚論者無難也，則惟論世之故。

蓋能知天，則古人之世雖殊，而天不殊。此窮神達化所以相喻於幽渺，而古人安得復隱其淺深？能知性，則古人之世雖變，而性不變。此極深研幾，所以相通於象外，而古人何往不告以精意？

尚友如是，則生今之世，而直與千古以上之聖人爲徒。此生有窮，而並可俟百世以後之來哲而不惑，又豈但天下之善士已哉！

原評 波瀾老成，氣體清健，其踞絶頂處，尤在卓識不同。

至於心 七句

推同然於理義，而聖人無異心矣。

夫心有同然，理義出於性故也。聖人亦止先得之，不可知人無有不善也哉。且聖人與我同類，非類之以形，類之以心也。直入。

夫心一也，有人心焉，有道心焉。雖上哲不能無人心，而下愚亦不能無道心。必道心爲主，而人心聽命，則踐形惟肖，而天人之性盡矣。

吾因口、耳、目之同，而曉然於其心也。口溺於耆，耳溺於聽，目溺於美，而心亦與之俱溺。都爲『至於』二字作勢。然心之不爲所溺者，自在也。口得其味，耳得其聲，目得其靚，而心亦與之俱得。然心之本無不得者，自在也。口也，耳也，目也，舉相似也，何獨至於心而疑之，豈心竟無同然者乎？『然』字醒出。

方好惡之無節也，以欲忘道，亦冒爲而不顧，而清夜自思，終不以吾之陷溺者爲然也。其心之本然者，不容没也。方人品之相懸也，黨邪嫉正，亦詭趨而不辭，而彝好常存，終不以彼之未陷溺者爲不然也。其心之當然者，不容昧也。是何也？蓋維天之命，於穆不已，流行於萬物之中，是之謂理。理義俱切，同然不是泛陳。吾心皆是理之充塞，一遇之而即翕然其自合。乾道變化，各正性命，裁制於萬物之上，是之謂義。吾心皆是義之藴藏，一處之而即隨措而咸宜。下之至於棄理背義之人，終不聞斥理義以爲悖德。上之至於理純義精之人，又何能舍理義以爲神奇？亦可知同然之在我心，雖聖人不能異矣。

聖人者，不思而得，其得之殆異乎我矣。而所以得者，理義也。察其微而知其著，特聞道有早暮耳。故我或不知其然者，一考諸聖人之成說，而如獲故物焉。『然』字再醒。則亦爽然曰：『是誠在我而已矣。』聖人者，不勉而中，其中之殆異乎我矣。而所以中者，理義也。履其安而達其順，特至道有難易耳。故我或不能遽然者，一循諸聖人之已事，而如得新機焉，則亦恍然曰：『我固有之而已矣。』反收，最警。

向使聖人非先得我心之所同然，則必與我不同類。口不同耆，耳不同聽，目不同美，心亦不同然，而同然者，非所謂理，非所謂義也。然豈有如是之聖人哉！則亦豈有如是之心哉！然則人皆可以爲聖人，而性無不善，從可知也。

原評　發『然』字不出，即題入混界，文無他謬，巧總在一『然』字，看得真，便縱橫無礙耳。

詩云既醉以酒　一節

詠詩而思良貴之在己，願外之心息矣。

夫人惟不思己之良貴，故願人之膏粱文繡耳。詠『既醉』之詩而反思之，又何必舍仁義而求貴哉！通書精理。

今夫至貴者，德而已矣。人至難得者，德有於身而已矣。然則，人以藐焉之身自立於天地之大，苟非居仁由義，何以異於萬物？而所謂天地之性人爲貴者，豈區區人世紛華之數而已乎！

吾因良貴而欲人之悠然深思於詩也。根『思』字，是正脉。直出，横。詩曰：『既醉以酒，既飽以德。』夫所謂德者非他，仁義是也。良心人所自有，未有不願仁義者。然而未嘗思之：浸假而謂舉世所貴者不在仁義矣，浸假而謂吾何貴乎仁義矣，且使道高德厚而一飽之無時，是徒自苦耳。乃詩則居然正告之曰：『飽德也。』蓋思我有仁，而元善之長，利澤被乎百世焉；我有義，而制物之宜，志氣塞乎天地焉。所謂不充詘於富貴，不隕獲於貧賤者，恃有此具矣。下視天下之人，持粱齒肥，日享萬鍾之奉，盛哉膏粱也，曾不啻枵然半菽之不飽，何也？『飽』字反照，妙甚。其中無有也，道腴可樂，足莫足於此矣。彼膏粱者，人之味耳，我何與乎？所以不願人之膏粱之味也。

由仁義而獲聞譽，則令聞廣譽也。名心亦人所同好，未有不願令聞廣譽者。然而未嘗思之：浸假而謂舉世所貴者不在仁義之聞譽矣，浸假而謂吾何貴乎仁義之聞譽矣。不脱『仁義』二字。且使鴻號無窮，而此身仍儉陋，不太蹇拙哉！乃詩居然正告之曰『飽德』，則必不止飽德也。仍根『飽德』。蓋思仁義之令聞施於身，而傳道得吾徒焉；仁義之廣譽施於身，而行道得吾與焉。所謂得天下英才而教育之，王天下而不與存者，恃有此具矣。下視天下之人，履絲曳縞，自侈七章之服，赫然文繡也，曾不啻闇然裋褐之不完，何也？没世而名不彰也，美名可市，華莫華於此矣。彼文繡者，人之文繡耳，我何與焉？所以不願人之文繡也。

知性則命不足道，或禄以天下而不辭，或並日而食而自若。蓋其悦心者在我，非有待於悦口之資。理實氣充，言無不達。達天則人無以加，或袗衣被躬而若固有，或易衣以出而更泰然。總之實勝者可尊，必不同於名勝之恥。人亦思之而已。

原評　此等題，時手前半提膏粱文繡，搬衍半篇，非不爍然可觀，不知於『仁義』二字未曾實有着落，即口口輕膏粱文繡，正重膏粱文繡也。知性則命不足道，達天則人不能加，必如此方是根柢性命之言。

羿之教人射　全章

法不可易，即藝事之授受皆然矣。

夫法之一定者，固教與學之準也。觀於彀與規矩，天下豈有可廢之法哉！

孟子曰：『今夫人有志於道，而不惟法之循，是亦未審於不易之理矣。』蓋神而明之，存乎其人，此必真積力久於法之中而後致焉。欲一旦舍可據之迹，而求杳渺之域，適見其茫昧而失所恃也。卓鍊宏深。

蓋變化不測之機，離物而立，乃萬物各有其自然而顯設之於象數焉，則高者不能踰之以見奇，而卑者亦不能舍之以藏拙。情義。大中至正之則，隨物而在，惟聖人能精察其所以然，而釐定之爲章程焉，則巧者可緣之以發其智，而鈍者亦可執之以破其愚。不見夫射之有彀乎？不見夫匠之有規矩乎？突兀。

倘謂世無善教射者，則孰如羿？得羿而教之射，宜乎！不引滿而如破矣，而羿不能也。其志彀也必然，則學羿者其志彀也亦必然。非有愛於彀也，彀固射之法也。倘謂世無善教匠者，則孰如大匠？得大匠而教之匠，宜乎！不信度而成器矣，而大匠不能也。其以規矩也必然，則學大匠者其以規矩也亦必然。非有愛於規矩也，規矩固匠之法也。

以羿與大匠之深愛夫學者也，見其善夫彀與規矩，恨不略彀與規矩以進之；見其不善夫彀與規矩，恨不變彀與規矩以就之，而必不然也。教者之能，止能授之以法，則立乎此以相待，而已無不竭之端。以學羿與學大匠之深望夫教者也，見其止示以彀與規矩，輒疑有神於彀與規矩者而仍祕之；見其所能不止於彀與規矩，輒疑有不待夫彀與規矩者而姑予之：而必無此也。酣暢。學者之事，止在受之以法，則由乎此以漸進，而自有神奇之悟。蓋器非道也，然舍器而道更何存？此禮器大備之所以爲盛德。形非神也，然離形而神將焉附？此踐形惟肖之所以爲聖人。

苟不入羿之彀中，而偭大匠之規矩，欲以射名天下而稱國工，宜乎羿與大匠絶迹於世而不可復得也！

原評 只就射、匠指點，而正意自躍然言表，此先輩一定之法。後二比則山幽水更深矣。

楚王不悦

策士志期於悦君，若不專必之楚焉。

夫不能正君而祇悦之，則何王不可悦也？乃輕以不悦慮楚，殆有不專必於楚者哉！想其意曰：『遨游人國而能得其主之歡心，然後惟吾之所欲爲而無所阻。照『利』字。吾之見楚王也，豈不欲楚王之我悦哉！』投以其心之所素期，則章臺華屋之下，必談笑而卻百萬之師。照『不利』。止以其意之所甚懼，則交疏言深之餘，自抵掌而慶兩情之合。使楚王誠如是之悦也，吾知士卒投戈而相賀曰：『吾屬之得生全者，某先生之力也。』

父老扶杖而往觀曰：『室家之得安寧者，某先生之功也。』即秦之人亦遥望而相慶曰：『今日之得休息者，某先生之賜也。』頓住，作勢。然則非牼之言，不能成楚之大；非楚之悦，亦何以顯牼之高哉！是則，所籌以悦楚王之術，不可不亟也。

雖然，天下事恃之太過，反生不足恃之憂；望之太專，更爲不必專之計。設也楚王不自諒，而過恃夫瀟湘、雲夢之衆也，則彼將一戰而帝楚，而安挽方盛之雄心？楚王並不諒秦，而欲得夫胡駱、代馬之用也，則彼將一戰而入秦，又誰折其方張之鋭志？妙議層生。

且楚素弱於秦者也，士馬既陳於郊原，忽焉無故而中止，則反來秦人窺伺之心，而於勢有所不便。況宋又楚仇也，鋭師方出乎鄢郢，忽焉相勸其班師，則或疑牼爲反間之謀，而於情有所難信。總處古文勝境。內既雄心之莫挽，外復鋭志之方張，以不便之勢而行難信之情，如是而欲得志於楚，恐亦不能必得之數也。則楚王不悦，亦牼所宜預計者。

士誠挾匡時之術，事勢遂必策萬全。謂進説於楚，即無不得於楚，此事恐太自信矣，不能不少爲躊躇矣。人誠欲謀慮之周，相期豈專乎一主？使與楚不合而猶委曲乎楚，此時亦終莫合矣，而胡弗思所致圖矣？於是出方城、投函谷，彼得無置上座以待牼者！士君子不得於楚，則秦而已矣，安能鬱鬱久居此哉！

原評　懸空設景，便有如許楚王不悦之故，能得箇中消息，則無中生有不足難矣。

入其疆 七句

巡守而慶行，王制維嚴矣。

夫疆以内之地，諸侯克守之；則疆以外之地，天子實賜之，慶典其可干哉！扣『地』字起，而理踞源頭，俯視一切。

昔者先王奉若天道，既大定九州之地，於是樹之后、王、君、公以爲屏藩，俾與此邦之人世食兹壤，以養以治，天子其何私之與？有惟冀長與一二伯叔甥舅以玉帛相見，則不腆先王之田，唯不敢愛，用爲列服勸，此其盛，於巡守入疆而行慶者見之。

古王者既井天下之田，又以正疆界之法定提封，切『疆』字發議。古王者既勸天下之農，又以介髦士之意崇侯度，故康侯之有姓之有分畝也。切『慶』字發議。故諸侯之有分域，猶百恩寵，猶力田之有勸勞也。乃巡守而天子來矣。

夫諸侯之所受於天子，而毋曠厥守；天子之所巡於諸侯，而聿行其慶者：大約土地爲重云。以土地貫。故土地藝而爲田野，土地産而有老、有賢、有俊傑，此皆天子巡守時所亟不忘者也。乃同一土地也，此疆不加廣，而若擴之；同一田野也，此疆不加饒，而若沃之；同一老也，此疆不加壽，而若安之；同一賢也，此疆不加優，而若崇之；同一俊傑也，此疆不加能，而若伸之：則其疆以内之地爲何如也？機局極緊。天子曰：『吾安得疆以内之地皆如是也？安得不益加疆以外之地〔一〕，使守疆以内之地者皆如是也？』於是慶典攸行，而所以慶者，則惟地焉。偉論。

夫慶而必以地，何也？諸侯爵人、禄人，天子不之禁也，而獨不可擅尺寸之封疆。蓋天子之地，惟天子得而與之，所以明大統之出於一也。天子賜弓、賜鬯，諸侯亦多有也，而斷不敢冀蕞爾之郊邑。蓋天子之地，雖天子不得而妄與之，所以明命德之本於天也。

夫諸侯不過以闢土寧人、親賢造士者，爲天子共分地之職，而天子即以此先疇舊德；貴老求才者，爲諸侯大拓地之榮，一入疆而慶行如是，是爲盛王之事哉！自許祊相易、陽樊啓土，厥後争地以戰者，且紛紛矣。令人益思三王也。

張運清先生　磊落英多，望而知爲俊偉之士。

盡其心者　一節

知天而事之，求之於心性之合一者而已。

夫心統性以爲心，此天之所以在我也。開口破的。知之以此，事之亦以此，人亦得其合一者而可哉！

今夫萬物所不能知而敬且畏焉，不敢輕於從事者非天乎？然而天與人未嘗遠也。吾自顧吾心，而於心所統之性，猶昧焉不能知其故。以從事於其際，而欲真知天之所以爲天，而相與事之，亦何惑乎其不相及也？心不可即，謂天載性之心，乃是天分析最明。蓋心者，理與氣俱。有天亦有人，此非天之所得而主者也。性者，理不雜於氣，純乎天而不能不待乎人，然非人之所得而離者也。然則，人必何如而後能盡其心乎？

心爲私所隘而不盡，而性中不無私也。視、聽、言、貌之官，皆洞然見肅、乂、哲、謀之不可易，則此心之廣大，即形器而廓然見其莫禦焉。夫此廓然莫禦，非天德之峻極者乎？亦可反觀而通於化矣。談理極透。心爲物所虧而不盡，而性中本無物也。君臣、父子之極，皆曉然見敬、忠、慈、孝之不能違，則此心之曲折，即事物而秩然見其皆備焉。夫此秩然皆備，非天則之順正者乎？亦可研極而究其微矣。

盡心由於知性，知性即以知天。然則致知之功，可不急求之於性哉！夫人特未能知性以知天耳。果其知之，則斷未有謂吾盡吾心，而此心猶可以自放；吾知吾性，而此性猶可以牿而亡之，以自棄於天者也。側下處理解融洽。然知之匪艱，行之惟艱，性固有明知之而不能行所知者。而異學之流又謂一知已無餘事，則甚矣！知天固難，而事天尤不易也。夫所以事天無他，亦惟存其心、養其性而已。

蓋心有覺而性無爲。有覺者恒出入而難操，無爲者稍矯拂而輒損。故必以至實者予心，以至虛者予性。則出王游衍，莫非於昊天深匪懈之思。且心無定而性不變。無定者心，或至於旁逐；不變者性，又恐其坐馳。故必以嚴肅者予心，以易直者予性。則震動恪恭，莫非於上天勤繼述之職。

是則知之之功，在性不在心。故格物窮理，雖生知者，常以積學爲孜孜，而未嘗有師心之識，此所以與天同其高明也。上節盡心無工夫，次節養性工夫，亦大端在存心内。事之之力，在心不在性。故主敬存誠，雖安行者必以操持爲汲汲，而未嘗恃所性之優，此所以與天同其不息也，而又何貳之有哉！

原評　心、性、天看得水乳交合，盡知存養等義，詳略重輕劃然分明，識、力俱臻絶頂，洵爲理家勝事。

孟子曰求則得之 一章

大賢欲人審所求，爲明示夫己物之辨焉。

夫求而得、求而不得，有益無益章章矣，曷審其在我、在外，而不誤於求哉？

今天下皆不能無求者也，見理義而悦者，憫逐物之忘返；見紛華而悦者，笑迂疏爲不情，而孰知究其孰可求、孰不可求，固有較然其不相同者乎？

是故仁義禮智之人不世出，而富貴利達之求接踵於天下。一挈『是』字者，『也』字之神俱動。彼其意蓋曰：性分之美，吾非惡此而逃之，無如未可必得也。至勢分之盛，未有生而然者，大抵皆求而得之耳，吾安可以不求？誠若是也，將在我者求，反無益於得；在外者求，反有益於得乎？

庸詎知世有求則得之，如取而亦如攜也；舍則失之，相棄而始相遠也。求之而即得，不求而即不得。如是，是求之有益於得爲何如？而要非他有所求也。性命之各正，人既不得行其予奪之權；德業之交修，天並不得擅其進退之事。蓋惟求在我者然也。面面皆員。夫求在我，蓋亦有兼在外而得者，然非求之力也。使舍在我者以求，而又未必得矣，則何若求在我之必得矣。

至於求之則有道，稍知道者，必不背道以求也，況樂道者乎！得之則有命，即在遵道者猶未能抗命以得也，況違道者乎！道不可以妄干，命不可以力强。如是，是求之無益於得爲何如？而正非不工於求也。天不能盡人而予以福澤之器，故通者常少，而窮者常多；人不能自我而操爵禄之司，故拙者常得，而巧者常失。盡惟求在外者然也。夫求在外，蓋亦有舍在我而得者，然更非求之力也。一折更四路把截，使無路可避。使取在我者而亦如是求，則所得更萬萬矣，又豈若在外之得不得皆不可知哉！妙，妙。

聖人精義入神，則命不足道。發揮先儒之説，足以驚坐。或禄以天下而不辭，或尊爲天子而不與。在我者甚足，則在外之爲來爲去，俱付之以無心。賢人守義不屈，則以命制欲，得志則澤施一世而非過，不得志則道在一身而非歉，在外者甚輕，故在我之或屈或伸，一聽之於所遇。彼不知義與命之一定，而役役焉求之不已，亦終無得於外，卒至喪我而已矣。

原評 層次出落已不猶人，至後幅精實博大，則非入先儒之奥室者不能。

夫君子所過者化 一節

化神同乎天地，王道之大可知矣。

夫過化存神，德業之最盛者也。上下同流，而霸術不足言矣。此王者所以獨隆哉！

且吾神游王者之世，而穆然如見王者焉。使王者物物而泯其怨與庸之迹，事事而釋其所以爲之之勞，則雖無干譽之心，終不足以見覆載生成之大，亦何以異於歡虞而自成其爲皞皞耶！

然則，王者之民所以不同於霸者，何也？王者大而霸者小也。方見王者身分。

君子建中和之極，原未嘗託無爲以高清静之風，而政教刑賞之修明，有不顯之德隱動於百辟之觀形者，非治具之燦設所能與也。君子切咨儆之懷，原未嘗忘民事而怠綏猷之志，乃喜怒愛惡之幾啓，而從欲之治立效於四方之風動者，非意計之期許所能及也。

但見其所過者化焉，身之所至不期其如是，而民已如是也。又見其所存者神焉，心之所主方期其如是，而民早如是也。君子德業之盛何如耶！今夫天位乎上，地位乎下，而萬物資始所以成始，性命各正所以成終，此天地化神之流也。入次句，突兀如奇峯。由是仰觀乎天，俯察乎地，而裁成其道所以並行，輔相其宜所以並育，此君子化神之與同流也。夫莫大乎天地，而天地化神之所至，君子之化神至之；天地化神之所不至，君子之化神亦至之。所謂廣大配天地者，非耶？以視霸者之民，當補偏救弊之時，而羣然驚嘆爲未有；霸者之主，行補苴罅漏之術，而翕然稱頌於一時，彼殆渺乎小矣。顧欲與君子比化絜神，豈可得哉？

蓋王心惟一，一者萬物之所不得而二也。王心惟一，王道無私，皆精微語。以言乎邇則静正，以言乎遠則莫禦，以言乎天地之間則備矣。故得一以清，得一以寧，皆神明之變化，君子自爲一天地而有餘焉。王道無私，無私者萬物之所以咸遂其私也。極乎天而蟠乎地，行乎陰陽而通乎鬼神，窮高極遠而測深厚。故天無私覆，地無私載，皆志氣之充塞，君子與天地合德而非過也。

不知王者之上下與天地同流，而斤斤焉霸功之是競，曰此大化也，此極神也，是猶見昭昭一撮之多，而曰天地之大盡於是也，豈不惑哉！

原評 驅役經義，如自己出，讀書窮理，有逢原之樂矣。

制其田里 四句

聖王以養民者養老，所以善也。

夫田里樹畜，制之教之，所謂政在養民者也。而養老即行其中，此其獨善於天下歟！

且聖人者，以人養人者也。以人養人，是以天下之人皆養人之人，天下之人即皆人所養之人。聖人不必有以養天下，而天下已欣欣然各致其養而不懈。知此，可與言文王之善養老矣。清剛之氣，駿快之姿。

夫虞、夏、商、周未有遺老者，文王獨善何哉？向使爲文王者必躬襏襫以爲耕，操版築以爲室，而又藝其桑麻，牧爾犧牲，敬進長老之前，曰：『不腆敝物，予不敢缺，於供以爲黄耇壽。』照注家賜，入益翻起，古色葱蔚。老者顧之色喜，善可知也。

然而爲文王者亦難矣，文王不然也。但見其於田里則制之百畝五畝，敢憚區畫焉？斟酌貢助之中，而纘服於徹田；更變陶復之舊，而執功於乘屋。此所以裁成天地而不過也，非文王孰能定其制？藏多少識議在内。至於樹畜則教之桑田雞彘，敢憚訓誨焉？豳岐之俗尚儉勤，紅女與耕夫相勖；汧渭之間宜樹牧，場師與羅氏相師。文采焕然。此所以曲成萬物而不遺也，非文王孰能垂其教？明了。

凡此者，經畫衣食之原、營度生養之計，非專爲老者設也。乃文王則從而導其妻子，使養其老焉。『導』字内原有許多政教。愚蒙惰廢而不事，力則不出於身，貨則棄於地，仁愛之所以衰微也。今明而誘之，曲而勸之，無求於人而可坐以致富。將菽粟足而民仁，即鄉里之求且輕給之，况吾父兄乎！頑悍挾貨以自便，私妻子則有餘，顧父母之養則不足，天性之所以日薄也。今率而驅之，教而化之，既顯顧其名，而亦隱動其心，則豆觴讓而民不犯，即黨族之長猶尊貴之，況在家庭乎！

知天經地義之由於民衷，則夫義婦聽、父慈子孝，自相結於不可解，不必設三老五更之席位，而人人能紀之以義、終之以仁。使愛親敬長之達於天下，則妻不待戒於夫，子不待督於父，自相勉於不容辭，不必效執醬執酳於太學，而孝弟已發諸朝廷、達於州巷。用輔氏意收足經術，燦然可觀。

蓋至無不衣帛食肉之老者，而後知虞、夏、商、周所爲惇史引年，皆莫如文王之養老也。

嗚呼！善矣。

原評　制田里、教樹畜，原非養老之政，而養老即行其中。政與賜肉帛者不同，所以稱善。文能發揮聖人盡人物之性，根於精微，極於廣大，豈是小言可到？

〔增〕

大題觀海初集評　根柢槃深，富若生蓄，每句中包蘊無窮意議，文至此方可云厚耳。

況居天下之廣居者乎

居仁者不可量，相形焉而愈見其大矣。

夫吾心自有天下之廣居，於以居之裕如耳。然非即凡爲居者形之，則其大焉者不出也。

故孟子因王子而喟然曰：『自生我以來，久已有一境焉：不因外至之居而移我氣，亦不因外至之養而移我體也。以其御夫氣，而且裕夫體焉耳。』然而，人卒不察，徒知外者之足以相移，不知内存者之舉無足爲我移，則亦未嘗相觀焉，而知此中有難量之境也。

王子之若彼，固居若彼耳。夫必如王子之居，而氣始成其爲王子之氣，體始成其爲王子之體，則凡不如王子者舉無望矣。清轉如話。何也？以其得爲王子故也。然僅如王子之居，而氣已成其爲王子之氣，體已成其爲王子之體，則凡大過乎王子者更可知矣。何也？以其止爲王子故也。

夫王子居雖善乎，而非廣也；王子之居即廣乎，而非天下之廣者也。乃猶然若彼，況居天下之廣居者乎？蓋自有此廣居，則吾心大而天下皆小矣；自有此廣居，則吾心久而天下皆暫矣；自有此廣居，則天下受其歉而吾心受其備矣；自有此廣居，則天下處其險而吾心自處其安矣。國策章法。曷言乎吾心大而天下小也？以此廣居而與天下共之，舉一代之天下胥庇其宇下焉。是則可大之業也，以視相矜於勢分者，不渺乎小耶！曷言乎吾心久而天下暫也？以此廣居而爲天下傳之，舉百代之天下胥蒙其餘蔭焉。是則可久之德也，以視相耀於耳目者，不偶然暫耶！

又何以備天下之所不能備也？曲學之家得其一藝，亦足以爲名，而吾心之體納萬物而不見其有餘也，則備莫備於此，而外焉者皆歉矣。且何以安天下之所不能安也？慘刻之術競其所長，終主於莫測，而吾心之用並覆載而自見其常寬也。則安莫安於此，而外焉者皆險矣。所以要有工夫。

雖然，廣居而居之，夫豈易易哉！非有明辨之功以大其識，則自有其居，而竟不知其可居；非有嚴毅之守以大其力，則雖知其可居，而竟不能不曠其所居；非有知言之學以裕其先，則邪説足以據其居而使之相亂；非有養氣之素以周其後，則詖行足以入其居而使之相淆。此所以人各有天下之廣居，而居之者不能不存乎其人也。

劉懷遠先生　另闢一局，足使『況』字、『乎』字無意不暢，才人無所不可。

自記　歲己未，以首拔受知於郡伯劉先生。已而，季試屢被特賞。先生名檼，安邑人，仕至雲南布政使。

君子之於物也 一章

物與民無紊施，皆待乎親之餘者也。夫愛而弗仁，仁而弗親，施於物與民各當矣。而俱待乎親親以遞及焉，君子可不急於其本哉！

今夫人自親生之，即有民物待命之理，顧或量期舉乎民物，而終無當於道之所當然。此無他，徒相循於其末，而未嘗等而差之，以先求乎其本。則事愈難而道愈遠，毋惑乎天下之大，欲被其施而卒無以相致也。

是故，君子養其心於渾厚之原，而藹然不忍者，常與天地而同流。故統乎其同，自得夫情之所以合。

且育其德於精明之極，而截然不混者與天地而同節。故辨乎其異，自得夫分之之所以殊。物亦吾物也，何得不愛？乃其於物也，愛之而已。若引爲同體而仁之，不惟我不應加於物也，而物亦不能受。故弗仁非薄於物也，正以其爲物故也。蘊藉。民亦吾民也，何得不仁？乃其於民也，仁之而已。若等於天性而親之，不惟我不可予於民也，而民亦不能安。故弗親非薄於民也，正以其爲民故也。

愛之而物遂物之情，仁之而民遂民之情，欣欣然各當乎其願，既全吾天下一家、萬物一體之意。弗仁而物安物之分，弗視而民安民之分，秩秩然各止乎其所，不失吾範圍天地、曲成萬物之常。

是何也？蓋情之所當，親則惟親而已。極吾情之至厚，猶未足報我生之萬一。維天之命自有固結而不可解者，非取諸在外之感觸而始動其心也。辨晰親與民、物，精妙。推此情之餘而及民，又惟此情之餘而及物，則民取其仁、物取其愛，循序漸致，自沛乎有莫禦之機。『而』字一義。此道之所以相生而不窮也。分之所當親，亦惟親而已。竭吾分所得爲，猶未足將人子之幽隱。立人之道自有至極而不可易者，非較諸一切之輕重，而始知其理也。足此分之量而民受之，更足此分之量而物受之，則民得其仁、物得其愛，而知明處當，自充然無不舉之處。『而』字又一義。此道所以至大而有别也。

親親而仁民，故於民仁之而弗親也；仁民而愛物，故於物愛之而弗仁也。夫君子之事親也，合天下之歡心，備萬物之孝養，民與物皆以致不匱之義，而未嘗以天下儉其親。而君子之成親也：廣其道於道路州巷，通其意於伐樹殺獸。仁與愛要以廓吾横塞之施，而不至以一家隘其事。此所以親親長長而天下平也。世之人主或不忍一物，而殘民以忘其親；異端之徒，又等其親於途人而不知返：豈非君子之憂哉！

原評 説理精實，尊乎其醇。

充實之謂美 二句

人品之美且大者，猶善之可勉而至者也。

夫誠於中而形於外，亦盡乎善之量矣。謂之美且大，不猶可勉而至乎！今夫善而可欲，是莫揜於外，必能無憾於中也。進之而有諸己，是有得於中，必非虚飾於外也。此亦足以見其人度越尋常，而力善者深矣。

然吾力所能勉者，尚有層累而至之境。故有至美焉，未極乎美，雖善，陋也；有至大焉，未極乎大，雖善，隘也。善信，凡數層曲折。然則，由善人至信人，未可已也。

夫善未有不美者也，而特不可執少有以爲美。蓋信於心，而未必無歉於其身，則内有不足必求助於物，而得乎此未有不遺乎彼，是未能充實也。君子知天之所以與我者，萬物皆備，而何得以偶然之獲，據爲自足之期乎？故方其信之也，篤誠燭理，集義不懈於初終；强立不回，執德不遺於道器。如是而不已焉，初不知其中之所有何如也。久之，而善之所積洋溢於動静之間，而不盡其左右逢原之致。有工夫。即隱微之地，莫非清和醇懿者鼓盪於天機，則又何善之不具乎！恢之彌廣，未嘗窮大而失居；滿而不溢，寧至襲取以增重。所謂人之美者，莫美於是也，是善立於己而不遺餘力之候也。入『人』字。

至於美則未有不大者，而又不可恃内藴以爲大。蓋美於中而未必發見當其可，則外有不著，必所積者不厚，而其出之也無力，未有不應之也立窮，是未能充實而有光輝也。君子知我之所以成性者，高明配天，而何敢以樸遬之觀，託於含章之理乎？故方其有美也，宣暢其和，以待神明之自動；不顯其德，惟期高朗之無虧。實養美大，透快無比。如是而不已焉，初不計其外之所見何如也。久之，而善之所發彰著於視聽之表，而莫禦其流通盛大之機。凡宇宙之内，莫非其彌淪布獲者咸被其顯爍，則又何善之可秘乎！盛德在躬，而志氣塞乎天地；光華在世，而大道炳於日星。所謂人之大者，莫大於是矣，是善達於物，而漸近自然之時也。字字的確。

要之，可勉而至者，盡乎此矣！過此以往，未之或知矣。

原評 美確是美，大確是大，無一字可移易，浮情躁氣一望皆除，理境沈静之候也。

校記

〔一〕安得 原文作『得安』，據文意改。

杜谿時文集卷七

補編

君子不重 一章〔一〕

君子之固學也，去其累吾身者而已。夫不重不誠，濫交吝過，皆吾身之累也。自修之君子，可不交致其功乎！且古之人所以砥礪廉隅、懿修醇茂，使一時賢者樂附而訾議不生者，非有他，道全夫天之所以予我者，而在在去其所累。義要已舉。是以身修名立，而無所疵於其心也。

凡今之人，輕佻爲便，則禮非吾設也；躁率是趨，則小德可踰也。由是傾危詭辨之士進，文過飾非之行作。猶日從事於學，雖足以欺愚氓、立名譽，識者望之知其無有，豈不惜哉！總挈，全神在握。

不重則不威，學則不固。氣溢而不收者，其内必虚；官弛而不守者，其中必肆。學之不固，無固心耳。蟬聯而下。君子知其然，不特攝官骸於威儀，而又居敬以養其原，存誠以祛其蔽；審幾以察其非，窮理以會其極。自念慮之微以及事幾之著，推而行之，無之或雜也；自一息之暫以及百年之久，貞而守之，無之或息也。君子之主忠信，豈苟以相託云爾哉！詮『忠信』，筆力精悍絶倫。

雖然，訂金蘭而歌同氣，又在所當慎也。一入匪人之黨，則生平文章節義，祇爲後人嗤笑之資；輕投不肖之羣，則後此學問功修，難挽已前失足之事。千古格言，允堪勒石。況正士每難猝合，而宵小恒易相投。則不如己者，斷斷不可友也。

至若疵纇萌於所忽，愆尤乘於偶然，即在大賢猶或不免，詎足諱歟？或者恃大節之無虧，而細行不謹，豈所以長進德業、扶持學問哉！君子不以惡小而爲之，明決之氣察於未然，剛斷之懷克於既覺，務使大醇無疵。精實。是以過不少容，德不少累也。

然則人亦惟自致其力耳。莊敬以治外，誠一以養中；擇交以廣益，兢業以省身；去輕肆之貌，絶自欺之情；拒邪僞之朋，堅克治之力：分之而各盡其道，合之而交致其功，夫然後學有日進之勢，而無自畫之弊，是以君子貴自修也。學化理融，詞精氣鍊。

汪安公　前提後束，中逐段各還精義，博大雄深，切實堅鍊，歸胡兩先生亦應減色卻步。

子張學干禄 一章

學務斂諸其内，終無可幸之禄也。

夫學而干禄，非唯失學，且失禄矣。盍亦内顧其言行爲何如，而後言禄乎！且士生而無志於天下，即所得日深而所失日少，亦終歸無用。謂其適足獨善，君子所不貴也。雖然，急於用世，而奉空疏無具之身以徇之，或所如不合，又將改術以求悦於世俗。從此一轉，墮落者多少。以是終其身而得自見者，夫亦鮮矣。

今夫人必自信而後可以信於人，人必衆悦而後可以加於衆。高屋建瓴，全題震動。故言行之可否，乃學不學之明徵；而尤悔之有無，爲禄不禄之定候也。子張學焉，而至於干禄，全不加意於言行，而以昧昧尤悔之躬，遂妄計厚糈之在是哉！獨不思聖天子一旦臨於上，賢公卿相與輔佐於下，而我以身伺其間，顧一籌莫展，發謀決策，讓之他人，豈不羞吾黨而輕當世之士耶！反振。筆力矯健，議論沈雄。則是吾之當多者不多，吾之宜寡者不寡，如是言禄，亦終不可得之數也。微渺，可耐十日思。

今夫士負重望，聽其言而憒然，觀其行而皇然；即有可恃矣，或理不可信，事不可安；即可信矣，可安矣，又急於自見，而無鄭重之意以守之：此其人不得禄則以爲宜然，即得禄亦以爲偶然。開合有度，古氣鬱鬱。是不禄不可，禄尤不可也。干之何益？若夫聽其言而秩然，觀其行而粹然；既有諸身矣，且理必可信，事必可安；既無不可信矣，無不可安矣，又審於自處，而復多謹慎之懷以深之：此其人不得禄則以爲偶然，既得禄則以爲宜然。是不禄亦可，禄亦可也。看在中之理圓足。

蓋以學言之，其微者在性命之精，其顯者在政教之大，閱歷多而用心審，此尚非自足之時。故神聖之業，其初必有格物窮理之功，其終必有敬懼涵養之力。深識偉議，理趣泓然。循是以往，吾固有不爵而榮、不賞而富者。在中之理，説得何等圓活。況朝廷苟旌淑而別慝，則修士斷不終老於衡茅。以禄言之，上之有文武憲邦之略，次之有具官授器之能，耳目廣而志意深，此本無相取之術。故王佐之才，其外必有叩之不窮之端，其内必有操之不失之準，由斯以出，吾固有享鼎鍾而非侈、備極奉而非奢者。況道德本無隱而弗彰，則大烹亦並無加於平昔。亦精鍊，亦敏捷。

聞見多疑殆闕，復加慎焉，此言行之要圖，而尤悔所從泯也。師也不此之務，而徒禄之是干，吾見其祇爲尤悔之招也。

虞孚躬先生

鍾陵筆意，大士才情。其眼孔大，故所見高；其學力深，故樹議偉。吴下小儒，何能望其肩背？余初不知字緑，歲癸丑，其族人持是文以示余。余閲之，以爲古先輩行世作也，因告之曰：『是文才情恣肆，議論超卓，筆古而墨妙，君當誦之無忘也。』其人曰：『此吾族朱字緑文耳。』余駭不信，其人復正對。吾不禁拍案呼曰：『宿松乃有字緑，當出我一頭地矣。』

文質彬彬 二句

酌文質之中，可以得君子之實矣。

夫文質貴乎得中也，彬彬而後爲君子，野與史將何從哉！且大道有不易之歸，儒者無執一之事。是故，去其流失，衷諸至善，要有學問存焉，非可苟而已也。

觀於野史交譏，然則文質其可偏勝乎！學者之於身也，必有範圍不過之功，則行誼所存，自不授權於氣質；其於世也，必有斟酌咸宜之用，則習俗所尚，自不能變其性情。精鍊勁悍。是惟質而佐之以文焉，文而主之以質焉，彬彬乎内外之交稱也。且質不可損，損文以就質焉；文不可益，益質以用文焉，彬彬乎本末之咸宜也。

物惡其專一而不能通也，雜之則適均，此萬變之所以就於理也；道惡其兩岐而不能合也，融之則交盡，此一中之所以神於用也夫。話題精密，而調質亦極烹鍊。然則本忠信之心，而等威有辨，將敦龐願愨之風，留之後日而其源獨遠。即服物日盛，而渾厚常存，將藻采風流之譽，原之太古而其業彌光。今而後敦其質而不得以爲野也，亦煥其文而不得以爲史也，君子哉！情實堅卓，博大雄深。中和須臾而不離，禮樂即斯須而不去；克剛克柔積諸一身，與二氣之機緘合撰；方是君子。稱天下之物而平其施，即建天下之極而神其用；用中，所謂建諸天地而不悖也。無偏無黨措諸斯世，與帝王之德業同符。所謂考諸三王而不謬。顧君子自然而無偏勝者也，學者而欲求至於君子也，則必有道矣。

原評　簡鍊名貴，精卓不凡，自是文壇飛將。

舉爾所知　三句

用人之道，與天下爲公而已，蓋至公者不必盡出於己也。己有所舉，人即繼之，此爲用人之道乎？

且一人之智，原不足以周乎天下，而終不使天下之有所遺，是非無道以處此也。其力止寄之一二人之間，而其量遂足以並包乎天下，使之欣然各有以自間而靡所棄。渾舉該括，酷似大士手筆。則合天下之聰明，以爲一人之耳目，所爲良足恃耳！

雍以有所不知爲舉慮也，吾爲爾計之。

蓋吾之所以倡乎天下者，不惟其事而惟其心。以有盡之事行無盡之心，其道貴廣於同也。精語。吾之所以及乎天下者，不在乎多而在乎誠。本誠切之心，發而爲旁求之舉，自將各以類應也，惟在舉爾所知而已。

夫有爾必不能無人者，勢也；爾舉而人未嘗不舉者，情也。凡人即甚神聖，不能强其力之所不及。古延攬之君，未聞求賢而不得者。初非以不知而冒爲登進也，爾誠念夙昔盟心之士可共國家，則植黨之嫌、親故之迹皆所不論焉。卓識偉議，不同經生常談。即至見聞有限，世未嘗無好善如我者，風聲所樹，人其争自推揚，則得人之慶遍於四海矣。凡人即甚寡陋，豈遽無其心之所獨賞？古求士之朝，未聞所用非其人者。初不外所知而别爲搜羅也，爾誠思偶然投合之人足爲心膂，則破格之典、越俗之求在所宜急焉。即至採訪或窮，世未嘗無曲爲共諒者，意氣所通，人其競相薦引，則明通之彦遍於廷寧矣。

蓋國家所不可有者，互相推諉之心。君子當爲學之日，早已知私己之不可有爲也。祇渾説題理，全不尋黄數黑，此大家之所以不同凡手也。平居所素願者，祇此並行並育之念。確是聖人氣象。故選賢任能，不過以人用人，而初無偏黨，而人皆得分其責，以相就於功名。且人臣所不可存者，旁觀事外之情。君子當立心之始，早已知懿好之莫不皆同也。隱微所自矢者，祇此公好公惡之心。故敷奏明試志，祇因物付物，而絶其專私，而人遂得廣其途以相進於左右。氣静神恬。

審如是也，雍固不必盡知天下之人，而已無弗舉矣。

原評　曠識發爲偉議，古筆鬱其深情，高華典贍，函蓋一切。

士無事而食　易事

士以無事見譏，未審於不通易之説也。

夫以無事而食責士，則必出於不通易而後可。然而，衡功與事，將何從乎？

且天下最宜重者，惟士耳。居恒讀古人書，見夫承筐鼓瑟，衎我嘉賓，竊自負以爲濟世行道，俾天下食福不倦。無何而世之繩之者，竊竊然以爲縻爾食也，抑用自悲矣。

雖然，庸碌者流何足以衡天下事！其所爲膠固而不變者，執其説以往，將懷抱利器，鬱鬱適兹土，又不獨士焉已也。

更疑傳食爲泰，及聞受人者以道爲衡，既自知其説之非矣，夫更誠無解於其説之非也。何也？士之道即士之事也。筋節。然而，更則曰：『士何事也，食焉而已矣。』誦詩書乎？博大烹也。懷經濟乎？畏斯饑也。是故，名則天下之至美也，利則天下之至豐也，實則優哉游哉，聊以卒歲，而一無所就。以事若彼，以食若此，不亦輕吾黨而羞當世之君耶！

雖然，更莫謂士果無事也。夫戰國之天下，其不可不易也久矣，士特不得通耳，即何由著功烈於天下乎？誠通井田之功，則阡陌可易矣；通學校之功，則游説可易矣；通堯舜君民之功，則齊、楚、燕、秦、韓、趙、宋、魏、中山之俗，忽焉易爲唐、虞、三代矣。大氣奔放，崇論宏議，皆見經濟實學。而更猥曰：『士無事，無事去耳。』則凡不通功易事者，孰如更乎哉！

一人之力，不足以自給，故巧者必過習者之門。苟取懷以相與，斯虚往而實歸也，豈有他術？通焉故也。萬物之用，常取於相需，故同者必待異者之濟。苟交質而不窮，斯相反而相合也，豈有岐途？通且易焉故也。

夫人之情，至無厭也，而功則有限。各治一事，通而易之，斯可以數用而不困。而更顧執其硜硜之見，概棄捐不用。然則，爲士者必毁先代之典章，芟聖神之法物，散其子弟，改其操持，抱邱壑而終焉，以自食其力，裹足不入人郊。更庶幾曰：『瞿瞿良士，未嘗無事而食也。』滑稽之雄。然天下有餘不足之患，又從此甚矣。極雋。

李醒齋先生 高視闊步之文，不屑尋行數墨，而氣象函蓋，自足壓倒羣英。

校記

〔一〕輯自方苞欽定四書文。以下四篇同。

朱杜谿稿跋

朱曉朱曙

壬午闈前，家大人刻稿五十篇。癸未，捷南宫，選館職，坊中請刻全稿甚力。大人因命愚兄弟撿舊篋散失所餘增益之，得文一百有奇。家大人嘗語愚兄弟曰：

『制科之設，頭場試經義，二場試論、表、判，三場試策，其立法初意甚善。蓋經義止覘其經術，必深醇精粹，融會六經，洞曉先儒理奥，以不悖乎聖賢之旨，斯爲入格，非欲其馳騁以爲奇也。至二場一論，動輒數千言，五策亦以二、三千言爲率，然後驅策古今，貫串子史百氏，凡才識之奇偉可得而觀矣。又恐藻麗未工，法律未明習，或不適時用也，故佐以表判。且表題類多擬古，非可豫作，則宏博之才、醇茂之概約可知矣。斂其一往之氣於經義，而縱其醇而後肆之才與力於後場，此立法之初意也。今世俗動謂科舉不能得士，若三場果皆合尺度，吾恐合十五國之選，其人正未易以多得也。彼詩賦，不過表判之屬拓而韻之；明算、律曆、韜鈐、從政諸科，亦策中一節耳：其不足與科舉絜短長也灼灼明矣。科舉不得人，奉行之弊，非法之不善也。

『且今之論文者，不知立法之意元欲收縱横之才於後場，而輒妄起繆論，破壞經義。或近則藉口慶曆，師其佻巧；遠則牽引班馬、八家埋伏照應之法以論八股。不知文各有體，不可强而同也。作古文詞無語氣可體，無上下文可承接，又事理煩碎，不爲埋伏照應，則散而無紀。今八股代聖賢之言，寫聖賢之心，語氣一差，去而千里。又其總挈有題承、起講，項有提比、虛比，腹有中比，尾有後比，位置一定，不可乖異。顧好怪異倒亂，拋棄正義，以爲高脱，試思孔孟當日出口吐詞果如此否耶？混策論之體於經義，而反以熟爛草率之經義爲策論，宜乎其兩失也。』

家大人之言如此。

大人久不作時文，其欲自見於天下後世不在時文，閔世俗盲辨瞽説，使後進不見立法初意，因以拂戾聖賢之旨；論文者既昧其元本，而奉而行之者又不能力除其弊，幾於輕廢科舉，反謂立法之不善，故心憾焉，爰爲愚兄弟言之如此。

康熙辛丑秋月，男曉曙謹識。

朱書全集之七

評點東萊博議

東萊博議自序〔一〕

左氏博議者，爲諸生課試之作也。始予屏處東陽之武川，仰林俯壑，出户而望，目盡無來人。居半歲，里中稍稍披蓬藋、從予游。談餘語隙，波及課試之文，予思有以佐其筆端，乃取左氏書理亂得失之迹，疏其説於下，旬儲月積，浸就編帙。諸生歲時休沐，必抄寘褚中，解其歸裝無虚者，並舍姻黨復從而廣之，曼衍四出，漫不可收。

客或咎予之易其言，予徐應之曰：『子亦聞鄉鄰之求醫者乎？深痼隱疾，人所羞道而諱稱者；揭之大塗，惟恐行者不閲，閲者不播，彼豈靦然忘恥哉？德欲蓄而病欲彰也。予離羣而索居有年矣，過而莫予輔也，跌而莫予挽也，心術之差，見聞之誤，而莫予正也。幸因是書，而胸中所存、所操、所識、所習，毫忽髮謬，隨筆呈露，舉無留藏。又幸而假課試以爲媒，借逢掖以爲郵，徧致於諸公長者之側。或矜而鐫，或愠而讁，或侮而譙，一語聞則一病瘳，其獲不既豐矣乎？傳愈博而病愈白、益愈衆，於予也奚損？』遂次第其語以諗觀者，凡春秋經旨，概不敢僭論；而枝辭贅喻，則舉子所以資課試者也。

東萊呂祖謙伯恭序。

朱字緑評 以兩層立意：『爲諸生課試』是一層；暴露病徵，使醫者自至是一層。意義深厚，詞致委婉，讀之便有仁義藹如之色。

評點東萊博議序〔二〕

予點定東萊左氏博議，既疏明其旨趣，以示學文課試之程，間有辨駁，以繩其未能全合於道者，將私諸子弟及受學之士，非敢謂有當也。坊人遽請刻以問世，於是東萊自謂白其病於諸公長者之側，而予亦竊附其病，以驗觀者焉。

魏冰叔有言：『古人之文，自左史而下各有其病，學古人者，必知古人之病而力洗滌之。不然者，吾既自有其病，而又益以古人之病，則天下之病皆萃於吾之一身，其尚可以爲人乎哉？』予嘗服膺其言。竊以爲好逞臆見以翻古人之説，與夫不明是非而曲徇古人之説，皆無當於古人，而自誤以誤人者也。是故，學者之道在於精義，而立言之法貴乎反經，有以窺聖人之意，而不失乎人心之所同然，乃可行遠而不敝。

以予之鄙陋，内之擩染，既未能承中原文獻之傳，外之游處，又未嘗有林、胡、汪、張、朱諸公之講索，乃於是編不止於疏明，而間有辨駁。金石珠玉曰非重，黼黻文章曰非美，鐘鼓琴瑟曰非樂，此其病非狂則愚、非瞶則聾而已矣。君子之取益於天下也，不貴其美疢，而貴其藥石。則予之所以與東萊相繩者，東萊之所樂也。天下之諸公長者苟不我棄而我繩焉，豈非我之所樂歟！雖然，予之所以辨駁者義理也，若其文，則雖止爲課試之先資，而實有而不可得而廢者。以今之從事於課試者剿襲雷同、鄙倍浮僞，其病殆必割皮解肌、訣脉結筋、搦髓腦揲荒爪幕而後治焉。惟是編可以藥而生之，則又願各取以治今人之病，而毋甘於沈痼而不可起也。

宿松朱書字緑序。

校記

〔一〕輯自吕祖謙評點東萊博議卷首，光緒十八年務本書局刻本。

〔二〕四德堂本未收，據清貽館本補輯。清貽館本於文末未署名，據種義堂藏版、鑄記書局版補。

評點東萊博議卷一

鄭伯克段於鄢

釣者負漁，魚何負於釣？獵者負獸，獸何負於獵？莊公負叔段，叔段何負於莊公？通篇以莊負段爲主。且爲鈎餌以誘魚者，釣也；爲陷阱以誘獸者，獵也。不責釣者而責魚之吞餌，不責獵者而責獸之投阱，天下寧有是耶？反承以足上意，文情淡宕。莊公雄猜陰狠，視同氣如寇讎而欲必致之死，故匿其機而使之狎，縱其欲而使之放，養其惡而使之成。三句斷盡莊公。甲兵之强，卒乘之富，莊公之鈎餌也；百雉之城，兩鄙之地，莊公之陷阱也。彼叔段之冥頑不靈，魚爾、獸爾，豈有見鈎餌而不吞，過陷阱而不投者哉！導之以逆而反誅其逆，教之以叛而反討其叛，莊公之用心亦險矣。誅心之法，只一『險』字，亦文章一篇血脈。實寫『險』字，視前匿其機、養其惡、縱其欲數語，可悟文家淺深之法。莊公之心，以謂亟治之則其惡未顯，人必不服；緩治之則其惡已暴，人必無辭。其始不問者，蓋將多叔段之罪而斃之也。罪莊公定案。殊不知叔段之惡日長，而莊公之惡與之俱長；叔段之罪日深，而莊公之罪與之俱深。伏下自吞自陷。人徒見莊公欲殺一叔段而已，吾獨以爲封京之後、伐鄢之前，其處心積慮，曷嘗須臾而忘叔段哉！苟興一念，是殺一弟也；苟興百念，是殺百弟也：莊公之罪顧不大於叔段耶！

吾嘗反覆考之，然後知莊公之心，天下之至險也。作四層寫。祭仲之徒，不識其機，反諫其都城過制，不知莊公正欲其過制；諫其厚將得衆，不知莊公正欲其得衆，是舉朝之卿大夫皆墮其計中矣；鄭之詩人，不識其機，反刺其不勝其母以害其弟，不知莊公正欲得不勝其母之名；刺其小不忍以致大亂，不知莊公正欲得小不忍之名，是舉國之人皆墮其計中矣。應前莊公之心。

莊公之機心猶未已也。變爲四疊。以下卻是深文。魯隱之十一年，莊公封許叔，而曰寡人有弟，不能和協，而使糊其口於四方，其況能久有許乎？其爲此言，是莊公欲以欺天下也。魯莊之十六年，鄭公父定叔出奔衛，三年而復之，曰不可使共叔無後於鄭，則共叔有後於鄭舊矣；段之有後，是莊公欲以欺後世也。叔段之隱。既欺其朝，又欺其國，又欺其天下，又欺後世，噫嘻，岌岌乎險哉莊公之心歟！總束始有收拾，否則平衍矣。

將欲欺人，必先欺其心，莊公徒喜人之受吾欺者多，而不知吾自欺其心者亦多。受欺之害，身害也；欺人之害，心害也。哀莫大於心死，而身死次之。受欺者身雖害而心自若，彼欺人者身雖得志，其心固已斲喪無餘矣。在彼者所喪甚輕，在此者所喪甚重，是釣者之自吞鈎餌，獵者之自投陷阱也。應起處喻意，作收完密，凡收處必須與起處相應，熟此得之。非天下之至拙者，詎至此乎？故吾始以莊公爲天下之至險，終以莊公爲天下之至拙。

朱字緑曰 博議之文，爲課試而作，故於時文爲近。此篇起首排立三語，後用喻意，正意夾行，逼出莊公是一險人。末復推開，四層用四『正欲』字、兩『莊公欲』三字，應前兩『使之』字，起伏收束，各極其法。至尾取喻意作收，斷出莊公至拙，屹然而止，有山迴海立之勢，意雖未必盡當，而文章機軸卓然一家。

莊公養成叔段之惡，即左氏謂之『鄭志譏失教』之義。然段爲人臣子，至恃寵而驕，請制之後，竟不復請，擅取國邑，繕甲兵，具卒乘，此豈人臣之所得爲者？縱無襲鄭之謀，而蔑視其君亦甚矣！莊公之失，在平昔不教，而遽興兵以伐之，爲有殺弟之心耳。若封許叔而有悔心，卒使之有後，此自是莊公天理民彝不忍斷絶處。君子許人改過，當亟予之，復以爲欺天下後世，然則不悔、不置後，乃爲仁愛其弟乎？即置姜氏於城潁，母子已絶，莊惡已極。及聽潁考叔之言，而爲母子如初，則其天性之復萌，有不可得而澌滅殆盡者，安得並『融融』『洩洩』以爲欺天下後世而斥絶之也？穀梁以爲賤段而甚鄭伯，最得其平。謂段無負於莊公亦太過。

旁評多仍坊本孫執升之舊，時予方有旋里之行，倉卒上板，未及改，以其言頗詳，尤便於初學也。

周鄭交惡

天子之視諸侯，猶諸侯之視大夫也。季氏於魯如二君矣，而世不並稱之曰『魯季』；陳氏於齊如二君矣，而世不並稱之曰『齊陳』。蓋季陳雖强，猶魯齊之臣也，烏可以君臣並稱而亂其分乎！周，天子也；鄭，諸侯也。左氏叙平王、莊公之事，始以爲周鄭交質，終以爲周鄭交惡，並稱周鄭，無尊卑之辨；不責鄭之叛周，而責周之欺鄭：左氏之罪亦大矣。罪左氏意輕。

吾以爲，左氏信有罪，周亦不能無罪焉。罪周意重。周之東遷也，鄭伯入爲卿士，君臣之分猶在也。與下『天子之尊自若也』相照。君之於臣，賢則用之，不賢則去之，復何所隱哉！平王欲退鄭伯而不敢退，欲進虢公而不敢進，巽懦暗弱，反爲虚言以欺其臣，固已失天子之體矣。與下不以自處相照。又其甚，至於與鄭交質。交質，鄰國之事也。今周降其尊而下質於鄭，鄭忘其卑而上質於周，勢均體敵，尊卑之分蕩然矣。未交質之前，周爲天子，鄭爲諸侯；既交質之後，周鄭等耳，亦何所憚哉！温之麥、洛之禾，宜其稛載而不顧也。向若平王始惡鄭伯而亟黜之，鄭雖跋扈，不過平王一叛臣也，天子之尊猶自若也。苟與之質，是自處以列國而不敢以天子自處矣，歲改月移，豈知周之爲君哉！一旦用兵而不忌，非諸侯之叛天子也，是諸侯之攻諸侯也。使周素以天子自處至尊至嚴之分，鄭豈敢犯乎！惟周以列國自處，故鄭以列國待之，天下亦以列國待之，左氏亦以列國待之。周不自伐，鄭未必敢伐之也。無王之罪，左氏固不得辭，周亦分受其責可也。

雖然，左氏所載君子之言，固出於左氏之筆，然亦推本當時君子之論也。其論周鄭，概謂之二國而靡所輕重，是當時之所謂君子者舉不知有王室矣！戎狄不知有王，未足憂也；諸侯不知有王，未足憂也；至於名爲君子者亦不知有王，則普天之下知有王室者其誰乎？此孔子所以憂也，此春秋所以作也，此春秋所以始於平王也。

朱字緑曰 主意責周天子自委其柄，先以並稱周鄭責左氏書法，引起其端；後歸到孔子作春秋，隱隱打回左氏書法之失。首尾相映，章法極爲嚴密。

宋穆公立殤公

有國者傳之子，常道也，中道也。宋宣公必傳於弟，以爲奇、爲高焉。一傳穆公而使之逐其子，再傳殤公而使之殺其身。公羊氏以爲君子大居正，宋之禍，宣公爲之也。其說既無以加矣。

吾嘗推宣公之意，必以爲聖人建國，使父子之相繼者，爲衆人設也。代宣公説出高奇之意。堯何人哉？不傳之子而傳之舜。舜何人哉？不傳之子而傳之禹。吾何爲以衆人自處，而不慕堯舜至奇、至高之行乎！殊不知道無不常，亦無不中。傳賢之事，自衆人視之，則以爲奇、以爲高；自堯舜視之，則見其常而不見其奇也，見其中而不見其高也。扛萬鈞之鼎，烏獲以爲常，而他人以爲勇；游千仞之淵，没人以爲常，而他人以爲神。未至堯舜而竊效焉，是懦夫而舉烏獲之鼎、稚子而入没人之淵也！何往而不敗哉！

朱字緑曰　主公羊説立論，深罪宋宣讓與夷，好高奇以自詭，致禍其國。而先以『常』『中』二字壓之，此即文家對面相照之法。至以堯舜傳賢爲常而非奇、中而非高，惟效之者以爲高奇而先失常中，卒貽禍。此似創説，而實至理。文祇三層，卻有長江萬里之勢。

讓國得禍，如目夷、子臧、季札及宋太宗之事，皆足以爲鑑戒。然東海王之於漢明，宋王之於唐玄，輝照千古。建成、建文之於唐明兩太宗，有手刃、靖難之變。北魏孝文、北齊高祖皆希世賢君，嗣子不克負荷，未幾亡滅。魏有弟勰，齊有弟憲，並賢藩，若能割愛忘怨，兄弟相及，國祚未可知，又未嘗不恨其不能讓也。事有常變，道有經權，非可執一而論也。

臧僖伯諫觀魚

進諫之道，使人君畏吾之言，不若使人君信吾之言；使人君信吾之言，不若使人君樂吾之言。先説貴使君樂，乃推説悟之以心。兩層遞入，淺深有法。戒之以禍者，所以使人君之畏也；喻之以理者，所以使人君之信也；悟之以心者，所以使人君之樂也。張權輿。舉天寶之亂，而不能輟敬宗驪山之行；舉臺城之圍，而不能解憲宗佛骨之惑。韓愈。豈非徒以禍戒之，而未嘗以理喻之耶！應。論朝會之禮，而不能止莊公之觀社；曹劌。論律吕之本，而不能罷景王之鑄鐘。伶州鳩。豈非徒以理喻之，而未嘗以心悟之耶！應。蓋禍固可使人畏，然遇驕慢而不畏者，則吾説窮矣；理固可使人信，然遇昏惑而不信者，則吾説窮矣。忽截講『畏』『信』，留『樂』字另發，局法活變。臧僖伯之諫隱公，先之以不軌不物之禍，次之以蒐狩治兵之理，其言深切著明，可使人畏，可使人信，然訖不能回隱公觀魚之轅者，殆未嘗以心悟之也。仍留『樂』字。彼隱公之心，方溺於觀魚之樂，雖有顯禍，將不暇顧；『樂』字對面。雖有至理，將不暇信。僖伯無以開其心，而徒欲奪其樂，亦疏矣。爲僖伯者，誠能以吾道之樂，易觀魚之樂，使隱公之心怡然自得，睟於面，盎於背，暢於四肢，則將視犬馬聲色、珠玉文繡曾土芥瓦礫之不如矣。主意二語盡之。雖與之觀天池之鯤、龍門之鯉，鬣翻雲而鱗横海者，猶不足以易是特吾之真樂，況一勺之棠水乎！宕。吾嘗論之，開論一步。人君之游宴，畏人之言而止者，知其不當爲，而未知其不足爲也；應『理』字。信人之言而止者，知其不當爲，而未知其不足爲也。應『樂』字。惟釋然心悟，然後知其不足爲，雖勸之而亦不肯爲矣，況諫之者乎！應以講序結。

朱字緑曰　主意在以吾道之樂易觀魚之樂，卻以『畏』『信』二字陪講，層層變化，首尾迴合，有八門五花之奇。

用兵

君子之用兵，無所不用其誠。以『誠』字論兵法，奇。五段備析『誠』字，便見非宋襄輩之誠。世未有誠而輕者，敵雖欲誘之，烏得而誘之？世未有誠而貪者，敵雖欲餌之，烏得而餌之？二段法變。世未有誠而擾者，敵雖欲亂之，烏得而亂之？三段法同。用是誠以撫御，則衆皆不疑，非反間之所能惑也；用是誠以備禦，則衆皆不怠，非詭謀之所能誤也。二段法變。彼向之所以取勝者，總束仍宕。因其輕而入焉，因其貪而入焉，因其擾而入焉，因其疑而入焉，因其怠而入焉。五句一樣，句法不變。一誠既立，五患悉除。雖古之知兵者環而攻之，極其詐計於十百千萬，『詐』字是『誠』對面。君子待之，一於誠而已矣。彼之詐極其萬而不足，我之誠守其一而有餘；彼常勞而我常逸，彼常動而我常靜，以逸制勞，以靜制動，豈非天下常勝之道乎？

然則，論天下用兵之善者，固無出於君子矣。然自古書帝籍而勒景鐘者，黥髡相望，而宋襄、陳餘之流每爲天下笑，抑又何也？蓋盡小人之術者，方無愧於小人之名；盡君子之道者，方無愧於君子之名。以僞君子對真小人，持一日之誠，而欲破百年之詐，安得而不敗哉！主意注此二語。以一杯之水，而救一車薪之火，不能息焉，謂水之微則可，謂火勝水則不可也，安得以宋襄輩遂疑君子之短於兵哉？

朱字緑曰　本爲宋襄輩用君子之道而致敗亡，恐人以仁義爲迂闊，特地將『誠』字痛發，以爲用兵之本；而於宋襄輩則斷之以『一日之誠，破百年之詐』二語，排宕飄忽，所謂化陳腐爲神奇者也。

隱公問羽數

凡謂之問者，非有所未知，必有所未安也。心知之，身安之，又何待於問耶？隱公生於魯，長於魯，君於魯，其視魯之舞樂，用於禴祠蒸嘗不知其幾祭也，動於屈伸綴兆不知其幾成也，至於考仲子之宫，始問羽數於衆仲，豈真不知耶？是必有大不安也。跌出主意。

自成王以天子之禮樂祀周公，至隱公蓋數百年矣。以成王之賢而賜之，以伯禽之賢而受之，舉世莫知其非也。其後因而用之羣公之廟，舉國亦莫知其非也。隱公生於數百載之後，獨能疑數百載之非，蹙然不安，發於問焉，其天資亦高矣。衆仲告之以先王之正禮，使六羽之獻復見於仲子之廟，不可謂無補也。先揚。然隱公之問，豈止爲仲子一廟而止哉？後抑。特因仲子之廟而發耳。爲衆仲盍申告之曰：『周公制禮作樂以致太平，天子八佾，諸侯六佾，是乃周公所作之樂也。周公制是樂舞之數，蓋欲行之天下、傳之萬世也。周公在諸侯之位而薦天子之樂，豈非欲尊周公之身而廢周公之樂耶？周公欲行之天下而子孫已亂之，欲傳之萬世，而身没已違之，使周公而有知，吾知其不享魯祭矣！君盍因是舉，正禮樂之僭，復諸侯之舊，請於天子之朝，告於周公之廟，使天下再見周公之禮樂。是魯有二周公也。今獨用六佾於仲子之廟，是以禮處仲子而不以禮處周公，何其待仲子之厚而待周公之薄耶？』

雖然，此非所以責衆仲也。忽颺開一步，文瀾壯闊。當成王祀周公以天子禮樂，雖召公、畢公之賢未嘗固争，至孔子始慨然而有言曰：『魯之郊禘非禮也，周公其衰矣。』蓋必入聖人之域，然後知聖人之心，降聖人一等，雖召公、畢公猶不能盡知，况衆仲乎？應前兩『莫知』。惟衆仲一失其機，故末流之弊至以陪臣而舞八佾，重形夫子之嘆。餘波仍歸夫子。嗚呼！隱公之問，在於三家未興之前；夫子之嘆，在於三家既盛之後。防於未興之前者，衆人之所易；禁於既盛之後者，聖人之所難：吾是以益爲隱公惜也。筆有餘情。

朱字綠曰 前推隱公不安而問，中代衆仲作答，後歸到惟聖人能知聖人，祇此三層意，委折迤邐，自成丘壑。要知隱公亦未必果不安於僭樂，祇是文章家無中生有法耳。

鄭伯侵陳

天下之事，勝於懼而敗於忽。先見主意。懼者福之原，忽者禍之門也。二語一篇之綱。陳侯以宋衛之强而懼之，以鄭之弱而忽之，遂以爲鄭何能爲，而不許其成。及兵連禍結，不發於所懼之宋衛，而發於所忽之鄭，則忽者豈非禍之門耶！然則，推鄭何能爲之一語，實國敗家亡之本，古人所謂一言而喪邦者也。秦弱百姓而備匈奴，豈非懼匈奴之勢强而謂百姓何能爲乎？推開四段。然亡秦者非匈奴也。漢抑宗室而任外戚，豈非懼宗室之勢迫而謂外戚何能爲乎？然亡漢者非宗室也。晉武帝以戎狄何能爲而不徙，變法。故卒亡於戎狄；隋煬帝以盜賊何能爲而不戒，故卒亡於盜賊。是則『何能爲』之一語，安得不力詆之耶！又推廣四段不變。君必謂民怨何能爲，故敢暴虐；必謂財匱何能爲，故敢淫侈；必謂諍臣何能爲，故敢拒諫；必謂窮兵何能爲，故敢黷武。是則『何能爲』者，萬惡之所從生也。收住正意。苟不探其本，則『何能爲』之一言，雖有致亂之端，而未有致亂之形；雖有可畏之實，而未有可畏之迹。『畏』字與起處『懼』字應。非知幾之君子，孰能遏滔天之浪於涓涓之始乎！

朱字緑曰　點題後推開，排衍四層，又接下再排四層，暢發禍生於忽之意，即插入『何能爲』一語，如龍之點睛。尤喜其章法整而能變。

盟會聘享失禮

觀人之術，在隱不在顯，在晦不在明。反撲作起。顯與明，人之所忽也。人之所畏，雖小人猶知自飾；人之所忽，雖君子不能無疵。莅衆之容，必肅於燕閒之日；對賓之語，必嚴於私昵之時。遥映下『勉强須臾』。又況盟會聘享之際，金石在庭，籩豆在席，擯相在前，三揖在下，旦失色於堂，暮傳笑於國。片言之誤，可以起萬口之譏，人情好勝而惡辱，豈不能勉强於須臾耶！一路俱是反撲。

今考左氏所載，方正入題。其周旋揖遜可嗤可指者相望於册，此理之不可曉者也。一句轉。嗚呼！吾得之矣。以下發明，端在隱晦，發於明顯，是正意。凡人情欲欺世而售其奸者，每爲善於人之所見，爲惡於人之所不見，胡不反觀一身，以近取譬乎！肝受病則目不能視，腎受病則耳不能聽，脾受病則口不能食，心受病則舌不能言。受病於人之所不見，則其病必發於人之所見矣。主意在此二句。是故隱顯晦明本無二理，隱之所藏，待顯而露；晦之所蓄，待明而彰。

彼春秋之公侯卿大夫，未嘗致力於暗室屋漏之學。入題緊切。及盟會聘享之際，雖欲勉强修飾，終有時而不能掩。歃血而忘者，不自知其忘也；受玉而惰者，不自知其惰也；奏樂而歎也，不自知其歎也；相語而泣者，不自知其泣也。四段一樣點法。方正冠鳴佩，儼然肅然，自謂中禮，而不知人已議其後矣。平居暇日，暗室屋漏之所爲，至於此時無不發見。應上受病必發。吾以是知顯者隱之影，明者晦之響也。君子欲無得罪於衆，必先無得罪於獨。苟徒以一日之敬而蓋終身之邪，是濁其源而揚其流，斧其根而溉其葉也。反掉。雖然，春秋之時，旁觀竊議者特爲瞽史之學者耳，而愆失謬戾已不能逃其目，使有知道者立於其側，以冷語作結。又將若之何！餘意。

朱字緑曰 主意是受病於隱晦，則必發見於明顯。卻先説觀人在隱晦，不在明顯；再説隱晦難持，明顯易飾；然後轉入諸人於盟會聘享不能勉强須臾，始透發本意，而歸於君子欲無得罪於衆，先無得罪於獨作結，仍是在隱不在顯、在晦不在明之意。旋盤曲折，層層入勝。

潁考叔争車

理之在天下，猶元氣之在萬物也。一氣之春，播於品物。根莖枝葉，華色芬臭，雖有萬不同，然曷嘗有二氣哉！以理氣立論，微嫌迂緩。理在天下，遇親則爲孝，遇君則爲忠，遇兄弟則爲友，遇朋友則爲義，遇宗廟則爲敬，遇軍旅則爲肅。隨一事而得一名，名雖千萬，而理未嘗不一也。氣無二氣，理無二理，然物得氣之偏，故其理亦偏；人得氣之全，故其理亦全。物得其偏，非物之罪也，氣之偏也。至於人，則全受天地之氣，全得天地之理，今守一理而不能推，豈非人之罪哉！主意。

潁考叔以孝聞於鄭，一言而回莊公念母之心，固可嘉矣。使能推而極之，則塞乎天地，横乎四海。凡天下之理，未有出乎孝之外者，奈何伐許之役，反争一車而殺其身。惜哉！一人其與莊公問答之際，温良樂易，何其和也！其與子都鬭争之際，忿戾攘奪，何其暴也！一人之身，前後如此。當賜食之時，則思其親；至授兵之際，獨不思其親乎？當舍肉之時，則思其親；至挾輈之際，獨不思其親乎？前則思之，後則忘之，是見親於羹而不見親於車也。點化成語。苟考叔推事親之敬爲宗廟之敬，必不敢争車於大宫矣；推事親之肅爲軍旅之肅，必不敢挾輈於大逵矣。惟其不能推，故始得純孝之名，而終不免鬭很，危父母之戒也。

或曰：考叔之伐許，輕身以先登，豈亦不能推其孝乎？意始無漏。曰：争車者，私也，不孝也；先登者，公也，孝也。愛其身者，事親之孝；忘其身者，事君之忠。忠孝豈有二道乎？曾子以戰陣無勇爲非孝，則考叔之勇正曾子之所謂孝也。然不死於先登之傷而死於子都之射，死於私，不死於公，此吾所以深惜其不能推也。結『不能推』。

昔左氏嘗舉『孝子不匱，永錫爾類』之詩，以美考叔。引詩作駁。自今觀之，能舍肉而不能舍車，則其孝有時而匱矣；能化莊公而不能化子都，則其類有時而不能錫矣。考叔三復是詩，能無愧乎！

朱字緑曰 因潁考叔有孝名，能一言格君，遂斷其不能推廣孝思，至於争車以死，須得其空中結撰之妙。

齊魯鄭入許

共患易，共利難。起得陡峭。患者，人之所同畏也；利者，人之所同欲也。同有畏心，其勢必合；同有欲心，其勢必争。自古及今，變親爲疏，變恩爲怨，鮮不以共利者。側落。吁！亦難矣。

吾觀三國之克許，何其善處功利之間也。總提一『善處』。當伐許之際，先登者鄭之大夫，而齊魯之大夫無與焉；畢登者鄭之師，而齊魯之師無與焉。是則克許之功獨出於鄭，以許歸鄭，固其所也。提清。然恒人之情，戰則避患而居後，勝則争利而居前，不慚己之無功，反不容人之有功。大開。昔鄧艾、鍾會同伐蜀，艾平蜀而會殺之；王濬、王渾同伐吴，濬平吴而渾劾之。使齊魯之君亦如鍾會、王渾，則三國禍矣。許地雖褊，亦古之建國也。一兔在野，百人逐之；一金在野，百人競之。況一國之利乎！插兩喻，便覺文情閒逸。今舉以與齊而齊不敢受，舉以與魯而魯不敢受，卒歸之鄭，而鄭伯猶不敢絶許之祀，縣許之疆。二一點清。嗚呼！孰謂春秋争奪之世，而復見羣后德遜之風乎！總束。齊魯無功而不敢攘人之功，鄭雖有功而不敢恃己之功，是善處無功者莫如齊魯，善處有功者莫若鄭也。大合。是心也，豈特可用之戰陣之間哉！分結兩善處。大而共政，小而共財，推是心而居之，將無入而不自得矣。

朱字緑曰　以三國善處功利立論，先用『共患易』引起，亦對面法也。説人情處親切有味，抑揚詠嘆，文有餘情。

息侯伐鄭

居賤惡勞，居貧惡困，居難惡辱，皆禍之招也。突然而起。天下之理，賤不與勞期而勞自至，貧不與困期而困自至，難不與辱期而辱自至，平承三段。不知其不可離而欲離之，此自投於禍也。不期自至，即伏下『常』字意。君子以爲勞者賤之常，困者貧之常，辱者難之常，仍平承三段。彼其所以冒於禍者，特不能處其常而已。自處於勞，則在賤而安矣；自處於困，則在貧而安矣；自處於辱，則在難而安矣。又平承三段。處小國之道，亦猶是也。一句轉入。息之爲息，至微也，介乎大國之間，祇栗危懼，猶恐不保，況敢與人爭較哉！當其與鄭違言之際，能自處於小國之常，則鄭必不能自違於息，息亦未必取敗於鄭。應前『不能自處其常』。今乃不勝一朝之忿，忘小而犯大，宜其自取覆敗，而五不韙之責皆萃其身也。

然鄭息有違言，鄭不加兵於息，息反先加兵於鄭，何耶？蓋小國之心，常疑人之陵我，故忿心易生。二語生出後半篇文字。此息師所以先動也。是心也，非特息侯爲然，凡人之處困厄，其最不平者莫甚於人之陵吾。推廣論之，博議專用此法。將有以曉之：一句領起。當貴盛之時，人之奉我者，非奉我也，奉貴者也；當貧賤之時，人之陵我者，非陵我也，陵賤者也。看破世情，雖翻雲覆雨，變幻萬狀，亦只是其常耳。自是達人之言，自是有道之言。奚以知其然耶？平列兩層。使我先貴而後賤，我之爲我自若也，而奉我者遽變而見陵，則回視前日之奉我者，豈真奉我乎？此『我』字即孟子『萬鍾於我何加』之『我』，即論語『富貴於我如浮雲』之『我』。使我先賤而後貴，而陵我者遽變而見奉，則回視前日之陵我者，豈真陵我乎？串兩層。彼自奉貴耳，我何爲而喜？平接兩層。彼自陵賤耳，我何爲而怒？心者我之心，提出『心』字作大主腦。固將治我之事也，何暇助貴者之喜，助賤者之怒哉！助喜、助怒，更奇快。

朱字緑曰 通篇分兩段，前半篇安常立論，後半窮人情之變，見常之所以當安，祇是一意。

羽父弑隱公

嗚呼！敗天下爲義之心者，隱公之弑也。利者，人之所趨；義者，人之所憚。使爲義而無禍，人猶且不肯爲，況重之以禍乎！隱公輕千乘之國，而推之桓公，桓公反不亮其心而弑之。有甚高之節而罹甚酷之禍，世將指隱公爲戒，而諱言義矣。頓挫。

吾之所聞則異於是焉。轉。人皆以爲隱公之弑敗天下爲義之心，吾獨以爲可以勉天下爲義之心。前壓得重，此轉處越有力。是何耶？隱公之弑，非坐爲義也，乃坐爲義不盡耳。隱公遜國之節，心甚明，迹甚顯。當桓公幼弱之時，隱公苟有他志，微見風采，立可齏粉。欲説爲義不盡，先説隱公之爲義甚正，則後段接下越有力。桓公在隱公之掌握十有一年，不惟無纖芥之隙，又且長育而輔翼之。上有天，下有地，其心迹不可誣也。所可恨者，特爲義不盡，貪數年之權而去位不亟耳。此段轉下，説隱公爲義不能盡。惟其去位不亟，故貪慕顧惜之形見於外，羽父因得入殺桓公之謀焉。使隱公勇退高蹈之風凛然在人，則不仁者不敢至其廬，況敢以戕殺之謀、狗彘之行浼我乎！今羽父敢對隱公明發戕賊之言而不忌，是必隱公貪慕顧惜之形有以召之也。重申之以見其必然。隱公尚不自警，方且告羽父曰：『爲其少故也。吾將授之矣，使營菟裘，吾將老焉。』『將』之一字，是隱公貪慕顧惜之心形於言者也。再申一層，爲義不盡意始暢。當授即授，何謂將授；當營即營，何謂將營。投機之會，間不容髮，豈容有所謂將耶？此所以招羽父之侮，起桓公之疑，而卒至於殺其身也！

噫！隱公遜國之義，心如此之明，迹如此之顯，秋毫不盡，遽受大禍，況心迹不如隱公之可見者，其敢不自勉乎！推進一層。然則，君子之爲義，夜以繼日，不敢不用其極者，非特就義，亦所以避禍也。向無隱公之禍迫之，則爲義者立一善、脩一行，沾沾自足，怠而不復前矣。避禍非爲義者之存心，特爲世情激發。故曰：勉天下爲義之心者，隱公之弑也。以應作結。

朱字緑曰　重責隱公爲義不盡。先説隱公爲義受禍，既責隱公爲義不盡，仍先發隱公力於爲義，俱是善於反壓之法。後用兩『將』字作左證，言之鑿鑿，使貪惜者知所警。末復歸到勉天下爲義之心，何等嚴密。

隱公爲義不盡，其初逆探先君之邪志，將舉國而授桓，已爲不明大義。蓋惠公既無嫡子，隱長而桓幼，則隱宜君魯，夫復何疑？乃因先君溺愛而欲成其私意，是特小不忍之流耳。

至戀位不去，使小人動於惡，又在其後，伯恭因成邪志之説，前人已言之，故單抽授位不勇立論。

臧哀伯諫郜鼎

鄰國之賢，敵國之讎也；權門之良，公門之蠹也。蕭何、韓信之徒，高祖視之則爲忠，項羽視之則爲賊。杜欽、谷永之徒，王鳳視之則爲忠，漢室視之則爲賊。然則，篡君之忠臣庸非治世之賊臣耶！

臧哀伯之諫郜鼎，其言則是，其所與言者則非也。略見主意。臣弑君，凡在官者殺無赦；子弑父，凡在宫者殺無赦。先承所與言者非。桓公以弟弑兄，以臣弑君，凡在魯國者，雖牧圉廝養之賤，皆可剸刃以戮之，『剸』疑作『剸』。況哀伯魯之世卿，有禄於國，有賦於軍，有職於祭，寧忍坐視而不救乎！力能討，則誅之可也；力不能討，則去之可也。今乃低首下心，日趨於朝，又發忠言以補其闕。其於桓公信無負矣，獨不負於隱公耶？兩意絶不相蒙，過接處略無痕迹。

斬關之盜，人不責其穿窬；殺人之囚，人不責其鬭毆。次説言之亦不是。以斬關而概穿窬，餘事也；以殺人而概鬭毆，微罪也。彼桓公親爲弑逆而不忌，況可責其取亂人之一鼎乎？宜其説之不納也。由前言之則不忠，由後言之則不智，一進説而二失具焉。總束。人謂哀伯爲賢，吾不信也。雙承作斷，鎖住有力。

嗚呼！嚴尤匈奴之策，奇策也，然君子不謂之奇，以其所告者王莽耳。陳子昂明堂之議，正議也，然君子不謂之正，以其所告者武后耳。引證兩段，平列正意。臧哀伯郜鼎之諫，忠諫也，君子不謂之忠，以其所告者桓公耳。觀人之言，當先考其所處之地，然後聽其所發之言。苟失身於篡逆之區，雖有忠言嘉猷，未免爲助亂也。應篇首意。向若桓公用哀伯之言，動遵法義，自附於逆取順守之説，則終無彭生之禍，而隱公之目永不瞑於地下矣。照前宜説之不納，又進一層。哀伯之罪，顧不大耶！吾嘗謂羽父之請爲桓公畫篡國之謀，哀伯之諫爲桓公建保國之策。借羽父以甚哀伯之罪。始亂者，羽父也；成亂者，哀伯也。正名定罪，不當置哀伯於羽父之下。陡峭。

朱字緑曰　忠於寇讎，罪不可逭，立論嚴正。文排宕而出，層折不窮。

哀伯世臣，不能討賊而事之，罪固難免。然隱桓皆吾君之子也，與敵國外寇不同。既已儼然君魯，苟不能死，又不能逃，則守位於朝，亦無不進忠謀之理。以爲無彭生之禍，便不足報隱公，此是曲説。信如所言，必顛覆魯之社稷而滅於齊人，乃爲忠於隱公乎？哀伯之罪，與羽父自不可同年而語也。建成死，而唐臣不可不忠於太宗；建文亡，而明臣不可不忠於成祖。若謂明皇敗於禄山，乃足以快建成；英宗敗於土木，乃足以快建文，恐建成、建文有知，亦不出此。

晉封曲沃曲沃併晉

嫡庶長幼，天之所生，提「天」字作主。而非人之所爲也。聖人制爲定分，有國家者，傳於長嫡，爲支子者，咸知其出於天而不出於人。由開闢以來，共守是分而不敢變，非專畏聖人也，畏天也。是故，微子不敢代紂，目夷不敢代襄公，子西不敢代昭王，季札不敢代諸樊。先引客爲證。以數子之賢，苟承祀繼統，可以大前人之業，可以啓無窮之基，然終逡巡卻避者，豈非不忍以一國之私欲利害而啓千萬世争奪之禍乎！

嫡庶長幼之定分，古今聖賢不敢輕變。晉穆侯何人也，入題。乃敢首亂之，溺於私愛，命名之際，妄有輕重，馴致曲沃之禍，卒覆宗國。爲周王者，又從而寵秩之。自古聖人所恃以塞千萬世之争端者，至是皆壞。後王始知人可勝天，庶可奪嫡，幼可凌長，簒奪之禍，史策相望。納中國於蠻貊之域者，未必非晉與周啓之也。

噫！至貴之無敵，至富之無倫，染指垂涎者至衆也。一氣排宕。使勇者守之，遇勇之倍者則奪之矣；使智者守之，遇智之尤者則奪之矣。一樣兩層，用法同。守以盟誓，則有時而渝；守以法度，則有時而廢；守以城郭，則有時而隳；守以甲兵，則有時而衄：一樣四層，句法同。惟守之以天，然後人莫敢與之較。是嫡庶長幼定分之出於天者，乃有國者之所恃也。無故而亂天之定分，直是自伐其恃也，嗚呼殆哉！

朱字綠曰 借晉穆命名之異，爲古今定嫡庶之分，是有關係文字。以一『天』字貫串到底，入後排奡宕折，如風迴水湧，更成巨觀。

齊鄭衛戰於郎

天下之事，曰是、曰正、曰善，皆所當爲也；曰非、曰邪、曰惡，皆所不當爲也。事雖有萬不同，豈有出此兩端之外哉！古今以驕矜爲通患，抑未之思也。提明。盍反觀吾之所行，果不當爲耶，方且愧懼之不暇，何敢誇人？果當爲耶，則亦飢食渴飲之類耳，何足誇人？即外物不能爲重輕意。雖舜之孝、禹之功、皋陶之謨、稷契之忠、夷齊之清、孔孟之學，冠萬世而絶出者，其實皆人之所當爲也。

世之人僅有一善，遽以爲過人，亦惑矣。人之爲人，非聖人莫能盡。今受人之形，而反自謂過人，豈將翼而飛、鬣而馳耶！甚矣，其惑也！鄭忽救齊，雖曰有功，然救災恤鄰，亦諸侯之所當爲耳。遽軒然伐其功，輕周室之爵禄而欲躐之，又從而加兵於魯。嗚呼！使小國有功而可躐處大國之上，則臣有功可陵其君，子有功可傲其父矣。頓挫。

吾嘗觀鄭忽始敗戎師之時，囚二帥，陳俘馘，振旅以獻於齊，氣吞諸侯，邈視王爵，饞饋之際，暫爲人所先。至連三國之兵而伐之，何其壯也！伏『氣盈』一段。及其嗣位，微弱不振，其出奔，其復歸，斥其名而赴諸侯，甚而詆以狡童，曾不以君視之，受侮至此，前日之壯氣安在耶！伏『氣固』一段。蓋忽之爲人，波瀾蹴起。得志則氣盈，而自視其身，不勝其大，人稍慢之，已不能平；失志則氣涸，而自視其身，不勝其小，人甚賤之，反不能較。其中初無所主，惟視外物以爲輕重，隨物而盈，隨物而涸，隨物而大，隨物而小，乍驕乍沮，乍勇乍怯，已亦不能自知也。一身不能自主，況欲主人之國哉！收得飄忽。

朱字緑曰　開手以盡所當爲，無足誇人立論，所謂中有所主，外物不能爲輕重者也。入鄭忽小善而驕一層頓住；接入『何其壯也』『壯氣安在』兩層，伏氣盈、氣涸；然後透闢言之，歸到一身無主，不能復主一國：前後線索一串，後幅尤警策動人。

鄭忽辭昏

爲國者當使人依己，不當使己依人。以能立爲主，即照定『在我而已，大國何爲』二語。己不能自立而依人以爲重，未有不窮者也。所依者不能常盛，有時而衰；不能常存，有時而亡。所依之國，盛衰不可常恃。一旦驟失所依，將何所恃乎？嗚呼！此特論依之不可常耳。第二段言常勝之國，亦不足依。

抑有甚焉者，使所依者常盛常存可矣，猶未足恃也。晉方主盟諸夏，宋謹事之，想其心自以爲得所依矣。及阨於楚師，析骸易子，晉迫於狄，坐視而莫能救也。當時諸侯之强盛者，宜莫如晉。晉猶不可依，況其他乎！嗚呼！此特論人之不足依耳。

抑又有甚焉者，魏孝武脇於高歡，所恃者宇文泰耳。第三段言不獨所依之國不可恃以爲安，且因之得禍。一旦脱身虎口，杖策入關，捨所畏而得所依，天下之樂有過於是乎！然孝武之禍，不在於所畏之高歡，乃在於所依之宇文泰。以是論之，非惟人之不可依，而禍實生於所依也。

外物之變，不可勝窮，恃外以爲安者，其患夫豈一端耶！以上皆承『依人未有不窮者也』一句，透發其説。世皆咎鄭忽之辭昏，不能依大國以爲固，殆非也。使忽不辭，則彭生之禍不在魯而在鄭矣，齊所欲昏忽者，即魯桓夫人文姜也，以亂故桓公爲彭生所殺。豈有禍魯而福鄭者哉！然則忽之辭昏，固亦未可厚非也。後世徒見其以微弱致禍，遂并以辭昏譏之，殊不知忽得之於辭昏，而失之於微弱，一是一非，兩不相掩。烏得以後之非，廢前之是哉！

忽之言曰：自求多福，在我而已，大國何爲？末段即忽之言，責其有自立之言，無自立之事。卒之依人得禍，情事透快。斯言也，古今之篤論也。在我之福，以堯爲父，而不能與丹朱；以周公爲兄，而不能與管蔡；以周宣爲子，而不能與厲王：彼大國亦何有於我哉！苟忽能充是言，則洪範之五福、周雅之百禄，皆我有也，尚何微弱之足患乎？論者不譏忽之不能蹈其言，而反譏其言之失，亦惑矣。後之君子，苟不以人廢言，釋然開悟，則天下之福無在我之外者，豈曰小補之哉！以詠嘆作結。

朱字緑曰　前半極言依人之不可恃，入鄭昏辭昏事〔一〕，亟取『在我而已』『大國何爲』兩言，爲自立者勸。末復推廣言之，使人震心動魄。文陣一氣卷舒，真有杼軸由心之樂。因不失其親，士大夫且然，國君亦何獨不然！夏后相依，斟灌、斟鄩以興；晉文依秦穆以霸，亦視其人可親與否耳。若開國之君，依人起事者尤衆：沛公依義帝，光武依更始，明祖依滁陽王，尤其彰彰者。要之，能自立，則依人可藉其資；不能自立，則依人反授之柄。故自立之一説，無論依人不依人，皆不可以不勉也。

詹父以王師伐虢

屈天下之理，以信天下之分，非善持名分者也。世之持名分者，皆曰分可勝理，理不可勝分。重在犯分即爲犯理，終不可屈分以伸理耳。不幸而聽上下交争之訟，寧使下受抑，勿使上受陵，所屈者一夫之理，所信者萬世之分，亦何爲而不可哉？嗚呼！分固不可屈也，理其可屈乎！宜人之滋不服也。虢公譖其大夫詹父於王，詹父有辭，王爲之伐虢而出虢公。以臣逐君，固可罪矣，然人之咎是者，不過曰：虢公雖曲，君也，詹父雖直，臣也，桓王不當以曲直之理而廢上下之分耳，其罪桓王則是也，其所以罪桓王則非也。

數傳而至於襄王，晉文公以元咺執衛侯而請殺之，襄王曰：『夫君臣無獄，今元咺雖直，不可聽也。爲臣殺其君，將安庸刑？』襄王之意，豈非以矯桓王之失乎？所謂君臣無獄者，固可以爲萬世訓。至若『元咺雖直』之一語，猶未免隨世俗之見也。苟如襄王之說，是元咺之理未嘗不直，所以不可聽者，恐亂君臣之分焉耳。以上言不可伸分以屈理，判理與分，分言之意輕。以下言分與理不可分，一理與分，而合言之意重。有所謂理，又有所謂分，是理與分判然二物也。君子言分必及理，言理必及分。分不獨立，理不虛行，得則俱得，失則俱失，豈有既犯分而不犯理者乎？子之證父者，先有證父之曲，不必復問其所證之事也；仍用兩客夾行法。弟之紾兄者，先有紾兄之曲，不必復問其所紾之由也；臣之訴君者，先有訴君之曲，不必復問其所訴之辭也。當詹父、元咺未訴君之時，其理固直；既啓訴君之口，則已陷於滔天之惡矣。是詹父之直，因訴虢公而曲也；元咺之直，因訴衛侯而曲也。周王苟以是正其罪，則二人者釋然內省其理之曲，没齒無憾矣。又推而上之，則知君臣之際，本非較曲直之地。

臣之理雖直，其敢自謂直以加吾君乎！蚤朝晏退，戰戰兢兢，上不知君之曲，下不知我之直，所知者盡臣道而已，安得有犯上之釁耶？惜夫桓王昧之而不知，襄王知之而不盡，此分與理所以終離而不可復合也。後之爲治者，非合分與理爲一，亦安能洗犯上之習而還於古哉？

朱字緑曰 前半俱用反擊，後半説到理分合一，方是正論。雖無甚警動處，意亦透闢。天下無不是底父母，亦無不是底君，故曰臣罪當誅兮，天王聖明。雖以紂之虐，而文王不敢懈其服事之心，此其所以爲至德也。然則面折廷爭，得毋見君有不是處乎？曰平居有陳善閉邪之忠，則臨難有百折不回之氣。若讒諂面諛者，方其希寵求榮，事事以君爲是；及其勢敗事去，反事事以君爲不是矣。故亡國之君多賢其臣，國亡之臣亦多咎其君。

虞叔伐虞公

虞公以貪失國，虞叔以吝逐君。貪、吝非二法也，名雖不一，而同出於嗜貨焉。使虞公思吾求劍之心即虞叔守劍之心，必不至於貪矣；使虞叔思吾守劍之心即虞公求劍之心，亦必不至於吝矣。惟其不能交相恕而反相責，此其所以釀莫大之釁也。題意已了。然則如之何？以下另出主意。曰：不過以貪治貪、以吝治吝而已。奇横，令人驚疑。至理之中無一物之可廢，人心之中無一念之可除。貪吝之念苟本無耶，安從而有？苟本有耶，安得而無？是貪吝固不可强使之無，亦不必使之無也。吾心一旦涣然冰釋，則曰貪、曰吝，孰非至理哉！半吐，仍令人驚疑。蓋事有善惡而念無善惡，是念加於事之善者則名善念，加於事之惡者則名惡念。漸吐，仍令人驚疑。所謂念者，初無二也。世所以指虞公爲貪者，以求財不厭耳。苟用是念以求道，立而不已，必求與權；賢而不已，必求爲聖：則與夫子『學而不厭』何異？說出主意。世所以指虞叔爲吝者，以其守財欲不失耳。苟用是念以守道，與生俱生，欲不能遷；與死俱死，威不能奪：則與顔子服膺弗失何異？說出主意。向之惡、今之善，特因物而改其名耳，曷常有二念哉！覆上意作收。

朱字緑曰 移貪貨之念以求道，移吝貨之念以守道，亦尋常議論。卻用吞吐之筆使人驚疑，急欲看其如何用貪、如何用吝。作文須有如此騰挪，始足動人。

楚莫敖屈瑕

楚人有習操舟者，其始折旋疾徐，惟舟師之是聽，開帆擊楫，雲飛鳥逝，一息千里。於是小試於洲渚之間，平瀾淺瀨，水波不興，投之所向，無不如意。自用之始。不知適有天幸，遂以爲盡操舟之術矣。頓挫法。遽謝遣舟師，傲然自得，自用之甚。沼視溟渤而杯視江湖，椎鼓徑進，亟犯大險。文瀾層疊，興趣横溢。吞天浴日之濤，排山倒海之風，轟豗澎湃，奔鯨駭虬。乃徬徨四顧，膽落神泣，墮槳失舵，身膏魚鱉之腹，爲世大戒。然則，召今日之危者，豈非前日之幸乎？使其自試之時已遇風濤之變，則將知難而悔，終身不敢言舟楫矣。

屈瑕之禍不幸類是。當屈瑕與鄖師相距於蒲騷，自知將略非長，委計鬭廉。教以次鄖禦四邑者，鬭廉也；教以鋭師宵加於鄖者，鬭廉也；教以師不在衆、不疑何卜者，又鬭廉也：無小無大，惟鬭廉之謀是從，以成厥功，豈不猶操舟者其始惟舟師之是聽乎？用人明應。屈瑕徒見用奇之功，而欲竊效焉。伐絞之役，是身試於洲渚之時也。自用之始，明應。幸而絞人偶入其計，志滿氣揚，自謂算無遺策，凡天下之言兵者，無出我之右矣。彼區區之羅人，政須折箠笞之耳，自用之甚，暗應。削規破矩，任意直前，變出不圖，軍僨身蹶，其得禍蓋與操舟者無以異。總鎖，喻意透甚。鄧曼推其禍端，歸之蒲騷之役。吾以爲成屈瑕之禍者，在絞而不在蒲騷。方伐絞之初，屈瑕雖欲自用，尚未敢自信也。暗應前自試之時，遇風濤之變，知難而悔意。苟受挫於絞人，必思昔以用人言而勝，今以自用而敗，將益求其所未至，不敢以兵爲戲矣。彼既見其謀之驗，忘其幸而矜其能，用代法寫其意。心口相語，以爲蒲騷之勝，昔曰鬭廉之謀，今採樵誘敵之策，豈亦鬭廉教我乎？此所以堅其自用之意，而趣其荒谷之縊也。屈瑕之死生，在於伐絞之勝敗，總收。驕之於先而陷之於後，庸非天欲斃之乎？收禍在絞案。

苻堅之治秦，引證。一則王猛，二則王猛。猛之死，下詔以新失丞相，置觀以聽訟，其詞至兢兢也。繼踵而張掖、西域之捷交至，其心始縱，謂天下之事止此耳，猛雖亡，吾豈不能獨辦乎？迄自用而致淝水之辱。嚮若猛死之後，其鋒嘗小挫，必不敢遽輕天下。照羅之敗，自用之甚，仍用暗應自試遇風濤意。堅之喪國，即屈瑕之喪師也。收入本意，再推開。由天子至於庶人，免於師傅之嚴，而驟欲獨行其志，遇事之易者未足喜，遇事之難者未足憂。再取自試遇風濤意暢言之。蓋先遇其易，則以易爲常，是禍之源也；先遇其難，則以難爲常，是福之基也。世固有以一勝累一國、以一能敗一身者，豈不甚可畏耶！

朱字綠曰 一層用人者常勝，一層自用者必敗，一層不用人而自用之，初敗爲幸，勝爲不幸，祇此三層，處處綰定。本題既用三層應，引苻堅亦以三層應。推到天子、庶人俱於不用人而自用之初，寧難於先而有所懲以基福，毋易於先而有所輕以召禍，真能暢所欲言。

祭仲殺雍糾楚殺子南

雍糾將殺祭仲，而謀於其女。楚子將殺子南，而告於其子。先出題，後發論。爲其女、爲其子者，將若之何？父也，君也，夫也，鼎立爲三綱，而世未有能輕重之也。全彼則害此，全此則害彼，豈非天下之至難處，而君子所當先講乎？反振一句。曰：是不必講也。不必講，妙妙。有是事則有是理，無是事則無是理。若雍糾、棄疾之事，君子之所必不遇也。必不遇，更妙。伐國不問仁人，對孝子而公言將殺其親，世之所無也。君子之深愛婉容，望者意消，雖欲微詆其親，猶忸怩而不能出口，所講者此耳。矧曰殺之云乎！必不遇。聞君子死親之難矣，所講者此耳。不聞人敢以殺其親之謀告君子也。必不遇。里閭之相毁訾者，遇其所厚在席必爲之止。借照確甚，只是閒情。父子夫婦間，豈朋友比哉？雍糾不以雍姬爲可忌而謀之，楚子不以棄疾爲可憚而告之，固可占知二人之爲人矣。是大關頭，急須講究。平居暇日，誠不足以動人，禍已至此，告者殺夫，不告者殺父，左右皆坑谷也，果君子，則必不至聞此言；果聞此言者，則必非君子。兩者烏可并立耶？吾之所憂者不能造君子之域耳，所講者此耳。未有既爲君子而復遇此變者也。必不遇。今緩於爲君子，而急於講二人之得失，不欲消此變而欲當此變，抑末矣！故曰：雍糾、棄疾之事，非君子所當講也。

朱字緑曰　主意貴消變而賤當變，卻不呆講消變方略，祇説君子不必講，而其事可決其必不遇，文勢便離奇動目。要知君子何以必不遇？有其平日之消之者在也。消之之法，不專是人不忍告以戕殺其親。其事祭仲也，早消其專；其事子南也，早消其觀起之寵。有幾諫之法，有涕泣道之之法，內有以回其親心，外有以結其君心，庶幾上下交而禍可免也。文卻不肯犯實做，祇説必不遇，其意悠然可思。孫執升以爲見識高，又以爲避難以爲含蓄，殆得之矣。

盜殺伋壽

和氣致祥，乖氣致異，二氣之相應猶桴鼓也。物之祥不如人之祥，故國家以聖賢之出爲祥，而景星、矞雲、神爵、甘露之祥次之。物之異不如人之異，故國家以邪佞之出爲異，而彗孛、飛流、鼀孽、牛禍之異次之。是以王季、文王迭出於古公之裔，武庚、禄父實育於商紂之門，亦各從其類也。了相應意。

衛宣公之無禮，昏縱悖亂，腥聞於天，乖戾之氣所召者，宜其爲凶、爲逆、爲奸、爲惡，而伋壽二子並生其家，然則天理有時而舛乎？曰：是所以爲天理也。世皆以人欲滅天理，而天理不可滅。彼衛公之家，三綱壞矣，五典隳矣，凡生民之常性，皆剥喪而無餘矣。而二子之賢，忽生於至醜至汙之地焉。是知上帝之降衷，雖在昏縱悖亂之中，未嘗不存也。二子自幼而長，所見聞者何事？而介然自守，習不能移，豈得之於人乎？是天以二子彰此理之未嘗亡也。嗚呼！天理固然矣。在宣公之無道，天反以賢子孫遺之，亦有乖氣而或致祥者乎？曰：二子之賢，君子之所謂祥，而衛國之所謂妖也。創論亦確論，奇。彼以其邪，我以其正；彼以其濁，我以其清。自淫朋惡黨視之，豈不猶妖孽哉！讒譖交作，致二子之死，又致惠公之逐，又致黔牟之放，又致左右公子之誅，其爲變孰大焉！吾是以知天道之不可誣，乖氣之果致異也。天雖降祥，人無以承之，則祥變而爲異。使宣公因二子之賢，一念悔悟而復於正，正宮闈以正朝廷，正朝廷以正百官，正百官以正萬民，風驅雷動，萬惡皆消，固可以移匏葉、桑中之詩，而爲漢廣、行露之章矣。煙波重疊。此豈宣公之所及哉！宣公固不足責，以二子之賢受之於天者如此，反不能已衛國之亂者，何歟？曰：黍稷穜稑之種，受於天也。如是而播，如是而植，如是而耘，如是而穫者，人也。鹵莽滅裂而坐待倉箱之盈，可乎？二子之受於天者，大舜之資也。其處頑父嚚母之間，終至格奸，雖守區區之介，死於無名，成父母之惡者，無他，其所以充養而廣大之者，不如舜耳。觀二子之生，則知天理之不可滅；觀二子之死，則知天資之不可恃。收束操縱，有法有力。是道也，非洞天人之際，達性命之原，何足以知之？

朱字緑曰 乖氣致異。邪亂之家，異固異，即祥亦異。推到天生善人於不善之家，以見天理之常存。不善之家，雖有善人，而亦不能化其不善，以見天資之不可恃。愈出愈奇，越奇越正。

桓公文姜如齊

天下同知畏有形之寇，而不知畏無形之寇。欲之寇人甚於兵革，禮之衛人甚於城郭，而人每不能守禮者，特以欲之寇人無形可見，故狎而玩之耳。殊不知有形之寇其來有方，猶可禦也；至於無形之寇，游宴之中有陷阱焉，談笑之中有戈矛焉，堂奥之中有虎豹焉，鄉鄰之中有戎狄焉，藏於杳然冥然之間，而發於卒然忽然之際，非聖人以禮爲之防，則人之類滅久矣。

國君夫人，父母没則使大夫寧於兄弟，禮也。姑姊妹已嫁而反，兄弟弗與同席，亦禮也。是二禮者，人不過以爲别嫌明微耳，亦未知其爲甚急也。淡宕頓折。及魯桓文姜犯是禮以如齊，轉盼而罹拉幹之禍，身死異國，爲天下笑。一去於禮而禍遽至此，將去禮得禍，只三語斷定題面。人其可以斯須去禮耶？

君子視欲如寇，視禮如城，彼其左右前後伺吾之失守，而將肆其吞噬者不可勝數，稍怠則墮其手矣。推廣，言守不可怠。吾之所以孤立於争奪陵犯之場，得保其生者，恃禮而已，無此禮則無此身。升降俯仰之煩，豈不勝於屠戮戕殺之酷？弁冕環珮之拘，豈不勝於刀鋸斧鉞之加人？徒見君子常處至勞之地，而不知君子常處於至安之地也。偏有此段驚心動魄語，此作文所以貴脩詞也。世俗所以厭其煩而惡其拘者，亦未見其害耳。城之圍於寇者，樓櫓雖密，猶恐其疏；隍塹雖險，猶恐其夷：豈有厭樓櫓之太密，惡隍塹之太險者哉？又提出世俗不知其害，將篇首譬喻又進一步，委曲暢發，歸『禮』字作結。文情變化，神力百倍。苟人果能真見無形之寇，則終日百拜，猶恐其逸；曲禮三千，猶恐其簡也：況敢厭其煩與拘耶！

朱字緑曰 守禮遠欲，本是老生陳言，卻從有形之寇、無形之寇説起。前一段説無形之寇，已是十分警動，入題一段，止以淡折頓宕了之，復以君子執禮以遠寇暢快言之，然後以城高衛嚴作結。結構嚴密，文氣鬱勃，奇情警思，往往溢於行間。

楚武王心蕩

氣聽命於心者，聖賢也；心聽命於氣者，衆人也。以斷爲冒。凡氣之在人，逸則肆，勞則怠；樂則驕，憂則懾；生則盈，死則涸。承言氣不易防，三段句法峭勁。氣變則心爲之變，有不能自覺焉。志者，氣之帥也。今心隨氣變，而氣反爲志之帥矣。氣反爲志之帥，而吾心志之盛衰惟氣之惟聽，則心者氣之役也。正論氣聽命於心，文勢矯健。

聖賢君子，以心御氣而不爲氣所御，以心移氣而不爲氣所移。束四句。歷山之耕，南風之琴，勞逸變於前，而舜之心未嘗變也；羑里之囚，虞芮之朝，憂樂變於前，而文王之心未嘗變也；排三段，應前勞逸、憂樂、生死。辟席之時，易簀之際，生死變於前，而曾子之心未嘗變也。每有此開拓頓宕之奇。

楚武王憑陵諸夏，臨敵多矣，迨其季年，伐蕢爾之隨而心蕩焉。此段言楚武以氣用事，無治心之理，故隨氣而蕩。彼初未知治心之理，所恃者血氣之剛耳。平時臨敵，非真能不動也，氣方剛也。死期將至，血氣既蕩，心安能不隨之而蕩乎？彼鄧曼者，方且歸之天，而又歸之鬼神，抑不知心即天也，未嘗有心外之天；心即神也，未嘗有心外之神，烏可舍此而他求哉？心由氣而蕩，氣由心而出。蝨生於稼，而害稼者，蝨也；蚋生於醯，而敗醯者，蚋也；正論中插喻。氣生於心，而蕩心者，氣也。使楚武而悟，則賊吾心者，豈他在耶？波磔。將不得而遁矣。賊既不得而遁，盍亦鉏治是氣，絶其本根，以去心之賊乎？吁！又非也。浩然之氣與血氣初無異體，由養與不養二其名爾：不養爲血氣，養則爲浩然。洞見本原。苟失其養，則氣爲心之賊；苟得其養，則氣爲心之輔。亦何常之有哉！潰亂散越，臨死生而失其正者，是氣也；泰定精明，臨死生而得其正者，亦是氣也。凌煙圖繪之功臣，誰非前日之勍敵耶！妙喻，應前『賊』字。

朱字緑曰 亦祇是老生常談，而文致斐亹，令人把玩不置。

前篇君子守禮，意用在後；此篇君子治心，意用在前。前篇結處以城不厭高作波，此篇以賊不可去作波，文家變化，隨處不同，學者知此，可不走入死路矣。

校記

〔一〕鄭昏　當作『鄭忽』。

評點東萊博議卷二

鄧三甥請殺楚子

陰陽、風雨、晦明，天之六氣也。設長喻起。陰淫寒疾，陽淫熱疾，風淫末疾，雨淫腹疾，晦淫惑疾，明淫心疾。有醫語之，謂六氣者，致疾之原，必使無陰陽、風雨、晦明，而疾可除。世寧有是理耶？不咎人而咎天，此天下之拙醫也。入題陡峭。守身在我，而疾不在於六氣；守國在我，而患不在於四鄰。端汝視履，嗇汝精神，時汝飲食，審汝藥石，六氣雖沴，於汝身何有哉？豐汝德澤，明汝政刑，固汝封疆，訓汝師旅，四鄰雖暴，於汝國何有哉？雙承。數語了結，跌宕有致。

鄧之三甥，不知國之存亡繫於我之治亂，反謂繫於楚子之死生，汲汲然欲殺之，何其疏也！抑不知亡鄧之原，曷嘗專在於楚乎？小頓，以起下文。環楚而國者，如陳、如蔡、如鄭、如許，下至於江、黃、道、柏之屬，不可一二數也。楚不先加兵而惟急於滅鄧者，豈非見鄧有可乘之釁乎？吾國可有乘之釁，置而不憂，顧以鄰敵爲憂。雖楚子可得而殺，猶有楚國存焉；雖楚國可得而滅，猶有諸侯存焉。爲吾憂者，未始有極也。層層排宕，絶去襞積，此博議中最矯健之文。當是時，强凌弱、衆暴寡，滅國之事相望於策。使鄧有釁可乘，諸侯將争欲滅之，豈獨一楚哉！必若三甥之計，非盡吞四鄰不可，亦迂矣。嗚呼！四鄰固不可盡吞；縱盡吞之，亦未可恃以爲安也。秦不亡於六國未滅之前，而亡於六國既滅之後；隋不亡於南北未一之前，而亡於南北既一之後：亡國之釁，夫豈在於鄰敵耶？三甥之言，謬戾明甚，而世猶有追憾鄧侯不用其言者，蓋小人之情，咎人而不咎己也。用此心以觀古人，宜其咎楚而不咎鄧也。桀既放於南巢，語人曰：『吾悔不殺湯於夏臺。』吁！桀雖偶能殺湯，天下豈無放桀者耶？桀爲萬惡，僅有不殺湯之善耳，反自悔以爲失，是恥一善之尚存，欲萬惡之皆備也，哀哉！

朱字緑曰　縱殺楚子，尚有楚國；縱滅楚國，尚有四鄰；縱吞盡四鄰，亦未可恃以爲安：總要在己無可乘之釁。主意祇此數語，卻寫得曲折變化，不可端倪。是篇文氣疏古，絶無排比之習，又進一格。

魯莊公圍郕

事之相反者莫如勇怯，而相近者亦莫如勇怯。奇情至理。奮然勁悍與怯相反者，小勇也；退然溫克與怯相近者，大勇也。承出小勇、大勇。曷謂小勇？勝小敵者是已；曷謂大勇？勝大敵者是已。又承出小敵、大敵。寇敵之來，雖多至於百萬，知兵者談笑而麾之，猶摧枯振槁然，豈足爲大敵哉！大莫大於心敵，由大敵出心敵。忿欲之興，鬱勃熾烈，内焚肺腑，劍不能擊，戟不能撞，車不能衝，騎不能突。自古賁、育、韓、白之徒，戰必勝、攻必取者，未嘗不受屈於是敵也。賁、育、韓、白，冠古今之勇者也，今勝賁、育、韓、白之所不能勝，得不謂之大勇乎！然非有攻城略地之可紀也，非有伏尸流血之可駭也，非有獻俘奏凱之可誇也，内克大敵，犯而不校，與怯者相去不能以寸，世又將以怯名之矣，此勇怯相近而難辨者也。轉

下説大勇似怯，結起語。

齊魯同伐郕，而齊專有其功，人情之所必校也。入題紆徐有度。莊公斂兵不校，罪己而不罪齊，抑不知莊公勇者歟？怯者歟？吾斷之曰：莊公蓋怯者也。説明主意。大勇不校，大怯亦不校。勇者不校，是不欲校也；怯者不校，是不能校也。勇者以義不當校，故勝其私心而不校。不是一味不校，立『義』字作骨。使遇義所當校者，出其餘勇，天下已不能當矣。彼魯莊之視齊襄，乃君父不戴天之讎，義所必校者也，説莊公當勇。反畏怯而俯首，爲讎人之役，坐視其取郕而不校者，特畏其强而不敢校耳。姑託罪己修德之詞以自解於衆，豈其本心哉！莊公之不校，與勇者正相反，烏得比而同之耶？非相似之怯，乃相反之怯。

或曰：世固有以弱犯强，以小犯大，不量力而取斃者。莊公雖不得爲勇，亦庶幾善量力者也。又生一波，言莊公非量力，實是不敢校，爲真怯。曰：論義者不論力，君父之讎，義所必討，不幸而力不勝，死於讎敵，亦足以自獻於先王矣。精語不煩。以仇牧之怯，豈能勝南宫萬之勇哉？閔公之難，忘怯而直前，雖斃於南宫萬之手，世未有以不量力罪之者也。若是，則莊公當與齊争歟？又興一波，結出莊公病根罪狀。曰：莊公忘君父之讎，而與齊通，又與之連兵而伐郕，及不得郕而争，則是争利之師，而非復讎之師也。然則，莊公之是役，争亦失，不争亦失，失在於通齊之始耳。一失其始，進退上下，何往而非罪哉！故曰：君子作事謀始。

朱字緑曰　前半言懲忿之爲大勇，見怯有可以爲勇者。後半辨明莊公實怯，托懲忿之詞以自飾，而非真勇。結歸忘君父之仇，而從之連兵伐人，當勇不勇，爲不能自克其心，則争、讓莫非罪。議論聳拔，波瀾老成。

妖　祥

怪生於罕而止於習。有識力，只一句作案。赫然當空者謂之日，粲然徧空者謂之星，油然布空者謂之雲，隱然在空者謂之雷，突然倚空者謂之山，渺然際空者謂之海，一樣排六句。使未識而驟見之，豈不大可怪耶！其所以舉世安之而不以爲異者，習也。焄蒿悽愴之妖，木石鱗羽之異，世爭怪而共傳之者，以其罕接於人耳。了『習』『罕』二字。天下之理本無可怪，吉有祥，凶有祲，明有禮樂，幽有鬼神，是猶晝之必夜也，何怪之有哉？·『習』『罕』二字祇就俗情言，本無怪，方見説理。夫子之不語怪，非懼其惑衆也，本無怪之可語也。人不知道，則所知者不出於耳目之外。以下俱言常中有怪。耳目之所接者謂之常，耳目之所不接者謂之怪。仍將『習』字作翻論。怪則辯之，常則輕之。抑不知耳之所聞者聲爾，而聲聲者初未嘗聞；目之所見者形爾，而形形者初未嘗見。用莊子意。日星也，雲雷也，山海也，皆世俗飫聞而厭見者也。至於日星何爲而明，雲雷何爲而起，山何爲而峙，海何爲而渟，是孰知其所以然者乎？其事愈近，其理愈遠，其迹愈顯，其用愈藏。人之所不怪者，有深怪者存焉。吾日用飲食之間，行不著，習不察，尚莫知其端倪，反欲窮其辨於荒忽茫昧之表，何其舛於先後也！用孟子。天下皆求其所聞而不求其所以聞，皆求其所見而不求其所以見，使得悟於飫聞厭見之中，則彼不聞不見者亦將釋然無疑矣。

子路學於夫子，以事鬼神爲問，又以死爲問。以下説怪在於常，歸到幽明合一。子路之心，蓋以人者吾所自知，不知者鬼神而已；生者吾所自知，不知者死而已。吁！至理無二，知則俱知，惑則俱惑，安有知此而不知彼者哉？·宕折。果知人則必無鬼神之問，果知生則必無死之問。觀其鬼神之問，可以占知其未知人也；觀其死之問，可以占知其未知生也。夫子答之曰『未能事人，焉能事鬼』；『未知生，焉知死』。子路深省於一言之下，故白刃在前，結纓正冠，不改其操。牽合得妙。則人鬼、生死之際，子路其自知之矣。在睽之歸妹曰睽孤，『見豕負塗，載鬼一車，先張之弧，後説之弧，匪寇婚媾，往遇雨則吉』。其象曰：『遇雨之吉，羣疑亡也。』幽明實相表裏，幽鄰於明，明鄰於幽，初未嘗孤立也。是爻居睽之終，孑然孤立，睽幽明而爲兩塗。睽生疑，疑生怪，故負塗之豕，戰車之鬼，陰醜詭幻，無所不至。然至理之本同然者，終不可睽。疑則射，解則止；疑則寇，解則婚。向之疑以爲怪者，特未能合幽明而爲一耳。猶陽之發見，陰之伏匿，陽明陰幽，常若不通；及二氣和而爲雨，則陽中有陰，陰中有陽，孰見其異哉？陰陽和而爲雨，則羣物潤。幽明合而爲一，則羣疑亡。融通灌注，和同無間，平日所疑，蕩滌而不復存矣。子路之聞，豈非遇雨而羣疑亡者乎？惜乎左氏不足以知此。一句點出。

朱字緑曰　正意止是吉有祥，凶有祲，明有禮樂，幽有鬼神，猶晝之必夜，數語盡之，卻以習、罕二意爲首，以見聞、不見聞爲腹，以死生、人鬼、陰陽合一爲尾，文字便怪怪奇奇，不可端倪。

齊魯戰長勺

魯莊公與齊戰於長勺，兩軍相望，此爲何時？而以聽訟用情，就本事直入翻起。對曹劌之問戰，何其迂闊而遠於事情耶！翻。是言也，持以語宋襄、陳餘，則見許矣；持以語孫武、吴起，則見侮矣。徐徐説來，緩急迴旋，筆情宕漾。彼曹劌遽以一戰許之，意者劌亦迂儒曲士之流歟！再翻。觀其從莊公戰，以我之盈乘彼之竭，以我之整逐彼之亂，機權韜略與孫武、吴起並驅争先，初非宋襄、陳餘儕匹也。回顧。使莊公之言誠迂闊而不切事情，豈足以動劌之聽耶！其所以深賞而亟許之者，殆必有説也。順落，仍含蓄。

馬之不敢肆足者，銜轡束之也；民之不敢肆意者，法制束之也。設喻，又宕開。銜轡敗，然後見馬之真性；法制弛，然後見民之真情。先説民之真情在固結於法制之外，三字緊接上文。困之不敢怨，虐之不敢叛者，劫之於法制耳。大敵在前，搶攘駭懼，平日之所謂法制者，至是皆涣然解散矣。法制既散，真情乃見。食馬之恩，羊羹之怨，恩恩怨怨各以其情而報上。仍宕開。苟非豫暇之時深恩固結於法制之外，亦危矣哉！

凡人之易感而難忘者，莫如窘辱怵迫之時。即就上文進一層起議。子羔爲衛政，刖人之足。衛亂，子羔走郭門，刖者守門，曰：『於此有室。』子羔入，追者罷。子羔曰：『吾親借證。

刖子之足，此乃子報怨之時也，何故逃我？』刖者曰：『君之治臣也先，後臣以法，欲臣之免於法也，臣知之。獄決罪定，臨當論刑，君愀然不樂。臣之所以脱君也。』夫人在縲絏之中，錙銖之惠，有若鈞石。引一事必反復盡致，使情事透徹無遺意而止。子羔特一有司耳，有哀矜之意，無哀矜之實，人猶報之若是。况莊公君臨一國，小大之獄皆必以情，人之思報，豈子羔比耶？獄，死地也；戰，亦死地也：妙對。昔居死地，嘗受其賜，今安得不赴死地以答其賜哉？民既樂死，則陷堅卻敵特餘事耳。陡接。

蓋嘗論之，古人論戰，與後人之言戰不同。推開。蓋有論戰者，有論所以戰者。軍旅形勢者，戰也；民心者，所以戰也。昔晉士蔿嘗曰：『禮樂慈愛，戰所蓄也。』當時之論兵者每如此。柳宗元論長勺之役，乃謂徒以斷獄爲戰之具，吾未之信。有此餘文，題意方足。歷舉將臣、士卒、地形之屬，宗元之所言，皆所謂戰而非所以戰也，烏足以知之？

朱字緑曰　前路頓宕而入，逼題至『必有説也』，其勢漸緊；仍用喻意宕開，再引子羔，反復論之；然後合題，數語歸到用樂死之民於必死之地，所以取勝；復引士蔿之言爲證，而斷柳宗元之非以結之，大開大合，文勢舒展。

戰，有戰本，有戰術。得民心，本也；將臣、士卒、地形之屬，及曹劌所謂以我之盈逐彼之竭，以我之整逐彼之亂，皆法也。不講夫戰法，率樂死之民，徒相與就白起長平之坑，是夫子所謂棄之者也。是故，禮樂慈愛、機權韜略，二者相須，缺一不可以戰。

宋萬弑閔公

陛戟警蹕，公孫述之待馬援也；岸幘迎笑，光武之待馬援也。以述之肅，反取井蛙之譏；光武之嫚，而援委心焉。然則樸遬小禮，果非所以待豪傑耶？英雄豪悍之士，磊落軼蕩，出於法度之外，爲君者亦當以度外待之。破崖岸，削邊幅，拊背握手以結其情，箕踞盛氣以折其驕，嘲誚謔浪以盡其歡，慨慷歌呼，出肺肝相示，然後足以得其死命。筆法縱橫。是非樂放肆也，待豪傑者法當如是也。有呼有應。

南宫萬之勇聞於諸侯，宋閔公未嘗以法度之士遇之。入題有頓挫。其靳侮之者，豈非欲略去細謹，自謂得待豪傑之法耶？然終召萬之怨，至於見弑，何也？袒裼暴虎，必馮婦而後可，怯夫試馮婦之術，適足以劘虎牙耳。設喻必切。

古之嫚侮者莫如漢高帝，漢高之嫚侮豈徒然哉？又陡接一客。踞洗以挫黥布，隨以王者之供帳；嫚駡以挫趙將，隨以千户之侯封：用不測之辱，施不測之恩，降霜霰於炎蒸之時，轟雷霆於閉蟄之際，顛倒豪傑，莫知端倪，此高帝所以能鼓舞一世也。無鼓舞之術，拘則爲公孫述，縱則爲宋閔公，何往而不敗哉！寫高帝即束公孫述，即束宋閔公。文法緊嚴，變化使人不測。

噫！此不足論也。若漢高之術，可謂至矣，猶有時而窮，故嫚侮之患卒見於末年。此段又就漢高轉入一層，將鼓舞之術進以名教樂地，而揆情度理，曲折周至。此所以厭拔劍擊柱之争，而俯就叔孫通之儀也。高帝豈不欲早用叔孫通之儀哉？彼見所謂儀者，拘綴苛碎，決非武夫悍將所能堪。天下未定而遽行之，必失豪傑之心，故寧蔑棄禮法而不顧，殊不知名教之中自有樂地，豈叔孫輩所能測哉！此一轉更深。

采薇、出車、東山之詩，雨雪寒燠，草木禽蟲，僕馬衣裳，室家婚姻，曲盡人情，呢呢如兒女語。寫出聖世用兵氣象。文、武、周公之待將帥，開心見誠蓋如此，初未嘗如陋儒之拘，亦不至如後世之縱也。收束周匝。漢高明達，最易告語，惜乎無以是詩曉之！繳轉漢高，有情。

朱字緑曰　宋閔以嬉謔召禍，本無足道，卻生出駕馭豪傑意。一爲公孫述之拘而敗，一爲光武之縱而興。劈空接入高帝，使轟天動地，似駕馭豪傑莫過於縱之一法。忽又轉到擊柱之争，覺縱不如拘。又進到采薇、出車、東山之詩，則别開一境，如入蓬壺三島，知塵凡之不足道也。文必湛深經術，乃可高出古今，觀此篇歸宿，可知窮經爲要矣。

後世將帥與君門闊絶，或終身不得相見，其患在拘。至專兵閫外，淫掠自如，而君不能問，則其患又在縱。崇禎之朝，孫承宗從都城夜半穿敵營入通州，因而招潰師，復灤永，因城固守榆關，其功昭昭耳目，宜爲烈皇所洞知。乃讒人構之而歸，閱七八年，竟不得入國門一見，遂舉家殉難以死。左良玉不聽督師節制，擁兵自恣，竟莫可如何。所以然者，皆不知采薇、出車、東山之義也。使君臣時時相見，得呢呢如兒女語，則承宗必不爲讒夫所拘，良玉必不以驕軍自縱。言乎爲國以禮，有天下者無論有事無事，所當亟講也。

鄭厲公殺傅瑕原繁

禍莫甚於内叛，奸莫甚於中立，二者之罪孰爲大？曰：中立之罪爲大。是何也？内叛之罪易見，中立之罪難知。人臣之叛君即讎者，五尺童子皆知疾之。此段言内叛，是客。雖所謂讎敵者，資之以集事，亦未嘗不賞其功而疑其心也：今日爲我所誘而叛君，安知他日不爲人所誘而叛我乎！吾位未定，則借之以成功；吾位既定，則除之以防患。此傅瑕叛子儀而納厲公，終不免於厲公之誅也。

乃若原繁之自爲謀，可謂密矣。此段言中立，是主。自莊公之世用事於朝，歷忽、亹、儀、突之變，國四易主，汎然中立，舉無所助。入則事之，出則舍之，視君位如傳舍，不置欣戚於其間，依阿取容，優游卒歲，既不爲人所愛，亦不爲人所憎。極力形容中立之奸，應前罪大於叛意。自古之持禄保位者率用此術，雖遇明主，亦未易察其奸也。厲公以私憾殺之，固非其正，折。天其或者假手於厲公以大警爲臣者歟！觀繁對厲公之辭曰：此段據原繁之語誅其心。『苟主社稷，國内之民其誰不爲臣？』信如是説，則苟據君位者，皆奉之無所擇：簒亦君也，僭亦君也，盜亦君也，讎亦君也。爲臣者皆操此心，則人君將安所恃乎？擢筋敲髓，快心之談。甚矣！繁之奸也。

嗚呼！論人臣之罪者，至叛逆而極，然事克則卿，不克則烹，成敗猶居其半也。又借内叛者比論奸深而罪益難寬。至於中立者，自謂無往而不得志：國有存亡，君有廢興，時有治亂，民有安危，吾之爵秩常自如也，彼何預於我哉！其用心可謂奸之尤者矣。中立如原繁，有時而干厲公之誅，則世之取容者，果可以長無禍乎？只以淡語點醒。吾故表原繁之誅，以風中立之士云。

朱字緑曰　重發中立之奸，論定其罪，以爲大於内叛，此誅心之法也。内叛之罪易見，中立之罪難知，自是確不可易。文推勘入微，真不減老吏斷獄。

危邦不入，亂邦不居，君子立身之大節。至見微授命，亦有或死或不死者，故微、箕、比干同謂之仁。管仲不死，反仁於能死之召忽。原繁謂子儀君國十四年，不可舍之而外召君，自是正論，未可厚非也；但其所以事子儀者，未知若何耳？繁貴戚之臣，不能内治其國、外禦其侮，又其權重，故厲公以無裹言爲憾，是則食其食而死其事，固其所也。若位在下僚，不幸而國家值骨肉之變，以宗臣之故，而又未可以去，則亦不得遽以中立之罪加之，所當原情以定罪者也。

王賜虢公晉侯玉馬

爲天守名分者，君也。天未嘗以名分與人君，天特寄人君俾守之耳。君爲天守名分，創論。獨名分者非君之有也。周惠王誤與地廣輪之博、版籍生齒之繁、甲兵乘卒之雄，皆君之有，視爲己物，輕以假人。天特寄之，非君之有。危言聳動。殊不知天秩有禮，多多寡寡，不可亂也。假天之秩以爲私惠，則天之所以寄我者之隆殺。當虢公、晉侯之來朝，等其玉馬之數，不爲亂矣。應『寄』字。人心無厭，侯而可假公之禮，則公亦思假王之禮。惠王既假晉侯以公禮矣，後數十年而晉文有請隧之舉。果欲假王之禮，非惠王啓其僭心，晉文遽敢爾耶！

聖人欲上全天子之尊，必先下謹士、庶人之分，守其下，所以衛其上也，況公侯之近乎！吾觀儒者之議禮，每力争於毫釐尺寸之間，非特較公侯璧馬之多寡也。如天子之席五重，諸侯之席三重，所争者纔再重耳；天子之堂九尺，諸侯之堂七尺，所争者纔二尺耳。由庸人而觀，天子、諸侯之分豈再重之席、二尺之堂所能抑揚？何儒者之迂耶！大隄雲横，屹如山嶽，其視尺寸之土，若不能爲隄之損益也。陡接喻意，文勢滂沛，若不可禦。然水潦暴至，勢與隄平，苟猶有尺寸之土未没，則瀕水之人可恃無恐。當是時，百萬生靈之命，係於尺寸之土焉。尺寸之土，可以遏昏墊之害；尺寸之禮，可以遏僭亂之源。何等關係。然則儒者力争於毫釐尺寸之間，非迂也，勢也。收得住。

朱字緑曰　名分非君有；上全天子之尊，必先下謹士、庶人之分，皆是特識至論。後言尺寸必争，忽引河隄爲喻，氣象萬千，真能推陳出新，可悟行文無死法也。

鬻拳兵諫

人臣之憂在於諫之未善，不在於君之未從，諫之道難矣哉！誠之不至，未善也；理之不明，未善也；辭之不達，未善也；氣之不平，未善也；行之不足以取重於君，未善也；言之不足以取信於君，未善也。其所憂者，惟恐吾未盡諫之之道，亦何暇憂其從否乎？不憂術之未精，而徒憂病之難治，天下之拙醫也。忽插一喻，文勢寬徐。不憂算之不多，而徒憂敵之難勝，天下之庸將也。臣之納諫也，苟尤君而不尤己，不能導君使自從，而欲强君使必從，其流弊終至於鬻拳脅君而止耳。入題法妙，且不費力。

鬻拳豈欲脅君哉！告而不聽，故出於强；强而不聽，故出於脅；君愈不聽而愈求之於君，曾不知反求吾納諫之道，盡歟？否歟？諫，吾職也；聽，非吾職也。吾未能盡其職，乃欲越其職以必君之聽，可乎？當其臨楚子以兵，乃懼楚子不納也，幸楚子不以爲忤耳。苟楚子之不從，吾不知鬻拳將何術以繼之乎？辨得明晰。使不幸爲楚子所誅，則陷於逆亂，其心迹終無以自見於世矣。危甚。鬻拳亦知其不可繼，故以刖足之心，明吾兵諫之迹，後世欲學吾之兵諫，盍學吾之刖足乎？刖足不可學，則兵諫亦不可學也。聖人之道，欲後世之皆可學；鬻拳之事，欲後世之不可學，何其與聖人異耶！先之以稱兵，後之以刖足，壞於前而修於後，隨失隨救，焦然不寧，吾恐聖人之舉事，不若是之煩且勞也！道有樞，言有會，柁移則舟轉，輪運則車行，喻進諫不在强君之聽。夫豈在於用力耶！古之人固有廣廈細旃之上，從容片言基平治之原者，固未嘗動聲色、費辭説也。壓一層。牽車折檻，已爲下策，况動干戈於君側耶！再壓一層。荀卿，儒之陋者也。其論諫諍輔拂，乃曰：自能率羣臣百吏相與强君，君雖不安，不能不聽，遂以解國之大患，謂之輔拂之説。即鬻拳之説，皆欲以力强其君者也。匹夫所恃以動萬乘者，道存焉耳。歸宿之地，應起處『諫之道難矣哉』『道』字。苟欲與之較力，是丐者與猗頓較富也。危矣哉！

朱字緑曰　諫君有道，在導之使自從，不可强之使必從，此自是不易之論。蓋有不盡言之諫，亦有盡言之諫。從容片言，不費詞説，此不盡言者也。反覆之而不聽，則去，此盡言者也。要之，得諫之道，則盡言可，不盡言亦可。不得諫之道而强之，則盡言不可，不盡言亦不可。所謂吾盡吾職，君之職不可得而代耳。議論名通，非徒高談巧妙也。

兵諫不可爲訓，人皆知之。至荀子所謂率羣臣百吏相與强君，君雖不安，不敢不聽，似亦諫中一法，然由之而敗者比比也。若明嘉靖以後，用是術者凡三見：一争大禮，一争國本，一争用魏忠賢。小之則殺身，大之并亡國，較兵諫貽禍更烈。方楊大洪之上二十四罪疏也，相率請葉文忠力争，文忠不可，以此幾得罪東林，至今猶有以摸稜譏之者，殆未知東萊之説耳。

卜筮

物莫不能先。礎先雨而潤，鐘先霽而清，灰先律而飛，蟄先寒而閉，蟻先潦而徙，鳶先風而翔，陰陽之氣渾淪磅礴於覆載之間，而一物之微先見其幾，如印券符鑰，無毫釐之差，何也？通天地一氣，同流而無間者也。通篇以「心」字作主，句句呼「心」字。一物且然，而況聖人備萬物於我乎！備於「心」也。聖人備萬物於一身，上下四方之宇，古今來往之宙，聚散慘舒，吉凶哀樂，猶疾痛疴癢之於我身，觸之即覺，干之即知。能覺能知者「心」也。清明在躬，志氣如神，嗜欲將至，有開必先。仰而觀之，熒惑德星，欃槍枉矢，皆吾心之發見也。排三段。俯而察之，醴泉瑞石，川沸山鳴，亦吾心之發見也。客。玩而占之，方功義弓，老少奇耦，亦吾心之發見也。主。未灼之前，三兆已具；單承。未揲之前，三易已彰。龜既灼矣，蓍既揲矣，是兆之吉，乃吾心之吉；是易之變，乃吾心之變。混融交徹，泯然無際，敗甲朽株云乎哉！故曰：聖人不煩卜筮。在聖人觀之，拂龜布蓍已爲煩矣，況區區推步揣摩之煩耶！

卜筮之理，嘗見於大舜之訓矣，曰：『卜不習吉而已。』一吉之外，無他語也。又嘗見於神禹之疇矣，曰：『龜從筮從而已。』一從之外，無他語也。又嘗見於武王之誓矣，曰：『朕夢協朕卜而已。』一協之外，無他語也。又嘗見於周公之誥矣，曰：『卜澗水東，瀍水西，惟洛食而已。』一食之外，無他語也。引四段平排不變。後世始求吉凶於心外，心愈疑而説愈鑿，説愈鑿而驗愈疏。傳之以瞽史之習，雜之以巫覡之妄，千蹊百徑，庶幾一中。失之於心，而求之於事，殆見心勞而日拙矣。左氏之所載是已。或者以左氏所載巧發奇中，動心駭目，而不知起隱訖哀，二百四十二年之間，其驗者才數十事耳。一句出題，應舜訓、禹疇、武誓、周誥。是數十事者，聚於左氏之書則多，散於二百四十二年之間，則稀闊寂寥，絶無而僅有也。確而快，足破好奇之惑。乃若誕謾無驗，不傳於書者，吾意不啻什百千萬於此也。謂左氏之所載彼善於此者，如穆姜、荀罃、子服、惠伯之屬，猶庶幾焉。是雖未足少議聖人之卜筮，然類能信其心之所安，而不奪於瞽史之説近之矣。不信瞽史，是真信蓍龜者也。是心之外，豈復有所謂蓍龜者耶！噫！桑林之見妄也，僂句之應僭也，實沈臺駘之祟妖也，彼蓍龜之中曷嘗真有是耶？妄者見其妄，僭者見其僭，妖者見其妖，皆心之所自發見耳。步步回龍。

蓍龜者，心之影也，小大脩短，咸其自取，傴者曲而躄者跛，夫豈影之罪哉！妙喻，似帶滑稽。

朱字緑曰　有平排處，有收鎖處，巒嶂重疊，門户深幽，能使人覽不覺其盡。

見乎蓍龜，動乎四體，是敗甲朽株，且與四體同重，故易以爲定天下之吉凶，成天下之亹亹者，莫大乎蓍龜。古人自祀與戎，下至一事一物之細，無不取決於卜。非聖人之心有所蔽，而必藉敗甲朽株以爲神也。孟子以爲聖人既竭心思，必繼之以不忍人之政，而後仁覆天下，卜亦其一耳。自卜筮之法不傳，天下惘惘，無所適從，釋氏之教乃得以慧定之説煽亂天下。於是冥心默悟，以爲加於儒者之上。陸王竊釋氏唾餘，舉凡先王制度名物，皆以爲支離，一切止求之其心，謂吾自有良知，何必外求於物？天下遂相率而爲外義之學。東萊謂心外無復蓍龜，其理亦是，而未免過高，使人有厭薄名物之意。孫執升乃謂朱子晚年悔其格物支離之學，恨東萊不更與商榷，可謂惑於邪説，溺乎其旨者矣！

曹劌諫觀社

春秋之時，王綱解紐。周官三百六十咸曠其職，惟史官僅不失其守耳。提出史官不失職，爲治亂大關頭。曹劌諫魯莊公曰：『君舉必書，書而不法，後嗣何觀？』即入本事，作斷簡峭。當是時，人君之言動，史官未有不書者。爲君者視以爲當然而不怒，爲史者視以爲當然而不疑，『當然』二字有觔兩。此三代之遺直也。其後，管仲之戒齊桓也，曰：『作而不記，非盛德也。』管仲之所言雖是，而已開作而不記之端也。已與曹劌之言不同。又其後，周王之私犒晉使也，曰：『非禮也，勿籍。』周王之所舉已非，而且顯然戒史官以勿籍矣。又與管仲之言不同。然古時之史官，世守其職，公議雖廢於上而猶明於下。引二事作客，轉出直道猶存。以崔杼之弑齊君，史官直書其惡，殺三人，而書者踵至，身可殺而筆不可奪，鈇鉞有敝，筆鋒益强。抑揚唱嘆。威加一國而莫能增損汗簡之半辭，終使君臣之分天高地下再明於世。是果誰之功哉？一呼。

嗚呼！文、武、周公之澤既竭，仲尼之聖未生，是數百年間，中國所以不淪喪者，皆史官扶持之力也。再用唱嘆，精神愈旺。一應。昧谷餞日之後，暘谷賓日之前，暮夜晦冥，羣慝並作，苟無燭以代明，則天下之目瞽矣。春秋之時，非有史官司公議於其間，則胥戕胥虐，人之類已滅，豈復能待仲尼之出乎？一段有功於春秋之時。史官非特有功於仲尼之未出也，宕。使其阿諛畏怯，君舉不書；簡編失實，無所考信，則仲尼雖欲作春秋以示萬世，將何所據乎？一段更有功於仲尼。無車則造父不能御，無弓則后羿不能射，無城則墨翟不能守，疊用三喻。大矣哉！史官之功也。東一段即東全篇，有筆力。

朱字緑曰　本意重齊太史書崔杼事，卻用題目引起，又接一層『作而不記』，再接一層

『勿籍』，駸駸有史官失守之漸矣。然後渡到齊太史事，抑揚唱嘆，悠然有神。復以有功春秋之時、有功孔子兩層足之，真覺精采百倍。

晉殺其世子申生

晉殺其世子申生，孰殺之？士蔿殺之也。殺申生者實驪姬之譖，士蔿何與焉？士蔿開其隙，驪姬乘其隙也。羣公子之出於桓莊者，豈他人哉？此段言開隙在謀殺桓莊諸族。其尊者固不待言，其卑者猶獻公之從父昆弟也。士蔿逢獻公之惡，反覆詭詐，陷之於死地，使獻公屠其宗族昆弟如刈草菅，略無慘怛不忍之意。其於宗族昆弟之間既如此，何獨難於其子乎？此所以來驪姬之譖也。小頓。對伯夷者，不敢論賄賂；對比干者，不敢論阿諛。引證以緩之。彼士蔿憂驪姬雖嬖，苟非習見獻公之殘忍，亦豈敢一旦遽譖其三子哉？有此一跌，意更透快。申生之不得立，憂蒲屈之不可城，終日焦然憂晉之禍。憂之誠是也，抑不知造是禍者果誰乎？此段言士蔿雖憂太子而殺機已開，不可復止。驪姬之譖，即襲吾前日譖富子之術也；蒲屈之城，即襲吾前日城聚之術也。使我不倡之，彼烏得而和之？窮測至此，士蔿實無詞以對。使我不先之，彼烏得而繼之？是故，開獻公殘忍之心者，士蔿也；教驪姬離間之術者，亦士蔿也。已開則不可復閉，已教則不可復悔，授賊以刃，而禁其殺人，世寧有是理耶？其勢不可收，雖悔無及，說得可痛可憐。雖使一法吏蔽是獄，亦必首士蔿而從驪姬也。斷案定然，不爲深刻。

吾嘗考晉國之本末，又知開禍端者，非獨士蔿，其所從來遠矣。言開隙者必受其禍，反復推究，可悲可嘆。晉穆侯之二子，長則文侯，而桓叔其季也。而自桓叔以來，視文侯之子孫不啻寇讎，必鋤其根而奪其國者，不過欲啓子孫之業耳。推開一步，非寬士蔿。殊不知殺文侯之子孫，是殺吾之子孫也。吾私其子而殺其昆弟，則吾之子亦私其子而殺其昆弟矣。提『私』字，是後半篇血脉。然則桓莊之族，雖曰獻公殺之，其實桓莊殺之也。桓莊親其子而讎昆弟，於一族之中分親與讎，其私已甚。及獻公親奚齊而讎申生，又於諸子之中分親與讎，可謂私之私矣。私日勝，則心日狹。當桓莊殄滅文侯子孫之時，唱嘆兩段。其心必謂是害既除，則吾子孫可以享無窮之利也，豈自料害其子孫者，乃吾子孫耶！當獻公殄滅桓莊子孫之時，其心必謂是害既除，則申生可以享無窮之安也，豈自料害申生者，乃吾身耶！

嗚呼！私生於愛，而害愛者莫如私，天下未有私而能愛者也。就『私』字出『愛』字，斷出無窮議論。獻公始私申生，至於盡滅桓莊之族以除其偪，愛之亦至矣。頓。曾未閱時，嬖於驪姬，遽移其愛於奚齊，其爲奚齊而殺申生，即爲申生而殺桓莊之族者也，向之愛申生之心，果何所在耶？申生之愛既可移於奚齊，則異時奚齊之愛，亦可移而之他矣，不惟昔之愛申生者不可保，即今之愛奚齊者亦未可保也。獻公雖無此事，亦理勢之所必至。然則徇私者，豈能真有所愛哉？果出於真，則必不可移矣。林回棄千金之璧，負赤子而趨，天性之愛，豈外物所能移耶？獻公苟能悟此愛之非真，私與愛皆非真，真則天性中來。一念之中，識天性之愛，則本根枝葉與生俱生而不可離，何憂乎士蔿？何畏乎驪姬？推本獻公，是窮河之源。

朱字緑曰 前半罪士蔿逢君之惡，謀殺羣公子以爲倡；後半極言殺人之子，即自殺其子。雖截然兩段，總是一意貫穿，見人君當『老吾老以及人之老，幼吾幼以及人之幼』，骨肉之間，不可先啓戎心也。語多警切，可以垂戒萬世。

齊侯救邢封衛

王者之所憂，霸者之所喜也。王者憂名，霸者喜名。名何爲而可憂耶？不經桀之暴，民不知有湯；不經紂之惡，民不知有武。使湯武幸而居唐虞之時，無害可除、無功可見，與斯民相忘於無事之域，則聖人之志願得矣。功因亂而立，名因功而生，夫豈吾本心耶！是故，雲霓之望，非湯之盛也，乃湯之不幸也；壺漿之迎，非武王之盛也，乃武王之不幸也。霸者之心異是矣：轉落霸者喜名。王者恐天下之有亂，霸者恐天下之無亂。奇快。亂不極則功不大，功不大則名不高。將隆其名，必張其功；將張其功，必養其亂。狄以閔之元年伐邢，其後二年，而齊始遷邢於夷儀。狄以閔之二年滅衛，其後二年，而齊始封衛於楚邱，齊桓之恤二國必在於二年之後者，何也？所以養其亂也。奇快。齊桓之心以謂：用代法寫。當二國之始受兵，吾亟卻之，則亦諸侯救災恤鄰之常耳，其迹必不甚奇，其事必不甚傳，其恩必不甚深，曷足以取威定霸哉！先飢而後食之，則其食美；先渴而後飲之，則其飲甘。今吾坐養其亂，待其社稷已頹，都邑已傾，屠戮已酷，流亡已衆，然後徐起而收之，拔於危蹙顛頓之中，置於豐樂平泰之地，是邢衛之君無國而有國，邢衛之民無身而有身也。深仁重施，殆將淺九淵而輕九鼎矣！奇快。故其功名震越光耀，赫然爲五霸首。向使絶之於萌芽，則名安得如是之著耶？用反掉法。嗚呼！邢衛之難，曰君曰卿、曰士曰民，肝腦塗中原，膏液潤野草，苟仁人視之，奔走拯救，不能一朝居也。用唱嘆法斷。今齊桓徒欲成區區之名，安視其死至於二年之久，何其忍耶！長人之亂，而欲張吾之惠；多寇之虐，而欲明吾之勳，是以萬人之命而易一身之名也，奇快。是誠何心哉！

人乍見孺子將入於井，怵惕惻隱之心不期而生，此人之真心也。用引證法結。真心一發不可禦，豈暇計其餘哉！有人於此，謂：彼未入於井而全之，其功淺；既入於井而全之，其功深。舊語翻出新意。縮手旁觀，俟其既墜，乃褰裳濡足而救之，則其父母必以爲再生之恩，鄉鄰必以爲過人之行，義概凜凜，傾動閭里，回視前日未入井以救之者，父母不謝，鄉鄰不稱，若大不侔。然則爲孺子計者，寧遇前一人耶？寧遇後一人耶？似詰問，似點醒，愈淡愈徹。

噫！此王霸之辨也。一句頓住，有千鈞力。

朱字緑曰　從孟子『驩虞』『皞皞』兩意，看出王霸之辨，卻以緩於救邢衛立説，遂使桓公不能置喙。其奇快處真足令庸者雋、蒙者亮，學之發人神智。桓之緩於用兵，或其勢未集，或其與未合，歷觀生平用兵，皆鄭重萬全而後出，故無大勝，亦無大敗，不似晉之輕用其鋒也。當日情事未必盡然，但文自入妙耳。

管仲言宴安

以言警世者，不可爲駭世之論。管仲告齊桓公之言曰：『宴安酖毒，不可懷也。』先設反勢，又是一法。酖入人之口，裂肝腐腸，死不旋踵。宴安雖敗德，其禍豈遽至如是之烈哉！意者仲有警世之心，而不免於駭世之病歟？殆非也。使仲果盡言其實，則世將愈駭矣。世之死於酖者，千萬人而一人耳；死於宴安者，天下皆是也。真足駭人。宴安之毒，至慘至酷，無物可譬，仲姑就世之所畏者爲譬也。地之於車，莫仁於羊腸，而莫不仁於康衢；水之於舟，莫仁於瞿塘，而莫不仁於溪澗。真足駭人。蓋戒險則全，玩平則覆也。生於憂勤，死於宴安，厥理明甚，人所以不知畏者，特習之而不察耳。端居之暇，嘗試思之，使吾志衰氣惰者誰歟？排宕六段。使吾功隤業廢者誰歟？使吾歲月虚棄者誰歟？使吾草木同腐者誰歟？使吾縱欲忘返而流於惡者誰歟？使吾弛備忘患而陷於禍者誰歟？皆宴安之爲也。是宴安者，衆惡之門。以賢入者以愚出，以明入者以昏出，以剛入者以懦出，以潔入者以汙出，殺身滅國，項背相望，豈不甚可畏耶！因『門』字生四個『出』『入』字，巧妙卻有情理，使人猛省，真足駭人。雖然，君子之耳目口鼻所欲與人無異也，苟衆人所謂宴安者果可樂，則君子先據之矣。語冷而快，喚俗人須如此。其所以去彼而取此者，見衆人之宴安，放肆偷惰，百殃并集，其心戚然不寧，乃憂患之大者耳。君子外雖若憂勤，中有逸樂者，自强不息，心廣體胖，無人非，無鬼責，其安殆若泰山而四維之也。然則，善擇宴安者，誰如君子哉！

朱字緑曰 説宴安之害可駭倍常，卻先説管仲之言可駭。今欲勉人脩德以自樂而無懷於宴安，意徑定平常，那得此瀾翻海立、奇觀疊出也？是知筆平則題奇亦平，筆奇則題平亦奇。

齊仲孫湫觀政

觀政在朝，觀俗在野。政之所及者淺，俗之所得者深。去慶父是政，秉周禮是俗。擒『政』字、『俗』字作主，通篇之勢已挈。此昔之善覘人之國者，未嘗不先其野而後其朝也。入單父之野，而見棄魚之俗，則已知子賤之政矣。每接用兩引證法。入中牟之野，而見馴雉之俗，則已知魯恭之政矣。彼所以一見其俗，遽許二人之賢，不復考察其政者，殆有説也。虚落。蓋善政未必能移薄俗，美俗猶足以救惡政。著語簡練，意更精到。自武而成，自成而康，歷三世而利口未殄；數語申薄俗難移。自高而惠，自惠而文，歷三世而辞語猶存，雙承。以政移俗，其難如此。以商之善，數百年而爲宋；以堯之儉，餘千年而爲晉：實流風遺俗扶持之力也。彼覘國之興亡者，不覘諸風俗，尚誰占耶？引入本題，悠揚有度。

齊仲孫湫之對齊侯曰：『魯秉周禮，未可動也。』湫之所謂秉周禮者，果誰歟？勘出。閔公，魯君也。哀姜，君母也。慶父，大臣也。閔公生甫八年，固未識所謂周禮。秉周禮者不在朝，是論古之識。若哀姜則棄位而姣，若慶父則弑逆之賊，凡周禮之大禁，舉犯之矣。觀魯之朝，三綱淪、九法斁，指何物以爲周禮耶？吾是以知湫之觀魯，不觀其政，而覘其俗也。一句落出。

魯自周公、伯禽以來，風化浹洽，推原根柢，文氣淋漓。其民耳濡目染，身安體習，無適而非周禮者。句法、字法俱妙。楬於觀，藏於府，講於泮宫，流於洙泗，被於絃歌，形於冠服，郁郁乎其文也！洋洋乎其聲也！井井乎其條也！雖經哀姜、慶父之難，能易其主而不能易其禮，能奪其權而不能奪其俗。言美俗難奪，甚有理味。舉魯國之俗，皆秉周禮，其爲惡者，獨哀姜、慶父二三人耳。舉一國之美俗，豈二三人之惡所能遽移乎！湫可謂善覘國矣。周公、伯禽培其風俗於數百年之前，而其效見於數百年之後，其規模遠矣哉！唱嘆以足之。子孫之不能常賢也，國之不能常安也，法之不能常存也，政之不能常善也，固也，雖聖人亦末如之何也。是數者，既末如之何，獨有養其禮義之風俗以遺後人，使衰亂之時猶可恃之以復振，四鄰望之而不敢謀，其慮後世亦深矣。世之敝精神於簿書期會，視風俗爲迂闊者，果足以知此哉！反掉。魯之風俗能存魯於既壞之餘，盛矣！苟魯之嗣君當閒暇時，因已成風俗，倍加以政事，其治孰能禦之耶！轉重魯之嗣君，見美俗未可全恃，尤爲懇到。救已壞之政甚難，因已成之俗甚易。名論。今風俗尚能救政事之疵，而政事反不能因風俗之美，是風俗不負魯，而魯負其風俗也，悲夫！

朱字緑曰 湫只説魯猶秉周禮，未可動，未曾説到風俗之美。文偏勘到魯之朝無一人秉周禮，便坐定民間皆秉周禮，此是特識。有此識見，一篇議論縱横，皆自此生。讀此方知夫子所謂齊變至魯，實在魯，非齊所及也。淋漓排宕，自是雄文。

晉里克

天下之理，兩不可相無，則不得不合；兩不可相有，則不得不争。父子之出於天性，不可相無者也。故於不可相無之中而調和於兩間者，謂之智；里克前一截事是調和。於不可相有之中而依違於兩間者，謂之奸。里克後一截事是依違。蓋兩者並立，然後有兩者之間。兩者既不違立，指何地而爲兩者之間哉？

醫之於疾，未嘗偏助一藏之氣，至於治癰疽，則潰肌流血無所愛。決癰疽，是不依違。其視五藏則若驕子，惟恐有毫髮之忤；『若驕子』是調和。其視癰疽則若讎敵，惟恐有毫髮之存。『若仇敵』是不依違。是非前怯而後勇也，疾變則術變也。況當國家危疑之時，知變，則不依違爲奸，是對症之藥。其可一其術而不知前後之變耶！是知立乎父子之間，合和而使之兩全，柔者可能也；調和易。立乎邪正之間，别白而使之一勝，剛者可能也。不依違難。然用其柔於邪正之間，則懦而召奸；用其剛於父子之間，則激而生禍：毫釐之差，千里之謬。何里克之工於前而拙於後也！調和反成依違，故里克有後截事；調和仍不是依違，故里克有前截事。晉太子申生之將廢也，獻公先遣之伐東山。里克進而見公，則諫以君之嗣適不可帥師；退見太子，則戒以子懼不孝，告父以慈。君子論小人，則必謂仁人放流之，此處疑有脱誤。迸諸四夷，不與同中國，又何其不恕也！嗚呼！昔之達者蓋知之矣。

朱字緑曰　此篇文不甚警策，然淡處亦自難及。

衛懿公好鶴

衛懿公以鶴亡其國。直起。 翫一禽之微，而失一國之心，人未嘗不撫卷而竊笑者，吾以爲懿公未易輕也。奇横。 世徒見丹其頂、素其羽、二足而六翮者，謂之鶴耳，抑不知浮華之士，高自標致而實無所有者，外貌雖人，其中亦何以異於鶴哉？平排四段，開拓頓宕。 稷下之盛，列第相望。 大冠長劍，褒衣博帶，談天雕龍之辨，蠭起泉湧，禹行舜趨者，肩相摩於道，然擢筋之難，松柏之囚，曾無窺左足而先應者，是亦懿公之鶴也。奇横。 鴻都之興，鳥迹蟲篆，自衒鬻者日至，受爵拜官，光寵赫然，若可以潤色皇猷。 及黄巾之起，天下震動，未聞有畫一策、杖一戈，佐國家之急，是亦懿公之鶴也。 永嘉之季，清言者滿朝，一觴一詠，傲睨萬物，曠懷雅量，獨立風塵之表，神峯儁拔，珠璧相照。 而五胡之亂，屠之不啻机上肉，是亦懿公之鶴也。奇横。 普通之際，朝談釋而暮言老，環坐聽講，迭問更難，國殆成俗。 一旦侯景逼臺城，士大夫習於驕惰，至不能跨馬，束手就戮，莫敢枝梧，是亦懿公之鶴也。奇横。 是數國者，平居暇日所尊用之人，玩其詞藻，望其威儀，接其議論，挹其風度，可嘉可仰，可慕可親，卒然臨之以患難，則異於懿公鶴者幾希，是獨可輕懿公也哉！總。 所用非所養，所養非所用，使親者處其安，而使疏者處其危； 使貴者受其利，而使賤者受其害，未有不蹈懿公之禍者也。再進一層，文情坌涌。

抑吾又有所深感焉：鶴之爲禽，載於易，播於詩，雜出騷人墨客之詠，其爲人之所貴重，非凡禽匹也。指點。懿公乘之以軒，而舉國疾之，視如鴟梟。然豈人之憎愛遽變於前耶？罪在於處非其據而已。以鶴之素爲人所貴，一非其據，已爲人疾惡如此，苟他禽而處非其據，則人疾惡之者復何如耶？將浮華之士作結束。吾於是乎有感。

朱字緑曰 懿公以好鶴亡國，本人所不齒，忽轉出未可輕，便是奇絶。提出人而鶴者，以齊、漢、晉、梁實之，再加兩層收束，結到處非其據。淋漓憤嘆，足破千古所養非所用之惑，至文奇文。

宋之道學，講實學也，雖未能救其敗亡，而不失獨善其身。明之道學，講私黨耳，不惟貽禍於家國，而立念本非所以脩身，是亦懿公之鶴也。悲夫！

齊寺人貂漏師

管仲始進説於桓公，盤游縱佚之屬，皆曰不害霸，其深戒痛絶以爲害霸者，獨參用小人而已。暗貼寺人。仲之意謂有抑必有揚，有操必有縱，故其得政之始，首與齊桓約：舉一國之樂皆歸君，奇快。舉一國之權皆歸我，伯國君臣，市心宛然在目。我與君以樂，君與我以權，以是樂而市是權，兩相貿易。自今日以後，仲苟進苦言以阻桓公之樂耶，則仲爲負桓公；桓公苟用小人以侵仲之權耶，則桓公爲負管仲。其所以得君專、持權久、成功偉者，恃此約也。夫彼所謂寺人貂者，出寺人貂。崇臺榭、盛狗馬、侈聲色，以奉桓公游宴之樂，是固仲所許也。寺人，仲所許。今乃恃寵干政，漏洩軍事，則正犯仲之約矣。寺人即犯仲約。爲仲者盍質桓公以素約，尸貂於軍門可也，顧乃隱忍坐視而不争者，殆必有説矣。此段言仲執約去寺人勢，有不能決，管仲不爲。

弈者舉棋未竟，斂手而甘敗者，國棋也。倒奩空枰，大敗塗地，争猶不止，則棋之下者耳。仲，國棋也。先自見不勝之兆於冥冥之中，安得不知難而止乎！一氣盤旋，凡十數轉，波迴瀾湧，風起雲飛，真令人應接不暇。使待舌敝力屈，然後始肯處不勝之地，亦何以管仲爲哉！仲始與桓公約，既以佚樂與公矣，資人君之樂者，君子乎？小人乎？名曰佚樂，未有不資小人者。名曰小人，未有不貪權勢者。已許其縱佚樂而禁其近小人，是授人以田而奪其耒耜也；已容其近小人而禁其奪吾權，是與盜者同處而惡其攘竊也。世寧有是理耶？仲急於功利，亟欲得齊國之柄，不暇長顧卻慮而爲是約，至漏師多魚之時，固已嘿然陰悔初約之謬矣。失之於初而不能救之於後，此仲所以吞聲而不敢較也。若他人居仲之地，必不度事勢而争之。反推一層，情事愈暢，設境愈奇。雖使桓公勉聽其言而逐貂，然逐貂之後，在公左右者必擁腫鞅掌而後可耳。桓公左右誠皆擁腫鞅掌之徒，則塊然宫中無以自適，必反責管仲曰：『爾所以許我者，享爲君之樂也；我所以與爾權者，亦以易吾之樂也。今吾迫蹙槁乾，曾不得少享爲君之樂，豈非爾欺我耶！』是則用貂之初，仲固可持左券而責桓公之負約；逐貂之後，桓公亦可持右券而責管仲之負約矣：仲之隱忍而不争者此也。自貂始進言之，桓公所以敢用貂者，以仲許之也。總束，是大家章法。當是時，仲爲主而貂爲客。自貂嬖寵之時言之，桓公所以未疏仲者，以不害貂也。當是時，貂爲主而仲爲客。君臣之歡潛移，主客之勢互變。昔也貂爲仲所容，今也仲爲貂所容，方且取容之不暇，矧曰逐之云乎？迨仲將死，始明數貂之奸，列於易牙、開方之間，欲并逐之。引證。平時則不敢排擊，以爲保身之計；將死則盡言不諱，以取知人之名，其自爲謀亦巧矣。奇快。然卒開禍亂之原，庶孽交争，國統殆絶，天下之事，信非巧者所能辨也。

嗚呼！管仲輔桓公之初心，其自期何如耶？晚節末路，至使桓公不能自定其子，區區偕仲屬之於宋襄焉。吾讀書至此，未嘗不憐其衰而哀其窮也。世之詆霸者，必曰：『尚功利，五霸桓公爲盛，諸子相屠，身死不殯，禍且不能避，豈功利之敢望乎？』是知王道之外無坦途，舉皆荆棘；仁義之外無功利，舉皆禍殃。奇快。彼詆霸以功利者，何其借譽之深也！創論。

朱字緑曰 從漏師多魚處，看定管仲不言，推到始進時，許君任用小人。以欒易權隱衷，已是奇妙。又説到争之不可，惟有委曲聽從，權默移於小人，而不能復奪。其情其勢，歷歷如見。後言將死，始敢言貂，以取知人之名，亦是推勘入微法。王道之外無坦途，仁義之外無功利，更爲奇快。不許霸者占去『功利』二字，創論驚人。

鄭孔叔申侯

爲世俗之説者曰：徇時者通，忤時者窮。設論起。天下堯舜，而我獨共鯀，是以有放、殛之禍。此忤時爲善而得禍。天下桀紂，而我獨湯文，是以有幽縶之禍。此忤時爲惡而得禍。亂世之不利爲善，猶治世之不利爲惡也。子欲爲善於亂世，盍先自省：能傲災荒而輕髡鉗乎？能嗜刀鋸而親碪鑕乎？如曰未能，盍亦隨時上下，以傲寵保身哉？世俗之説止此。是説之行，風靡波蕩，十人而九矣。噫！是果何道以排之乎？

春秋之時，澆僞蠭起之時也，徇時而生者吾見其人矣，忤時而死者吾見其人矣。祭仲、潘崇之顯榮，此徇時而生。洩冶、伯宗之戮辱，此忤時而死。皆世俗所指以借口者也。蓋嘗以齊楚争鄭之際觀之，鄭伯之臣，終始主齊，不變其説者，孔叔也；忤時者。反覆趨利，且齊且楚者，申侯也。徇時者。格之以世俗之説，則孔叔之樸固膠滯，殆難免乎今之世。忤時當窮。申侯持詭譎之術，遇澆僞之時，所謂卉之春、稼之秋也。徇時當通。然孔叔卒無纖芥之禍，而申侯反以殺其身，則世俗之説果可盡信耶？轉出正意。附丁傅者皆貴於哀帝之朝，而朱博以丁傅敗；獻符命者，皆侯於王莽之世，而劉棻以符命誅。此數人徇時得禍。昔之君子介然自守，忤時而不悔者，其知之矣。惟君子不以禍福易其守，豈有意於徇時而生其悔？

嗚呼！治世者，小人失志之時也；亂世者，小人得志之時也。猶是世俗之論。抑不知事有大謬不然者。小人之在治世，片言犯義則鐫譙至，跬步觸法則譴責來，含毒蓄險，鬱不得吐，信乎其不得志也！然抑其惡，所以全其身，愛小人者，孰有加於治世乎！名通之言。嚴師之箠楚，慈母之呵叱，吾見其恩而不見其讎也。亂世則反是矣。不平對。貪大者家亦大，詐高者位亦高，羣讙輩囂，競於爲惡，不至於覆宗絶祀不止也。有餌焉以馨其鈎，有錦焉以華其阱，安得不誘而納之死地乎！言之可以解頤，思之可爲憐憫。嗚呼！小人者，毋以遇亂世爲幸哉！唤醒。

朱字緑曰　孔叔守正而免禍，申侯反覆而被誅，此亂世之所少也，故取以爲守正者勸，且爲反覆者警。因先説世俗之論，透説徇時之利，反壓題意，然後轉出正意，倍見精神。末復言小人生於治世，以有所裁抑，而不至陷於死亡。小人生於亂世，以無所底止而恒多罹於覆滅。此千古名通之論，所謂善人爲邦，勝殘去殺，而火炎崑岡，則玉石俱焚者也。

齊伐楚

甚小人之惡者，寬小人之惡者也；多小人之罪者，薄小人之罪者也。小人之懷惡負罪者，其心未嘗一日安也。一旦爲人所發，情得計露，何辭之敢争？其所以旅拒不服者，非小人之罪也，治小人之罪也。治小人者，疾之太過，求之太深，謂正指其罪惡，未足以深陷小人。從古黨禍之争多起於此。由是於本惡之外，復增其惡以甚之；於本罪之外，復增其罪以多之。小人方患無以自解也，日夜幸吾一言之誤、一字之差，乘隙以破吾之説，今吾乃故爲溢毁無實之辭，使彼得以藉口，是遺小人以自解之資也。彼之惡本實，因吾增之，反變實惡爲虚惡；彼之罪本實，因吾增之，反變實罪爲虚罪。則爲小人者，惟恐君子增加之不多耳。嗚呼！君子何苦坐一僞而喪百真，小人亦何幸借一誣而解百讁乎？

齊桓公與管仲爲伐楚之役，苟直指其不共貢職以討之，先插正意，卻是虚勢。則適投其病，應情得計露，何詞敢争？楚必稽首而知罪矣。而君臣過計以不共貢職之罪爲不足，遂遠求昭王不復之事，欲張楚之罪，大吾出師之名，以蓋侵蔡之私。抑不知膠舟之禍，年逾數百，荒忽茫昧不可考質，楚人肯坐受其責乎！應溢毁無實之詞。此所以來水濱之侮，尚待進師至陘，而僅得其請盟乎！以小人而謗君子謂之誣，以君子而增小人之罪，亦謂之誣。虚説一段，君子服小人，所以起後文也。小人之誣君子，全體之誣也；君子之誣小人，一事之誣也。大小雖殊，然終同歸於誣而已矣。君子方疾小人之爲誣，而復效其爲誣，亦何以服彼哉！惜乎伐楚之際，無以是語桓公者也。然則楚之罪，果止於不共王祭而已乎？曰否。楚聞周之衰，竊王號以自娱，罪未有先焉者也。桓公、管仲方求出師之名，尚遠取數百年之罪以加楚，使知其僭王，必無反爲楚隱之理；今恬不加問，是必不之見也。一段驚人大議論，前面未肯説出，留在結尾，精神百倍。人之求墜簪者，簪横吾之前，或瞀亂而不能見，簪曷嘗自匿哉！心切於求，則目眩於視也。又設一喻，閒情冷語，餘音嫋嫋。桓公、管仲之不見楚罪，其以是哉！

朱字緑曰 甚其惡而反以輕之，多其罪而反以薄之，從來未經人道。凡作文必有一段不可磨滅之識，始能不朽；若拾人牙慧，不越宿而腐耳。學者不可不知。看博議小小結構，凡創議處，必是前人未有，後人不到，故爾可傳。

楚滅弦黄

天下之禍，恃人而不自戒者居其最；天下之辱，爲人所恃而不能保者居其最。恃人而受禍者固可責也，所恃者不足恃而納人於禍，庸非可責之尤者乎！

齊桓公攘夷狄以尊中國，弦也，黄也。僻陋在夷，慕中國之義，自附於齊，恃齊忽楚，相繼覆亡。左氏以恃人而忘備責之，抑不知二國之所以忘備者，深信中國，以爲可恃也；終至於翦滅者，豈非誤信中國，而至於此極乎！爲中國者誤人於死地，曾不自咎，尚忍隨其後譏之，甚矣！無愧而不知恥也。人之汎舟者，恃舟師而不戒，酣寢沈醉，以溺於水，是人固有罪矣。然岸傍之人罪之可也，舟師罪之不可也，彼由誰致禍而猶敢罪之耶？是溺人者，非水也，舟師也。滅二國者，非楚也，齊也。二國之滅，未足深恨，吾獨有所深恨者焉：中國之不競久矣，蠻夷肆行，莫之敢遏，齊桓獨毅然欲扶衰振廢，弦、黄又奮然自拔於蠻夷而從之，四方諸侯皆將占弦、黄之禍福以爲進退。是機也，中國、蠻夷勝負之決也。使弦、黄既附中國，而社稷奠安，人民豐阜，則皆歆豔，棄戎即華，楚雖倔强，蠻夷間誰與同惡者？今齊桓坐視二國之亡而不能救，附中國者未有福，忤蠻夷者立有禍，人情非病風喪心，豈肯辭福而求禍耶？是驅天下之人而歸蠻夷也。

向若桓公倡義之初，蠻夷皆不知慕中國之義，漠然不應，其害猶淺，是何也？彼雖未知從中國之有利，亦未知從中國之有害也。不幸弦、黄首恃中國而得禍，雕題文身之俗必指以相語曰：『吾始所以慕中國者，圭璧黼繡之華也，干戚羽旄之美也，豆籩彝鼎之肅也，磬筦鐘鼓之和也，謂可托吾國而無後憂。而今而後，乃知中國之不足恃，彼聲明文物亦徒有其表耳，焉可爲所誘而自投於禍哉！』是則二國之滅，猶未足深恨；因二國之滅而絶蠻夷向中國之心，爲可深恨也。

嗚呼！中國猶君子，蠻夷猶小人，小人爲君子之害，猶蠻夷爲中國之害也。世之名君子者，招小人而誘之曰：『汝術甚危，我道甚安，汝盍去故而就新乎？』間有聞風而來者，實無以與之，既奪其小人謀身之術，而不授之以君子藩身之具，未入於仁而先入於愚，未入於義而先入於迂，恃其徒善，曾不隄防，輕犯世忌，以蹈於禍。向之儕輩交責而争尤之曰：『汝不用吾言，舍便利之舊術，而就緩濡之迂計，今禍福果何如也？向之鄙夷吾黨，而自附於彼，吾謂汝朝升君子之門，暮收君子之利，顧乃顛頓困辱，反不若吾黨尋常守故之安，則翦翦拘拘者，果足恃耶！』一犬吠形，百犬吠聲，而仁義之道荒矣！是皆以君子自名者之罪也。以君子自名者，誠不足恃矣。天下安可以此人之不足恃，而遂疑此道之不可恃耶？將之覆軍者相繼，天下不疑兵書之難行；醫之殺人者相望，天下不疑醫書之難用：世未有因罪其人而并罪其書者也。萬古六經，反坐腐儒曲士輩而廢耶！

朱字緑曰　起一段渾籠大意，入題後駁左氏譏弦黄之非，歸罪齊桓作斷，推論二國之存亡，繫羣蠻之向背，從大處落墨，發出崇論閎議。眼光如炬，筆大如椽。後以君子、小人空中結撰，暢所欲言，仍與前意相映照，此文律細密處。至『遂疑道不足恃』句，正謂道之足恃，爲後之爲君子者勸，說理十分圓足。末接兩喻，無非發明此句。〔一〕

楚文王寵申侯

愛而知其惡者，天下之至善也，亦天下之至不善也。舊語翻出新意。人情有所愛則有所蔽，有所蔽則有所忘，不蔽不忘，卓然知其惡於深愛之中，惟天下之至公者能之，何以反謂之大不善乎？一段轉出正意。知而遠之，善之善也；知而近之，不善之不善也。明皇之於李林甫，德宗之於盧杞，同用小人者也，同以小人致亂者也。此段請二客，作虚案，發近情，欺人自用之罪，以擊入楚文。彼善於此，則德宗猶愈焉。德宗之言曰：『人皆以盧杞爲奸邪，朕獨不覺其然。』一段中作三層，兩下參互，反覆盡致。是德宗之用杞，愛而不知其惡者也。應。不知其惡而用之，猶人情也。若明皇，則既知林甫之妒賢嫉能，反尊寵信任至十九年之久，謂之人情，不可也。是知意在於用賢而不知其惡者，德宗也，誤也；意在於用奸而不恤其惡者，明皇也，故也。受欺者其罪小，自欺者其罪大。德宗不過爲杞所欺耳，是杞之罪大，而德宗之罪小也。明皇洞視林甫之惡如見肺肝，是林甫本不能欺明皇，而明皇自用之，罪豈在於林甫乎？

楚文王之嬖申侯也，猶明皇之嬖林甫也。斷定明皇，以定楚案。明皇知林甫之妬賢嫉能，楚文王亦知申侯之專利不厭，一則終彼之身任之不替，一則終我之身寵之不衰，二君之罪，吾未知孰輕孰重也！頓句鬆而緊。彼子文不知楚文之失，反追誦其明，亦惑矣。古今以郭公惡惡不能去爲大譏，又引一案，以甚楚文。然郭公非愛其惡而不忍去也，實惡其惡而不能去也。郭公雖懦，而惡惡之本心猶未失也，豈若楚文與明皇，既知其惡而猶愛之乎？聲之不可并者，笑與哭也；貌之不可并者，愠與喜也。愛其人必不知其惡，知其惡必不愛其人。插喻見奇。異哉！楚文、明皇既知其惡，又愛其人，二者并處於胸中，獨何歟？一語援證。定罪至此，方究出情。蓋有說也。善有力，惡亦有力。不見可欲而不亂者，善力尚淺也；他日見可欲，安知其不亂也？題是惡一邊，卻善惡并論，立局正大。不見其奸而不怒者，惡力尚淺也；他日見其奸，安知其不怒也？見可欲而不亂，則其心深入於善，善之力已堅矣；見其奸而不怒，則其心深入於惡，惡之力已堅矣。應轉天下之至不善，刻露無比。二君知二臣之奸，乃良知之猶未泯者。至於知其奸而尚愛之，是爲惡所持，其力既堅，雖良知不能奪也。吾故論發之，以爲善惡淺深驗。

朱字緑曰　楚文、唐明沈溺於惡，明知之而仍愛之，此亦平常題目。卻尋『愛而知其惡』，極好的道理，忽加以『至不善』的名色，令人心駭目震，急急看其分疏，方說出不知其惡而愛之，其罪淺；知其惡而愛之，其罪深。主客互見，情事刻露，步步挨拶，愈開愈緊，真善於論事之文。

齊桓公辭鄭大子華

道無待，而有待非道也。『待』字一篇血脉。夫一彼一此，而待之名生焉。心之與道，豈有彼此之可待乎！『心』『道』二字作兩柱子。心外有道，非心也；道外有心，非道也。古之學者爲己，非以人不足爲也。通天下無非己，不見有人之可爲也。義大而精。動静語默，出入起居，未有由乎人者。飭躬厲行非以揚名也，别嫌明微非以避謗也，簡賦省刑非以求名也，深謀遠慮非以防患也，本無待而作，亦豈有待而止哉！有所慕而作者，外無慕則止也；有所畏而止者，外無畏則作也。此言有待之非道。曰作曰止，皆待於外而不出於我，則吾之爲善既無本矣。無本之水，朝滿夕除；無本之善，朝鋭夕墮：是烏可恃耶！

管仲諫桓公之受子華曰：『諸侯之會，德刑禮義，無國不記。記奸之位，君盟替矣。作而不記，非盛德也。』仲不能以道格君之心，使自不爲惡，反持簡册之毁譽以制之。噫！爲善果待於外，使自古無史官，諸侯無史籍，將放意而不復爲善耶！駁得快。不導其君以心制物，而反以物制心，是以外制内也。進一步。幸而桓公以好名之心易好利之心，僅從管仲之諫；若桓公好利之心勝，則仲之説窮矣。又就桓公聽諫一駁，更快。信如是，則聖人立左右史以記言動者，亦豈以外制内耶？更翻入。非然也。聖人之心，萬物皆備，不見其爲外也。應通天下無非己。史，心史也；記，心記也。百尺竿頭，拈出秘旨。推而至於盤盂之銘、几杖之戒，未有一物居心外者也。嗚呼！此豈管仲所知哉！繳上。

朱字緑曰 管仲之言未爲大非，看出不能格君心，而制以簡册之毁譽，便見聖人萬物皆備，史記、盤盂、几杖皆屬心物的意思，又有通天下人無非己的意思。諸篇以奇快見長，此獨精純，然奇快之氣亦未嘗滅。

評點東萊博議卷三

葵丘之會

天下之爲治者，未嘗無所期也。王期於王，霸期於霸，强期於强。不有以的之，孰得而射之？不有以望之，孰得而趨之？志也者，所以立是期也；動也者，所以赴是期也；效也者，所以應是期也。汎然而議，卒然而行，忽然而罷，反接。汗漫荒忽，無所歸宿者，是豈足與爲治哉！數語言不可無所期。故期者，聖君賢臣所以先天下之治者也。期固爲治之先，亦或爲治之害。頓住。以上是要有所期。自期於强者，至强則止，欲挽之使進於霸，不可得也；自期於霸者，至霸則止，欲挽之使進於王，不可得也。何則？其素所期者止於如是也。又頓住。强而止於强，翻。霸而止於霸，是特安於小耳！得此一縱，文情委曲。雖不足肩盛世而追遐軌，然下視弱國陋邦，所獲不既多矣乎？謂之無志則可，謂之有害則未也。抑不知天下之勢，不盛則衰；天下之治，不進則退。强而止於强，必不能保其强也；霸而止於霸，必不能保其霸也。驅駿馬而馳峻坂，中間豈有駐足之地乎！用喻作收，文氣飄忽生動。

齊桓公拔管仲於縲絏桎梏之中，屬之國政，立談之間，遽以霸功相期，何其壯也！應志者所以立是期。所期既立，左國右高，前鮑後隰，下逮比閭族黨之民，夙興夜寐，淬厲奮發，以赴吾君之所期。應動者所以赴是期。至於葵丘之會，威加諸侯，名震四海，天子致胙，王人下臨，環以旌旄，崇以壇陛，幕張燎舉，有司戒期，騈圭交舄，仰首就位，弁冕秩秩，穆然無聲。寫伯者得意光景如畫。於是桓公降阼遵廷，下拜王命，興俯跪起之容翼如也，環佩衝牙之音鏘如也，降寵榮光，焜耀在列，申以五命之嚴，永以載書之信，明約顯命，若掞河漢而轟雷霆。區區曹許之君，出於鼠壤蟻封之中，驟見曠古駭俗之偉觀，目眩氣奪，莫敢仰視。寫伯者氣魄震動、赫奕光景如畫。雖平日跋扈倔强，不受控御如晉侯者，猶膏車秣馬，奔走道路，恐干後至之誅。五霸莫高於桓公，而桓公九合之盟，葵丘之會實居其最。收束。一時文物之盛，騷人墨客誇談矜語，至於今不衰。

嗚呼！桓公素所自期者，及葵丘之會悉償所願，滿足無餘。『滿』字應前『止』字，起下十餘『滿』字。種之累年而獲於今日，信可謂不負所期矣。所期既滿，其心亦滿。至此方轉下，説期滿之害。滿則驕，驕則怠，怠則衰，近以來宰孔之譏，遠以召五公子之亂，孰知盛之極乃衰之始乎？文字有次第。吾嘗譬桓公之功業，葵丘未會之前，猶自朔至望之月也，寖長而寖盈；葵丘既會之後，猶自望至晦之月也，寖缺而寖盡。蓋未滿則有增，既滿則招損而已，尚安能復增乎！甚矣！人心之不可滿也。文情摇宕。桓公非不知滿之可戒也，所期既滿，其心不得不滿也。使桓公所自期者不止於霸，詎肯至霸而滿哉！上用兩所期既滿。桓公之罪在於自期之時，而不在於既滿之時也。雨暴而沼溢，酒暴而卮翻。似害生於既滿之時。按此二句，説不在既滿之時，倒縮法也。沼之所受有常限，卮之所容有常量，喻意夾出正意。人之所期有常願，踰其限，過其量，塞其願，雖不欲滿，而不自知其滿矣。我不爲沼，何憂乎十日之霖？我不爲卮，何憂乎千釀之醴？桓公素不以霸自期，則下視霸功，亦蚊蝱之過前耳。吾是以知自期之不可小也。進霸而至於王，極天下之所期，無在其上者，其亦可以息乎！翻。曰：王道果可息，則堯之兢兢、舜之業業、湯之汲汲，何爲者耶！

朱字緑曰　通篇兩層立意，一是不可無所期，一是所期不可自小而至於滿。主意重在所期不可自小而至於滿，卻先説不可無所期，輕先於重，多用此法。至光采横騖，豪宕軼羣，自來自往之文。

衛侯遜位激民

天下之物，有置之則不可見、動之則不可禦者，殆非人力之所能爲也，機之發於天者然也。「機」字從「激」字生。兄弟鬩於牆而外禦其侮，是心安從生耶！兄弟之愛天也，鬩鬩之時，其機伏而不見，初未嘗亡也；一旦遇途人之辱，以動吾之機，是機一發，豈薄忿細怨所能遏耶！君臣也，父子也，夫婦也，兄弟也，朋友也，五者天下之大機也。私欲梏之，小智藩之，封縶固密，其機若不可復還也。或叩焉，或觸焉，其機立應；掣其梏，決其藩，固有破百年之人僞於一息之間者矣。

唐之代德何如君也，昏庸猜虐，民困其暴，固已不復知有君臣之義也。及在播遷流離之中，用柳伉、陸贄之言，貶損自責，以感發天下君臣之機。真機既生，森不可禦，向日之抑塞、向日之殘酷、向日之横斂、向日之征徭，後機一衝，前怨咸息。愛君之外，舉無餘念，疾首痛心，争先赴敵，不越月踰時，而歸二君於故都，祀唐配天，不失舊物。暫動其機，效已若此，况其機素明者耶！應前百年一息。衛國之君兩用此機，人題以議論爲敘事。文公以邢狄之侵，避位而激其民，動是機於前而終能滅邢；靈公以晉之侮，亦避位而激其民，動是機於後而終能亢晉。是非樂於自屈也，不屈己於此，則無以發機於彼也。文公固賢主，若靈公，豈素拊循其民者耶？民之所以畢力拒晉者，非爲靈公也，靈公之言適動其愛君之機而不能已也。雖然，動天之機者不可雜之以人。復提前「天」字立論。狄侵晉侮，非有陜郊之危、奉天之急也，映帶代德。而文公、靈公張大其事，甚己之辱，而起民之怒，其動民之本，狄侵晉侮，亦非小辱，不可以罪二君。出公事不同，牽合未確。既雜而不純矣。故衛國之民天機雖動，人機亦隨，馴致其患。公孫彌牟反竊是機以拒出公，非動其機者不端，詎至是耶！以人蔽天猶可也，以人亂天不可也。蔽者其天尚存，方開之以天而遽投之以人，本原汩亂，吾不知其何時而能去也。

朱字緑曰 動其機亦是平常議論，取其首尾完好，引代德二宗事亦切。

梁亡

天下之不容泯者，天理也。登唐虞之朝者，舉目皆德政；陪洙泗之席者，入耳皆德音。縱横交錯，無非此理，左顧右盼，應接不暇，其何自而窺天理之真在哉！唐、虞、洙、泗，反不見天理，映下罔民中乃見天理。至於居横逆淫詖之中，天理間發，豈非是理之真在歟！『我生不有，命在天。』引兩客。人皆知紂之託詞也，然天之一言，胡爲而忽出於紂之口哉？『何適而無道』，人皆知跖之託詞也，然道之一言，胡爲而忽出於跖之口哉？紂身與天違，而口忽言天；跖身與道違，而口忽言道。噫！不如是，何以知是理之果不可亡歟！應首句。

梁伯溺於土功，罔民致寇，自速滅亡，其罪固然矣。吾獨於罪之中，而知天理之所在焉。人皆以罔民爲梁伯之詐心，吾獨以爲梁伯之良心。每用此法見奇。世之論良心者，歸之仁，歸之義，歸之禮、智、信，未有敢以詐爲良心者也。名詐以良心，豈有説乎？一路委曲頓挫，機勢卻復逸宕。曰：詐非良心也，所以詐者梁心也。梁伯之版築，其自以爲是乎？其自以爲非乎？如自以爲是，必不待罔民以其寇將至也，必不待罔民以秦將襲我也。惟其心慊然以爲非，恐民之不我從，此處看出良心。故虛張外寇以脅之耳。嗜版築而不已者，心之私也；慊版築而不安者，心之正也。詐固非良心，慊獨非良心乎？罔民爲良心。是以知天理常在人欲中，未嘗須臾離也。欲心方熾而慊心遽生，孰導之而孰發之乎？嗚呼！梁伯一念之慊，縱一層，文氣充滿。此改過之門也，此復禮之基也，此堯、舜、禹、湯、文、武之路也。使聖人迎其善端，推而大之，沛然若決江河，莫之能禦，奈何一慊方生而遽繼以詐，自起自仆，良心安得而獨勝乎？是知與生俱生者謂之良心，毀之而不能消，背之而不能遠，有以繼之則爲君子，無以繼之則爲小人，繼與不繼，而君子、小人分焉。看出君子、小人之分，在良心繼與不繼。故學者不憂良心之不生，而憂良心之不繼。

朱字緑曰　孟子言性善，朱子言雖下愚不能無道心，自是顛撲不破。從混滅良心處看出良心，意更警切。由此推之，凡爲不善而工於覆匿，與爲不善而假託善名者，何非良心之所在也！王伯安言良知，是知有良心者矣，乃曰『無善無惡之心體』，然則良知又是何物？至今祖述其説者，必欲打埽『善』字一空，歸於虛無而後止。使心之體果無善無惡，必不知善之爲是、惡之爲非也。梁君何爲復欺罔其民，以行不善耶？從和尚位下活生活者，必又曰滿街都是聖人矣。

用人祀神

無間則仁，有間則暴。精簡。無間則天下皆吾體，烏得而不仁？有間則獨私其身，烏得而不暴？幽明也，物我也，混混同流而無間者也。喜同一喜，喜觸於心，則幽明、物我不約而皆喜；怒同一怒，怒觸於心，則幽明、物我不約而皆怒。承無間，說得表裏洞徹。判而爲慘舒、休戚、愛憎、哀樂之情，別而爲盈虛、予奪、是非、損益之理，散而爲禍福、利害、安危、死生之變，彼動則此應，彼發則此知，未嘗有間也。小落。

昔之仁人所以視民如傷者，豈以冥冥之不可欺、昭昭之不可犯哉！無間一段短。幽明物我通爲一體，不見其有可傷之地也。既傷於民，亦傷於身；既傷於身，復傷於神。透辟。身與神無間。噫！知此者，其知仁之方乎？不仁則不覺，不覺則不合。幽明不合，而有人與神之間焉；物我不合，而有人與己之間焉。有間一段長。遂以爲苟便於身，何恥乎媚神？苟媚於神，何恤乎害人？以妄傳妄，以僞傳僞，然後淫誣怪誕之說興，然後焄蒿淒愴之妖作，然後陰詭側僻之祀起，然後釁塗刳剔之亂生。如宋襄、楚靈、季平子之事，蓋有禽獸之所不忍爲者，非天獨賦以酷戾很逆之性也。主客夾寫。私己深，畏神甚，淪惑其心，至此極也。一時之君子又從而譏之，曷若求其爲暴之原而滌之乎？天下之理，有通有塞。其通耶，八荒之外、六合之内，幽明、物我，不見其間，孰非吾仁？無間一段短。其塞耶，雖汲汲以愛人利物爲念，然毫芒之差，藩籬限焉。有間一段長。間不在多。發於其心，害於其事；發於其事，害於其政，民有不得其死者矣。一念之毒，流金鑠石；一念之駛，奔雷走霆。雖未嘗以兵殺人，實以心殺人；雖未嘗用人以祭社之神，實用人以祭心之神也。其視宋襄輩何以太相過乎！通者，仁之門也；塞者，暴之門也。總束。是故欲仁者不於其仁於其通，去暴者不於其暴於其塞。

朱字緑曰　用人祀神，其惡甚著，本不足論。前用『幽明物我，莫非同體』，看出仁道之無可傷。後用『一念之毒』『一念之駛』，而民有不得其死者，看出不仁之不在大。亹亹精言，能發前人所未發。

宋人圍曹

天下之情不見其速，未有見其遲者也。浴焉而食，食焉而繭，繭焉而繅，繅焉而織，歷數月而後得帛。凡蠶者皆以爲固然，不聞厭其遲也。耕焉而種，種焉而耘，耘焉而獲，獲焉而春，歷一歲而後得粟。凡農者皆以爲固然，不聞厭其遲也。身修而後家齊，家齊而後國治，國治而後天下平，一階一吧，豈可妄躐哉！由三代以前，亦未聞有厭其遲者也。見倚市門者得帛於一笑之頃，應『見』字。則回視蠶婦數月之勞不勝其遲矣；見坐賈區者得粟於一日之間，則回視農夫終歲之勞不勝其遲矣。功利之説興，變詐之風起，棄本徇末，競收富强之效於立談之餘，反顧王道，豈不甚遲而可厭哉！此段法變，以化其板。是宜子魚舉文王之事，而終不能止宋襄之師也。題只一點。儒者之論曰：以下申前正論，轉出小人欲速。蠶而帛，農而粟，身而治，正也；不知本。不以蠶，不以農，不以身，雖得利，如不正何？嗚呼！小人之情惟利是嗜，既衣其帛，何恤乎不蠶之名？既食其粟，何恤乎不農之名？既享其治，何恤乎不身之名？爲是論者，豈足以梶小人之心哉！盍反其本矣？

天下之所以有僥幸而得帛者，以下是本論，一篇正意在此。以蠶婦陰爲之織也；天下之所以有僥幸而得粟者，以農夫陰爲之耕也。化三段爲兩段。如使天下盡厭耕織，焚其機，斧其耒，則雖有巧術，何從而取粟帛？段段折入喻語，文勢回翔，有情有景。皆將凍於冬而餒於途矣。彼僥幸而收功利，豈真其力哉？亦聖人之遺澤，三綱五常之猶未亡者，陰有以扶持之也。『陰』字應首句。『不見』二字，不見中有此在也。向若聖人皆效後世之欲速，蹶其根，涸其源，以争旦暮之利，則大經大法殄滅無遺，人之類滅久矣，雖有欲速之心，何所用哉！然則，後世共詆薄以爲遲鈍迂闊者，乃其所恃以生者也。猶耕織之有布粟。無賢者，則不肖者不能獨立；無智者，則愚者不能獨存，彼其相戕相賊、歲消月鑠，而戴髮含齒之屬終不可盡者，意其中必有所恃也。所恃者，果專在於聖人乎？設難以待後之君相。曰：否。

朱字緑曰　耕織政治，平排三段，反覆六層，後變主客兩對，安排之法處處高老。

隨伐楚

君子憂我之弱而不憂敵之强，憂我之愚而不憂敵之智。以自强立論，照定由己不由人意。强者弱之對也，我苟不弱，則天下無强兵；智者愚之對也，我苟不愚，則天下無智術。雙承。後之爲國者，終歲憂敵之强，而未嘗一日憂我之弱；終歲憂敵之智，而未嘗一日憂我之愚：使其移憂敵之心而自憂，則誰敢侮之哉！反收。

以隨之陋而鄰於楚，以隨之君臣而與楚成、子文抗，其强弱智愚判然矣。提明隨楚之勢，左氏以左氏議其不量力，爲後文翻駁地。隨非惟不知自憂，乃不自量其力，怒臂當轍，以蹈禍敗。左氏以不量力譏之，允矣。其言曰：『隨之見伐，不量力也。量力而動，其過鮮矣。善敗由己，而由人乎哉？』一句後凡數翻。左氏之意以謂楚雖强暴，終不敢無故加兵於隨。以下發盡左氏之意，下文乃貶其非。使隨自知力不如楚，甘處退怯，四字伏後畏楚。則禍何由至哉？伐隨者，楚也；

召楚者，隨也；是隨之敗，由己而不由人也。見伐者雖在人，無致伐之端者，顧不在我乎？嗚呼！信如是説，乃所謂由人而不由己也。轉語極佳，就上文一反跌。畏楚而不敢先動者，固出於隨矣。所以制隨而使之不動者，非楚乎？是其不動者，名由於我而實由於人也。有宗廟，有社稷，有民人，而寄存亡之命於他國，惴惴自保，惟幸不見侵，陋矣。『漢陽諸姬，楚實盡之』，彼豈皆先犯楚者哉？引此以破左氏之説，極當。隨雖量力自守，恪遵信約，疆埸有釁，楚之執事豈其顧盟！然則隨雖自守，不能禁楚之吞噬，存亡之權，固由楚而不由隨也。

左氏能誦善敗由己之言而止耳，孰知善敗由己之理乎？又提出『理』字，直斷左氏。天下之事，未有不由己者。善者己也，極其善，則爲堯、舜、禹、湯者，亦己也；敗者己也，極其敗，則爲桀、紂、幽、厲者，亦己也。前無禦者，欲聖則聖；後無挽者，欲狂則狂。隨侯果知此理，則位天地、育萬物無不由己，況區區之楚何足畏乎？左氏謂畏楚爲量力，應前『甘處退怯』。不知適以隳人之力也。古人之所謂量力者，蓋有説矣：發明『量力』二字，寔是由己至理。養而未充也，爲而未成也，修而未備也，於是量力而未敢輕動焉。所憂固在於己，而不在於人也。養已充，爲已成，修已備，有所不動，動無敵矣。苟以齷齪自保爲量力，則人將自安於弱而終於弱矣，自安於愚而終於愚矣。隳天下之力者，非量力之論歟！復前句，收住有力。

朱字緑曰　左氏量力而動，原未嘗禁其不動。文看出甘處退怯，爲禁所制，反由人不能由己，是從無可翻案處翻出新意。篇末養未充、爲未成、修未備，及已充、已成、已備，兩層説得完全。否則，以隨小弱而當楚强大，不教之效死勿去，而導之争地争城，是速之斃而已矣。

宋公楚人戰於泓

由涿鹿而至牧野，舉帝王之兵，更數十戰；由六經而至諸子，談帝王之兵，踰數萬言，效非不明，而説非不詳也。及宋襄公爲泓之役，而以帝王之兵自許，反至喪敗。直出。後世指其一戰之失，盡疑帝王之兵爲不可信。果哉？説之遽也。

宋襄君於宋，直接三段。豈不知宋之弱？迫於楚，豈不知楚之强？今乃不量宋之力，偃然自爲盟主，欲屈强楚之君於會，其愚而不能料事，一矣。宋襄有三愚，而不知帝王之兵不與焉。齊桓之霸，宋襄耳目所接也。宋襄自視信義與齊桓孰愈？壤地與齊桓孰愈？兵甲與齊桓孰愈？齊桓九合諸侯，終不能屈致楚子，而宋襄乃驟欲致之，其愚而不能料事，二矣。盂之見執，幾不免虎口，僅而縱釋，曾未閱時，遽忘前日之辱，尚敢稱兵與楚争鄭，其愚而不能料事，三矣。是三者，皆匹夫匹婦之所共曉。總斷。况所謂帝王之兵制，遠在千百年之外，斷編遺簡，若藏若滅，若存若亡，是豈宋襄之所能知乎！觀其料今事之疏，即可見其談古道之謬，雖未交鋒之前，固知其必敗也。

說者乃以宋襄之敗爲古道之累，是猶見瞶者之誤評宫角，遂欲并廢大樂，豈不過甚矣哉！應前後世，指其一戰之失，起兩波。或者又謂宋襄無帝王之德，而欲效帝王之兵，所以致敗，亦非也。使帝王之世，人皆服其德，則固不待於用兵矣。數語破盡迂儒之障。德不能服，是以有兵，則兵者生於人之所不服也。彼既不服矣，豨縱豕突，亦何所不至？我乃欲從容揖遜以待之，適遺之禽耳，破宋襄所稱帝王之兵非是。吾恐帝王之兵不如是之拙也。古之誓師者曰『殄殲乃讎』，曰『取彼凶殘』，凜然未嘗有毫髮貸其所寬者，惟弗迓克奔而已。再破其說。奔而歸我，是以弗擊。苟推鋒而與之争一旦之命，胡爲而縱之哉？是縱降者帝王之兵，縱敵者宋襄之兵也，烏可置之一域耶？

公羊子以宋襄之戰，爲文王不是過。以下駁公羊而贊子魚，所以照出宋襄之愚。嗚呼！宋襄何足以知文王？若子魚乃真知文王者也。子魚諫宋襄伐曹曰：『文王聞崇德亂而伐之，軍三旬而不降，退修教而復伐之，因壘而降。』其言薰然而不傷，退然而不伐，妙得文王之本心。至於泓之戰，諫宋襄之辭，發揚激厲，奮起勁悍，驟與前日異，若與文王不相似。與變推移，不主故常，此真學文王者也。知子魚之善學文王，則知宋襄之不善學文王矣。收句緊峭。

朱字緑曰　博議好用奇峭之句，獨此篇舉止端嚴，不事佻巧。至破宋襄迂愚之論，極爲痛快。前説宋襄、陳餘，以杯水救車薪之火，尚許他有一念之合於帝王。此并説所言非是帝王之道，更直截。

魯饑而不害

天者，人之所不能外也。世之論天者，何其小耶！日月星辰之運則付之天，災祥妖孽之變則付之天，豐歉疫癘之數則付之天。若是者，皆非人之所能爲。伏左氏旱在天、備在人意。吾知崇吾德、修吾政而已，彼蒼蒼者，吾烏知之哉？以湯之時而天旱，天與湯未嘗相參也，當是時，天亂而湯治。奇警。以秦之暴而天稔，天與秦未嘗相參也，當是時，天治而秦亂。接兩段，索性把俗論暢説一番。天自旱之，湯自養之；天自稔之，秦自暴之：天與人曷嘗相預耶？

自世俗之説行，天人始離而不合矣。鎖合起意。魯僖遇旱而欲焚巫尪，其陋已甚。賴從文仲之諫，亟修旱備，是歲饑而不害。詳考左氏所載，殆未免世俗之見也。左氏之意，以謂旱在天，備在人。推其意作斷。泉枯石燥，土焦金流，人固無如天何；修城節費，務穡勸分，天亦無如人何。饑者，天之所爲也；不害者，人之所爲也。果如是説，則所見者不過覆物之天耳。一句斷轉。抑不知天大無外，人或順或違，或向或背，徒爲紛紛，實未嘗有出於天之外者也。順中有天，違中有天，向中有天，背中有天，果何適而非天耶？左氏謂修旱備爲無預於天，取左氏説，轉深一層。抑不知文仲之諫自何而發，僖公之悔自何而生，旱備之修自何而出。此一篇關鍵。人言之發即天理之發也，人心之悔即天意之悔也，人事之修即天道之修也，無動非天，而反謂無預於天，可不爲太息耶！天人一體，言之鑿鑿。善觀天者，觀其精；不善觀天者，觀其形。成王之方疑周公，其天固嘗蔽也。引證確切。及雷電以風，成王肅然祗懼，與召公、太公共啓金縢之書，始信周公之勤勞。是成王胸中之天，『胸中之天』妙絶。已回於執書以泣之時矣，豈必待天雨反風、禾則盡起，然後知天意之回耶？待天雨反風而知天意者，周人之知天也，非召公、太公之知天也。

朱字緑曰 駁去天與人無預之説，卻先透發天與人無預，然後轉入天人一體意。博議多用此法。議論警動，淪迴澈轉，巒沓重岡，令人賞而忘倦。

能修旱備，即是回其胸中之天。天道遠，人道邇，故天人有時相答如應，亦有時漠不相應。畢竟崇德修政以俟天命爲回天之要，不可非也。

成風請封須句

先王之澤，入人之深，雖至於世降道散，猶相與誦説歌詠而不衰。從不忘周立論。出於學士大夫之談者，教之餘也；出於故家遺老之傳者，俗之餘也；出於田夫野父之口者，治之餘也。習其教，漸其俗，思其治，嚮望懷想而不能自已，亦其勢之當然。乃若所謂婦人女子者，其視先王之道果何物耶？小落。蓋嘗觀詩之變風，往往多出於婦人女子之手。開。綠衣，莊姜之詩也；泉水，衛女之詩也；柏舟，共姜之詩也；載馳，許穆夫人之詩也。其詞忠厚雅馴，憂而不傷，勁而不怒，藹然文、武、周公之遺澤在焉，是孰開之而孰誘之耶？疑情以呼本意。吾是以知文、武、周公之化，固有默行乎禮教、風俗、政治之外者矣。應前學士大夫三段。不然，則婦人女子豈告語之所可及、防範之所可率哉！

成周之澤，至於使婦人女子不能忘，則文、武、周公之用功深矣，是豈一朝一夕之故哉！唱嘆生情。成風請救須句，特以親暱而發，此人情之常，不足深道。然其言曰：『崇明祀，保小寡，周禮也；蠻夷猾夏，周禍也。』成風以一女子而造次發言，不舍周室，非文、武、周公之遺化潛中其心，陰致其意，詎能至是乎！遠矣，周澤之長也！吾嘗紬繹成風周禮之說，如仲孫湫、韓宣子，知之者代不乏人。至周禍之說，則春秋二百四十二年之間諸侯皆不能知，知之者成風一人而已。平王之東降於列國，異政殊俗，各私其私。曰天禍晉國者，晉人自言也，未聞在晉而言周禍也；曰天禍鄭國者，鄭人自言也，未聞在鄭而言周禍也。意思暢快而後止。成風請救須句，必以邾既滅須句，勢將逼魯，實魯之禍，庶幾動僖公之聽。又將

『魯』字剔『周』字，緊弦促節，沁入心脾。今乃置魯而言周，何耶？成風之意則有在矣：通天下皆周也。魯非魯之魯，乃周之魯也。須句非須句之須句，乃周之須句也。邾爲不道，翦滅周之須句，則爲周之魯者，安得不被髮纓冠而亟救之耶？嗚呼！文、武、周公既没數百年，以一女子之所見，猶非周時諸侯之所能及，吾是以知周之所以盛，君子蓋爲之歎息焉。

朱字緑曰 由周禍一語，勘到周澤之未衰；以學士大夫、故家遺老、田夫野父，映出一女子。文勢方落，忽用詩意颺開，引出四個女子，以見周澤不止遺於一人，益徵其遠。入題後擒定兩『周』字，發論一層；又單擒『周禍』二字，深論一層；列國不能及，一層；原成風尊周之意，透發一層。文情斐亹，如讀匪風、下泉之詩。

秦晉遷陸渾〔一〕

物之相召者，捷於風雨。地夷而人華者，公劉之治豳也，以華召華，不旋踵而有文武之興王；地華而人夷者，晉帝之納款也，以夷召夷，不旋踵而有耶律之俘虜。是知居夷而華者，必變夷爲華；居華而夷者，必變華爲夷。物物相召者，未嘗不以其類也。

中天下而畫壤者，是爲伊洛，萬國莫先焉：天地之所合也，四時之所交也，風雨之所會也，陰陽之所和也。自伊洛而俯視夷狄，猶鈞天帝居與匽溷然，相去不知其幾千百等，政使風俗隳壞，何至遽淪於夷狄乎？辛有一見被髮之祭，預期爲戎於百年之前，而秦晉之遷陸渾，果不出其所料者，抑有由矣！曠百世而相合者心也，跨百里而相通者氣也。伊洛之民，雖居中華聲明文物之地，然被髮野祭，意之所向，已在於大荒絶漠之外矣。故以心感心，以氣動氣，安得不爲陸渾之遷哉！既爲沮澤，潦水自歸；既爲羶肉，螻蟻自集；既爲夷俗，戎狄自至：辛有所以能預期於百年之前者，非有他術也。閒田隙地散在九州者尚多也，秦晉必徙於此而不之他焉，陸渾亦必居於此而不之他焉，是豈嘗擇而處之哉？風聲氣習自相感召，以默而驅之，潛而趨之，蓋有不能自已者矣。是故，秦晉非能徙，不得不徙；陸渾非能居，不得不居，罪在此而不在彼也。使在我無召戎之具，彼胡爲乎來哉？

嗚呼！辛有可謂知幾矣。然其言曰：『不及百年，此其戎乎！』吾以爲猶未盡也。善惡無定位，華夷無定名，一渝義禮，旋踵戎狄。彼被髮野祭之際，固已爲戎矣，豈待百年而始爲戎乎？陸渾未遷之前，戎狄其心者也；陸渾既遷之後，戎狄其形者也。人徒以秦晉之遷陸渾爲亂華之始，不知伊洛之爲戎久矣！豈待氈毳其服，穹廬其居，侏離其語，然後謂之戎哉？十九年掘鼠牧羊於北海之濱，而未嘗少改蘇武之漢也；承乾身未離唐宮，而已純乎突厥矣。天下之可畏者，莫大於吾心之夷狄，而要荒之夷狄次之。

朱字緣曰　首段泛論物類相召之理，引兩事以實之，一反一正，爲本題作引；接入伊洛，先論形勢，説不應有遷戎之事作翻；點題後推原其故，揭『心』字作骨，從『心』字生出『氣』字，暢發所以然之故，反覆推勘，議論深透。文於山窮水盡處再就辛有語推進一層，令閱者如逢武陵桃源，頓闢異境。造句奇警，其刺心也可駭，其愜心也可喜，再借再事旁證收占，結束全篇，滴水不漏，結構謹嚴有法。

子圉逃歸

謀於塗者不若謀於鄰，謀於鄰者不若謀於家。非遠愚而近智也，愛淺者其慮略，愛深者其慮詳，理也，亦勢也。伏後情疏義薄。四海九州之人，卒然相遇，問焉而不對，叩焉而不應者，則有之矣。家人婦子則不然：同分義，均休戚，内無所隱，故其情真；外無所飾，故其語真。以真遇真，懇款惻怛，往往得利害之真焉。彼家人婦子之智，非果踰於他人也，智者之略，固不如愚者之詳也。故家人婦子之謀，智慮有所不及，聰明有所不逮，則付之無可奈何而已，豈肯僥幸苟免，而懷不盡如塗人之爲耶！

異哉！嬴氏之於子圉，何其親則同室而情則塗人也！當子圉逃秦而歸，曾不爲之反覆訂議，遽告之宜歸以順其意，又不與之俱以脱其身，又自詭不泄以解其疑，意之所主，特欲自爲僥幸苟免之計。苟免固賤行也，然世人之苟免者，猶曰姑以免吾身焉。父子一體也，夫婦一體也，害於彼則傷於此矣，義不足以全子圉，又何足以全其身哉！意欲苟免，卻失自全之義，喚醒真切。此嬴氏所以始欲苟免，而終不免於二嬖之辱也。昔之烈女，不幸而處不可兩全之地，固有殺身以致吾義者矣，況子圉之事未至於不可兩全耶！使嬴氏當子圉之謀歸，易辭以對曰：對語妙極。『子淹恤於秦者非他，所以合秦晉之交也。今不忍數年之不燕而蔑棄敝邑，若二國何？寡君有社稷之事，不得以身服役，使賤妾得侍巾櫛，子介然有他志，是寡君不得事子也，妾將復於寡君。』非獨用意妙，亦是詞令妙品。嬴氏苟能爲此言，則子圉憚嬴氏之告，必不敢興逃遁之謀。設身處地，理勢明確，真是萬全之策。嬴氏席秦伯之勢，必不至爲子圉之害；秦伯顧嬴氏之愛，必不入重耳之策。父子夫婦之間，顧不兩全乎！嗚呼！嬴氏固知出此，則可以成父之志，六『可以』。可以解夫之禍，可以盡婦之道，可以全己之節，可以續惠公廢絶之祀，可以解秦伯戎狄之譏，一舉而數利得。使嬴氏少致思焉，則何憚而不出於此也！思之苟生於情之疏，情之疏生於義之薄。應愛淺慮略。土薄則無豐殖，雲薄則無甘霖，鐘薄則無震聲，味薄則無珍膳，未有薄其誠於先而厚其謀於後者也。然則嬴氏之不能謀，豈在於子圉逃秦之時哉！推勘根由，在一『薄』字。『薄』不在臨時，而在於平日有識有斷。

朱字緑曰 辰嬴以一身事從子、從父之間，而皆以爲變，不足語於大義也審矣。齊桓之女醉而遣重耳以行，嬴氏割枕席之私勉圉歸以就大計，似亦不爲甚失。至入重耳之策，禍及子圉，或非兒女子當時所能料也。文思特纏綿穠郁，婉轉入情。

魯卑邾不設備

大勝小，强勝弱，多勝寡，兵家之定論也。魯與邾未交兵之前，人皆意魯之必勝矣，而僖公卑邾不設備，卒以取敗，是魯無魯而邾有邾也，以有對無，勝安得不在邾，敗安得不在魯乎？

吾嘗論僖公之爲君，納莒挐之俘，受葛盧之朝，嶅然、軒然，自處於衆人之上，是亦一僖公也。奔走於葵丘之會，周章於踐土之盟，惴然眇然，自處於衆人之下，是亦一僖公也。形容僖公如畫。彼一僖公也，昨勇今怯，朝盛夕衰，何其多變而無特操耶！一篇主意。殆非專僖公之罪，其居使之然也。僖公所居者魯，以魯而臨介莒，則自大視細，心不期驕而驕；以魯而望齊晉，則自細視大，心不期畏而畏。曰『不期』，曰『既見』『必見』，皆説無特操。既見大國之可尊，必見小國之可忽，斯其所以禍生所忽而召魚門之辱歟！文仲之諫，忠矣。惜其能箴僖公之病，而未知僖公受病之原也。僖公受病之原安在哉？使僖公易地而居齊晉，則將變畏爲驕；易地而居介莒，則將變驕爲畏。吾是以知尊大國者，非僖公也，魯也；忽小國者，非僖公也，亦魯也。僖公不以己爲己，而以魯爲己，故大於魯者吾亦大之，小於魯者吾亦小之，豈非爲居之所移乎！總一無特操，造語奇雋。昔者舜自側微而登至尊，木石不能使之愚，鹿豕不能使之野，耕稼不能使之勞，陶漁不能使之辱，袗衣鼓琴不能使之逸，牛羊倉廩不能使之奢，蓋居爲舜所移，而舜未嘗爲居所移也。噫！當僖公之時，有能誦舜之事，以起僖公之病，庶其有瘳乎！

朱字緑曰　魯僖意中無邾，卻是無魯，立説可謂雋妙。又因其無邾，並推到無莒介，且推到有齊晉，有莒介爲有魯，有齊晉亦爲有魯，只一有魯，便無僖公，觸處通靈，無一不歸雋妙。作文所以貴有筆也。

成得臣郤獻子

多而不可滿者欲也，鋭而不可極者忿也。治欲之法，有窒而無開；治忿之法，有懲而無肆。或者曰：『飢止於食，渴止於飲。欲者得求則止，忿者得報則止。』嗚呼！爲是説者，是畏火之怒而投薪以滅之，祇益其熾也。夫薪者，火之資也；權位者，忿欲之資也。假其資而望其止，天下寧有是哉！先王尊權位以示天下，所以嚴萬世之巨防也。以『防』字换『止』字，『防』在先，『止』在後矣。何人而無欲？何人而無忿？忿欲之興，局於無權、無位而不得展。足將行而駐，手將舉而斂，有谿壑貪惏之欲、鬱勃炮燔之忿，莫不限於權位之巨防而止，回則自趨於善矣。天下方馳騖於忿欲而不知反也，不能防則不能止，爭則益後矣，故先王不爲。先王固未嘗與之爭也。嚴吾權位之巨防，使忿欲者窮於無資，志衰力怠，道窮途絶，伥伥然而無所歸，雖吾不使之趨於善，而彼自不得不趨於善。

然則，權位者真先王閉忿欲之巨防也歟？惜乎！先王以是爲忿欲之防，摺轉入題，最有情。後世乃以是爲忿欲之資，總是責子文、武子意，一線到底。何其反也。楚成得臣有功於陳，子文推令尹之位以塞其欲；晉郤克既辱於齊，范武子授郤克以政使逞其忿。噫！令尹豈賞功之物，而晉數百年之社稷，亦豈二三臣逞憾之具歟？楚非置兩令尹也，幸而一成得臣有功耳，如使數人者並立大功，吾不知子文復何以與之？駁得倒。晉之行人見辱者多矣，解揚之見執於宋，韓起、羊舌肸之見挫於楚，如與郤克並發於時，則晉師亦將東馳西逐，盡報諸臣之怨而後已歟？駁得倒。甚矣！子文、武子之不思也。將以飽其欲，適以滋其欲。應前假資望止。將以散其忿，適以張其忿。使得臣之欲與位俱長，嗜勝不止，迄至城濮之敗；使郤克之忿與位俱長，狃鞍之勝，忿不思難，至欲質齊侯之母。得臣之欲，得子文之位而盛；郤克之忿，得武子之位而伸。君子不能救人之忿欲則已矣，不能救未足責成，惡加一等。安得假其資而成其惡乎！

雖然，武子猶未足責也。彼子文靖國之語，一何悖耶！側重子文作結，發出大議，是竿頭更進法。凡人爵不足以酬功，慊之者固多矣。若遽作不靖，危其國家，自非盜賊小人，未必皆有是心也。子文之言，何概以盜賊小人待天下耶！斯言一出，人臣之立大功者，此下原缺。人君或懼其不靖，反加屠戮，是功者身之賊也；以是位而答是功，不問能否，使播其惡於民，是功者位之賊也。既立大功，自謂居危疑不賞之地，而奸謀始出，是功者國之賊也。一有大功，則爲身之不幸、位之不幸、國之不幸，孰敢以功業自奮耶！詩曰：『誰生厲階，至今爲梗。』

朱字緑曰　通篇責子文、武子授慾慾者以資而成其惡，處處激射，無一筆放寬。示之以先王之道，窮之以不能並授數人之勢，至於一殺其身，一辱人母，議論痛快，令人望而欲避其鋒。

有功不賞，亂之道也。能因其慾，使伸之於仇敵，亦用人之術也。但賞功可耳，不宜授以令尹；慾加仇敵可耳，不宜逞於與國之齊。然子文、武子推己之位以予人，自不可及。明中葉以來，首輔彼此相傾，前者不肯讓，後者不肯止，視二人，不更有愧色耶！

晉懷公殺狐突

明於觀人，暗於觀己，此天下之公患也。見秋毫之末者，不能自見其睫；舉千鈞之重者，不能自舉其身。甚矣！己之難觀也。人皆知以己觀己之難，而不知以人觀己之易。點明一篇主意。因人之善，見己之善；因人之惡，見己之惡；觀孰切於此者乎！

晉懷公不知己之無以致人，徒責人之不從己，殆未嘗以人而觀己也。照應緊湊。懷公，晉國之君，彼重耳特一亡公子耳。此段將從重耳、從懷公兩地相對，各列三段。狐趙之徒出從重耳，陷敵困衛，逃齊脱楚，人有不堪其憂者矣；乞食投塊，觀浴操戈，人有不堪其辱者矣；風羈雨絏，過都歷邑，人有不堪其勞者矣。使其舍重耳而從懷公，則閭里歡迎，姻族畢至，擊鮮釃酒，舒發性情，此天下之至樂也；高軒華轂，豹飾羔裘，前趨後陪，光生徒馭，此天下之至榮也；堂宇靚深，自公退食，體胖心廣，四顧無虞，此天下之至安也。理勢明暢，詞調敷蔚。懷公盍亦以人觀己乎！從彼者憂如是，辱如是，勞如是，總此情事，顯然可見，説來更覺新警動人。而狐趙輩乃就之而不辭；從我者樂如是，榮如是，安如是，而狐趙輩棄之而不顧：則德之優劣厚薄，不待言而可見矣！

懷公盍亦因此自反曰：又切一步。樂也，榮也，安也，人之所同嗜也。狐趙之徒所以崎嶇從重耳者，豈與人異情哉！其棄樂而忘憂者，必重耳之德有以勝其辱也；其棄安而就勞者，必重耳之德有以勝其危也。況吾以晉國之大而增修其德，則人之從我者，既有道德之樂，又有名位之樂；既有道德之安，又有名位之安。重耳無我之所有，而我有重耳之所無。

有無之相形，人將不待招而至矣！

此猶爲懷公而言，非論之至也。再開。德之休明，桂海冰天、荒區絶域，將奉琛重譯而皆來臣，何至下與一亡公子争數僕役哉！雖是餘意，亦復剴切。陋矣！懷公之褊也。懷公肆其褊心，不知反己，徒殺人以逞，使在外者絶向我之意，而堅事讎之志，絶我事讎，直至君位得失，關係甚大。計無失於此者矣。雖重耳苟安於外，彼毛偃挾不戴天之讎，思欲一逞，豈容重耳之安於外乎？是則納重耳於晉者，非秦伯也，非狐趙也，懷公也。

朱字緑曰　不反己而尤人，千古同嘆。若能如此文一一對照，則在人無不達之情，在己無可逞之事，又何亡國敗家之有？惟不能反己，故見大臣之求退則以爲要君，見小臣之抗疏則以爲治直，見善類之相引則以爲植黨，見小人之被攻則以爲挾讎，岌岌乎欲免於懷公之續，豈可得耶！

賦　詩

至理所在，可以心遇，而不可以力求。斷編殘簡，呻吟諷誦，越宿已有遺落。至於途歌里詠，偶入吾耳，則雖終身而不忘。天下之理，固眩於求而真於遇也。理有觸於吾心，無意而相遭，無約而相會，油然自生，雖吾不能以語人，況可以力求乎！形容自得之妙，言之甚妙。一涉於求，雖有見，非其正矣。日用飲食之間，無非至理，惟吾迫而求之，則隨得隨失。研精極思，日入於鑿，曾不知是理交發於吾前而吾自不遇，是非不用力之罪，乃用力之罪也！

天下之學者皆知不用力之害，而不知用力之害。苟知力之不足恃，盡黜其力而至於無所用力之地，則幾矣。二帝、三王之書，羲、文、孔子之易，禮之儀章，樂之節奏，春秋之褒貶，皆所以形天下之理也。天下之人不以理視經，而以經視經，剞劅離析，力求五經之過。雕繢疏鑿之變多，而天下無全經矣。聖人有憂焉，人到詩。汎觀天壤之間，鳥鳴於春，蟲鳴於秋，而匹夫匹婦歡悲勞佚、喜怒舒慘，動於天機，不能已而自泄其鳴於詩謠歌詠之間。於是釋然喜曰：句有病而文奇。天理之未鑿者賴有此存，是固匹夫匹婦胸中之全經也。遽取而列諸書、易、禮、樂、春秋之間，並數而謂之六經。羈臣賤妾之詞，與堯、舜、湯、文、武之格言大訓並立而無所輕重，聖人之意將舉匹夫匹婦胸中之全經，以救天下破裂不全之經，使學者知所謂詩者，本發乎閭巷草野之間，非可格以義例而局以訓詁也。句有病而文奇。一吟一諷，聲轉機回，虛徐容與，至理自遇，片言有味，而五經皆冰釋矣。是聖人欲以詩之平易而救五經之支離也，孰知後世反以五經之支離而變詩之平易乎！蓋嘗觀春秋之賦詩，詩因於事，不遷事以就詩；事寓於詩，不遷詩以就事；意傳於肯綮毫釐之中，迹略於牝牡驪黃之外，斷章取義，可以神遇，而不可以言求。區區陋儒之義例訓詁至是皆敗，春秋之時善用詩者蓋如此。火於秦，雜於漢，別之以齊魯，汩之以讖緯，亂之以五際，狹之以專門，銖銖而析之，寸寸而較之，豈復有詩？噫！安得春秋賦詩之説語之？

朱字緑曰 理可以心遇而不可以力求，詩可以神遇而不可以言求，形容自得之妙，痛摘破碎之失，皆中甘苦，非親身閲歷人不能道，機致飛舞，不可控御。

理固可以心遇，然非力求之後，無忽然而遇之理。詩固可以心遇，然非知言之後，無惝然而遇之神。穿鑿附會者失之，率臆捕掠者亦未爲得也。聖人之教，必先博而後約，貴好古敏求而不慕生知，極力於人一己百、人十己千，而不矜、不思、不勉之能中。是故卓爾之既見而後嘆其欲從末由者有之矣，若謂才不必竭，而徒聽高堅前後之自呈，此必無之理也。東萊乃欲比五經於途歌里詠，偶然入耳而終身不廢，是豈可得哉！羲文之易，孔子且欲加數年以學之，至老猶韋編三絶而不厭。聖人力求如是，況學者乎！儀禮節文之繁，周禮制作之備，樂則器數音節，終歲不能窺其藩；春秋則事異文殊，歷世不能得其要。惟二帝、三王之書約略易究，然上則曆象星辰，下則溝塗封域，以至洪範之奥、商盤、周誥之詰屈聱牙，又何一可以偶然入耳而終身不廢耶！且六經之删定也，其前後不可知，顧謂書、易、禮、樂、春秋爲鄙儒所破壞，聖人憂之，然後得詩爲喜，用匹夫匹婦之胸救五經之破裂，是何所據而云然也？不亦傷於誕歟！且匹夫匹婦之歌謡在詩，亦止於風而已耳，若雅頌，則聖君賢臣之所以治天下而理萬物，仁人孝子之所以通幽明而合神人皆於是乎在，力求之且未易以窮其藴，豈可偶然入耳而遂神遇於無言之表乎？嗚呼！彼讀北山之詩，而疑舜可以臣父；讀小弁之詩，而謂宜臼不可以怨者：皆自信其神遇，而不以言求者也。陸子静謂六經皆我注脚，王伯安用其説以詆朱子，大率類此。蓋未有不入於禪悟，而以不立語言文字爲法門者矣。

衛禮至爲銘

物莫壽於金石，言於千載之上而傳於千載之下者，皆託金石以不朽。借金石以起君子之論。然金有時而銷，石有時而泐，其所託者未必真可恃也。一得其託，不銷不泐，視古今如旦暮者，果何物也？曰：君子之論是也。一篇主意。天下不見湯之盤，而能誦『日新』之銘者，託於大學也；天下不見周之量，而能誦『文思』之銘者，託於周官也。借大學、周官，以證左氏，文情縹緲。每用兩客作證。是則銘託於湯盤者，反不如託於大學之堅；銘託於周量者，反不如託於周官之固：君子之論，其可恃豈金石比耶！

善託於君子之論固不朽，至於惡播在人口，初不隨物而朽。吾是以知禮至之所惡，託於君子之論亦不朽。接入無痕。衛禮至行險徼幸，戕人而滅其國，恬不知恥，反勒其功於銘，以章示後世。人皆以禮至之惡，因金石而遺臭萬年也，抑不知禮至之惡雖因金石而傳，不因金石而遠。自今而求禮至之所銘者，鼎耶？鐘耶？敦耶？鉶耶？宕逸有致。而已滅已没，化爲飛塵，蕩爲太虚，無絲髪之存矣。物不存則銘不存，銘不存則惡不存。然禮以遺臭者，非金石也，君子之論也。使幸而不爲左氏所載，則銘亡而惡亦亡矣，豈至於今日猶爲人詆訶而不已耶？反掉。見辱於市人，越宿而已忘；見辱於君子，萬世而不泯。君子所以筆誅口伐於篳門圭竇之間，而老奸巨猾、心喪膽落者，恃此權也。其光熊熊，上燭於天。

遇伯樂者，駑駘之不幸；遇匠石者，樗櫟之不幸；遇左氏者，禮至之不幸。是舉衛國之嘲哂，不如左氏一字之辱也。又轉一意，嘆俗之薄。禮至之辱，雖他人代之汗顔泚顙，然至曷嘗自以爲辱哉？想其顯書深刻之時，未必不願君子之紀録也。以辱爲榮，其無愧而不知恥，蓋不足多責。吾竊怪戰國、秦、漢以來，用兵者反覆狙詐，將禮至鬆一步，以責天下之頌美禮至者。大率皆禮至之比，不特其人自矜其功，而作史者亦從而咨美頌歎之，以誇示來世。甚矣！風俗之日薄也。

春秋之時有一禮至，再進一層。人固已指爲異物，特書之以爲笑端，孰知後世爲禮至者，將千百而未已耶！後人復美後人，後人復笑後人，千古同慨。又孰知後世執筆而記之者，亦禮至之徒耶！甚矣！風俗之日薄也。復一句，傷感無限。

朱字緑曰　君子之論，金銷石泐而今古不磨，今之善惡皆託之以傳，説得煜煜有神，文情酣暢，真可發潛德之幽光，誅奸雄於既死。

古人言『三不朽』，立言在立德、立功之後，其輕重次序然也。然予嘗謂德非言不傳，無言則無德矣；功非言不著，無言則無功矣。書契未立以前，其德隆、其功高者不知幾千萬人，而後世無聞焉，言不存也。且也鬼神無紀，則世人不能識其威靈；祖宗無紀，則子孫不能記其名字。是故，德與功在一時，而言垂於萬世。言雖處功、德之後，而所繫反有重焉者。要非有德之言，則以禮至之徒而傳禮至之事。文人無行，宜非君子所貴耳。是故，立言不可不勉爲君子。

周與晉陽樊温原欑茅之田

言周秦之强弱者，直起。必歸之形勢，其説蓋始於婁敬。『形勢』二字是一篇眼目。敬之言曰：周公營成周，都雒，以爲有德易以興，無德易以亡，不欲阻險，令後世驕奢以虐民也。及周之衰，天下莫朝，周不能制，非德薄，形勢弱也。秦地被山帶河，四塞以爲固，此所謂天府。論周秦之形勢者，皆宗於敬。吾獨謂敬所見者特平王之周耳，形勢弱時。曷嘗見文、武、成、康之周哉？形勢强時。敬之所謂秦，乃文、武、成、康之周也。文、武、成、康之世，岐豐乃周之故都，所謂被山帶河，四塞以爲固者，蓋皆周之形勢。當是時，安得有所謂秦耶？小頓。迨至平王東遷，周輕捐岐豐之地以封秦，遂成秦之强。是秦非能自强也，得周之形勢而强也。秦得周之形勢，以無道處之，猶足以雄視諸侯，並吞天下。況文、武、成、康本之於盛德，輔之以形勢，其孰能禦之耶？是天下形勢之强者，莫周若也。結定一語。敬何所見而遽以弱名周耶？

敬論周之形勢既謬，其論周之德益謬。轉出『德』字在『形勢』之中。形勢與德，夫豈二物耶？形勢，猶身也；德，猶氣也。人未有恃氣之充而置身於易死之地者，亦未有恃德之盛而置國於易亡之地者。王者之興，其德必有以先天下，其形勢亦必有以先天下。論形勢合德之大。文、武、成、康之德，天下莫如也；岐周、豐鎬之形，天下亦莫如也。隆其德而殺其形勢，烏得爲王者之道耶？陋矣哉！敬之論也。先折倒婁敬，以爲貶襄王張本。是論也，非特敬爲然，雖周之子孫，莫不皆然。過渡處意思聯絡。

晉文公既定子帶之難，請隧以自寵，襄王弗許，曰：『王章也，未有代德，而有二王，亦叔父之所惡也。』主。與之陽樊、温原、欑茅之田。襄王之意，以謂吾周之爲周，在德而不在形勢。先説襄王之意，方可辨駁。典章文物之制，子孫當世守之，不可一毫假人。至於區區土壤，吾何愛而以犯强國之怒耶！抑不知隧固王章也，千里之畿甸亦王章也。此辨甚明。襄王惜禮文不以與晉，自謂能守王章，抑不知割地自削，則畿甸之王章既不全矣。棄畿甸即棄王章。惜其一而輕其一，烏在其能守王章耶？形勢，猶身也；德，猶氣也。披其肩背，斷其手足，自謂能守氣者，吾不信也。百忙中又應喻意，妙妙。

嗚呼！周自平王捐岐豐以封秦，既失周之半矣。風雲卷舒，山飛海立。以破裂不全之周，兢兢自保，猶慮難立，豈容復有所侵削耶！奈何子孫猶不知惜，今日割虎牢畀鄭，明日割酒泉畀虢，文武境土，歲朘月削，至襄王之時，鄰於亡矣。又頓捐數邑於晉，是棄糧於陳蔡之間，揮金於原曾之室，果何以堪乎？意可哀憐，語能解頤。周之湮替至此，見之者皆爲之憫惻。此責晉文亦周之裔，何忍得田以自肥？晉文乃忍於此時多取其地以自肥，亦猶奪糧於陳蔡之間，攫金於原曾之室，其亦不仁甚矣。噫！晉文獨非周之苗裔耶！坐視中國之危蹙，不能附益，反從而漁奪之，是而可忍，孰不可忍！議者反屑屑然論其伐原之信，問守之非，何其舍本而求末也！雖然，仲叔于奚有功於衛，絶好證佐。賞之繁纓，夫子以爲不如多與之邑，隧之於繁纓，不亦大乎！襄王重隧而輕邑，適合夫子之訓。夫子是，則襄王亦是；襄王非，則夫子亦非，必居一於此矣。曰：不類仲叔于奚，内臣也，雖多與之邑，猶衛地也。審理揆勢之論，豈可泥事而失聖人之意？晉文公，外臣也，朝受圖而夕設版矣。是不同。一語斷盡。

朱字緑曰 借婁敬引起西周之形勢。説到德與形勢合一，無形勢則德無所附麗，然後破割地自削之非，真通達世故之言。其踸踔豪宕，如天馬行空，不可羈勒。隧既不可予，邑又不可割，尚須補出方略以待晉文。問何以待之，曰：來朝則路車乘馬，玄衮及黼；有功則彤弓玈矢，賜之斧鉞，得專征伐，未聞自割畿内以酬功也。且齊桓故事，亦止賜文武之胙而已。晉文雖恃功，而横玉步未改，曲以徇之，不如直以折之，何必駕齊桓之上乎！

周初封建，雖諸侯得自有其封内，而其地仍歸之天子，故慶讓之典，有加地進律之賞，有六師移之之誅，海内之地予之奪之，一聽天子之命，非據王畿千里，自稱曰周而已矣。自夷王下堂而見諸侯，於是公、侯、伯、子、男各據其封，慶讓不得而及。至東遷而後，名爲天子，勢已等於列國。依於晉鄭，而取麥取禾，射王中肩，不道甚矣！齊桓首起爲葵丘之會，煌煌五命，申告同盟，然後人知天子之尊。晉文適繼其後，雖召天子於河陽，迹已不臣，而猶不得不率諸侯以行朝禮，則以齊桓爲之倡也。使周天子當齊桓初霸之時，能藉其力復先王方伯連率之制，申明周禮，恪恭震動，雖不能繼文、武、成、康之烈，必能稍起凌夷，用興周道。乃其時止有宰孔賜胙之舉，而無所修明。故晉文挾隰城之功，冒然請隧而不忌，蓋不能自强於齊桓尊周之初，而欲不依違於晉文陵逼之日，不可得矣。惜夫！晉文以天子之田爲可攘，故晉人亦以國君之地爲可分，此六卿所以擅晉，而卒歸於韓、趙、魏也。

鄭子臧好聚鷸冠

物之有是根者，遇物必發。鄭世子華以賣國誅，其弟子臧出奔宋境，坐鷸冠而死。當見殺之時，去子華之誅殆將十年，而宋鄭之封疆亦不啻數百里也。翻起筆意，悠揚可喜。況鷸冠之侈，得之道路之傳，其在鄭伯初無損益，聞之非所怒也，怒之非所殺也。今一聞鷸冠之侈，必置之死地，何喜怒之不類耶！跌宕以起下意。蓋鄭伯之怒本不在冠也，特遇冠而發耳。此是正解。鄭伯殺子臧之根，固已萌於朋附子華之時矣。點出『根』字。以國君而誅一亡公子，如孤豚腐鼠，何所不可？乃淹遲而不發者，非有所待也。時移地移，鄭伯固已忘其怒也，怒雖忘而怒之根不忘，未與物遇之時，固伏匿而不可見。及鷸冠之傳，忽動其根，前日之積忿宿憾一旦如新，非翦滅其身，不足以逞其毒，此所以罪之小而怒之大也。收住。不然，翻。則冠鷸未必不附於孔門，影映『冠』字，如鏡中花。貂蟬未必不貴於漢室，聚鷸爲冠，豈有可怒之實耶！鄰人之笛，懷舊者感之；斜谷之鈴，溺愛者悲之。感在人而不在笛，悲在人而不在鈴，怒在人而不在冠也。一唱三嘆，讀者情移。嗚呼！鄭伯之怒子臧，根於一念，雖事在十年之前，而身居數百里之外，終不能免，吾是以知怒之不可藏也。以藏怒責鄭伯，由『根』字生來。然則，子臧雖欲遷善改過，又生『改過』一說，發出妙理。而鄭伯之怒已根於胸中，能保其不遇物而發耶！曰：鄭伯何爲而怒也？以子臧而怒也。過在子臧，而怒在鄭伯，吾是以知人心固相通而無間也。子臧之過既可以動鄭伯之怒，則子臧之改獨不可以動鄭伯之喜乎？想子臧意方回於睢陽之野，而鄭伯之顔已解於溱洧之湄矣。死中得活。心之相通，胡越無間，況父子間耶！宕出『父子』二字，使人猛省。

朱字緑曰 罪鷸冠者非罪鷸冠，亦有特見，末後翻出心之相通。此是東萊家數，往往觸著即是。張子一篇西銘，總不外此。

楚滅夔

以君子之言，借小人之口發之，則天下見其邪而不見其正；以小人之言，借君子之口發之，則天下見其正而不見其邪。是故，大誥之篇入於王莽之筆，則爲奸說。是非變乎言也，氣變則言隨之變也。於此有木焉，柯幹未嘗改也，春氣至則枯者榮、衰者盛、陳者新、悴者澤，秋氣至則榮者枯、盛者衰、新者陳、澤者悴。氣也者，潛乎柯幹之中，而浮乎柯幹之外者也。惟言亦然。温厚之氣加焉，凡勁暴粗厲之言，皆變而爲温厚；忿戾之氣加焉，凡易直平恕之言，皆變而爲忿戾。一言不移而善惡霄壤，是孰使之然哉？氣可以奪言，而言不可以奪氣也。故君子之學，治氣而不治言。夔子之對楚問，正也。其激楚怒而見滅者，以氣之忿而奪言之正也。夔不祀祝融與鬻熊，禮也。衛祖康叔，不敢祀后稷，魯祖周公，不敢祀公劉，非所以爲罪也，此固先儒之所已論也。然夔子言之則是，而言之所出則非。治言而不治氣，雖有正禮大義，反爲忿戾之所敗，不足以解紛，而反以速禍，豈不甚可惜哉！

臧文仲分曹田

利則居後，害則居先，兩語扼定。此君子處利害之常法也。是故，見利而先謂之貪，見利而後謂之廉；見害而先謂之義，見害而後謂之怯。

晉文私有討於曹，入題。披裂其地，諸侯不能救則已矣，乃乘其危而共取其利，是誠何心哉！斷定。臧文仲所以遲遲其行者，亦忸怩而不安歟！異哉！重館人之言也。作勢，伏後不忍之意，及本心易失，因歸結明善。曰：『晉新得諸侯，必親其共，不速行，將無及也。』重館之人所謂『共』，其諸異乎聖人之所謂『共』歟！信如是說，則狡商豪賈趨利如風雨者，皆重館人之所謂『共』也。彼逡巡推揖，恥於冒利之君子，格以重館人之言，皆不『共』之大者也。運筆有曲致。其説陋甚。孰謂臧文仲之賢而反爲所動乎？昔萬章與石顯善，顯免官，留物數百萬與章。借萬章之不受財，以明文仲之不可受田。章不受，曰：『吾以布衣見哀於石君，石君家破，不能有以安也。而受其財物，此爲石君之禍，萬氏反當以爲福耶！』魯與曹同出姬姓，並列諸侯，其恩義信誓之重，非若顯章一時之私交也。魯坐視曹之翦覆，不惟不能辭其地，又奔走而趨之，以曹之禍爲魯之福，曾謂文仲之賢不如一萬章乎？較量一句，文勢躍然。使文仲緩轡徐驅，以致吾不忍之意，『不忍』字，從前『忸怩』勘出。雖後諸侯之期，不得尺土以歸，吾親親之義固已盡矣。今冒利競進，雖得地之多，吾恐文仲之所喪者多於地也。前日，魯僖之請復衛侯，文仲嘗爲謀主矣。前引萬章、石顯事，此又借文仲事層層翻，究以失其本心爲定論。諸侯之患，諸侯恤之，所以訓民也。君盍請衛君以示親於諸侯，且以動晉？夫晉新得諸侯，使亦曰：魯不棄其親，其亦不可以惡。於是納玉於晉，以免衛侯。曹衛一體也，免衛之難，其義既足以動晉；辭曹之田，其義反不足以動晉乎？氣脉深厚。文仲於衛則割我之所有，棄之而不惜，於曹則奪彼之所有，受之而不疑，非恩衛而讎曹也，本心易失，而利心易昏也。頂門一針。吁！可畏哉！

雖然，太公之就封，道宿行遲，又借太公之事，以見彼此遲速之不同。逆旅人曰：『客寢甚安，殆非就國者也。』太公聞之，夜衣而行，黎明至國，則萊侯既與之争營丘矣。太公聽逆旅之言，其心亦未免趨於利歟？非也！君子固不以利自浼，亦不以利自嫌也。通論。一國之重，有民人焉，有社稷焉，吾其可以避趨利之小嫌，而濡滯逗撓，使爲奸寇之所伺乎！故太公之不可遲，猶文仲之不可速也。遲速二意，對照分明。然受封分地之事，逆旅、重館之言，同異是非，間不容髮，若之何而辨之？曰：在明善。結穴。

校記

〔一〕鑄記書局本按語：『朱張本俱闕此篇，從瞿世瑛本補入。』

評點東萊博議卷四

穆伯襄仲

問修怨於君子，必以爲非；問修怨於小人，則以爲是：二者皆未爲定論也。專於報怨者，商鞅、范雎之徒耳；專於忘怨者，老聃、莊周之徒耳。吾聖人未嘗修怨，亦未嘗忘怨，怨之於人甚矣，不修不忘，説得極平、極淡。權其小大輕重而中持衡焉，未嘗倚一偏而主一説也。

穆伯爲襄仲聘婦於莒，中道而奪之，夫豈細怨也哉！反跌一句，通篇之意俱已在此。而惠伯區區其間，委曲調護，始釋其憾，終全其恩。彼非不知輕重小大之所在也，蓋穆伯之於襄仲，兄弟也。怨之小大輕重，在他人可言耳，兄弟之間豈較小大輕重之地哉！將小大輕重又進一步。以人合者有時而離，以天合者無時而離。兄弟之屬，天也，人怨不足以害之。襄仲之怨穆伯，以人觀之，固大矣重矣；以天觀之，則兄弟之親與生俱生而不可離，豈以恩怨而加損哉！兄弟屬天，人皆知之，説得親切醒快。雨暘變於前，而太虚之真體未嘗動也；恩怨交於前，而兄弟之真情未嘗動也。襄仲向者之怨，私情之怨耳；今者之解，私情之解耳。乃若胸中之天，則向無怨而今無解也；不然，豈惠伯立談之頃所能解耶！

焚廩捐階之虐，治棲入宫之侮，百世之後，讀其書者猶爲舜切齒，而舜之恩意源源不絶者，非以德報怨也，以弟待象而不以象待象也，以天觀象而不以人觀象也。蓋鬱陶思舜，乃象之天；彼傲而害舜者，特象之人耳。指出象之天，即傲弟不容，不化於善。舜之胸中純乎天，故見象之天，而不見象之人也。使惠伯立於舜之廷，將化於舜之天而不自知爾，雖有喙三尺，焉攸用？

朱字緑曰 兄弟之間不可較怨，一語可救人倫之患。

先軫死師

至難發者悔心也，至難持者亦悔心也。凡人之過，很者遂之，詐者文之，愚者蔽之，吝者執之，誇者諱之，怠者安之，孰能盡出數累之外，而悔心獨發者乎？此數語言悔心難發。然是悔也，未發則憂其難發，既發則憂其難持。轉入難持。悔心初發，自厭自愧，自怨自咎，焦然不能以一日安。苟無以持之，則自厭者苟且弛縱，必入於自肆矣；自愧者退縮羞赧，必入於自棄矣；自怨者鬱積繳繞，必入於自懟矣；自咎者憂憤感激，必入於自殘矣。心中曲折，搜剔殆盡，絲忽難瞞。是悔固可以生善，亦可以生不善也。難持之累。萬斛之舟，非遇大風則不回，苟無以持之，因風而反溺者多矣。略作小喻。一念之悔，其勁烈蓋甚於風焉，烏可不知所以持之耶！即繳題面，文勢勁捷。

吾觀先軫之死，未嘗不嘉其悔，而又傷其無以自持也。軫以不顧而唾，無禮於君；及箕之役，深悔前過，免胄而死於狄師。一念之勁烈如此，使有以持之，固可一日而收克己復禮之功矣。惟其無以持之，不用是力於禮義，而用是力於血氣，身爲元帥，總三軍之重，輕棄其身，身死無名，驕敵貽笑，殆與自經於溝壑者等耳。先軫意在於改過，而反至於生過，失不在於悔，而在於不能持其悔也。風之無力者不能回舟，至於風力之勁者，惟善操舟者爲能持之；悔之無力者不能遷善，至於悔力之勁者，惟善治心者爲能持之。使軫果能持其悔，則舒泰恬愉之地自有真樂，何至輕殺其身哉！惜乎！軫之不能持其悔也。

朱字緑曰 説不能持悔心，引風一段爲喻，極親切有味。

先軫爲人，大約氣質粗猛，始而唾其君，既而死於敵，同一暴氣也。其唾君也爲國事，其死敵也亦爲國事。初非有所私，但於寇之既縱，即争之已遲，而何至於唾？於寇之方來，正當嚴大帥之旗，而何爲免胄以投其鋒？是所謂血氣之勇不能自克者也。東萊欲之舒泰恬愉之樂，似非所以告戰陣之士，然敦詩説禮乃大將才，則其言未爲迂也。

相術

勢相敵而後訟，未有非其敵而訟者也。親屈公卿之貴而與皂隸訟，親屈巨室之富而與窶人訟，親屈儒者之重而與卜祝訟，勝之不武，不勝爲笑，適自卑而已矣。荀卿以大儒而著非相之篇，下與卜祝較，何其不自愛也！彼挾相術以苟衣食者，爭卑宂凡賤，廁迹於巫醫優伶之間，仰視儒者，如斥鷃望大鵬於羊角扶摇之上，敢有一毫爭衡之心乎！術者原不敢與吾道爭。荀卿譊譊與相師辨，連篇累牘而不已。是書一出，相師之氣坐增十倍，以謂我何人也？彼何人也？今彼乃明目張膽，極其辯而與我爭曲直若恐不勝者，是必我之道可以與彼抗也。應荀卿『何其不自愛』。由是卜祝之流相勸相勉，相形之術遂蔓延於天下矣。然則，荀卿之於相術，將以排之，適以助之，非相之篇，吾恐未免爲『是相』之篇也。

自孔子以前，相術固已概見於世矣。提出孔子，壓倒荀卿。若周叔服相公孫敖之二子，一言其必食子，一言其必收子，是以相而預言人之福也。子文及叔向母見越椒、伯石之始生，一言其必滅若敖氏，一言其必喪羊舌氏，是以相而預言人之禍也。二人言禍福，亦非卑亢相術，孔子猶不取。數十年之後，福焉而福，禍焉而禍，無一不合。誇於口者有之，筆於書者有之，孔子未嘗過而問焉。豈孔子衛道之心，反緩於荀卿耶？反一句推孔子之意，以入荀卿之罪。孔子以謂天下之曲技小術，雜然而不可縷數，如蜩蟬鼃黽，自鳴自止，本不足爲吾道之輕重，苟獨取其一而辯焉，則天下必以爲是術也至勞聖人與之辨，必其道可與聖人抗，殆將有陷溺而從之矣，是反爲吾道增一異端也。天下本未嘗以異端待相術，荀卿强斥以爲異端而與之辯，無故而爲吾道增一異端，非荀卿之罪耶？再應不自愛，從孔子身上説相術不必非，但付一笑。

吾嘗觀孔子周游於天下，鄙夫陋人每以區區相術而窺之，有曰顙類堯也，項類臯陶也，肩類子産也。孔子與門弟子聞之，不過付之一笑耳。乃若吾夫子之門自有相書，申申夭夭即孔門相容貌之術，誾誾侃侃即孔門相言語之術，翼如襜如即孔門相步趨之術，勃如愉如即孔門相顔色之術。曾子傳此以相人，孔子相書。故發而爲動容貌之論；子思傳此以相人，故發而爲動四體之論；孟子傳此以相人，故發而爲眸子瞭眊之論。苟荀卿得孔門之相書，將心醉服膺之不暇，何暇非他人之相書耶！

朱字緑曰 説小術不足與較，占得地步高，發得議論透。

荀子謂相形不如論心，論心不如擇術，形相雖惡而心術善，無害爲君子；形相雖善而心術惡，無害爲小人，亦是透辟之論。然轂難形相善而心術亦善，越椒、伯石形相惡而心術亦惡，故不若置之不辯爲得也。

晉侯朝王伐衛

因人而有過者，君子不謂之過；因人而有善者，君子不謂之善。主客並起。因人而過，猶鑑遇嫫母而丑，本非鑑之丑也；因人而善，猶木託泰華而高，本非木之高也。爲善由己，而由人乎哉？

晉襄公即位而朝王於温，人皆善其尊周也。及考其朝王之由，蓋將討衛之不朝，故身先朝周以責之。然則尊王之善，豈襄公之本心哉！則吾知晉襄之旆，未必入於周境矣。誅心之論。彼因人而有善者，果足以爲善耶？臣之於君，猶子之於父也，子必因責人而始敬父，則父得子之敬寡矣；臣必因責人而始朝君，則君得臣之朝寡矣。以父喻君，議自正大。況子之敬父，自敬汝父耳，於人何有？臣之朝君，自朝汝君耳，亦於人何有？使晉襄之事周，春秋朝覲，史不絶書，亦晨省昏定之常耳，猶不足以自高。況甫陟周之庭，遽傲然自足，嗚鐘擊鼓，凌責他人之無禮，安得不納孔達之侮哉！更説得親切。世有妄人，嘗拜其父者，他日執塗人而責之曰：『我嘗拜父，汝何爲不拜我？』晉非人君，何以責他人之朝？此非人父，何以責他人之拜？其乖悖正是相等。伯恭喻帶嘲笑，然據其情，確真確是。天下未有不笑其狂哉！晉襄之責衛，非此類耶？

雖然，無諸己而後非諸人，大學之道也。晉襄先朝王而後責衛，似有合於大學之旨，庸可毁耶？非也。觀書者要當忘言而得意，大學之意，在於無諸己，而不在於非諸人也。欲學者將非人之時，常思無諸己之戒；不欲學者持無諸己之論，用爲非人之資也。故先曰無諸己，次曰非諸人，其意主於攻己過，而不主於攻人過明矣！吾恐説經者以文害辭，故力辯之，以告吾黨之士云。

朱字緑曰 小小結構，氣概亦復凌厲無前。

宋蕩意諸

待人欲寬，論人欲盡。論人者，借人之短以攻我之短，借人之失以攻我之失，言主於自爲而非爲人也。品題之高下，所以驗我識之高下；予奪之公私，所以驗吾心之公私。苟發於言者略而不盡，則藏於心者必有昏而不明矣。吾夫子譏賜之方人，而自操春秋褒貶之筆，豈遽忘前語哉？待人與論人，固自有體也。

宋襄夫人之亂，此段是先揚法。蕩意諸始則出奔，終則致死，大浸稽天而砥柱不移，風雨如晦而鷄鳴不已，凛然亂臣賊子之大閒也。輕頓取局。當是時，奔走於君夫人之宫者，冠蓋相望；受施於公子鮑之室者，肩袂相屬；至於安受昭公之賜，橐珍囊寶、散而之四方者，又不知其幾人也。不追議此，而惟意諸之是責，吾不知與逆徒何親，與公室何讎乎？與小人何厚，與君子何薄乎？讎公室而親逆徒，厚小人而薄君子，雖鄉黨自好者猶恥爲之，未有名學者而反不恥者也。

然立論之際，先則譽意諸之忠，後則責意諸之過，變譽爲責，夫豈得已哉！蓋將假意諸既往之過，爲吾身將來之戒也。意諸效節之去，義當去也；意諸從田之死，義當死也。然意諸親則公族，官則司城，坐視昭公之失道、襄夫人之蓄怒、公子鮑之陰謀，凶德參會，待釁而發，前半逶迤曲折寫來，方入責意諸語。上則不聞有正救之諫，中則不聞有調護之功，下則不聞有擊斷之勇，見亂而始去，去何晚也！見弒而始死，死何補也！譽自譽，責自責，了不相借。想夫亂機之將兆，弒械之將成，通國內外舉知之矣，曾謂意諸之賢獨不知耶？其所以徘徊濡滯，不能翻然高舉者，蓋懷其父去官則族無所庇之言，顧位苟禄，日復一日；其心以謂無難則忍恥以庇宗，有難則捐身以刷恥，以後之節贖前之非，後世君子要必有哀吾之用心者。又推原其意，剥入爲誅心之論。殊不知君子不忍一日置其身於可愧之地，今日爲善，尚恐他日爲惡，詎有身居可愧之中，預指他日之節，以贖前日之非乎？他日之節未至，今日之非方萌，斯時也，斯心也，君子乎？小人乎？前既痛責其非，此以冷語愧之。此吾所以爲意諸懼也，此吾所以不爲意諸懼，而爲吾身懼也。應前。

朱字緑曰　胡氏謂蕩意諸死職，春秋削之，不得班於孔父、仇牧、荀息者，三子閉其君而見殺，春秋所取；意諸知國人將弑其君而不能止，知昭公之將見殺而不能止，坐待其及禍而死之，所謂匹夫匹婦自經於溝瀆者。東萊文約，略本其意。正救、調護、擊斷三者俱無，徒一死塞責，説盡庸臣之態。又推到無難則忍恥以庇身，有難則捐身以刷恥，言似深文而亦切中情事，君子當憬然於是言。

方正學論豫讓大約本此，然讓猶欲爲主報仇，不克而死，較後世自經入井者，爲更勝也。甲申之事，泥首賊庭者不足論，其賢者多以身殉國。錢景論之曰：『古之失天下者，不稱同死社稷之爲賢。蜚廉死商之亂，惡來哭紂之尸，皆不可以爲忠，長惡速亡，罪之大者也。春秋弑君三十六，死難者三：宋華督弑其君與夷而及孔父，宋萬弑其君捷而及仇牧，晉里克弑其君卓而及荀息，然皆死於賊，非自裁也。衛之石碏號純臣，不死州吁；齊晏嬰稱賢相，不死崔杼；周公、召公著績共和，不死流彘：人臣謀國之忠，豈徒賢於一死哉！三代而下，死社稷者多有，近代莫不稱文信國。其入燕也，三年而後死，丞相博羅詰之曰：「爾立二王，竟何成功，知其不可，何必强爲！」信國曰：「父母有疾，雖不可爲，無不下藥之理。」由是言之，信國豈徒拱手以天下與人，而第以身殉爲烈耶？崇禎諸臣議論紛更，使天子無終朝之令，進人不必舉其忠良，譽人則必張其朋黨，政以賄成，爵以賂冒，此必不可移之志也。及大事既去，曰：「吾死已耳。」是社稷可墟，國君可亡，天下可拱手。授職所稱謀人之社稷謂何，而徒以死自勵也？』其言與東萊相發明，故附録之，使後之君子讀之，知後之節不能贖前之罪，庶不以蕩意諸自處，而扶危定傾當早謀於未敗之先矣。

楚范山請圖北方

晉靈公即位之初，其失德未有聞於人也。直起作疑情，又是一格。內而欒、郤、胥、原日陪日侍，傳不載其諷諫之詞；外而宋、衛、陳、鄭時聘時覲，傳不載其怨誹之語。彼范山者，邈然介居方城、漢水之間，果何自而知靈公之可輕、北方之可圖乎？吾知其説矣：以地以勢，則近者詳而遠者略；開論立案。以情以理，則近者蔽而遠者明。『近』『遠』二字是主意。問官府之政於鈴下馬走，近。甲是乙非，迄無定説；至於大山之隈、絶澗之曲，遠。農夫樵父相與畫地而議長吏之能否，若辨黑白，若數一二，彼豈嘗識刺史之屏，而望縣令之舄哉！有虛神，更有筆致。蓋愛憎絶於耳目之前，毀譽公於郊野之外，近者之蔽，固不如遠者之明也。此段申『蔽』字，議論明暢。當其嗣服之初，雖無萌芽之可尋，豈無兆朕之君，基於始而成於終。靈公不可卜？舉世不知，而范山獨知之，豈山之智獨踰於衆人乎？亦有所蔽焉爾。嬖幸者，靈公恩賞之所及也，故蔽於愛而不知；卿大夫者，靈公政令之所及也，故蔽於尊而不知；列於齊盟者，靈公兵威之所及也，故蔽於畏而不知。層層數『蔽』字，文情跌宕。惟范山立楚之朝、食楚之禄，非晉國恩賞、政令、兵威之所可及，故揆之趙盾、隨會之諫，反在於十年之先也，孰謂近者難掩而遠者易欺耶！結遠明近蔽。

吾嘗深味范山『晉君不在諸侯』之一語，深有感焉。又提『不在』一語發意。晉主夏盟，自文至靈三君矣。靈公即位之始，其拊循諸侯，必未敢遽改先世之舊。玉帛瑞節猶文襄也，芻粟牲牢猶文襄也，物采詞令、盟約要束猶文襄也，惟其心不在諸侯，故蔽雖厚而人自見其薄，禮雖備而人自見其略，儀雖華而人自見其瘁，令雖嚴而人自見其慢。冷眼確論。吁！范山其妙於觀國哉！詠嘆作收，寄意殊遠。

朱字緑曰　近蔽遠明，説得可畏。詩所云：『鶴鳴於九皋，聲聞於天。』殆謂是也。人君知此，則所以謹於言行，以待千里之應違者，不容忽矣。

晉靈之立也，使解揚歸匡戚之田於衛，復致公壻池之封自申至於虎牢之境，似能睦鄰矣。已而殺先克、先都、梁益耳、士穀、箕鄭父，國内大亂，故來范山之謀。東萊謂拊循諸侯，不減先世之舊，而歸之於近蔽遠明，恐亦不盡當時情事。晉自文襄而後，被弑者靈厲二公。靈之失德不甚著聞，然委政趙氏，未能自行一事，會盟、征伐弗復親行，而以熊蹯殺人，彈人於臺而觀其避丸，其及禍有故。若厲則勤於諸侯，遠追文襄，後啓悼公、曹伯之執，歸於京師，所爲伯討，視齊桓、晉文殆於近之。徒以多外嬖，除强族，身遭弑逆，死後猶被聲名。吾友方靈皋力辨其誣，足以解千古之惑。其説甚詳，今不及具載。

楚文無畏戮宋公僕

名不可以幸取也，天下之事，固有外似而中實不然者。幸其似而竊其名，非不可以欺一時，然他日人即其似而求其真，則情見實吐，無不立敗。名果可以幸取耶？然則受名之始，乃受責之始也。

孟諸之役，文之無畏，席强楚之威而窘辱宋公，本無足稱者。宋公國雖弱，而位則君也；文之無畏國雖强，而位則臣也。論其實，則以楚加宋，以强凌弱，人之所甚易；論其迹，則以卑犯尊，以弱擊强，人之所甚難。居甚易之地，而坐得至難之名，人情誰不樂此哉！此無畏之所以因其似而竊其名也。必嘗揮金發粟，然後人許其豪；必嘗赴敵突圍，然後人許其勇。今無畏挾六千里之楚，而折一與國之君，前無權勢之可懼，後無憂患之可虞，從容談笑，而冒不畏强禦之名，天下之所謂幸者有過於此乎！

想無畏正色莊語以答或人之問，必謂名固可以幸取，人固可以名欺。雖吾君亦將以直道見期，孰知吾之有所挾哉？狻衛侯之腕，人知涉佗之直，而不知其借晉之威也；没太子之車，人知江充之直，而不知其借漢之威也；戮宋公之僕，人知無畏之直，而不知其借楚之威也。夾正意。無畏借楚之威以爲己名，無毫末之勞，而有丘山之譽，使如是而無後憂，則誠不如詐，直不如曲，君子不如小人矣。以不能倖免後憂作鎖，以起下虚名受禍。抑不知人既以直期之，亦必以直使之。楚子異日遣使過宋而不假道，置他人而推無畏，豈不以直辭勁氣，固可以横身犯難，而張强楚之大聲乎！無畏始知前日之虚名，適所以招今日之實禍，惶惑而言曰：『鄭昭宋聾，晉使不害，我則必死。』哀憐至此，向之直辭勁氣安在耶？始則曰『敢愛死以亂官』，今則曰『我則必死』，始一何壯，今一何怯耶！無事則爲不畏死之言，有事則爲畏死之語，真情本態，至是盡露矣。收得有力，通篇意俱結束。名之不可苟得如是哉！自古以來，挾外以爲重者，失其所挾，未有不危者也。餘文了前『挾』字，縝密不漏。無畏之所挾者楚耳，一旦身出方城之外，宋人豈懼夫楚之無畏哉！宜其甘心而不顧也。吾故表而出之，以爲挾外物者之戒。

朱字緑曰　形容申舟以幸得名處，心滿意足，真有左顧右盼之雄。跌下得名即所以受禍，其前壯後怯之狀如在目中。筆筆靈快，亦復宕往無前。

長狄

防風氏身横九畝，不能免於會稽之誅；巨無霸身大十圍，不能免於昆陽之敗。久矣，形之不足恃也。造化一機，坯冶一陶，陰翕陽張，萬形並賦，遇川澤則黑而津，遇墳衍則晳而瘠，遇原隰則豐而痹，遇山林則毛而方，予其形者無愛憎，受其形者無恩怨。造化無心，萬物一體，可參齊物論。是故，鵾鵬不以大自夸，蜩鷃不以小自慊，冥靈不以久自喜，蟪蛄不以短自憂，私天地之形以爲己有，固已得罪於鑪錘，況敢恃之爲暴耶！

衣不勝而成霸晉之功者，無所恃也；貌不稱而擅佐漢之謀者，無所恃也；形不長而專伐蔡之勛者，無所恃也：以是知無恃者存，有恃者亡。步步回顧『恃』字。尫羸幺麽，未必非福；魁梧壯偉，未必非殃。有形不能使，而反見使於形，可不爲大哀耶！

長狄之種，其軀幹絶異於人，是亦偶得一氣之偏者耳。自緣斯以來，負其軀幹，暴蔑上國，每出輒敗，種殲族殄，靡有孑遺，豈非形爲之累耶！形非累，恃形則爲累。故下段仍發『恃』字意。使長狄賦形與他處等，彼必安其氈毳，甘其湩酪，未東西南北，自古及今，其族類自若也。惟其偉岸自伐，故飛揚跋扈，塊視泰華，垤視城郭，蟻視甲兵，兄踣於前而不悛，弟仆於後而不止，挫愈奮，敗愈張，非覆宗絶祀，蕩無炊火，未有晏然必敢與上國抗衡，詎至此極耶！

而不爲害者也！貔虎之猛，形實驅之；犬馬之馴，形實束之。長狄族類，豈皆好爲暴哉？平論。一受其形，雖欲已而不能自已也。心爲君則形爲臣，形爲君則心爲臣。同是貌也，仲尼聖而陽貨狂；同是目也，大舜仁而項羽暴。聖凡不以形限。賦其形者非有異，特制其形者不同耳。小心翼翼，徽柔懿恭，忘其十尺之高者，收不測。是亦西夷之人也，議者勿謂狄無人。聖凡不以地限。

朱字緑曰 説形不可恃，引物連類，抑揚反覆，足以發昏惑之意，而懲狂暴之心。徐偃王目可瞻焉，仲尼面如蒙倛，周公身如斷菑，臯陶色如削瓜，閎夭狀無見膚，傅説身如植鰭，伊尹面無鬚麋，禹跳湯偏，堯舜參牟子，聖賢之形不同。唐人取士以身、言、書、判定制，於此數人，當何以取之耶？

周公閲王孫蘇訟於晉

昔者文王聽虞芮之訟，而商道始衰。聽訟非文王之心也，文王不與虞芮期，而虞芮自至，故議者以二國之向背筮商周之興亡也。舜避朱，禹避均，未嘗不視獄訟之所歸以爲決。虞芮之訟爭田，近舍朝歌而遠趨豐鎬，彼紂雖倔强於酒池肉林間，直寄坐焉爾。吾嘗持是以觀後世隆替之由，權在則昌，權去則亡，未有失權而國不隨亡者也。

周道既降，孱王僕臣，不能主方夏之柄，儕於列國，至匡王之世則殆甚焉。周公，大臣也。王孫蘇，卿士也。二臣有訟，不之王而之晉。君天下者，尚將照臨萬國，大彰淑慝，外薄海隅，咸得其職。今至不能尸階𨸏之訟，則國之置王，將何用乎？虞芮介然遠國，其質成於周議者，尚爲商危之。向若飛廉、惡來内相忿競，棄紂而即文，紂雖無道，亦未必能堪也。匡王怡然坐視，不惟不駭，反使人於晉，助所厚者之訟，惴惴然恐其不伸，巍然被衮，號稱天子，顧乃企足矯首，待晉之予奪以爲輕重，何其衰也！是周之危過於商，而匡王之無恥甚於紂也。周之頽敝甚於商季，何爲當亡而不亡？晉侯之小心不及文王，何爲可取而不取？

蓋嘗思其故矣：紂之季年，雖三分失其二，然威令尚行境内，凶虐尚能及人，故民不堪其暴而共亡之。推勘精確。晚周之微，門内小訟猶不得專，雖欲淫侈，誰聽其掊克？雖欲凶酷，誰受其指令？其起其仆，近不係斯民之休戚，遠不係諸侯之强弱。晉雖陽尊貌敬，不過以邾莒遇之耳，何嫌何疑，而遽欲墟之哉！故周非不亡，無可亡也；快論。晉非不取，不足取也。快論。大抵能害人者，必能利人；能殺人者，必能生人。紂雖下愚不移，然操柄猶未盡失，使其移比干之戮於崇侯，移崇侯之寵於比干，朝散鹿臺之財，暮發鉅橋之粟，烏知其不祈天永命，編名於六七君之列乎？至於匡王，枵然建空名於六服之上，禮樂政刑舉不在己，雖欲自奮，其道何由？是將僨之商猶有起復之望，未墜之周已如既隕之時也。左支廢，右支緩，奄奄餘息，綿百世而閱千齡，樂乎哉！周過其曆之言，吾斯之未能信。

朱字緑曰 王臣左右之訟，王不能自決而取平於晉，因生出虞芮質成，始終以商周對勘到底。中説到商紂猶能自操其柄，周匡則已早委其權，奇確無比。具此識見，故能自成快論。

商有權而周無權是已，然謂晉非不取，無足取者，亦未盡然。周自建國以後，雖有穆之盤游，昭之不復，厲之流彘，幽之舉烽，平之東遷，數經大故而國祚無改者，當時天子原無私天下之意，故當時諸侯亦本無取天下之心。五霸迭興，七雄競出，而齊威王、秦孝公猶行朝禮，先王之教所以浹洽而流衍者，愈久而愈未嘗忘也。是則天下言朝周者有之矣，言取周者有之乎？其不取也，非畏而不敢取也，非愛而不忍取也，非重而不能取也，非薄而不屑取也，蓋從無萌取之之念者。勢雖不振，猶如家衆之於長嫡，相依以爲生而已。若云不足取而棄之，竊意畿内之地猶多於陽樊、温原、欑茅之田，何前貪而後廉哉？

狼瞫死秦師

狼瞫之死，左氏之所譽也。然瞫，烈士也，回犯上之氣，而爲徇國之勇，雖非中節，要非常人之所能望也。將狼瞫先許一番，筆情深遠。以瞫之烈，豈僕僕乞憐而求人之恕者耶？瞫雖往矣，吾想其心，必願受人之責，而不願受人之譽也。請得而備責之，人心當知所止，非可出其位也，惟各止其位。故冉有之用矛，不爲讎齊；顏回之後至，不爲懼匡；曾子之避寇，不爲畏越；子思之守國，不爲厚衛：皆止其所止而已矣。

狼瞫前日爲右，死敵可也；既不爲右，固可以止。四語斷定。今乃無職而侵在職者之憂，輕進而死於敵，則是心不止於事，而思出其位矣。點出主意。雖所成之功壯偉勁厲，外爲人之所譽，而一心之間，實忿懟怨恨之所集也。對症藥石。當瞫赴敵之時，忿懟怨恨，交衡競進，含毒而没，雖得千百年之虚譽，豈救其心之擾哉？我實清淵，人以我爲汙渠，於我何損？我實邱垤，人以我爲華岱，於我何加？君子當觀其在我者何如爾，人之毁譽何有焉！即不出位意。九原可作，吾意狼瞫樂聞吾之言，未必不過於左氏之譽也。

朱字緑曰 前日爲右，死敵可也；既不爲右，固可止矣。四語鐵案如山。狼瞫不肯爲難，而死敵以明勇，卒以致命遂志，獲彭衙之勝，故左氏以君子予之。竊謂瞫於此時，雖不爲右，亦有師旅之責，與顏回之爲弟子、曾子之爲師不同。縱未免以憤亡軀，然於人臣事君之道未爲失也。恐左氏之説不可盡非。

楚人滅江

天下之可懼者，惟出乎利害之外，乃能知之。風濤浩蕩，舟中之人不知懼，而舟外之人爲之懼；酣醉怒駡，席上之人不知懼，而席外之人爲之懼。身游乎吉凶禍福之塗，心戰乎搶攘争奪之境，未有知懼之爲懼者也。

春秋之世，王澤既竭，反道敗德，亂倫悖理，不可概舉。至如滅國之禍，尤所謂慘烈而可懼者。國於天地有與立焉，封殖於唐虞，長育於夏商，溉灌潤澤於文、武、成、康之際。廟陳四代之鼎彝，府藏百世之典籍，朝有世臣，野有世農，肆有世工，市有世賈，雖蕞爾小國，不知幾人之力、幾日之功，扶持保衛而至於斯也。一旦忽爲强暴之所凌滅，縶其君而俘其臣，墟其宫而遷其社，刊其木而堙其井，此豈小故也哉！而當時之君視之恬然。此無他，惟處於危亂之中，而不知懼之可懼也。

秦穆公於江之滅，獨怵然戒，惕然悟，避朝貶食，不勝其憂，非出於危亂之外，豈能深見可懼之真者乎！穆公信能推此懼心而充之，視天下之諸侯，國一滅則心一警，心一警則政一新，固可離危亡之門而得治安之基矣，豈止西戎之霸耶！

朱字緑曰 事内不知懼，事外知懼，亦是近蔽遠明之意。中間鋪揚立國一段，生氣勃然。

陽處父

至書無悦人之淺效，而有化人之深功；至樂無娱人之近音，而有感人之餘韻。凡天下之理，不能窺於未得味之前，必不能舍於既得味之後也。昔夫子設教於洙泗之間，子貢初見，挾其智而傲之；子路初見，挾其勇而陵之。以夫子之聖，猶不能動物悟人於一日之速也。彼陽處父何人耶？寧嬴一遇諸途，躡屩擔簦，從之如不及，其移人之速若過於夫子矣。然夫子雖不能服由賜於一見，而能役由賜於終身；陽處父雖能致寧嬴於一朝，而不能留寧嬴於數日：孰優孰劣，必有能辨之者矣。淺淺關照，筆致疏越。

嘗考寧嬴之言，然後知處父所以易使人喜、易使人厭者，抑有由也。蓋處父之剛盡發之於外而中無所留，溢於聲音，浮於笑貌，形於步趨，平生神氣發露無餘；外雖震厲而中無所畜，外雖暢茂而中無所根。其始見也，其美易見，其德易親，所以易使人喜也；其既見也，索之易窮，採之易盡，所以易使人厭也。發之爲春華，曾不能斂之爲秋實，玩虚華而忘實味，是豈爲腹而不爲目者所肯留哉！此寧嬴所以乍喜乍厭，而不辭往來之煩也。

朱字緑曰　不令人喜，不令人厭，道之所以大也；乍令人喜，乍令人厭，德之所以喪也。雖未能大有發明，而立意深遠，非淺人所能到。

宋華耦辭宴

君子之立言，待天下甚尊，期天下甚重，識雖在一世之先，而心嘗處一世之後，非自託於謙退也，降衷在天，秉彝在民，凡具耳目口鼻號爲人者，罔不備參贊化育之神，經緯幽明之用，吾其敢以淺心隘量，大棄之於罷冗無能之地乎！

左氏世傳以爲魯史，則魯其父母之邦也。見不可薄待魯。其載華耦來聘，無故揚其先人之惡以辭宴，乃繫之曰：『魯人以爲敏。』左氏之意，豈不以耦之詞令魯人之所誇，而非君子之所貴乎？先跌明法妙。耦之言，少知禮義者皆知賤之，雖當時二三浮薄輩妄相矜衒，然曲阜、龜蒙七百里之封，寧無一人知其非者！今概稱魯人以爲敏，果哉？點左氏，一語作定案。左氏之論也，概稱魯人以爲敏，是謂魯空國無君子。抑不思所謂魯人者，誰非爾之僚友乎？誰非爾之姻戚乎？誰非爾之師長乎？一出言而盡置於庸鄙之域，倨傲暴慢之氣勃然可掬，歸之以不孫不弟之名，吾意左氏不能解也。

昔吾夫子亦嘗稱魯矣，曰：『魯無君子，斯焉取斯？』言魯本多君子，左氏偏與聖人之言相反。是夫子一言而待魯爲君子，左氏一言而待魯爲小人，人心之不同如是哉！或謂左氏之言魯人，特蚩蚩之流耳，至於閎達博雅之君子，敢名之以魯人哉！又設一難，將『人』字生出許多辨論，排擊不稍借。曰：閎達博雅之君子，其材雖出人千百等，然履魯地、啜魯泉、食魯粟，豈不名之以魯人乎？一爲君子而背鄉閭、蔑名教，不以魯人自命，是外父兄而恥與同類也，夫豈君子之所敢安哉！吾益見左氏之誤也。

朱字緑曰 世之巧詆者，可以知警。

季文子出莒僕

魯道衰而權移於季氏，議者徒見其專權之禍，而不見其竊權之由。吾讀左氏書，至季文子出莒僕之事，然後知季氏竊權之始蓋在此也。一句已定案。

權，君之所司也，人臣豈能一旦徒手而奪之哉？必有隙焉然後能乘之，『平列立』三字作案，入文子之罪。必有名焉然後能假之，必有術焉然後能攘之。宣公篡立，大臣未附，國人未信，其權未所屬，此千載一時之大隙也。故因莒僕之事，借其名、闞其術，默收一國之權於掌中而人不悟。應。甚矣！文子之險且譎也。莒僕弒君竊寶，宣公不惟納之，而又欲封之，是固羣臣之所當争也。文子託去惡之名，改君命而使司寇斥僕於境外，以嘗試宣公。意以謂君苟怒我耶，則我固可自附於忠憤愛君之徒；君苟聽我耶，則魯之大柄自是歸我矣：退不失譽，進不失權，君有從違，我無增損，其自爲計乃如此。此段言文子之險且譎。自古之盜權者皆覬成而惡敗，蓋成則受大福，敗則蹈大禍，未有如文子之計，不幸不成，猶不失謇諤之稱者，其爲計可謂高出古人之右矣。既而宣公果惑於史克之對，終莫能詰，一時上下皆爲所眩。君嘉其直，人誦其忠，而不知國命已移於冥冥之中。更千百載，觀者猶以斥莒僕爲文子之美，莫有辨其爲竊權之始者。嗚呼！死諸葛可以走生仲達，死姚崇可以算生張説，孰謂既死之文子，餘斯遺譎，尚能欺千百歲之後乎？

吾詳考史克之對，歷數莒僕之罪，此段並誅史克，是季氏之黨。言雖指僕，而意譏宣公。宣公負篡弑之惡，實魯之僕耳。聞克之言，其顙能無泚乎？克内則陰中宣公之隱以脅之，外則盛稱文子之功以誑之，一脅一誑，捭闔箝制，真季氏徒也！然克之辭浮麗夸靡，學者或咀其華而忘其實，吾請摘其妄以示之。摘其妄言以罪之。克首稱：『先大夫臧文仲教行父事君之禮，行父奉以周旋，弗敢失墜，見無禮於其君者，誅之如鷹鸇之逐鳥雀也。』嗚呼！行父尚記文仲之教乎？前日襄仲之難，嗣子受弑，無禮於君，孰大於是？行父仍恬若不見者，文仲之教何在也？不鷹鸇於襄仲而鷹鸇於莒僕，可憐哉！只此二句定主意。克之謬妄甚衆，姑發其一以告學者，使無惑焉。

朱字緑曰 行父黨於襄仲，身事叛亂而不能稍有異同，其罪難逭。然執此以罪文子，則文境平常，不能生色。特取其不納叛人一節立論，謂其陰奪君權，明示臣節，名實兼收，而人止覺其直，不覺其惡，便令境界迥别。然後從史克語中斷出『不鷹鸇於襄仲，而鷹鸇於莒僕』，勢如轉石千仞之谿，萬壑皆震。知此可得文家布置之法。不納叛人，弼君以正，此自是大臣之事。但他人行之則爲以道事君，文子行之則爲盜君之柄，以其原與鷹鸇同黨耳。

宋昭公子武氏族

是非善惡之辨，至於子孫而後定。宋昭公之無道，其子孫豈有措足之地哉！武氏道昭公子爲亂，雖不克成，然摇民心、蕩國勢，凡三四年而後已。使宋人果憾昭公，安能至此？彼昭公又何以得此於民哉！

君，天也，民之於君，固有不可解於心者。昭公雖無道，然嘗託在君位矣。君民之間，蓋有不膠漆而自固者，前日之怨，豈民之本心哉！鈇焉鉞焉則怨，桁焉榴焉則怨，畋焉游焉則怨，臺焉囿焉則怨；至於身没之後，鈇鉞弊、桁榴朽、畋游弛、臺囿荒，前日之怨，窅然空然，墮於渺茫，不見蹤迹。冰泮則水流，塵盡則鑑徹，雲散則日明，怨去則思來，斯民始怵惕淒慘，追惟疇昔君臣之義。見其遺嗣，惻怛興憐，故奸宄乘之，猶足疑誤羣聽，此真民之本心哉！惜乎！怨在身前，思在身後，昭公親當今日之怨，而不及待後日之思，此所以履危亡而莫救歟！抑不知民心本未嘗忘昭公，特奪於殘虐不暇思爾！使昭公奮發悔悟，改前之爲，則民將移其身後之思於身前，向之鴟鴞皆鸞鳳也，向之堇葛皆參术也，向之碪鑕皆几席也，向之讎敵皆姻婭也。遷善之門翻手可闢，適治之路舉足可登，乃延頸待斃，自謂無策，愚矣哉！

朱字緑曰 揭出『民之本心』四字，爲一篇張本，説得可歌可泣，尤妙。『怨去則思來』一句，作通篇筋脉。文無定見，何敢道隻字！

宋華元羊斟

天下之情，固有厚之而薄、薄之而厚者，不可不察也。子弟與鄉人皆在席，觴酒豆肉，必先鄉人而後子弟，豈人情固厚於疏而薄於親乎！每於人情世故極通達，便成妙文。蓋疏則相責，親則相恕，其待鄉人，物至而情不至，所謂厚之而薄者也；其待子弟，物不至而情至，所謂薄之而厚者也。疏明首二語，清空圓透。凡人情相與至於無間，則用之不憚、置之不愠、予之不辭、奪之不怨，曠然相期於形骸之外，夫豈以薄物細故而遽爲向背哉！側入題理。

華元殺羊食士，而其御羊斟不與，人皆以爲待羊斟之薄，吾獨以爲待羊斟之厚焉。元之意，豈不以斟爲吾御幾年矣，左執鞭、右奉轡，旦則偕出、暮則偕入，險夷寒暑、升降馳驟，無不與吾俱，相悉已久，相信已熟，今日饗士，吾肘腋同體之人，豈計一杯羹爲輕重？姑及疏者、遠者可也。羊雖不及，然親厚之意固已踰百牢而豐五鼎矣。斟不知享其意，而徒欲享其食，忿戾勃興，驅車趨敵，投華元於死地。元待之以君子之心，斟報之以小人之行，非特負元，乃負國也。推開一步，責以大義，讀之可恨。議者或謂元御下寡恩，以起羊斟之怨。吾觀元之爲人，樂易慈祥之氣温然可挹，其免於囚虜而歸，再與斟遇，猶慰解勉勞，若恐傷其意者。彼尚能恕羊斟於既爲變之後，豈不能撫羊斟於未交兵之前哉？此吾所以論元之待斟蓋厚而非薄也。此段就上意再翻入一層，深斷華元之非薄。

然元亦不能無罪焉。又以待羊斟生論，雙貶斟酌。日與斟周旋，不知其肺腑，猶以君子待之，一罪也。簞食豆羹見於色之人，乃與共載，二罪也。情意未孚，而遽忘彼我，以示無間，三罪也。明不足以燭奸，誠不足以通物，何適而不逢禍哉！惜乎！華元有君子之資，而未嘗學也。

朱字緑曰　享羊不及而以爲厚，翻案之文，卻説得人情曲至。季孫不納叛人而以爲竊權，是於好處看出他不好；華元不享羊斟而以爲親厚，是於無情處看出他有情：都從生平爲人處下斷案，所以奇而確。

楚鬬椒

物以順至者，必以逆觀。天下之禍，不生於逆而生於順。劍楯戈戟，未必能敗敵，而金繒玉帛，每足以滅人之國；霜雪霾霧，未必能生疾，而聲色畋游，每足以殞人之軀。禍之所伏，使人惕然知戒。久矣夫！順之生禍也。物方順吾意，而吾又以順觀之，則見其吉而不見其凶，溺心縱欲，蓋有陷於死亡而不悟者矣。至於拔足紛華，寓目昭曠，彼以順至，我以逆觀，停筯於大食之時，覆觴於劇飲之際，惟天下之至明者能之。知幾妙法。

鬬椒汏侈於楚，帥師救鄭，晉趙盾乃退師示怯，以順適其意而益其疾。椒謂趙盾真畏己者，憑恃其强，肆爲悖逆，親集矢於其君之車，以覆其宗。盾投之以順而椒不觀之以逆，殆非盾之能誤椒，蓋椒之不能察盾也。然盾之爲謀於難察之中，猶有可察者焉。此段言趙盾之謀原非難察，彼自不能深觀。豪奴悍婢，冥頑很戾，闔室之人畏避之，出而詈市人，則必奮臂與之鬬，蓋其威行於家而不行於市，此殆易曉也。設喻帶諧。椒之跋扈，不過能使楚人畏之爾，一出楚境，則相視如道路，人何爲遽下之哉！況以堂堂之晉，一旦相遇，卷旆改轅，未戰而卻，逡巡若有所懼者，此理之不當然也；理不當然而然，其必有所以然矣。椒於此曷不深致其觀乎？言當深察，接下『曷觀』一段。謂晉封略不如楚，則否；謂晉謀臣不如楚，則否；謂晉兵甲不如楚，則否。反覆推考，莫知其端，是殆養我而納之於禍也。方明説順之爲禍，只二語。牛羊犬豕，醉於豢養，身日腯而死日近。椒亦人爾，乃坐受讎敵之豢養，自赴刀几，亦愚矣。向使不遇趙盾，豈至此極乎？曰：意在於善，凡所遇者皆養吾善之物也；意在於惡，凡所遇者皆養吾惡之物也：豈必遇一趙盾哉？此段設一難端，言盾雖納鬬椒於禍，椒自養惡，不必遇盾而然。一雨露也，梧檟得之以養其柯條，荆棘得之以養其芒刺，造物者曷嘗有心厚梧檟之材而稔棘荆之毒歟！咸其自養而未有養之者也。椒苟意於善，則盾雖示弱而養其惡，未必不逆觀其詐，悚然儆懼，而啓改過之門矣。椒苟爲善，又知儆懼，將轉禍爲福，盾適以成善。所以深責其不能逆觀，愈轉愈深。盾本將以養其惡，椒反資以養其善，殆惟恐遇盾之不蚤也。

朱字緑曰　意在於善，所遇皆養善之物；意在於惡，所遇皆養惡之物。此是一篇主意，而借以逆觀順作波瀾，迤邐而來，神注於此，否則人有美意以順我，而概逆觀之，是逆詐億不信，又豈所以待物乎！

楚子問鼎

一夫而抗强敵，一言而排大難，此衆人之所喜，而識者之所憂者。起語雄厚慷慨。楚爲封豕長蛇，薦食上國，陳師鞠旅，觀兵周郊，問九鼎之輕重，其勢岌岌若岱、華、嵩嶽將覆而未壓。王孫滿獨善爲説辭，引天援神，折其狂僭，使楚人卷甲韜戈，逡巡自卻。文昭武穆，鐘簴不移，瀍水洛都，城闕靡改，其再造周室之功實在社稷，此揚其卻楚之功。是固衆人之所同喜也，夫何憂？憂之云者，非憂其一時之功也，喜在今日而憂在他日也。

天下之禍不可狃，而幸不可恃。問鼎大變也，國幾亡而祀幾絶，王孫滿持辨口以禦之，所以楚子退聽者，亦幸焉耳。周人遂以爲强楚之凶焰如是，尚畏吾文告而不敢前，異日復有跳梁畿甸者，政煩一辯士足矣。是狃寇難爲常，而其以三寸舌爲可恃也。由東遷以來，周之君臣上恬下嬉，奄奄略無立志，身不見驪、㲋之釁，口不誦板、蕩之詩，玩於宴安，寖以媮惰。此段言周室本弱，又玩於宴安，不能儆懼覆亡，反徼幸於口舌，王孫滿爲禍之始。君子猶意儻遇禍變，庶幾儆懼，改前之爲。今三代所傳之大寶乃敢睥睨蕩摇，欲以腥羶汙漫之，侈然有改玉改步之意，禍變孰大於此！使王公卿士怵惕祇畏，懷覆亡之虞，則后稷、公劉之業猶有望也。適王孫滿之説偶行，其君臣相與高枕，遂謂吾舌尚存，寇至何畏！狃其禍而恃其幸，開之者非滿歟！下一『開』字，便見滿貽禍無窮，發明憂在他日意。自是之後，相襲成風，問其治國則先文華而後德政，問其禦寇則先辨説而後甲兵，問其用人則先威儀而後行實，問其撫邦則先酬對而後信義。内觀其實日薄日頽，外觀其辭日新日巧，典册絢麗，尚如在文、武、成、康之世，而形勢陵夷，固已若夏桀、商紂之朝矣。下逮戰國吞噬之際，猶用滿之餘策，虚張九九八十一萬之數以譎齊，左欺右紿，自矜得計。一旦秦兵東出，辨不能屈，説不能下，緩頰長喙，噤無所施，稽首歸罪，甘爲俘虜，始知浮語虚詞果有時而不可恃也，晚矣哉！故吾嘗謂王孫滿卻楚之功，不足償其怠周之罪。以案作結。

朱字緑曰　喜在今日，憂在異日；禍不可狃，幸不可恃：祇此四語，盤旋到底，數百年大勢約之方幅間，瞭然如見。

周以文治，亦以文弱。襄王之時，禮樂征伐不自天子出，其來已久，所爲朝覲獄訟，命討之具，舉不可恃。舍文告，亦更無他法可以退楚，雖王靈不可復振，然猶恃此綿綿延延歷數百年而後亡，則勿謂文治不如武功也。

戰國策秦興師以求九鼎，周君患之。顔率以九鼎市於齊，齊師來救。秦師退，齊人求九鼎，周君又患之。顔率赴齊，言九鼎挽者須九萬人，九九八十一萬人乃能致於齊，齊人乃止。吾友李子固曰：『顔率之説，正所謂較量輕重大小，其詐僞之術得罪於王孫滿甚矣。』東萊乃相提而論，不亦誣乎？王孫滿方幼，而即能決秦師之敗，其折楚子數言，煌煌大義，可與誥誓並傳，故能折其强悍而使之自退。若欲先甲兵而後辨説，則稽首歸命不俟赧王，而早已見於春秋之世矣。

南宋之季，聲容盛而武備衰，故東萊有激而爲是言。然元世祖之初，實欲通好，此正先文告、後甲兵之時也。乃聘問之禮不行，而徒拘留其使，卒致用爲口實，輿伯顔之師而宗社以亡矣，君子傷之。是故宋之於金，患其不能戰，而於元又患其不能和。

楚箴尹克黄

正其義不謀其利，明其道不計其功，此吾儒之本旨也。自謀利計功之説行，雖古人之事峻厲卓絶，表表然出於常情俗慮之外者，莫不以是心量之，其爲害豈淺鮮哉！楚之滅若敖氏也，箴尹克黄實其餘裔，適出使於齊，幸而漏網，是宜委質諸侯以逃其死，策無先於此者矣。便伏『謀利計功』意，數語表明箴尹之爲人，一篇之意已見。箴尹獨以君命爲重，明知死地而直赴之，非審知義命，一視生死者，豈能之乎？謀利計功者，猶曰死地乃生地也。犯死以復君命，君必以爲輕其死而重吾命，殆將赦之以勸事君。是陽以死結君，而陰取生之利也。嗚呼！是説也，乃謀利計功者之心，初非箴尹之心也。箴尹之言曰：『棄君之命，獨誰受之。君，天也！天可逃乎？』因其言而知其心。由其言以觀其心，明粹端直，固可對越在天而無愧，使有一毫覬倖之心間之，則心聲所發，必有不可掩者矣。箴尹知有君而不知有己，知就義而不知就生，雖不免於司敗之戮，必以死得其所爲幸，固瞑目而無憾也，豈預期楚子之宥哉？此段提『生』『死』二字，折功利之言。箴尹非懼死幸宥，其心最明。死與不死，在箴尹本無加損。二意更高一層。向若借箴尹一身之死以塞萬世謀利計功者之口，身雖没而道則彰矣。今適會楚子之寬宥，箴尹之心有如白水，固不待辨。彼紛紛謀利計功之徒以己度箴尹者，殆深可憐也。吾嘗深求其故矣：楚子之宥箴尹也，非嘉其復命也，蓋思子文之治楚也。箴尹之宥繫於爲子文之後，不繫於復命也。結出楚宥箴尹乃爲子文破前陽以死，結陰以取利意。然則箴尹之歸死，豈求全之計耶！吾故發之以折謀利計功者之説。

朱字緑曰　正大精深之文。

荀林父伯宗

世未有事非而心是者。客。譽共驩者必非信，朋跖蹻者必非廉，入許史者必非正，屠袁劉者必非忠。見其事，則其心固不問而可知也。事非心是，理所無有。抑天下有事是而心非者乎？主。曰：有。赤狄伐晉圍懷之際，勢方强也。晉侯欲犯其强，荀林父欲待其衰，林父之策是也。赤狄、酆舒殺伯姬之際，惡已暴也。晉大夫欲縱其暴，伯宗欲討其罪，伯宗之策是也。人觀其前，莫不非晉侯而是荀林父；人觀其後，莫不非晉大夫而是伯宗：兩『是』也，擊出『心非』二字。孰知二子策雖是而心則非乎？點睛。圍懷之役，林父堅忍以待其衰，是固理之正也。至於所以設謀者，則曰『使疾其民，以盈其貫，將可殪也』。嗚呼！是誠何心哉？鄿舒之事，伯宗奮厲欲討其罪，是亦理之正也。前既明説心非，又用『嗚呼，是誠何心』句感慨嘆息，冷語直刺衷曲。至於所以設謀者，則曰後之人或者將敬奉德義以事神。人而申固其命，若之何待之？嗚呼！是誠何心哉？

聞君子成人之美矣，未聞成人之惡也；聞君子懼人之亂矣，未聞懼人之治也。引聖賢立論，斷其心非。今林父則養人之惡，惟恐其不盈；伯宗則幸人之亂，惟恐其或改：處心積慮，可謂忍矣！此吾所謂事是而心非者也，論者安可信其事而略其心哉！人苟心不在於善，凡所遇之事，此與論鬭椒相似，言一非則無所不非。曲固曲也，直亦曲也；邪固邪也，正亦邪也。董仲舒、公孫弘同以春秋而事武帝者也，劉向、谷永同以諫諍而正成帝者也，然世皆内仲舒而外弘，右向而左永，何耶？弘之春秋，人所以羞道之者，心累其書也。永之諫疏，人所以喜攻之者，心累其言也。井辱秝陵，泉貪交廣，果誰爲之累者，井耶？泉耶？人耶？餘意引證。

公孫歸父言魯樂

舊國舊都，望之悵然，遲遲其行者，亦聖人去父母國之道也。夫思者，聖愚之所共。公孫歸父懷於魯，曷以獨爲晏氏之所譏？曰：去國而懷者，情之正也。儀之琴，居北而音南；舄之吟，身楚而聲越。是固情之不可解，而仁人君子之所許也。因去國之悲，然後懷在國之樂，曷有居其國而知其樂者乎？

獸在阱則思壙，當其走壙，未嘗知壙之樂也。鳥在籠則思林，當其棲林，未嘗知林之樂也。歸父方居魯而喋喋以魯樂告人，自非不安其常而嗜其利，何緣而知其樂哉！岱之山、洙之水、五父之衢、大庭之庫、城闕井邑、物産土俗，呱而育焉，髫而嬉焉，弁而游焉，固非驟見而忽聞，胡爲而誇語於人耶？日飯稻粱，未嘗以告人，一得熊蹯牛心之饋則譽其珍；歲衣布帛，未嘗以告人，一得霧縠文錦之服則譽其美。吾是以知歸父之言魯樂，必棄常而嗜利也。棄常嗜利，乾没不已，雖非晏氏，固可指期而俟其亡矣。

至樂之地，人皆有之，惟不能有其樂，而樂移於物，故馳騖而忘反。權寵之樂勃如也，詞華之樂驕如也，聲色之樂昏如也，畋游之樂蕩如也，是皆陋人之所樂，君子之所哀。哀之者，豈預憂其禍至哉！鴟鴉嗜鼠，即且甘帶，何等臭腐，而忻慕耽惑，以身償而不悔，是固達者之所甚憐也。歸父譽魯樂之時，固已可悲矣，奚必悲其將亡哉！吾嘗聞孔顔之樂矣：曰樂在其中者，孔子之樂也；曰不改其樂者，顔子之樂也。然而飯也、飲也、曲肱也，非孔子之樂，特樂在其中而已；簞也、瓢也、陋巷也，非顔子之樂，特不改其樂而已。意者聖賢之樂果窅然而無物耶？彼所謂『樂在其中』者，『在』之一詞，必有所居也；彼所謂『不改其樂』者，『其』之一詞，必有所指也。居何所居，指何所指，吾黨盍共繹之？

朱字録曰 前半言歸父湛樂之非，後幅言聖賢之樂不繫於物，兩意皆淋漓曲暢。

跋〔一〕

博議之文共八十六篇，内闕二篇，今搜古本補訂也。家大人因比者考課儒童，先試小學、論，而坊間所刻諸論皆猥鄙不足觀，因取是編稍加批點，以示及門受學之士，而坊賈請梓以行世，遂以授之。嘗語及門諸子曰：『博議之文，原爲諸生課試而作，故文體不甚高，所謂道取順時者也。然初學之士，其於周、秦、漢、唐之書茫乎不知其閫域之何屬也，安能闖其藩而升其階？』惟是編文取其從，字取其順，其駿發也，萎苶者讀之，足以振其懦；其爽朗也，塵悶者讀之，足以破其昏；其排宕也，板滯者讀之，足以達其氣；其峭拔也，平庸者讀之，足以淬其鋒。且也得首尾盤旋之法，而結構不懈；得無中生有之法，而波瀾不窮；得推拓援證之法，而觸類引伸，隨取而不盡。文章之能事由此而深造之，其又奚難？即其理間有未醇，而分別讀之，無一可廢。學者以此爲經史之嚆矢，而諸大家之入門，不亦可乎？小子識之，謹記其說，因以爲讀是書者告焉。

庚辰夏月，男曉曙同識。

校記

〔一〕輯自呂祖謙評點東萊博議，光緒十八年務本書局刻本。

附録

一、傳記資料

安慶府志朱書傳〔一〕

朱書，字字緑，幼穎異，博極羣書，試輒冠軍。丙寅游拔，壬午舉順天鄉試，癸未登進士，授翰林院庶吉士。甲申，召入武英殿纂修佩文韻府，賜松花岡硯及鹿、雉、豖等物。辰入西歸，積勞成疾。上軫念，遣太醫診視，綸音賜問，恩至渥也。著有杜谿詩稿、杜谿文稿，又著東萊博議行世。子曉，國學生；次曙，官學教習，揀選知縣。

宿松縣志朱書傳〔二〕

朱書，字字緑，家邑之杜谿。幼穎異，父語以古今治亂及忠孝大節，輒了了。長博極羣書，經籍、子史、韻書皆手録，日作蠅頭二萬餘，更加丹鉛點勘。學以復性爲主，格致誠正爲端。與關西李中孚辨陽明『無善無惡心之體，有善有惡意之動』二語，並闢學髓圖『善惡兩歧』之謬，反覆不遺餘力，語詳杜谿文集。爲文汪洋灝瀚如江河之東注，不規規繩尺，自入先輩大家之室。古文自前明歸熙甫後首推方氏靈皋。方尤推服杜谿，嘗徒步訪之，留數日，語曰：『古文吾不如子，楚軍出鉅鹿，一戰霸矣。』

康熙丙寅，以拔貢游京師，褐衣布履，名動公卿。壬午，舉順天鄉試。癸未，登進士，改翰林院庶吉士。甲申，召入武英殿，纂修佩文韻府，賜松花岡硯及鹿、雉、魚等物。辰入酉出，積勞成疾。上遣太醫診視，綸音賜問，皆異數也。官終翰林院編修。〔三〕

生平喜游覽，往來燕、趙、齊、魯、吴、楚、閩、越間二十餘年，備識古今人物、山川、道里而論次之。西登華山絶頂，作賦纚纚數千言。

及卒，靈皋爲撰墓表，在望溪集中。著有杜谿文集、杜谿詩集、松鱗堂偶集、恬齋日記、恬齋記聞、寒潭瑣録、恬齋漫記、謀野録、評點東萊博議、游歷記行世。

安徽通志朱書傳〔四〕

朱書，字字緑，宿松人，康熙癸未進士。改庶常，授編修，纂修佩文韻府，賜松花岡硯及鹿、雉、魚等物。辰入酉出，積勞成疾。上賜問，遣太醫診視，蓋異數也。卒於京邸。所著有恬齋詩文集、松鱗堂偶鈔、古南嶽考、日記、記聞、漫記、寒潭瑣録行世。生平爲學以復性爲主，格致誠正爲歸。方苞最推重之，及卒，爲撰墓表。

宿松縣志朱書傳〔五〕

朱書，字字緑，家於邑東豆溪莊，亦曰杜谿，後因以號其稿。父光陛，别有傳，列義行。明季，將家屬播遷南嶽，晉熙間，書生於潛，亂定始歸。

幼穎異，父置膝上，口授四子書成誦，以箸畫灰作字示之，形聲了然；語以古今治亂及忠孝大節，皆省悟。家貧，夜每燎枯莖照讀，旦負薪米且誦，或躬事綆汲臼舂，然袖中書未或斯須去也。稍長，博極羣書，經史子集韻部皆手録，日作蠅頭楷二萬餘，加丹鉛點乙，遜敏刻厲，兼匡衡鑿壁、仲舒下帷古大儒風。學以復性爲主，格致誠正爲端，明道濟時爲用，於濂洛關閩之旨罔弗殫究。嘗與關中李中孚論『無善無惡心之體，有善有惡意之動』二語，並闢學髓圖『善惡兩歧』之謬，反復不遺餘力，折衷理要，無門户見存，李亦大雅推之。語俱見杜谿集。

爲文根柢五經、史、漢，而發揮流露，以八家爲宗，所著汪洋灝瀚，如江河之東沛，不規規繩尺，自入先輩大家之室。古文自明歸熙甫後，首推方侍郎靈皋，方尤推服杜谿。嘗與戴田有偕徒步訪之，有杜谿訪舊圖。留數日，靈皋謂書曰：『古文吾不如子，楚軍出鉅鹿，一戰霸矣。』田有亦亟稱字緑爲『百世之人』，才氣横絶一世，自以爲無能爲役，其奇偉博辯之作，視己不啻倍蓰過之。蓋書雖自謂宗八家，實若合漢魏爲一手也。戴之學古文先於書，及其成功，書固已若此。當世薦紳先生張玉書、陳廷敬兩相國見杜谿文，俱推之爲古文巨子焉。

時藝一準韓柳義法行之。初，光陛遭世變，雅不願爲時文。書承父志，屏弗遽學。十九歲時，始竊爲之。南人有言曰：『篇其發軔也，純乎古文爲時文。』集中四書文稿，類與之同欽定文選；其剛毅木訥近仁、夫子自道也二首，海内著作之林項背相望，如劉巖、汪份、黄越、何倬、薄有德、閻若璩、儲在文輩，書皆與雅故久，契合獨真。

康熙丙寅貢拔萃，始游京師，褐衣步履，名動公卿。壬午舉順天鄉試，癸未登進士，年五十矣。改翰林院庶吉士。素性泊如，不競仕進，仍日事著書，希不朽之業。甲申召入武英殿纂修佩文韻府，金殿論思，文章遇主，賜松花岡硯、鹿、雉、魚諸物。辰入酉出，積勞成疴。上遣太醫診視，綸音賜問，皆異數也。官終編修。

生平喜游覽名山大川，過都越國，以拓其心胸，徵聞見，助文藻，捃利病，洞古今，人比之司馬子長。未釋褐前，橐筆走天下，丁卯、戊辰間走燕、趙、齊、魯；癸丑歷三晉，入關中；甲申後間關吴、楚、閩、越間二十餘年，備識古今人物、山川道里而論次之；西登華山絕頂，作賦纚纚數千言。以疾卒京邸。靈皋爲撰墓表，刻望溪並杜谿集中。

書寬厚質直，樂道人善，於鄉先達有功業、文章者，表章之不遺餘力。嘗作徵文獻書若干言，欲蒐集皖江文獻自漢以下彙爲一書。尤深愍金忠士之有休烈於天下，没而聞不彰也，胤祚式微，無力自通其狀當軸前，乃爲書貽史官萬斯同，書見杜谿文稿，此從略。不飾不阿，稱心而言；並張兵備鳳翥之致命遂志，田副使有年之晚節幽蹤，俱連類及之，書辭不報。明史忠士無傳，幸有書之此書，忠士可傳，具信於世。

學者宗仰杜谿如泰山、北斗，至今稱杜谿先生。

朱氏家譜書公傳〔六〕

諱興元，又諱世文，後改名書，字字緑，一字紫麓，號恬齋，别號杜谿。生於順治甲午年十月初十日寅時。康熙庚申入泮，丙寅恩拔，丁卯考授教習，期滿受縣職。壬午中順天鄉試二十七名，癸未捷南宫四十四名，殿試二甲四十名，點入詞林，旋奉詔武英殿纂修佩文韻府、淵鑑類函等書。其行實邑志、郡志、省志皆有傳。

公神慧非常，過目成誦，博聞殫見，經書子史無不通曉，詩古文詞皆其所長，尤長於古文。詩、古文、時文稿皆有專集行世，此不載。

康熙丁亥年六月十九日亥時，殁於都中寓邸，幼子曙侍。開弔三日，中堂以下畢至。本年冬月，抵里城中宅，開弔五日。撫軍劉光美遣官致祭，府縣文武官畢至。其傳、贊、行述俱入藝文。葬機楓樹嘴，附祖母側，砌壙立碑。

元配九城坂沈公一宋女，諱桂，生於康熙壬寅年八月二十二申時，殁於康熙乙亥年正月十四日巳時，葬周民嘴老墳東。子二：曉、曙。女貢，適郡庠生石頌功子石閶。繼配太湖庠生汪士鼎女，諱綺，生於康熙丁巳年八月十七日巳時，殁於康熙甲午年六月二十九日午時，葬周民嘴祖墳西，丙向。女一，名榮，適貢生石文錦。

朱字緑墓表[七]

方苞

余之交未有先於字緑者。康熙丙寅，歸試於皖，先君子攜持以行，儕輩間藉藉言宿松朱生。因從先君子訪字緑於逆旅，辭氣果不類世俗人。將返金陵，遂定交。字緑父事先君子，而余兄事字緑。是歲，字緑以選貢入太學，海内知名士皆聚於京師，以風華相標置，獨字緑褐衣布履行稠人中。時語古文推宋潛虚，語時文推劉無垢，字緑見所業，遂歸，讀書杜谿。及壬午，再至京師，聲譽一日赫然公卿間，二君若爲小屈焉。遂連舉甲乙科，入翰林，館中先達皆嚴憚之。歲丙子，余有事故鄉，而字緑適客於皖。丁丑戊寅，歸休於家，而字緑適授經金陵。癸未丙戌，再赴公車，而字緑皆在京師。故生平執友相聚之久且密，未有若字緑者。

字緑强記，文章雄健，尤熟於有明遺事，抵掌論述，不遺名地。其客金陵，先君子每不自適，輒曰：『爲我召朱生。』字緑體有臭，夏月尤甚，然每與先君子酣嬉，終日解衣盤礴，余兄弟左右其間，不覺其難近也。始，字緑歸自京師，築室其邑之西山[八]，名曰杜谿，將著書以終老焉。其再出也，以家貧多累，又自恃體素强，齒猶未也，雖遲之數年未爲晚，而竟死於羈。既遘疾，半歲中四以書抵余，未嘗不自恨也。

字緑諱書，以康熙某年月日卒於京師，年五十有一[九]。以某年月日歸葬於某鄉某原。子二：長曉，淳樸能家事；次曙，志承其父學。

辛卯八月朔日，方苞表。

朱字緑贊〔一〇〕

宋至

朱子字緑先生，貌莊莊乎山立，胸浩浩乎淵渟，山水萃大文昭也。詞壇發軔，才德兼優；翰院飛聲，詩文蓋世。其光怪陸離，則揚子之波濤洶湧，魚龍出没也；若清新迥逸，淪漪漣洄，又澄江如練矣。其高古勃鬱，則泰山之萬壑千峯，蒼松翠柏也；若采色斑斕，花鳥殊狀，又春山如笑矣。至於爲善不伐，積德不施，抱義戴仁，敦詩説禮，忠孝一本乎天性，舉止無慚於聖賢，真斯道之干城、吾儒之柱石也。吾爲之贊，贊曰：

泰山之高兮高不可躡，長江之深兮深不可測。字緑之爲人兮，天下無有出其側。衆人且共見兮，予又何説！

年家同學弟商丘宋至謹職。

校記

〔一〕輯自康熙六十年安慶府志卷一五人物志事業。

〔二〕輯自道光八年宿松縣志。

〔三〕朱書生前並未實授編修，此處措辭當爲後人所加。以下傳記同，不一一出校。

〔四〕輯自道光十年安徽通志。

〔五〕輯自一九二一年宿松縣志。

〔六〕輯自清貽館本朱杜谿先生集卷十一。

〔七〕輯自方苞方苞集卷十二，上海古籍出版社一九八三年點校本。

〔八〕西山　應作『東山』，杜谿在邑東。

〔九〕五十有一　當爲『五十有四』。

〔一〇〕輯自宿松楊西坂朱氏家譜卷首，一九三一年白鹿堂刊本，標題爲整理者所加。

二、各版本序跋

朱字綠先生古文鈔序〔一〕

章　煒

舒皖壤相接，仁廟時，桐城方望溪以古文辭名天下。其鄉里交游志趣之近者，懷寧則有劉古塘；術業之近者，宿松則有朱杜谿。望溪諸體文流播遠近，予童子時醉心焉。古塘不聞有他著作。杜谿雖以古文名，然世鮮傳本，初未之見也。一日，陳愚谷先生出所抄杜谿遺文四十篇示予，且自述其搜獲之艱，詳見原序中。予受而讀焉，因文以窺其學，因學以思其人，竊見其負異振奇，不肯苟同流俗，而崇尚正學，進取古人。雖其資力所至，未足抗行望溪，要爲鄉先進中之能卓然自立者。先生於杜谿，非有鄉曲之誼也，而一善不遺，左右采獲，銖積而寸累之，越月踰時乃始成帙，可不謂好事者與？予所居近在數百里中，耳濡目染，當在『聞而知之』之列。顧見此數十篇者，忍令其鼠嚙蟲蠹，終竟無傳也耶？爰依鈔本所編次，以集本無多，不加汰擇，悉舉而付剞劂氏，匪以私杜谿，亦以慰先生之志也。杜谿有游歷記若干卷，見所作序中。又有詩數篇，見金豫齋居業齋集〔二〕。計此本所未收者尚多有之，以俟夫續訪而有獲焉，當續刻以成全璧云。

嘉慶丁丑小雪日，廬江章煒謹序。

朱字緑先生古文鈔序〔三〕

陳　詩

康熙間，宿松有起自寒素而力學嗜古見稱於當世士大夫者，曰朱字緑先生，然其遺文卒不傳。余所居在蘄州之大同鄉長峪里，與宿松數十里而近，會授徒里居，先生邑人汪生從余游，屬以訪其遺集。汪生具言其家式微，數十年前有老諸生，素畏謹，斤斤爲句讀師以餬口。一日，縣令某招致入邑中，首咨以先世文集，則聳然懼禍及，極口道無有。既辭歸，乃悉取舊所藏付之火。余聞之，憮然者終日。已而曰：『雖如是，生其爲我力訪之。』生於是徧行里中諸故家，左右采獲，久之，才得四十篇。取而讀之，則方望溪所云『文章雄健，尤熟於有明遺事』者，故非虛語。既命兒子守仕手録成帙，而竊爲之慨然也。以字緑生長窮鄉，克自樹立，誦習程朱之言，而不爲姚江『良知』之説所惑，具見於與李中孚、王崑繩諸書。而一時師友，若宣城梅定九、四明萬季野及方望溪、劉大山、梁質人、龔孝水，所資以講習者，又皆當世之賢俊。卒之晚始通籍，年不及下壽，而百十年來亦遂無有從而表章之者，豈非所居者卑，而又莫爲之後，地勢實使之然與？抑亦從事於寂寞之學，而知德者鮮，反不若馳騖於聲華者之姓名猶在人口與？雖然，字緑之卒也，至使望溪先生爲之表其墓，而没世以後猶有闡幽於余者爲之網羅其放失焉，有志之士可以勃然而興矣。

蘄州陳詩。

朱字緑先生文集序〔四〕

方東樹

杜谿詩文集十卷，外附白崖文集一卷，故編修宿松朱先生字緑及其子曙撰。道光辛卯，樹主講松滋書院，其族孫麟憫先生無適裔，將代爲梓行，而囑余序之。其言曰：『先生集舊有刻本，既未盛行於世。而乾隆時開四庫館，嚴令開查禁書，其家不知而燬其版，故今鈔本僅存於此，又多磨滅錯亂，至不可讀焉。』樹幼即知先生名而未見其文，既發讀卒業，則歎曰：『此豈僅一方之文獻而已！蓋國朝諸名家著書若此者實不多見，是固將追古之作者如孫樵、李翺、蘇洵、曾鞏輩，並垂不朽於天壤。』惜乎世無傳本，知葆之者少，而可不亟亟焉表而出之哉？

蓋先生受知於仁廟，嘗預武英殿修書之選。一時交游之士如萬處士季野、梅徵君定九、閻百詩、何屺瞻等並國初碩學耆儒，先生與之馳騁議論，並駕角力，而其文又皆經事析理之言，高峻曲暢，氣韻温厚，得法雄深，無一語爲時人所能措。如與李二曲辨學書、記闕里志後，理明辭確，有裨仁心世教；記徐司馬三征事，金中丞、吕沃洲等傳，表潛闡幽，足補史傳之不備。其他雜文，記言、書事皆關典故，無虚辭泛語。而考其言之所至，其所得於内者，行又足以充之，孚於鄉黨，信於友朋，足以重天下而傳後世無愧也。世之文士汲汲箸書以邀名，而行無可稱，中無所積，剽襲標榜，憑藉聲氣以炫襮於一時，卒歸湮滅。而如先生之操修明潔，高文博辨，雖其一時未顯，而其光氣靈怪終不可遏抑，在在如有鬼神呵護，待其人而後發。故雖其子孫之式微，而承學後進不敢謝其責，而必爲之發揚暴露以著見於天下後世也，蓋有天焉，非偶然也。

先生與吾宗望溪侍郎交最契，其卒也，既爲之表其墓矣，而此集前亦嘗爲之序，顧此序不載望溪集中，後檢閲吾鄉宋潛虚先生集，則知固宋作也，今當正之。樹既惟書無重序，又自念末學鄙淺，豈足以重先生之文，使學者尊而信之？謹訂其脱謬，更易其卷第，言其大略，以質世之君子，非敢謂能序之也。先生平日所最措意者，有游歷記數十卷，今集中有其序而未見其書，惜哉！

道光辛卯九月，桐城後學方東樹序。

朱杜谿先生集序〔五〕

石廣均

世有承扶輿磅礴之氣、川嶽鬱勃之英，積百年餘，或遏而不傳，或傳而不廣，其精靈氣焰不可磨滅，卒有以發其光輝、信今傳後而無窮者。凡物皆然，文章何獨不然？吾邑南拱匡廬，北倚潛霍，東帶雷水，西錯蘄黄，其靈淑秀特之所積，知必有鴻儒宿學出其間。而近代以著述名家者不多覯，何歟？豈簡斷編殘，無人表章於其後歟？

杜谿字緑朱先生，當代著作才也，夙以摯行古誼重於鄉。初貢成均，入京師，與一時知名士游，學成文立，譽播公卿。生平喜游覽，經歷燕、秦、齊、魯、吴、楚、閩、越間，垂十餘年。足迹所至，凡三輔黄圖之壯麗，泰岱、華嶽之瑰奇，與夫震澤、湘江、鼉峯、鷲嶺之波譎雲詭，一切山川景物、里俗風謡，皆足以蕩豁心胸，增長氣識。故見之於文，汪洋灝瀚，宕逸雄深，直登古人之堂，探其奥而嗜其胾，未知與子厚、永叔輩相較何如，而立言已壽世不朽矣！桐城宋潛虚先生稱爲『百世之人』也固宜。乾隆間，板燬於火，傳者寥寥。

吾邑國朝以翰林起家自先生始，先大夫鏡心府君與焉。歲辛卯，先大夫以先生德行、文藝爲鄉里矜式，偕同人請於朝，祀瞽宗。禮成，瞿然曰：『先生本躬行爲文章，其碩德馨香自足千古，而著書滿家，不能流播天下後世，何以表先哲而闡幽光哉！』嘗讀先生與萬季野書，亟欲爲鄉先輩金中丞立傳入明史，且告同郡徵纂皖江文獻，蓋先生孜孜以表揚曩哲爲己任。余忝從先生後，備職詞垣，不克志先生之志，心甚恝然。用謀諸先生族人化羣茂才名麟者，促梓其稿以行世。未幾，化羣物故。不數年，先大夫亦捐館舍，事未果。

戊申春，邑人士以先大夫及先從兄愚泉夫子請祀鄉賢，得旨俞允，里豆庠籩，與先生後先輝映。而先大夫欲傳先生著作，藏之名山，有其志而卒莫之遂，伊誰之責歟？余不敏，學識譾陋，未得觀中祕書，於先生文何能仰窺萬一？第先大夫欲志先生之志，而不肖不能志先大夫之志，非惟無以表先生於數百載後，即何以慰先大夫於九京也？用是蒐羅散佚，得其古文、詩賦若干首編校付梓，俾百數十載之菁英遏而未傳、傳而未廣者，今得昭示來茲。庶千百世後，知吾高塘秀水間稟山川鍾毓之靈，固大有古作者在，豈特一代之文、一邦之彦已哉？先生之書傳，而先大夫之志亦慰矣。於是乎書。

道光三十年，歲在庚戌孟秋月，同里後學石廣均頓首謹序。

朱杜谿先生集重刊序〔六〕

黄修礽

家藏杜谿詩文集十卷，附白崖文集一卷，鄉先輩石椝生先生刊；游歷記存，汪養園先生刊；外有評點東萊博議及制藝百五十篇，杜谿先生族孫刊。兵燹後，板皆燬滅無存，海内著作家亟求先生集而不可得。今春檢集中古文七卷並游歷記存，重爲刊行，餘俟續刊。

光緒二十年，歲次甲午，孟春七月，同里後學黄修礽識。

糊飥集序〔七〕

李來章

予來京師，得讀朱太史字緑舊刻杜谿文稿，心竊好之。已與太史往還，數聞論文之旨，深契鄙衷。太史亦不以荒陋鄙予，每見過，揎袖揚袂，深譚文事，久之方去。嘗曰：『微吾二三讀書人，其何從開口乎？』糊飥集，其近所著也，閒中出以相示，予又得讀之，好之益甚。

蓋古文之緒不絶如綫，其不振也久矣。矜創獲者誤入旁門，法度蕩然，其失也野；事沿襲者揣摩皮毛，一笑一啼，斤斤然惟前人之是傚，而故我全喪，其失也僞。總由誦讀不多、考辨不精，無的然確見於中，而鋪張支吾，飾爲美觀，是郁離子所謂『敗絮其中而金玉其外』者也，其去古人也不已遠乎？竊惟古人之論文也，曰貫穿經史，又曰閎中肆外，而大易則溯其源而論之，曰『修詞立其誠』。嗚呼！盡之矣。

太史於經之十三者嘗徧覽焉，而於正史二十一部之外，尤能旁綜稗野，羅網放佚，使上下千百年治亂興衰之由一一了然於胸中，以故出而爲文，序次朴潔，得龍門、扶風之遺法。其議論所及，或以往事相參，發揮己意，淋漓悲壯，一往情深，如序食貨志諸作，可謂畜於中者厚而著於外者暢且晰矣。太史嘗俾予評其文，且抑然遜謝曰：『予於理窟惜未深探，而近時文格爲應酬牽率，似遜往昔。』竊窺太史之意，豈僅於文字争工拙哉？殆於大易『立誠』之旨有默相契者。從此矻矻孜孜，惟日不足，晚年造詣益復夐絕。古文之統自震川後，微吾字緑太史，其又將誰與歸哉？

跋杜谿文集〔八〕

蕭　穆

余少讀鄉先輩宋潛虚、方靈皋兩先生文集，即知宿松有朱字緑太史，文行兼備，心向往之。旋得鄉先生方植之手校杜谿文稿兩殘卷，乃道光辛卯，先生主講宿松松滋書院，時朱公族裔有名麟者搜輯遺編，將爲付粹。又數年，得石公廣均刊本，閲之，乃知朱麟當日謀刊，旋以物故未成，石公承其先人葆元遺命爲之。此集康熙間曾有刊本。乾隆間，詔修四庫全書，凡有違礙，概行銷毁，朱公後人悉取原版及印本拉雜焚之。至嘉慶時，其原刊全本，宿松舊家已不可得，石氏所刊非全編也。余閲鄉先輩方盇山集，附刊有朱公所作方翕山先生傳；又閲分甘餘話，載朱公爲作御書帶經堂記；又閲宋濳虚集恭紀睿賜慈教額序，又有汪母劉太夫人墓誌銘，今均不見集中，乃知朱公之文所失尚不知凡幾。今將所有傳記兩文補鈔於兩卷之後，冀康熙間原本舊家或有留者，庶幾旦暮遇之也。

朱公生平最得意者，有游歷記十數卷，全編亦佚。道光己酉，其鄉人汪公桂月曾得游歷燕秦記一卷刊之，余未之見。朱公人品既高，學有根柢，文筆亦峻潔超妙，皆不苟作，足與吾鄉宋方兩先生之文異曲同工。植之先生序其文集，舉與李二曲辨學書、記闕里志後，以爲『理明詞確，有裨人心世教』；記徐司馬三征事、金中丞、吕沃州等傳，『表濳闡幽，足補史傳之不備。其他記言書事，皆關掌故，無虚詞泛語』。又光栗元方伯稱其寳相寺記，乃就僧浄輪力田興業，發出宿松田畝虚額爲累，並農民惰廢習爲故常之弊，極有關係，不爲苟作，較南豐分甯縣雲峯記措辭尤當。又游馮公園亭記云：『古之設教者皆不得位，聖賢得位，設學校止耳，故有學校，無書院。孔子以學不講爲憂，堯以不得舜爲己憂，舜以不得禹、皋陶爲己憂，得位不得位故也。憲府總天下紀綱，熹宗之際紀綱何如，而汲汲講學，何也？熊經略廷弼之死，南皋、少墟皆與定其獄，爲天下得人者，當如是乎？』此論亦深中首善諸公之病，鄒馮於九原恐亦難以置答。此皆深知朱公之文之美者。

余又讀朱公告同郡徽纂皖江文獻書，用意深遠，惜當時未能有行。今距朱公之殁又百二十餘年，吾皖文獻散佚多矣，讀先生諸文，深爲向仰，遠想慨然。

朱公同時友善，吾縣宋方兩先生外，又有大興王崑繩孝廉源。王氏居業堂集，文雖不如朱公之有法律，然亦極有關係，不爲苟作。其集有與朱公一書，朱公集中亦有答書。今朱公集有與李中孚先生，並附李公復書，又附張采舒札凡四，今仿其例，亦以王氏之書附録朱公答書之後，爲後人參閲之，且知先輩論學不苟爲同異，足爲後人師從焉。

王氏居業堂文集卷十四有朱字緑詩序，又極推朱公之詩，並稱其『過韓侯嶺詩，和予友咎雨圃作，識力甚偉。至關中讀其詩，竟日不釋手，臥枕上夢魂飛動，蓋得昌黎之骨，而烹鍊之工直追顔謝。至序事之妙，尤卓然迥出流輩』云云。今朱公集有詩三卷，凡百二十餘首，竟無右所謂過韓侯嶺詩，又知朱公之詩未刊者亦多，或原刊本出，尚可得觀其全也。今將王氏之序鈔補集中。後人讀朱公之詩，知當日杜谿實有詩集單行本，今本係族裔麟輯本，詩文不得其全，合爲一集耳。

石氏刊杜谿文集，下仍存『男曉孫效祖校刊』字樣，蓋存原刊本之式；卷末白崖文稿九篇，並標『先生長子曙東御氏著。原集四卷，今止存一卷』字樣。據方望谿先生所作朱字緑墓表：『子二，長曉，淳樸能家事；次曙，志存其父學。』則白崖名曙，實爲朱公次子。計長子曉集時，其弟曙已亡，故不同署校刊之名。又白崖文集有四卷，當時刊本與杜谿文集並行，石公刊集時，僅存此九篇附之集後，亦具有家法。知其原集四卷，當不乏佳篇矣。

游馮公少墟園亭記亦爲朱公集中大文字。余始亦頗以發明『在位講學，不可謂非賢者之過』，及美『張江陵嚴禁書院，卓有所見』一段議論爲是。今細考之，此皆因咽廢食、一隅之見，非通論也。朱公蓋因鄒南皋、馮少墟與定熊經略之獄，以爲在位講學之效不過如此。愚以爲，此只可專咎鄒馮二公平日實無真正本領，而冒託講學之虚名可也。大凡講學，無論窮達，皆可爲之。必躬行實踐，具有經世安民大略，興起人才，爲天下得人，不可有一毫之私意存乎其間，不在乎在位不在位也。至書院之設，原爲繼學校之窮，與學校相輔而行，立法之初未嘗不善，特末流之弊，徒有虚名而無實效，亦爲院長實無造士之本領，專爲脩脯牟利之生涯。今天下書院，在位者專爲應酬人情、安頓仕宦失職及薄有文名者，至有院長終年不至院中；即至院中，不過照例月課詩文，未見與諸生砥礪學行、窮經致用爲事者。甚且藉其曾入翰林，文望所歸，一人謀兼數席，見利忘義，相習成風。朱公徒見當時鄒馮諸公講學而無實效，概歸咎於在位之講學，又深美張江陵嚴禁書院爲是，此皆憤激之談，不可概之於天下後世也。故成就人才，仍在講學，書院與學校相輔而行而後可；講學與書院、學校並行，全在乎得人而後可。

校記

〔一〕輯自章煒（字瑄香）朱字緑先生古文鈔卷首，嘉慶二十三年刻本。

〔二〕金豫齋　當作『王源』。兩人文集同名，當係撰者誤記。

〔三〕輯自章煒朱字緑先生古文鈔卷首，置於章序後，題爲『原序』。

〔四〕輯自道光本朱杜谿先生集卷首。

〔五〕輯自道光本朱杜谿先生集卷首。

〔六〕輯自黄修礽重刊朱杜谿先生集卷首，光緒二十年刻本。

〔七〕輯自李來章禮山園文集卷一，康熙賜書堂刻本。

〔八〕輯自蕭穆敬孚類稿卷七，光緒三十二年刻本。

三、杜谿撰述

戴廷杰

民國間廬江學者劉聲木，編桐城文學撰述考，内載先生諸作，兹仿其意，用道光、民國宿松縣志及道光安徽通志所記，補之以所親見者，爲先生撰述新考。内所記大抵皆刻本，弗録傳鈔本；又記卷首之序文，而不録重刻之舊序。

經部

東萊博議四卷評點本

宋吕祖謙撰，先生點定且評。

康熙四十年鐫，寶翰樓梓行，扉葉大題東萊博議，先生有序，即後世所謂評點東萊博議。【存】

評點東萊左氏博議四卷【失】

道光年間，族孫瑚等重刊，種義堂藏板。扉葉仍題東萊博議，先生序則曰評點東萊博議序。【存】

清貽館重刊本，一九二一年修邑志記，疑之。

評點東萊博議四卷【存】

清末近代，書坊多梓東萊博議四卷本，其中引先生序評者不惟一種，而俱合評本也，已非原刻之舊，況先生評或不全矣，故不詳之。

史部

癸壬録【失】

今存自序及傳二篇，皆載杜谿文稿原刻中。

恬齋日記【失】

道光邑志、安徽通志記。

恬齋記聞【失】

同上。

恬齋漫記【失】

同上。

寒潭瑣録【失】

同上。寒潭者，當韓潭也，先生曾寓居張霖位於韓潭的宅邸。

謀野録【失】

道光邑志記。

古南嶽考三卷【失】

康熙三十五年，友人查慎行曾見此稿，乾隆間爲先生後裔焚蕩。

游歷記若干卷【殘】

康熙三十九年刻本，書分爲七道，方東樹云共數十卷，疑之。今惟存一册，首題游歷記，次曰燕秦之道，爲七道之二。先生清明日自序尚存，載杜谿文稿中。

游歷記存一卷 游歷記僅存之卷，故後世以此爲名。

同里汪桂月重刊，培根堂藏板，道光二十九年孟冬序。【存】

光緒十九年春，同里黄修礽重刊，蔭六山莊藏板。【存】

光緒三十四年，新昌胡思敬問影樓輿地叢書選刻，有胡氏戊申夏跋。【存】

一九三六年冬，叢書集成初編選刻，據問影樓輿地叢書本排印。【存】

朱氏始修家譜【失】

今存七修家譜，一九三一年刊。另有一九九〇年八修重版，二〇一〇年九修重版。

别集

杜谿詩【失】

凡一百七十二首，起丁卯二十六年，迄庚午二十九年，附仙田詩在。

閩游詩【失】

原稿百五十餘首，康熙間刻五十數首。乾隆禁燬書目録閩還詩一集，『還』字疑爲『游』之誤。

杜谿詩稿三卷

雍正間刻，子曉梓行。【存】

恬齋詩文集【失】

道光安徽通志記。

松鱗堂偶集【失】

道光邑志、安徽通志皆記之，通志以『偶集』作『偶鈔』。

杜谿文稿九卷

康熙三十九年初刻本，凡六十篇，蓋爲德聚、四德堂同刊。【存】

康熙四十年增刻本，凡七十三篇，德聚、四德堂同梓，德聚堂藏板，同郡戴名世三十九年十月序，與初刻同板。案，乾隆禁燬書目中，有杜谿文稿四卷本，内載癸壬録序，故疑九卷刻本也，殆其本不全，或以卷當爲册。【存】

糊飥集【失】

杜谿文稿續集，惟存康熙四十二年李來章序。

杜谿文稿四卷

子曉重訂，乾隆元年新鐫，梨雲閣藏板，凡三十篇，附子曙白柴古文稿一卷，凡八篇。【存】

朱字緑古文鈔三卷

嘉慶二十三年仲春刻本，蘄州陳詩編，廬江章煒梓，凡四十篇，前有章煒二十二年冬序、陳詩序。【存】

杜谿文集十卷【失】

族孫麟藏，附子曙白柴文一卷，桐城方東樹訂且序，時道光十一年九月，將刻而未果。

朱杜谿先生集十二卷

道光三十年秋重刊本，清貽館藏板，同里石廣均編校付梓並序，賦頌一卷，詩三卷，文六卷，附墓表等文一卷，又子曙白崖文稿一卷。【存】

朱杜谿先生集七卷

蔭六山莊藏板，邑人黄修礽梓行，有跋數言，載古文五十七篇，與道光清貽館本略同。【存】

朱書集十四卷

一九九四年黄山書社版，同邑蔡昌榮、石鐘揚點校。詩賦、古文依清貽館刻本、游歷記存依蔭六山莊本，時文依道光家刻本，分詩賦四卷，文六卷，時文四卷，附傳志、墓表、序跋、年譜。【存】

總集

仙田詩在八卷【失】

先生手輯，鄉賢石頌功閲定，分古今二集各四卷，附杜谿詩百數十首，次客集。民國間尚存今集殘稿，據縣志，藏邑人石叔寅家，惜未聞尚在世。今惟存先生自序，及宿松縣志、文徵、族譜所載若干首。

時文

杜谿稿【失】

康熙三十年前後行世，疑刊於吳門，爲同學劉巖所序。

杜谿稿【失】

凡五十篇，康熙四十一年夏梓，張坦初刻，尚書李振裕爲文弁其首，同學王元衡亦序之，時立冬日。

杜谿稿【失】

凡百三十五篇，康熙四十二年夏後梓，張坦增刻，方苞、張坦各有言。又，朱曉、朱曙有跋文，署『康熙辛丑』，疑康熙六十年有重印本。

朱杜谿稿

不分卷，凡一百四十篇。道光年間，族孫瑚等重刊。【存】

制藝稿四卷【失】

劉聲木記。

制藝補編一卷【失】

劉聲木記。

預修諸書

宿松縣志三十六卷

縣令朱卷等增修，石頌功纂修，先生等校閲，康熙二十四年刻本。【存】

又，該縣志康熙四十二年有增刻本。

淵鑑類函四百五十卷

康熙四十九年十月御制序，内府刻本，先生未列諸臣職名。【存】

佩文韻府一百六卷

康熙五十年十月御制序，内府刻本，先生未列諸臣職名。【存】

淵鑑齋御纂朱子全書六十六卷

康熙五十二年六月御制序，内府刻本，先生未列諸臣職名。【存】

四、朱氏詩文

朱光陛詩存〔一〕

哀五里坂

崇禎八年二月初八日，流寇入宿松，縣丞朱萬年罵賊，死之。十二日，守備朱士允、項鼎鏞，游擊張其威，總練包文達等及賊戰於五里坂，敗績，皆死之。

黑雨漫天煙火死，官軍未炊扼五里。賊飽城中登福昌，饑疲猝遇盡披靡。兵仗捆載未及開，徒手搏賊摩賊壘。就中最勇張將軍，提鞭逐賊如流水。馳過福昌還入城，所向無前動遠邇。羣賊巷戰皆震懾，後軍不繼凶鋒起。是時朱項及包帥，各相衝突異彼此。重裹張公塞街口，孤力無援死東市。賊鋒乘勝不可當，一軍盡殲無所厎。嗟哉壯士骨俱香，忠魂千載環山阯。野人北望空咨洟，不知瞻烏於誰止？

哀酆家店

崇禎十年，官軍敗績於酆家店，參將程龍等四十八人死之。程龍將應撫新軍三千六百，游擊潘可大將皖兵九百餘人，兩軍皆殲。

十年四月軍楓香，兵仗灼燿燒妖光。啾啾鬼哭動中夜，空礮自鳴震遠方，已知官軍多不祥。二十四日復對壘，七營凶醜摇欃槍。兩軍初分後乃合，合力拒戰勢莫當。援絶矢盡力已竭，猶奪徒手多殺傷。外救雖有不能入，重圍如裹馬飛翔。程侯自焚何猛烈！陳公雖死氣猶揚。嗚呼隕者人之良，邦國殄瘁悲中腸。空餘嚴恭存俎豆，野老吞聲酹中堂。

答張季公

人生在世若浮鷗，富貴危於水上舟。何必楚囚相對泣？青燈黄卷可消愁。

登小孤山

危峯倚拔直天津，横絶中流揰昊明。牛女疑藏雷港口，乾坤自闢楚江滑。孤留一柱撐南極，環率千峯拱北辰。爲語海豨休噴浪，東南人已屬波臣。

流雲峽

在嚴恭山石道士峯中，字大斗許，古勁蒼老。

雲來古無心，峽峭復何戀？道人手指揮，制作白羽扇。何人躡丹梯？揮斤雲天上。倒薤與垂蚪，不及此横放。

朱曉文存

朱曙傳〔三〕

曙，字東馭，一字東谷，曉懷弟也。性神慧，年十六補博士弟子員，屢窘棘闈。後隨侍都門，由貢生考授教習，期滿受縣職。於書無不讀，博洽工詩詞古文，具有父風。通樂律，善鼓琴，音律畢協。書法遒勁蒼古。喜弈，抉其奥。精數學，凡測量、方程、勾股、開方等法，讀梅勿菴先生集，即通其故。古畫、法帖能辨真贋。詼諧不羈，交游最廣，蓋通才也。晚年值數千金，復隨手揮散，圖史而外無長物。年五十卒，才而不能竟其用，惜哉！

重修家譜序〔四〕

歲己巳，先大人丁内艱，念族散祖遠，於是殫思竭慮，搜輯彙集，訂成家譜。而昭穆以辨，疏戚以明，凡支繁派别者，莫不條分縷晰而班班可考，其有力於宗族也大矣。

曉嘗親承先君之訓，既不克立身修行，以仰承遺志，而於先人所修譜牒，復聽其年湮世遠，不克繼踵而增輯之，則貽憾於先君子而速戾於我躬者不尤甚乎？故飲食起居，無時不往來於懷，而特以族窘時艱，不克共勷厥成爲慮耳。

甲寅夏，二世祖山喬蔭忽被蟲傷，枝葉枯槁，公鬻得百餘金，而修譜之費有藉矣。然自己巳迄今垂五十年，其間時事變遷，老壽多有凋謝，而子孫益以繁多，或流離轉徙，或孤苦伶仃，三尺之封失守，一抔之土誰知？苟非延訪周悉，考覈精詳，不惟延訛襲誤，挂漏遺忘，貽笑大方，而且封植烏有，奠祭子虛，鬼猶求食，則魂魄之私憾爲無窮矣。乃與房姪哲等先爲草册，登各股門逐一記注，凡生娶、卒葬、居址、丘墓，程式悉遵老譜。雖間有缺略，稽考無由，亦非余之所得已也。

嗚呼！家之有譜，猶國之有史也。史者，所以紀政事之得失，衡人物之臧否。而譜則以辨宗收族，敘尊卑，別等殺，溯流窮源，使人咸知愛親敬長，不忘其本而各厚其先也。況先人已導其先路，而子孫敢不步其後塵乎？後之人有奮臂而起者，考家乘以索淵源，尚其無忘尊祖敬宗之遺意也哉！至於族人家敦孝弟，户礪廉隅，子孫永傳於勿替，此固予先君之深願，而亦余之所深願也夫！

十一世孫曉謹識。

白柴古文稿〔二〕

朱　曙

曹友叔壽序 代

余少爲諸生時，雅好交知名士，六皖英傑輩出，靡不過從，共相切磨，松滋慶周曹先生其一也。憶在皖城把接，懷抱傾倒，其識議丰采卓越，時流余心。識其爲人，未嘗不恨晨夕之不得與共也。及余幸弋科名，廛忝侍從之班，通籍仕途，歷有年所，里黨素交，遂成契闊，蓋余之不晤先生者幾四十年矣。

庚戌春，友人孟君亦山公車北上，語余曰：『有老友七秩，江都廣文也。屆兹清和，覽揆初度，邗江紳士謀所以稱觴者，屬乞公一言以爲壽。』叩其姓氏，則慶周先生也。余曰：『是固吾鄉知名士，不謂已七十耶，余何能已於一言？先生爲人，孝友根於天性，譽望重於鄉閭，學問著於流輩，余少所欽仰焉。第曠隔已久，其數十年之修能及邇來之政教未悉其詳，君盍爲我言之？』

孟君曰：『先生豐於學而嗇於遇，周於德而安於命，弘於才而艱於試，穎脱於政治而未見於秉鐸之微權。方其棘闈困折，屢試不遂，旁觀扼腕，而先生淡如也。迨以餼資貢入太學，先生遂抱道自樂，放志山水間，焚香煮茗，敲棋賦詩，一切塵氛不縈於念。非有以自得，而能若是乎？於是縱其游蹤，尋幽探勝，泝江漢，入荆郢，登仲宣之樓，眺江山之壯觀，緬惟古今興廢之所由，俯仰興懷，寄情吟詠，積成卷軸，概足觀焉。歸未幾，復窮黄山、白嶽之靈境。慨然於容城、浮丘之莫接也，遂南歷嶺嶠，遨游十六洞天，低徊釣磯、精舍間，求朱蔡講學遺迹而思溯其淵源，則先生之襟期亦可想見矣。

『倦游而返，築室湖山之勝，散植花木，几榻清幽，日手一編，飭子課孫，以道德爲敷腴，以文章爲發皇，而負笈從游者日益衆。里中見有循循雅足規矩者，咸識爲從先生門下來也。戊申，銓授江都儒學。莅任不數月，學規頓飭，士習改觀。每月課藝，必面爲衡校，正其文詞而興其禮教，勤懇誘掖之意，使人人咸知道德之依歸，不徒因仍具文而已，於是邗江紳士翕然有泰山、北斗之望焉。江都積習紛華，訐訟未能盡泯，先生數語悉折其平，莫不厭服而去，則先生吏治之鴻猷，亦可窺全豹之一斑矣。

『至若先生之福祉也，四世一堂，令嗣長孫，濟美膠序，餘皆英多磊落，顧而喜可知已。且也壽屆古稀，康寧矍鑠，而閫内有齊眉之案，其得於天者良厚，非甚盛德，何以誕受天休而未有艾耶！』

余聞之欣然，曰：『是蓄道德於一身，弘化澤於多士，備五福而隆憲，乞何多讓焉！今聖天子雅化作人，旁求不次，若先生者，不當僅置寒氈冷席間也。則余之曩昔一見而心識之，今更將寤寐以之。且先生績學篤行，早博科名固宜易易，胡竟淹塞若斯？殆天將老其材以大其用耶！』兹予弟賓臣視學吳中，其所見聞必備，予又將進而詢之。自是由耄耋而至期頤，先生靜養之所自致也；由閑散而清要，先生最績之所自臻也；由臧嘉而昌熾，先生茀禄之所自綏也：予何言以爲先生壽？唯仍以先生之自有者，爲先生歌詩而已。詩曰：『樂只君子，邦家之光。』又曰：『樂只君子，遐不眉壽。』『樂只君子，保艾爾後。』皆先生有焉。爰書以貽邗江紳士，爲先生介一觴，是爲序。

吴太翁壽序 代

歲癸未，予奉命從諸公後典會試，得士百六十一人。事竣，皆以序來謁。揚州吴豹文蔚起，予觀其言動，考所問學，喜其爲國家有用才。及廷試，豹文以進士歸，不獲讀中祕書，深爲惜之。久之，豹文以部曹謁選來京師，予因詢其家世，而後知豹文學之所以進、品之所以立，皆尊甫太翁某先生之教之也。

太翁力學能文，而屢躓於場屋。當閩海沸騰，身在大府中，能運籌策，拓清海隅，序功應得文階五品，旋格於議，而太翁之功名又不遂。夫士懷文學，必掇巍科、登膴仕，至以布衣從軍，有功當賞，而並皆沈淪，使熱中者處此，不知幾爲悵悒趨營靡已，而太翁恬然退處，承歡北堂，友愛於諸弟，用率其子孫，使之卓然成立。書曰：『惟孝友於兄弟，施於有政。』太翁之謂乎？吾於是益喜豹文能承太翁之教焉。

太翁既不得志於時，而優游於園亭花石之間，其所以教其子者，固欲學足於己而無待於外也，然子弟之顯貴於清時，當亦所樂也。韓退之言歐陽詹至京師，將有所得以爲父母榮，惟父母之心亦然。太翁之爲人父母，有不樂其子之有所得者耶？乃豹文以方剛之年，文足驚人，才足干事，是所謂足於己無待於外者矣；而科名早遂，列班粉署中，斯亦足以揚名而顯親，所謂有所得以爲父母榮者，非耶？

今年太翁年七十，豹文將爲宴會，延親戚故人爲太翁壽，其同年諸君踵門求予文以序之。予謂稱觴拜祝之日，是宜賦詩，詩曰：『南山有枸，北山有楰。樂只君子，遐不黄耇。』是可爲太翁歌之。又曰：『孝子不匱，永錫爾類。』是可爲豹文歌之。自兹以往，豹文益謹所以事太翁，其爲父母之榮者當不止此也。是爲序。

送張采舒先生執交序

古之人所以善其身者，必有以養其性情；而所以善養其性情者，莫如樂記。樂之言曰：『情發於中，故形於外。』又曰：『其本在於人心之感於物也。』是感而自動、發而難制者，理有必然。仲由賢者也，瑟不免於殺伐；若曾點之『鏗爾』，固殊焉：無他，其涵養有淺深。故感而發者，有善不善也。至夫子於琴而見文王，陳蔡之間絃歌不輟，則聖人之德自與天游，又有神焉者矣。

張采舒先生，吴人也，少負意氣，至受交游累，遷秦中。大吏聞其名，甚慕之，欲致門下。其同事從之，而先生竟不往見而往役，家大人嘗爲詩紀其事。曙讀之，輒意其爲人一豪俠自命士，必傲岸睥睨，不可一世。及遇京師，驟接之，穆乎無所見也；徐察之，藹乎和且平也；觀其文，聆其言論，又淵深而遠也。於是又輒自疑：夫人當患難貧困、流離轉徙中，宜其心憤懣而不平，其發而爲聲，牢騷而抑鬱，所以三百篇後，往往多怨而不能不怨也，先生何以不然耶？久而知先生深於樂者也，其博觀古人書，推算考驗，有以契制作之原，故剛中而和外，情摯而文淡。古之人聲爲度而心爲律，然後能審音而制樂。先生動静語默，一出於天地之和，有若記所云『陽不散而陰不密，剛不怒而柔不慑』者，其於樂殆身之也。先生以樂養其性情，使得孔子而師之，其於由點一間，不知何如，以比歌聲若出金石者不庶幾也夫？

樂之亡也久矣，天下之政日雜而刑日繁，中和之音失而倡優淫哇之奏盈宇内，周子所以致慨於古禮不復、古禮不作也。自非如先生者，安能一洗其陋也歟？曙有志學樂，先生謂金石絲竹，樂之器也，辨律審音莫備於琴，先授曙於此，尚未有得，而先生適當遠游，倘異日能受先生之教，當必有以相質者，不知能有當焉否也？

祭族嫂金孺人文

嗚呼！銀露悽愴，金風慘寂。芳華凋謝，婺女星汨。哀思母儀，曷其有極！猗嗟孺人，生有淑德。幼習椒蘭，長親紡織。守禮稱詩，已嫺內則。華年迨泮，敬恭婦職。內相夫子，貨財用殖。言德容功，超彼巾幗。

惟是孺人，孝行奇特。知者藏心，聞者動色。厥父寢疾，喘喘微息。孺人曰：『嗟！我身父育。刲股和羹，我聞在昔。忍愛我股，視父疾革？』剪剪輕刀，朱殷股剔。烹之進之，父疾如摘。繄維乃母，抱病且亟。孺人曰：『嗟！我身母鞠。惟我有股，瘳父病劇。無母何恃，寧畏再畫？』進母母愈，奇孝感格。女事二親，可矜可式。迨及于歸，養姑竭力。姑遭二豎，不保朝夕。孺人曰：『嗟！我身姑掖。我有兩股，已爲親刻。股不我負，我不股恤。姑視父母，進姑不忒。』三刲其股，世何可得？嗚呼賢聲，洋溢充塞。

至於族黨，婣睦是飭。片言解紛，鄰爭每釋。女中丈夫，里稱嘖嘖。教子慈嚴，姑息自戒。長子能文，乃歸窀穸。次子幼子，母教抑抑。吁嗟孝賢，可風家國。宜享大年，鞠子岐嶷。云何一疾，遽登仙籍？萱蕙草隕，麝蘭香熄。伉儷憂傷，子姓哀踣。某等邑里情悲，戚族心惻。素佩芳行，常欽閨德。絜酒些辭，淚零莫拭。靈兮有知，庶幾來格。

族子英墓表

康熙四十八年七月既望，族子幹來，涕泣拜手曰：『幹父少讀書不就，未竟志。生幹兄弟三人，仲兄功瞽，幹幼，惟伯兄英敏於讀書。父使之從詹先生逢泰、張先生本、王先生式昭游，或延居家塾，或負笈數十里，父力貧教養之未嘗懈。兄體父志，益刻厲，功力兼人，爲文有奇氣，應童子試必前列。爲人端方，英英有大志。父喜其上進有日，而門户可無憂。年廿有四，得疾遂死。初，讀書勤苦，父母間予之金，俾自資，兄英悉藏弆。比垂死，出其金得若干，告父母曰：「兒死矣。兒不能養父母、撫兩弟、承先人祀，其以此金買田，取租之半爲母、弟歲時需，半供春秋祭，庶盡兒心於萬一也。又此金者，父母之心力，賜兒而兒歸之父母，用垂於永久，兒死瞑目矣。」嗚呼！是足見吾兄之志矣。今兄死三年，幹敢求叔父表之。』余於是紀幹言，並序英生世焉。

英，朱氏子，字天陶。先世來自鄱陽，凡十有二世。父裳爲人謹細。母金氏，曾三刲股療父母及姑疾。英生康熙甲子月日，卒康熙丁亥月日，有娶無子，葬楊莊祖塋之側。銘曰：

父謹厚兮母孝思，種德不報兮，胡生汝能讀書而志不夷？積善有慶兮，胡促汝年而貽父母悲？吁嗟天道兮，吾惡乎知！表汝墓兮，泣灑於詞。

張可立傳

張可立，字蔚生，世爲福清人。以伯父遠從龍，往省，遂應順天試。順治甲午領鄉薦，乙未成進士，授萊陽令，擢潼關副使，改知劍州。貶天津鹽運司經歷，尋復令興化，遷盛京、承德令，卓異，賜蟒。陞鞏昌同知、監督涼州，名爲刑部郎，加九級，乞休，卒年七十。

初令萊陽，國家甫鼎定，履畝丈田。大吏欲以爲功邑，增畝至十餘萬。可立曰：『民命也，令不可不争。』復請丈，一仍舊額，無加賦。劍州當流寇後，白骨被原野，可立撫循三年，民復業。募民埋胔骼，躬出董帥，且以聞於臺司，下其法他州邑仿行之。蜀之屠戮於兵寇者，骨積數十年，一旦皆攢掩。其謫經歷也，當大兵征逆藩，艱於轉運，獨毅然請行，三至楚，再入秦，一赴越，奔馳搶攘中，著勞績，壅不上聞，亦不自言功。稍遷興化，淮水爲災，請蠲常賦，外惟加漕銀二萬兩，例不得免。上官督催急，躬詣上官以請，數請數不允，乃欲抱印沉江，爲百姓死。上官感動，破成例奏免。

遷承德，爲盛京首邑，勳戚采地蓋十倍民，而雜耗差役悉出於民。可立至，立革其弊，招徠墾荒，賑贍皆有法，遂以卓異聞。盛京例無卓異，有之自可立始。特賜蟒，士大夫榮之。西域不庭，王師往征，集甘涼，可立方監督，力疾起供億，無擾民。有强卒毆市民，可立曰：『官可棄，卒不可縱，民不可枉。』抗顔請將軍，卒置卒於法，禁旅肅然。政聞，名爲刑部員外，陞郎中。仕宦凡四十餘年，歷九官，皆盡心民隱，民德之，去之日，皆號泣送，填路遮馬，足不得行，數州縣如一。

性好學，能文，通古今事。爲人正直明決，居官行政，一以古人爲法，害必除，利必興。萊陽有神女祠，多靈異，遠近禱祀，以其妖也，毁之。人初爲危，久之不能以干正，咸歎服焉。生平儉約而輕財樂義，能人所難，養寡姑，撫孤姪，族人不能葬娶者資之，雖假貸不計也。奉天府尹金□殁，無以殮，既殯，捐金，俾其子入太學，又歲時餉之無德色。平居食不兼味，一衣一裘，數十年不易云。所著書有張子文集、留耕堂集、前賢言行録，共十六卷，藏於家。

閻徵君傳

閻徵君，名若璩，字百詩。其先太原人，五世祖遷山陽。曾祖國順，上猶訓導。國順生世科，萬曆甲辰進士，仕至遼東寧前衛參議。是時，邊境多事，官將以殺掠爲功，參議獨心計全活，德惠甚溥。參議生脩齡，郡庠生，文名特盛，世稱牛叟先生，徵君父也。家世自遷淮以來就試山陽，補弟子員，移隸太原。以是領鄉薦者八人，成進士者四人。徵君亦入山陽縣學，復食餼太原，屢蹶於鄉試。康熙戊午，應博學宏詞舉，又以不趨權勢見屈，遂淡意仕進，唯力著述，以求不朽業。

先是，徵君究心六藝，與父黨桐城方文、順天梁以樟、江西王猷定、興化李長科、黄岡杜濬、沛縣宗人爾梅諸宿儒日相討論，龔宗伯鼎孳尤盛稱徵君之所學。徵君讀書博聞强記，一字之疑缺如也，不憚綜練羣書、稽律曆、徵時事、校句讀，殫竭思慮積年月，亦既得之，遂快然如獲珍奇。端居一室，手不釋卷，數十年如一日也。

壬戌，徐司寇乾學延四方耆宿脩一統志，於是强記則有若徐學士嘉炎，博物則有若吴檢討任臣，參考則有若朱翰林彝尊，淹通則有若毛檢討奇齡，博宗方輿則有若無錫顧處士祖禹、常熟黄處士儀，其搜奇擇異，各極所長，惟徵君時上下其議論，莫有忤於心者。崑山顧隱君炎武，記昌平山水及日知録，鄞縣萬處士斯同淹貫明史，臨清胡渭生撰禹貢錐指，皆學有專家，能辨析於幾微、斟酌而損益之者，徵君而外無人焉。

歲癸未，天子南巡，有以君名上聞者，召之，未及見，遇皇四子多羅貝勒，語極歡。是年夏，君以萬壽詩及所著四書釋地，命子中書舍人詠進呈，蒙優詔。冬，多羅貝勒徵至京師，明年三月館於王所，禮遇甚渥。甫六旬日，以疾卒京邸，時六月三日也，年六十有九。著書九種，而尚書疏證一編，悉古今文之同異真贋，尤有破古今之疑而正前賢之誤。夫古文二十五篇，朱子書書經後，常疑之，然未究其詳也。徵君竭數十年心力，考證八卷，共一百二十八條，研精綜覈，而古文之僞遂不可復掩，貫穿經史，參訂考核，千餘年所未有也。

徵君倜儻修長，性不臧否人物，然論經術、人品，輒不少假借，品論一出，一時傳爲定評。晚號潛丘，此其志也。

子三：長即詠，次某，次某。詠與某善，得悉徵君生平，因次爲傳。

贊曰：徵君治身清潔，輕財樂義，傾囊急人急，雖至空乏，裕如也。有嘗負徵君者惡之，及有急復急之，其度量遠過於人，誠古之善讀書者矣。讀徵君疏證諸書，於文字考據中想見其爲人；然於文字考據中，足知徵君之真能讀書也耶！

藏經庵記

吾里有寺曰寶相，僧曰浄輪，其興復寶相事，先君子太史公已爲之記。距寶相五里有庵，曰藏經。志載『演師肇建』，而不悉其年代，浄輪始居之。

初，庵庳隘廢頽，佛像圮坼榛莽中。浄輪居積年，成屋數楹，有徒數人，勤耕力作，未嘗以錙銖升斗托鉢里閈間。後里人請居寶相，以庵屬其徒道傳，曰：『寶相有田數十畝，用力也有藉。此庵數椽外無尺寸階，汝其勉爲之！』及寶相既興，道傳亦拓其土田，新其堂宇館室，而百廢具舉，平疇環前，茂林倚後，人皆訝此荒山頓易爲靈境也。浄輪每過而樂之，而歎其用力之更勤焉。

嗚呼！古者國有六宗、羣神、山川之祀，家有五祀，而壇兆之設又各以其方。蓋維明德以薦馨香，欲人有以樂神，而神欣其祀、福其人也。漢以來，祀典廢而淫祠興，佛入中國，庵寺徧天下名山大都，棟宇輒數百十楹，窮鄉僻野，梵音鐘鼓之聲相聞，其所以爲祀者校古不侔矣。吾邑當吴楚之衝，爲水陸必争地。濱江桑落、潯陽，依山二郎故縣，皆古戰場也。明末流寇出没者數年，民居十不存一，庵寺亦無完者。今國家久致太平，休養生民於耕鑿者數十年，人心風俗亦既還於醇朴，而名宦鄉賢之祠垣宇穿漏，神主蠹蝕風日中莫爲舉之者，則道傳師弟之各能恢復舊業，亦其精神智慮有過人者耶！

戊戌夏，予經藏經庵，道傳以記請予。既多道傳能承師志，以力田興復是庵，又以先君子亦嘗游息其地而稱道之，不以不文辭而爲之記。

羅太翁哀辭

嗚呼！翁年六十有三矣，卒之日客夏四月日也。翁丈夫子六人。長公戊子舉於鄉，北上試南宫，其時未及還侍湯藥、視含殮，今始率諸弟，將厝翁董山之陽。某等忝屬戚友，敬奠一觴，辭以哀之。辭曰：

鬱鬱山隅兮，紛紛市衢。伊唔呫嗶兮，誰不讀書？較翁行誼兮，夫竟何如？山隅鬱鬱兮，市衢紛紛。年高行獨兮，翁薄鄉賓。耨義耕仁兮，貽厥後昆。翁壽云靳兮，翁德云長。有鬱新阡兮，董山之陽。葬以大夫兮，孝賢已彰。翁靈其妥兮，無爲翁傷。

朱之鳳文存

三修宗譜序〔五〕

予族譜始修於先曾祖太史公，重修於先祖太學翁，越於兹五十有七年矣。薄蝕既入，椒聊益蕃，其間生殁修短，配姓宅兆，指不勝屈。益以乙巳大歉，播遷遠所，道墐他鄉者亦難僕數。倘再遲之又久，而老成凋謝，考據無由，則繼踵而增輯之洵亟亟也。先嚴春秋鼎盛，志存遠到，不暇修輯，迨貢入成均後，遂殷殷惓惓，日夕不忘。續因錢塘屢怒，旱魃降割，有志未逮者，蓋十數年於兹矣。嘗詔小子鳳曰：

『前譜失三百餘年，而纂修於薦饑厲疫、兵燹流播之後，世遠年湮，缺存歿者十八九，缺配葬者十二三。先太史窀穸烏有，奠祭子虛，雖搜羅於遺文斷碣，而魚蠹苔封，響像陶陰，漫滅魚魯，僅存什一於千百。先太史慨然傷之，因囑其後嗣曰：「譜不可久曠，曠則無徵，甚至祖宗有餒而之歎，子孫無報本之區。生者抱恨，死者銜悲，尚忍言哉！」予習聞茲言，未嘗或忘，晚欲增修，而饑饉薦降，死徙駢肩，雖抱黍室之憂，恒爲鄰女所竊笑矣。今老且疾，願與心違，汝小子其無忘乃父之志！』

歲庚戌，先嚴捐館，小子斬焉在衰絰之中，閱世日淺，詎敢褎然舉首？舊秋九月，族憲宗耆敦敏、深原等，慨然有志增修，商余共勷其事。余以時方讀禮，沖齡無知自謝，而族衆邀之益力，因與諸族憲翻閱舊牒，確查詳注，凡生歿、名字、配娶、丘隴，以及德行、道藝有可垂範訓後者，靡不備載。經三四易草，閱寒燠一週，而始附剞劂，務求考覈精詳，惟恐疏忽遺缺，致忝前人，而速戾於厥躬也。至若羽肅哀鴻，彀負鸜鵒，闋音塵於海角天涯，歌薤露於殊音異服，縱有道路風聞，而記注懸揣，紙上之丘墓犁然，墓前之一滴何有？以此思哀，哀孰甚焉！或有幼子童孫、仲叔季弟，尚其披葉尋根，廉蹤訊迹，急宜歸骨首丘，聊慰私憾魂魄，庶幾仁人孝子之用心，予與諸族憲之所深願也夫。

雖然，譜牒之修，固所以敬宗而收族也，然或孝弟不修，廉恥不立，等同根於隔膜，臨利害如毛髮，墮陷阱不一引手救，擠諸同敬合愛之意，寧有當歟？先太史所謂譜不能修者，惟在族之人各自修之，旨哉斯言。予小子與族人，惟時鏤諸心臆而弗忘焉可也。

先太史德成名立，不惟葛藟庇根，焜耀家乘，而且昭光汗簡，垂休聲於弈祀，洵可謂無慚於自修之道者矣。予小子雖繼先人兩修之舊牒而增修之，而自顧不克繼志述事，讀先人自修之説，能無顔汗無地乎？族之人苟不妄自菲薄，砥礪躬修，安知不有奮羽天衢、激昂青雲、昭史册而光家乘如前人者乎？族人勉之，余曰望之矣。兹届修輯告竣，因爲之縷陳巔末，以弁其首云。

時乾隆五十七年，歲在壬子，季冬月穀旦，十三世孫之鳳敬書。

校記

〔一〕朱光陛，朱書父。存詩五首，輯自一九三一年宿松楊西坂朱氏家譜。

〔二〕白柴（皆）文稿九篇，乾隆梨雲閣本杜谿文稿附録，朱書次子朱曙撰。石廣均重刊本有題記：『先生長子曙東御氏著，原集四卷，今止存一卷。』『長子』當爲『次子』之誤。

〔三〕輯自一九三一年宿松楊西坂朱氏家譜，原題爲候選知縣弟曙。該家譜記載了朱書長子朱曉撰寫的朱氏族人外、内小傳共十三則，朱曙傳即其中之一。

〔四〕輯自一九三一年宿松楊西坂朱氏家譜。

〔五〕輯自一九三一年宿松楊西坂朱氏家譜。

附　安徽古籍叢書已版書目

舊聞隨筆
定本莊子故
張籍集注
文學研究法
桐城文學淵源考・撰述考
包拯集編年校補
康輶紀行・東槎紀略
北山樓集
桐城耆舊傳
疑庵詩
三餘札記
方望溪遺集
爾雅翼
識小録・寸陰叢録

東萊詩詞集
明太祖集
王侍郎奏議
程氏家塾讀書分年日程
朱楓林集
敬孚類稿
施愚山集（四册）
吳敬梓吳烺詩文合集
張孝祥詞箋校
竇山公家議校注
翠微南征録・北征録合集
阮大鋮戲曲四種
老子注三種
杜詩説

朱書集
論語解注合編
郭祥正集
皖人詩話八種
唐詩評三種
左傳微
續學堂詩文鈔
鈍齋詩選
老子注譯
莊子詮詁
説文假借義證
劉銘傳文集
包世臣全集（三册）
戴震全書（七册）

田間易學
莊屈合詁
田間詩集
田間文集
古事比（二册）
安徽出土金文訂補
秋崖詩詞校注
道聽途説
蘭苕館外史
青泥蓮花記
舌華録
明語林
夜雨秋燈録・續録（二册）
包拯集校注
毛詩後箋（二册）

劉文典全集（四册，列入特輯）
壹齋集（二册）
孟子講義
楊仁山全集
彴翁藏書年譜（列入附輯）
不得已 附二種
歙事閑譚（二册）
惜抱軒詩集訓纂
張孝祥詩文集
吴汝綸全集（四册）
朱子全書（二十七册）
明實録安徽經濟史料類編（列入附輯）
姚瑩年譜（列入附輯）
青溪集
藏山閣集
田間詩學

俞正燮全集（三册）
皖人戲曲選刊・鄭之珍卷
詠懷堂詩集
所知録 附四種
文選箋證（二册）
歙紀
方孝標文集
七頌堂集
劉文典全集補編（列入特輯）
程瑶田全集（四册）
皖人戲曲選刊・方成培卷
皖人戲曲選刊・龍燮卷
凌廷堪全集（四册）
黄生全集（四册）
東軺紀程

蕭雲從詩文輯注
程文炳文集
程恩培集
方盦山詩集（二册）
趙紹祖金石學三種
小爾雅義證
勉行堂詩文集
貴池唐人集
龍眠風雅全編（十册）
無爲集
杜詩提要
分篇水經注（二册）
松泉集（二册）
梅鼎祚戲曲集
通鑒注商・新舊唐書互證

杜徵三友朋手札
吳應箕文集
舒鴻貽著述二種
皖雅初集（三册）
桓譚新論校注
宛雅全編（二册）
李宗棠文集・東游紀念
李宗棠文集・考察日本學校記（二册）
李宗棠文集・光緒徵要録
李宗棠文集・奏議輯覽初編
李宗棠文集・學詩堂經解
李宗棠文集・千倉詩史初編
吳芝瑛集
施愚山集（增訂版　四册）

桐城方氏七代遺書
方以智全書（十册）
金聲集
徽州杜詩學二種
白鹿山房詩集
金粟齋遺集
文字蒙求廣義
施愚山集外編二種
安徽文獻總目（六册，列入特輯）
國朝詩品（二册）
吕美蓀詩文集
姚鼐詩文集（三册）
張潮全集（五册）
朱書全集（二册）